人性的枷锁 上

[英] 威廉·萨默塞特·毛姆 著
王晋华 译

江苏凤凰文艺出版社

图书在版编目（CIP）数据

人性的枷锁：全二册 /（英）威廉·萨默塞特·毛姆（William Somerset Maugham）著；王晋华 译. —— 南京：江苏凤凰文艺出版社，2024.5
ISBN 978-7-5594-8332-4

Ⅰ.①人… Ⅱ.①威…②王… Ⅲ.①长篇小说-英国-现代 Ⅳ.① I561.45

中国国家版本馆 CIP 数据核字 (2024) 第 008423 号

人性的枷锁：全二册

（英）威廉·萨默塞特·毛姆 著　王晋华 译

策　　划	栗子文化
策划编辑	钱　丽
责任编辑	白　涵
封面设计	刘　军
版式设计	天　缈
出版发行	江苏凤凰文艺出版社
	南京市中央路 165 号，邮编：210009
网　　址	http://www.jswenyi.com
印　　刷	北京中科印刷有限公司
开　　本	880mm×1230mm 1/32
印　　张	20.5
字　　数	590 千字
版　　次	2024 年 5 月第 1 版
印　　次	2024 年 5 月第 1 次印刷
书　　号	ISBN 978-7-5594-8332-4
定　　价	88.00 元（全二册）

江苏凤凰文艺版图书凡印刷、装订错误，可向出版社调换，联系电话 025-83280257

序言

威廉·萨默塞特·毛姆是英国二十世纪伟大的文学家，他的文学生涯跨越了半个多世纪，经历了整整三代人。毛姆一生至少创作了五部重要的长篇小说——《人性的枷锁》《月亮和六便士》《刀锋》《寻欢作乐》和《面纱》，以及一百五十多部短篇小说，三十多部剧本，还有不少游记和自传性质的书。毛姆是二十世纪英国小说界为数不多的几个雅俗共赏的作家之一。他的作品虽然未受到学术评论界太多关注，但是流行世界，影响深远，引起不同国家、不同阶层读者的兴趣，而且这种兴趣经久不衰，大有与日俱增之势。

毛姆出生于法国巴黎。他的父亲是名律师，受雇于英国驻法国大使馆。毛姆在法国度过了他的童年，从小就受到法国文化的熏陶。1897年，他因染上肺病，被送往法国南方里维埃拉疗养，开始接触法国文学，特别是莫泊桑的作品。父母死后，1884年他由伯父接回英国，送进寄宿学校读书。对于年幼的毛姆来说，英格兰是个灰暗、沉闷的陌生国家。毛姆的少年生活是凄苦的，他贫穷、寂寞，得不到至亲的关爱，口吃的毛病使他神经紧张，瘦弱的身体使他在同学中低人一头。1891年，他赴德国海德堡大学学医，次年回伦敦在一家医院就职，实习期间曾到兰贝斯贫民区当了三周的助产士，这段经历使他动了写作的念头。其早年的学医生涯及法国自然主义文学对他的影响都反映在他1897年出版的第一部作品《兰贝斯的莉莎》中。这部书写了贫民窟女子莉莎悲剧性结局的小说受到批评界的重视,特别是得到当时颇有名气的艾德蒙·戈斯①的赞扬,毛姆于是决心放弃行医,从事文学创作。第一次世界大战期间,他去欧洲战场救护伤员,还曾服务于英国情报部门,这些经历又为他以后写作间谍故事提供了素材。毛姆一生喜好旅游,足迹遍及印度、缅甸、中国及南太平洋中的英属和法属岛屿,他还到过俄国及南北美洲。1930年后,他定居法国南部的海滨胜地。在这段时间,毛姆创作了大量的小说和剧本。1948年,他开始撰写回忆录和评论文章。鉴于他在文学创作上取得的成就,牛津大学授予他荣誉博士学位,女王也授予他"骑士"称号。毛姆于1965年病逝,享年91岁。

毛姆一贯主张写自己的亲身感受,从不写他不熟悉的人或事物。他说任何有理智、有头脑的作家都写自己的经历,唯有此才最有权威性。作为一个多才多艺的短篇小说巧匠、优秀的长篇小说家、剧作家、评论家、散文作家和自传作者,毛姆的文学成就就是他漫长曲折、阅历深广的一生的忠实反映。在文学的创作方法和社会功用方面,毛姆与他同时代的高尔斯华绥②、威尔斯③等这些英国批判现实主义传统的继承者们有所不同,后者将小说作为揭露时弊、阐述思想的工具,并以此来达到实现社会改良的目的。毛姆更多的是接受了法国自然主义文学的影响,常常是以自然主义的创作方法表现人生,对文学的社会批判功能并不十分感兴趣。他认为,作家在戏剧和小说中不应该灌输自己的思想,艺术的目的在于娱乐。当然,也可以有教谕的作用,但是如果文学不能为人们提供愉悦和消遣,便不是真正的艺

---

① 艾德蒙·戈斯(1849—1928),英国诗人、批评家和传记作者。

② 高尔斯华绥(1867—1933),英国小说家、剧作家,曾获诺贝尔文学奖,与威尔斯、贝内特并称为20世纪英国现实主义三杰。

③ 威尔斯(1866—1946),英国著名小说家、新闻记者、政治家、社会学家和历史学家。20世纪英国现实主义三杰之一。

术。因此，毛姆更关心的不是内容的深化，而是情节的冲突。尤其是在他的短篇和剧本中，毛姆执意寻求人生的曲折离奇，擅长布疑阵、设悬念，描述各种山穷水尽的困境和柳暗花明的意外结局。他说他的基本题材就是"人与人关系中的个人戏剧"，这种戏剧性是毛姆认为文学想要愉悦读者所必须具备的。

《人性的枷锁》问世于1915年，在毛姆的五部主要作品中，这一部创作得最早，也是他最重要、流传最广的小说。这是一部带有自传性质的小说，讲述了主人公菲利普·凯里从童年时代到三十岁的生活经历，这其中包含着毛姆本人在旧教育制度下的凄苦和孤独的学校生活，和他为摆脱种种令人窒息的社会常规所做的斗争，对宗教的反叛，遭受爱情的折磨，以及对新的哲学信仰、自我、人生的意义及错综复杂的心路历程的探求，也许正因如此，这部作品被美国著名作家德莱赛称为"天才之作"。

主人公菲利普有一只脚是跛足（如同毛姆有生理缺陷，从小口吃一样），由于身患残疾，他性情孤僻，敏感而固执。他去巴黎学习美术，可当他发现自己没有这方面的才能时，便放弃了学画。回到伦敦后，他进了医学院，在爱上米尔德里德，一个粗俗冷酷的女孩后，又不得不中断了学业。他知道这个女人不值得他爱，可又无法放弃对她的爱。他想要赢得她的心所做的所有努力，在她与一个有妇之夫一起逃走、最终沦为娼妓后，全部付之东流。他的身心饱受折磨，直到伯父逝世，他获得一笔遗产，才得以重返医学院。毕业后，他当了一名为穷人们看病的乡村医生，娶了他朋友的大女儿，那是一位爱着他，比他小很多的姑娘。

菲利普在追求个性自由发展的过程中，不可避免地面临一场摆脱种种压抑人性的枷锁的斗争。冷酷、严厉的英国公学所体现的不合理的教育制度，作为牧师的伯父和公学校长所代表的基督教虚假教义，对于一个成长中的青少年来说，无论在肉体上还是精神上都是一种禁锢。菲利普青年时代的那些半瓶子醋艺术家（譬如海沃德）所信奉的享乐主义、对性爱的狂热和沉湎，也是一种奴役精神的枷锁。此外，还有经济上的枷锁——对伯父的长期经济依赖，在商店当导购员的辛苦奔忙，以及行医时目睹底层人民的贫穷和困境，这一切都让菲利普觉得，没有钱，就会使人变得吝啬、狭隘，无法自由地发展。最后，还有心理上的枷锁——菲利普因为身体缺陷而受到的鄙视和嘲讽，影响到心理的正常发展，加深了他与周围人的隔阂与对立。《人性的枷锁》的积极意义在于它无情地暴露了宗教、教育、贫困和社会习俗对人的发展的束缚。正是因为种种压抑和摧残人性的枷锁布满了人生道路，菲利普才得出结论，认为人生是一连串的磨难与挫折，人生在本质上是不幸的和毫无意义的。毛姆强调生活中充满的磨难和艰辛本没有错，因为挫折和磨难可以砥砺人的意志，如果因此就否定人生的意义，认为人要改变世界的任何努力都是徒劳无益的，那就难免有些因噎废食了。总的说来，由于《人性的枷锁》以其巨大的感染力展现了资本主义社会种种令人窒息的习俗和风尚，创造出了一个个生动鲜活、有血有肉的人物形象（每个人物都是一个错综复杂的矛盾体），因此它在现代英国小说史上占有着重要的地位。

王晋华
中北大学外语系
2019年9月28日

1

这一天的拂晓阴沉沉，灰蒙蒙的。天上聚集着乌云，阴冷的空气预示着雨雪即将来临。在这破晓时分，一个女仆走进正在睡觉的男孩的房间。她拉开窗帘，机械地望了望对面那座有门廊的拉毛水泥粉饰的房子，随后来到孩子床前。

"醒醒，菲利普。"她说。

她掀开被子，将半梦半醒的男孩抱起，走下楼。

"你母亲想见你。"她说。

她打开楼下一间房的门，把男孩抱到母亲床前，女人伸出双臂，将他搂在身边。男孩并没有问为什么要把他从睡梦中喊醒。妇人亲吻着他的眼睛，纤弱的手伸进他白色法兰绒的睡衣里，一边抚摸着他温暖的身体，一边更紧地把他搂进怀里。

"还很困吗，宝贝？"她说。

她的声音非常虚弱，似乎是从很远的地方传来的。男孩没有回答，只是放松地笑着。睡在温暖的大床上，妈妈柔软的手臂搂着，他觉得好幸福。他蜷缩着身体，想更紧地挨着母亲，他在睡意蒙眬中亲了母亲一下，很快又合上眼睡着了。这时，医生走过来，站在床前。

"噢，让他在我身边多留一会儿吧。"她说。

医生一脸严肃地看着她，没有吭声。知道再恳求也没有用，妇人再一次吻着孩子，慢慢抚摸着他的身体，直到他的脚。她先是把他的右脚握在手里，抚弄着他的五个脚指头，然后慢慢把手移到他的左脚。随后，她发出了一阵啜泣。

"你怎么啦？"医生问，"累了吗？"

她说不出话，只是摇了摇头，眼泪顺着她的脸颊簌簌流下。

医生俯下身子："我抱他走吧。"

妇人太虚弱了，以至于无力违抗医生的意愿。医生抱起孩子，把他交给了保姆。

"你最好还是把他放回自己床上。"

"好的，先生。"

仍处于睡梦中的小男孩被抱走了，他的母亲伤心欲绝地哭泣着。

"我可怜的孩子，他以后可怎么活呢？"

产褥护士过来试图安慰她，由于体力不支，女人很快停止了哭泣。医生走到房间另一头的桌子旁边，桌上一块毛巾下面，盖着一个死婴。医生掀开毛巾看了看。虽然床和桌子之间隔着一道屏风，可她还是猜到了医生正在干什么。

"是男孩，还是女孩？"她发着低弱的声音问护士。

"是个男孩子。"

妇人没有作声。过了一会儿，保姆回来了，她走到床前，说："菲利普少爷没有醒。"

之后，一阵沉默。临了，医生又摸了摸病人的脉搏。

"我想，眼下没有什么要我做的事情了，"医生说，"我吃过早饭再来。"

"我送送您，先生。"孩子的保姆说。

他们默默地下了楼。走到门厅里时，医生停下来问："你已经告诉孩子的大伯了，是吗？"

"是的，先生。"

"他什么时候能到?"

"不知道,先生,我正等他那边的电报呢。"

"孩子呢?我想,最好不要让他留在这里。"

"沃特金小姐说,她会暂时把孩子接走的,先生。"

"她是?"

"她是孩子的教母,先生。你觉得凯里太太能熬过去吗,先生?"

医生摇了摇头。

2

一个星期后,在翁斯洛花园街沃特金小姐的客厅里,菲利普正一个人坐在那里玩耍。他一直是家里唯一的孩子,所以已经习惯自娱自乐了。客厅里摆着很多家具,每张沙发上都有三个又大又厚的靠垫,每把扶手椅上也有坐垫。菲利普把这些垫子都拿过来,借助几只轻便、易于搬动的镀金靠背椅,搭起一个"山洞",他把自己藏在里面,免得被隐伏在窗帘后面的红皮肤的印第安人看见。他将耳朵贴在地板上,倾听成群的水牛在大草原上奔跑的声音。突然,他听见房门被推开了,为了不被发现,他屏住了呼吸,可还是有只大手猛然拽开了一把椅子,搭在上面的垫子塌了下来。

"你这么淘气,沃特金小姐会生气的。"

"你好,艾玛!"菲利普说。

保姆艾玛俯身亲了亲他,拍掉坐垫上的灰,把它们放回原位。

"是要让我回去了吗?"他问。

"对,我就是来接你的。"

"你穿了一件新衣服。"

那是1885年,艾玛穿着一条撑裙和一件窄袖、斜肩的黑丝绒长袍,裙子上有三个大荷叶边,头上戴着一顶缀有鹅绒饰带的黑色女帽。此时的艾玛变得有些迟疑。她原以为孩子会问问题,可他却没有,她也因此无法给出早已准备好的回答。

"你不想问问妈妈的情况吗?"

"噢,我忘记问了。我妈妈怎么样啦?"

现在,她可以说出她准备好的回答了。

"你妈妈很好,很幸福。"

"哦,我太高兴啦。"

"你妈妈走了。你以后再也见不到她了。"

菲利普没有明白她的话的意思。

"为什么呢?"

"你的妈妈去天堂了。"

她开始哭了起来,尽管菲利普还不是那么明白,可也跟着哭了。艾玛是个又高又壮的女人,有一头漂亮的金发,浓眉大眼,大脸盘。她是德文郡人,虽说已在伦敦当保姆多年,可她的乡音还是一点没变。夺眶而出的泪水越发让她动了感情,她把菲利普更紧地搂在怀里。这么小就失去了天底下最无私的爱,怎么不叫她心里隐隐作痛呢。他以后得由陌生人抚养了,这似乎有点太难为这孩子了。但过了一会儿,她还是使自己平静下来。

"威廉伯父在家里等着你呢,"她说,"去跟沃特金小姐道个别,咱们就回家。"

"我不想去跟她道别。"菲利普回答,本能地掩饰起自己的眼泪。

"好吧,那么,上楼去拿你的帽子。"

他取了帽子下来,艾玛正等在客厅。餐厅后面的书房传出说话声,菲利普停下脚步。他知道沃特金小姐和她姐姐正在和朋友们谈话。虽然才九岁,他知道,如果进去告别,她们会为他感到难过的。

"我想,我还是去跟沃特金小姐道个别吧。"

"我觉得你这样做很好。"艾玛说。

"你先进去告诉她们一声。"他说。

他想充分利用好这一机会。艾玛敲门走了进去。他听见她说:"菲利普少爷想来跟您道个别,小姐。"

谈话声戛然而止,菲利普一瘸一拐地走了进去。亨里厄特·沃特金是个身体健硕的女人,脸红红的,染了头发。那个时候,染发容易招人非议。他的教母刚染发时,菲利普在家中听到过很多有关她的闲话。沃特金小姐跟她的姐姐一起住,这位姐姐年事已高,打算颐养天年了。那两位前来拜访的女士不认识菲利普,都好奇地望着他。

"我可怜的孩子。"沃特金小姐说着抱住了他。

沃特金小姐哭了起来。现在菲利普明白了她为什么没有在家里吃午饭,还有她为什么穿着一身黑衣服。她哭得说不出话来。

"我得回家去了。"菲利普终于说道。

他从沃特金小姐怀中挣脱出来,沃特金小姐再次吻了他。接着,他到沃特金小姐的姐姐跟前道别。一位来访的女士问,她是否可以亲亲他,他郑重其事地同意了人家的请求。他也哭了,真切地享受着周遭的一切。他很想再多待会儿,可他感觉氛围够了,她们已希望他离开了,于是他说艾玛在等他,他得走了。艾玛已经下楼,正跟地下室的一位朋友聊天,他站在楼梯平台那里等她,听到书房里沃特金小姐说:"他母亲是我最要好的朋友。我简直不敢相信她已经死了。"

"你不该去墓地参加葬礼,亨里厄特。"她姐姐说,"我知道你去了会受不了的。"

一位客人接着说道:"这孩子太可怜啦,想想他在这世界上以后将孤身一人,真是让人心酸。我看见他走路还有些跛脚。"

"是的,他的一只脚是畸形。他的母亲曾为此伤透了心。"

随后艾玛回来了。他们雇了一辆马车,艾玛告诉了车夫地址。

3

待他们回到凯里太太去世的那所房子——它坐落在肯辛顿诺丁希尔门和海斯特利特大街之间的一条僻静、体面的街道上——艾玛把菲利普带到客厅。伯父正在那里给送花圈的人写感谢信。有个花圈因为送晚了没能赶上出殡,仍被搁在门厅桌上的硬纸箱里。

"菲利普少爷来了。"艾玛说。

凯里先生缓缓地站起身,跟孩子握了握手。他想了想,又俯下身吻了吻孩子的前额。凯里先生的个子略微有点矮，已有发胖的迹象，长长的头发梳理得很整齐，遮住了脑门上秃顶的地方。他五官端正，胡子刮得光光的，可以想见他年轻时或许也是个帅小伙。他的表链上挂着一个金十字架。

"你以后要跟我一起生活了，菲利普，"凯里先生说，"你愿意吗？"

两年前，菲利普出水痘，曾被送到凯里先生家住过一段时间，不过，除了一座大花园和那个阁楼，他几乎对伯父、伯母没什么印象。

"愿意。"

"你必须把我和路易莎伯母当作你的父母。"

菲利普的嘴唇开始有些发颤，脸也涨红了，可他没有作声。

"你亲爱的母亲把你托付给了我。"

凯里先生并不善于表达自己。当他得知弟媳生命垂危的消息时，便即刻启程赶往伦敦，可他一路上想的只是弟媳死后由他来抚养孩子，会给他的生活带来多大的麻烦。他已经年过半百，与妻子结婚三十年，没有生下一子，他实在不愿意让一个吵闹顽皮的小男孩成天生活在自己眼皮子底下。更何况，他从来都不太喜欢他的弟媳。

"我明天就带你回布莱克斯特伯尔。"他说。

"艾玛也一起去吗？"

男孩把一只手放进艾玛手里，艾玛紧紧地握着它。

"恐怕艾玛不能跟你一起走了。"凯里先生说。

"我要艾玛跟我一起走。"

菲利普哇的一声哭起来，保姆也忍不住跟着哭了。凯里先生无奈地望着他们俩。

"我想，你最好能让我和菲利普少爷单独待一会儿。"

"好的，先生。"

尽管菲利普拽着她，她还是轻轻地挣脱了。凯里先生把菲利普抱在自己的膝上，用一只手臂搂着他。

"不要哭了，"他说，"你现在也不小了，用不着保姆了。我们就该安排你上学了。"

"我要艾玛跟我一起走。"男孩重复道。

"那样太费钱了,菲利普。你父亲并没能给你留下多少钱,我不清楚他是怎么花钱的。总之,你现在必须谨慎地使用每一分钱。"

凯里先生前一天已经去过家庭律师那里。菲利普的父亲是个很有名气的外科大夫,他在医院担任的各种职务说明了他在医学界的威望和地位,所以,在他患败血症猝死后,发现他留给妻子的财产只有一份人寿保险金和布鲁顿街房子的租金时,不免令人意外。他六个月前就去世了,那时他妻子的身体状况也已经不妙,而且又发现自己怀了身孕,她一时慌神,对方随便出了个价,便把房子租给了人家。她把家具都存放起来,去租了一套带家具的房子,租期是一年,为的是在孩子出生之前她的生活更便捷些。在凯里先生看来,她付的租金非常昂贵。菲利普的母亲不善持家,不会因家境改变而缩减开支,现在把所有花销都付清后,剩下来用以抚养这孩子的钱(一直到他能够自己谋生)就只有两千多镑了。可是,这一切都无法解释给菲利普听,他还在那里哭。

"你还是去找艾玛吧。"凯里先生说,他觉得她比其他人都能更好地劝慰他。

菲利普一声不吭地从凯里先生腿上滑下来,快要走到门口时,凯里先生又叫住他。

"我们明天就得动身,因为星期六我还得为布道做准备,你告诉艾玛,今天就得把东西收拾好。你可以带上所有的玩具。如果你想要留作纪念,可以把父母的东西各带上一件。剩下的都会变卖掉。"

男孩悄悄溜出房间。凯里先生不习惯劳作,他不无怨气地接着写那些感谢信。桌子一侧堆着一摞账单,这些账单也让他感到恼火。其中一张单子尤其显得荒唐。凯里太太刚死,艾玛就从花店订购了大量白色鲜花,用以装点死者的房间。这纯粹是浪费,艾玛也太自作主张了。即便经济状况允许,他也会辞掉她的。

菲利普跑到艾玛那里,一头扎到她怀里,伤心欲绝地痛哭起来。艾玛轻声安慰他,菲利普出生没多久就是她在照看,就像自己的儿子一样。艾玛答应会到伯父家看他,她永远也不会忘记他,她还给他讲他将要去的乡村和她的德文郡老家的情况——她父亲在通往艾克赛特的公路上管理着一个通行税征收事务所,猪圈里有好几头猪,还养着一头母牛,母牛刚刚生下一头小牛犊。听着听着,菲利普忘记了哭泣,想着即将要踏上的旅程,心情渐渐好起来。这时,艾玛放下他,因为有许多事情等着她去做呢。菲利普帮着整理自己床上的衣服。她叫他到育儿室去收拾他的玩具,不一会儿他就高兴地玩起来了。

后来,菲利普一个人玩腻了,就又回到卧室,看见艾玛正把他的东西放进一个大铁箱里。他记起伯父跟他说的话:他可以带上几件父母的东西留作纪念。他问艾玛,自己拿上点儿什么好。

"你最好自己到客厅去,看看你喜欢什么。"

"威廉伯父在那里呢。"

"没关系的,现在家里的东西都是你的。"

菲利普缓缓地下了楼,发现客厅的门开着,凯里先生已经离开房间。菲利普在房间里慢慢转悠着。他和母亲前不久刚刚搬进这所房子,这里的一切对他而言都还显得陌生,没有什么能引起他的兴趣,或是让他喜欢的。不过,哪些是母亲的东西,哪些是房东的,他还是知道的。少顷,他的目光落到一个小钟上,他曾听母亲说她喜欢它。拿着小钟,他怏怏不乐地上了楼。走到母亲的门前,他停下脚步谛听着。尽管没人告诉他他不能进去,可他总觉得进去是不对的。他开始有点害怕,心怦怦地跳着,可与此同时,又有什么东西驱使着他去转动把手。他轻轻地、小心翼翼地转动着把手,仿佛担心里面的人会听到似的。随后,他慢慢地推开了门。他先是在门口站了一会儿,才终于鼓起勇气走了进去。现在,他不再害怕了,但是感觉很陌生。他合上身后的门,百叶窗都关着,在傍晚清冷的阳光下,房间里很是昏暗。梳妆台上搁着凯里太太的梳子和小镜子,一个小盘里放着发针。壁炉架上摆着两张照片,一张是他的,还有一张是父亲的照片。以前母亲不在家的时候,他常常进这个房间,可现在它看起来好像不一样了。屋里的椅子看上去也怪怪的。床上整理得好像晚上有人在这里睡觉一样,枕头上还摆着一个睡衣套,里面放着一件睡衣。

菲利普推开一个大衣柜门,钻了进去,把挂在里面的衣物尽可能多地搂在怀里,然后把头埋在了衣服里。这些衣物上有母亲的味道。

接着,他拉开装满母亲物件的抽屉,看着里面的东西:母亲的衬衫里放着熏衣袋,散发出清新怡人的香气。房间给人的陌生感消失了,他觉得母亲像是刚出去散步,很快就会回来上楼跟他一道用茶点。他仿佛感觉到母亲在他唇上的吻。

别人说他以后再也见不到母亲了——他不相信这是真的。这怎么可能呢?他爬上母亲的床,头埋在枕头里,静静地躺在那儿。

4

菲利普含着眼泪跟艾玛分了手,但去往布莱克斯特伯尔的旅程又让他的心情转好了,抵达目的地时,菲利普已经能随遇而安,变得快活起来。布莱克斯特伯尔距离伦敦六十英里①。把行李交给脚夫后,凯里先生带着菲利普一起步行前往他的牧师宅邸。两人走了五分多钟,到达住所时,菲利普一下便记起了那扇大门。那是一扇红栅门,上面有五根栅栏,装有润滑的铰链,可以向里也可以向外开合,所以能——尽管不被允许——站到上面随着栅门来回地摆动。他们穿过花园,从正门进去。正门通常只是让客人走的,还有就是星期天或一些特殊场合,譬如牧师往返伦敦的时候。家里人通常都是走边门,还有一个后门,是给园丁、乞丐和流浪汉们用的。这是一幢很大的房子,黄砖,红屋顶,是二十五年前仿教堂风格建的。屋子的前门颇似教堂的门廊,客厅的窗户都是哥特式的。

凯里太太知道他们乘的是哪趟火车,她正等在客厅里,留心听着大门的吱扭声。门一响,她便迎了出去。

"这是路易莎伯母,"凯里先生说,"跑过去,吻吻伯母。"

菲利普拖着跛脚往前跑,可跑了几步觉得别扭,又停下了。凯里太太是个身材瘦小的女人,长着一双淡蓝色的眼睛,年龄与丈夫相仿,可脸上已布满深深的皱纹,灰白的头发仍按年轻时的式样梳成一

---

① 英里,英制长度单位。一英里等于5280英尺,合1.6093千米。

缕缕的卷发。她穿着黑衣服,身上仅有的饰物就是一条金项链,上面坠着一个十字架。她举止腼腆,嗓音柔和。

"你们是走回来的,威廉?"吻过丈夫后,她用几乎带着点儿责备的口吻说。

"是我考虑不周。"他回答说,瞥了侄儿一眼。

"一路走回来,你是不是很累,菲利普?"她问孩子。

"不累。我经常走的。"

他们的对话让菲利普略微感到意外。路易莎伯母招呼他进屋。门厅的地板是用红黄两色的花砖铺成的,花砖上面交替出现希腊正十字架图案和耶稣的画像。从门厅通往上面的楼梯修得很有特色,材质都是磨光的松木,散发着一股清香味儿。前些年给教堂增设座位时,碰巧剩下了不少木材,便使用在了这里。楼梯栏杆上则是装饰着象征福音四使徒寓意的图案。

"我把火生上了,担心你回来后觉得冷。"凯里太太说。

门厅里立着一个黑色的大火炉,只有在天气特别冷或牧师感冒时才会使用。如果是凯里太太感冒,就不生火了,因为煤很贵。而且女仆玛丽·安也不喜欢家里到处生炉子。如果想要每个屋子都生火,他们就必须另外再雇一个女工。冬天,凯里夫妇就住在餐厅里,这样生一个炉子就够了;到了夏天,他们也懒得挪窝,于是,凯里先生只是午后在看客厅打个盹儿。不过,每到星期六,凯里先生的书房是一定要生上火的,因为他要在那里写布道文。

路易莎伯母领菲利普上楼去看他的卧室。这是个很小的房间,能从窗户看到外面的车道。紧贴着窗户外面,长着一棵大树,菲利普现在记起了那棵树,因为树枝长得低,他能爬到树顶上去。

"小孩子就睡小房间啦,"凯里太太说,"你一个人睡觉不害怕吧?"

"哦,不会的。"

他上次是跟保姆艾玛一块来的,凯里太太几乎没操什么心。现在看着他,凯里太太有点不太确定。

"你能自己洗手吗?还是我来给你洗?"

"我能自己洗。"他毫不犹豫地回答。

"好的,你一会儿下来用茶点时,我会看你的手洗干净了没有。"她说。

凯里太太没有照顾孩子的经验。知道菲利普会到布莱克斯特伯尔住以后,她一直在想该如何对待这孩子。她很想履行好自己的职责,现在菲利普来了,她却发现自己跟这孩子一样羞涩。她希望他性格文静,因为她的丈夫不喜欢粗野、吵闹的男孩。凯里太太找了个借口离开,好让菲利普能独自待着,可刚过一会儿,她又上来敲门,站在门口问他会不会自己倒水。然后,她才又下楼,按铃叫仆人准备茶点。

餐厅很宽敞,结构布局合理,两边的墙上都有窗户,挂着厚重的红棱纹布帘;餐厅中央摆着一张很大的桌子,厅的一端有个硕大的桃花心木的餐具橱,上面镶着一面镜子。餐厅一角立着一架脚踏式风琴。壁炉两旁摆着两把套着椅套的皮椅,上面还有皮质标签。有扶手的被称作"丈夫椅",另一个没有扶手的被称作"妻子椅"。凯里太太从未坐过那把扶手椅,她说她宁愿坐一把不是那么太舒服的椅子。她总有许多事情要做,如果她的椅子也有扶手,她坐上去可能就不那么愿意起来了。

菲利普进来时凯里先生正在给炉子加煤,他指给侄儿看他的两把火钳。其中一把又大又光亮,没有使用过,称作"牧师";另外那把小得多的、已经用了好多年的,称作"副牧师"。

"我们还在等什么?"凯里先生问。

"我让玛丽·安给你煮个鸡蛋。走了这么远的路,你一定饿了。"

凯里太太觉得从伦敦回到布莱克斯特伯尔的一路会很累。她自己很少出门,因为他们一年的生活费只有三百英镑,当丈夫想到外地度假,而钱不够两个人使用时,他都是独自去。他喜欢出席在伦敦召开的全国基督教大会,通常每年都要去一次伦敦。他还参加过巴黎的一个展览会,去过两三次瑞士。

玛丽·安端来鸡蛋,他们开始坐下来就餐。菲利普坐在椅子上够不着桌子,凯里先生和他的太太一时有些手足无措。

"我拿些书垫在椅子上。"玛丽·安说。

她从小风琴上取过大开本的《圣经》和牧师经常用的祷告书,放到菲利普的椅子上。

"噢。威廉,他不能坐在《圣经》上,"凯里太太有些吃惊地说,"你不能到书房给他另外拿些书来吗?"

凯里先生考虑了片刻。"玛丽·安,如果你把祷告书放在最上面,就这么一次,我想没什么关系。"他说,"英国国教的祷告书都是我们这样的普通人写的,他们称不上是神圣的作者。"

"这我倒没有想到,威廉。"路易莎伯母说。

菲利普坐在了厚厚的两本书上。

牧师做完祷告后,从鸡蛋的最顶端切下一块。

"接着,"他说,然后把切下的部分递给了菲利普,"你要是愿意,就把这块吃了。"

菲利普其实很想自己吃上一个鸡蛋,可人家没给他准备,所以他只能接下这一小块。

"我走的这几天,鸡下的蛋多吗?"牧师问。

"噢,很少,一天只有一两个蛋。"

"你喜欢吃这鸡蛋尖儿吗,菲利普?"

"很喜欢,伯父,谢谢你。"

"到了星期天下午,你还可以吃上一个鸡蛋尖儿。"

每个星期天用茶点时,凯里先生总要吃上一个煮鸡蛋,这样他会更有精神和体力做晚礼拜。

5

菲利普渐渐对伯父和伯母多了些了解,而且在无意听到的只言片语对话中,也知道了一些有关自己和父母的情况。菲利普的父亲比布莱克斯特伯尔教区牧师要年轻得多。因为在圣卢克医院救治病人的杰出表现,他成了医院举足轻重的权威,挣的钱也开始多了起来。他出手阔绰,在牧师找他募捐修缮教堂时,他一出手就是几百英镑,让牧师很惊讶。一向节俭、经济拮据的凯里先生接下这笔款时百感交集，他既嫉妒弟弟能捐得出这么多钱，又为教堂得到这笔款项而高兴，与此同时，还对弟弟这种近乎炫耀的慷慨感到恼火。紧接着，亨利·凯里娶了他的一个病人做妻子。那是个漂亮却一贫如洗的姑娘，她家庭出身不错，是个孤儿，没有什么近亲。他俩的婚宴可谓高朋满座，贵宾云集。每次牧师去伦敦见到弟媳时，言行都很拘谨，甚至可以说是羞怯。从内心讲，他对她闭月羞花的美貌感到憎恨，她华贵的穿着也显然与一个外科大夫妻子的身份不符。他们家里全是名贵精致的家具，甚至冬天都摆满了鲜花，这样的奢华是他所不齿的。他听她讲那些要去参加的宴会，回家后又讲给自己的妻子听，还说，别人是不可能在毫无回报的情况下对她热情相待的——他在弟媳家的客厅里，曾见到桌上摆着至少八先令一磅的葡萄，午餐时吃的芦笋要比他菜园里长出来的早上两个月。他之前所预料的事情现在都应验了，此时的牧师生出一种满足感，就像是预言师看着某座城市因为没有听从自己的告诫而遭到大火和硫黄的焚烧一样。可怜的小菲利普也基本上落得个分文未得，他母亲的那些有钱的朋友们现在又在哪里呢？他听说菲利普的父亲挥霍无度，简直像是在犯罪，这样看来，上帝带走小菲利普亲爱的母亲或许是一种仁慈，他母亲的理财观念甚至不如一个孩子。

菲利普来到布莱克斯特伯尔的一个星期后，发生了一件让牧师颇为恼火的事。那天早晨，牧师在桌上看见一个小包裹，是从已故凯里太太伦敦的寓所寄来的，收件人写的是她本人。牧师打开后，发现是凯里太太的照片。这些照片都只是拍了头部和肩膀，头发只草草地梳了一下，鬓发垂在额前，没有像往常那样向后梳起，这让她显得和平时不太一样。她面容瘦削憔悴，可即便病成这样，也没有减损她秀美的容颜。母亲黑亮的大眼睛里，流露出一种菲利普从未见过的深深的忧伤。乍看到这个刚去世女人的照片，凯里先生不免吃了一惊，很快就转为困惑。这些照片看上去都很新，他想象不出是谁给她拍的。

"你知道这是怎么回事吗，菲利普？"他问。

"我记得妈妈说过她去照相的事，"菲利普回答说，"沃特金小姐为此还责怪过她……而妈妈说：'我想给孩子留下点儿什么，让他长大后也能记得我。'"

凯里先生瞧了菲利普一会儿。这孩子说话的声音尖细清晰，在复述妈妈这些话时，他其实并不晓得这些话的含义。

"你可以从里面选上一张放在卧室里，"凯里先生说，"我会把其余的拿走。"

事后，凯里先生把照片给沃特金小姐寄了一张，沃特金小姐给他回信，说明了事情的原委。

那天，凯里太太虽然仍躺在床上，但感觉比平日好了许多，大夫早晨来后也说病情似乎有了转机。艾玛领着菲利普出去玩了，女仆们也都去了地下室。突然之间，凯里太太感到自己在这个世界上太孤独，太凄凉了。巨大的恐惧抓住了她的心：她很可能在即将到来的分娩中（预产期还有两个星期）死去。她的儿子才九岁，怎么能期望他会记住她呢？她受不了他长大后会把她完全忘掉的痛苦，因为他体弱、残疾，是她生的儿子，所以她全身心地爱着他。结婚后她就没有再照过相。她想让儿子知道她在最后一段日子里的模样，那样，他就不会完全忘记她了。她知道如果唤来女仆，说她要出去一趟，女仆一定会阻拦，或许还会叫来医生，她现在已经没有力气和他们争执理论了。她从床上起来，开始穿衣服。她躺的时间太久了，站起来时腿上一点力气也没有，触到地面的脚掌像针扎似的痛，痛得她几乎再不愿意把脚踩在地上，但她还是挣扎着到了梳妆台前。她不习惯自己梳头，抬起手臂时感到一阵头晕目眩。她梳不成平时女仆给她梳的样式。她有一头美丽的金发，眉毛直而黑，是那种少见的柳叶眉。她穿上一条黑色的裙子，选了那件她平时最喜欢也是当时流行的白绸缎晚礼服紧身胸衣。她看着镜子中的自己，尽管脸色非常苍白，可皮肤还是很白净，苍白的肤色更突显出她秀美嘴唇的红润。她忍不住一阵呜咽。但现在的她已无暇为自己难过，她感觉自己的精力就要消耗殆尽了；她穿上前年亨利送她的皮衣——那时的她曾为拥有这件皮衣感到自豪和快乐——她的心怦怦地跳着。她下楼，顺利地出了家门，叫了辆车去照相馆。她付了十几张照片的钱，拍照中途她不得不停下来要杯水喝。摄影师的助手看见她身体如此虚弱，建议她改日再来，可她坚持要拍完。照相结束后,她又乘车返回位于肯辛顿的寒碜寓所,她打心眼里不喜欢这个房子。一想到会死在这所房子里,她就不寒而栗。

她回来时发现大门开着,一下车,女仆和艾玛就冲下台阶来扶她。发现她不在房间,两人都吓坏了。她们起初以为她是去沃特金小姐家了,就派了厨娘过去打探。沃特金小姐知道后,也担心地跟着厨娘一块来了,正焦急地在客厅里等。沃特金小姐本想着好好说说她,可凯里太太已经耗尽了体力,驱使她硬撑下去的动力已不复存在,她一头倒在艾玛怀里,被抬上了楼。昏迷的时间对守着她的人们来说,真是无比的漫长,特别是在匆忙派人去请的医生还迟迟未到。直到第二天她略微好些,沃特金小姐才从她嘴里得知了事情的大概。当时,菲利普正在母亲睡房的地板上玩,两个女人都没有避讳。对她们所谈的事,他并不完全明白,也不知道为什么这些话会留在他的记忆中。

"我想给孩子留下点儿什么,让他在长大后也能记得我。"

"我不明白她为什么要照十几张,"凯里先生说,"有两张就够了。"

6

在牧师的住宅里,每天似乎都千篇一律。

吃过早饭,玛丽·安会把《布莱克斯特伯尔时报》拿给凯里先生,这份报纸是凯里先生跟他的两个邻居共享的:早上十点到中午一点,时报归他;一点钟后花匠会把它送到莱姆斯庄的埃利斯先生家,埃利斯先生可以把报纸保留到晚上七点;然后,时报会转给住在马诺宅的布鲁克斯小姐,因为她是最晚看到的,所以报纸最后便留在她那里。夏天凯里太太做果酱时,常会跟布鲁克斯小姐要几张报纸,盖在果酱罐子上。当凯里先生开始读报时,凯里太太便戴上她的无边帽去镇上购物,菲利普也跟着一起去。

布莱克斯特伯尔是个渔村,镇上只有一条大街,商店、银行、诊所都在这条街上,几个煤船主也住在这边。不大的码头被几条脏乱的小街巷夹在中间,那里住着渔民和穷人。因为他们是上小教堂做礼拜，因此往往无关紧要。凯里太太在街上看到非国教的牧师时，会走到马路对面，免得跟他们撞上；如果来不及这么做，就会低头瞧着地面，装作没看见。在这条大街上竟然就有三座非国教的教堂，对这等不雅之事凯里牧师无论如何也不能苟同，他认为法律本来应该介入，阻止它们的修建。在布莱克斯特伯尔买东西可不是一件简单的事情，因为教区教堂离城镇有两英里之遥，不信奉国教的人为数并不少，所以他们只跟去教堂的人打交道。凯里太太十分清楚，牧师购买哪家商店的东西，与商人们的信仰关系极大。镇上有两家肉店的老板去教堂做礼拜，他们不理解牧师为什么不能同时买他们两家的肉，对牧师前半年买这一家，后半年买另一家的简单做法也不满意。没能把肉卖给牧师家的店主威胁说以后再也不去教堂了，这时候牧师不得不做出反击，说他们不来教堂是非常错误的，如果他们错上加错，去了小教堂，那么不管他卖的肉有多鲜嫩，凯里先生也绝不会再去光顾。

　　凯里太太常常会在银行停一下，给乔赛亚·格雷夫斯捎个口信，乔赛亚·格雷夫斯是银行经理，还兼任教堂唱诗班的领班、出纳和教堂执事。此人个子瘦高，脸色蜡黄，有个很长的鼻子，头发几乎全白了。在菲利普看来，他似乎已经很老了。他管理着教区的账目，招待唱诗班的人，还负责为学校办娱乐活动。尽管教区教堂里没有风琴，可他领导的唱诗班仍被公认为是肯特郡最棒的（布莱克斯特伯尔的人都这么看）。每当要举行什么仪式，比如说主教大人前来施坚信礼①，或是感恩节乡村牧师前来布道等，都是由他来做出必要的安排。不过，他在做这类事情时几乎从来不会过问牧师的意见。尽管平时牧师懒得给自己找麻烦，可对教堂执事的这一专断做法还是颇有微词——他似乎真把自己当成教区里最重要的人物了。凯里先生总跟他妻子说，如果乔赛亚·格雷夫斯继续这样我行我素，总有一天他要给格雷夫斯点颜色看看。凯里太太则建议他多担待——"格雷夫斯的本意是好的，即便他不是绅士，那也不是他的过错。"牧师以自己在践

---

① 坚信礼，一种基督教仪式。根据基督教教义，孩子在一个月时受洗礼，十三岁时受坚信礼。孩子只有被施坚信礼后，才能成为教会正式教徒。

行基督的美德自我安慰，采取了忍让的态度。不过，为了出气，他在背地里称教堂执事为俾斯麦[①]。

他们之间曾发生过一次激烈的争吵，直到现在，凯里太太想起这件事仍有些惴惴不安。那次是因为保守党的候选人宣布他拟在布莱克斯特伯尔做一次竞选演讲，乔赛亚·格雷夫斯安排演讲将在布道厅举行，他找到凯里先生说希望他到时也能讲上几句话。显然，候选人已经邀请乔赛亚·格雷夫斯来主持这场演讲。这样的越姐代庖显然超出了凯里先生的忍耐限度。他坚定地认为牧师的职权应该受到尊重，牧师在场的情况下，让一个教堂执事来主持会议简直是荒谬！他提醒乔赛亚·格雷夫斯，牧师是教区的至尊人物，在教区内牧师说了算。乔赛亚·格雷夫斯回答说，他头一个承认教会的尊严，但这一次纯属政治事务，他反过来提醒牧师，圣主耶稣曾告诫他们"该撒的物当归该撒"[②]。对此，凯里先生反驳道，为了达到目的，魔鬼也常常会引用《圣经》，自己对布道厅拥有完全的权利，如果不请他来主持，他就拒绝他们用布道厅举行这场政治聚会。乔赛亚·格雷夫斯对凯里先生说，如果是那样，他可以选择他认为同样合适的美以美小教堂。凯里先生说如果乔赛亚·格雷夫斯胆敢把脚踏进一个异教徒教堂，那他就不配再做基督教区的执事了。为此，乔赛亚·格雷夫斯辞掉了他在教会的一切职务，当天晚上便派人取回了他的黑袍法衣和白色法衣。替他管家的妹妹格雷夫斯小姐也辞去了她在母子俱乐部的秘书职务——这个俱乐部给贫穷的孕妇提供法兰绒布、婴儿内衣、燃煤和五先令的救济金。凯里先生说，他终于又成了这个教区的主人了。可不久，他便发现他不得不去管那些他一窍不通的杂七杂八的事务，而乔赛亚·格雷夫斯在发泄了一通火气之后，也发现他失去了生活中的主要兴趣。凯里太太和格雷夫斯小姐为他们的争吵感到很不安，两人经过一番审慎、冷静的通信之后见了面，决心劝说他们俩和解。她们俩

---

① 俾斯麦（1815—1898），德意志帝国首任首相，人称"铁血宰相"。俾斯麦是保守派，维护专制主义。

② 出自《新约全书》的《马可福音》第十二章十七节。

分别苦口婆心地劝说自己的丈夫和自己的哥哥，由于她们的劝解正合了这两个男人的心意，所以，在三个星期的焦急不安之后，他们终于和解了。这是一个双赢的局面，可他们却将此称作是对主的共同热爱。会议仍在布道厅举行，医生被邀请来主持大会。凯里先生和乔赛亚·格雷夫斯都在会上发了言。

凯里太太在把口信捎给银行经理后，总会上楼跟格雷夫斯小姐聊上一会儿，两个女人谈论教区里的事，对副牧师或威尔逊太太的女帽也会议论上一番——威尔逊先生是布莱克斯特伯尔最富有的人，人们都认为他一年至少有五百英镑的收入——在这个时候，菲利普就安静地坐在专门用来接待客人的古板大厅里，看着鱼缸里的金鱼游来游去。厅里的窗户除了早晨通风时打开几分钟，平时总是关着，在菲利普看来，屋子里的陈腐气息似乎与银行业有着某种神秘联系。

临了，凯里太太想起她还得到杂货店里买东西，于是婶侄二人又上了路。买完东西后，他们常会拐进一条渔民居住的小巷，这里的房子大多是小小的木头房，随处都能看见渔民坐在屋前的台阶上补织晾晒在门上的渔网。沿着这条小巷，二人走到一处不大的海滩，海滩周遭都被仓库围着，可还是能看到大海。凯里太太伫立着，凝望着浑浊发黄的海水，不知道心里在想些什么。这个时候，菲利普就寻找扁平的石子打水漂儿玩。末了，他们慢慢地往回走。路过邮政局，进去看看时间是否还早，看见坐在临街窗前缝衣服的医生妻子威格拉姆太太就点头打个招呼，然后就到家了。

午餐在一点钟准时开始。星期一到星期三吃烤牛肉、牛肉丁和肉泥，星期四到星期六吃羊肉，星期天他们会炖上一只自家养的小鸡。下午是菲利普做功课的时间。伯父教他拉丁文和数学，虽然他自己对这两门课都知之甚少。伯母教他法语课和钢琴课。伯母并不懂法语，不过钢琴弹得还可以，能弹奏她已唱了三十年的那些老歌。威廉伯父常对菲利普说，在他做副牧师时，妻子便能完整地唱出十二首歌了，只要有人邀请，她马上就能唱出来。现在家里若是举行茶会，她仍然会唱上几首。能被凯里夫妇邀请的人并不多，来赴约的总是那几个：副牧师、乔赛亚·格雷夫斯和他的妹妹，威格拉姆大夫和他的妻子。

用完茶点后,格雷夫斯小姐会弹上一两首门德尔松的《无词歌》,凯里太太唱《当燕子飞回家的时候》或《跑啊,跑啊,我的小马》。

凯里夫妇并不经常举办茶会,事先的准备就够他们劳神的,等到客人走了,骨头也差不多快累散架了。夫妻俩还是喜欢独自喝茶,用完茶点后,两人常玩十五子棋。凯里太太总是设法让丈夫赢棋,因为他不喜欢输。晚上八点是冷餐,大多吃的是剩饭,因为玛丽·安不愿意在茶点时间后再动炉灶,凯里太太也在一旁帮着收拾碗碟。凯里太太的晚饭一般是面包和奶油,再加一点炖水果;凯里先生则要吃上一块冷肉。吃过晚饭后,凯里太太就按铃,叫大家做晚祷。随后,菲利普去睡觉。他拒绝让玛丽·安给他脱衣服,坚持了一段时间后,终于赢得了自己穿脱衣物的权利。九点钟时,玛丽·安拿进一篮鸡蛋。凯里太太在每个鸡蛋上标上产蛋的日期,把数记在本子上,然后就提着餐具篮上楼。晚饭后,凯里先生会继续读他的旧书,但只要钟表敲过十下,他就会立刻起身关掉灯,跟着妻子去睡觉。

菲利普来了后,安排他在哪天晚上洗澡成了一件难事。自从厨房的锅炉坏了,热水供应就比较紧张,不可能同一天供两个人洗澡。在布莱克斯特伯尔,只有威尔逊先生家有洗澡间,人们觉得他是在炫富。玛丽·安是星期一晚上在厨房里洗澡,因为她喜欢干干净净地迎来新的一周。威廉伯父不能在星期六洗,因为他星期天的工作最繁重,而洗完澡后他总感觉有些累,所以安排在星期五。出于同样的原因,凯里太太安排在星期四。这样看起来,菲利普自然该在星期六了。但玛丽·安不愿意星期六晚上让厨房的火一直烧着,因为星期天她要做很多饭菜,还得烙馅饼,而且不知还有多少事等着做,星期六晚上她可没心劲给这孩子洗澡——明摆着,他自己一个人洗不了。凯里太太不好意思给一个男孩子洗澡,而牧师得准备第二天的布道文,肯定没时间。可是,牧师坚持要菲利普以洁净的身体迎接主日的到来。玛丽·安说她宁愿离开,也不想再给自己增加负担——她已经在这里做了十八年,不希望主人家再给她加活儿,他们多少也应该为她想一想——菲利普说他不需要任何人帮助,他完全可以自己洗。事情就这样定了。可是,最后玛丽·安说她根本不相信他自己能洗干净,与其让他脏着,她宁愿自己多受点累,哪怕是在星期六晚上——这倒不是因为他要去谒见主,而是她不忍心看着一个孩子不干不净的。

7

星期天总是充斥着各种各样的琐事。凯里先生常说,他是教区里唯一一个一周工作七天的人。

这一天,全家人要比平时早半小时起床。玛丽·安八点准时过来敲门,凯里先生抱怨道,教区牧师就算休息日也睡不了懒觉。凯里太太星期天时穿衣服也比平日里慢,九点钟才急急忙忙下来用早餐,将将赶在丈夫的前面。凯里先生的靴子放在炉前烘着。祷告的时间比平时长,早餐也比平时丰盛。吃完早餐,牧师着手准备圣餐,把面包切成薄片,菲利普得到允许,可以切下面包上的皮。凯里先生让菲利普去书房取大理石镇纸,用它把面包压得又薄又软,然后再切成小方块。准备多少圣餐需要根据天气来定。遇上糟糕的天气,来教堂的人就很少;天气要是特别好,尽管来的人多,可留下来吃圣餐的人却不多。碰上那种不算好又不算差的天气,来教堂的人多,又因为不是那种和煦的艳阳天,人们不会急于离开,用圣餐的人才最多。

随后,凯里太太从餐具室的食橱里拿出圣餐盘,牧师用一块羚羊皮把盘子擦亮。十点钟,马车来到门口,凯里先生穿上靴子,凯里太太得花几分钟的时间戴帽子,这时牧师身披宽大的斗篷在大厅里等候,神情俨然如一个行将被带进竞技场的古代基督徒。说来也怪,结婚三十年,凯里太太始终不能在星期天的早晨按时准备停当。终于,她穿着黑绸缎衣服下来了。无论什么时候,凯里先生都不喜欢妻子穿着艳丽,尤其在星期天,妻子只能穿黑色的衣服。有时,因为跟格雷夫斯小姐商量好了穿什么,凯里太太才敢在帽子上插一根白羽毛,或是一株粉红色的玫瑰,可就连这牧师也不允许,他说他不能跟穿红戴绿的女人一起进教堂。作为女人,凯里太太为自己叹息,而作为妻子,她又必须服从。他们正要上马车时,牧师突然想起今早还没人给他煮鸡蛋。她们知道，为了在布道时能够声音洪亮，牧师事先一定要吃个鸡蛋的。家里有两个女人，可没有一个能为他着想。凯里太太责怪玛丽·安，玛丽·安回嘴说她不可能事事想得周全。玛丽·安赶忙回去拿鸡蛋，凯里太太把鸡蛋敲进一杯雪利酒中。牧师一口喝下。这时，圣餐盘也装上了马车，他们出发了。

马车是从"红狮"车行雇来的，散发着一股发了霉的稻草味儿。车上的两扇窗户都关着，免得让牧师受风着凉。教堂执事在门廊等着拿圣餐盘，牧师去法衣室准备，凯里太太和菲利普坐到了牧师家属的座位上。凯里太太在面前放了一枚六便士的硬币，这是她习惯在圣餐盘里放的钱数，她还给了菲利普一枚三便士的硬币，让他一会儿捐在圣餐盘里。教堂里逐渐坐满了人，礼拜开始了。

菲利普听着布道，渐渐觉得厌烦起来，可要是他不耐烦地乱动，凯里太太便会把一只手轻轻放在他的胳膊上，用责备的眼神看他。最后唱起圣歌时，菲利普又来了兴致。格雷夫斯先生端着圣餐盘从人们身边挨个儿走过。

待教堂的人都散去了，凯里太太便走到格雷夫斯小姐坐的地方和她说话，等着牧师他们出来；菲利普走进法衣室。伯父、副牧师、格雷夫斯先生还没有脱下他们的白色法衣。凯里先生把献祭剩下的圣餐拿给菲利普，告诉他可以把它们吃掉。因为觉得扔掉圣餐会亵渎神灵，以前凯里先生总是自己吃，现在，菲利普的好胃口为他分担了这份职责。他们数着捐款的数目。这些钱大多是六便士或三便士的硬币。不过，其中总有两枚一先令的硬币，一枚是牧师捐的，另一枚是格雷夫斯先生捐的；有时，里面还会有一枚两先令的银币。这位捐款者应该不是布莱克斯特伯尔当地的人，凯里先生纳闷这人是谁。格雷夫斯小姐说她见过这人往盘里放钱，她告诉凯里太太：这位陌生人来自伦敦，已婚，有孩子。回去时，凯里太太把这一情况告诉了丈夫，牧师决定去拜访这位伦敦人，并请他给附设的副牧师协会捐款。然后，凯里先生问做礼拜时菲利普捣蛋了没有；凯里太太则随口说些琐事，譬如威格拉姆太太买了一件新斗篷，考克斯先生今天没来教堂，有人认为菲利普斯小姐已经订婚了之类。马车终于抵达牧师住宅时，他们每个人都如释重负，觉得应该好好吃上一顿才能宽慰自己。

饭后，凯里太太回屋休息，凯里先生躺在客厅的沙发上小憩。

五点钟用茶点，届时，牧师会再吃上一个鸡蛋，为晚祷蓄积体力。凯里太太不去教堂做晚祷，所以玛丽·安可以去。不过凯里太太在家照样会念祷文，唱圣歌。凯里先生晚上步行去教堂，菲利普一瘸一拐地跟在他身边。沿着夜间的乡村道路漫步，让菲利普感觉有些特别，远处灯火通明的教堂离他们越来越近，看起来非常温馨。一开始，和伯父同行让他有点腼腆，可不久便习惯了。他把小手伸到伯父掌心里，感觉有人保护着自己，走得也更自在了。

回来后，他们吃了晚饭。凯里先生的拖鞋就放在火炉前的凳子上，旁边摆着菲利普的鞋，一只是普通的小孩鞋，另一只是个畸形足穿的怪模怪样的东西。上床的时候，菲利普已感到筋疲力尽，连玛丽·安要给他脱衣服也没有反对。给他盖上被子后，玛丽·安亲了亲他。菲利普开始喜欢她了。

8

菲利普习惯了独生子的孤寂生活，在牧师家里并不觉得比母亲在世时更孤独。他跟玛丽·安成了朋友。玛丽·安今年三十五岁，个子不高，长得圆圆胖胖的，是渔民的女儿。她十八岁就来到牧师住宅做女仆，一直待到现在，从没有要离开的打算。不过，她时不时地把自己可能会出嫁当作一张王牌，来对付胆小怕事的男女主人。玛丽·安的父母住在海港街外的一所小房子里，晚上没事时她常去看望他们。她讲的关于海的故事激发了菲利普的想象，港口周围那些狭窄的街巷在他充满幻想的头脑中蒙上了一层浪漫的色彩。一天傍晚，菲利普问伯父伯母他可否跟玛丽·安一起到她家看看，伯母担心他会受到什么不好的影响，伯父也说接触邪恶会腐蚀良好的教养。伯父不喜欢渔民，认为他们野蛮、粗鲁，而且做礼拜去的是小教堂。可菲利普觉得他待在厨房比待在餐厅自在得多，一有机会他就把玩具拿到厨房去玩。伯母对此倒没有太在意。她不喜欢家里被弄得很乱,男孩子又调皮捣蛋,因而她宁愿菲利普去厨房作乱。平日里,一旦菲利普有些坐立不安、乱蹦乱跳,伯父就会显出不耐烦,说早该送他去上学了。凯里太太认为菲利普上学还有些早,她心里对这个失去了母亲的孩子很是疼爱,可她想要赢得好感的做法却常常显得笨拙。生性腼腆的菲利普在她表现关爱时总板着一张脸,这很伤她的心。有时候她听到他在厨房里发出一阵阵清脆的笑声,可一等她进去,他马上就变安静了,在玛丽·安向她解释他为什么笑得那么开心时,他的脸会涨红绷紧。凯里太太也压根听不出那些让他大笑开怀的事情有什么有趣之处,所以也只能勉强地笑笑。

"威廉,菲利普跟玛丽·安在一起时,看上去比跟我们在一起快活得多。"她在做针线活的时候说。

"看得出来。他以前是被宠坏了,得好好地管教才行。"

在菲利普到来的第二个星期天,发生了一件不愉快的事。和往常一样,凯里先生在饭后到客厅睡午觉,可是他今天心情不太好,一时难以入眠。上午,乔赛亚·格雷夫斯对他在祭坛上摆放烛台的做法提出了强烈反对。这些烛台是凯里先生从坎特伯雷买来的二手货,他觉得用作装饰很漂亮。可乔赛亚·格雷夫斯却说它们像是天主教的东西,这番奚落触痛了牧师。爱德华·曼宁领导的国教分离运动[①]期间,牧师恰好在牛津,他对罗马天主教多多少少有些理解和同情。就他而言,他愿意让布莱克斯特伯尔教区的礼拜仪式搞得比以往更气派一些,在隐秘的内心深处,他向往仪仗队和明亮气派的烛台等宏大场面。他不赞同焚香。他厌恶听到"新教徒"这个词。他称自己是"天主教徒"。他常说如果要在天主教徒前面加个限定词,那就是"罗马"天主教徒;英国国教便是对"天主教"这一术语的最好、最充

[①] 国教分离运动,是指禁止教会干预国家教育活动和开办学校的活动。亨利·爱德华·曼宁毕业于牛津大学,1833年受按立为英国圣公会牧师。作为牛津运动的一员,他和约翰·亨利·纽曼一起强调英国国教中的天主教传统,但抨击罗马教皇。

分、最崇高的表达。想到光洁的面庞使他看上去颇似天主教教士,他不免有些得意,年轻时他那清心寡欲的形象进一步加强了人们对他的印象。他常跟人们说起他在布隆涅的一次度假(由于经济拮据,他的妻子未能同去),一天他正坐在教堂里,教区牧师走到他身边,邀请他上去布道。他坚信未就圣职的教士须持独身主义,所以一旦副牧师结婚,他便会辞退他们。可是,在一次地方选举中,自由党人在他的花园围墙上用蓝色字体书写了"此路通向罗马"的大幅标语,他看了非常生气,威胁说要控告布莱克斯特伯尔自由党的领导人。他已下了决心,不管乔赛亚·格雷夫斯怎样劝诱他把烛台从祭坛上拿掉,他也不会听,私下里他又愤愤地嘟囔了一两遍"俾斯麦"。

突然,牧师听到了轰隆的一声响。他掀开蒙在脸上的手帕,从躺着的沙发上站起来,去餐厅查看。菲利普坐在餐桌上,四周堆满了积木。他搭了一个硕大的城堡,因为基础不牢靠,整个儿坍塌了。

"你在用这些积木干什么,菲利普?你知道星期天是不准玩游戏的。"

菲利普吓坏了,用惊恐的眼神望着他,刹那间脸涨得通红。

"在家时,我天天都玩的。"他回答说。

"我相信,你亲爱的母亲是不会让你干这样的坏事的。"

菲利普不明白这怎么会是坏事,即便是,他也不愿意让人们以为是妈妈同意他做的。他低着头,没有回答。

"你难道不知道,在星期天玩耍是非常恶劣的行为?你想想,为什么要将这一天称作安息日?你今晚要去教堂,可下午却触犯了上帝的一条戒律,你还怎么去面对你的主?"

凯里先生命令他立即把这些积木收好,并站在旁边监督他。

"你太顽皮,太捣蛋啦,"他重复着说,"想想你的行为会让你天堂里的母亲多么伤心。"

菲利普觉得自己快要哭出来了,可他有种强烈的本能,极不愿意让别人看到自己流泪。他紧咬牙关,免得自己哭出声来。凯里先生坐在沙发上,随手翻看一本书。菲利普站在窗户边。牧师住宅与对面通往坎特伯雷的公路间有一小段距离,从餐厅的窗户望出去,可以看到一块半圆形的草坪，再往前就是一望无际的绿色田野。羊群在田野中吃着草，灰色的天空显得阴沉沉的。菲利普心里难受极了。

不一会儿，玛丽·安端来茶点，路易莎伯母从楼上下来。

"你午觉睡得好吗，威廉？"她问。

"不好，"凯里先生说，"菲利普闹的动静太大了，我连眼皮都没合过。"

凯里先生说的并不完全符合事实，其实他是因为有心事才没睡着。在一边听着的菲利普不高兴，心想自己只弄出轰隆的一声响，伯父在这前后并不应该睡不着呀。凯里太太问发生了什么事，牧师讲了事情的经过。

"他甚至没有说一句道歉的话。"牧师最后说道。

"噢，菲利普，我相信你现在已经后悔了，是吗？"凯里太太说，生怕丈夫会因此对他产生更加不好的印象。

菲利普没有回答。他继续大口地吃着面包和奶油。他不知道是什么阻止他说出任何道歉的话，他只觉得自己的耳朵在嗡嗡作响，他有点儿想哭，可就是一声也不吭。

"你没有必要就这么绷着脸，一直执拗下去。"凯里先生说。

大家在沉默中吃完了茶点。凯里太太时不时偷眼瞧瞧菲利普，而牧师却是刻意不再理会他。后来，菲利普看到伯父上楼准备去教堂，自己也去门厅拿上了帽子和外套，可牧师下楼看到他后却说：

"我不希望你今晚去教堂，菲利普。我想，你现在这副样子，不宜进入上帝的殿堂。"

菲利普没有吱声。他觉得这对他是个莫大的羞辱，脸涨得通红。他默默地站着，望着伯父戴上宽边帽，披上大斗篷。像往常一样，凯里太太把牧师送到门口。临了，她向菲利普转过身来。

"没关系的，菲利普，下个星期天你不会淘气了，是吗？到时候，伯父晚上一定会带你去教堂的。"

凯里太太帮菲利普脱下帽子和外套，把他带进餐厅。

"跟我一起读祈祷文好吗，菲利普。我们在脚踏风琴的伴奏下，一起唱圣歌，你喜欢吗？"

029

菲利普坚决地摇了摇头。凯里太太吃惊不小。如果他不愿意和她一起做晚祷，她真不知道该拿他怎么办了。

"那么，在伯父回来前，你想做什么呢？"她无奈地问。

菲利普终于打破了沉默。

"我想一个人待着。"他说。

"菲利普，你怎么能说出这样的话？你难道不知道我和你伯父都是希望你好吗？你难道一点儿也不爱我？"

"我恨你们。我希望你们去死。"

凯里太太倒吸了一口凉气。菲利普说话时的愤然神情让她吓了一跳。她一时说不出话来。她坐到丈夫那把扶手椅上。她渴望去疼爱这个在世界上孤零零的跛足的孩子，也渴盼着他能够爱她。她是一个没有生育能力的女人，尽管这显然是上帝的旨意，让她这辈子无儿无女，可当她看到别人家的小孩时，她的内心有时还是会被深深地触痛。她这样想着，泪水渐渐盈满眼眶，临了，顺着脸颊一颗一颗地滚落下来。菲利普惊讶地望着她。她掏出手帕，开始大哭起来。突然间，菲利普意识到她哭是因为他刚才说的话，他心里有些后悔，默默地走到她身边，吻了吻她。这是他第一次主动吻她。这个可怜的女人——在她的黑绸缎衣服里，身体显得那么瘦小，她的面容枯黄干瘪，头上梳着滑稽的螺旋状的卷儿——把孩子抱在膝上，用手臂搂住他，哭得像是个泪人儿似的。不过，她现在流的已是悲喜交加的眼泪，因为她觉得他们之间的生疏感全然消失了。他让她尝到了痛苦的滋味，她现在是以一种全新的爱意来爱他了。

<h1 style="text-align:center">9</h1>

下一个星期天到来，牧师吃过饭准备去客厅小憩——他生活中的一切行为似乎都是按礼仪来进行——凯里太太也正要上楼，这时菲利普突然问："如果星期天不许玩，我做什么呢？"

"你就不能安安静静地坐会儿吗？"

"我不能一动不动地坐到吃茶点。"

凯里先生望了望窗外,天阴沉沉的,刮着凛冽的风,他不能把菲利普打发到花园。

"让我想想你做什么好。哦,你可以背诵一下今天的短祷文。"

他从风琴上拿来平时祈祷用的祷告书,翻到了他要找的那一页。

"这一段不长。如果到用茶点时你把它一字不落地背会了,你就可以吃到鸡蛋尖。"

凯里太太把菲利普的椅子挪到餐桌前——他们给他买了一把高一点的椅子——把书放到他面前。

"魔鬼给闲汉找事干。"凯里先生说。

他在火炉里添了一些煤块,这样喝茶时炉火就烧旺了。随后他去了客厅,松开领口,整理好坐垫,舒舒服服地躺在沙发上。想到客厅有些凉,凯里太太从门厅拿来一条毯子,给牧师盖在腿上,把脚也掖进毯子里。她拉下窗帘,免得光线晃他的眼睛,见他已经合上眼,就踮着脚尖走了出来。牧师今天的心情不错,十分钟便睡着了,并发出轻微的鼾声。

这是主显节①之后的第六个星期日,这段祷文的开头是:"主啊,你的圣子已经表明,他可以挫败魔鬼的伎俩,使我们都成为上帝的儿子和永生的后嗣。"菲利普读了一遍。可一点儿也不明白其中的含义。他开始大声地念出来,可里面的好多词他并不认识,句子的结构也显得陌生。他脑子里只能装进去一行,注意力怎么也集中不起来。沿着屋子的围墙,种着一行行果树,一根长得很高的枝条不时地拍打着窗户上的玻璃,一群羊在花园外的田野里呆滞地吃着草。他的脑子里好像打上了许多的结。后来,他突然感到一阵恐慌:要是到了用茶点时还没有背会,那可怎么好,他小声、快速地念着,不求理解,只要像鹦鹉学舌那样记住就行了。

那天下午,凯里太太没能睡着。到了四点,她再也躺不住,便下了楼。她想着去听听菲利普背诵祷文,这样等他伯父一会儿检查时,

―――――――――
① 主显节,公历1月6日。主显节是东方教会庆祝耶稣诞生的节日。

他便能背得准确无误了。那样的话,他的伯父就会为他感到高兴,会说这孩子的心思终于用到正经地方上了。可正当凯里太太走到餐厅门口要进去时,里面传出的声音让她突然停下了脚步。她的心狂跳起来。她转身悄悄地出了前厅,绕到房子后面的餐厅窗户那里,小心翼翼地望进去。菲利普仍然坐在她为他搬过去的那把椅子上,却是两手抱着头,伏在桌子上,正伤心地抽泣,连肩膀都在抽搐。凯里太太吓坏了。这孩子平时给她的印象总是很内向,很沉稳,她还从未见他哭过。现在,她知道了他镇静的外表只是本能地想要掩饰起他的感情:他把自己藏起来偷偷地哭泣。

凯里太太再也顾不上去管她丈夫睡觉时喜不喜欢被打搅,一下子冲进客厅里。

"威廉,威廉,"她喊,"那孩子在哭,哭得好伤心。"

凯里先生坐起来,掀掉了盖在腿上的毯子。"他为什么哭?"

"不知道……噢,威廉,我们不该让这孩子不快活。你觉得是我们的错吗?要是我们有孩子,就知道该怎么做了。"

凯里先生一脸惘然地看着她,觉得自己很无奈。"他哭,不会是因为我让他背诵那段短祷文吧。总共还不到十行。"

"你觉得我给他拿些图画书看行吗,威廉?有几本关于圣地的图画书。那里面不会有什么不好的东西吧。"

"好的,我不反对。"

凯里太太进到书房去拿。收藏书籍是凯里先生的唯一嗜好。每次去坎特伯雷,他总要到旧书店里逛上一两个小时,临了,总会带回四五本书页发黄的旧书。他从未劳神去读过它们,因为他早就没有了阅读的习惯,不过,他喜欢翻翻那页码,看看里面的插图——如果有插图的话,或是修补一下坏了的封皮。他喜欢雨天,因为那样他便可以心安理得地待在家里,整个下午用一个胶水锅和蛋白修补那些破旧的四开本的俄国皮革封面。他有不少附有版画的古代游记书籍,凯里太太很快找来两本描述巴勒斯坦的图画书。她到餐厅门口时,有意咳嗽了一声,好让菲利普有时间平静下来:她觉得如果在他哭的时候贸然进去,会有伤他的自尊心。接着,她咔嗒、咔嗒地转动着把手。待她进去时，菲利普已经在看祷告书，他用两只手挡在眼睛前，免得她看出他刚才哭过。

"祷文背会了吗？"她问。

他没有即刻回答。她想他是怕说话时声音发颤，一时有些尴尬。

"我背不下来。"他终于喘着长气说。

"喔，没有关系，"她说，"你不必背诵了。我给你拿来几本图画书。来，坐到我腿上，咱们一起看。"

菲利普从高椅子上滑下来，瘸着脚走到她这边。他低着头，不愿意让她发现自己哭过。伯母用两只胳膊搂着他。

"你看，"她说，"这就是我们的主耶稣基督的诞生地。"

她指着书上的一个东方小城，城里有平顶房，圆顶的建筑和伊斯兰教寺庙的尖塔。图画的前景是一片棕榈树，有两个阿拉伯人和几匹骆驼在树下栖息。菲利普用手去抚摸那幅图画，好像是想摸到那些房子和游牧民宽松的衣衫。

"给我读读上面的文字。"菲利普说。

凯里太太开始用她那没有抑扬顿挫的嗓音念书页上的文字。这本书描述的是十九世纪三十年代东方旅行者浪漫的生活，语言或许有些夸张，可里面却充溢着情感的芬芳，就是以这种情感，迎来了继拜伦[①]和夏多布里昂[②]之后的一代人。不一会儿，菲利普打断了她。

"我想看下一幅图。"

当玛丽·安进来，凯里太太起身跟她一起铺桌布时，菲利普自己拿着书，浏览着里面的插图。伯母费了好大的劲才劝他放下书，过来用茶点。此时的菲利普已忘记自己背祷文时怎么也背不会的苦恼，忘记了自己的哭泣。第二天下雨，菲利普又要看那本书。凯里太太高高兴兴地把书拿给他。在跟丈夫谈及他的未来时，她发现他们两人都希望他将来能接受圣职。菲利普对耶稣诞生地的图画书表现出的强

[①] 乔治·戈登·拜伦（1788—1824），英国19世纪初期伟大的浪漫主义诗人。

[②] 夏多布里昂（1768—1848），法国早期浪漫主义的代表作家。

烈兴趣似乎是个好兆头,看起来,这孩子的心好像天生倾慕于神圣的事物。一两天后,他提出要看更多的书。于是,凯里先生把他领进书房,指给他看存放图画书的地方,顺便从中挑了一本介绍罗马的书。他贪婪地看着,里面的图画把他带入一个新的世界,给予他新的乐趣。他开始读附在版画前后的文字,了解它们的内容,很快,他对所有的玩具都失去了兴趣。

后来,周围没有人时,他便自己到书架上去取书。也许是因为首先在他脑中留下印象的是一个东方城市,所以他的主要兴趣似乎都在那些描写黎凡特①的图画书上。他怀着激动的心情看那些图片上的伊斯兰教寺院和富丽堂皇的宫殿,其中有一本关于君士坦丁堡的书,上面一幅名为《千柱厅》的画格外激发了他的想象力。这是一个拜占庭式的地下天然水池,经人们的想象和渲染,它竟成了一个奇幻、浩渺的地下湖泊。他读到的这个传说故事里说:总有一条船停泊在入口处,引诱鲁莽之人上钩,那些乘船贸然进入黑暗洞穴的旅行者无一生还。菲利普想知道这船是会沿着没有尽头的柱廊永远行驶,还是最终会抵达一座奇异的大厦。

有一天,他无意中在书架上看到了莱恩翻译的《一千零一夜》,心里好不高兴。他最初是被里面的插图吸引的,之后就从讲妖术的故事开始读起,随后又读了其他的。对于他喜欢的那些故事,他会翻来覆去地读上一遍又一遍。他忘记了其他的一切,忘记了自己的生活,在被叫了两三次之后才会依依不舍地走向餐桌。于不知不觉中,他养成了世界上最能给予人愉悦的习惯——阅读。他并不知道这为他提供了一个能避开生活中所有烦恼的庇护所,也不知道他为自己营造了一个虚幻的世界,它使日常生活这一真实世界成为造成幻灭和苦涩的渊源。不久,他又开始读其他书籍,他的头脑比其他孩子的早熟。伯父伯母看到他这样专心致志地读书,不烦人,不吵闹,也就不再为他担

---

① 黎凡特,一个历史上不太精确的地理名称,它指的是中东托罗斯山脉以南、地中海东岸、阿拉伯沙漠以北和上美索不达米亚以西的一大片地区。

心。凯里先生的书多得连他自己也不知道有多少,因为他很少看书,也就忘了那些他偶尔因便宜而买回来的各种奇书。夹在布道与训诫、游记、圣人圣父传和教会史话中间的,是一些旧体小说,菲利普终于把它们从这些书籍中翻了出来。他依据书名来选书读,他最先看的是《兰开夏郡的女巫》,接着是《令人钦佩的克里奇顿》,然后是许多其他的书。每当他在书中读到有两个孤独的旅行者骑着马,沿着陡峭峡谷的边缘行进的时候,他就庆幸自己是多么安全。

夏天到了,老水手出身的花匠给菲利普做了一个吊床,把它挂在垂柳的枝干上。他躺在吊床上,长时间地陶醉在阅读中,避开了所有造访牧师住宅的人。时光荏苒,转眼从七月进入八月。每逢星期天,教堂里挤满了游客,做礼拜时的捐款往往多达两英镑。在这段时间,无论是凯里先生还是凯里太太都很少走出花园,因为他们不喜欢那些陌生的面孔,他们很厌恶从伦敦来的游客。牧师住宅对面的房子被一位伦敦来的先生租了六个星期,这位先生有两个男孩,有一天他递上名片,问菲利普是否愿意过来和他的两个孩子玩,凯里太太婉转地拒绝了。她担心菲利普会被外来的孩子带坏了。他将来要当牧师,因此有必要避开污浊的世风。她希望从他身上看到一个幼年的撒母耳[①]。

10

凯里夫妇决定送菲利普到坎特伯雷的皇家公学上学。周边市镇的牧师的儿子都在那里就读。皇家公学是和大教堂联合办学,现在的校长是名誉牧师会会员,前任校长是副主教。学校鼓励有志气的孩子将来去当牧师,其教育也着眼于让一个诚实的孩子终身侍奉上帝。菲利普将要去的正是附属于它的预备学校。在九月末的一个星期四下午,凯里先生送他的侄儿去坎特伯雷。这一天菲利普很激动,以至于有些忐忑不安。因为除了从《男童报》和《埃里克——点滴进步》上读到

[①] 撒母耳,《圣经》中的人物,以色列民立国后的第一位先知。

的一些有关学校的情况外,他对学校生活几乎一无所知。

在坎特伯雷下了火车,乘坐马车去往城里的路上,菲利普紧张得一颗心七上八下,他脸色苍白,一声不吭。学校正面高高的砖墙让它看上去像是一座监狱。高墙上嵌着一扇小门,按铃后,门应声而开,一个笨拙、邋遢的男子出来帮忙从车上拿下菲利普的铁皮箱和玩具箱。伯侄俩被带进会客室,里面摆满了难看、笨重的家具,沿着墙壁还放着一圈和家具配套的椅子,整个布置给人感觉呆板、冷峻。他们俩等着校长的到来。

"沃森先生长什么样?"过了一会儿,菲利普问。

"你一会儿见了就知道了。"

之后是一阵沉默。凯里先生纳闷校长为什么还不来。少顷,菲利普再次鼓起勇气开口:

"告诉他我有一只畸形足。"

凯里先生还没来得及回答,门一下子被撞开,校长一阵风似的来到屋里。在菲利普眼中,校长十分高大。他身高超过六英尺[①],肩宽膀圆,一双大手,留着满脸的红胡子,讲起话来一副大大咧咧的快活样。不过,他那有点咄咄逼人的快乐神情却让菲利普心里有些发怵。他先是跟凯里先生握手,接着,把菲利普的小手攥在他的大手掌里。

"喔,小家伙,高兴来到学校吗?"他用他的大嗓门说。

菲利普脸红了,不知道该怎么回答。

"今年几岁啦?"

"九岁。"菲利普说。

"你应该称呼'先生'。"他的伯父说。

"我想,你有好多东西要学哩。"校长乐呵呵地说。

为了消除孩子的陌生感,校长用他粗糙的手指摩挲着他。菲利普在他的触摸下,蠕动着身体,觉得既羞涩又不舒服。

"我暂时把他安排在小宿舍里……你同意吗?"随后,他转向菲利普,"那里只住着八个人,你很快就能跟他们熟悉起来。"

---

① 英尺,一种英制长度单位。1英尺等于0.3048米。

这时，门开了，沃森太太走了进来。她是个皮肤黧黑的女人，乌黑的头发从中间整齐地分开。她有一双黑黑的大眼睛，嘴唇很厚，鼻子又小又圆，眉宇和举止间都透着冷漠。她很少说话，更难得一笑，丈夫向她介绍了凯里先生，接着，友好地把菲利普向她这边推了推。

"这是一位新生，海伦。他的名字叫凯里。"

她一声不响地跟菲利普握了握手，坐下后也没有说话。校长向凯里先生询问菲利普学过哪些东西，读过什么书。布莱克斯特伯尔的牧师被沃森先生这种闹腾的热心劲儿弄得有些尴尬，不久便起身告辞。

"我现在就把菲利普托付给你了。"

"好的，"沃森先生说，"他在这里不会有事的。他很快就会习惯这里的生活，是吧，孩子？"

还没等菲利普回答，大个子男人便爆发出一阵笑声。凯里先生在菲利普的前额上吻了一下就离开了。

"来，孩子，跟我走，"沃森先生嚷着，"我带你去看看我们的学校。"

他大步流星地走出会客室，菲利普一瘸一拐地紧跟在后面。他先是被领进一个长长的、空荡荡的房子，只有横向并排着的两张桌子，桌子两边各有一排长板凳。

"学校来的人还不多，"沃森先生说，"我带你再看看操场，然后，你就可以自由活动了。"

沃森先生在前面带路，不久便来到一个很大的操场，操场三面都是高高的砖墙，另一面则是铁栅栏，栅栏那边是一大片草地，再过去便是皇家公学的校舍。一个小男孩正在这里闲逛，一边走一边闷闷地踢着脚下的石子。

"嗨，文宁，"沃森先生喊，"你什么时候来学校的？"

那个小男孩走上前来，跟沃森先生握手。

"这是新来的同学，他年龄比你大，个子比你高，你可不准欺负他。"

校长和蔼地看着这两个男孩——他洪亮的嗓门令他们感到心悸，然后，校长哈哈大笑着走开了。

"你叫什么名字？"

"凯里。"

"你父亲是干什么的？"

"他死了。"

"噢！你母亲是给别人洗衣服的吗？"

"我母亲也死了。"

菲利普本以为他的回答会让这个男孩感到难堪，不再追问，谁知文宁岂肯罢休，一心要开他的玩笑。

"她生前给别人洗过衣服吗？"他继续问。

"洗过。"菲利普愤愤地回答。

"那么，她从前就是个洗衣妇喽？"

"不，她不是。"

"那么，她就没有给人洗过衣服了。"

小男孩为自己的这番推理得意极了。随后，他看到了菲利普的那只跛足。

"你的那只脚是怎么回事？"

菲利普本能地往回缩了缩他的跛足，把它藏到那只好脚的后面。

"我的一只脚是畸形。"他回答说。

"你是怎么成了这个样子的？"

"生下来就是这样。"

"让我看看。"

"不。"

"不愿意就算了。"

他说着，狠狠地在菲利普的小腿上踢了一脚，这完全出乎菲利普的意料，他一点防备也没有。菲利普疼得直喘气，但是惊讶的程度比疼痛还要多。他不知道文宁为什么踢他。他甚至都没想到要还手，送文宁一个黑眼圈。何况，这男孩比他小，他在《男童报》上曾读到过：打比自己小的孩子，是可耻的行为。菲利普正按摩着他的小腿时，另一个男孩出现了，文宁向那个孩子走去。不一会儿，菲利普就注意到他们在谈论他。他觉得到他们在看他的脚。这让他感觉浑身火辣辣的，很不舒服。

不一会儿，又有十几个孩子来到操场上，随后返校的人越来越多。他们谈论着在假期里做的事，都去了哪里，打板球打得如何尽兴等。随后，又来了几个男孩，菲利普很快跟这几个聊了起来。他腼腆害羞，又有些紧张。他很希望自己能讨别人喜欢，却不知道该说什么。大家问了他许多问题，他很乐意地一一作答。有个男孩问他会不会打板球。

"不会，"菲利普说，"我有只畸形脚。"

那个男孩飞快地低头瞥了一眼，脸红了。菲利普明白，他一定是觉得自己问了一个不恰当的问题。男孩非常不好意思，竟忘了道歉，只是尴尬地望着菲利普。

11

第二天早晨，学校的铃声唤醒了菲利普，他不无惊讶地环视着自己的小卧室，接着，响起一阵吆喝声，他这才记起自己身处何地。

"你醒了吗，辛格？"

每个小卧室都是用抛光的油松板隔开的，前面遮着一条绿色的帘子。那时几乎还没有人想到室内的通风问题，宿舍里除了早晨开窗户透透气之外，门窗整日都是关着的。

菲利普从被窝里爬出来，开始跪在床上做祈祷。那天早晨很冷，冷得他有些哆嗦，可是伯父告诫过他，穿着睡衣远比穿好衣服后再祷告更能令上帝满意。他觉得伯父这么说有他的道理，因为他已开始意识到他是上帝创造的生灵，上帝欣赏为崇拜他而奉苦行的人们。祈祷后，他洗了脸。宿舍里有两个浴盆供五十个住校生使用，每个学生一个星期能洗一次澡，其余时间都是用自己脸盆架上的小脸盆洗漱。脸盆架、床和一把椅子便是一间小卧室里的全部家具。同学们一边穿衣服一边愉快地交谈，菲利普静静地听着。接着又响起一阵铃声，大家都赶忙跑下楼去，坐到教室里那两张长桌两侧的长板凳上。随后，沃

039

森先生带领他的妻子和仆人走进来坐下。沃森先生开始颇有气势地念祷文，祈愿的祷词从他的大嗓门里雷鸣般的诵读出来，好像是对每个孩子的恐吓似的。菲利普不安地倾听着。末了，沃森先生又读了一段《圣经》，然后，仆人们鱼贯而出。少顷，那个邋遢的年轻人提进来两壶茶，再次进来时，端来好几大盘的黄油面包。

菲利普对食物比较挑剔，面包上厚厚的劣质黄油一下子倒了他的胃口，他看到别的孩子都在把上面的那层黄油刮下来，他也这么做了。好多孩子都从家里带来了酱肉、鸡蛋、咸肉什么的，放在玩具箱子里，这些都称为"额外食品"，沃森先生可以从这里面揩点油。在会客室他曾问过凯里先生，菲利普是否也带了额外食品，凯里先生回答说他认为大人不应该娇惯孩子。沃森先生非常赞同他的观点——他认为黄油面包是最有益于孩子成长的食物了——只是有些家长过分宠爱他们的孩子，硬要这么做。

菲利普注意到有额外食品的孩子们较受重视，于是决定在下一次给路易莎伯母写信时提及此事，让伯母给他寄来一些。

早饭后，孩子们溜达着去操场，许多走读生已经聚在那里。这些走读生大多是当地牧师、驻地军官以及这座老城的制造商和其他生意人的儿子。响铃后，他们陆续进入教室。教室是一个又大又长的房间，在它的两侧是低班和中班，分别由两位老师教导；中间是一个小一点的套间，由沃森先生使用，用来教授高班。为了使预备学校附属于皇家公学，这三个班在正式场合，比如说在毕业典礼或是成绩单上，被称为预科高、中、低班。菲利普被安排在低班。带他的老师是个叫赖斯的红脸膛男子，他嗓音悦耳，待人和气。时间飞逝，转眼到了十点四十五分，十分钟的课外活动时间到来了。

同学们吵吵嚷嚷地涌向操场。大家让新生站在操场中间，其他人则是在操场两边。他们开始玩"捉猪"游戏。中、高班的同学们从操场两边往对面的墙那里跑，在中间的新生设法捉住他们，抓住一个人时就念句咒语："一、二、三，猪归咱。"这个人就成了俘虏，也站在中间，帮着去捉仍在跑的人。菲利普看见一个孩子从离他不远的地方跑过去，就试着去逮他，可跛足让他跑不起来。还在跑的同学看到这种情况,都径直往他这边来。其中一个男孩突发奇想,模仿起菲利普笨拙的跑姿。其他同学看到后都哈哈大笑起来。随后,他们都学起这个男孩的动作,围着菲利普怪模怪样地瘸着腿跑,尖叫声、喧闹声、笑声响成一片。这种新鲜的玩法让孩子们高兴得昏了头,笑得气也透不上来。有个同学上前绊了菲利普一下,他摔倒了,和以往任何一次跌倒一样,他重重地摔在地上,膝盖磕破了。他试图站起来时,笑声更响了。一个男孩从后面猛地推了他一下,要不是有个孩子及时扶住了他,他又得摔倒。在对菲利普跛足的揶揄、取笑中,大家忘记了"捉猪"游戏。有个同学左右摇摆,更是拐得别出心裁,令大家觉得可笑至极,几个男孩笑得躺在地上打滚。菲利普惊呆了,他不明白他们为什么要取笑他。他的心怦怦地跳着,让他难以呼吸,这是他生平第一次受到这样的惊吓。他傻傻地站在那里,而围着他的孩子们还在模仿着他的动作,笑着,喊着,让他逮他们,但他没有再次移动。他不愿再让他们看到他跑。菲利普竭尽全力克制着自己的眼泪。

突然,铃声响了,大家纷纷走进教室。菲利普的膝盖在流血,浑身上下都是土,头发乱蓬蓬的。好一会儿,赖斯先生都无法让班上的学生安静下来。这一新奇的玩法仍使他们激动不已。菲利普留意到有一两个同学还垂下眼睛偷偷看他的脚,于是他把它们藏在凳子下面。

下午同学们去踢足球,沃森先生在餐厅外面的路上叫住了菲利普。

"我想,你踢不了足球,凯里?"沃森先生问他。

"是的,先生。"

"没关系。你去外面的田野上走走好了。你能走那么远吗?"

菲利普并不知道田野在哪里,可他还是回答:"行的,先生。"

带队的是赖斯先生,他看到菲利普没有换衣服,便问他为什么不打算去踢球。

"沃森先生说我不必去,先生。"菲利普说。

"为什么?"

站在他周围的孩子们都好奇地望着他,菲利普觉得羞耻,低着头没有回答。别人替他回答说:"他有只畸形足。"

"哦,我明白了。"

赖斯先生还很年轻,去年刚刚拿到学位,这种情况让他感到极为窘迫。他的本能让他请求这个孩子的原谅,可他太羞怯了,没这么做,只是直着嗓子大声喊:"喂,孩子们,你们还等在这里干什么?赶快走。"

有些孩子早几分钟就离开了,留下的也三三两两地出发了。

"你跟我一起走吧,凯里,"老师说,"你不认识路,对吗?"

菲利普猜出老师的好意,喉咙一阵哽咽。

"我走不快的,先生。"

"那么,我就慢慢走。"老师含着笑说。

菲利普非常感激这位红脸膛的普普通通的年轻人,他对自己说的这几句话既温柔又体贴。菲利普突然觉得自己的心情好了许多。

可是,晚上他们脱衣准备上床睡觉时,那个叫辛格的孩子溜出自己的小卧室,把头探进了菲利普的卧室。

"我说,让我看看你的脚。"他说。

"不行。"菲利普回答道。

他一下子跳上了菲利普的床。

"不要跟我说不,"辛格说,"快来,梅森。"

隔壁小卧室的男孩正在近处观望,听到叫他即刻钻了进来。他们冲向菲利普,试图揭掉他身上的被子,可菲利普死死地抓住不放。

"你们为什么不能放过我?"他大声喊着。

辛格拿过一把刷子,用刷子的背面死劲敲打菲利普拽着被子的手。菲利普大声地叫了起来。

"你为什么不能老老实实地让我们看一下你的脚呢?"

"我不能。"

在绝望中,菲利普攥紧拳头向那个打他的男孩甩过去,可他躺着,处于不利的位置,男孩就势抓住他的胳膊,往他身后拧。

"噢,别拧了,别拧了,"菲利普喊,"要拧断了。"

"如果你不伸出脚来,就继续拧。"

菲利普疼得直哭,直喘气。辛格又狠劲地把他的胳膊往后拧了一下。这一次的痛更是叫他难以忍受。

"好吧，我伸。"菲利普终于屈服了。

菲利普伸出了脚。辛格仍然抓着他的手腕。他好奇地看着这只畸形足。

"是不是很恶心？"梅森说。

另一个过来看了看。

"呸！"他厌恶地哼了一声。

"噢，这只脚看上去真是太奇怪了，"辛格说着做了个鬼脸，"它硬不硬？"

他用食指尖小心地触了触，好像它本身是个有生命的东西似的。突然，楼道里传来了沃森先生重重的脚步声，他们把被子扔给菲利普，像兔子似的蹿回自己的卧室。沃森先生走进宿舍。他踮起脚尖，从挂绿帘子的横杆上望过去，可以观察到小卧室里的情况，他扫视了两三个卧室，孩子们都在自己的床上。随后，他关了灯，走出卧室。

辛格向菲利普喊话，可他没有回答。他用牙咬着枕头，好让自己的啜泣不发出声来。他哭不是因为肉体上的疼痛，也不是因为他们看他的脚使他蒙受了羞辱，而是在生自己的气，恨自己忍受不了折磨，把脚伸了出去。

此时，他感到了生活的苦痛。在他幼小的头脑里，他的悲苦似乎将永远持续下去。不知怎么，他蓦然记起了那个寒冷的早晨，艾玛把他从睡梦中抱起，送到母亲的怀里。自那以后，他再也没有想过这件事情，但是现在，他似乎感觉到母亲身体的温暖和搂着他的柔软的双臂。突然间，他觉得这一切也许都是一场梦：妈妈的去世，他在牧师住宅的生活，以及在学校度过的这痛苦的两天都是一场噩梦罢了。等他早晨一觉醒来，他还是在自己家里。这样想着，他不再哭了。他太不快活了，这一切肯定是一场梦，他的母亲还活着，艾玛很快就会上楼来。他睡着了。

可第二天早晨是学校的铃声唤醒了他，他眼睛看到的第一样东西就是小卧室的绿帘子。

12

　　随着时间流逝，菲利普的跛脚不再引起大家的注意。这就像一个同学长着红头发，另一个同学胖得出奇一样，大家都见惯不怪了。可与此同时，他却变得越发敏感了。能不跑他绝对不跑，因为他知道跑起来他的瘸腿就更明显了。他用一种特别的方式走路。而站立时，他尽可能一动不动，把那只畸形足藏在好脚的后面，这样就不会引起别人的注意，并且时时留心着有没有人注意到他的跛足。因为他不能参加到大家的游戏中去，所以他们的生活对他来说似乎是陌生的，他只是在一边看着，好像有道屏障隔在他与其他人之间。有时他们似乎认为他不去踢足球是他的错，是他不愿让他们了解他。他常常独来独往。他曾是个喜欢说话的孩子，现在渐渐变得沉默寡言了。他开始思考他与别人的不同之处。

　　宿舍里最大的男孩辛格不喜欢菲利普，从年龄上看，菲利普个子算是长得小的，所以他不得不忍受许多欺辱和虐待。大约过了半个学期，学校风靡起一种叫"笔尖"的游戏。这是一种双人游戏，用笔尖在桌上或长板凳上进行。你需用指甲盖抵住笔尖向前推，让你的笔尖爬到对方的笔尖上，对方则会千方百计地阻止你这么做，设法让他的笔尖上到你的笔尖背上。这一步成功后，就在大拇指的指腹上呵呵气，然后用拇指使劲去按这两个笔尖，如果你把手抬起来时，笔尖没有从指腹上掉下来，这两个笔尖就都是你的了。很快，学校里的男孩子都在玩这个游戏，技能娴熟的会赢到大量的笔尖。可没过多久，沃森先生认为这是一种赌博行为，禁止了这项游戏，并没收了孩子们所有的笔尖。菲利普玩这个很在行，把那些赢下的笔尖交出去时，真是心疼坏了。他手痒痒的还想玩，几天后在去足球场的路上，又进商店买了一便士的丁形笔尖。他把它们放进裤兜里，享受着抚摸它们的感觉。辛格不知怎么知道了这件事。辛格的笔尖也上交了，可他留下了一个名为"大象"的大笔尖，这个笔尖几乎是战无不胜，他很想趁机把菲利普的丁形笔尖都赢到自己手里。尽管菲利普也知道他的小笔尖处于劣势，可他生性喜欢冒险，愿意去赌这一把。况且，他知道辛格根本容不得他拒绝。时隔一个星期,菲利普再次坐在桌前,感到激动的战栗。菲利普很快输掉了两个笔尖,辛格高兴起来,可第三次时大象笔尖不小心滑了一下,菲利普就势把他的丁形笔尖推到了"大象"的背上,他兴奋得欢呼起来。就在这个时候,沃森先生走了进来。

"你们在干什么?"他问。

他看了看辛格,随后又看着菲利普,两个人谁也没有吭声。

"难道你俩不知道我已经禁止你们玩这种愚蠢的游戏了?"

菲利普的心跳在加快。他知道这意味着什么,尽管很害怕,可在害怕中又感到一阵兴奋。他还不曾挨过老师的鞭子。当然啦,这会很疼,但事后毕竟可以作为向同学们夸耀的资本。

"到我的书房里来。"

校长转身离去,他们俩并排跟在后面,辛格小声跟菲利普说:"我们要挨打了。"

"弯下身子。"校长说。

菲利普的脸色吓得苍白,他看见辛格每挨一鞭,身体都会抖动一下,挨过三鞭后,辛格疼得喊叫起来,紧跟着又被抽了三鞭。

"好了,立起身子吧。"

辛格站直了腰,眼泪顺着脸颊簌簌地淌着。菲利普走上前来。沃森先生的目光在他身上停留了一会儿。

"我不抽你了。你是新生。再说,我不能鞭挞一个有残疾的孩子。走吧,你们两个,再也不要捣乱了。"

他们回到教室时,不知从什么地方得知消息的同学们正等着他俩。他们急切地向辛格问这问那。尽管脸红红的,泪迹还在,辛格仍能理直气壮地面对他们。他把头向站在他身后的菲利普那边摆了摆。

"他因为是个瘸子,就没有挨打。"辛格愤愤不平地说。

菲利普默默地站着,脸红了。他察觉到同学们都在用鄙夷的眼光望着他。

"你挨了多少下?"一个孩子问辛格。

他没有回答。因为被抽得很痛,他还生着气呢。

"不要再叫我跟你玩笔尖,"他对菲利普说,"你倒好,用不着

045

冒任何风险。"

"我并没有请你跟我玩。"

"你没有吗？"

他猛地伸出脚，绊了菲利普一下。菲利普本来就站不太稳，因此又重重地摔倒在地上。

"该死的瘸子。"辛格说。

在剩下的半个学期里，他残酷地对待菲利普，虽然菲利普尽可能地避开他，可学校就这么点大，哪能躲得开。他想跟辛格和睦地相处，甚至不惜巴结他，给他买些小刀之类的东西，辛格对礼品照收不误，态度却一点也没变软。有一两次，菲利普实在忍无可忍，用拳头和脚反抗这个大个子男孩，但辛格比他强壮得多，他根本打不过。挨过打后，总是他被迫赔礼道歉。正是这一点令菲利普痛苦欲绝。他不能忍受求饶、赔礼给他带来的羞辱，尽管这是他因为承受了难以忍受的折磨做出的无奈之举。更糟糕的是，他的这一苦难似乎看不到尽头；辛格现在只有十一岁，到了十三岁后才能进入皇家公学。菲利普意识到他还必须忍受这个冤家对头两年。只有在学习和睡觉的时候，他才是快乐的。他常常会有这样一种奇怪的感觉：这充满苦难的生活只是一场梦，早晨醒来时，便会发现自己躺在伦敦寓所的小床上。

13

两年过去了，菲利普快到十二岁了。他进入高班，在班上排名前三，等圣诞节之后，几个同学升入中学部，他就是学校的尖子生了。他已经得了不少奖品，都是些纸质不好的廉价书，可它们都有华美的封皮，上面饰有学校的纹章。优等生的地位叫他不再受欺负，他慢慢变得快活起来。因为有残疾，同学们也不嫉妒他优异的成绩。

"对他来说，获奖毕竟是件容易的事，"他们说，"他除了死用功，其他的什么都做不了。"

对沃森先生，菲利普也没有了刚来时的畏惧感。他已经习惯了沃森先生的大嗓门，当校长把他的大手抚在他肩膀上时，他能隐约感觉到校长对他的爱抚之意。他的记忆力很好，这比好的心智对学习成绩更有帮助。他知道沃森先生希望他在预备学校毕业时拿到奖学金。

但是菲利普的自我意识变得强烈起来。婴儿意识不到身体是自己的一部分，婴儿在玩自己的脚趾头时，不会觉得它们跟身边的拨浪鼓有什么区别。只是慢慢地，在多次尝到肉体的痛楚后，他才能明白身体是他自己的一部分这个事实。拥有自我意识也是同样的道理，只是还有一个区别：尽管每个人都能意识到自己的身体在肉体上是一个独立完整的有机体，可在精神上，并非每个人都能同样意识到自己是个独立完整的个体。这种由自我意识产生而导致的与他人的疏离感在青春期表现得尤为明显，但也不是每个人都能清楚地意识到自己与同伴之间的差异。只有那些像蜂巢里的蜜蜂那样自我意识很少的人，他们的生活是幸运的，因为他们获得幸福的机会最多。他们所从事的活动是众人也从事的，他们的快乐也都是大家所共享的，在降灵节①那一天，你可以看到他们在汉普斯特德希思跳舞，在足球场的观众席上呐喊助威，或是在蓓尔美尔街俱乐部的窗台前为皇家仪仗队欢呼喝彩。正是因为他们，人类才被称之为社会动物。

因畸形足招致的同伴的嘲讽，已经使菲利普从他童年的纯真状态进入到一种苦涩的自我意识觉醒中。他的情况是如此特殊，以至于不能运用那些在通常情况下奏效的现成准则，他不得不自己去进行思考。他读了大量的书，因为无法理解透彻，那些充塞在他脑子里的各种想法反倒是为他的想象力提供了一个广阔的空间。在他羞涩、腼腆的表征下，他的内心有什么东西在成长，他隐隐约约地意识到了自己的个性。但是这种个性偶尔也会令他感到不胜好奇和惊讶，对他做过的事情，他不知道自己当时为什么要那么做，事后想起时也依然感到茫然。菲利普和班里一个叫卢亚德的男孩很要好，有一天，他们两人待在教室，卢亚德拿起一支菲利普的黑木蘸笔杆，在手里摆弄着玩。

---

① 降灵节，"圣灵降临节"的简称，即五旬节。时间在复活节后的第五十天，是基督教会的节日。

"别干傻事，"菲利普说，"你会把它折断的。"

"不会的。"

可话音还未落，笔杆就在卢亚德的手里断成了两截。卢亚德沮丧地望着菲利普。

"噢，抱歉，凯里。"

菲利普一言不发，眼泪顺着面颊流了下来。

"我说,你怎么啦?"卢亚德惊讶地问,"我会赔你个一模一样的。"

"我在乎的不是笔杆，"菲利普的声音有些发颤，"这支笔杆是妈妈临终前送给我的。"

"我真的很抱歉，凯里。"

"没有关系。这不是你的错。"

菲利普把断开的两截笔杆拿在手里，看着它们。他极力抑制着让自己不要哭出来。他心里难受极了，却不知道为什么会这么难受，因为他十分清楚，这支笔杆是他在假期回布莱克斯特伯尔用一两个便士买的，他不知道是什么驱使他编造出这样一个伤感的故事，可他的确很伤心，就像他说的是事实一样。牧师住宅里的虔诚气息和学校浓厚的宗教氛围使菲利普变得很敏感，他在不知不觉中也汲取了周围人所具有的一种信念：魔鬼总在伺机得到他不朽的灵魂。虽说他并不比大多数的孩子们更诚实，可每当他说了谎话以后，都会有悔恨之意。在认真想过这件事情之后，他心里很懊悔，决心去找卢亚德，告诉他这个故事是他编出来的。尽管在这世上他最怕的就是让自己蒙羞，但在这几天里他一直在痛苦的激奋中想着要让自己丢脸，以荣耀上帝。但他并没有付诸行动。他以一种更为舒适的方式——向上帝表达他的忏悔——求得了良心上的安慰。但他怎么也想不明白，为什么会对自己编造的谎言动了那么真挚的感情，他的眼泪是真诚的。不知怎么，他想起了艾玛告诉他母亲去世时的情景，尽管当时他已哭得说不出话来，却执意要上楼去跟沃特金小姐道别，以便让她们目睹他的悲痛，博得她们的同情。

14

学校里兴起一股笃信宗教的浪潮。脏话、俗语已不再能听得到，小男孩的邋遢和不整洁会招来鄙夷的目光；年龄大点儿的男孩俨然把自己看成了中世纪上议院的议员，用他们强壮的臂膀说服那些比他们弱小的男孩恪守道德训条。

头脑活跃、渴求新事物的菲利普变得虔诚起来。不久，他听说可以加入《圣经》联合会，于是给位于伦敦的总部写信询问详情。参加该会的手续包括一张表格，需要填申请人的姓名、年龄和学校，还有一个签名确认的声明：在这以后的一年里，每天晚上都要读完规定的《圣经》段落或章节，再就是要支付两先令六便士的费用。该会章程解释说，之所以要缴纳这份钱，一是为了证明申请人急切希望成为联合会成员的决心，二是可以为牧师们提供一些活动经费。菲利普及时寄去了填好的表格和钱数，很快就收到一本价值一便士的日历和一张纸。日历上面写着每天指定要读的段落，那张纸的一面是耶稣和羊羔的画像，另一面印有用红线框起的短祷文，每日开始阅读日历上的指定段落前，先要诵读这篇祷文。

每天晚上，菲利普都是尽快脱衣，以便在气灯熄灭前完成他的阅读任务。他勤奋地、不加批判地读着《圣经》里有关残忍、欺骗、忘恩负义、狡诈阴险的故事。这些行为若是发生在他周边的生活中，一定会令他感到恐怖，可在阅读中他却可以不加评论地让它们在脑中一掠而过，因为这些行为都是在上帝的默许下做的。《圣经》联合会让会员交替着念《新约》和《旧约》，一天晚上，菲利普读到耶稣基督这样一段话：

如若你们有信心，不怀疑，你们不仅能行对无花果所行之事，而且，你若对这座大山说，"你离开这里，填入到大海去。"山必挪走。

你在祈祷中所祈求的任何事情，只要你相信，都将得着。

这些话当时并没有在菲利普的脑海中留下什么印象。可在两三天后的星期天，驻校的大教堂牧师会会员恰好也选了这一段作为他布道的内容。平日里，就算菲利普想听也无法听清布道的内容，因为学生都坐在唱诗班席上，而讲坛设在交叉甬道的拐角处，菲利普他们坐的地方老是对着牧师的后背。再说，他们离讲坛也比较远，除非布道人有一副好嗓子，且又具有演讲的技巧，否则很难让唱诗班的孩子们听清楚。长期以来，坎特伯雷挑选牧师会会员，主要看的是他们的学问，而不是在大教堂里可能会用得上的讲演技能。可今天也许是因为菲利普刚读过那段话不久，布道内容清晰地灌进他的耳朵里，他突然觉得这话就像是对他自己讲的。在听的过程中，他一直思考着这些话，那天晚上睡觉前，他翻开《福音书》，又找到了这段文字。虽说他毫无保留地相信书上所说的一切，可他已经晓得，在《圣经》里，讲得很清楚的一件事，往往神秘地意味着另一件事。在学校里，他不想去问什么人，所以就把问题留到了圣诞节回家的时候。终于有一天，机会来了。吃过晚饭，做完祷告。像往常一样，凯里太太正数着玛丽·安拿进来的鸡蛋，并把下蛋的日期写在每个鸡蛋上。菲利普站在桌子旁，装着在随意翻看《圣经》。

"喔，威廉伯父，《圣经》里有一段话，你说它真是这个意思吗？"

他用手指着那几行，好像是无意间看到了这段话。

凯里先生从他的眼镜上面看过来。他正在炉火前，手里拿着《布莱克斯特伯尔时报》，报纸傍晚刚刚送来，油墨还没干，在读报之前，牧师总要在炉火前把它烘烤上十分钟。

"那段文讲的什么？"他问。

"哦，说的是，如果有信心，你可以把大山移走。"

"如果是《圣经》里这么说的，那就假不了，菲利普。"路易莎伯母在一旁和蔼地说着，提起了餐具篮。

菲利普望着伯父，等着他回答。

"这是一个关于信心的问题。"

"你的意思是说，如果你真的相信，你就能移走大山？"

"承蒙上帝的恩赐。"牧师说。

"该跟你的伯父道晚安了,菲利普。"路易莎伯母说,"你今天晚上不想搬走一座大山吧,菲利普?"

菲利普过去让伯父吻了吻他的额头,然后,在凯里太太的前面上楼去了。他得到了他想要的信息。他的小卧室里凉冰冰的,他换睡衣的时候,身子一直在簌簌发抖。不过,他总觉得在艰苦的条件下祷告,更能使上帝满意。他冰冷的手和脚不就是对上帝的一种奉献吗?他跪在那里,用双手捂着脸,用他的全副身心向上帝祈祷,祈求祂让自己的跛足变好。与搬走大山相比,这是小事一桩。他知道,只要愿意,上帝一定能做到,而且,他自己也是信心满满。第二天早晨,在做出同样的祈求并做完祷告后,他定下了这一奇迹会发生的时间。

"噢,充满仁爱和施惠的上帝,如果这是你的旨意,请你于我返校之前的那一晚,让我的脚好了吧。"

他很高兴自己把这一祈求变成一个公式,趁着牧师在餐厅祷告完还跪着的当儿,他把它重复了一遍。傍晚的时候又用它祷告了一次。晚上临睡前穿着睡衣,耐着寒冷,他又默诵了一遍。他充满信心。这一次,他是多么急切地盼望着假日结束啊。想到当伯父看到他三步并作两步地跑下楼梯会多么惊讶时,他不由得暗自笑了。吃过早饭后,他和路易莎伯母就得赶快上街,买一双新靴子了。到了学校,同学们见了他,都会惊讶至极。

"嗨,凯里,你的脚?!"

"哦,它现在好了。"他会漫不经心地回答,好像他的脚好了是世界上再自然不过的事情。

他将能踢球了。他仿佛看到他在球场上跑呀,跑呀,跑得比谁都快,他的心跳在加快。在复活节学期末的运动会上,他将报名参加赛跑项目,甚至参加跨栏跑。跟其他每个人都一样的感觉真好,再也不用被那些不知道自己有残疾的新生好奇地盯着看了,也不必在夏天洗澡时小心翼翼地脱衣服,唯恐人家看到他的跛脚。

他全心全意地祈祷,没有一丝怀疑。他完全相信上帝的话。回学校前的那晚,他的心情万分激动。白天下了雪,伯母破例在她的卧室烧上了火。可在菲利普的小卧室里,他的手几乎冻得麻木了,他费了好大的劲儿才解开领扣，牙齿也在打战。他心想，他今天的举动要做得更特别一点儿，好引起上帝的注意。他掀掉铺在床前的地毯，跪在光光的地板上，接着，他又突然想到他软和的睡衣或许会让上帝不高兴，于是，他脱掉了睡衣，光着身子祈祷。刚进被窝时，真是冷得让人难以入睡，可一旦睡着了就是一夜香甜，直到早上玛丽·安给他端来热水时才把他摇醒。她拉开窗帘时跟他说话，他根本无心应答，他立刻记起这是奇迹诞生的早晨。他内心充满了快乐和感激。他本能想要做的第一个动作就是把手伸下去，摸摸那只现在已经好了的脚，可这么做似乎是对仁慈上帝的怀疑。他相信他的脚已经好了，但最终还是决心要看个究竟。他让右脚指头触到了地面，然后俯身去摸。

玛丽·安要到餐厅做祷告时，菲利普才一瘸一拐地下楼吃早饭。

"你今天早晨很安静，菲利普。"路易莎伯母说。

"他可能正在想明天到学校后会吃到的美餐吧。"牧师说。

菲利普平常回应时的答非所问总是令牧师感到有些恼火。伯父称它是一种心不在焉的坏习惯。

"如果你祈求上帝做什么事，"菲利普说，"你真的相信它会发生，比如说移走一座山，而且你很有信心，可它却没有发生，这怎么解释呢？"

"你这孩子真有意思！"路易莎伯母说，"两三个星期前你就念叨着这移走山的事儿。"

"这只能说明你没有足够的信心。"威廉伯父说。

菲利普接受了伯父的这一说法。如果上帝没有治好他的脚，那是因为他还不够虔诚。可他不明白他怎么才能做到心更诚呢。或许他没有给上帝足够的时间，因为他才向上帝祈祷了十九天。一两天后，他又开始了他的祷告，这一次他把日期定到了复活节。这是上帝的儿子耶稣光荣复活的日子，上帝一高兴也许会大发慈悲。为了让他的愿望得以实现，他现在又增加了别的方式：在看到新月或杂色马时，他也许这个愿；有流星出现时他也祈祷。有一次放假回来，牧师家宰了只鸡，在和伯母一块扯断鸡的吉祥骨时，他也许了这个愿。在不知不觉中，他开始求助于比以色列的上帝更古老的诸神。一有空闲，他就向上帝祈祷，总是说着同样的话，因为在他看来，使用相同的词语似乎很重要。可不久他又开始觉得这一次他的信心也许还不够足。他无法摈除萦绕在他脑中的怀疑。从自己的经验中他总结出一个规律：

"看来，谁也没有特别足的信心。"

这就像保姆以前给他讲的那个故事一样：只要能把盐撒在鸟儿的尾巴上，你就可以捉住任何一只鸟儿。有一次，他提着一小袋盐进到肯辛顿花园里，可他怎么也不能挨近鸟儿，把盐撒在它们的尾巴上。在复活节之前，他放弃了这一努力。他闷闷不乐，觉得伯父骗了他。这段经文表面上说的是移走大山，实际上指的却是另一件事。他想，伯父跟他开了个天大的玩笑。

15

菲利普十三岁时进入了坎特伯雷皇家公学。这所学校一贯对自己古老的传统和历史引以为豪。它的前身是一所修道院学校，创办于诺曼人征服英国（公元1066年）之前，那时的基础课程都是由奥古斯丁修道士们教授。像许多这种类型的学校一样，在修道院遭到破坏后，它也是由亨利八世的官员给予重建，并因此而得名。自那以后，它兢兢业业地为肯特郡当地的名流和各类职业人士的后代服务，提供他们所需的教育。这所学校曾出过一两位著名的文人，他们开始时是诗人，诗才和辉煌仅次于莎士比亚，后来成了散文作家，他们的人生观对菲利普这一代人仍然有深刻的影响；出过一两位杰出的律师，不过，有名的律师比比皆是；也产生过一两位闻名遐迩的军人。在与修道院分离之后的三百多年里，它主要致力于培养牧师、主教、教长、牧师会会员，尤其是乡村牧师等方面的人才。学校里不少学生的父亲、祖父和曾祖父都曾在这里接受教育，他们曾担任过坎特伯雷主教管区内的教区长或牧师。孩子们来这所学校，就做好了接受圣职的准备。然而，尽管如此，还是有迹象表明这里正发生着一些变化。有几个学生把在家里听到的父母的谈话传到了学校，说现在的教会已不像从前，主要不是钱的问题，而是从事圣职的人的社会阶层不一样了。有两三个学生认识一些父亲是小商贩的副牧师，这些学生说，他们宁愿到殖民地（那个时候，赴殖民地是找不到合适工作的英国人的无奈选择），也不愿意在非绅士出身的人手下当副牧师。和布莱克斯特伯尔教区一样，在皇家公学，小商贩们也被认为是一些运气不佳、不能拥有自己土地的人（乡绅和土地占有者之间还是有些细微差别的），或是没有从事属于绅士阶级四大职业的人。在走读生中，大约有一百五十名是地方绅士或驻地军官的儿子，那些父亲是生意人的学生在学校觉得自己地位卑微，抬不起头来。

学校的教师对《卫报》上偶尔刊载的现代教育观念无法容忍，他们殷切地希望皇家公学能保持它悠久的传统。那些已经不再使用的语言（拉丁文等）在这里被讲授得如此彻底，以至于那些毕业了的孩子们一想起荷马和弗吉尔，没有一个不心生厌恶。尽管有一两个胆子较大的老师在公共食堂里说，数学这一学科正在变得日益重要，可绝大多数老师还是认为古典文学要比数学高尚得多。德语和化学课都没有开。法语仅是由级任老师来兼任，因为他们能比一个外国人更好地维持课堂秩序。因为他们的语法和法国人一样好，所以关于他们到了法国人开的布洛涅饭店连杯咖啡也要不来（除非那里的侍者也懂点英语）的事似乎也就不那么重要了。地理课上主要是让学生画地图，这是孩子们喜欢做的事，尤其是讲到的国家如果山峰比较多的话。比如，画安第斯山脉和亚平宁山脉时便可以消遣掉许多时间。教师们都是牛津或剑桥大学的毕业生，都已被委任为教士，他们大多未婚，如果谁心血来潮想要结婚了，就得接受牧师会的安排，到下面去供职，领较少的薪水。可许多年来他们中没有人愿意离开坎特伯雷这一优雅的生活圈，去单调的乡村教区。因为这里不仅有着浓厚的宗教氛围，而且因为骑兵团的驻扎，洋溢着一种尚武的精神。现在，这些教师都已步入中年了。

而校长则是不得不结婚的，因为他要一直管理学校，直至年龄大到无法完成职责。退休后，他会领到一份丰厚的津贴，其数额是其他教师想也不敢想的。除此之外，他还会成为牧师会的荣誉会员。

然而，在菲利普进入学校的前一年，发生了一个大变化。已经当了二十五年校长的弗莱明博士近来耳聋得越发厉害，不再适合担任圣职，于是当市郊恰好有个年俸六百英镑的空缺时，牧师会商议把这个职位给他，也暗示他该考虑退休了。有这样的薪水，他可以舒舒服服地养病，安享晚年。有两三个都渴望得到这一位置的副牧师跟他们的妻子说，把一个需要年富力强的人管理的教区交给一个完全不懂教区事务的老头子主持真是荒唐，何况他当校长已经把钱赚够了。不过，这些没有圣俸的牧师的话并没能传到大教堂牧师会的耳朵里。至于那个教区的居民，他们哪里有说话的分，再说了，也没有谁去征求他们的意见。美以美会教徒和浸礼会教徒都有他们自己的乡村小教堂。

弗莱明博士退位后，找到一个新校长就成了当务之急。从本校老师中选拔校长有悖于该校的传统。公众一致希望预备学校的校长沃森先生当选，他几乎不能算是皇家公学的教师，大家认识他已经有二十年了，他不是那种讨人嫌的头儿。但牧师会令他们大吃一惊，选了一个叫珀金斯的人当校长。一开始人们都不知道这个珀金斯是谁，也没人对这个名字感兴趣，可就在人们心绪未定之际，有人想起这个珀金斯就是亚麻布商珀金斯的儿子。弗莱明博士在午饭前把这一消息告诉大家时，言语中也透着惊讶。大家默默地吃着饭，直到侍者离开才开始谈论此事。这些在场的人的名字并不重要，多年来一茬又一茬的学生叫的都是他们的绰号，他们分别是"叹气鬼""柏油""瞌睡虫""水枪""面团"。

老师们都认识汤姆·珀金斯。有关他的第一件事是这个珀金斯不是绅士出身。他们都清楚地记得他在这里当学生时的样子。他长得又黑又小，一双大眼睛，一头黑发乱蓬蓬的，模样像个吉卜赛人。他是走读生，获得了学校基金中最高的奖学金，所以他上学几乎没花什么钱。他的聪明毋庸置疑，每次颁奖大会上都能得到丰厚奖励。他曾是学校的骄傲，他们至今还记得他们当时是多么担心他会申请到一所更大公学的奖学金，飞出他们的手掌心。弗莱明博士甚至去找他那亚麻布商的父亲——他们都记得圣凯瑟琳街上那家珀金斯和库珀联营的商店——跟人家说，希望汤姆在去牛津大学念书前都留在皇家公学。

他们学校是珀金斯和库珀联营商店最大的客户，珀金斯先生当然非常高兴地答应了他的这一请求。汤姆·珀金斯在学习方面很是优秀。在古典文学方面，他是弗莱明博士印象中最有造诣的学生，离校时他拿走了学校最有价值的奖学金。在马格德琳大学，他又获得了一份奖学金，在这所大学里，他仍是一路高歌猛进。校刊记载着他每一年所取得的优异成绩，在他得了两个第一时，弗莱明博士在校刊扉页上亲自为他写了几句祝词。此时珀金斯和库珀商店已走向败落，所以他们对他的成功越发感到满意。库珀每天喝得酩酊大醉，就在珀金斯快要毕业的时候，这两位亚麻布商递交了他们破产的申请。

几年后，汤姆·珀金斯当了牧师，进入最适合他发挥才能的领域。来这里之前，他曾在惠灵顿公学和拉格比公学当过副校长。

不过，祝贺他在其他学校获得成功和在自己的学校受他的领导截然不同。"柏油"以前常常罚他抄书，"水枪"经常扇他的耳光。他们怎么也想不到牧师会竟然会犯这样的错误。谁会忘记他是破产的亚麻布商的儿子？父亲的酗酒更是增添了他的耻辱。据说，教长对于支持珀金斯做候选人极有热情，所以很可能会请他赴宴，可要是汤姆·珀金斯也坐在席上，这在教堂围地举行的小小宴会还会有以往那般舒适吗？兵站的军官们会作何反应？他难道真的认为这些军官和绅士们会把他看作他们中间的一员吗？而且，这也会给学校带来难以估量的危害。家长们会非常的不满意，有大批学生退学也不足为奇。还有，他们以后得恭敬地称呼他为珀金斯先生！教师们本想通过集体辞职来表示他们的抗议，可又惴惴不安地担心他们的辞职报告会被校方平静地接受下来，因此都不敢妄动。

"现在唯一能做的，就是我们自己去适应这变化了的形势。""叹气鬼"说，他教学能力很差，已代了五年级的课二十五年。

见到珀金斯时，他们的心并没能放下来。弗莱明博士邀请教师们午餐时与他见面。珀金斯现在三十二岁，长得又高又瘦，但他那不安分的神情和不整洁的外表又使他们想起他小时候的样子。他的衣服裁剪粗糙，穿在身上显得既破旧又不整洁。他的头发还是像从前一样黑而长，显然，他从来也没打算去学着打理它。细碎的发丝覆盖在前额上，珀金斯不停地把它们从眼前拂开。他浓浓的黑胡须几乎延伸到颧骨上。他和老师们自如地谈着话，仿佛他离开了只有一两个星期似的，显然，见到他们他很高兴。他好像并没有意识到地位上的变化，但别人称呼他为珀金斯先生时，他也不觉得其中有任何奇怪的地方。

珀金斯和他们告别时，一位老师觉得应该说点什么，提醒道："时间还早，离火车发车还有一段时间呢。"

"我想四处走走，看看那个商店。"他兴致勃勃地说。

场面一时显得有些尴尬。大家不明白他讲话怎么能这么冒失，更糟糕的是，弗莱明博士没有听清楚他说的话。弗莱明博士的妻子在他的耳边大声地喊："他想去看看他父亲以前的那个商店。"

唯有汤姆·珀金斯没有意识到大家的窘迫。他转身问弗莱明太太："您知道现在是谁在经营这家商店吗？"

弗莱明太太几乎不想回答他的这个问题。她非常生气。

"还是一个亚麻布商在经营，"她极不情愿地说，"名字叫格罗夫。我们再没有从那里买过东西。"

"不知道他会不会让我进去看看。"

"我想他会的，如果你告诉他你是谁的话。"

那天晚上直到吃过饭后，他们才在教师公用室里再次谈到这件压在他们心头的大事。先是"叹气鬼"在问：

"嗯，你们觉得我们这个新来的头儿怎么样？"

他们想起了午餐时的谈话。那根本算不上是谈话，简直就是珀金斯一个人的独白。他一直不停地说呀说，语速很快，滔滔不绝，嗓音深沉而浑厚。他短促的笑声显得有些古怪，笑时露出洁白的牙齿。他们很难跟上他的思路，因为他常常从一个话题很快地跳到另一个话题，其中的联系他们不是总能捕捉得到。他谈到了教育学，这是很自然的；可他又讲了许多他们都没听说过的德国现代理论，弄得他们一头雾水。他谈到古典文学，因为去过希腊，继而谈到考古学；他用了一个冬天的时间，去做文物挖掘的工作；他们弄不明白这些跟教授孩子们通过考试有什么关系。他还讲到了政治。听到他拿比康斯菲尔德勋爵[1]和阿西比亚德[2]做比较，他们不免觉得有些离奇。随后，他又谈到格莱斯顿先生[3]和地方自治。此时他们意识到他是一个自由党人，心不由得沉了下去。他谈论德国的哲学和法国的小说。他们认为，一个兴趣如此广泛的人是不可能有很深的造诣的。

"瞌睡虫"把大家对珀金斯的印象加以概括，总结成了一句话（他们都听出了其中指摘的意味）。"瞌睡虫"是三年级高班的老师，他看上去四肢绵软无力，总是睡眼惺忪，动作迟缓疲沓，给人一种无精打采的印象，他的绰号可说是恰如其分。

"他这个人很热情。""瞌睡虫"说。

"很热情"意味着缺乏教养，不是绅士该有的风度。这让他们想起救世军闹哄哄的做派。"很热情"意味着变化。一想到所有这些怡人的古老传统都将面临危险，他们就浑身起鸡皮疙瘩。他们简直不敢想象未来会怎么样。

"他比从前更像吉卜赛人了。"过了一会儿，有个同事说。

"我想知道教长和牧师会在推举他时是否知道他是个激进分子。"另一个教师不悦地说。

谈话就此中止。他们的心绪太乱，聊不下去了。

一个星期后，也就是毕业颁奖典礼那天，"柏油"和"叹气鬼"一起走着去牧师会会堂，一贯喜欢讥嘲的"柏油"跟"叹气鬼"说："我们已经到会堂参加过许多次颁奖大会了，是吧？不知道我们还能不能参加下一次哦。"

"叹气鬼"显得比往日更加忧伤。

"一旦有别的谋生路子，我是不在乎早点退休的。"

---

[1] 比康斯菲尔德勋爵（1804—1881），英国政治家，作家和外交家。
[2] 阿西比亚德（约前450—前404），雅典将军，希腊哲学家苏格拉底的被保护人，被放逐并被暗杀。
[3] 格莱斯顿（1809—1898），英国政治家，曾四次出任英国首相。

16

　　一年后,菲利普来到皇家公学时,那些发牢骚的老教师们仍然都在他们的岗位上,他们表面上装着与领导的意图保持一致,实际上仍在负隅顽抗。尽管如此,学校还是有了许多变化。虽说级任教师依然兼职教授低年级学生的法语课,却聘请了一位新人,他是海德堡大学的语言学博士,毕业后,曾在法国大学预科教了三年,他在这里教授高年级的法语课,也为不愿意学希腊语而想学点德语的学生代德语课。学校还另外聘请了一位数学老师,鼓励他比以往更为系统地传授数学知识。这两位老师都尚未被委任圣职。这是一场真正的革命,老教师们对他俩都持怀疑态度。除此之外,学校还建了一个实验室,并开设了军事课程。大家说这所学校的性质要变了。只有上帝才知道,珀金斯那顶着一头乱发的脑袋里还打着怎样的算盘。公学的规模都比较小,皇家公学也不例外,它的住校生不超过二百人,而且很难再扩大,因为学校被大教堂挤在一个角落里。教堂围地——除了有幢房子里住着一部分教师外——都被大教堂的牧师们占着,没有盖楼的地方。但珀金斯先生想出一个绝妙的主意,可以得到足够的空地,让学校的规模扩大一倍。他想吸引伦敦的孩子到这里上学。他认为让他们与肯特郡的孩子们朝夕相处,可以砥砺当地孩子们的智力。

　　"这与我们学校的传统是背离的,"珀金斯先生提到这个建议时,"叹气鬼"说,"我们一直都在竭力避免让我们的学生受到伦敦孩子的坏影响。"

　　"噢,简直是一派胡言!"珀金斯先生说。

　　以前从没有人说过一个级任教师的话是一派胡言,"叹气鬼"思忖着辛辣地反击他一句,也许可以含沙射影地提到袜子之类的东西,谁知这个时候珀金斯先生又鲁莽无礼地攻击起他来。

　　"教堂围地的那栋房子——如果你愿意结婚,我可以说服牧师会同意我们再加盖几层,用作宿舍和书房,这样你的妻子就可以帮助你了。"

　　这位就要步入老年的牧师气得直喘。他为什么要结婚?他已经五十七岁了，早过了结婚的年龄，他已承担不起照料一个家庭的担子。他不想结婚。如果让他在结婚和去乡下生活这两者之间选择，他宁愿离职去乡下。他现在想要的只有平静和安宁。

"我没有想过要结婚。"他说。

珀金斯先生用他那黑亮的眸子看着"叹气鬼"，即使他的眼睛里闪过狡黠的光，可怜的"叹气鬼"也绝对看不出来。

"真遗憾！你就不能结个婚来给我行个方便吗？这会有助于让教长和牧师会同意房子加盖楼层的计划呢。"

然而，珀金斯先生最不受欢迎的改革，还是他时不时地要和另外几个老师换着代上一两节课。他把这看作是帮他的忙，可这个忙你又不好说不帮，正如"柏油"——也就是特纳先生——所说的，拒绝对双方来说都有失体面。珀金斯先生事先并不打招呼，在做完早祷后，会突然跟一位老师说："不知道你能否帮我上一下十一点钟六年级的课。我们调换一下，可以吗？"

他们不知道别的学校是不是也这么做，但这种情况之前在坎特伯雷从未发生过。这样做带来的结果让人感到匪夷所思。特纳先生是第一个跟校长调课的老师，那天他在班上告诉学生，他们今天的拉丁文课由校长给他们上，为了避免学生们弄出笑话来，他建议他们可以找课文中的一两个问题向校长提问。他用历史课的最后十五分钟给他们解释了拉丁文课堂上将要学的关于李维①的片段。可等他再回到班上，看到珀金斯先生给同学们打的分数时，他吃了一惊。他班上的两个尖子生似乎成绩最差，而那些平时很一般的学生却都得了满分。他问班上最聪明的埃尔德里奇是怎么回事，这个学生闷闷不乐地回答说："珀金斯先生并没有让我们解释课文。他只是问我是否知道戈登将军②这个人。"

特纳先生满脸惊讶地看着他。孩子们显然觉得自己受了委屈，他不禁同情起他们的冤屈来。另外，他真看不出戈登将军与李维之间有

---

① 李维（前59—17），古罗马历史学家。
② 查理·乔治·戈登（1833—1885），英国殖民主义军官。

什么关系。事后，他就这件事贸然问了校长。

"因为你向他提问了戈登将军这个人，埃尔德里奇的积极性受到了打击。"说话时，特纳先生极力想挤出一个笑来。

珀金斯先生大声地笑起来。

"我知道他们现在学到了盖阿斯·格拉吉①的土地法，想了解一下他们是否知道爱尔兰的土地纠纷。可关于爱尔兰，他们只知道都柏林位于菲利普河畔。所以我就想问问他们是否听说过戈登将军。"

就这样，新校长具有"常识癖"的这一糟糕事实被众人知晓了。珀金斯先生对让学生学习这些仓促应对各门考试的功课是否有用产生了怀疑。他注重普通常识。

"叹气鬼"的忧虑与日俱增，他总是担心哪一天珀金斯先生会找到他，让他定下结婚的日子。他也不喜欢校长对待古典文学的态度。毫无疑问，校长是个优秀的学者，他正在写一部很符合传统的专著，还有一篇关于拉丁文学谱系的论文，可他谈论拉丁文学时的态度却太随便，仿佛这只是一种消遣，就像玩台球，可以打发时间而无须严肃对待。还有，三年级中班的老师"水枪"的脾气也变得越来越坏。

当初进这个学校时，菲利普正是被分到了"水枪"的班级。"水枪"名叫B.B.戈登，此人的脾气极坏，根本不适合当老师。他没有耐心，脾气暴躁。因为上面没有人对他进行管束，而他面对的又只是些幼小的孩子们，所以他就失去了所有的自控力。他上课时常常以大发雷霆开始，以暴跳如雷结束。他是个中等个儿的胖子，剪得很短的浅黄色头发正在变白，唇上留着一小撮又短又硬的胡须。一双蓝色的小眼睛嵌在他红红的大脸盘上，发脾气时脸就变成了深紫色。他的指甲被他啃得尖尖的，当学生在课堂上战战兢兢地解释课文时，坐在讲台上的他总是怒火中烧，咬自己的手指头。有许多他对学生施暴的传闻（也许有些夸大），两年前学校曾有过一场风波，据说一位学生的父亲威胁要提起诉讼，因为"水枪"用书狠狠地扇了一个叫沃尔特斯的孩子耳光，致使他的听力受到了影响，那个孩子后来不得不离开学

---

① 盖阿斯·格拉吉（公元前153年—121年），古罗马改革家和演说家。

校。孩子的父亲是坎特伯雷的居民,城市中有不少人为他打抱不平,当地报纸也报道了此事。然而,沃尔特斯先生只是个酿酒商,同情他的人毕竟有限。大部分学生尽管也讨厌这位老师,可出于某些只有他们自己知道的原因,他们大都还是站到了"水枪"这一边。为了表示对外界干涉学校事务的愤慨,他们对仍留在这里念书的沃尔斯特的弟弟处处为难。戈登先生侥幸没有被打发到乡下去,自那以后,他再没敢揍过学生。而且,在那次事情之后,老师用板子打学生手心的做法也被取缔了。"水枪"再也不能用棍子敲打教桌以发泄他的怒气。现在他只是抓住学生的两个肩膀,使劲地摇晃。对那些捣蛋和倔强的男孩,他会让他们伸出一只胳膊,站上十分钟到半个小时。而且,他骂起学生时的粗暴和蛮横的程度一点儿不减当年。

对像菲利普这样腼腆的孩子,再也不会有比"水枪"更加不合适的老师了。本来,他到这个学校没有几年前去沃森先生那里时那么害怕。有很多预备学院的同学都在这里。他觉得自己长大了许多,而且本能地意识到因为学生众多,他的残疾会更少引起人们的注意。可第一天上课戈登先生就给了他一个下马威,这位老师能很快识别出害怕他的孩子,并且会因此对他们越发地不喜欢。菲利普本来很喜欢上课,但现在上课时却充满了恐惧。他不愿贸然回答问题,免得答错了招来戈登先生一顿劈头盖脸的臭骂,他宁愿不作声地傻坐着;轮到他站起来解释课文时,他会害怕得心脏咚咚直跳。他最快乐的时刻就是珀金斯先生给他们上课。珀金斯先生喜欢就常识性的知识提问,而他恰恰能满足珀金斯先生的这一嗜好,因为他看过各种稀奇古怪的超出他阅读年龄的书籍。珀金斯先生常常在一个问题在同学们中间问了一圈后,面带殷切、鼓励的笑容(这笑容会让这个孩子心花怒放)看向菲利普说:"凯里,现在由你来告诉大家吧。"

菲利普在这类场合取得的好成绩越发激怒了戈登先生。有一天,轮到菲利普在课堂上做翻译,戈登先生在讲台那里坐着,眼睛瞪着他,愤愤地咬着自己的大拇指。他的火气眼看着就要爆发。菲利普开始低声翻译。

"不要嘟嘟囔囔的。"戈登嚷道。

似乎有什么东西卡在了菲利普的嗓子眼里。

"继续讲呀。讲呀！讲呀！"

老师的喊叫一声比一声刺耳，结果就是把菲利普脑中原本知道的东西驱散得一干二净，他茫然地看着书本发呆。戈登先生的呼吸开始变得急促。

"如果你不会，就说不会。你是会还是不会？上一次我解释课文，你听了吗？你为什么不说话？说话呀！你这个笨蛋，说话呀！"

他的手紧紧地攥着椅子的扶手，好像是怕自己控制不住朝菲利普扑过来。大家知道，过去他常常扼住学生的喉咙，掐得他们几乎出不了气。他额头上的青筋爆了出来，脸色发紫，一副凶相毕露的样子。此刻的他已失去了理智。

前一天，菲利普对这段课文是完全理解了的，可现在他一下子什么也记不起来了。

"我不会。"菲利普说。

"你为什么不会？我们一句一句地来看。很快我们就能知道你是真的不会，还是假的不会。"

菲利普默默地站在那儿，面色煞白，身体微微地发抖，冲着书本低着头。戈登先生的呼吸声变得像是打呼噜似的。

"校长说你聪明。我不清楚他从哪里看出来的这一点。普通常识！"他恶狠狠地笑了起来，"我不知道他们为什么要把你安排在这个班。笨蛋。"

说这个词让他感到了一丝惬意，于是，他用很高的声音重复道："笨蛋！笨蛋！跛脚的笨蛋！"

这样子喊叫让他的气消了一些。他看到菲利普突然脸红了。他叫菲利普去拿记过簿。菲利普放下《恺撒》，默默地走了出去。记过簿是一个浅黑色的本子，上面记着做了不当行为的孩子们的名字，一个学生如果被记三次名，就得挨鞭子。菲利普到校长的屋子，敲了书房门。珀金斯先生正坐在桌子前。

"能把记过簿给我吗，先生？"

"自己去拿吧，"珀金斯先生说，一边朝着放记过簿的地方摆了摆头,"你做了什么错事?"

"我不知道,先生。"

珀金斯先生飞速地瞥了他一眼,没有说什么,继续做他的工作。菲利普拿着记过簿,走了出去。下课几分钟后,他把记过簿送回来。

"我来看看,"校长说,"哦,戈登先生写着你的过失是'粗野无礼'。这是怎么回事呢?"

"我不知道,先生。戈登先生说我是个跛脚的笨蛋。"

珀金斯先生又看了他一眼,他不知道在这个孩子的回答里是否有着嘲讽的含义。但菲利普脸色苍白,眼睛里充满惊恐和不安,显得依旧惊魂未定。珀金斯先生站起来,放下记过簿,顺手拿起几张照片。

"我的一个朋友今天早晨给我寄来一些雅典的照片。"他看似很随意地说,"你瞧,这是雅典卫城。"

他开始向菲利普讲他看到的雅典城。一座废墟在他的讲解中变得鲜活起来。他指给菲利普看狄俄尼索斯①剧场,告诉他人们如何按秩序入场就座,从那里眺望蔚蓝色的爱琴海。临了,他突然转了话题:"我记得以前上戈登先生的课时,他总是叫我站柜台的吉卜赛人。"

菲利普此时的注意力都集中在照片上,没等他反应过来这句话的含义,珀金斯先生已让他看一张萨拉米斯岛②的照片,用手指头——他的指甲盖上还有一圈黑边儿——指着,告诉他希腊战船和波斯战船各是如何布阵的。

17

接下来的两年里,菲利普过得舒适而单调。他受到的欺负并不比跟他一样身高的男孩子多,他的残疾使得他不能参加各项活动,于

---

① 狄俄尼索斯,希腊神话的酒神和戏剧之神。
② 萨拉米斯岛,希腊一岛屿,在公元前480年的波斯战争中,希腊舰队在该岛沿海取得了对波斯舰队的决定性胜利。

是，在别人眼里，他变得微不足道，菲利普对此倒是心存感激。他没有交上什么朋友，觉得十分孤单。上到三年级高班时，"瞌睡虫"带了他两个学期。这位老师眼皮低垂，无精打采，似乎对一切都感到厌倦，教书时也是一副心不在焉的样子。

他本性善良，温和，却有点愚蠢。他相信孩子们的荣誉感，认为要使他们诚实，最要紧的就是你脑子里一刻都不能有他们可能会撒谎的念头。"问得多，"他引证说，"得到的就多。"在三年级高班，学习变得很轻松。你确切地知道哪个段落会轮到你来解释，注释本在同学们手中传来传去，两分钟内便能找到有关那段文字的解释。老师提问时，你可以把拉丁文语法书打开放在膝上。即便十几本练习册里都发现了让人难以置信的同样的错误，"瞌睡虫"也不会留意到那有什么奇怪之处。他不大相信考试。因为他发现孩子们考试的成绩远不如在班上测验的成绩好，这多少有些令人失望，不过，也没太大的关系。反正他们照样会升级，知识没有学到多少，脸皮倒是变厚了，学会了弄虚作假，这对他们将来的生活也许比会读拉丁文更有用。

一年后，他们落到了"柏油"的手上。此人名叫特纳，是所有老教师中最富有生气的一个。特纳个子很矮，肚子却很大，他皮肤黧黑，留着的黑胡子已变得花白。穿上牧师服，他真的会让人联想到柏油桶。尽管在平时要是听到有学生叫他的绰号，就会罚抄五百行的课文，可在教堂围地举办的宴会上，他常常拿自己的绰号开些小玩笑。他是所有老师中最世故最圆滑的一个，他经常到外面吃饭，所结交的也不仅仅限于教会的人。学生们都把他看作无赖。一到节假日，他便脱去牧师服。有人曾看见他在瑞士穿着花哨的呢子服逛街。他喜欢喝葡萄酒，吃美味佳肴，曾有人看见他跟一位很可能是他近亲的女士进了皇家咖啡馆。因此一届又一届的学生们都认为他沉湎于酒色，种种细节都令人越发相信人性的堕落。

特纳先生认为，他得用一个学期的时间才能把这些在三年级高班上了一年的孩子们整治过来。他不时巧妙地给出暗示，表明他十分清楚在他们班上发生的那些事情。他这么做，倒并非有什么恶意。他认为孩子们都是些小淘气，一旦知道自己的谎言会被拆穿，他们是会变老实的。孩子们有自己独特的荣誉感，这一荣誉感不适用于跟老师的相处，一旦他们知道这么做会得不偿失时，就不太可能会继续捣蛋。他为他的班级感到骄傲。尽管五十五岁了，可他依然雄心不减，像他刚进校时一样，要让这个班的考试成绩超过其他班级。他有一般胖子具有的脾性，火气来得快，消得也快。不久他的学生们便发现他这个人色厉内荏，刀子嘴，豆腐心。他不喜欢脑子笨的孩子，而愿意多去接近那些他认为调皮任性却内藏聪慧的学生。他常常邀他们出去喝茶。尽管学生们发誓说老师带他们去吃茶点，从没有要过糕点和松饼——因为学校的人都认为他的肥胖是由于贪吃，贪吃又导致他肚子里的绦虫多——他们却仍然乐意接受他的邀请。

菲利普现在的条件好多了。由于学校房间有限，只有高年级的学生才有书房。在此之前，他都是在大厅里吃、住，预习功课也是在这里，对这样的环境他隐约有种厌恶感。长时间待在人多的地方，让他有时变得很烦躁，他渴望多点儿独处的时间。他常常独自到乡间散步，那里有一条穿过绿色田野的小溪，小溪两边的树木都被剪去了枝梢。他也不知道为什么沿着河岸倘佯会令他感到快活。累了时菲利普就趴在草地上，看着河里的鲦鱼和蝌蚪游来游去。在教堂围地散步给予他一种特别的惬意感。夏天的时候，他们在围地中央的绿地上打网球。而其他季节，生活就要平静得多了。他们有的手挽着手散步，还有些用功的学生慢慢地走着，双目出神，口里默诵着一些需要背记的东西。高高的榆树上落着一群群的白嘴鸦，呱呱的叫声为乡野平添了一种落寞的情调。河岸的一边矗立着大教堂，它的正门上方有一座高耸入云的中心塔楼。尚不知美为何物的菲利普在望着大教堂时，某种难以名状的直抵心灵的喜悦之情常常油然而生，在他有了书房（一间面朝贫民窟的方形小屋，屋里住着四个人）以后，菲利普买了一张大教堂的风景照，贴在了书桌上方的墙上。从四年级教室窗户望出去时，外面的景物在他的眼里也被赋予了新的情趣。教室的窗户正对着一片修剪整齐的草坪，枝叶繁茂的林木显得郁郁葱葱。这景象使他内心萌生一种奇怪的感觉，他说不清楚是痛楚还是喜悦。这是他审美情感的初现，还伴随着其他变化。他的嗓音变了，喉咙里不由自主地会发出一些奇怪的声音。

后来，在每天的茶点后，菲利普开始去听校长在书房为准备做坚信礼的学生所开的课程。菲利普对上帝的虔诚没有经受住时间的考验，他早就放弃了每晚的《圣经》阅读，可如今在珀金斯先生的影响下，加之进入躁动不安的青春期，原先的情感又复苏了，他狠狠地责备了自己一番。地狱的烈火仿佛就在他眼前燃烧。若他如异教徒一般的时候死去，他会坠入地狱。他毫无理由地相信无边无涯的痛苦，远胜于相信永恒的幸福。想到自己可能陷入的危险，他不禁一阵战栗。

自从珀金斯在他遭受难以忍受的叱骂和羞辱后安慰了他，他便对这位校长产生了无上的崇拜之情。他绞尽脑汁地想要取悦珀金斯先生，对校长偶尔说出的赞扬话，哪怕是只言片语，他也会视若珍宝。每次来到在校长家里举办的小型聚会上，他都准备着让自己完全听从校长的旨意。他盯视着珀金斯先生熠熠发光的眼睛，嘴唇半张着坐在那里，头略微倾向前方，唯恐漏掉了哪一句话。周围环境的平凡使他们讨论的内容显得格外动人。校长常常会被自己讲述的事物中的神奇所打动，每到那个时候，他就会推开面前的书本，双手绞扭着放在胸前——仿佛是想平复澎湃的心情——激昂地谈论起宗教的种种神秘。有的时候，菲利普听不太懂，不过，他也并没想着要完全听懂，他似乎觉得能去感觉就足够了。在他看来，那个一头蓬乱黑发、面色苍白的校长就像敢于申斥国王的以色列预言者们一样。菲利普心目中的耶稣，也正长着一双这样的黑眼睛和如此苍白的脸颊。

珀金斯先生对待他的这部分工作极其认真，不会夹杂那些一直为其他老师诟病为轻率的活泼和幽默。他利用工作的间隙，从百忙中抽出一刻钟或二十分钟，分别与这些准备受坚信礼的孩子们进行谈话。他想让他们认识到，这是他们在人生中第一次自觉地迈出严肃而认真的一步；他竭力去探索他们的灵魂深处；他想把自己对宗教的满腔热忱灌输给孩子们。尽管菲利普生性腼腆，他仍在菲利普身上感觉那潜藏着和自己一样的激情。在他看来，这个孩子的性情似乎很适合做牧师。有一天，在谈话时，校长突然转移了话题。

"你想过长大后干什么吗？"他问。

"我伯父要我当牧师。"菲利普说。

"那么,你自己怎么想呢?"

菲利普把视线转向了别处。他不好意思说自己不配。

"我不知道世上还有什么生活会比我们的更幸福。我真想让你知道这是一种多么了不起的荣耀。人可以在任何一个职业中为上帝服务,可我们所从事的事业离上帝更近。我并不想影响你,可你一旦决定要当牧师——噢,马上——你便会拥有一种永恒的快乐和慰藉。"

菲利普没有吭声。不过,校长从他的眼神里看出他已有所领会。

"如果你继续像现在这样努力,不久便会成为学校里成绩最优异的学生,毕业时,你应该有把握拿到奖学金。你自己有什么财产吗?"

"伯父说,到我二十一岁时,每年会有一百英镑的进项。"

"你会变得富裕。可我一无所有啊。"

校长犹豫了一会儿,随后,一边用铅笔随意地在吸墨纸上画着线条,一边继续说:"我担心你未来的职业选择会受限制。自然,你不能从事那些需要付出体力劳动的职业。"

菲利普的脸一下子红到了耳根,只要有人提到他的跛脚,他总会脸红。珀金斯先生表情严肃地望着他。

"我想,你对你的不幸是不是有点过于敏感了。你有没有想过:因为残疾而去感谢上帝?"

菲利普抬眼飞快地一瞥,嘴唇抿紧。他想起那些日子,他真挚地相信人们告诉他的话——他一直祈求上帝治愈他的跛足,就像上帝治好麻风病人和盲人那样。

"每个人的身上都有一座十字架要背。如果你怀着埋怨的情绪来接受它,它带给你的就唯有羞辱。可如果你把它看作是上帝的恩赐,你的肩膀就会比别人的更强壮,而要你背负的十字架就会成为你幸福的源泉,而不再是痛苦的根源。"

他发现菲利普不愿谈论这个话题,便让他走了。

但是菲利普认真回想了校长的话,由于他的心思完全放在了眼前的坚信礼上,很快就沉浸在神秘的狂喜之中。他的精神似乎脱离了肉体的束缚,过上了一种全新的生活。他怀着满腔热忱全身心地追求着尽善尽美的境界。他想让自己完全投身于侍奉上帝的事业，决定要当牧师。当施坚信礼的那一天到来时，他的心灵已被那些——他所读的书籍，尤其是校长的巨大影响——所深深感动。他几乎因忐忑和喜悦交加而不能自已。有个念头一直折磨着他。他知道自己得一个人走过圣坛，他担心他的跛脚会暴露在大庭广众之下，不仅是全校师生，那些从城里来的陌生人和前来观看自己的孩子受坚信礼的家长们都会看到。可当这一刻来临时，他蓦然觉得自己能坦然承受这一羞辱了。他一瘸一拐地走过圣坛，在大教堂宏伟的穹顶下显得那么渺小和微不足道的他，自觉地将自己的残疾作为祭品，奉献给热爱他的上帝。

18

可是，菲利普不能长久地待在空气稀薄的山顶上。他第一次受宗教情绪支配时发生的事情现在又再度发生了。因为他那么强烈地去感受信仰的美，那么炽烈如火地渴望自我牺牲，他的力量支撑不起他的抱负，他被燃烧的激情弄得异常疲惫，内心蓦地感到乏味。他开始忘记似乎曾经无时不在他脑中萦绕着的上帝。虽然他照样按时做着礼拜和祈祷，却只是流于形式罢了。最开始，他责备自己的堕落，对地狱烈焰的恐惧驱使他再度点燃狂热，可是激情终究已经褪去，他的思想逐渐转移到别的兴趣上去了。

菲利普几乎没有什么朋友。常年养成的阅读习惯把他与大家隔离开来。每当和大家共处一段时间后，他便会感到疲倦和不安。菲利普对自己从宽泛的阅读中获得的广博知识很感自豪。他不会圆滑地掩饰自己对同伴们愚昧无知的轻蔑，以至于他们总是抱怨他太自负了。因为他所擅长的正好是他们认为不重要的，所以他们总是讥嘲他有什么可值得骄傲的。他本就思维敏捷，现在开始有了点儿幽默感，能巧妙地说出一些戳到别人痛处的嘲讽话语。他觉得有趣，几乎意识不到别人有多受伤；而当他意识到被他嘲笑的人跟他有了芥蒂时，他又觉得委屈，觉得自己被冒犯了。他初入学时所遭受的欺辱在他心里刻下了深深的印痕，直到今天也没有完全消除，他依然腼腆，沉默寡言。虽然他尽量避开其他孩子的同情，却渴望着有一个好人缘。尽管那对某些同学轻而易举，而他只能远远地羡慕着他们。尽管他常常拿他们开玩笑，挖苦起他们来更加不留情面，可他宁愿付出自己的一切去跟他们做交换。说真的，他愿意和学校里最呆笨的男孩做交换，只要他肢体健全。他渐渐有了一种怪癖，常常想象自己成为某个他特别喜欢的男孩，他的灵魂进到那个男孩的身体，用他的声音说话，用他的声音大笑。他想象着自己用那具身体做其他人会做的一切。那想象是如此的鲜活，以至于在那一刻他似乎真的成了那个男孩。在这样的奇想中，他度过了许多快乐的时光。

在坚信礼仪式举行完，过了圣诞节后开始的新学期里，菲利普换到了另一个书房。跟他同住的有一个叫罗斯的男孩。他和菲利普同级，菲利普对他既羡慕又嫉妒。他的外表并不出众，尽管他手大、骨架大，昭示着将来会是个高个儿；他看上去有些笨拙，眼睛却很迷人，笑起来时（他常常笑）眼角会蹙起许多笑纹。他算不上聪明，却也不笨，学习成绩不错，他最拿手的是体育。老师和同学们都喜欢他，他也喜欢大家。

菲利普搬进来时，屋里的其他几个人已在这里住了三个学期，不难看出人家并不欢迎他。他心里有些不安，觉得自己像是个闯入别人家里的陌生人。不过，他现在已经学会掩饰自己的感情。他们发现他很安静，也不妨碍别人。菲利普像其他人一样难以抵御罗斯的魅力，因此跟罗斯在一起时，他显得更加腼腆局促。不知是罗斯不自觉地想要施展他个人独特的魅力，还是纯粹因为心地善良，正是罗斯把菲利普带进了他们的圈子。有一天，他很突然地问菲利普，愿不愿意跟他一起去足球场。菲利普脸红了。

"我比你走得慢得多。"他说。

"没关系，一起走吧。"

在他们正要从书房动身的时候，一个同学探进头来，邀请罗斯跟他同行。

"不行，"罗斯说，"我已经答应了凯里。"

"别管我了，"菲利普很快地说，"你们去吧。"

"别瞎说。"罗斯说。

他用友好善良的眼神看着菲利普，笑了。菲利普内心涌起一股说不出来的感动。

不久，随着他们友谊的飞速增长，两人变得形影不离。其他同学对他俩突然建立起的亲密很是不解，他们问罗斯，他到底看上了菲利普的什么。

"噢，我也不知道，"他回答说，"他这个人不赖。"

同学们常常见到他们两个手挽着手走到教堂去，或者是在教堂围地里散步聊天。二人几乎形影不离，焦不离孟，孟不离焦。要找罗斯的同学总是给菲利普留口信，仿佛承认罗斯是他专有似的。最开始菲利普还有所保留，他不愿让自己完全陶醉在喜悦和骄傲感之中。没过多久，他对命运的不信任感便在狂热的喜悦面前消失了。他觉得罗斯是他平生遇到过的最棒的伙伴。书籍现在对他来说变得微不足道了。当有更重要的事情占据他的身心时，他哪还有心思再看书。罗斯的朋友没事时常常到书房来喝茶，或是坐着闲聊——罗斯喜欢热闹——他们都说菲利普是个文静有教养的男孩。菲利普心里美滋滋的。

放假的前一天，他和罗斯约定好返校时乘坐的火车班次，这样的话，他们就能在车站碰面，一块到城里用茶点，之后一起回学校。菲利普怀着沉重的心情回到家，整个假期里都在想着罗斯，想象着下个学期他们要在一起做的事情。

在牧师住宅，他觉得很烦闷，回学校的前一天，伯父用惯常的调笑语气问起他那个老问题："哦，你乐意回到学校去吗？"

菲利普高兴地回答道："很乐意。"

为了确保在车站能和罗斯相遇，他搭乘了比平时早一班的火车，在车站里逗留了一个小时。当从法弗沙姆来的火车（他知道罗斯会换乘这趟火车）进站时，菲利普激动地跟着火车跑了几步。然而，罗斯不在这趟车上。他向脚夫打听了下一趟火车的进站时间，继续在那里等，可他又一次地失望了。他又饿又冷，只好穿过小街巷和贫民窟抄近道回到了学校。他发现罗斯已经在宿舍里，两只脚架在壁炉架上，正跟几个同学海阔天空地聊着天。他起身跟菲利普热情地握手，可菲利普的脸却沉了下来，他意识到罗斯早已忘记了他们之间的约定。

"我说，你怎么回来得这么晚？"罗斯问，"我还以为你永远不会回来了呢。"

"你四点半就在车站了，"另一个男孩说，"我下火车时看见你了。"

菲利普的脸略微红了，并不想让罗斯知道自己傻傻地在车站等着他。"我去拜访家里的一位朋友，他们让我到车站送她一下。"

失望的情绪使菲利普有点闷闷不乐。他一声不响地坐着，有人问他话时，也只是回答上一两个字。他打定主意，等同学们一走，就把他对这件事的感受罗斯和盘托出。可他们刚走，罗斯就凑过来，倚在菲利普坐着的那把椅子的扶手上。

"太棒啦，这个学期我们又分在一个屋子里。真让人高兴，不是吗？"

见到菲利普，他似乎格外高兴，菲利普的烦恼顿时消失了。他们开始大谈特谈起让他们感兴趣的种种事情，好像他们分开还不到五分钟似的。

19

起初，菲利普对罗斯的友情充满感激，心中再无其他杂念。他随遇而安，享受着这份美好。可好景不长，他开始看不惯罗斯那老好人的做派。他想要更加专一的友谊，最初作为馈赠接受的，现在要当作权力来拥有了。他不无妒忌地看着罗斯与其他同学的交往，尽管知道这么做不近情理，可有时还是忍不住对罗斯说些刻薄的话。如果罗斯在其他同学的书房里厮混了个把钟头，他回来后菲利普准会蹙起眉头。他会一整天都沉着脸，闷闷不乐，而罗斯倒不觉得什么，他不是没有留意到菲利普的坏心情，就是有意不去理睬它。菲利普也清楚自己这么做有多蠢，可就是忍不住时不时地跟罗斯拌嘴，之后两个人几天都不再说话。然而，菲利普跟罗斯怄气，时间一长，他自己就先受不了了，即便他确信自己在理，也会低声下气地跟人家道歉。接下来的一个星期，他俩会和好如初。可是友情的高潮已经过去，菲利普觉得罗斯现在还经常和他一起散步只是出于习惯，或者是担心他生气。他们之间的话比从前少了，罗斯常常显出厌烦的情绪。菲利普感到他的跛脚开始令他恼火了。

快到期末的时候，有两三个学生染上了猩红热，不少师生议论说要把他们都送回家去，以防引起流行病。不过，他们最后只是在学校被隔离了，因为再没有人被传染，校方也认为这一疾病的蔓延已经停止。菲利普就是被感染的一员。整个复活节假期他都住在医院里，夏季学期开始时才被送回牧师住宅，因为那边的空气更清新一点儿。尽管医生保证菲利普的病已不再传染，牧师心里还是有些忐忑。他觉得医生让他的侄儿回海边养病的建议欠考虑，他之所以同意让他回到家中，只因为这孩子实在是没有其他的地方可去。

新学期过了一半，菲利普才返回学校。他早已忘了跟罗斯吵架的事，只记得罗斯是他最要好的朋友。他知道以前都是自己不好，下定决心以后要通情达理些。在他生病期间，罗斯给他写过几封短信，结束时总写着："快快地好起来回来吧。"菲利普以为，罗斯盼望他归来的心情，就像他自己想见到罗斯一样急切。

回来后，菲利普发现，因为六年级的一个学生得猩红热死了，住宿有所调整，罗斯搬出了他们的房间。这让菲利普感到很失望。他放下东西就急忙赶到罗斯的房间。罗斯正坐在书桌前，跟一个叫亨特的男孩做功课，菲利普进来时，他生气地扭过头。

"是谁呀？"他喊道，抬眼看到了菲利普，"噢，原来是你。"

菲利普一脸尴尬地站住了。

"我想，我该来看看你，你好吗？"

"我们正在写作业。"

亨特插话道："你什么时候回来的？"

"五分钟之前。"

他俩坐在那里望着他，好像他干扰了他们似的。很显然，他们想让他赶快离开。菲利普的脸涨红了。

"我这就走。等你做完功课了,到我这边看看好吗?"他跟罗斯说。

"好吧。"

菲利普关上门,一瘸一拐地回到了自己的房间,心里很难过。罗斯见到他,非但没有显出高兴的样子,看上去反倒很恼火,就像他们不过是点头之交而已。菲利普因为担心罗斯过来扑个空,一刻也不曾离开他的宿舍,可他的朋友却根本没有出现。第二天早晨去做祷告时,他看见罗斯和亨特手挽着手大摇大摆地走了过去。离校期间发生的事情,其他同学都告诉他了。他忘记了,三个月对一个在校生来说是一段很长的时间,他在家里孤寂地度过三个月,而罗斯则一直生活在同学们中间。亨特正好填补上了他走后空下的位置。菲利普发现罗斯一直在暗暗地躲着他,可他却不是那种遇到这样的事情不去理论的人。他一直在等待机会,终于有一天,在他确定只有罗斯一个人在房间里时,他走了进去。

"我可以进来吗?"他问。

罗斯很是尴尬地看着菲利普,不由得生起了菲利普的气。

"想进来就进来呗。"

"谢谢你让我进来。"菲利普嘲讽地说。

"有事吗?"

"我说,自从我回到学校后,你为什么对我这么冷淡呢?"

"噢,有这样的事吗?"罗斯说。

"我不知道你到底看上了亨特什么。"

"这跟你有关系吗?"

菲利普垂下眼帘。他克制着自己把要说的话咽回到肚子里,免得给自己带来羞辱。罗斯站了起来。

"我得去体育馆了。"他说。

罗斯走到门口时,菲利普强迫自己说道:"罗斯,你不要再那么固执了好吗?"

"噢,你见鬼去吧。"

罗斯砰的一声关上门,留下菲利普一个人。菲利普气得浑身发抖。他回到宿舍,把刚才的对话又认真考虑了一遍。他开始恨罗斯了，他想让罗斯也不好受，心想刚才本可以挖苦罗斯一番的。他知道他俩的友谊要结束了，当他想到同学们再也不会拿他当回事时，敏感的他仿佛从他们的言谈举止中看到了嘲讽和诧异。他暗自想象着他们会说的那些风凉话。

"他俩的友谊终归不会长久的。我不知道他怎么会看上凯里的。一个顶讨厌的家伙！"

为了表示他对这事的不在乎，菲利普跟一个叫沙普的同学要好起来，而他原先既厌恶又鄙视这个男孩。这个男孩来自伦敦，说话略带伦敦腔，形容举止都很笨拙，嘴唇上已开始长出浅浅的胡须，两根浓浓的眉毛长得越过鼻梁，连在了一起。他的手很柔软，处事圆滑世故，不像是他这个年龄段的孩子。沙普生性怠惰，懒得参加任何活动，总是费尽心思找出各种借口，以避开那些必须参加的体育锻炼。同学和老师们都不太喜欢他。菲利普现在跟他交好，纯粹是出于斗气和高傲的心理作祟。再上两个学期，沙普就要去德国住一年。他讨厌上学，把上学看作是他进入社会前不得不承受的耻辱。他的心中只有伦敦，对在伦敦度过的假期，他有讲也讲不完的故事。从他的谈话中——他的嗓音柔和而又低沉——你仿佛隐约瞥见了伦敦街头夜生活的情景。菲利普对他的讲述，既入迷又有些排斥。凭借着生动的想象力，他仿佛看到了剧院正厅门前涌动的人群，廉价饭店里闪烁的灯火，酒吧里喝得半醉的人们坐在高脚凳上跟女招待们闲聊，街灯下寻欢作乐的神秘人群来来往往。沙普把从伦敦霍利伟尔街买来的廉价小说借给他看。菲利普在他的小寝室里怀着好奇和忐忑读着它们。

有一次，罗斯试着想跟菲利普和好。他心地善良，不愿意与同学为敌。

"凯里，你这是为了什么？和我断绝来往，对你有什么好处呢？"

"我不知道你在说什么。"菲利普回答说。

"噢，我不明白，我们为什么不能谈一谈呢？"

"我讨厌你。"菲利普说。

"随你的便吧。"

罗斯耸了耸肩，走了。菲利普的脸色变得煞白，他一激动起来总会这样,他的心剧烈地跳动着。罗斯一走,他顿时感到一种说不出来的痛苦。他不知道自己为什么要那样回答。事实上,只要能和罗斯做朋友,他愿意献出自己的一切。他不愿意跟罗斯吵架,伤了罗斯的心,他其实非常难过。然而在那一刻,他控制不了自己,似乎有个魔鬼攫住了他,逼迫他违背自己的意愿说出那些刻薄的话。尽管当时他是愿意跟罗斯握手言和的,可是想要给予罗斯伤害的欲望太强烈了,让他无法回头。他要为自己遭受的痛苦和羞辱进行报复。他这么做是为了挽回颜面,可这么做也是愚蠢的,因为他知道罗斯对此毫不在乎,而他却会深受其苦。他想自己应该去找罗斯,跟他道歉:"对不起,我当时对你太粗暴了。是我昏了头,我们和好吧。"

但是,他知道自己永远不会这么做。他害怕罗斯会取笑他。他生自己的气,在沙普过了一会儿进来后,他便找了个茬跟沙普吵了起来。菲利普有种魔鬼般的本能,善于发现别人的软肋,因为其真实,所以更能戳到别人的痛处。可这次却是沙普给了他致命一击。

"我刚才听到罗斯跟梅勒谈论你了,"沙普说,"梅勒说:'你为什么不踹他几脚呢?教训他收敛一下他的行为。'罗斯说:'我才不屑于那么做呢,该死的瘸子。'"

菲利普的脸突然涨得通红。他没能做出反击,因为他的嗓子眼里好像一下子被什么给塞住了,几乎透不过气来。

20

菲利普升到了六年级,可现在的他却非常厌恶学习,他失去了抱负,也不在乎学得是好还是坏。因为校园生活日复一日的单调沉闷的,每天睁开眼他都感到满心烦闷。他厌倦了听命行事,学校的各项规章制度也让他厌烦,不是因为它们不合理,而是因为它们的束缚和限制。他渴望自由,厌倦了总是重复那些他已经学会的东西,厌倦老师为了个别愚笨的学生去反复强调他一开始就理解了的内容。

上珀金斯先生的课,则大可随意。他这个人既热情,又随心所欲。六年级的教室位于一个修缮过的老修道院院内,教室里有个哥特式的窗户,为了排遣无聊,菲利普一遍又一遍地画着那个窗户。有时他也画印象中的大教堂主塔楼或是通往教堂围地的过道。他有画画的嗜好。路易莎伯母年轻时曾画过水彩画,她有好几本画册,里面都是教堂、古桥和如画的乡村景色的素描。在牧师住宅举办的茶会上,她的这些画常常拿出来让大家观赏。她曾送给菲利普一盒颜料作为圣诞节的礼物。一开始,菲利普只是描摹她的画作,其效果出乎大家的意料,很快他便开始画一些自己的东西了。凯里太太十分鼓励他画画,这样他可以少捣些乱,而且以后他的这些素描或许还可以拿去义卖展销呢。他的画有两三幅镶了画框,挂在他的卧室里。

有天上午,上完了课,菲利普正懒洋洋地往教室外走,珀金斯先生喊住了他。

"我要跟你谈一谈,凯里。"

菲利普停下了。珀金斯先生用他细长的手指捋着胡子,眼睛看着菲利普,似乎在认真思考他要说的话。

"你最近是怎么啦,凯里?"他突然说。

菲利普瞥了他一眼,脸一下子红了。因为对珀金斯先生已经十分了解,菲利普没有回答,等着他继续往下说。

"我对你最近的表现很不满意。你变得懒散,心不在焉,对学习似乎失去了兴趣。这是怠惰,很不好。"

"我很抱歉,先生。"菲利普说。

"这就是你对自己的行为所要说的?"

菲利普闷闷地低下了头。他怎么能回答说他已经对学校生活厌恶透顶了呢?

"要知道,你这个学期是在退步而不是进步。我恐怕很难给你一份满意的成绩单。"

菲利普心想,要是珀金斯先生知道他家里是如何对待这份成绩单的,不知道会作何感想呢。之前成绩单在吃早饭时送到,凯里先生只是不经意地瞟了一眼,就将它递给了菲利普。

"这是你的成绩单,你看看上面写了什么。"凯里先生说着,一面翻着一本旧书目录单的封皮。

菲利普看了看成绩单。

"考得好吗？"路易莎伯母问。

"比我应该得到的评价差一点。"菲利普回答说，笑着把成绩单递给了路易莎伯母。

"等我戴上眼镜再看吧。"她说。

可早饭后玛丽·安进来说肉商来了，她便把这事忘在脑后了。

珀金斯先生继续往下说着。

"我对你很失望，我不明白发生了什么。我知道你只要想做，就能做得很好，只是你似乎不再想努力了。我本打算下学期让你当班长的，现在看起来得搁置了。"

菲利普脸红了。他并不愿意让自己落选。他的嘴唇抿紧了。

"还有件事。你现在得考虑奖学金的事了。如果你不很快地振作起来，那你就什么也得不到了。"

菲利普被这番训话弄得有些不悦。他生校长的气，也生自己的气。

"我不打算上牛津大学了。"他说。

"为什么不上了？我原以为你想当牧师。"

"我改变主意了。"

"为什么？"

菲利普没有回答。珀金斯先生依然保持着他惯常的那种奇怪姿势，宛若佩鲁季诺[①]画中的人物，他若有所思地用手捋着胡子，眼睛直盯着菲利普，像是要看穿他的内心。最后，珀金斯先生突然对菲利普说，他可以走了。

显然，珀金斯先生对这次谈话的效果并不满意，因为一个星期后，当菲利普晚上到珀金斯先生的书房交作业时，他又谈起了这件事。不过，这次他采用了不同的方式，他不再是像校长对学生那样的谈话，而是人与人之间的平等对话。他不再强调菲利普的学习变差了，也不再强调他很难有机会超过竞争对手并拿到奖学金进入牛津大

---

① 佩鲁季诺（1446—1523），意大利画家。

学，而是探讨了一个更加重要的问题：菲利普因何改变未来生活的目标。珀金斯先生决心再次点燃菲利普当牧师的热情。他极为巧妙地去触动菲利普的感情，这比较容易做到，因为他是动了真情的。菲利普思想的转变使他陷入深深的苦恼中，因为他真的认为菲利普是由于他自己也不确定的原因就轻易抛弃了过上幸福生活的机会。他的声音很有说服力，菲利普又是一个很容易受别人情感影响的人，尽管他外表平静———半是出于天性，一半是多年来在学校养成的习惯，除了容易脸红外，他很少表露出自己的感情——还是被校长的一番话深深打动了。他十分感激校长对他的关心，因自己的言行令校长伤心而感到内疚。想到珀金斯先生有整个学校的工作要考虑，还替自己操心，菲利普暗生一丝慰藉。然而，与此同时，他的内心还有一种呼唤，像是有个人站在他身边不顾一切地诉说着："我不。我不。我不。"

最后，珀金斯先生把手抚在菲利普肩膀上。

"我不想影响你的判断，"他说，"你必须自己做出决定。祈求万能的上帝帮助你，指引你吧。"

菲利普从校长屋里出来时，天空下起了小雨。他在通往教堂围地的拱道下面走着，周围一个人也没有，白嘴鸦静静地栖在榆树上。他缓缓地走着，感到浑身燥热，雨丝带来了些许凉爽的气息。现在，离开充满激情的珀金斯先生身边，他开始能够冷静地思考珀金斯先生说的话了，他为自己没有改变主意感到庆幸。

黑暗中，他只能依稀看到大教堂高耸的轮廓。他现在开始恨它了，因为他必须在那里长时间地做着单调乏味的礼拜和祈祷。圣歌一唱起来就没完没了，你不得不一直在那里傻傻地站着，你无法听清楚牧师布道的嗡嗡声，身体难受得要命，想动却不得不静静地坐着。此时，菲利普想起了在布莱克斯特伯尔每个星期天要做的两次礼拜：光秃秃的教堂里冷飕飕的，身边满是润发香脂和浆过的衣服的味道。每次副牧师布一次道，伯父布一次道。随着年龄增长，他渐渐了解伯父的为人。菲利普性情耿直，又有些偏执，他不明白一个人怎能如此言行不一，作为牧师虔诚地说教、布道，却从来不按自己所说的去做。这种欺骗行为让他很是愤慨，他觉得伯父懦弱而自私，其生活中的主要希冀就是让自己少些麻烦，落得个清静。

珀金斯先生给他讲了一生侍奉上帝的美好。可菲利普知道他的家乡东英格兰一隅的牧师们是怎样过活的。在离布莱克斯特伯尔不远的地方有个名为怀斯特的教区，那里的牧师是个单身汉，为了让自己有点事做，最近开始种地了。当地报纸常常报道，他在区法院不是跟这个人打官司，就是跟那个人打官司，还说他拖欠劳动者的工资，或是他指责商人对他行骗。有传言说他不给牛喂饲料，还有许多议论说要对他采取措施。弗尼教区的牧师是个身材修长、留着胡须的男子，因为他的残酷，他的妻子不得不离开了他，她跟邻居们说了许多他所做的不道德的事。紧靠海边有个叫苏尔勒的小村庄，那里的教区牧师常常到离他住宅一箭之遥的酒馆去喝酒，教堂执事不得不找凯里先生商量事情。在那些地方，除了渔民和农夫，他们没有任何可以说说话的人。在漫长的冬夜里，风凄厉地呼啸着，刮过光秃秃的树林，放眼望去，除了一片荒凉的耕翻过的褐色田野，空无一物。他们生活贫困，没有任何看起来重要的工作，没有任何事物可以约束他们，他们性格中的怪癖无拘无束地发展，变得偏狭，古怪。菲利普知道这所有的一切，因为他年轻，偏执，对此一点也不能谅解。一想到要过那样的生活，他就感到不寒而栗，他渴望能看看外面的世界。

21

珀金斯先生很快发现，他的话对菲利普没起到任何作用，在这学期剩下的日子里，他没再管菲利普，只是写了一份措辞严苛的成绩单。在寄到牧师府上后，路易莎伯母问菲利普成绩单上怎么说的，他爽快地回答道："糟透了。"

"是吗？"牧师说，"那我倒要再看一下了。"

"你认为我继续留在坎特伯雷还有用吗？我想，我还不如到德国去待上一段时间呢。"

"你怎么会有这样的念头？"路易莎伯母说。

"你不认为这是个好主意吗？"

沙普已经离开了皇家公学，从德国的汉诺威给菲利普写信，说他现在才算开始了真正的生活，这让菲利普更加急不可待地想离开了。他觉得他再也无法坚持过完下一学年。

"可那样的话，你就得不到奖学金了。"

"即使不走，我也没有机会得到了。何况，我也并不是那么想上牛津大学。"

"可你不是将来打算要当牧师吗，菲利普？"路易莎伯母大声说，话音里透着失望。

"我早就放弃那个想法了。"

凯里太太惊讶地望着他，不过，她惯于克制自己，只是提着壶给丈夫又倒了一杯茶。大家谁也没再说话。不一会儿，菲利普看到泪水顺着路易莎伯母的脸颊缓缓流下来。他的心突然收紧了，因为是他造成了她的痛苦。她的身体裹在裁缝做的紧身黑衣服里，脸上满是皱纹，目光倦怠无神，灰白的头发仍然梳成年轻时那样的小卷儿，伯母这副样子既滑稽，又让人产生一种莫名的同情。菲利普还是第一次注意到这点。

后来，牧师和副牧师去书房商量事情，菲利普用胳膊搂住伯母。

"对不起，路易莎伯母，我让你难过了，"他说，"可要是我真的不适合当牧师，勉强做了又有什么好处呢，你说不是吗？"

"你太让我失望了，菲利普，"她呻吟着说，"我一心以为这已是定了的事情，你会先做伯父的副牧师，然后，等我们百年之后——我们毕竟不能长生不老，不是吗？——你就可以接替他的位置了。"

菲利普不由得哆嗦了一下。他感到一阵惊恐，心怦怦地跳着，像是掉在陷阱里的鸽子狂乱地扑棱着它的翅膀。伯母低声啜泣着，头伏在他的肩上。

"我希望你能说服威廉伯父，让他同意我离开坎特伯雷。我已经讨厌死那个地方了。"

可是，布莱克斯特伯尔的牧师不会轻易改变他已做出的安排，他一直都是这么打算的：让菲利普在皇家公学上到十八岁，然后到牛津大学就读。他无论如何也不会让菲利普现在就离开,因为事先没有通知学校退学,这个学期的学费是一定要交的。

"那么,你现在通知学校,让我在圣诞节时离开好吗?"在经过一番长久、激烈的谈话之后,菲利普说。

"我将就此事写信给珀金斯先生,听听他的意见。"

"噢,我多希望自己现在就二十一岁了。听凭别人摆布的滋味可真不好受。"

"菲利普,你不该这么跟你伯父说话。"凯里太太温和地说。

"可难道你们就看不出来,珀金斯先生是想让我继续留在学校吗?他对学校的每个学生都了如指掌。"

"你为什么不想上牛津大学了?"

"如果我不打算任圣职了,还有必要上牛津吗?"

"什么不打算任圣职了。你已经身在教会了。"牧师说。

"那么,我算是牧师了?!"菲利普不耐烦地回答说。

"那你将来打算干什么,菲利普?"凯里太太问。

"不知道,我还没有拿定主意。不过,不管我将来做什么,多学习几种外语总是有用的。我去德国待上一年,总比在这个鬼地方学到的东西要多得多。"

他觉得去牛津上学不见得比继续留在中学强多少,只是没有明说罢了。他想要做自己的主人。何况,他的中学同学里一定会有人上牛津,所以那里还是会有了解他的人,他想避开所有的熟人。他觉得他在学校的生活很失败。他想开始新的生活,翻开新的一页。

菲利普想去德国的念头,正好跟布莱克斯特伯尔的人们时下正谈论的一些想法相吻合。有时医生的一些朋友来他家里探望,带来外面的消息;每年八月来这里海滨度假的游客也会带来他们看待事物的方式。凯里牧师听说,不少人认为传统的教育方式已不像从前那么吃香了,各种现代语言都获得了他年轻时所不具有的重要性。他开始变得矛盾起来。他的一个弟弟考试没有通过,被送到德国学习,开了先例,可他得了伤寒,死在了那里,所以不得不说,这一实验还是具有一定危险性的。多轮谈话探讨出来的结果是:菲利普再回坎特伯雷上一个学期的课,然后去德国。对谈成的这个结果,菲利普并不满意。

返校几天后,校长就对他说:"我收到一封你伯父的来信,说你想要去德国,他想问问我对这件事情的看法。"

菲利普感到十分惊讶。他对监护人的食言非常愤慨。

"我以为这已经是确定了的事了,先生。"他说。

"远不是这样。我已经写信跟你伯父说,同意你离开是一个最错误的决定。"

回到宿舍,菲利普立即坐下来,给伯父写了一封语气非常激烈的信。他无暇考虑自己的语句措辞。他太生气了,以至于直到深夜才睡着,天刚亮就醒了,闷闷不乐地想着他们对他的种种敷衍和推诿。他焦急地等着伯父的回信。两三天后,回信来了。是路易莎伯母写的,语气温婉,却充满痛苦。信中说,他不该给伯父写那样的信,弄得伯父苦恼不已;还说菲利普这么做是恩将仇报,不像是基督教徒的作为;他必须知道他们花费这么多心血,都是为了他好,他们比他年龄大得多,见识得也多,当然更能判断出什么对他有益。菲利普读着读着就攥紧了拳头。他常常听人们这么说,可并不认为这话就有道理;他们并不像他那样了解他自己的情况。那么,他们怎么能理所当然地认为他们的年龄大,他们的智慧就多呢?信的结尾说,凯里先生已经撤回了他给学校的退学申请。

菲利普憋了一肚子的火,一直等到下个星期的半日假,他们每个星期二、星期四的下午放半天假,因为星期六下午他们要去大教堂做礼拜。下课后,他等了一会儿,直到六年级班的同学都出了教室。

"先生,今天下午我能回布莱克斯特伯尔一趟吗?"菲利普问。

"不行。"校长很干脆地回答。

"我找伯父有非常重要的事情商量。"

"你没有听到我说不行吗?"

菲利普没有再吭声,默默地走出了教室。他几乎被羞辱弄得透不过气来,不得不向人乞求准假的羞辱,还有被怠慢拒绝的羞辱。他现在开始恨校长了。对这种丝毫不讲道理的专横武断,菲利普心里生出强烈的厌恶。他太气愤了,再也顾不得学校的规定,吃完饭后就抄熟悉的小路步行到了车站,赶上了去往布莱克斯特伯尔的火车。他走进牧师住宅,看见伯父和伯母正在餐厅里坐着。

"噢,是哪阵风把你给刮回来了?"牧师问。

很显然,他现在不想见到菲利普,看上去有些不自在。

"我回来见你,是想说说关于退学的事。我想知道你到底是什么意思,上次在这里答应好的,一个星期之后就全变了。"

菲利普也为自己的大胆吃了一惊,可是他早在脑子里想好了要使用的措辞,尽管他的心剧烈地跳动,他仍是逼迫自己把它们说了出来。

"你今天下午是请假回来的吗?"

"不是。我向珀金斯请假,他没有答应。如果你写信告诉他我回来了,就能让我狠狠地挨顿臭骂。"

凯里太太坐在那儿正编织着什么,此时她的手有点哆嗦。她不习惯这种争吵的场面,会让她的神经感到极度紧张。

"如果我告诉他,他骂你,那也是你应得的。"凯里先生说。

"如果你想做一个卑鄙的告密者,你当然可以这么做。鉴于你上次给珀金斯写了那样的信,这种事你是完全做得出来的。"

菲利普这么说其实不太理智,因为这正好给了牧师一个机会。

"我不打算坐在这里,听你说这些目无尊长的话。"他不失尊严地站了起来。

他快步走出餐厅,去了书房。菲利普听到他关门落锁的声音。

"哦,上帝,我真希望我现在就二十一岁了。这样听凭别人的摆布,实在是太糟了。"

路易莎伯母开始低声地哭起来。

"噢,菲利普,你不该那样跟你伯父说话。你现在就去给他道个歉,好吗?"

"我没有错。是他们在捉弄我。当然啦,让我继续留在学校,只能是浪费钱财,不过,他会在乎吗?又不是他的钱。受这种一无所知的人监护,真是我的不幸。"

"菲利普。"

菲利普突然停下了愤怒的控诉,他听出伯母的声音不对劲了。那是一种撕心裂肺的声音。在气愤中,他并没有意识到自己说了多么刻薄的话。

"菲利普,你怎么能这样不知道感恩呢?你知道,我们都在尽心尽力地对你,我们知道自己没有这方面的经验,如果我们养过孩子,就不会是这样了。这也正是我们向珀金斯先生征求意见的原因。"她哽咽了一下,"我一直努力着想像一个母亲那样对你。我爱你,就像你是我的亲生儿子一样爱你。"

她是那么的瘦小和脆弱,传统女性的举止和神态又使她显得那样楚楚可怜,菲利普不由得被感动了。他嗓子里突然一阵哽塞,眼里溢满了泪水。

"真对不起,"他说,"我并不是存心要这么做的。"

菲利普跪在了伯母身边,用两只手臂搂住了她,吻着她满是泪水的枯槁脸颊。她痛苦地抽泣着,蓦然间,菲利普对这个在寂寞中度过几十年的女人充满了同情。她以前还从未这样放纵过自己的感情,这样痛痛快快地哭过。

"我知道,我做得并不尽如人意,菲利普。我不知道该怎么做。我没有孩子,你没有了母亲,我们俩的境遇都一样糟糕。"

菲利普顿时忘记了自己的愤怒,一心想要安慰伯母,他一边磕磕巴巴地说着些抚慰的话,一边笨拙地摩挲着她的肩膀。很快就到了他返回学校的时间,他急忙去赶一天一趟开往坎特伯雷的火车。待他坐在车厢,才发现此行一无所获。他恨自己太软弱,太不争气,只因牧师傲慢的态度和伯母的眼泪就让自己打了退堂鼓。不过,在老两口之间又谈过一次话后,校长又收到了一封凯里先生的信。珀金斯先生读信的时候,不耐烦地耸着肩膀。他把信拿给菲利普。信里这样写着:

亲爱的珀金斯先生:

请原谅我因为被监护人的事再次打扰你,可我们夫妇都对他的事感到很不安。他似乎恨不得马上离开学校,我妻子认为他一直很不快活。因为我们不是他的父母,所以很难知

085

道怎么做才好。若他学得不好，继续留在学校也是对金钱的浪费。如果你能找他谈一次，我将不胜感激。请看看他是否还一味坚持他的想法。如果他仍然执意要走，那就最好让他在我最初答应他的时间——圣诞节——离校吧。

你忠实的，
威廉·凯里

菲利普把信还给校长，内心充满着胜利感和骄傲感。他终于如愿以偿，因而心满意足。这一次，是他的意志战胜了别人的意志。

"再花上我半个钟头给你伯父写信还有用吗，要是接到你的下一封信他又改变主意的话。"校长有些气恼地说。

菲利普没有吭声，虽说脸上的表情很平静，却抑制不住自己眼睛里闪烁的光。珀金斯先生看出来了，突然笑了起来。

"你胜利了，不是吗？"他说。

这时，菲利普笑了。他再也无法掩饰他的兴奋和喜悦。

"你真就那么急切地想要离开学校？"

"是的，先生。"

"待在这儿不快活？"

菲利普脸红了，他本能地抵触别人试图探究他内心的任何企图。

"噢，我不知道，先生。"

珀金斯先生用手指缓缓地捋着胡子，若有所思地看着菲利普，几乎像是自言自语一般说出了下面一番话：

"当然啦，学校是为一般智力的人接受教育而开设的——洞都是圆的，不管什么形状的木钉，它们都得被钉进去。除此之外，学校再无暇顾及其他。"随后，他突然对菲利普说，"哦，我现在给你个建议。这个学期快要结束了，你再坚持完下个学期，如果你想去德国，最好也是在过了复活节，而不是在圣诞节的时候走。春天的德国要比数九寒天容易过得多。如果你在下个学期结束时还想走，我没意见。你说这样行不行？"

"谢谢你，先生。"

菲利普为争取到最后三个月的时间而满心欢喜，也就不再在乎多上一个学期的课了。再说，当他知道在复活节后他就能永远摆脱这个学校时，它似乎也就不再那么像所监狱了。他心里乐开了花。那天傍晚在小教堂里做晚祷，他看着周围的同学们按照各自的班级规规矩矩地站在自己的位置上，想到不久后自己就可以永远不再见到他们，不由得笑出声来。这倒使他对他们几乎怀有了一种友好的感情。他的眼睛落在了罗斯身上。罗斯认认真真地当着他的班长，一心想给学校留下个好印象。那晚轮到他念祷文，他念得特别卖力。想到自己就要永远摆脱掉罗斯，菲利普不由得笑了。在那之后的六个月里，罗斯的个子是否长得快，腿是否长得直已无关紧要。他是班长，或是耶稣十一门徒的头儿还重要吗？菲利普看着身穿教士服的老师们。戈登死了，两年前中风死了，可其他的老师都还在。菲利普知道他们都是一帮可怜虫，或许特纳是个例外，因为他是个食人间烟火的正常人。想到曾在他们手里受到的屈辱，他感到一阵难过。再过六个月，他们也将和他没有任何关系了。他们对他的赞扬将变得毫无意义，对他们的斥责他也只会耸耸肩，一笑置之。

菲利普早已学会了喜怒不形于色，虽然羞涩腼腆的毛病没能改掉，但他经常情绪高昂。在那种时候，尽管他仍不露声色地默默拖着跛足踽踽而行，可内心却充满了欢乐。他觉得自己走得更加轻松了。各种念头在他脑中闪现，美好的幻想接踵而来，令他目不暇接，光是这些就足以让他兴奋不已了。现在，有这样美好的心情，他便能安下心来学习了，在剩下的几个星期里，他补上了荒废多时的学业。他的头脑变得灵活敏捷起来，在学习中得到一种发挥出聪明才智的快感。期末考试他获得了很好的成绩。珀金斯那时正跟菲利普谈论他的一篇作文，在做了一番评判后，他说：

"看来你是下定决心要改过了，是吗？"

珀金斯先生冲他笑着，露出一口洁白的牙齿，菲利普低下头，有些不自然地笑了笑。

五六个有望瓜分学校各类奖品的同学本已不再把菲利普看作强劲

的对手，现在却有些不安。他没有告诉任何人复活节后他将离校，也不会参与任何竞争，而是让他们提心吊胆地蒙在鼓里。他知道罗斯很为自己的法语得意，因为有两三个假期他都是在法国度过的，还希望能得到英语写作的一等奖。但罗斯的这些科目都没有菲利普好，不免有些沮丧；菲利普心里却美滋滋的。另一个叫诺顿的学生只有拿到学校的奖学金才能进牛津大学。他问菲利普是否也会申请奖学金。

"你有什么反对意见吗？"菲利普问。

一想到自己手里掌握着别人的未来，菲利普就觉得很开心。他先是把这些奖品统统纳入囊中，然后因为不屑，而将它们让给别人。这么做让他很有嘲讽的意味。离校的日子终于到了，他去珀金斯先生那里道别。

"你不是真的要走了吧？"

看到校长满脸的惊讶，菲利普的心沉了下来。

"你说过你不会反对的，先生。"菲利普回答说。

"我以为你只是一时兴起，我最好还是迁就你点儿。我知道你性子拗，脾气倔。现在你成绩这么好，为什么还要走呢？无论如何，你只剩下一个学期，就能轻易地获得莫德林①奖学金，你至少能得到学校颁发的一半奖品。"

菲利普绷着脸看着珀金斯先生，有种被人愚弄的感觉。不过，既然珀金斯先生做出过承诺，他就不得不兑现他的诺言。

"在牛津你会过得很愉快的。你不必现在就对未来做出决定。我想，你不一定知道那里的生活对一个有头脑的人来说有多惬意。"

"我已经做好现在就去德国的一切安排了，先生。"菲利普说。

"这些安排不能改了吗？"珀金斯先生探寻似的目光里含着笑意，"你现在离开，我会很难过的。在学校里，脑子笨的孩子往往比聪明却不用功的孩子学得好，可一旦聪明的孩子勤奋好学了——哦，他就能表现得像你这学期一样优秀了。"

菲利普脸涨得通红。他不习惯别人的表扬，还从来没有人说过他

---

① 莫德林，指牛津大学莫德林学院。

聪明。校长把手搭在他肩膀上。

"你知道，把知识灌输进愚笨学生的脑子里，是件很乏味的工作，可当你间或遇上一个聪明的孩子时，教书就成为这个世界上最令人兴奋和高兴的事情了，因为他的思想跟你对得上，几乎在你的话语说出口之前他就领会了。"

菲利普的心被校长的这番好话给说软了。他从没想到，珀金斯先生对他的去留会这么在意。他心里既感动，又得意。能以优异的成绩结束中学生涯，去牛津大学读书，不也是件很光荣的事情吗？他眼前仿佛出现大学生活的图景，其中一些是皇家公学的校友回来参加体育比赛时讲的，一些是从上了牛津大学的同学来信中了解到的。可他又为自己感到羞愧，如果现在放弃，他简直就是个大傻瓜，伯父也会为校长谋略的成功暗自窃笑。而且，这与把自己得来全不费工夫的奖品让给别人的戏剧性做法落差太大了，他压根不屑于像普通人那样去争夺。可只要校长再说几句软话，能让他觉得不丢面子，菲利普便会去做校长希望他做的任何事情。菲利普内心的情感冲突丝毫没有流露出来，他依旧板着脸，很平静。

"我还是想走，先生。"他说。

像许多靠个人影响力去行事的人们一样，在其影响力没有产生明显的效果时，珀金斯先生便变得有些不耐烦起来。他有许多工作要做，不能将更多的时间浪费在一个在他看来冥顽不灵的孩子身上。

"好吧，我曾答应过你，如果你真的想走，我就让你走，我恪守我的诺言。你什么时候去德国呢？"

菲利普的心狂跳起来。他终于胜利了，可他却有些茫然，他不知道这一回他到底是想赢，还是想输。

"五月初走，先生。"他回答说。

珀金斯先生伸出了手。其实如果再给他一次机会，菲利普就会改变主意，可珀金斯先生似乎觉得这件事已没有挽回的余地。菲利普走出了校长的屋子。他的中学生活结束了，他自由了，可此刻的他却并没有感到自己期盼已久的那种狂喜和兴奋。他沿着教堂围地慢慢向前走着，一种莫名的沮丧攫住了他的心。他真希望自己没有干这件傻事。他并不想走，但他知道他绝不可能再回到校长那里，说他要留下来。他绝不会让自己蒙受这样的羞辱。他不知道自己做得是否正确。他对自己和周围的一切都感到不满意。他闷闷不乐地问自己，人是不是都这样：当你得偿所愿时，又希望事情没有办成。

22

菲利普的伯父有个老朋友叫威尔金森小姐，她在柏林定居，她的父亲是林肯郡某村的教区长，凯里先生担任的最后一任副牧师就是在她父亲那里。在父亲去世后，威尔金森小姐不得不自谋生计，在法国和德国都当过家庭教师。她跟凯里太太一直保持着通信往来，她曾两三次来布莱克斯特伯尔度假，住在凯里牧师家里，就像其他偶尔来凯里家的客人一样，交点生活费。既然现在事情已经很明确，顺着菲利普来会比拧着他的意愿来少许多麻烦，凯里太太也就安下心来给远在德国的威尔金森小姐写信，征求一下她的意见。威尔金森小姐来信推荐说，在海德堡学习德语就不错，可以住在环境较好的厄宁教授家里，菲利普住在那里每星期只需支付三十马克租金，厄宁教授在当地的高中任教，他本人便可以给菲利普授课。

五月的一个早晨，菲利普抵达了海德堡。他把行李放在小推车上，跟着脚夫出了火车站。那日的天空格外湛蓝，道路两旁的树木郁郁葱葱，清新的空气令菲利普感觉振奋。与他将置身陌生人中间开始新生活的忐忑心理混在一起的，莫名地有些激动。因为没人来接他，他有些失望，当脚夫把他独自留在一幢白色大宅的正门前时，他竟有些羞怯不安起来。一个衣衫不整的小伙子把他带进客厅。客厅里摆着一套硕大的家具，它们上面都罩着绿色的天鹅绒，屋子中央放着一张圆桌。桌上有束花，用像羊排一样的皱边纸紧紧地束在一起，插在清水里，花的周围摆放着一些皮质封面的书籍。房间里有股发霉的味道。

不一会儿，教授夫人带着一股厨房烹调的味道走了进来，她身材矮胖，脸膛红红的，头发紧紧地盘在脑后，一双小眼睛像珠子一样闪闪发亮,举止谈吐热情大方。她说德语,也结结巴巴地说些英语。她热情地握着菲利普的双手,问起他有关威尔金森小姐的情况。菲利普简直没法叫她明白,其实他并不认识威尔金森小姐。随后,她的两个女儿进来了。在菲利普眼里,她们都算不上年轻了,虽然她们的年龄可能都没超过二十五岁呢。年长的那位叫特克拉,跟她妈妈一样矮,表情也同样多变,可脸蛋长得漂亮,有一头浓密的黑发;妹妹安娜个子很高,虽然相貌平平,笑起来却很迷人。菲利普立刻就感到自己更喜欢她。几分钟的寒暄后,教授夫人把菲利普带到他的房间,便离开了。房间在角楼上,从这里可以俯瞰安莱吉大街两边的林荫,床铺被置在凹室里,当你坐在书桌前时,便一点也不觉得它是个卧室了。菲利普解开行李,拿出了里面所有的书。他终于成了自己的主人。

一点钟,吃饭铃响起,教授夫人家里的所有房客都聚到了客厅。菲利普被介绍给了厄宁教授,那是一位个子很高、脑袋挺大的中年男子,头发已变得灰白,一双蓝色的眼睛里透出温和的神情。他用一种正确而富于古典风格的英语——从英国经典文学作品中学到的,而不是从对话中学来的——菲利普听他用口语说出那些只有在看莎士比亚的剧本时才会看到的言辞,感觉非常奇怪。厄宁教授夫人把她的居所称之为家,而不是公寓,这需要玄学家的敏锐才能发觉其中的细微差异。紧靠客厅的是一间光线暗淡的长方形屋子,他们在这里用餐,腼腆的菲利普发现吃饭的一共有十六个人。教授夫人坐在长桌的一头,给大家切熟肉。饭菜还是由给他开门的那个小伙子端上来,许多杯盘碗碟碰得叮当作响,尽管他手脚利落,可还是招呼不过来,往往这边先吃的都吃完了,那边的饭菜还没有上来。教授夫人要求大家在饭桌上只能说德语,因此即便菲利普不感到羞怯,也不得不闭上嘴巴。想到自己将要跟在座的这些人一起生活,他不由得观察起他们来。教授夫人身边坐着几位年纪大一点的女士,菲利普没有太留意。再旁边是两个年轻的姑娘,都长得不错,有一个甚至可以说非常漂亮,菲利普听别人叫她们赫德韦格小姐和卡西利小姐,卡西利小姐身后梳着一条长辫子。这两人挨着坐,边吃边聊,时而还抿嘴笑笑。有时候她俩的目光扫到菲利普这边,其中一个低声说了句什么,两人都咯咯地笑起来。菲利普觉得她们是在取笑自己，不好意思地红了脸。她俩旁边坐着一个中国男人，他肤色微黄，笑容很灿烂，他如今正在大学里做西方社会状况的研究。他说话很快，口音有些怪，有时那两个女孩听不懂，就哈哈地大笑起来。他也会跟着高兴起来，一双杏眼笑得眯成了一条缝。还有两三个身穿黑色外套的美国人，他们的皮肤看上去又黄又干。他们是神学院的学生，从他们不流利的德语中，菲利普听出了新英格兰口音，他带着怀疑的目光瞥了他们几眼，因为他所受的教育让他认为，美国人尽是些野蛮、爱玩命的主儿。

之后，他们在客厅里罩着绿色天鹅绒套子的椅子上了坐了一会儿，安娜小姐询问菲利普是否愿意和大家一起去散步。

菲利普接受了安娜的邀请。散步的人还真不少。教授夫人的两个女儿、那两个漂亮的女孩和神学院的学生都在其中。菲利普走在安娜和赫德韦格小姐身边，心里有点紧张。他从未结识过女孩。布莱克斯特伯尔当地只有农家姑娘和生意人的女儿，他知道她们的名字，见了能认出她们，可他太过胆怯，认为她们都在嘲笑他的残疾。同时，他也认可牧师和凯里太太的观点：他们高贵的地位和农夫之间有着天差地别。虽说镇上的医生有两个女儿，可她们都比菲利普大得多，在菲利普还是小孩子时便相继嫁给了医生的两个助手。在中学时，学校有两三个胆子大、不太庄重的女生，和一些男生关系处得近，学校里谣传这几个男孩跟她们有私情。当然，这很可能只是出于男性的想象力。菲利普总是装出一副清高、鄙视的样子，来掩饰自己对这类传言的惊骇之情。他的想象力和他读过的书籍都引起他对拜伦式态度[①]的向往。他一方面怀有病态的羞怯心理，一方面又认为自己应该对女孩子献殷勤，心里很矛盾。眼下，他觉得自己应该表现得活泼，阳光，饶有风趣，可此时脑子里似乎空空如也，根本想不到该说什么。教授夫人的女儿安娜小姐出于礼貌，不时地跟他说点什么，她的姐姐却很

[①] 拜伦式态度，起源于十九世纪英国浪漫主义诗人拜伦。拜伦式态度以痛苦为荣，认为痛苦是宇宙的本质，并且是被启蒙的人的唯一明智的态度。

少说话，只是用那亮闪闪的眸子盯着他，他局促不安的样子引得她发笑。他们沿着山坡在松树林里散步，林中怡人的芳香沁人心脾，让菲利普感到欣喜。天气温暖和煦，万里无云。临了，他们来到一处高地，从那里眺望宽阔的莱茵河在阳光下一直延伸到远方。这是一片广袤寥廓的土地，在金色的阳光下熠熠生辉，远处的城市依稀可见，莱茵河像条银色的带子蜿蜒其间。在菲利普熟悉的肯特郡，难以见到这样的空阔，只有紧邻的大海让人能看向远方。眼前这片辽阔的原野给予他一种特别的、难以形容的激奋。他顿时觉得自己提升到了一个新的境界。尽管当时他还不知道，这是他第一次没有掺杂异国情愫体验到的美感。他们三人在一条长凳上坐了下来，其他人继续往前走了。在两个女孩用德语聊天的当儿，菲利普似乎忘记了她俩，只顾着看眼前这美丽的风光。

"天呀，我多幸福啊！"他不由得对自己说。

23

菲利普偶尔会想起坎特伯雷的皇家公学，当想起在每天特定的时间都有特定的功课时，他不禁暗笑。有时候，他梦见自己还在那里上学，醒来后意识到自己是在角楼的小屋里时，便会感觉特别满足。躺在床上，就可以看到蔚蓝色天空中的团团积云——他为现在的自由感到欣喜。他想什么时候睡觉就什么时候睡，想什么时候起床就什么时候起来。没有任何人会对他发号施令。他忽然想，自己以后再也不需要撒谎了。

一切都已落实妥当。厄宁教授负责教授菲利普的德文和拉丁文；一位法国人每天来给他上法语课；教授夫人推荐了一位正在大学攻读语言学博士的英国人来给他上数学课，那个男子名叫沃顿。菲利普每天早晨去他那里上课。沃顿住在一所破旧房子的顶楼，他的小房间里又脏又乱，充满各种刺鼻的味道。菲利普十点钟到的时候，沃顿通常还在躺床上，见菲利普来了，他就赶忙从床上跳下来，穿上一件很脏的晨衣和一双毛毡拖鞋，一边授课，一边吃着简单的早餐。他个子不高，因为过量喝啤酒已明显发福，他留着浓密的胡须和一头乱蓬蓬的长发。他在德国已经待了五年，快要日耳曼化了。他带着轻蔑的口吻谈到自己曾获得学位的剑桥大学，又不无担忧地谈到以后的生活，因为在海德堡获得语言学博士学位后，他就必须返回英国教书。他赞赏德国的大学生活，自由、快乐，且有良朋好友相伴——他是大学生联合会的成员，答应带菲利普到小酒店里去喝酒。沃顿很穷，他毫不避讳地说给菲利普上课改善了他的伙食，让他可以有肉吃，而不只是靠奶酪和面包充饥。有时候，因为他喝得太多，睡了一晚上也没能醒酒，到了早晨连咖啡也喝不下，给菲利普上课时还带着醉意。为了应付这种场合，他在床底下放了几瓶啤酒，一瓶啤酒和一根烟可以帮他缓解生活的艰难。

"解酒还需杯中物。"他一边说着，一边小心翼翼地把啤酒斟到杯子里，免得泛起太多的泡沫，还得等泡沫下去了才能喝到嘴里。

接着，他会跟菲利普讲起海德堡大学的情况，诸如校友会之间的争吵和决斗，这个教授或那个教授的优缺点。菲利普从他这里更多学到的是生活，而不是数学。有时，沃顿会坐直身子，然后笑着说：

"喂，我们今天什么也没做。这节课不必付我钱了。"

"噢，没关系的。"菲利普说。

沃顿讲的都是新鲜的事，菲利普觉得这比他从来没搞懂过的三角学有趣得多。这就像生活为他开了一扇窗，让他怀着一颗炽热狂跳的心，得以向里面窥探。

"不，收起你的臭钱吧。"沃顿说。

"那你中午的饭呢？"菲利普笑着说，他对老师的经济状况已了如指掌。

沃顿甚至让菲利普按周而非按月来支付他每节课两先令的费用，这让事情变得简单了许多。

"哦，不必为我的午饭担心。用一瓶啤酒做午餐也不是第一次了，而且，这样我的头脑会比平时清醒得多。"

他把身子探到床下（白床单因为不洗已成为灰色的），又摸出一瓶啤酒。年轻的菲利普还不懂得享受生活，拒绝了与他同饮，于是他便独自喝了起来。

"你打算在这里待多久？"沃顿问。

他和菲利普干脆撇下数学课，聊了起来。

"嗯，还没定。大约一年吧。一年后，家里人就想让我回去上牛津大学了。"

沃顿不以为然地耸了耸肩。菲利普这时才知道，并非所有人都对牛津大学这样的学府抱有敬畏心理，这是他以前从未想过的。

"你为什么要去那里上学呢？在那里，你只会是镀上一层金而已。为什么你不在这里上呢？一年不够。花上五年时间在这儿。你知道，生活中有两样美好的东西，一样是思想自由，另一样是行动自由。在法国，你能得到行动上的自由：你可以做你想做的任何事情，没有人会干涉你，但是，你必须像其他人那样去思想。在德国，你必须做别人都在干的事，但是你可以爱怎么想就怎么想。这两个都是好东西。我个人更倾向于思想上的自由。可在英国这两样东西都没有，传统把人压得透不过气来。你不能自由地思想，也不能自由地行动。因为英国是个'民主'的国家，我想美国的情况更糟。"

他把身体小心地靠在椅背上，因为他坐的椅子有一条腿是摇晃的，要是在高谈阔论中突然摔在地板上，那就太尴尬了。

"今年我就该回英国了，不过，如果我还能挣到糊口的钱，我就再待上十二个月。但到了那个时候，我就非回去不可了。我必须丢下所有的这一切。"——他对着整个肮脏的屋子挥舞着手臂，把没有整理的床铺，丢在地板上的衣服，靠墙摆着的一排空啤酒瓶，散乱堆着的一摞摞没有装订的破书，都包括在其中——"因为我得到某个地方大学谋个语言学教授的职位。还要去打网球，参加茶会……"他突然停住不说了，用颇似讥嘲的目光看向衣冠楚楚、抹了发油的菲利普，"噢，天哪！我得去洗脸了。"

菲利普脸涨得通红，觉得整洁的外表给自己招来了无言的谴责。的确，最近他开始注意自己的衣着打扮了，从英国来的时候，他就带了好几条漂亮的领带。

夏天像个征服者似的突然占领了这个国家。每一天都无限晴好。天空无比湛蓝，仿佛在鞭策鼓舞着人的精神。安莱吉大街上的树木枝繁叶茂，绿荫如盖；一排排房屋在阳光照耀下发出炫目的白光。离开沃顿的住处后，菲利普有时会在安莱吉大街绿荫下的长凳上坐着纳凉，欣赏阳光透过枝叶在地上形成的各种变幻光影，灵魂像阳光一样欣然起舞。他享受着学习之余的闲暇。有时，他漫步在老城的街头，怀着敬畏看着学生联合会的学生们昂首挺胸地走过，他们的面庞光洁红润，头上戴着五颜六色的帽子。下午的时候，他跟住在教授夫人家的女孩们到小山那边去散步，有时他们会沿着河岸走走，在绿树成荫的露天啤酒店里喝茶。晚上，他们就在市公园里闲逛，听乐队演奏。

　　没过多久，菲利普便知晓了有关这家人的事情。教授的长女特拉克小姐与一位英国人订了婚，他曾在这所房子里住了十二个月，学习德文。他们的婚期定在今年年底。然而，这位英国小伙子写信来说，他在英格兰斯劳地区做橡胶生意的父亲不赞成这门婚事，为此特拉克小姐常常落泪。有时，人们看见母女俩绷着嘴，恼恨地读着这个想要打退堂鼓的情人的来信。特拉克喜欢画水彩画，有时候她和菲利普，再叫上一个女孩，到野外去写生。漂亮的赫德韦格小姐在爱情上也遇到了麻烦。赫德韦格小姐是一个柏林商人的女儿，有位出身贵族、相貌英俊的轻骑兵爱上了她，可他的父母极力反对这桩门不当户不对的婚姻，于是赫德韦格小姐被送到了海德堡，以便让她能尽快忘掉他。可她却怎么也忘不掉，继续跟他保持着通信，这位轻骑兵也在极力劝说恼怒的父亲改变主意。她把所有这些都告诉了菲利普，讲述时自然也少不了少女的脸红和叹息，她还把中尉的照片拿给他看。在教授夫人家的所有女孩中，菲利普最喜欢赫德韦格小姐，散步时他总是设法凑到她的身边。别人拿他这一明显的偏爱开玩笑时，菲利普的脸就会变得通红。他将他平生的第一次求爱给了赫德韦格小姐，可那是阴差阳错，纯属意外。事情经过是这样的，他们晚上如果不出去散步，年轻的姑娘们就会聚在饰有绿色天鹅绒的客厅里唱歌，一向热心的安娜小姐总会给她们卖力地伴奏。赫德韦格小姐最喜欢唱的歌是《我爱你》，一天她唱完这首歌后,菲利普和她一起在阳台上观望天上的星星,他突然想就这首歌说点什么,于是开口道:"《我爱你》——"

菲利普停下了他在讲的德语,寻找着能表达他意思的语汇。虽然停顿的时间极短,可等他继续要说下去的时候,赫德韦格小姐说话了:"你不应该用第二人称单数跟我讲话。"

菲利普开始觉得自己浑身发热,其实他根本不敢贸然说出这么亲昵的话来,一时竟不知该说什么才好。如果解释说他不是那个意思,只是说出了《我爱你》这首歌的名称,想对它做些评论,那会显得他缺少骑士风度。

"请原谅我的冒昧。"他说。

"没有关系。"她低声说。

她甜蜜地笑着,静静握住他的手并轻轻用力,然后转身回客厅。

第二天,菲利普尴尬得不好意思再跟赫德韦格小姐说话,尽可能地避开她。在她邀他出去散步时,他也推说有事拒绝了。不过,赫德韦格小姐还是找了个单独跟他见面的机会。

"你为什么要这么做呢?"她友好地说,"你知道,对你昨晚的话,我并不生气。如果你爱我,自然会忍不住要表达出来,对此我是感到荣幸的。只是我永远不可能再爱别的任何一个男人,我把自己看成了他的新娘,尽管我和赫尔曼还没有正式订婚。"

菲利普再一次脸红了,不过,他仍表现出一副被拒绝的情人的样子。

"我祝你幸福。"他说。

24

厄宁教授每天给菲利普上一节课。他列了一个书单,是菲利普能读懂《浮士德》前需要看的书目。与此同时,他还独出心裁地让菲利普学莎士比亚的一个德文版剧本。中学时菲利普曾上过莎士比亚的研究课程。此时的德国,歌德正处于名声鼎盛期,尽管他认为爱国主义是狭隘的历史观,但他仍被公认为民族的诗人。自1870年普法战争以来,他似乎更是民族统一中最值得称颂的重要人物。听到格拉夫洛①隆隆的炮声,热情的人们兴奋得似乎陶醉在华尔吉普斯之夜②里。然而,一个作家的伟大之处在于,不同思想的人们能从他那里获得不同的灵感。憎恨普鲁士人的厄宁教授热情地赞美歌德,因为他的作品威严而静谧,为神志清醒的人提供了抵御当代人猛烈进攻的唯一庇护所。最近一段时间,海德堡的人们经常提到一位戏剧家的名字,对他的评价两极分化。去年冬天,他的一个剧本在剧院演出,追随者们欢呼喝彩,反对者们嘘声不断。在教授夫人家的餐桌上,菲利普常常听到对这件事的议论,每当谈论起此事,厄宁教授便失去了他通常的冷静,用拳头捶着桌子,低沉、浑厚的大嗓门盖过持有不同意见者的声音。他认为,这出戏剧非但荒唐,而且伤风败俗。他逼着自己看完了这出戏,可他不知道自己到底是感到厌烦还是更感到恶心。如果剧作都变成那个样子,那么就到了警察该介入进来关闭剧院的时候了。厄宁教授是个性情中人,在皇家剧院看闹剧时,对剧中伤风败俗却又不乏诙谐的表演,也能像其他观众那样开怀大笑,可这部剧里却只有污秽猥亵。他做了一个有力的手势,捂住鼻子,从牙缝间吹出一声口哨,表示这是对家庭的破坏,是道德堕落的象征和对德国的毁灭。

"阿道夫,"桌子对面的教授夫人说,"你冷静点儿。"

厄宁教授朝她挥了挥拳头。他是那种最温顺的男人,在没有跟她商量之前,他从不敢贸然行动。

"不,海伦,你听我说,"他喊道,"我宁愿让我的女儿们都死在我面前,也不愿意看到她们去听那个厚颜无耻的家伙的废话。"

他说的剧本是《玩偶之家》,作者是亨利·易卜生。

---

① 格拉夫洛,法国地名,普法战争中的一个会战地点。
② 华尔吉普斯之夜,4月30日晚,民间传说此夜女巫在德国布洛青山聚会,进行狂欢酒宴。

厄宁教授把他与瓦格纳①归入一类，不过，说起后者，他不但不生气，还能高兴地笑出声来。瓦格纳是个江湖骗子，不过，却是个成功的江湖骗子，在他的歌剧里，总有一些喜剧的品质让人喜欢。

"一个疯子！"他说。

厄宁教授看过《洛亨格林》，觉得还过得去，尽管无聊，还不算太糟。但是，《西格弗里德》！一提到它，厄宁教授便用手支着头，哈哈大笑起来。在这部歌剧里，从头到尾没有一节悦耳的音律！他想象着理查德·瓦格纳坐在包厢里的样子，如果他看到所有人都一本正经地看着戏，一定会笑到肚子疼。这是十九世纪最大的骗局。他把啤酒杯举到唇边，头向后扬起，一口喝干了啤酒。然后，用手背擦着嘴说："我可以告诉你们，年轻人，在十九世纪结束之前，瓦格纳就会被人们忘得干干净净。瓦格纳！我愿意用他所有的作品去换杜尼泽堤②的一部歌剧。"

25

在菲利普的老师中，最古怪的是他的法语老师杜克罗兹先生。杜克罗兹先生是日内瓦公民。他是个高个子老头儿，皮肤泛黄，脸颊消瘦，灰白的头发又长又稀疏。他穿一身破旧的黑衣服，上衣的肘部破了几个洞，裤子上也多有磨烂的地方。他里面的衬衣很脏，菲利普从未见他的衣领干净过。他少言寡语，授课认真，可缺乏热情，上课掐着点来，下课也是到点就走。他要的授课费很低。由于他沉默寡言，菲利普知道的有关他的情况都是从别人那里听来的。他好像曾经跟加里波的③一起反对过罗马教皇，在所有为争取自由（意味着建立一

---

① 瓦格纳（1813—1883），德国诗人，作曲家。歌剧作品有《洛亨格林》《西格弗里德》。
② 杜尼泽堤（1797—1848），意大利作曲家。
③ 加里波的（1807—1888），意大利爱国者，将军。

个共和国）的努力都付之东流，奴役只是被改换了个方式的情况下，他毅然决然地离开了意大利。后来，不知道他在政治上犯了什么错，被驱逐出了日内瓦。菲利普对他充满疑惑和好奇。因为杜克罗兹先生跟他心目中的革命者形象完全不同。他说话声音很低，待人礼貌；如果你不请他坐下，他就永远不会坐；偶尔在街上遇到时，他会彬彬有礼地摘下帽子跟菲利普打招呼；菲利普从来没有见他笑过，更别说笑出声音来了。一个想象力比菲利普更丰富的人或许会在脑海中构造出一个有理想有抱负的年轻人形象，杜克罗兹先生想必是在1848年步入成年期，那时候，欧洲的国王们对他们法国兄弟的下场仍记忆犹新，都在惊慌失措地四处奔逃。那场席卷了整个欧洲、荡涤着专制主义和暴政（这是一股在1789年革命之后重新抬头的反动逆流）的向往自由的热情，在他胸中燃烧得最为炽烈。可以想象，他热衷于有关人类平等和权利的各种理论，他跟革命者相互讨论，争辩，于巴黎的街垒中战斗，受米兰奥地利骑兵的袭击，四下逃命；他们在这里被监禁，在那里被驱逐，可仍然心存希望，还在坚持着对那个似乎具有魔力的词汇"自由"的追求，直到最后被疾病和饥饿压垮，直到自己变老，只能从穷学生身上挣到一点可怜的授课费来勉强度日。在这个整洁的小镇里，他发现自己的处境比以往任何时候都更加艰难。或许，他的缄默里掩饰着对人类的蔑视，因为他们抛弃了他年轻时的伟大理想，沉湎于舒适和平庸之中。或者是他三十年的革命生涯告诉他，人不配享有自由，他觉得自己花费毕生精力所追求的东西并不值得去拥有。或许，他已经身心疲惫，心如枯槁，只是漠然等待着死亡的来临。

有一天，年轻的菲利普冒昧地问杜克罗兹先生，是否真的和加里波的一起战斗过。这位老人似乎丝毫也没觉得这问题有什么重要。他的声音像往常一样低，平静地回答说："是的，先生。"

"人们说，你参加过巴黎公社？"

"是吗？我们继续上课吧。"

他打开书本，菲利普不敢再问下去，开始翻译他准备好的那段文章。

有一天，杜克罗兹先生看上去似乎病得很厉害，几乎爬不上通往顶楼的那许多节楼梯。他进来时便有点撑不住，于是坐下了，蜡黄的脸紧绷着，额头上渗出豆粒大的汗珠，吁吁地喘着气。

"你恐怕病了。"菲利普说。

"不要紧的。"

可菲利普看得出他很难受。上完课后菲利普问，是不是等他身体好一点之后再来上课。

"不。"老人用低缓的声音说，"只要还能坚持，我就上。"

在不得不提及钱的问题时，菲利普总有一种病态的神经质，他的脸红了。

"这对你不会有任何影响的，先生。"菲利普说，"我会照常付给你授课费。如果你不介意，我现在就把下一周的授课费给你。"

杜克罗兹先生上一节课十八便士。菲利普从口袋里掏出一枚十马克的硬币，有些羞怯地将硬币放到桌子上。他不能把老人当作乞丐一样，将钱塞到他的手上。

"那样的话，我想，就等身体好一点儿以后再来吧。"他把钱拿在手里，就像往常离开时那样，深深地鞠了一躬，然后离开了。

"再见，先生。"

菲利普隐约有点失望。他本以为杜克罗兹先生会对他的慷慨解囊万般感激。可他却惊讶地发现，这位年迈的教师接受这份馈赠的态度好像是他应得的。菲利普还太年轻，他尚不懂得受惠者知恩图报的心理远比施惠者要弱得多。五六天之后，杜克罗兹先生再次出现了。他的步履更蹒跚，身体更弱了，但似乎已挺过了最严重的时刻。他仍然像以前那样少言寡语、神秘、孤僻和邋遢。待到上完课，起身走到门口时，他停下了，手拉着门迟疑着，仿佛连说话也变得困难了。

"要不是你给我十马克，我就会饿肚子了。它是我这些天仅有的生活费。"

他把身子弯得低低的，庄重地鞠了一躬，然后出去了。菲利普觉得嗓子里一阵哽咽。他似乎体味到了一点这位老人在绝望中的痛苦挣扎，生活对于这位老人是多么艰难啊，而他的生活又是多么愉快啊。

26

菲利普在海德堡住了三个月后,一个早晨,教授夫人告诉他,一位名叫海沃德的英国小伙子也要来这里了。当天晚上,菲利普在餐桌上看到了一张新面孔。教授夫人家里这些天正热闹着呢。首先,天晓得与特拉克小姐订婚的那个英国人是用了什么手腕,也许是低声下气的恳求,也许是软中带硬的威胁。他的父母终于邀请她去英格兰看望他们了。她动身前带上了一些水彩画,好展示她的才华,还带了一沓男方写给她的书信,以表明他是如何一而再再而三地向她求爱的。此外,赫德韦格小姐带着灿烂的笑容宣布,一个星期后,她心爱的中尉就要和他的父母一起来海德堡了。因为经不住儿子的一再纠缠,又被赫德韦格的父亲提供的丰厚嫁妆打动,中尉的父母终于同意到海德堡见见这位姑娘。双方会面的结果很令人满意。在市立公园里,赫德韦格小姐很是得意地让教授夫人家里的所有人都和她的情人见了面,就连平日里挨近教授夫人端坐在餐桌首席的那几位很少说话的老太太们也有些坐不住了。赫德韦格小姐表示她要马上回家去举行正式的订婚仪式;教授夫人说她愿意破费请大家喝酒以示庆祝;厄宁教授颇为自己调酒的本领自豪,自告奋勇为大家调制一种清淡可口的饮料。晚饭后,一大盆漂着香草和野草莓的莱茵白葡萄酒加苏打水被端到了客厅的大圆桌上。安娜小姐跟菲利普开玩笑,说他所爱的女孩就要离开了,这让菲利普有些难过,有些闷闷不乐。赫德韦格小姐唱了几首歌,安娜小姐弹奏了《婚礼进行曲》,厄宁教授唱了《莱茵河畔的卫士》。欢乐的气氛中,菲利普无暇去留意那位新来的英国人。晚饭时,他们俩就面对面坐着,可菲利普那时只顾着跟赫德韦格小姐说话。这位新客人不懂德语,就默默地吃着饭。菲利普注意到他系着一条浅蓝色的领带,顿时对他有些不喜欢。新房客海沃德今年二十六岁,人很帅气,留着一头长长的卷发,常常不经意间用手指捋过自己的头发。他的蓝眼睛很大,是那种很淡很淡的蓝,神情显得有些疲累;他的脸刮得很干净,尽管嘴唇薄,唇形却很美。安娜小姐会相面术,她告诉菲利普,新房客的头骨长得不错,而脸的下半部分就不怎么样了。她说，他的头型颇像思想家，可下颚却缺乏个性。注定要当老处女的安娜小姐，长着难看的大鼻子和高高的颧骨，因此她非常注重人的个性。在被他们俩议论时，海沃德正独自站在一边，饶有兴味而又有些傲慢地看着这闹哄哄的场面。他身材精瘦，个子很高，刻意让自己保持着一种优雅的举止。一个叫威克斯的美国学生见他一个人站在那里，便走上前去跟他聊天。这两个人形成了鲜明的对比：美国人穿戴整齐，上身着一件黑上衣，下身是椒盐色的裤子，身材干瘪，举止神态中有些牧师的特征；而英国人则是身着宽松的花呢绒服，四肢发达，行动迟缓。

直到第二天，菲利普才跟这位新房客搭话。两人吃饭前在客厅的凉台上碰到了。海沃德跟他说："你是英国人，对吗？"

"是的。"

"这里的伙食总像昨晚的那么差吗？"

"是这样的。"

"很糟糕，是吗？"

"很糟糕。"

其实菲利普根本没觉得这里的饭有什么不好，他顿顿都吃得津津有味，而且吃得不少。不过，他并不想让自己表现得没有鉴别力，别人认为低劣的伙食自己却觉得很好。

因为特拉克小姐去了英国，妹妹安娜小姐不得不多干家务，所以就不能常常抽出时间做长距离的散步了；而留着一条漂亮的长辫子、长着狮子鼻的卡西利小姐最近有些不愿和人打交道；再加上赫德韦格小姐走了，总是陪他们一起出去转悠的美国学生威克斯最近到德国南部旅行了，菲利普便经常一个人待着。海沃德想结识他，但菲利普有个怪癖，不知是出于羞怯，还是穴居祖先的返祖遗传，菲利普不喜欢跟不熟的人打交道，只有时间长了，跟他们待得习惯了，才能消除他们最初留给他的坏印象。这样一来，往往会让人觉得他很难接近。对海沃德的主动示好，他也是慢慢才接受的。一天，海沃德邀请菲利普一起去散步，菲利普实在想不出一个好理由推脱，才同意下来。像通常那样，他一边向人家道歉，一边为克制不了的脸红而生自己的气，临了，又试图用笑声消除尴尬。

"我恐怕走不快的。"

"天哪，这又不是比谁走得快。我喜欢慢悠悠地溜达。你还记得佩特①在《马留》一章里说过的话吗，他说轻松悠闲的散步是谈话最好的助推器。"

菲利普是个好的聆听者。尽管他也能想出一些妙句，可总是慢半拍，往往会错过说出它们的机会，而海沃德却很健谈。菲利普若是经验再丰富一点，就能意识到海沃德是个有点孤芳自赏倾向的人。他喜欢高谈阔论，那目空一切的态度给菲利普留下很深的印象，不禁对他心存羡慕，同时又充满敬畏。他蔑视许多菲利普近乎视为神圣的东西。他对运动并不盲目崇拜，把献身于各项不同运动的人斥责为"奖品的追逐者"。菲利普并没有意识到，其实海沃德只是以一种迷信取代了另一种迷信。

他们信步登上城堡，坐在那里的平台上俯瞰整个城市。城市仿佛就依偎在风景宜人的内卡河河畔。袅袅炊烟漂浮在它的上空，化作一层淡蓝色的雾气；高高的屋顶，教堂的尖塔，赋予这座古城一种中世纪的格调，带有一种令人神往的淳朴。海沃德谈起法国作家福楼拜的《查理·弗浮莱尔》和《包法利夫人》，谈起魏伦②、但丁③和马修·阿诺德④。当时，菲茨杰拉德⑤翻译的奥玛开阳⑥的诗集只为少数文化精英所知晓。海沃德把这些诗背给菲利普听。他非常喜欢用一种抑扬顿挫的声调背诵自己的和别人的诗歌。等他们返回时，菲利普对海沃德的不信任感已经变为热情的赞美。

于是，两人每天下午都出去散步，没过多久，菲利普便对海沃德

---

① 佩特（1839—1894），英国散文家，小说家和评论家。
② 魏伦（1844—1896），法国诗人。
③ 但丁（1265—1321），意大利文艺复兴时期诗人，代表作《神曲》。
④ 马修·阿诺德（1822—1888），英国诗人及批评家。
⑤ 菲茨杰拉德（1809—1883），英国诗人，翻译家。
⑥ 奥玛开阳（1025—1123），波斯诗人，天文学家。

的状况有所了解。海沃德的父亲是个乡村法官,不久前去世,他继承了一笔每年三百英镑的遗产。他在查特蒙斯公学成绩优异,当他到剑桥大学念书时,三一学院的院长特意表示了对他的欢迎。他准备干出一番了不起的事业。他跻身到文化精英的圈子里,热情地诵读勃朗宁的诗歌,却对丁尼生的诗嗤之以鼻;他了解雪莱与哈丽特不幸姻缘的所有细节,他涉猎艺术史(他屋子墙上挂着不少华茨[1]、伯恩·琼斯[2]和博蒂西里[3]等人画作的复制品);他写出了一些饶有名气、富于悲观主义格调的诗歌。他的朋友们都夸赞他有诗人的天赋,欣然聆听着他们所预料的他将来会取得的卓越成就。一段时间之后,他在熟人们的眼里成了文学艺术方面的权威。他深受纽曼《辩护》的影响,罗马天主教教义的生动逼真迎合了他审美;只是因为害怕父亲发怒(他父亲思想狭隘,很是守旧,通常读的是麦考利[4]的作品),他才没有改信天主教。当他毕业时只取得了一个及格的成绩时,朋友们都感到不胜惊讶,可他却不屑地耸耸肩膀,巧妙地暗示说他不愿意受主考官的摆布。他会让你觉得,那些成绩一流的好学生都多少有些庸俗。他不无幽默地谈到他的一次口试,一个围着特别难看的领圈的考官问他一个逻辑上的问题,他觉得实在是无聊至极,然后他注意到这位考官穿着一双令人发笑的怪模怪样的紧口靴,他的思想就开了小差,想起了金斯教堂哥特式建筑的美来。不过,在剑桥大学他还是有过一些美好时光的;他举办的宴会比他所认识的任何人的宴会都要丰盛,那些房间里的谈话也给他留下不少美好的回忆。他引用了一句精妙的格言说给菲利普听:"他们告诉我,赫拉克利特[5],他们告诉我你已经死了。"

现在,当他声情并茂地谈起这位考官和他的紧口靴时,又哈哈大

---

[1] 华茨(1817—1904),英国画家,雕塑家。
[2] 伯恩·琼斯(1833—1898),英国画家,新拉斐尔前派重要画家之一,代表作《梅林的诱惑》《国王与乞食少女》。
[3] 博蒂西里(1444—1510),意大利画家。
[4] 麦考利(1800—1859),美国历史学家,作家。
[5] 赫拉克利特,公元前5世纪的希腊哲学家。

笑起来。

"当然啦，为此我走了神，没有答好题，也挺蠢的，"他说，"可这里还是有些微妙之处值得回味。"

菲利普听得有些激动，觉得这一切都很了不起。

后来，海沃德到伦敦去学法律。他在克莱门特法学协会租了几间墙上镶有嵌板的漂亮屋子，设法把它们装饰得像他在三一学院住过的房子一样。他的抱负似乎多少与政治有关，他称自己是辉哥党①人，后又被推荐到一个属于自由党人却又不乏绅士风度的俱乐部。他想当开业律师（他之所以选择大法官法庭，是因为它少一些粗暴）。一旦各方面条件都成熟，就去某个令人称意的选区做议员。与此同时，他常常去歌剧院，结识了一些与他志趣相投的才子佳人。他加入了一个会餐俱乐部，它的座右铭是"全，佳，美"。他跟一个年龄比自己大几岁的夫人建立了一种柏拉图式的友谊，她住在肯辛顿广场。他几乎每天下午都跟她在别有情趣的烛光下喝茶，谈论乔治·美瑞狄斯和沃尔特·佩特。众所周知，律师会的考试就算笨蛋也能通过，所以海沃德在学业上只是敷衍，没有上心。当期末考试没有通过时，他把这看作是主考官的有意刁难。也是在这一时间，住肯辛顿广场的那位夫人告诉他，她的丈夫要从印度回来度假了，尽管她的丈夫在各个方面都无可挑剔，却是个思想平庸的人，对一个小伙子的频繁造访，恐怕会产生误解。海沃德顿时觉得生活充满了丑恶，想到还得面对主考官的冷嘲热讽，他就心生反感，想着要是能把这一切羁绊他的东西一脚踢开该多好。另外，他还欠了不少债。一年只有三百英镑，在伦敦想生活得像个绅士可太难了。他心中向往被约翰·拉斯金②描绘得神乎其神的威尼斯和佛罗伦萨。他认为自己不适合过律师这种平庸的忙忙碌碌的生活，因为只是把名字挂在门上，接受诉讼案件是远远不够的。

---

① 辉哥党，英国历史上的一个政党。该党大部分领导人都是依靠政治庇护在议会内结成家族集团的大地主。"辉格"的名称可能是"Whiggamores"（意为"好斗的苏格兰长老会派教徒"）一词的缩语。

② 约翰·拉斯金（1819—1900），英国作家，美术评论家。

英国的现代政治似乎也缺乏崇高性。他觉得自己是个诗人。于是，他退掉了克莱门特法学协会的房子，去了意大利。他在佛罗伦萨度过了一个冬天，在罗马又待了一个冬天，现在的德国之旅，是他在国外度过的第二个夏天。他来这里学习德语，以便能阅读歌德的原著。

海沃德有一种极为可贵的天赋。他对文学有着真切的感受力，并能酣畅淋漓地表达出自己的激情。他能与作者产生共鸣，发现作者身上最优秀的品质，对他们中肯地加以评论。菲利普读了很多的书，可他总是碰到什么就读什么，从不加以鉴别，现在遇到了一个懂得鉴赏的人，对他非常有益。菲利普从市里的公共图书馆借来书，开始阅读海沃德提到过的那些了不起的作品。对其中的一些书，他并不见得有多大的兴趣，可都坚持着去读它们。他觉得自己很无知，很渺小，急切地想提高自己。等到八月份威克斯从德国南部回来时，菲利普已完全在海沃德的影响之下了。海沃德不喜欢威克斯。他看不惯这个美国人的黑外套和椒盐色裤子，嘲笑威克斯的新英格兰人的良心。菲利普津津有味地听着海沃德对一个特意想向自己示好的人的讥讽，而当威克斯反过来说海沃德的不好时，菲利普便失去了耐心。

"你的新朋友看上去像个诗人。"威克斯的嘴角边挂着一丝忧郁刻薄的笑意。

"他本来就是个诗人嘛。"

"他跟你这样说的吗？在美国，我们把他这样的人称作十足的饭桶。"

"哦，我们现在并不在美国。"菲利普冷冷地说。

"他多大了？二十五岁？他一天到晚什么也不做，只知道待在公寓里写诗。"

"你不了解他。"菲利普有点儿生气地说。

"噢，我很了解。像他这样的人，我遇到有一百四十七个了。"

威克斯的眼睛里闪着亮光，可不懂美国人幽默的菲利普却噘着嘴，板起了脸。在菲利普眼里，威克斯似乎已是个中年人了，可实际上他还不到三十岁呢。威克斯身材瘦高，由于常年伏案，有点儿驼背；他的脑袋又大又丑，浅黄色的头发稀稀疏疏；他的皮肤呈土褐色,长着薄薄的嘴唇、细长的鼻子和凸出的颧骨,这使他的样子看上去有些粗野。他态度冷淡,刻板,是一个没有热情的冷血的人。然而,他有一种奇怪的轻浮品质,会令那些一本正经的人(他的本能又驱使他去跟这些人混在一起)感到难堪。他在海德堡攻读神学,其他学神学的美国人都用怀疑的眼光看着他。他的异端思想叫他们望而生畏。他那有些怪异的幽默引起他们的反感。

"你怎么可能认识一百四十七个海沃德呢?"菲利普板着脸问。

"我在巴黎的拉丁区遇到过他,在柏林和慕尼黑的寄宿公寓里遇到过他。他住在佩鲁贾和阿西西①的小旅店里。在佛罗伦萨,这样的人成打地站在包提柴里②的画廊里,他这样的人占着罗马西斯廷教堂的席位。在意大利,他喝太多的葡萄酒;在德国,他又过量地饮用啤酒。凡是正确的东西,不管是什么,他都去颂扬。将来的某一天他会写出一部伟大的作品。试想一下,有一百四十七部大作在一百四十七个人的心中酝酿着,可悲的是,这一百四十七部伟大的作品永远不会有一部写出来。然而,世界照样在前进。"

威克斯说话时表情很严肃,但在结束这长篇大论时,他那双灰色眸子里闪烁出狡黠的光,当菲利普醒悟到这个美国人在开自己的玩笑时,他脸红了。

"你在胡扯。"他生气地说。

27

威克斯租的两间小屋位于厄宁太太家的后院,其中的一间布置得很舒适,用作客厅来接待他邀请的客人。晚饭后,也许是受他诙谐的幽默感(这一点,马萨诸州坎布里奇的朋友们都望尘莫及)的驱使,威克斯常常请菲利普和海沃德来他屋子里聊天。他非常客气地接待他

---

① 佩鲁贾和阿西西都是意大利的城市。
② 包提柴里(1800—1859),意大利画家。

们，坚决地让他们坐在屋里仅有的两把舒适椅子上。尽管他不喝酒，却好客地在海沃德身边放几瓶啤酒，菲利普看出了其中的讽刺意味。在热烈的辩论中，当海沃德的烟斗熄灭了，他总是替海沃德划着火柴把烟斗点上。他们刚认识的时候，海沃德作为名牌大学的学子，对哈佛大学毕业的威克斯是一副傲慢的态度。当谈话无意间转向古希腊悲剧作家时，海沃德便觉得自己是这个问题上的权威，俨然是在给予教诲而不再是交流看法了。威克斯面带谦虚的笑容，认真地听着，直到海沃德讲完；然后，他问了一两个看似简单却暗藏玄机的问题，海沃德看不出这会给他带来怎样的难堪，很随意地给予了回答；威克斯先是很有礼貌地反驳，纠正了一个事实上的错误，然后引用了一个不知名的拉丁评论家的话，继而又提到一位德国权威的看法。真相展现出来了，威克斯是一位学者。他面带平易的笑容，客客气气地把海沃德的一番话批驳得体无完肤，他态度极其和蔼、委婉地揭示出海沃德学识的浅薄，暗含着讥讽笑话他。菲利普看得很清楚，海沃德表现得就像个十足的傻瓜，这时的他还不知道住嘴，在气急败坏中变得越发自负，不可收拾。他讲述得语无伦次，威克斯友好地一一加以纠正；他做出错误的推理，威克斯就证明他的论证是荒谬的。威克斯承认道，他在哈佛大学时教过希腊文学课。海沃德听后轻蔑地笑了一声。

"我早就应该想到这一点。当然啦，你是像一个老师那样去读希腊文学的，而我是像个诗人那样读它。"

"你是否在自己不能完全理解其意义时，反倒觉得它更富于诗意呢？我原以为，只有在天主教经文里，才会出现误译改进了原意的现象。"

在最后一瓶啤酒下肚后，海沃德浑身燥热、不无狼狈地离开了威克斯的屋子。他生气地挥着手，对菲利普说：

"很显然，这个人是个书呆子。他对美没有什么真切的感受。精确是办事员的美德。我们所看重的是希腊人的精神。威克斯就像一个听鲁宾斯坦[①]演奏的人，抱怨说他弹错了音符。弹错了音符！只要

[①] 鲁宾斯坦（1829—1894），德国钢琴家，作曲家。

他弹奏得出神入化，一些音符弹错了又有什么关系？"

这番话给菲利普留下了深刻的印象，他那时还不知道有多少无能的人会从这错误的音符中去寻找慰藉。

海沃德无法抵御威克斯给他的重新夺回上次失去阵地的机会，因而很轻易地又被引入到问题的讨论中。尽管他也不是看不出来，比起这位美国人，他的学识真是小巫见大巫，可他英国人的执拗，还有他受损的自尊心（或许二者完全是一回事），都使他欲罢不能。海沃德似乎乐意展示他的无知、自负和固执。每当他说了什么不合逻辑的观点，威克斯只需三言两语便能说出他推理上的谬误，而后，他会稍做停顿，享受一下胜利的喜悦，接着赶紧转入下一个话题，好像仁慈的基督迫使他给败者留下点颜面似的。菲利普有时想插上几句，帮帮他的朋友，却经不住威克斯的轻轻一击。不过，与回击海沃德的方式大不相同，是充满善意的那一种，就连极为敏感的菲利普都能觉出他的话没有伤到自己。而越发感到陷入窘境的海沃德渐渐失去了镇定，他的争论也变了味儿，几近于谩骂，只是这位美国人一直彬彬有礼，笑容可掬，才没让辩论沦为争吵。每次辩论完从威克斯家里出来，海沃德都会愤愤地嘟囔："该死的美国佬！"

海沃德只能用这样一句话来了结争论。对对方那些似乎无可辩驳的论点，似乎也算是一个完美的回答了。

尽管他们在威克斯的房间里开始讨论的问题各式各样，可谈话最终总会转到宗教的话题上。这位神学院的学生对宗教有着一种职业上的兴趣，而海沃德也喜欢不需要用事实做依据的题目——当感情作为衡量的标准时，你就可以不必去在乎逻辑了。如果你逻辑推理能力差，这正好能避开你的短处。海沃德发现，不费一番口舌，他很难向菲利普解释清楚他的宗教信仰，但有一点很明确，那就是海沃德是在正统的国教教育下长大的，这与菲利普的自然法则思想相吻合。虽然他现在已经彻底放弃了做一个罗马天主教教徒的想法，可海沃德仍然对这一教派抱有好感，对它赞美有加。他赞美罗马天主教的豪华仪式，并拿它与英国国教的简单礼拜做比较。他把纽曼的《辩护》借给菲利普读，尽管觉得很枯燥，菲利普还是从头到尾把它看完了。

"主要是看它的文体，而不是内容。"海沃德说。

海沃德兴致勃勃地谈起奥拉托利会①的音乐，烧香和虔诚间关联的种种趣事。威克斯脸上浮着淡淡的笑容聆听着。

"你认为，约翰·亨利·纽曼用优美的英语写作，红衣主教曼宁外表生动、潇洒，便能证明罗马天主教的真理吗？"

海沃德暗示说，他的心灵已经历过许多磨难。有一年的时间，他都是在黑暗的波涛中挣扎的。他用手理了一下金色的卷发，告诉他们，就是给他五百英镑，他也不愿意再次忍受那种思想上的痛苦了。所幸，他终于抵达了平静的水面。

"可你到底信仰什么呢？"菲利普问，他从不满足于含糊其词的陈述。

"我信仰'全''善''美'。"

海沃德说这话时，晃动着他健硕的肢体，加之头部优美的摆动，显得很是英俊洒脱，风度翩翩。

"在人口调查表上，你就是这样填写你的宗教信仰的？"威克斯语气温和地问。

"我讨厌那种刻板的定义。它太丑陋，太明显了。如果非让我说的话，我信仰惠灵顿②公爵和格莱斯顿③先生的教派。"

"那就是英国国教嘛。"菲利普说。

"噢，多聪明的年轻人！"海沃德带着一丝不屑的笑容说。菲利普脸红了，因为他觉得把人家含蓄的言辞用平淡的语言表达出来，显得自己有些粗俗。

"我是属于英国国教。可我喜欢罗马天主教教士身上穿的金丝长袍，喜欢他们的独身主义、忏悔室和炼狱；羡慕他们能够置身意大利

---

① 奥拉托利会，1564年由圣菲利普·尼利创办的一种崇尚通俗说教的天主教神父团体。
② 惠灵顿（1769—1852），在滑铁卢击败拿破仑的英国将军。
③ 格莱斯顿（1809—1898），英国政治家，曾任首相。

光线氤氲、香雾缭绕、富于神秘感的大教堂里;我衷心地相信弥撒的奇迹。在威尼斯,我曾看见一位渔妇,她光着脚走进教堂,把鱼篓丢在一边,跪下来向圣母玛利亚祈祷,我觉得那就是真正的信仰;于是我也跪下来,像她那样虔诚地祈祷。不过,我也信仰阿佛洛狄特、阿波罗和伟大的潘神①。"

他的嗓音悦耳动听,说话时字斟句酌,几乎像诗歌那样富有节奏感。要不是威克斯打开第二瓶啤酒递给他,他还会继续说下去。

"先喝上点儿吧。"

海沃德略带俯就的神情,转身面向菲利普。菲利普不由得有些受宠若惊。

"现在你满意了吗?"海沃德问。

菲利普一时显得有些慌乱,承认说他满意了。

"不过,我还是有点儿失望,你竟然丝毫没有提到佛教,"威克斯说,"我承认,对穆罕默德我也抱有同情,很遗憾,你把他也丢在了一边。"

海沃德大笑起来,他的心情非常好,方才的一连串妙语还回荡在他耳边。他喝干了杯子里的酒。

"我并不指望你能理解我,"海沃德回答说,"以你美国人的那冷冰冰的智力,你所采取的只能是一种批评的态度,恰如爱默生之流。可批评是什么呢?批评纯粹就是一种毁灭,任何人都能去破坏,但并非所有人都能去创建。你是个书呆子,我亲爱的朋友。重要的是建立,我是个创建者,是诗人。"

威克斯望着海沃德,看似严肃的眼神里又透着活泼的笑意。

"我想,如果你不介意我这么说的话,你是有点儿醉了。"

"这点酒不在话下,"海沃德兴冲冲地说,"还不足以让我在争论中赢不了你。好了,我已袒露了我的心扉,现在,该你告诉我们你的宗教信仰了。"

---

① 阿佛洛狄特,希腊神话中的爱与美的女神。阿波罗,希腊神话中的太阳神。潘神,希腊神话中的牧羊神。

威克斯把他的头偏向一边,宛如落在树枝上的麻雀那样。

"多年来我也一直想搞清楚这个问题。我想,我是个唯一神教派教徒。"

"那就是非英国国教徒吧。"菲利普说。

菲利普不明白他们两个人为什么一下子都笑了起来,海沃德是放声大笑,威克斯是不停地咯咯地笑。

"在英国,不信仰英国国教的人都不是绅士,对吗?"威克斯问。

"哦,你要这样直截了当地问我,我只能说他们不是。"菲利普有些不悦地说。

他不喜欢他们笑他,现在他们又笑了起来。

"你能告诉我什么样的人是绅士吗?"威克斯问。

"噢,我一下子说不上来,反正这是尽人皆知的。"

"你是绅士吗?"

对于这一点,菲利普从未有过丝毫的怀疑,但他知道这不应该从自己的嘴里说出来。

"如果一个人跟你说他是绅士,那你就能断定他不是。"菲利普反唇相讥道。

"我是绅士吗?"

菲利普的耿直性情使他很难对这样的问题做出回答,他是那种有礼貌有教养的人。

"喔,你不一样,"他说,"你是美国人,不是吗?"

"我想,我们可以这样理解你的话,只有英国人才可能是绅士。"威克斯说。

菲利普没有反驳。

"你能不能讲出点儿具体的东西来呢?"威克斯问。

菲利普脸红了,不过,他有些生气时,便不再顾及自己所说的会不会被当作笑料了。

"我能说出很多。"他记得伯父曾说过,需要经过三代人才能培养出一个绅士。俗话说,瓜藤上长不出茄子。"首先,他必须是一个绅士的儿子,上过公学和牛津大学,或者是剑桥大学。"

"我想，读爱丁堡大学不行，是吧？"威克斯问。

"他得像绅士那样讲英语，他的穿着必须得体，如果他是个绅士，他便能识别出别的人是不是绅士。"

菲利普越往下说，越觉得自己的话站不住脚，可他确确实实就是这么认为的，他所认识的人也都是这么认为的。

"在我看来，我显然不是绅士，"威克斯说，"我不明白，对于我不信奉国教，你为什么会感到那样惊讶。"

"我不太了解唯一神教教徒是怎么回事。"菲利普说。

威克斯又做出了那个奇怪的动作，把脑袋偏向了一边，你几乎觉得他将要像麻雀那样啼鸣了。

"一个唯一神教教徒几乎真诚地相信别人也相信的一切事物，对他尚不了解的事物，也有着持久、热烈的向往。"

"我不知道你为什么要拿我寻开心，"菲利普说，"我真的是想多去了解。"

"我的朋友，我并没有开你的玩笑。我能获得这样一个信仰，是经过了多年殚精竭虑的思考和锲而不舍的学习。"

在菲利普和海沃德起身离开时，威克斯递给菲利普一本很薄的平装书。"我想，你现在读法文是没有问题了。我不知道这本书会不会让你感兴趣。"

菲利普谢过他，接过书看了一眼题目，是雷南[①]写的《耶稣传》。

28

无论是海沃德还是威克斯，他们都没有想到，那些借以打发无聊夜晚的谈话，后来会在菲利普的脑海里激起那么大的波澜。他以前从未想过，宗教也可以是拿来讨论的一个话题。在菲利普看来，宗教就意味着英国国教，不相信国教的教义便是大逆不道，今生和来世都会

---

① 雷南（1823—1892），法国语言学家，批评家和历史学家。

不可避免地受到惩罚。不过关于受惩罚一事，他脑中仍有些疑问。慈悲的法官们会用地狱之火惩处那些信奉伊斯兰教、佛教和其他宗教的异教徒们，但也可能会饶恕非国教教徒和罗马天主教教徒。尽管他们要蒙受极大的羞辱，才会最终认识到自己的错误。上帝也可能会怜悯那些没有机会了解到真理的人——这也完全合乎情理，因为帮助人们了解真理的传道团体的活动范围毕竟有限——然而，如果机会给了他们，他们却不予理睬（罗马天主教教徒和非国教教徒显然便属于这一类），那么受到惩罚是必然的，也是他们应得的。很明显，异教徒们处于危险的境地。或许没有人这么详细地告诉过菲利普，可这种思想无疑是印在他脑子里的：只有国教教徒才有希望得到永恒的幸福。

菲利普听人们明确地提到过：不信奉国教的人是邪恶阴险的。然而，虽说威克斯几乎不相信菲利普所相信的任何东西，可他却过着基督徒的圣洁生活。菲利普生平很少受到别人的关爱，却被这位美国人渴望帮助他的心情触动了。有一次他得了感冒，在床上躺了三天，威克斯像母亲那样照顾他。在威克斯身上，你既看不到罪孽，也看不到邪恶，能看到的只有真诚、仁爱和友善。很显然，一个人具有美德而不信教，是可能的。

菲利普所受的教育告诉他，人们固执于别的宗教是出于偏执和对自己利益的考虑。他们心里很清楚，他们的信仰是虚假的；他们想方设法去欺骗别人。眼下，为了学习德语，他在星期日的早晨常常去路德教堂参加礼拜；在海沃德来了之后，他又开始跟着一起去做弥撒了。他注意到，去新教教堂的人寥寥无几，少有的几个出席者也是无精打采；而耶稣会堂里的人却是挤得满满的，做祷告的人似乎都很虔诚。他们看上去一点儿都不像伪君子。这一对比让菲利普深感惊讶。因为他知道路德教的信仰接近于英国国教，因此比起罗马天主教来，它应该更接近于真理。耶稣会教堂的人——大多数都是男性——很多都是德国南部的人，他不由得对自己说，如果他出生在德国南部，他一定会是个天主教徒。就像他出生在英国一样，他也可能出生在信奉罗马天主教的国家。即便在英国，就像他有幸出生在一个信奉国教的家庭一样，他也可能生在一个信奉美以美教、漫礼会教或是卫理会的

115

家庭。想到他那时可能会遇到的危险，他几乎一下子透不上气来。菲利普跟一个小个子中国人相处得不错，他们一天有两次坐在一张桌子上吃饭。此人姓宋。他见了人总是笑脸相迎，温和，有礼貌。就因为他是个中国人，就该在地狱里受煎熬，这似乎有点不合常情；然而，如果不管一个人信仰什么，他的灵魂都可以得到拯救的话，那么，作为英国国教的教徒也就没有什么特别的优越性可言了。

疑惑比以往任何时候都多地充斥着菲利普的内心，有一天，他试探着问威克斯的看法。他这么做时不得不小心一点，因为他对别人的奚落特别敏感，而且，这位美国人对英国国教的那种辛辣嘲讽也叫他难堪。但问过之后，菲利普更加疑惑了。在菲利普看来，他在耶稣会堂见到的那些德国南方人，他们笃信罗马天主教和他笃信英国国教是一样的，菲利普不得不承认，伊斯兰教教徒和佛教徒也是一样虔诚地相信他们各自宗教的真理。这样一来，关于英国国教教徒具有正确性这一点似乎就没有任何的意义了，因为"异教徒们"也都知道他们自己是正确的。威克斯无意于让这个孩子放弃他的信仰，他只是对宗教问题有深厚的兴趣，觉得这是个引人入胜的话题。对别人相信的事物，他虽然不相信，但都是抱着认真的态度，精确地表达出了自己的看法。有一次，菲利普问了他一个问题，这个问题是在牧师住宅时他伯父提出来的，当时，他们谈到了一部在报纸上引起激烈争论的作者态度较为温和的理性主义作品。

"但是，为什么是你对，而像圣安塞姆和[①]圣奥古斯丁[②]这些人都是错误的呢？"

"你的意思是说，他们都是非常聪明非常有学问的人，而你怀疑我是否也具有他们那样的聪明和学问？"威克斯问。

"是的。"菲利普有些迟疑，因为这样提问似乎有些不妥。

"圣奥古斯丁相信地球是平的，太阳是绕着地球旋转的。"

[①] 圣安塞姆（1033—1109），英国坎特伯雷大主教。
[②] 圣奥古斯丁（354—430），早期基督教的拉丁创始人之一，北非希波主教，作家。

"我不明白这能说明什么呢?"

"哦,这能说明你的信仰是跟你的时代同步的。那些圣人们生活在一个信仰的时代,那个时候,对于我们现在绝对不相信的事物,他们实际上是不可能不去相信的。"

"那么,你怎么知道我们现在就掌握了真理呢?"

"我不知道。"

菲利普想了片刻后,接着说:"我不明白,为什么我们现在绝对相信的东西就不会像以前的人们所相信的东西一样,是错误的呢?"

"我也不明白。"

菲利普问威克斯,他怎么看海沃德所信奉的宗教。

"人们总是根据他们自己的形象造神,"威克斯说,"海沃德信仰逼真的事物。"

菲利普停了一会儿后说:"我不明白,一个人为什么非要信仰上帝呢?"

这样的话刚一出口,他便意识到他已经不再信仰上帝了。这好比一头扎进冷水中,令人透不过气来。他惊恐地看着威克斯,突然感到害怕,急匆匆地离开了,想一个人待着。这是他成长以来最为惊心动魄的经历。他要把它想清楚。这太令人激动了,这似乎关乎他的一生——他认为在这件事情上的决定将会深刻地影响他以后的人生历程,稍有出错,便会万劫不复。不过,他越思考,就越相信自己是正确的。在接下来的几个星期,他如饥似渴地读了许多关于怀疑主义的书籍,结果却让他更加坚信他本能感受到的那些东西。现在的事实是,他不信仰上帝不是出于外在的原因,而是他的性情使然。因为他没有宗教的气质,信仰是从外面强加到他身上的,是周围的环境和榜样在起作用。而新的环境和新的榜样给了他发现自我的机会,他便一下子抛掉了自童年起的信仰,就像脱下一件他不再需要的斗篷一样。起初,没有信仰的生活让他感到陌生和孤独,他觉得自己像是个一直靠拐杖行走的人突然被迫丢掉拐杖——尽管他以前从未意识到这一点,但信仰一直都是他可靠的精神支柱。现在的白昼似乎真的比以前冷了许多,夜晚也较从前更加寂寞。但是,有激情支撑着他,生活似乎变成了令人激奋的冒险。没过多久，被他扔掉的拐杖，从他肩上脱下的斗篷，似乎都成了难以承受的重负，弃之唯恐不及。他多年来参加过的种种强制性的宗教仪式，在他看来也是宗教的一部分。他想起自己背诵过的那些祈祷文和使徒书，想起大教堂冗长的礼拜仪式，因久坐发僵而渴望活动的肢体；他记起在布莱克斯特伯尔的夜晚，走过泥泞的小道去教区教堂；记起教堂的阴森寒冷，他坐在那里，脚冻得冰凉，手指冻得红肿发麻，到处都是难闻的润发油的味道。噢，真的是厌烦透了！当想到自己已摆脱了这一切时，菲利普心里高兴极了。

他惊讶于自己竟能如此轻易便放弃了对宗教的信仰，他不知道这是他的内在天性在起作用，将此归因于自己的聪明，并为此沾沾自喜。年轻人对任何一种与己不同的生活态度都缺乏同情，他有点瞧不起威克斯和海沃德，因为他们都满足于他们对上帝的那种模糊的情感，不愿意往前走那在自己看来是如此容易的一小步。一天，他独自去到一座小山岗，想饱览一下周围的景色，不知为何，大自然的美景总能在他心中激起一阵狂喜。时值秋季，天气依然晴好，万里无云，天空似乎放射出更灿烂的光辉，仿佛大自然有意要将它越发饱满的热情投入到剩下的好天气里。他俯瞰着在阳光下似乎微微颤动着的辽阔平原，远处是曼海姆建筑物的屋顶，再远处是依稀可见的沃姆斯。波光盈盈的莱茵河上闪烁着一片灿烂的金色光辉。菲利普站在山岗上，心里激荡着喜悦，想起当初魔鬼和耶稣站在一座高山顶上，指给他看人世间的诸多王国。对于陶醉在此景中的菲利普来说，似乎整个世界都展现在他眼前，他渴望投身到这个世界中，去尽情享受尘世的快乐。他已不再担心自己会堕落，不再抱有偏见。他可以走自己的路而没有了对地狱之火的恐惧。他突然意识到他已经放下了责任的重担，无须考虑做每件事时可能带来的后果。现在，他可以自由顺畅地呼吸了。以后，他只需要对自己负责。自由啦！他终于成了自己的主人。出于习惯，他无意识地感谢起上帝：他以后再也不用信奉上帝了！

充满对自己的智力和勇气的自豪感，菲利普踌躇满志地开始了新生活。放弃信仰对他的影响，并没有他预想得那么严重。虽然将基督教的教义抛在了一边，可他却从未想过要去批判基督教的伦理。他认可基督教所宣扬的种种美德，并认为不考虑奖罚（抛开它们的宗教性）地去践行这些德行是可取的。在厄宁教授夫人的家里，很少有展现这些美德的机会，不过，菲利普表现得比以往更真诚了一些，他还强迫自己给予那些上了年纪的乏味的太太们更多的关注和殷勤。诅咒语，夸张的形容词，这些具有典型特征的语言，菲利普以前认为那是男子气概的象征曾刻意培养过，而现在他却努力回避。

既然问题已经解决，菲利普便想将它抛之脑后。只是说起来容易，做起来难，在许多事情上，他还免不了生出后悔的念头，他也抑制不了那些时常折磨着自己的疑虑。他还太年轻，太缺少朋友，灵魂的不朽与永恒对他尚没有特别的吸引力，他可以毫不费力地放弃对它的信仰。可是，有件事却始终不能让他释怀，他曾劝慰自己说这样是不明智的，他也曾嘲笑自己，试图将这哀伤一笑置之，但始终无济于事——每当他想起再也见不到他美丽的母亲，他对她的爱与日俱增，变得越发珍贵——眼泪就会顺着脸颊簌簌地淌下来。有时，仿佛有无数虔诚的祖先们在给他施加影响，他的内心不由自主地会被一阵惊恐攫住：或许，这一切都是真实的，善妒的上帝就隐在湛蓝的苍穹后面，他会用永不熄灭的火焰来惩罚那些不信神的人。在这种时候，他的理智帮不上忙，他想象着自己将永远经受肉体被折磨的痛苦，吓得浑身发抖，直冒冷汗，最后，他绝望地对自己说：

"这毕竟不是我的错。我不能强迫自己去信仰什么。如果真有一个上帝，他因为我真诚地不相信他而要惩罚我的话，那么我也没有办法。"

29

冬天来了。威克斯前往柏林听保尔森讲学，海沃德开始考虑去南方。当地剧院的演出季开始了。菲利普和海沃德每个星期上两三次剧院，希望能借此提高他们的德语水平。这种想法值得赞赏。菲利普发现用这种方法学语言比听布道有趣多了。那时，戏剧正处在复兴时期。易卜生的好几部剧作都在冬季准备上演的剧目中。苏德曼[①]的《荣誉》是当时的新剧，在这座僻静的大学城上演后引起很大的反响，有人对它过分吹捧，有人对它猛烈抨击；其他剧作家也跟着写出了受现代思潮影响的作品。菲利普看了一系列揭露人性丑恶的剧目。在此之前，菲利普还从未看过戏剧。在布莱克斯特伯尔时，也有一些业余的巡回剧团在会场演出，伯父从来没去看过，一方面是因为牧师的职业，另一方面是他认为这种剧都庸俗不堪，菲利普自然也就没有机会去欣赏了。舞台上的激情吸引了菲利普。一走进那小而破旧的光线暗淡的小剧院，他的心就亢奋起来。没过多久，他便熟悉了这个小剧团的方方面面，只消看看选角，便能马上知道剧中人物的性格特征。不过，他在意的并不是这些。对他来说，戏剧才是真正的生活，一种陌生的生活，充满了黑暗和痛苦。生活在这个世界里的男男女女把他们内心的丑恶都暴露在众目睽睽之下；漂亮的面庞下掩饰着堕落的思想；有德者将其德行作为面具，藏匿起他们的罪恶；看似坚强者，其实内心柔弱得不堪一击；诚实者腐败，贞洁者淫荡。你像是待在一间昨夜刚刚有人狂欢宴饮过的房间里，早晨时的窗户还没有打开，里面空气污浊，残存着啤酒味儿、刺鼻的烟味，混杂着煤气灯的味道充溢着整个屋子。台下没有笑声，最多只是对剧中的伪君子和傻瓜发出一声讥笑；剧中人物用饱含痛苦的语言表达着他们的情感，仿佛是羞辱和苦痛从他们内心逼出了这些肺腑之言。

这些戏剧把人性之丑陋展现得淋漓尽致，菲利普不禁为之倾倒。他像是从另一个不同的角度再次看到这个世界，他也同样渴盼着去了解。看完戏后，他常常和海沃德到一家明亮温暖的小酒馆里吃个三明治，喝上一杯啤酒。周围都是三五成群的学生，交谈着，欢笑着。也有一家人，父母和几个儿女，有时女儿不知说了什么俏皮话，逗得父亲靠在椅背上开怀大笑。一切都是那么融洽温馨，淳朴怡人。不过，菲利普并没有注意这些。他的思绪仍旧沉浸在刚才的戏剧里。

"你的确能感受到那就是生活，对吗？"菲利普激动地说，"我

[①] 苏德曼（1857—1928），德国戏剧家及小说家。

想我在这儿待不了多久了。我要回伦敦,开始真正的生活。我想经历生活。我已经厌倦了一直为生活做准备,我现在就想投入到生活中去。"

海沃德有时会让菲利普自己一个人先回去。菲利普好奇地问他要去哪儿,海沃德从没给过确切的回答,只是高兴地甚至是傻傻地笑笑,暗示他有浪漫的幽会;他引用罗塞蒂①的诗句来喻指他的风流韵事。有一次,他还让菲利普看他写的一首十四行诗,在这首诗中,他用华美而富于激情的语言,悲观和凄婉的调子,描写一个姓特鲁德的年轻女子。海沃德将自己那些肮脏低俗的情事蒙上一层诗歌的晕光,认为自己的诗足以与佩里克利斯②和菲狄亚斯③的相媲美,因为在描述自己爱的对象时用了"hetaira"④这个词,而没有用英语这门语言中那些更直截了当、更平实的词。白天,菲利普受好奇心的驱使,经过那条紧挨着老桥的小街巷,道路两边都是整齐的白色房屋和绿色百叶窗。据海沃德说,特鲁德小姐就住在那里。但那些从屋子里出来跟他打招呼的女人,个个都涂着厚厚的脂粉,凶得像是母夜叉一样,让他感到恐惧。惊恐中,他推开她们想要拽住他的粗糙的手,仓皇而逃。他渴望经历世事,却又觉得自己幼稚可笑,因为他这个年龄仍没品尝过所有小说中所提到的那种人生中最重要的东西。可不幸的是,他具有洞察现实的天赋,眼前的现实跟他梦中的理想有着天壤之别。

菲利普不知道,一个人必须经过长途跋涉,走过许多贫瘠凶险之地,才能真正认识和接受现实。说青春是快乐的,只是一种幻想,一种失去青春的人们的幻想;年轻人知道自己是不幸的,因为他们的头脑中被灌输了太多虚幻的理想,一旦接触到现实,便碰得头破血流。他们仿佛是某个阴谋的牺牲品:因为他们所读的书经过筛选,都是与现实脱节、理想化了的书,而和长辈们的谈话也不能使他们了解到真实的生活,因为长辈往往是透过健忘的玫瑰色雾霭去回首过去的。他

---

① 罗塞蒂(1830—1894),英国近代女诗人。
② 佩里克利斯,公元前5世纪雅典最伟大的政治家、大将军及演说家。
③ 菲狄亚斯,公元前5世纪希腊的雕刻家。
④ Hetaira,希腊语,意为妓女、艺妓或是妾。

们必须靠自己发现,他们读过的书,以及长辈和老师们告诉他们的话,都是谎言,谎言,谎言;而每一次的发现都是往那具已钉在生活十字架上的躯体上再钉进一根钉子。奇怪的是,每一个经历过这种幻灭痛苦的人,受着强大的本能力量的驱使,会不自觉地重蹈覆辙。跟海沃德交往,对菲利普来说是件非常糟糕的事。海沃德对任何事物都不愿用自己的眼睛,而是要通过文学的光环去看。这人是危险的,因为他欺骗自己已经到了如痴如狂的地步。他真的以为他的好色是浪漫的情感,他的优柔寡断是艺术家的气质,他的懒散是哲学家的恬适。而实际上,他的思想因为追求风雅而变得庸俗,看待任何东西都要比现实中的大上一号,事物的轮廓在他多愁善感的金色雾霭中变得模糊了。他说谎,自己却意识不到;而当人们指出了他的谎话时,他会说谎言是美丽的。他是一个理想主义者。

30

菲利普的心绪变得躁动不安。海沃德富于诗意的暗示害得他想入非非,他的灵魂渴盼着浪漫。至少他自己是这么认为的。

刚巧厄宁教授夫人的公寓也发生了一件事,愈发激起菲利普对性欲的向往。在到小山附近的两三次散步中,他都碰上卡西利小姐独自散步。路过她时,他向她躬了躬身子,然后走多远,他就看到了那个中国人。他没有多想。可一天傍晚,在回家的路上,他经过了两个紧紧挨在一起走着的人。听到脚步声,两人很快地分开了,尽管在夜色中看不清楚,可他几乎可以断定那两个人就是卡西利小姐和宋先生。他们迅速分开的动作表明,他们刚才是挽着胳膊一起走的。菲利普有些诧异。他从来没有在意过卡西利小姐。她长相平平,一张四方脸,五官毫无特征可言。她应该不到十六岁,长长的金发还梳成辫子。那天晚上吃饭时,菲利普不无好奇地看着她。尽管近来吃饭时很少说话,她还是跟他搭话了。

"你今天到哪儿散步了,凯里先生?"她问。

"噢，我上了御座山。"

"我今天没出门，"她主动说，"我有些头疼。"

坐在旁边的中国人转向她说："哦，希望你现在好一点了。"

卡西利小姐显然还不放心，因为她又跟菲利普说话了。"你路上遇见的人多吗？"

菲利普脸不由得红了，因为他不得不说谎。

"没有。连个人影也没看到。"

他似乎察觉到她眼睛里流露出慰藉的神情。

然而，这两个人的暧昧关系很快就变得不容置疑了，住在这里的其他房客也看到他们俩待在黑暗幽静的地方。坐在饭桌首席位置上的几个老妇人开始谈论这件丑闻。教授夫人很生气，却又颇为难。眼看着冬季就要到了，她一直都装着什么也没看见。这里夏天住客多，冬天却不然。而宋先生是个有钱的主儿：他租着一楼的两间房，每顿饭要喝一瓶莫塞尔白葡萄酒。教授夫人每瓶酒跟他要三马克，从中能有不少赚头。其他房客再没有一个喝酒的，有的甚至连啤酒都不沾。同样，她也不想失去卡西利小姐，卡西利小姐的父母在南美洲做生意，对教授夫人给予女儿的照顾，支付着可观的酬金。她知道，一旦她给卡西利小姐在柏林的叔叔写信，他就会立刻将她带走。因此教授夫人只是在饭桌上给两人脸色看，尽管不敢对那个中国人怎么样，可对卡西利小姐的冷言冷语还是能觉出一丝端倪。那三个老妇人却不肯罢休。她们中间有两个是寡妇，另外一个是生就一副男相的荷兰老处女。虽说她们支付的食宿费不多，也不少找麻烦，可她们是长期住客，因此也得担待着点儿。她们找到教授夫人，说必须采取措施来阻止这件事，他俩这么做有伤风化，会败坏寓所的声誉。教授夫人时而坚持，时而愤慨，时而流泪，可使用种种办法，最终还是拗不过这三位老太太，于是，她也不由得义愤填膺起来，说会解决好这件事情。

午饭后，教授夫人把卡西利小姐叫到她的卧室，开始跟她进行非常严肃的谈话。可令她惊讶的是，这个姑娘的脸皮却很厚，说她想去哪里就去哪里，如果她愿意和那个中国人一块散步，那是她自己的事，谁也管不着。教授夫人威胁说要写信告诉她叔叔。

"那好啊，赫恩里奇叔叔会把我安排在柏林的一户人家过冬，那样对我来说更好。宋先生也将会去柏林。"

教授夫人哭了起来，泪水顺着她粗糙发红的脸颊往下淌。卡西利却仍在旁边幸灾乐祸。

"那样的话，整个冬天，你将有三间屋子空着。"

随后，教授夫人又想出一个主意。她试图唤醒卡西利小姐性情中好的那一面：她善良，明事理，待人以诚。这一次，她没有把她当孩子，而是当作成年女子。她说，原本交朋友也无可厚非，只是这个中国人长得太丑，皮肤蜡黄，鼻子扁平，还有一双像猪一样的小眼睛！这才是最糟糕的，让人一想起来，就觉得晦气。

"别说了，别说了。"卡西利小姐很快地吸了一口气说，"我不愿听到任何有关他的坏话。"

"你对他不会是认真的吧？"教授夫人倒抽了一口气。

"我爱他。我爱他。我爱他。"

"上帝啊！"

教授夫人惊讶地看着卡西利小姐。她本以为这不过是小女孩的淘气和一时任性，可卡西利小姐声音中带出的激烈情感已经说明了一切。卡西利小姐先是愤愤地看了她一会儿，随后耸了耸肩膀走了。

厄宁教授夫人没有跟任何人透露这次谈话的具体内容。一两天后，她调换了一下房客们吃饭的位置。她问宋先生愿不愿意坐到她这边来，宋先生以他惯有的礼貌欣然接受。卡西利对此也并不在意。不过，自从他俩的关系在公寓里传开之后，两人就更加有恃无恐了，他们不再偷偷摸摸地，而是每天下午公然在小山岗那边溜达。很显然，他们不在乎人们怎么说了。到后来，连厄宁教授也看不下去了，让妻子一定要找那个中国人谈谈。教授夫人把宋先生叫到一边，劝他说他这是在毁坏人家姑娘的声誉，也影响整个寓所的名誉，他必须知道自己的行为有多么错误，多么不道德。可宋先生却笑眯眯地矢口否认，说他不明白她在说什么，他对卡西利小姐一点兴趣也没有，他也从未跟她散过步，这一切都是编造出来的，没有一句是真的。

"啊，宋先生，你怎么能这么说呢？人们碰见你们俩在一起都好多次了。"

"不，你一定是弄错了。不是这样的。"

宋先生笑着望着她，露出一排整齐、洁白、细小的牙齿。他非常镇静，否认人们说的有关他们俩的一切。他厚着脸皮，平心静气地百般抵赖。最后，教授夫人有点生气，说卡西利小姐已经承认她爱他了。他听到后却若无其事，仍是一副笑眯眯的样子。

"胡说！全是胡说！"

教授夫人从他那里得不到一句真话。

天气变得越发糟糕，到处都被霜雪覆盖着，再过一段时间就将进入漫长阴冷的冰雪融化期。在这样的天气里，连散步也变得索然无味。

一天晚上，菲利普刚在教授那里上完德语课，正在客厅跟教授夫人说话，安娜突然急匆匆地走了进来。

"妈妈，卡西利去哪儿了？"她问。

"在她自己房间吧。"

"她屋子里没亮着灯。"

教授夫人不由得叫了一声，神情有些沮丧地看着女儿。安娜脑海里的念头也一下子在她脑中闪过。

"按铃叫埃米尔来。"她有些着急地说。

埃米尔就是在餐厅给大家上饭的那个傻乎乎的小子，家里的其他家务活也主要是他做。

埃米尔走了进来。

"埃米尔，下楼到宋先生的房间看一下，不要敲门。如果有人在，就说给炉子添煤。"

埃米尔呆滞的脸上没有显出一丝惊讶。

他缓缓走下楼。教授夫人和安娜小姐让门开着，听着下面的动静。很快他们听到埃米尔上楼的声音，便叫住了他。

"宋先生屋子里有人吗？"教授夫人问。

"有，宋先生在呢。"

"他一个人吗？"

他嘴角显出一丝狡黠的笑容。

"不是,卡西利小姐也在。"

"噢,真丢人。"教授夫人喊了起来。

现在,他的整张脸上都是笑容。

"卡西利小姐每晚都在那儿。每次一待就是几个小时。"

教授夫人开始绞扭自己的手。

"啊,太不像话了!你怎么不早告诉我?"

"这又不关我的事。"他耸了耸肩回答说。

"必须叫他们走,妈妈。"安娜说。

"可谁来付房租呢?税单很快就到期了。让他们离开,你当然说话不牙疼。他们要走了,我可支付不起这么多的账单。"她向菲利普转过身来,脸上满是泪水,"噢,凯里先生,你不会把你听到的说出去吧?如果福斯特小姐——那个荷兰老处女知道了,她马上就会离开。如果人都走了,我就得关门。到那时,我也住不起这所房子了。"

"我当然不会说出去。"

"即便还让卡西利留下,我也不会再理她了。"安娜说。

那天吃晚饭时,卡西利的脸比平时要红,面上一副倔强的神情,她是准时进来的,宋先生却迟迟没有出现。菲利普想,他怕是有意要避开这份尴尬了。谁知宋先生最后满脸堆笑地走了进来,还为他的姗姗来迟不住地道歉,眼睛里闪烁着炯炯的光。像往常一样,他坚持要给教授夫人斟上一杯他的莫塞尔白葡萄酒,临了又给福斯特小姐倒了一杯。因为火炉一整天烧着,窗户也很少打开,屋子里很热。埃米尔跟跟跄跄地端盘送碗,倒也能及时有序地把每个人的饭菜都上到他们面前。那三个老妇人默不作声地坐着,满脸的不悦;教授夫人泪痕未干;她的丈夫一声不吭,像是肚子里也憋着火。饭桌上几乎没有人说话。菲利普觉得,在每日共餐的这伙人中间,似乎正酝酿着什么可怕的事情。两盏吊灯的灯光照在人们的脸上,大家的表情跟以往任何时候都显得不太一样;菲利普隐约有些不安。有一次,他的目光和卡西利相遇,他从她的眼睛里看到了仇恨和蔑视。屋子里闷得让人透不过气来。仿佛这对男女的私情搅扰了所有人的心绪;大家好像感觉到了一点儿什么是东方人的堕落;那种淡淡的香味儿,隐藏着罪孽的神秘感,令人窒息。菲利普能感觉到自己前额上血管的脉动。他不明白是什么陌生的情感搅得他心烦意乱;他仿佛被什么东西强烈地吸引着,可同时对它既害怕又厌恶。

连着好几天,情形都是如此。空气中弥漫着大家都能感觉到的那不自然的恋情,寓所中每个人的神经似乎都绷得紧紧的。只有宋先生没有变。他仍然笑容满面,和往常一样和善,彬彬有礼。谁也不知道,他能有这样的态度是文明的胜利,还是东方人对被征服的西方所表示出的一种轻蔑。卡西利则是一副得意、嘲讽的神情。最后,甚至连教授夫人也忍不了了。她突然感到有些恐惧。厄宁教授曾跟她坦诚地说过这人人皆知的私通可能会造成的后果,现在,她仿佛看到自己在海德堡的好名声和寓所清誉都可能会被这件再也掩盖不住的丑闻给毁掉了。以前,或许是被经济利益蒙住了眼睛吧,这种可能性从未在她脑中出现过;现在,被惊恐一下子搅乱了理智的教授夫人,几乎想立即把这女孩子撵出门去了。多亏安娜明智的提醒,教授夫人才先给卡西利在柏林的叔叔写了封措辞谨慎的信,建议他把卡西利接走。

不过,既然已决意要损失这两个房客,教授夫人就要把憋了这么长时间的火气发出来。现在她可以想怎么数落就怎么数落卡西利了。

"我已经给你叔叔写信了,卡西利,叫他把你接走。我不能让你在我的寓所再待下去。"

看到女孩的脸刹那间变白,教授夫人那双圆圆的小眼睛里闪出了亮光。

"你真是厚颜无耻,没救了。"她继续说道。

接着她又狠狠地骂了她一顿。

"你跟我叔叔说了什么,教授夫人?"女孩问,她那趾高气扬、我行我素的神气全然不见了。

"哦,你叔叔会告诉你的。我想我明天就会收到他的回信了。"

第二天,为了再好好当众羞辱她一番,教授夫人吃晚饭时从她坐的桌子这一头对坐在另一头的卡西利喊:"我收到你叔叔的回信了,卡西利。你今晚就得收拾东西,我们明早把你送上火车。你叔叔会在柏林中央火车站接你。"

"很好,教授夫人。"

宋先生冲着教授夫人笑着,不顾她的反对,执意给她倒上了一杯白葡萄酒。教授夫人这顿饭吃得尤其香。不过,她的胜利还是有美中不足之处。在睡觉前,她叫来了男仆。

"埃米尔,如果卡西利小姐的箱子已经整理好了,你今晚去把它拿到楼下吧。这样,脚夫明日早餐前便能取走它。"

男仆很快就回来了。

"卡西利小姐不在屋子里,她的手提包也不在。"

教授夫人惊叫了一声,赶忙前去查看。卡西利的房间里,锁好的箱子搁在地板上,可是,她的手提包、帽子和斗篷都不见了。梳妆台上的东西也收拾一空。教授夫人又气喘吁吁地跑下楼,来到宋先生的房间。二十年来,她都没这么快地跑过。埃米尔跟在后面大声地喊,小心摔倒,夫人。她没有敲门,径直闯了进去。屋子是空的,行李不在了,通往花园的门开着。桌上的信封里装着这个月应交的房租,以及一些该付的额外费用。因为匆忙上下楼而气喘吁吁的教授夫人那肥胖的身体突然一下子瘫在沙发上。毫无疑问,这对狗男女已经一起跑了。站在一旁的埃米尔仍是那副呆傻而无动于衷的样子。

31

早在一个月前,海沃德就说"明日就要去往南方",可过去了一周又一周,他始终下不了决心去整理行装,开始他单调乏味的旅行。圣诞节要到了,懒得做任何节前准备的他,无奈之下只好动身。一想起条顿民族①的狂欢他就受不了,节日期间那闹哄哄的场景让他浑身起鸡皮疙瘩。为了躲开这热闹,他决定在圣诞节前夕走。

知道他要离开,菲利普心里并不难过。他是个直率的人,对一个没有定心,做任何事都要优柔寡断的人感到厌烦。尽管他深受海沃德

---

① 条顿民族,日耳曼民族的一个分支,德国人的祖先。

的影响,可他却不同意这一说法:优柔寡断也许说明了一个人具有迷人的敏感性;他也看不惯海沃德对他的耿直抱有的嘲讽态度。他们相互有书信往来。海沃德是个写信的好手,他知道自己有这样的才能,所以愿意在写信上花工夫。他对接触到的各类美好事物都有良好的感受力,从他罗马的来信中,你多少能领略到意大利的幽香。他认为古罗马人的这座城市有些俗气,它显赫的名声只存在于罗马帝国衰败的那个时期。可教皇罗马却引起他的强烈共鸣,他字斟句酌,用极优美的语言,把洛可可式①的美描述得绘声绘色。他描写古色古香的教堂音乐和奥尔本山,描写袅袅的香火和夜雨中的街道,便道上映着熠熠的光儿,摇曳的街灯把一切都罩在神秘之中。或许,海沃德把这些书信写给了他的许多朋友。他不知道他的信把菲利普的心搅得有多么乱,让他觉得眼下的生活多么枯燥无味。随着春天的到来,海沃德的诗兴越发浓烈。他建议菲利普来意大利,说他在海德堡简直是虚掷光阴。德国人太粗野,那里的生活也太庸俗。在那样刻板的环境中,一个人怎么能回归自我呢?托斯卡纳②现在春意正浓,漫山遍野都是姹紫嫣红的花。菲利普已经十九岁了,到意大利来吧,他们俩可以在翁布里亚③一起逛遍那里所有的小山城。卡西利和她的情人——他们两人的名字已经深深地印在菲利普的脑子里——也到了意大利。一听到他俩的名字,菲利普就会有一种无以名状的不安情绪。他诅咒他的命运,因为他没有钱旅行,他知道伯父每个月只会给他事先商定好的数目,十五英镑。对每个月的花销他也不会精打细算,在支付完食宿费和学费后,就所剩无几了。再则,跟着海沃德四处游逛也没少花钱。

---

① 洛可可式,18世纪产生于法国、遍及欧洲的一种艺术形式或艺术风格,盛行于路易十五统治时期。洛可可艺术风格被广泛应用在建筑、装潢、绘画、文学、雕塑、音乐等艺术领域。其基本特点是纤弱娇媚、华丽精巧、甜腻温柔、纷繁琐细。
② 托斯卡纳,意大利的一个大区,它常常被评价为是意大利最美丽的地区。
③ 翁布里亚,意大利的一个大区,被誉为"意大利的绿色心脏"。

海沃德常常提议去野游、看戏，或是到酒馆去喝啤酒。他年轻气盛，不愿意向人家坦言自己消费不起。

所幸海沃德来信并不频繁，在这期间，菲利普又安下心来过他勤勉的学习生活。他进入海德堡大学，听了一两门课程。库诺·费希尔的名声在当时正值鼎盛期，那年冬天，他就叔本华①做了一系列的精彩讲座。这是菲利普在哲学上的入门课。他的头脑注重实际，对抽象的事物心里有些发怵，可在听形而上学的系列讲座中，他发现它们有种意想不到的魅力，他屏息倾听，像是观看技艺精湛的走钢丝者在万丈深渊上面做着惊险的表演，虽说提心吊胆，却也令人振奋非常。这一悲观主义的主题深深地吸引了年轻的菲利普。他认为他将要进入的是一个充满痛苦和黑暗的无情世界。尽管如此，他还是渴望早日投身其中。不久，凯里太太来信转达他监护人的意见，说他应该回伦敦了。菲利普对此欣然同意。现在是他必须下决心谋划将来的时候了。如果他在七月底从海德堡动身回布莱克斯特伯尔，他们便可以在八月谈妥这件事情，这是为他的将来做出安排的最佳时间。

在他离开海德堡的日期确定之后，凯里太太又给他来了一封信，提醒他是威尔金森小姐好心帮忙，他才得以住到教授夫人家里，同时还告诉他威尔金森小姐计划到布莱克斯特伯尔和他们住上几个星期。她将在某月某日从弗拉欣坐船过来，如果他也可以在同一时间动身的话，他就能在回程的路上照顾威尔金森小姐。菲利普的羞怯性情使得他马上回信说，他动身的日子会比威尔金森小姐晚几天。他想象着自己在人海中寻找威尔金森小姐，到处询问"你是威尔金森小姐吗"的样子——他很可能问错人，碰上一鼻子灰。再说了，他也不知道和她一起坐在火车上时，是该跟她攀谈，还是自顾自地看书就行了。

他终于离开了海德堡。这三个月来，他一直在考虑着自己的未来；他并不后悔他的离开。他在海德堡从来没有觉得自己快乐过。临走时，安娜小姐送给他一本《塞金根的号手》。他回赠给她一本威

---

① 叔本华（1788—1860），德国厌世哲学家。

廉·莫里斯①的作品。两人都很明智，谁也没有去读对方赠送的书。

32

　　见到伯父伯母时，菲利普不禁有些惊讶。他以前从未注意到他们已经这么老了。这次回来，牧师对他的态度还像往常一样，不冷也不热。牧师胖了点，头发又少了些，也白了些。菲利普发现此时的伯父显得是多么渺小、无足轻重呀。他清瘦的脸上还是那副过于看重自己的神情。路易莎伯母把菲利普搂在怀里，亲吻他时，快乐的眼泪顺着脸颊流了下来。菲利普有些触动，他不知道她竟对他有这般的疼爱。

　　"喔，菲利普，自你走后，日子似乎过得很慢。"她啜泣着说。

　　她抚摸着他的手，看着他的脸，眼睛里都是喜悦。

　　"你长大了，成了一个大人啦。"

　　他的上唇已长出一层浅浅的胡须。他买了一把剃刀，有时候会极小心地把光滑的下巴上长出的软毛刮掉。

　　"没有你在，我们觉得很孤单。"接着，她有些不好意思地哽咽着问，"回到家里，你高兴吗？"

　　"是的。"

　　她瘦得几乎就剩下皮包骨了，搂着他脖颈的胳膊瘦骨嶙峋，不由得让人想起鸡的骨架。她形容枯槁的脸上满是皱纹，灰白卷发仍梳成年轻时的式样，显得有些古怪而伤感；她瘦小、虚弱的身体宛如一片秋天的叶子，只要一阵强风刮来，便会从树上掉落。菲利普意识到，这两个默默无闻的小人物的生命实际上已经完结了；他们属于上一代人，他们在耐心地，不如说是麻木地等待着死亡的莅临。年轻、生命力旺盛的他，渴望冒险和刺激的他，为生命被这样地虚掷感到惊骇。他们在这个世界上一事无成；当他们离世时，就好像他们从未来过这

---

① 威廉·莫里斯（1834—1896），英国诗人，艺术家，社会主义者。

个世界一样。菲利普对路易莎伯母充满了同情和怜悯，因为她爱他，他突然也爱她了。

这时，威尔金森小姐走了进来。此前，她有意回避了一下，好让凯里夫妇和他们的侄儿单独待上一会儿。

"这是威尔金森小姐，菲利普。"凯里太太说。

"浪子终于回家了。"说着，她伸出一只手，"我拿来一朵玫瑰，要给浪子戴在他的衣扣上。"

她笑着把刚刚在园子里摘的花戴在菲利普的扣子上。菲利普脸红了，觉得自己傻傻的。他知道威尔金森小姐是威廉伯父的前任教区长的女儿。他认识不少牧师家的女儿，她们通常都是一身黑，穿着裁剪粗劣的衣服和蠢笨的靴子。因为菲利普早年待在布莱克斯特伯尔时，织物尚未传到东英格兰；而且，牧师家的女人们也不喜欢穿花色的衣服，头发也总是乱糟糟的，身上浆过的衣物散发着难闻的味道。她们认为女人们打扮漂亮了不好，所以不管年龄大小，看上去都是一个样。她们因为自己的宗教信仰而趾高气扬，与教会间的亲密关系使她们对其他人的态度有些专横。

威尔金森小姐却完全不同。她穿着一件白纱长袍，上面印有一簇簇的小花图案，脚上是一双细高跟，腿上穿着网眼长袜。菲利普阅历不深，在他眼中，她打扮得十分漂亮。他看不出来她的上衣其实是很俗气的便宜货。她的头发精心地梳理过了，有一缕卷发覆在前额的正中，发丝黑亮而硬挺，仿佛根本不会被弄乱。她有一双黑亮的大眼睛，鼻梁稍带钩状，从侧面看有点像猛禽；不过，从正面看，她的脸蛋长得还是蛮讨人喜欢的。她很爱笑，但是嘴大，笑时会担心露出她的大黄牙。只是有一点令菲利普感到有些不解：她涂了厚厚的脂粉。菲利普对女性行为举止方面的要求很苛刻，认为有身份的女子是不涂粉的；可威尔金森小姐显然是一位有身份的女子，因为她是牧师的女儿，而牧师属于绅士阶层。

菲利普决意让自己不喜欢威尔金森小姐。她说话略微带法语口音，他不明白为什么会这样，因为她是在英格兰内地出生并长大的。他认为她的笑有些做作，她的扭捏作态令他恼火。有两三天的时间，他保持着沉默,对她怀有敌意,不过,威尔金森小姐看上去并没有注意到。她的态度非常和蔼,所有的对话几乎都是为他发起的,而且总是倚重他做出的判断,让他心里觉得美滋滋的。她还能逗他发笑,对能让他感到愉悦的人,他一向抱有好感;菲利普有一种冷不丁冒出一些妙语的天赋,有个懂得欣赏的人是一件乐事。牧师和凯里太太毫无幽默感,对他所说的话,他们从来都没有笑过。在他渐渐和威尔金森小姐混熟后,他的羞怯感也随之消失了,他逐渐开始喜欢她。这个时候,他不再觉得她的法国口音不好,而是觉得悦耳了。一次在医生家举行的游园会上,她身着一件印有大白点花纹的蓝色软绸衣,让菲利普感觉自己的心弦被拨动了。

"我敢肯定,人们认为你的穿着跟你的身份不相符合。"菲利普笑着跟她说。

"能让人们把我看作一个轻佻女子,是我梦寐以求的。"

有一天,威尔金森小姐在自己房间里时,菲利普问路易莎伯母,威尔金森小姐多大了。

"噢,亲爱的,你永远不应该问一个女士的年龄,不管怎么说,她肯定比你大得多,大到你不适合娶她了。"

牧师的胖脸上浮现出一丝笑容。

"她已经不是小姑娘了,路易莎。"牧师说,"我们在林肯郡的时候,她就几乎是大姑娘了,那都已经是二十年前的事啦。那个时候,她身后拖着一条辫子。"

"她那时候可能顶多十岁吧。"菲利普说。

"比那个岁数大。"路易莎伯母说。

"我想,她那时候快二十岁了吧。"牧师说。

"噢,不会,威廉,最多十六七。"

"这样算起来,她有三十大几了。"菲利普说。

这时,威尔金森小姐下楼来了,嘴里哼着一首本杰明·戈达德写的曲子。她戴着帽子,因为和菲利普约好一块出去走走。她伸出手,让菲利普给她系上手套的纽扣。他的动作显得笨拙,菲利普有点不好意思,可心里却美滋滋的。现在,他们已可以自如地聊天了。他们一

133

边走,一边天南地北地聊。她给菲利普讲柏林的情况,菲利普告诉她自己这一年在海德堡的生活。在他讲述的时候,那些以前看似无足轻重的事情现在仿佛有了新的意义:他描述住在厄宁教授夫人家里的房客,以及发生在海沃德与威克斯之间的谈话——当时似乎是那么重要的谈话,现在经他稍加歪曲,显得有些荒唐可笑了。听到威尔金森小姐不时发出的笑声,菲利普颇感得意。

"我真该对你刮目相看了,"她说,"你太会挖苦人了。"

之后,她开玩笑地问起他在海德堡有过艳遇没有。他未加思索就坦言说没有,可她不相信。

"你也太保密了吧!"她说,"在你这样的年龄,怎么可能呢?"

他脸红了,随后大声笑了起来。

"你想知道的也太多了。"他说。

"噢,我猜对了。"她得意地笑了,"瞧你,脸都红了。"

他很高兴她认为他曾有过情爱之事,随后,他转移了话题,好让她以为他想把诸多的风流韵事都掩藏起来。他真恨自己没有过这样的经历,可当时真的是没有机会。

威尔金森小姐对自己的命运颇不满意,她抱怨说得靠自己挣钱来生活。她给菲利普讲自己叔外祖父的事儿,这位叔外祖父本打算留给她一笔财产,结果后来娶了自己的厨娘,改写了遗嘱。她暗示自己早年家境富足,车马俱全,把在林肯郡过的闲适与现在寄人篱下的寒酸做比较。事后,菲利普曾向路易莎伯母提起此事,当伯母告诉他威尔金森家除了一匹小马和一辆单马拉的双轮马车之外什么也没有时,菲利普有些奇怪。对这位有钱的叔外祖父,路易莎伯母听说过,可他早在威尔金森小姐出生前就结婚生子了,所以她也就没什么机会能继承到人家的财产。对目前她在柏林的任职,她也没好话说。她哀叹在德国的生活粗俗,还与曾在巴黎的浪漫生活做对比——她没有具体说是哪一年,那时她在一个时尚的肖像画家家中担任家庭教师。这位画家娶了个很有钱的犹太女人,在他家里,她见到许多知名人士(这些人的名字叫菲利普眼前一亮)。法兰西喜剧院的演员是他家的常客;

吃饭时坐在她旁边的科奎宁①告诉她，他从未遇到哪个外国人讲法语讲得像她这么好。阿尔方斯·都德②也经常来，他送给过她一本《萨福》，还答应帮她签名，只是她后来忘了提醒他。她一直珍藏着这本书，如果菲利普想看，她愿意借给他。之后，莫泊桑也来做客。说到这里，威尔金森小姐意味深长地看着菲利普，发出一阵笑声。多么伟大的一个人，多么了不起的作家！海沃德曾谈到过莫泊桑，他的大名菲利普并不陌生。

"他向你求爱了吗？"菲利普问。

不知为何，这话似乎在他嗓子眼里哽住了一会儿，不过，他最终还是问出口了。他现在开始喜欢威尔金森小姐了，她的话能激起他的热情。不过，他仍然无法想象会有人向她求爱。

"你真会问！"她喊，"可怜的盖伊③，他对每个碰到的女人都会求爱的，这是他改不了的毛病。"

她轻轻地叹息了一声，似乎沉浸在温馨甜美的回忆中。

"他是个很有魅力的男人。"她低声说。

只要比菲利普稍有阅历的人，便会从威尔金森小姐的谈话中猜想出会面时的情形：那位著名作家被邀出席午宴，这位家庭女教师带着她教的两个身材修长的女孩默默地走进来，她被人这样介绍道："这位是我们的英国小姐。"

"哦，英国小姐好。"

宴会上，当这位知名作家在与主人说着话时，我们的威尔金森小姐只能在一旁默默地坐着。

不过，这些话却激起了菲利普诸多浪漫的想象。

"请告诉我有关他的一切。"他激动地说。

"其实，也没有什么可讲的，"她不无真诚地说，可她的神态却

---

① 科奎宁（1841—1909），法国著名男演员。
② 阿尔方斯·都德（1840—1897）。法国小说家，《萨福》是他1884年发表的作品。
③ 盖伊，即莫泊桑，法文全名为Henri René Albert Guy de Maupassant。

像用三本书也写不下那些惊艳的故事似的,"你怎么这么好奇呢?"

她接着谈起巴黎。她喜欢巴黎的林荫大道和参天巨木,条条街道都别有一番情趣;爱丽舍宫田园大街的树木尤其独特。彼时他们俩正坐在公路旁边栅栏两侧的阶梯上,威尔金森小姐用不屑的神情望着他们前面的几棵高大的榆树。她继续讲起巴黎的剧院,剧目场场精彩,演员的演技无与伦比;她的那两个学生的母亲福约太太出去试衣服时,常常让她陪着。

"噢,人穷了真是可怜!"她大声地说,"那些琳琅满目的锦衣靓饰,只有巴黎人才懂得如何穿衣打扮。可惜我买不起!可怜的福约太太身材不行。裁缝常常在我耳边说,'啊,小姐,要是她有你这样的身材就好了。'"

此时菲利普注意到,威尔金森小姐很为自己的丰满体态自豪。

"英国人很蠢。他们只看人的脸蛋。在懂爱情的法国人看来,人的身材更加重要。"

菲利普以前从未想过这样的事情,不过,他留意到威尔金森的脚踝很粗,不好看。很快,他就移开了视线。

"你应该去法国。为什么不去法国待上一年呢。你应该学会法语,它能让你变得老练成熟。"

"是吗?"菲利普问。

她狡黠地笑了笑:"你得到字典中寻找答案。英国人不懂得如何对待女性,他们太腼腆了。男人腼腆,会让人觉得好笑。他们不知道怎么向女人求爱。即便夸赞一个女人十分迷人,也显出一副蠢相。"

菲利普感到了自己的荒唐可笑。显然,威尔金森小姐是希望他表现得更洒脱,更像个男子汉;他当然也愿意说些妙趣横生的女人爱听的话,可就是想不出来,即便想到了,也怕说出后,让人家觉得自己在冒傻气。

"噢,我爱巴黎,"威尔金森小姐叹息道,"只是我不得不去柏林。我教福约太太家的两个女儿直到她们出嫁,之后我就无事可做了,正巧柏林那边有一个机会。柏林这家是福约太太的亲戚,我在布雷达街有一小套公寓房,它一点儿也不体面。你知道布雷达街——还有那里的贵妇们。"

菲利普点着头,唯恐人家认为自己太无知,其实他根本没明白她的意思,只是模糊地猜到一些而已。

"不过,我并不在乎。我这人很好将就①。"她很喜欢讲法语,而且讲得非常好,"在法国,我还有过一段奇妙的冒险经历呢。"

说到这里她停了一下,菲利普催她往下讲。

"你会把你在海德堡的冒险经历讲给我听吗?"她说。

"我的经历没什么意思。"

"要是凯里太太知道我们在一起时谈论些什么,她会怎么说。"

"你不会以为我会告诉她吧。"

"你愿意发誓吗?"

在菲利普做出保证之后,她告诉他,她屋子的楼上住着一位艺术系的学生——她突然中断了话题。

"你为什么不学艺术呢?你画得那么好。"

"可还没有好到足以从事艺术的程度。"

"这一点要由别人来评断。我认为你有成为一个伟大艺术家的潜质。"

"难道你还想象不到,如果我突然提出要去巴黎学习艺术,威廉伯父会是怎样的脸色?"

"你是你自己的主人,不是吗?"

"你在试图转移话题。请继续你的故事好吗?"

威尔金森小姐笑了笑,继续往下讲。她和那个学美术的年轻人在楼道里遇见好几回,她没有太注意他,他似乎有一双漂亮的眼睛,每次遇见都很有礼貌地脱下帽子向她致意。有一天,她发现从门缝里塞进来一封信。信是他写的。他说他仰慕她好几个月了,他常常在楼梯口等着,看她过去。噢,信写得非常迷人!当然啦,她没有给他回信,可哪个女人看了这样的信,不会沾沾自喜呢?第二天,又有一封信塞了进来!信中充满了热烈、动人的情感。等到下一次在楼梯上遇

---

① 原文为法语。

137

到他时,她简直不知道她的眼睛该往什么地方看了。每天都有信塞进来。现在,他恳求到她屋里来见她,他说他会在晚上九点钟过来,她不知道该怎么办。当然,她是不可能让他进来的,他也许会一直按门铃,但她绝不会把门打开。在她紧张兮兮地等着门铃响起的时候,突然,他站在了她的面前。原来她在进来时,忘记了把门关上。

"这就是命。"①

"那后来呢?"

"故事到这儿就结束了。"她笑着回答。

菲利普沉默了一会儿,他的心跳在加快,奇怪的情感在心头翻涌。他仿佛看到那黑漆漆的楼道和他们的多次邂逅,他赞赏那小伙子在信中的大胆表述——噢,他绝不敢那么做的——还有那悄然的几近于神秘的入室。这在他看来,太浪漫了。

"他长得什么样?"

"哦,他长得很帅,是个十分迷人的小伙子。"

"你们现在还来往吗?"

问这话时,菲利普心里有些不是滋味。

"他待我糟透了。男人们都这个德行。你们男人都没有心肝,所有的男人都是如此。"

"这我可不清楚。"菲利普略微尴尬地说。

"我们回去吧。"威尔金森小姐说。

33

菲利普无法把威尔金森小姐讲给他的故事从脑中祛除掉。尽管她话只说了一半,可意思却足够清楚了,这叫他感到震惊。这种事在已婚女子中并不少见。他读过许多法国小说,知道在法国这种现象很普遍,但威尔金森小姐是英国人,她还没有结婚,而且父亲是个牧师。

---

① 原文为法语。

随后，他又想到这位学美术的青年也许并非是她的第一个或最后一个情人，他忽然感到有些喘不过气。他从没把威尔金森小姐往这方面想过，竟然有人向她求爱，真是难以置信。由于他的天真无知，他相信她讲的故事，就像他相信书上写的一样，他恨这样的美事为什么总是没有他的份儿。如果威尔金森小姐硬让他讲海德堡的冒险经历，他却无话可说，那该有多丢人啊。诚然，他有些编故事的才能，可是他不敢保证能说的那些男欢女爱的纵欲之事会让她相信；女人们的直觉是非常厉害的，他读过的书都告诉了他这一点，她可能很轻易地便能发现他在撒谎。想到那时她将掩面窃笑，他不由得脸红了。

威尔金森小姐常常一边弹奏钢琴，一边用一种懒洋洋的调子哼唱。不过，她唱的是马奈斯①、本杰明·戈达德②和奥古斯塔·霍姆斯的歌曲，这些歌对菲利普来说挺新鲜的。就这样，他们一块儿在钢琴前度过了很多的时光。一天，威尔金森小姐想知道菲利普是否有副好嗓子，坚持让他试着唱一唱。她告诉他，他的嗓音是那种动听的男中音，自愿提出给他上音乐课。起初，菲利普出于一贯的羞怯心理拒绝了，可经不住她一再坚持，于是，菲利普在每日早饭后的空闲时间里上一个小时的音乐课。她有教人的天赋，很显然，她是一位优秀的家庭女教师。她教学有方，要求严格，授课时，尽管还是那副法国口音，可平时甜蜜和蔼的神态不见了。她一本正经，容不得一句闲话。她的声音变得严厉，还融进了一些命令的口吻，她会本能地去管束和纠正那些不注意听讲和懒散的行为。她知道自己所要干的事情，能叫菲利普服服帖帖地练声音，唱音节。

一上完课，她那诱人的笑容便又很自然地浮现在脸上，她的声音重又变得温婉动听，可菲利普却很难像她放下老师的架子那样干脆利落地忘记自己刚才的学生身份。这一印象同她的那些故事在他心中唤起的感情相互冲突着。他更加仔细地观察着她。比起早晨的她，他更喜欢晚上的她。早晨时，能看出她脸上的皱纹，脖颈那里的皮肤也显

---

① 马奈斯（1842—1912），法国作曲家。
② 本杰明·戈达德（1849—1895），法国小提琴手，作曲家。

得有些粗糙。他希望她能把脖子遮住一些，可天很热，她穿着低领口的宽松罩衣。她特别喜欢白色的衣服，可早晨穿白衣服不合适。到了夜晚，她的模样常常显得很迷人，她穿着一件晚礼服般的长裙，脖子上戴着一串石榴石的项链，胸前和肘部的花边将她烘托得多了几分怡人的温柔，身上散发着一种异样的撩人心意的香味儿。在布莱克斯特伯尔，人们只使用科隆香水，也只是在星期天或头痛的时候才用。

菲利普对威尔金森小姐的年龄充满热情。他把二十和十七加在一起，这样的一个年龄还是不能令他完全满意。他不止一次问凯里伯母，为什么她会认为威尔金森小姐已经是三十七岁了呢？她看上去超不过三十岁，人人都知道外国人比英国女人老得快，威尔金森小姐在国外已经生活了那么多年，几乎可以称得上是个外国人了。他个人认为她现在最多二十六岁。

"她比这个年龄大得多。"路易莎伯母说。

菲利普认为凯里夫妇对威尔金森小姐年龄的计算是不准确的。他们还能记得清楚的唯有，在他们最后一次于林肯郡见到威尔金森小姐时她还梳着辫子。那么，她当时可能只有十二岁——那已经是多少年前的事了，况且，牧师的记忆力又总是那么差。他们说是二十年前，可人们总喜欢用整数，所以也可能是十八年，或者十七年前。这样，十七加十二，只有二十九岁，这样的年龄岂能算老？在安东尼舍弃江山追求埃及女王克娄巴特拉时，这位女王已经四十八岁了。

那年夏天天气晴好。每天都是烈日灼空，万里无云，可这热却因紧邻大海而减弱了，空气中充溢着怡人的清爽和激奋，因此尽管人心里觉得激动，却并不感到八月艳阳的炙烤。牧师住宅的花园里有一个水池，池中喷泉飞溅，水中长着睡莲，一群群金鱼在阳光下若隐若现。菲利普和威尔金森小姐常常在午饭后，将毯子和坐垫铺在高高的玫瑰树篱下阴凉的草地上，在这里聊天，读书，抽烟，度过整个下午的时光。伯父是不允许在家里抽烟的，他认为吸烟是个很令人讨厌的习惯。他经常说，任何一个人做了习惯的奴隶，都是可耻的。只是他忘了他本人就是下午用茶点习惯的奴隶。

有一天，威尔金森小姐拿给菲利普一本名为《波希米亚人的生活》的书,这是她在牧师书房里翻阅书籍时偶尔发现的。牧师在买他想要的书籍时,顺便把它也买了回来。这一放就是十年,无人问津。

菲利普开始读米尔热①的这部勾魂摄魄、文笔拙劣、荒诞不经的杰作,马上就被它吸引了。书中把饥饿描写得那么风趣,把贫穷写得绘声绘色,把病态的恋情描绘得充满了浪漫色彩,把过分的感伤描述得那么感人,这一切都让菲利普心花怒放。罗多尔夫和米密,缪赛蒂和萧纳德,他们在巴黎拉丁区昏暗的街道上游荡,身着稀奇古怪的路易菲力普②时代的服装,不是栖息在这个顶楼,就是寄身在那个顶楼;他们哭笑无常、无忧无虑、率性而为。谁能抵御住他们的诱惑呢?唯有当你以更加敏锐的判断力回过头再去读这本书时,你才会发现他们的快乐有多粗俗,他们的思想多么庸俗;你会觉得,这伙放浪形骸、浪迹天涯的人,无论是作为一个艺术家,还是作为一个人,都毫无价值可言。可当时的菲利普却为之倾倒,欣喜若狂。

"你不会是希望自己去巴黎而非伦敦了吧?"看到他读《波希米亚人的生活》沉迷不已的样子,威尔金森小姐笑着说。

"即便我想去,现在也太晚啦。"他回答说。

菲利普从德国回来的这半个月里,伯父已多次跟他讨论过他的前程。以前他自己坚决反对上牛津,现在既然已无望得到奖学金,甚至连凯里先生也不得不说,他上不起牛津大学了。父母给菲利普留下的全部积蓄只有两千英镑,虽说以百分之五的利息用契据抵押的方式做投资,可那点利息根本不够他生活。现在这笔款的数额又有所减少。每年花费二百英镑是他读大学一年最低的费用,在牛津大学求学三年,毕业后找工作的路依然跟现在一样漫长。他渴望直接到伦敦去谋生。凯里太太认为对一位绅士来说,只有四种职业可以选择:陆军、海军、法律和教会。后来,她又增加上了一项,医生,因为她的小叔子以前是行医的。不过,她并没有忘记,在她年轻时没有人把医生也

---

① 米尔热(1822—1861),法国诗人和小说家。《波希米亚人的生活》一书对奋斗中的作家,艺术家进行了浪漫、感伤的描述。

② 路易菲力普(1773—1850),法国国王,1830至1848年在位。

看作绅士。前两项职业菲利普肯定不能胜任,而担任圣职是菲利普早就坚决反对的。那么,就只剩下法律了。镇上的医生建议说,现在有许多绅士都从事工程技术工作了,可凯里太太听后马上表示反对。

"我不愿意让菲利普去学手艺。"她说。

"我也不同意,他必须有份像样的职业才好。"牧师说。

"那为什么不让他像他父亲一样做个医生呢?"

"我讨厌当医生。"菲利普说。

对此凯里太太倒也没有太难过。做律师似乎没有希望了,因为他没有上牛津大学,在凯里夫妇看来,要想在律师这个行业获得成功,有个学位还是必要的。最后,他们建议他跟着一个律师做学徒。他们写信给家庭律师艾伯特·尼克松——他与布莱克斯特伯尔牧师是已故的亨利·凯里遗产的共同执行人——询问他是否能收菲利普做学徒。一两天后来了回信,说是他那边没有空缺,另外,他很反对这个计划。这个行业现在已人满为患,没有大量的资金和人脉关系,最后充其量就是熬到做个办事员。他建议菲利普去做特许会计师。凯里夫妇对这个职业一点都不了解,菲利普也从未听说他周围哪个人是做特许会计师的。于是,尼克松律师又写信解释说,随着现代商业的发展和公司数量的增加,成立了许多会计师事务所,审查各个公司的账目,帮助委托人处理他们的财务问题,这是旧式的商业模式中所没有的。数年前,他们取得了皇家特许证书,自那以后,这项职业越来越受人们的尊敬,越来越重要和有利可图。艾伯特·尼克松律师已雇用了三十年的特许会计师,他们那里正巧有一个合同制学徒的空缺,他们愿意以一年三百英镑的费用收下菲利普,菲利普所交的一半费用会在合同的五年期内以薪水的形式返还给本人。前景并不是那么令人激动,不过,菲利普觉得他必须确定好要做的事情了,一想到要去伦敦生活,他也就不再顾及自己对这个职业的些许不喜欢。布莱克斯特伯尔牧师写信给尼克松律师,向他询问这份职业是否合适一个绅士。尼克松律师回信说,自从获得皇家特许证书以后,从事这个行业的人大多都上过公学和大学,更何况,如果菲利普不喜欢这个工作,一年以后希望离开,那个特许会计师赫伯特·卡特可以归还他一半的费用。

事情就这么定了下来，菲利普于九月十五号正式到那里上班。

"离我去伦敦还有整整一个月的时间。"菲利普说。

"那时，你就自由了；我又得回牢笼去了。"威尔金森小姐说。

她的假期是六个星期，会比菲利普先一两天离开布莱克斯特伯尔。

"我不知道我们以后还能不能再见面。"她说。

"哦，怎么会见不着呢。"

"噢，你说话不要那么不加思索好吗？我还没有见过像你这样一点儿浪漫情趣也没有的人。"

菲利普的脸红了。他担心威尔金森小姐会认为他是个懦夫，人家毕竟还是个年轻的女性，有时还挺漂亮的；而他呢，也马上就二十岁了。两个年轻男女在一起只谈文学和艺术，岂不令人啼笑皆非。他应该向她求爱。他们就恋爱这个话题已有过多次交谈，最先提到的是布雷达街上的那个美术系的学生，然后是那位巴黎的肖像画画家。她在他家做家庭教师，住了很久，他请她为他做模特，开始热烈地向她求爱，她不得不找种种借口拒绝。很显然，威尔金森小姐以前是常常得到男性青睐的。

那天下午天气特别热，可以说是入夏以来最热的一天。威尔金森小姐戴着一顶大草帽，看上去很漂亮。她的上唇渗出细小的汗珠，这时，菲利普突然想到了卡西利小姐和宋先生。以前他对卡西利从来没有往那方面想过，因为她长得太普通了，现在回想起来，觉得这两人的恋情好像还挺浪漫的。现在，他也有这样一个浪漫的机会。威尔金森小姐几乎算是个法国人了，这给他要进行的冒险增添了热情和刺激。当晚上睡在床上，或是独自坐在花园里读书的时候，一想起这件美事，菲利普总是感觉一阵激动，不过，一旦见到威尔金森小姐，就又觉得这事似乎没有那么浪漫动人了。

不管怎么说，威尔金森小姐已经历了那么多，即便他向她求爱，她也不会太过惊讶的。他觉得，她一定感到奇怪，这么多天了，他竟然对她没有一点这方面的表示。或许，这只是他的猜测，可最近一两天，他仿佛真的从她的眼睛里窥到了一点蔑视的神情。

"你在想什么呢？"威尔金森小姐笑着看着他说。

"我不告诉你。"他回答说。

他想,他应该此时此地就吻她。他不知道她是不是也希望他这么做。可他毕竟事先没有任何铺垫,怎么能贸然去吻人家呢?她会以为他疯了,或许会狠狠地扇他一记耳光;也许,她会向伯父告状。他不知道宋先生跟卡西利小姐的恋爱是怎么开始的。要是她告诉伯父,那就糟了。他知道伯父是什么样的人,他会把这件事告诉医生和乔赛亚·格雷夫斯,这样自己就会显得像是个十足的傻瓜。路易莎伯母一直说威尔金森小姐至少有三十七岁了。想到他可能陷入的可笑境地,菲利普不寒而栗——人们会说,她年龄大得足可以做他的母亲了。

"能告诉我你在想什么吗?"威尔金森小姐笑着问。

"我在想你。"他大胆地回答。

这么说毕竟没有什么不妥。

"在想我的什么?"

"啊,你想要知道的也太多了。"

"淘气鬼!"威尔金森小姐说。

瞧,她又来了!每当他好不容易让自己鼓起勇气时,她总要来句扫兴的话,叫他想起她家庭教师的身份。在他的练唱不符合她的要求时,她就半开玩笑地叫他淘气鬼。这一次,他真的有点儿不高兴了。

"我希望你不要把我当孩子看了,好吗?"

"你生气了?"

"是的。"

"我刚才是逗你的。"

她伸出手,菲利普握住了它。近来,有一两次他们晚上握手时,他隐约觉得她在轻轻捏他的手,这一次,这种感觉更加明显了。

他不知道接下来该说点什么。现在,冒险的机会终于来了,要是不去抓住它,那他才是个傻瓜呢。只是這冒险未免平淡了点儿,他以前期望的可比这令人陶醉的多。他读过许多有关爱情的描写,他觉得,自己身上没有出现小说家们所描述的那种情感的喷涌,自己没有被激情的浪涛冲走,而且威尔金森小姐也不是他理想中的女子。他想象中的那个可爱女孩,她有紫罗兰色的大眼睛,石膏一样的白皙皮肤,他还想着把自己的脸埋在她丰美、带波浪的褐色长发里。他无法想象自己的脸贴近威尔金森小姐头发里的场景,他总觉得她的头发有点黏。不过,能满足一下情欲也是非常不错的,一想到他在征服中将享受到的那一真正的自豪感,他就激动得不能自已。他应该主动去勾引她。他拿定主意要吻威尔金森小姐,不过,不是在当下,而是在晚上。在夜色中做起来比较容易,一旦吻了她,其他事便会顺理成章地发生。他一定要在当晚就吻她。他发着诸如此类的誓言。

他想好了办法。晚饭后,他建议到花园里去散步。威尔金森小姐同意了,他们肩并肩地溜达着。菲利普感到很紧张,他也不知道是为什么;他们的谈话总是不能导入他既定的方向;他先前想着他首先要做的就是用胳膊搂住她的腰,可是他不能在谈着下周要举办的赛艇会时,突然间去搂住人家的腰。他带着她不知不觉地走进了花园里最暗的角落,可待到了那里时,他的勇气一下子没了。他们在长凳上坐了下来,正当他横下心来要抓住机会时,威尔金森小姐突然说,她敢肯定这地方有蠼螋,硬要换个地方。他们又绕着花园走,菲利普默默下着决心,再次走到那条长凳前,他一定要孤注一掷,不达目的,誓不罢休。可谁知经过屋子时,正巧看见凯里太太站在门口。

"你们这对年轻人最好还是进屋里来吧。夜晚外面湿气重,对身体不好。"

"我们最好还是进去吧,"菲利普说,"我担心你会受凉。"

他说这话时长长地舒了口气,因为那天晚上他是不可能再有什么收获了。可回到屋里独自待着时,他又恨起自己来了。他就是个十足的傻瓜。他觉得,威尔金森小姐一定以为他今晚会吻她,不然,她也就不会进到花园里去了。她总说只有法国人才懂得如何对待女人。菲利普读了许多法国小说。如果他是法国人,他就会抱住她,热烈地跟她说,他是多么地爱慕她,而且会去吻她的脖子。他不明白为什么法国人总爱亲女人的脖子。他自己看不出女性的脖颈有什么迷人之处。当然啦,法国人做起这些事情来要容易得多,他们的语言便帮了他们的大忙,菲利普总觉得用英语表达热烈的情感有点儿滑稽。他现在希望他从未试着去袭击过威尔金森小姐的贞操。前面的两个星期,他们过得多愉快呀,而现在他多狼狈。不过,他绝不会放弃,如果他放弃了,他这一辈子都会看不起自己,他打定主意,明晚非吻到她不可。

第二天起来,菲利普发现外面在下雨,他首先想到今晚他们去不了花园了。吃早饭时,他兴致很高。威尔金森小姐打发玛丽下楼来告诉大家她有些头疼,要多躺一会儿。直到下午用茶点的时候她才下楼,她穿着一件很合身的睡衣,脸色有些苍白。不过,到吃晚饭时,她身体就好多了,饭也吃得很香。做完祷告后,她说想早点去休息。道晚安时,她吻了凯里太太。接着,她向菲利普转过身来。

"天呀,"她大声说,"我差点也去吻了你。"

"为什么不呢?"他说。

她笑了,向他伸出手来。她明显地在捏他的手。

翌日,天空没有一丝云彩,雨后的花园格外清新,芬芳四溢。上午菲利普去海滨游了泳,中午回来吃了顿丰盛的午餐。下午牧师住宅将举行网球聚会,威尔金森小姐穿上了她最漂亮的衣服。她无疑懂得如何打扮自己,与身边的副牧师太太和医生已婚的女儿比起来,她显然要风雅得多。她的腰带上有两朵玫瑰。她坐在草坪边上的花园椅上,打着一把红色的遮阳伞,透过伞映在她脸上的光显得格外柔和迷人。菲利普喜欢打网球,打得还不错。虽说他跑起来略有些笨拙,可他站得离球网近,尽管他是畸形足,可动作很快,对方的球很难越过他。他很高兴,因为每一局都是他赢。用茶点时,他躺在威尔金森小姐脚边,汗津津地喘着气。

"你穿这身法兰绒运动衣很帅气,"她说,"今天下午你特别帅气。"

他高兴得脸都红了。

"我能把同样的赞美给予你。你的样子令人陶醉。"

她笑着,黑亮的眼睛盯着他看了好一会儿。

晚饭后,他邀她出去走走。

"你这一天还没有活动够吗?"

"今晚的花园一定很美。天上的星星都出来了。"

他现在的心情格外好。

"你知道吗,凯里太太因为你一直在数落我呢。"他们散步经过菜园时，威尔金森小姐说，"她让我一定不要挑逗你。"

"你挑逗我了吗？我怎么没觉得呢？"

"她是跟我开玩笑的。"

"昨晚你表现得不太友好，你拒绝吻我。"

"我说那话时，你可没瞧见你伯父当时的脸色！"

"就是他难看的脸色阻止了你吗？"

"我喜欢在没有人的场合下接吻。"

"现在恰好就我们两个人。"

菲利普搂住了她的腰身，吻起她的嘴唇。她只是笑了笑，并没有试着躲闪。这接吻来得十分自然。菲利普感到非常自豪。这也太容易了点儿吧。他早就该去尝试这样的事情。他再一次吻了她。

"噢，你不该这样。"她说。

"为什么？"

"因为我喜欢你吻我呀。"她笑着说。

34

第二天吃过午饭，他们俩拿着毯子、坐垫和书籍又来到花园的喷泉旁。不过，他们并没有看书。威尔金森小姐把自己安顿舒服后便打开了那把红阳伞。菲利普现在一点儿也不害羞了，只是刚坐下时，她没有让他吻她。

"我昨晚做了错事，"她说，"晚上睡不着，觉得自己太不应该了。"

"胡说八道！"他喊，"我敢肯定你一定睡得很香。"

"想想看，如果你伯父知道了这件事，他会怎么说我们呢？"

"他无从知晓。"

菲利普向她俯下身子，心脏怦怦地跳着。

"你为什么要吻我？"

他知道他应该回答，"因为我爱你。"可是这句话他却怎么也说不出口。

"你说呢？"他反问道。

她用含笑的眸子望着他，手指尖轻轻地触摸着他的脸。

"看你的脸多光滑呀。"她低声地说。

"我该刮脸了。"他说。

他惊讶地发现，说些浪漫的话可真难。他觉得沉默比他的言语更能帮上忙，因为他的表情往往能明示出他难以用语言表述的东西。威尔金森小姐叹了口气。

"你真的喜欢我？"

"是的，很喜欢。"

他又要吻她时，她没有拒绝。他装出充满激情地吻她，在他自己看来，这个情人角色扮演得很成功。

"我都开始有点儿怕你了。"威尔金森小姐说。

"晚饭后你出来，行吗？"他恳求道。

"你答应规规矩矩的，我才出来。"

"你说的任何事我都答应。"

他那多半是装出来的激情现在似乎真的要在他身上点燃了。用茶点时，他高兴得有点忘乎所以。威尔金森小姐有些不安地望着他。

"用茶点时，你的眼睛里放着光，你不能把你的感情表露出来。"事后她对他说，"你让路易莎伯母怎么想呢？"

"我才不在乎她怎么想。"

威尔金森小姐发出一阵高兴的笑声。晚饭一吃完，他便对她说："我要到外面抽支烟，你能陪我一起去吗？"

"你为什么不能让威尔金森小姐休息休息呢？"凯里太太说，"你要记得，她可不像你那么年轻了。"

"噢，我想到外面走走，凯里太太。"威尔金森小姐有点尖刻地说。

"午饭后走一里，晚饭后要歇息。"牧师说。

"你伯母是个好人，可有时候挺招人烦的。"一从边门出来，威尔金森小姐就对菲利普说。

菲利普扔掉了刚点燃的香烟，把她搂在怀里。她试着要挣脱。

"你答应我你要老实点儿的，菲利普。"

"你以为我会遵守那样的诺言吗?"

"这儿离屋子太近了,菲利普,"她说,"万一突然有人出来呢?"

他带她进到没有人会来的菜园里,这一次,威尔金森小姐没有再提起这里有蠼螋。他狂烈地吻着她。有件事让他觉得挺奇怪,上午时,他一点儿也不喜欢她,下午时只有一点儿喜欢,可是一到了晚上,只要她的手一触到他,他就会变得亢奋起来。此时他说出的一些情话,连他自己也不敢相信是从他嘴里说出来的。如果在白天,这些话他是无论如何也说不出口的,他听着自己倾吐的这些甜言蜜语,既感到惊讶,又有些得意。

"你求爱的方式多美,多动人啊。"她说。

他的想法同样如此。

"噢,如果我能说出在我心中燃烧着的所有情感!"他激动地呢喃着。

这也太美妙啦。这是他所玩过的最令人心荡神移的游戏,奇怪的是,他说出的这些话几乎都像是他亲身的感受,只不过稍稍有些夸大罢了。他陶醉于他的话在她身上引起的强烈反应,并为之激动不已。显然,她费了好大的劲儿才让自己稍稍平静下来,临了,她说他们该进屋里去了。

"哦,我还不想进去。"他说。

"我必须回屋了,"她咕哝着,"你把我吓坏了。"

他突然本能地意识到他此刻最该做的是什么。

"我还不能进去,我要留在这儿想一想。我的脸很烫。我需要让夜风吹一吹。晚安。"

他表情严肃地伸出手来,她默默地跟他握了握手。他觉得她在极力克制着不让自己哭出来。噢,这种感觉太棒了!他在外面又待了好一会儿,直到独自一人在黑漆漆的花园里待烦了,他才回到屋里。威尔金森小姐已经上楼睡了。

自此以后,两人之间的关系便和从前不大一样了。在接下来的两天里,菲利普表现得像是个热恋中的情人。他发现威尔金森小姐似乎真的爱上了他,这使他的虚荣心得到很大的满足。她用英语跟他说,

149

她爱他,用法语跟他说,她爱他。她对他赞不绝口——以前从没有人告诉过他,他的眼睛十分迷人,他的嘴唇非常性感。他从前不太注意自己的容貌,可现在一有机会,便会照照镜子,不无得意地看看镜子中的自己。当他吻她时,感到似乎有股使她心灵震颤的激情流布她的全身,那种感觉很是美妙。他不断地亲吻她,因为他觉得这么做要比说情话容易得多。说那些崇拜、爱慕之类的话,仍会让他觉得自己是在冒傻气。他很希望能有个人听他吹嘘一番他的爱情,他愿意跟对方讨论他情事中的一些细节。有时候,她讲一些莫名其妙的话,叫他听不明白。要是海沃德在就好了,那样的话,他便可以咨询她的话是什么意思,以及他下一步该怎么办。他有些犹豫,是应该冒险一试,还是该顺其自然呢?现在,距他们分别的时间只剩下三个星期了。

"一想到快要分别,我就受不了,"她说,"我的心都快要碎了。或许这次分离,就是我们的永别。"

"你要是还在乎我的话,就不会像现在这么对我了。"他咕哝着。

"噢,你怎么就不能满足于我们现在的关系呢?男人们都是一个样,从未有满足的时候。"

见他还是一味坚持要她,威尔金森小姐说:

"可你难道就看不出来,这是不可能的吗?我们在这儿怎么做这种事呢?"

他说了各种各样的方案,都被她一一否定了。

"我不敢冒这个险。如果让你伯母发现,就太难堪了。"

一两天后,他想出一个看似不错的主意。

"喂,如果你星期天晚上头疼,说想待在家里,那么,路易莎伯母就会去教堂了。"

平时凯利太太星期天晚上总是留在家里,好让玛丽·安去教堂,当然,要是有机会的话,她很愿意去做晚祷。

菲利普觉得,他没有必要告诉伯父伯母,在德国时他已经改变了对基督教的看法,指望他们理解几乎是不可能的。保持沉默,照常去教堂,这样可以减少些麻烦。不过,他只是早晨去。他把这看作是对社会偏见的一种不失体面的让步,把拒绝晚上再去教堂看作是对思想自由权利的适当维护。

在他说出这个想法后,威尔金森小姐有一会儿没吭声,临了,她摇了摇头。

"不,我不愿意这么做。"她说。

可在星期天用茶点时,她让菲利普吃了一惊。

"我想我今晚不去教堂了,"她突然说,"我头疼得厉害。"

凯里太太很是担心,硬是把她平时喝的那些"滴剂"给威尔金森小姐服用。威尔金森小姐道谢,不久便说她要上楼去躺着了。

"你确定你不再需要什么了吗?"凯里太太问。

"没有了,谢谢你。"

"如果没有了,我就去教堂啦。平时我晚上很少有机会去的。"

"哦,好的,你去吧。"

"我留在家里,"菲利普说,"如果威尔金森小姐有什么需要,她可以喊我。"

"你最好把客厅的门开着,菲利普,这样威尔金森小姐按铃时你就能听到了。"

"好的。"菲利普说。

这样,六点钟以后,屋子里便只剩下菲利普和威尔金森小姐了。他心里怕得厉害,暗想着若是没提出这个建议多好,可现在一切都已经太迟了,他必须抓住自己创造出的这次机会。如果他不这么做,威尔金森小姐将会怎么看他呢?他进到门厅,没听到什么动静。整栋房子寂静无声。他想,威尔金森小姐是不是真的头疼,或许,她已经忘了这个计划。他的心剧烈地跳动着,蹑手蹑脚地往楼上走,楼梯每咯吱一声,他都会惊得停下脚步。他在威尔金森小姐屋外听了一会儿;之后,他把手放在门把上,站在那里。站了似乎足足有五分钟的时间,他在下着最后的决心,握着门把的手在颤抖。此时的他真想一逃了之,可又担心事后会懊悔。感觉就像已经上到游泳池的最高跳台,在下面看觉得没什么,可上去后再俯瞰下面的水,心一下子就凉了,促使你跳下去的唯一原因,就是不想遭受顺着你爬上来的台阶再一节一节爬下去的那种耻辱。菲利普鼓足了勇气,轻轻地转动把手,开门

151

走了进去。他感觉自己浑身抖得像是枝条上被风吹拂的叶子。

威尔金森小姐正站在梳妆台前,背对着门。听到门响,她迅速转过身。"噢,是你。你来干什么?"

她已脱去了裙子和罩衫,只穿着衬裙站着。衬裙很短,上半部分是黑色的,是那种发亮的布料,还点缀着一条红色的荷叶边。她穿着短袖白布衬衣。看上去怪怪的。菲利普看着她时,心沉了下去,她的迷人之处似乎全然消失了,可一切都已经太晚了,他合上门,反锁上。

35

第二天,菲利普醒得很早。昨晚他睡得并不踏实,不过,在他伸展四肢,看着从威尼斯软百叶窗帘透进来洒在地板上的斑驳光影时,他满意地舒了口气。他为自己感到高兴。他想起了威尔金森小姐。她让他叫她艾米丽,可不知为什么,他叫不出口,他总觉得她就是威尔金森小姐。既然还这么称呼会被她责怪,他便索性连她的名字也不叫了。小时候,他常听家人称呼路易莎伯母的妹妹为艾米丽伯母,她是一个海军军官的遗孀。用同样的名字称呼威尔金森小姐,让他感觉怪怪的,他又再想不出一个更好的称呼。打从认识起,菲利普就叫她威尔金森小姐,这个名字似乎已与她本人融为一体了。他略微蹙了蹙眉头:不知为何,他现在眼里常常出现她最糟糕时候的样子,他无法忘记看到穿着短袖白布衬衫和衬裙的她时所感到的沮丧。他记起她有些粗糙的皮肤,脖子下面又长又深的皱纹。他的胜利感很快消失了。他又算起她的年龄,怎么算也觉得她至少有四十岁了。他们之间年龄的悬殊使得这件情爱之事变得几近于荒唐。她相貌平平,年纪又大。他迅捷的想象力很快勾勒出她老态龙钟的形象,面容枯槁,满脸褶子,浓妆艳抹,穿着对她的身份来说太俗艳、对她的年龄又过分年轻的服饰。他不禁有些战栗,突然觉得以后再也不想见到她了,光是想到吻她都让他受不了。他心里感到一阵惊恐。这是爱情吗?

他慢腾腾地穿着衣服,尽量拖延着见到她的时间,最终来到餐厅时，心情还是颇为抑郁。做完祷告后，大家坐下来吃饭。

"你这个懒骨头。"威尔金森小姐高兴地喊。

他看着她，长长地舒了口气。她背对着窗户坐着，看上去蛮漂亮的。他纳闷他刚才对她怎么会有那样的想法。他又变得得意起来。

她身上发生的变化令他感到惊讶。吃完早饭，只剩他们单独在一起时，她便用满含激情的声音告诉他，她爱他。稍后来到客厅给菲利普上音乐课，她坐在钢琴前，一行音节弹了一半，她就仰起脸说：

"抱紧我。"①

他刚俯下身子，她就用双臂勾住他的脖子吻他，这种拥抱方式让他感到有些不适，几乎有点透不过气来。

"啊，我爱你，我爱你，我爱你。"②她用她那很重的法国口音喊着。

菲利普多么希望她说的是英语。

"嗯，不知道你想过没有，花匠随时都可能从我们的窗前经过。"

"噢，我才不在乎那个花匠，我不在乎，我一点儿也不在乎。"③

菲利普想，这真像是法国小说里的情节，不知道为什么，他有些恼火。最后，他说："哦，我想步行去海边游游泳。"

"噢，你有的是时间，你不是偏偏今天上午要留下我一个人吧？"

菲利普不太明白为什么今天上午他不应该去。不过，这也没什么要紧的。

"你是想让我留下来吗？"他笑着问。

"噢，亲爱的！不，你去吧，去吧。我要在这儿想象你在咸咸的海浪中搏击，在广阔的海面上畅游。"

菲利普戴上帽子，悠闲地走了。

"女人们尽爱说浑话！"他对自己说。

然而，他心里却感到得意、欣喜和幸福。她显然是迷上他了。他

---

① 原文为法语。

② 原文为法语。

③ 原文为法语。

沿着布莱克斯特伯尔的街道蹒跚地往海边走,操着睥睨一切的目光看着经过的行人。他微笑着跟那些认识的人打招呼时,暗想,如果他们知道他的美事就好了。他很想找个人倾诉一下。他觉得应该给海沃德写信,于是就一边走一边在脑子里打着腹稿。他会谈到花园和玫瑰,还有身材娇小的法国家庭女教师,她就犹如玫瑰花丛中的一朵,馥郁芳香,不同凡响;他会说她是个法国人,哦,她在法国住过那么多年,几乎称得上是个法国人了。更何况,要是把整件事情如实讲述,那未免太过平淡无奇。他会告诉海沃德他们俩初次见面时的情形,那时她穿着一件漂亮的薄纱裙,手里拿着一朵玫瑰,给他插在胸前的衣扣上。他要把它写成一首优美的爱情田园诗:灿烂的阳光和无垠的大海赋予他们的爱以激情和魅力,夜空中闪烁的星星赋予他们的爱情以诗意,在古色古香的牧师住宅的花园里谈情说爱再适合不过了。他们的恋情有些像梅雷迪思①笔下人物的爱情,虽说略逊色于露西·费弗雷尔和克拉拉·米德尔顿,但也有难以言说的迷人之处。菲利普的心剧烈地跳动着,这些想象令他欣喜若狂,乃至当他游回来,浑身湿淋淋、凉飕飕地钻进更衣车之后,又接着遐想了起来。他想着所爱对象的模样。他会如此跟海沃德描述她,她长着一个小巧玲珑的鼻子,一双褐色的大眼睛,还有一头丰美柔软的棕色头发,把脸埋在其中的感觉好极了;她还有象牙一样白皙和光洁的皮肤,脸颊好似一朵红红的玫瑰。她应该有多大了?或许十八岁吧,他管她叫穆塞蒂。她的笑声犹如溪水潺潺,她的声音轻柔甜美,是他听到过的最悦耳的音乐。

"你在想什么呢?"

菲利普突然停住了脚步。方才他正慢慢地往家里走着。

"你还在四分之一英里外时,我就一直向你招手了。你怎么心不在焉呀?"

威尔金森小姐正站在他面前,笑他那副惊诧的样子。

---

① 梅雷迪思(1828—1909),英国小说家,诗人。露西·费弗雷尔是其小说《理查·费弗雷尔的苦难》中的女主人公。克拉拉·米德尔顿是《利己主义者》中的女主人公。

"我想,我还是出来迎迎你吧。"

"你真好。"他说。

"我是不是吓了你一跳?"

"有点儿。"他承认说。

他给海沃德写了这封信。整整八页信纸。

剩下的两个星期过得飞快,尽管每次晚饭后一去到花园,威尔金森小姐都会说,离我们分别的日子又近了一天,可菲利普的高兴心情并没有因此而受到影响。一天晚上,威尔金森小姐提出,她要是能把在柏林的工作调换到伦敦来就好了,这样他们便能经常见面了。菲利普表示赞同,不过,她这个建议并没有唤起他心中多大的热情,他正憧憬着伦敦美妙的新生活,不愿受到拖累。他畅谈着到伦敦后他要做的种种事情,这让威尔金森小姐看出,他已经渴盼着要离开了。

"要是你爱我,你就不会那么讲话了。"她说。

菲利普吃了一惊,不再说了。

"我真傻。"她咕哝着,哭了起来。菲利普感到有些意外,他的心肠很软,见不得别人难过。

"喔,对不起,真对不起。我做错什么了?不要哭了好吗?"

"噢,菲利普,不要离开我。你不知道你对我有多重要。我的生活一直过得很凄凉,很寂寞,是你让我变得如此幸福。"

他默默地吻着她。她的声音里饱含着痛苦,让他有些担心。他从不曾想到过她说出的话句句都是认真的,都是发自肺腑。

"真的很抱歉。你知道,我是非常喜欢你的。我希望你来伦敦。"

"你知道我来不了。在这儿,我几乎不可能找到工作,我讨厌英国的生活。"

他几乎忘记了他是在扮演角色,他为她的悲伤所感动,将她越来越紧地搂在自己怀里。她的眼泪似乎满足着他的虚荣心,他动了真感情,热烈地吻着她。

可一两天之后,威尔金森小姐还是大闹了一场。牧师住宅举行网球会,来了两个女孩,她们是最近在布莱克斯特伯尔定居的一个退休陆军少校的女儿,长得十分漂亮,一个跟菲利普同岁,一个比他小一两岁。当时拉迪亚德·吉普林①的小说正风靡一时,而她们有讲不完的有关印度避暑胜地的趣闻轶事。她们已习惯了与小伙子们交往,很快就开始跟菲利普嘻嘻哈哈地开起了玩笑。这让菲利普觉得新鲜有趣——布莱克斯特伯尔的年轻女士们对他这个牧师的侄儿都有些拘谨——于是,他也变得快活起来。他好像中了魔一样,跟这两姐妹发狂似的调情,因为当时那里只有他一个小伙子,她们也乐得同他打情骂俏。碰巧她俩网球也打得不错,菲利普早已厌烦了跟威尔金森小姐这样的生手玩,她是来到布莱克斯特伯尔才开始学的。因此,当用完茶点安排赛事时,他建议威尔金森小姐和副牧师搭档,跟副牧师的妻子对决;而他将在后面跟新来的这两位姑娘对垒。他坐在姐姐奥康纳小姐旁边,悄悄地对她说:

"先把这些笨蛋们打出局,然后我们再好好地打上几场。"

显然,威尔金森小姐听到了他说的话,因为她突然说头痛,扔下球拍就走了。大家都看出,她是生气了。她在大庭广众之下这么做,让菲利普很恼火。菲利普正重新安排球局时,凯里太太来喊他。

"菲利普,你怎么叫艾米丽伤心了。她回了房间,正在哭。"

"她怎么啦?"

"哦,因为你说的什么'笨蛋'球赛的事。去告诉她你不是有意要伤害她的,好孩子,快去。"

"好吧。"

菲利普敲了威尔金森小姐的门,见没有人应答,就推门走了进去,看到她正伏在床上哭呢。他过去轻轻地触了触她的肩膀。

"我说,你这是怎么啦?"

"别碰我。我再也不想理你了。"

"我做错什么啦?如果是我让你伤心了,我真的很抱歉。我并不是有意的。你别生气啦?"

"噢,我太不幸了。你怎么能这么残忍地对我呢?你知道我讨厌这项愚蠢的运动。我只是因为想跟你玩才学的。"

---

① 拉迪亚德·吉普林(1865—1936),生于印度的英国作家,诗人。

她从床上起来,走到梳妆台前,可对着镜子看了一眼后,又瘫倒在椅子里。她把手帕团成一个球,擦拭着自己的眼睛。

"我已经把一个女人能给予一个男人的最珍贵的东西给了你——噢,我真是个天大的傻瓜!——你对我一点感激之情也没有。你真是没有心肝。你怎么能这么残忍地对我,跟那两个小妖精打情骂俏来折磨我。离我们分别只剩一个星期了。难道你连这一个星期的时间也不舍得陪我?"

菲利普郁郁寡欢地站在一旁。他觉得她的行为有些像孩子。因为她在陌生人面前使性子,他心里还窝着火呢。

"可你知道我并不喜欢这两个奥康纳小姐。你怎么会认为我喜欢她们呢?"

威尔金森小姐不再擦她的眼睛。她的眼泪在抹了粉的脸上留下了泪渍,她的头发也有些乱了。此时,她身上的那件白衣裙也皱成一团,不再那么适合她了。她看着菲利普,眼睛里充满急切和热烈。

"因为你是二十岁,她也是。"她说,声音里略带着沙哑,"而我已经老了。"

菲利普脸红了,扭过头看向别处。她饱含痛苦的声音令他有种别样的不安。他真希望他没有跟她有过任何关系。

"我并不想让你不快活,"他有些尴尬地说,"你最好还是出去看看你的朋友们吧。他们都想知道你怎么样了。"

"好吧。"

他很高兴自己得以脱身,于是先出来了。

尽管他俩很快就和好了,可在所剩无多的日子里,菲利普有时还是感到了厌烦。他想要谈的只有未来,可一谈未来却每每使威尔金森小姐泪流满面。起初,她的泪水让他感到自责,觉得自己没有顾及对方的感受就一再表白对她永恒的爱;可现在她的哭却令他有些烦躁了。如果她是个少女,还情有可原,可几近中年的女子还这么哭哭啼啼的,就显得有些过了。她从未忘记提醒他,他欠着她永远还不上的感情债。既然她总是强调它,他也愿意承认这一点,然而,他真的不明白为什么他就应该给予她更多的感激。她期望他用种种令他厌烦的方式,来表示对她的感激之情。他早已习惯留给自己独处的时间,这对他来说是必要的,可威尔金森小姐却认为,他如果不是总陪伴在她的左右,便是对她的怠慢。奥康纳家的小姐们邀请他们俩去喝茶,菲利普很想去,可威尔金森小姐说她再有五天就得离开了,要他把全部的时间都用来陪自己。她这么爱他,既让他觉得得意,又让他厌烦。威尔金森小姐给他讲法国男人是如何体贴温存地对待他们漂亮的情人的。她赞美他们的殷勤和彬彬有礼,赞美他们的自我牺牲精神和他们的周全老练。威尔金森小姐的要求似乎很多,很多。

菲利普听她列举着一个理想情人所必须具备的种种品质,不禁暗自庆幸她是住在柏林,而不是英国。

"你会给我写信的,是吗?每天都要给我写信。我想知道你的一切。你不许对我有任何的隐瞒。"

"到了伦敦,我会很忙的,"他说,"我尽量抽时间给你写吧。"

她用双臂热烈地搂住他的脖子。她那情感不加节制的表露有时候叫他很难堪。他宁愿她庄重一些。她竟比他还要主动得多,着实令他有些吃惊,这与他对女子的性情应当端庄的一贯看法相去甚远。

威尔金森小姐离开的日子终于到了。她下来吃早饭时,脸色有些苍白,心情抑郁。她穿着一件黑白格子的旅行便服,看上去俨然是一位非常称职的家庭女教师。菲利普也保持着沉默,因为他不知道这种场合下说什么比较合适。他生怕哪句话说得不对,会在伯父伯母面前惹恼了威尔金森小姐,让她大闹一场。他们俩昨晚已在花园里道过别了,发现不再有单独待在一起的机会,菲利普松了一口气。吃完饭,他在餐厅多逗留了一会儿,免得威尔金森小姐在楼梯上向他索吻。他不想让玛丽·安看到他们俩有这种暧昧关系。玛丽·安已到中年,爱揭人的短处。玛丽·安不喜欢威尔金森小姐,管她叫"老猫"。路易莎伯母身体不舒服,牧师和菲利普送她去车站。火车快要开动时,她探出身子,吻了凯里先生。

"我也要和你吻别,菲利普。"她说。

"好的。"说着,他脸红了。

他站上台阶,威尔金森小姐很快地吻了他一下,火车启动了。她坐回座位，伤心地落着泪。走回牧师住宅时，菲利普感到一阵轻松。

"喂，把威尔金森小姐安安全全地送走了吗？"他们一进门，凯里太太便问。

"送走了，她似乎哭了。她坚持要亲亲我和菲利普。"

"噢，到了她这样的年龄，亲一亲也不会有什么危险了。"凯里太太指着餐具柜那边说，"有你一封信，菲利普。是跟第二班的邮件一块送来的。"

信是海沃德写来的，内容如下：

亲爱的朋友：

我一刻也没有耽搁就给你写回信了。我冒昧地把你的信念给了我的一个好朋友，一位非常迷人的女性，她的帮助和同情对我十分珍贵，而且，她对艺术和文学有着很好的鉴赏力。我们俩一致认为，你这封信写得很动人。这是发自你内心的声音，你不知道信的字里行间充溢着怎样的纯真和愉悦之情。因为你相爱了，所以你像一个诗人那样写作。啊，亲爱的朋友，这才是要旨所在。我感觉到了你的青春和激情的光焰，你的文字因为饱蘸着真挚的情感，读起来像音乐那般动听。你一定很幸福吧！在你们手挽着手儿，像达夫尼斯和克洛伊①那样漫步在梦幻般的花园里时。

我真希望自己就隐伏在那个花园里。我能够看见你，我的达夫尼斯，你温存，陶醉，热烈，眸子里闪烁着初恋情人的光辉；而克洛伊就依偎在你的怀里，那么年轻，温柔，清新欲滴。她发誓她绝不会同意——最终还是同意了。玫瑰，紫罗兰，忍冬花！噢，朋友，我羡慕你。想想你的初恋竟像一首纯美的诗歌，真是太妙啦。珍惜当下吧，因为不朽的众

---

① 达夫尼斯和克洛伊，希腊神话中，青年牧人达夫尼斯与少女克洛埃是一对恋人。

159

神已给予你最珍贵的礼物，它将成为你一生甜美、凄婉的记忆。你将永远不会再享受到那无忧无虑的狂喜了。初恋是最美的爱情，她漂亮，你年轻，整个世界都是你们的。在你用纯美的语言告诉我，你把你的脸埋在她长长的头发里时，我觉得我的脉搏加快了跳动。我确信是那种极美的金栗色的秀发。我愿意你们坐在一棵枝繁叶茂的大树下，一起读《罗密欧与朱丽叶》；我愿意你跪下来，替我亲吻一下她的脚所踏过的泥土，并且告诉她这是一位诗人对她灿烂的青春，以及你对她的爱所表示的敬意。

你忠实的
G·埃思里奇·海沃德

"一派胡言！"在读完了最后一行时，菲利普说。

奇怪的是，威尔金森小姐也提到过读《罗密欧与朱丽叶》，被菲利普坚决拒绝了。临了，他把信塞进口袋里，心里感到一种奇怪的微痛，因为现实和理想之间似乎也差得太远了。

36

几天后，菲利普到了伦敦。副牧师向他推荐了巴恩斯的几间房，菲利普在信中以每周十四先令预租下这几间屋子。他到住处时已是傍晚，房东是一位瘦小干瘪、脸上满是皱纹的蛮风趣的老太太，还替他准备了正式茶点。餐具柜和一张方形桌占据了会客室里的大半地方；靠墙摆着一张铺着马鬃的沙发，壁炉架旁边配置了一把扶手椅，椅背上罩着白色的套子；由于椅座的弹簧坏了，在上面放了一个硬坐垫。

用过茶点后，菲利普打开行李，把带来的书籍整理了一下，随后坐下来想看看书，可心绪有些低落。窗外街上的寂静让他有点不适，顿时生出一丝孤独感。

第二天，他起得很早。他穿上燕尾服，戴上了在校时曾戴过的大礼帽。帽子很旧，他决定在去事务所的路上从百货商店里买顶新的。买完帽子，他觉得时间还早，便沿着斯特兰德滨河路走了一段。赫伯特·卡特先生的事务所位于法庭路附近的一条小街上，他不得不问了两三次路。他发现人们都盯着他看，有一次他曾摘下帽子，看自己是否忘记取下帽子的商标。到了事务所后他敲了敲门，没有人应答，一看手表才知道现在还不到九点半钟。他知道是他来早了，于是又溜达了一圈。十分钟后回来，看见一个勤杂工正在开门，此人长着一个长鼻子，满脸的粉刺，操着苏格兰口音。菲利普向他打听赫伯特·卡特先生。勤杂工回复说他还没来呢。

"他什么时候会来？"

"九点半到十点之间。"

"那我等等他。"

"你有什么事吗？"勤杂工问。

菲利普有点紧张，却故作诙谐来掩饰。

"嗯，如果你不反对的话，我将会在这里工作。"

"噢，你就是那位新来的学徒办事员？进来吧，古德沃西先生马上就到了。"

菲利普往里走时，发现这位年龄跟自己相仿、自称是初级办事员的勤杂工正看着自己的脚。他的脸唰地红了，赶紧坐下，把那只畸形足藏在凳子后面。他环顾着这间屋子。室内又暗又脏，只有一扇天窗能透进一些光亮。一共有三排桌子，桌前都摆着高脚凳。壁炉架上方挂着两张满是污渍的职业拳击赛版画。很快，办事员们陆陆续续地走了进来，他们看到菲利普，低声地问那个勤杂工（菲利普听人叫他麦克杜格尔）他是谁。这时，一声口哨响起，麦克杜格尔站了起来。

"古德沃西先生来了，他是主管办事员，需要我告诉他你来了吗？"

"好的。"菲利普说。

勤杂工出去了一下，很快回来了。

"请朝这边走。"

菲利普跟着他穿过走廊，进到一间很小、几乎没有陈设的屋子里，一个身材瘦小的男子正背对着壁炉架站着。他比中等个儿的人还要矮上一截，一颗大脑袋似乎不太稳地架在脖子上，使他显得不但丑陋，还有些怪诞。他的脸和五官都长得又宽又扁，一双无神的金鱼眼，蜡黄的皮肤毫无血色，稀疏的沙色头发，脸上的络腮胡子参差不齐，应该长得密的地方却一根也没长。他笑着向菲利普伸出手来，露出一口龋齿。他说话时既带着优越感，又有几分羞怯，好像是想要摆出一副重要人物的派头，又感觉自己做不到。他说希望菲利普喜欢这份工作，虽说这工作很辛苦，可一旦习惯了，便会对它感兴趣了；而且，它赚钱，这才是最主要的，不是吗？他说着笑了起来，很是神气的表情里又掺杂着羞怯。

"卡特先生马上就到了，"他说，"星期一的早晨他有时会稍晚一点。他一来我就叫你。在他来之前，我得给你找点事做。你对簿记有了解吗，懂得一些会计知识吗？"

"我恐怕没有这方面的知识。"菲利普回答说。

"我也这么觉得。学校的老师恐怕是不会教你们这些于商业有用的知识的。"他又思考了片刻，说，"我想，我能给你找点事做。"

他去隔壁的房间拿出来一个大硬纸板箱子，里面乱糟糟的堆满了信件，他让菲利普按照写信人姓氏的字母顺序把它们整理出来。

"我现在带你到学徒办事员的房间，那儿有个很不错的小伙子，他叫沃森。他是沃森-克拉格-汤普森联合酿酒公司沃森老板的儿子，要在这里待上一年，学习商业管理。"

古德沃西先生领着菲利普走过脏乱的办公室——现在已经有七八个办事员在工作——来到后面的一间小屋。这是用玻璃隔板隔成的单独套间，沃森正在里面靠着椅背读《运动员》杂志。他是个身高体壮的年轻人，穿着得很讲究，古德沃西进来时他抬起了眼睛。他直呼主管办事员的名字，以显示自己不同于一般人的身份。主管办事员反对他这样随便的态度，于是也直呼他沃森先生，可沃森非但不把这看作是对自己的不满，还当成是对他绅士派头的恭维。

"我看到他们让里格莱托退出比赛了。"在只有他们两个人时，沃森对菲利普说。

"是吗？"对赛马一无所知的菲利普不知怎么回答才好。

菲利普怀着敬畏看着沃森这一身华贵的衣服。他的燕尾服裁剪得特别合身，大领带中间还巧妙地别了一枚贵重的饰针。壁炉架上放着他的大礼帽，那是一顶时尚的、亮闪闪的钟形大礼帽。相形之下，菲利普觉得自己十分寒酸。沃森开始谈起打猎——整天待在这个该死的办公室里浪费时间真是无聊透顶，他只有星期天的时候才能去打猎；全国各地的猎场都盛情邀请他，当然啦，他不得不回绝人家，真扫兴！不过，他并不打算在这儿长久地忍耐下去，他只在这个倒霉的地方待一年，然后他就要去经商了，那时，他一个星期可以打四天的猎，可以去遍所有的狩猎场。

"你要在这里待五年，是吗？"他冲着这个小屋子挥舞了一下手臂说。

"我想是的。"菲利普说。

"我敢说，我离开这里后还会见到你的。你知道，卡特管理着我们公司的账目。"

菲利普被这位年轻绅士的纡尊降贵所打动。在布莱克斯特伯尔，人们都看不起酿酒这个行业，牧师常常拿酿酒这个行当开些小玩笑。发现沃森竟是这样一个重要和了不起的人物，实属意外。沃森在温切斯特和牛津上过学，谈话中他也常常提到并强调这一点。知道菲利普受教育的详细情况后，他似乎变得更加神气了。

"当然啦，如果一个人上不了公立学校，这类学校也算是不错的了，不是吗？"

菲利普问他事务所里其他人的情况。

"噢，你知道，我没太注意他们，"沃森说，"卡特这个人还不赖。我们有时免不了请他吃顿饭。其他的办事员都是粗鲁的家伙。"

过一会儿，沃森做起了他手头的活儿，菲利普开始整理信件。不久，古德沃西先生进来说卡特先生到了。他把菲利普领进他隔壁的一所大房间里，里面有一个大办公桌和几把大扶手椅；地上铺着土耳其地毯，墙上贴着体育图片。卡特先生坐在桌子前面，站起身跟菲利普握手。他穿着长礼服，神态举止看上去像个军人，他的胡子上打了蜡，灰白的头发剪得又短又整齐，腰板挺直，谈笑风生。他住在恩菲尔德，非常喜欢运动，享受乡村生活的种种乐趣。他是哈福德郡义勇骑兵队的军官，也是保守党协会的主席。当他听到一个地方官说没有人会把他当作伦敦人看时，他觉得自己没有白活这么多年。他跟菲利普随意、高兴地聊着，说：古德沃西先生会关照他的；沃森是个好小伙子，喜好运动，一个地道的绅士——对了，你打猎吗？不打，很遗憾，这可是一项绅士的娱乐。现在他是没有多少机会打猎了，只好让儿子代劳了。他儿子现在上剑桥大学，之前是在格拉比念书，那是一所好学校，那里的孩子都品学兼优，再有两三年，他的儿子也将在这儿做学徒，这对菲利普来说是件好事，菲利普会喜欢他儿子的，他是个很棒的运动员。他希望菲利普在这里一切顺利，能喜欢上这个工作，不要错过这儿的业务讲座，这些讲座能够提高这一职业的品位，他们希望有绅士进入这个行业。哦，好了，你可以随时去找古德沃西先生。你有什么想要问的，就问古德沃西先生，他都会告诉你的。你的字写得怎么样？嗯，古德沃西先生会考虑这些方面的。

菲利普对这样十足的绅士派头钦佩之至，在东英格兰，人们知道谁是绅士，谁不是。不过，绅士从来不谈这个话题。

37

起初，菲利普感觉新鲜，对这个工作还是有些兴趣的。卡特先生口授信件，他记录。除此之外，他还负责誊清账目报告单。

卡特先生喜欢用绅士的做法来处理事务所业务，他不使用打字机，也不赞同速记法。那个勤杂工会速记法，但只有古德沃西先生会用他的这门技艺。有时，菲利普会跟有经验的办事员出去检查某个公司的账目，他渐渐摸清哪些客户应当被尊重客气地对待，哪些客户手头拮据。有时，会给他一张张的数据表，让他进行累加。为应付首次考试，他去听业务讲座。古德沃西先生多次跟他讲，这个工作刚开始做时有些枯燥，一旦习惯就好了。菲利普每天下午六点离开事务所，步行过河，回滑铁卢区。待他回到住所时，晚饭已准备好了。晚上的时间他用来阅读。星期六下午他去国家美术馆。海沃德给他推荐了一本根据拉斯金著作编成的参观指南，他带着这本书，不知疲倦地参观各个陈列室，认真读着书上评论家们对画作的评价，然后极力从这幅画中去感悟出同样的东西。星期天的时间不好打发。他在伦敦一个熟人也没有，只能自己孤零零地挨过休息日。有个星期天，尼克松律师请他到汉普斯特德做客。他跟一帮充满活力的陌生人度过了快乐的一天，大吃大喝了一顿后，又到石楠丛生的荒野去散步，临走时主人寒暄说有空就过来，可他生怕给人家造成不便，一直在等着一个正式的邀请。当然，他再也没能等上，因为尼克松一家有那么多自己的朋友，自然很难想起他这么一个孤独寡言、无足轻重的年轻人。因此，星期天他常常起得很晚，起来后就沿着河滨的小路散散步。巴恩斯这一段的河水浑浊而肮脏，泥沙随着潮水涨落；它既没有船闸上游泰晤士河的绮丽风光，也没有伦敦桥下河水激流奔腾的气势。下午他在公有地溜达，那里既不像乡村，也不像城镇，也是灰蒙蒙、脏兮兮的；那里的金雀花长得又小又矮；生活垃圾随处可见。有时星期六他去看戏，在顶层楼座厅门旁饶有兴味地站上一个多小时。博物馆关门后，距他到普通咖啡馆去吃饭还有一小段时间，不值得他再跑回巴恩斯一趟。这段时间他不知道该如何打发，往往会沿着邦德大街漫步，或是穿过伯林顿拱道，走累了就在公园里坐一坐；要是雨天，便去位于圣马丁路的公共图书馆看书。他注视着过往的人，看到他们有朋友，不禁感到嫉妒，有时这种嫉妒会转变成愤恨，因为他们快乐，而他却悲苦。他怎么也没有想到，在这样一个大城市里，他竟会如此孤独。在顶层楼座厅门旁看戏时，站在旁边的人偶尔会跟他搭讪，可菲利普对陌生人有种乡下孩子的猜忌心理，回别人的话时，总是不给对方留下任何再进一步认识的可能。看完戏后，他不得不把所有感想都留在肚子里，急急忙忙过桥，赶回滑铁卢的住所。回到为了省钱而没有生火的屋子，他的心里也变得凉冰冰的。整座住宅阴森森的，没有一点儿愉快可言。他开始厌恶起他的住所，还有在这里度过的漫长孤寂的夜晚。有时，他寂寞烦闷得连书也读不下去，于是就可怜兮兮地呆坐

165

着，望着炉子里的火苗出神，挨过一个又一个小时。

现如今，他已在伦敦生活了三个月，如果不算在汉普斯特德过的那个星期天，除了同事，他还没有跟任何人说过话。一天晚上，沃森请他到饭店吃饭，饭后还一起去了杂耍剧场。可没想到，这次约会却令他羞愧，感觉很不自在。沃森一直喋喋不休地谈论着那些他不感兴趣的东西，他觉得沃森很市侩，却又不禁羡慕他。因为沃森显然没有把他较深的文化素养放在眼里，让他很生气。而当他用别人对自己的评价去衡量自己时，他也开始看不起他所获得的那些学识（以前他似乎还是比较看重它们的）。他第一次感觉到了贫困带来的耻辱。伯父每月寄给他十四英镑，他花了很多用来添置衣物。刚买的晚礼服就花费了五几尼①。他没敢告诉沃森晚礼服是在斯特兰街买的。沃森说过，伦敦上好的裁缝店只有一家。

"我想，你不跳舞吧。"有一天，沃森瞥了一眼他的畸形足后说。

"不跳。"菲利普说。

"很遗憾。有人让我带几个男伴去跳舞。我本来可以把你介绍给几个讨人喜欢的女孩的。"

有那么一两次，菲利普实在不想回在巴恩斯的住所，就逗留在城里。当时已过了傍晚时分，他仍在西区闲逛，后来碰到有一家正举办晚会，他便站在一帮衣衫褴褛的人中间，跟在仆人的后面，看着宾客们到来。他听着从窗户里传出的音乐声，尽管天气很冷，不时仍有一对男女来到外面的阳台上站上一会儿透透气。菲利普想，他们一准是对相爱的恋人，他触景伤情，转过身，怀着沉重的心情，沿着街道一瘸一拐地离开了。他绝不可能做到阳台上那位男子所能做到的。他觉得没有哪个女子会不讨厌他的跛脚。

他想起了威尔金森小姐。她几乎成了他的一桩心事。分别前两人商定，在他的地址确定前，她先把信寄到查宁克罗斯邮局，他到了那里后，发现已有威尔金森小姐写来的三封信。她用的是蓝色信纸和紫色墨水，信都是用法文写的。菲利普纳闷，为什么她不能像一个

---

① 几尼，最初是用几内亚的黄金铸造的，因此得名。1几尼等于21先令。

明理识体的女子那样用英语写作呢？她激烈的表达总是让他想起法国小说，他的心一下子就凉了半截。她责怪他不给她写信，他回信为自己开脱，说他这段时间工作非常忙。他不大清楚写这样的信该怎么开头。他不想用"最亲爱的"，或是"我最爱的"这样的字眼，也不愿意称呼她"艾米丽"，所以最后他只用了"亲爱的"（dear）作为开头。它孤零零地立在信的抬头那里，看起来怪怪的，甚至带着傻气，但他还是这么写了。这是他平生写的第一封情书，他也意识到信写得平淡。他以为他本应该向她倾吐种种充满热情的话语，说他每时每刻是如何想念她，他多么渴望亲吻她纤细的手指，想到她的芳唇，他的身体是如何不由自主地战栗。但是，出于一种难以言说的谦卑感，他没能那么做，只是跟她讲了他的新住处，以及事务所里的事。下一班的回程邮车带回威尔金森小姐的回信，她气愤，伤心，充满了抱怨：他怎么能这么冷漠呢？难道他不知道她一心盼望着他的来信吗？她把一个女人所能给予的一切都给了他，而这就是她所得到的回报。他是不是已经厌恶她了？因为他几天没有写回信，威尔金森小姐便接二连三地来信，劈头盖脸地数落他。她说自己无法忍受他的无情无义，她每天都盼着邮差到来，可从来也没等到他的来信，她每晚都是哭着睡着的，看着她一副病恹恹的样子，大家对她都议论纷纷。如果他不爱她，为什么不直接告诉她呢？她接着说，没有他，她活不下去，看来她只剩自杀这条路了。她说他冷漠，自私，忘恩负义。她所有的来信都是用法文写的，菲利普知道她用法语写信是为了炫耀，可他还是很担心。他并不想让她痛苦。稍后，她又来信说她再也忍受不了分别之苦了，她计划到伦敦过圣诞节。菲利普回信说那再好不过了，只是他已经跟朋友们约好一起到乡下过圣诞节。因为他不知道怎么才能婉拒威尔金森小姐。她回信说她并不想强迫他什么，但很显然，他不希望见到她，为此她伤透了心，万万没想到他竟是这般薄情寡义。她的信写得很动人，菲利普似乎看到信纸上还留着泪渍。他一时冲动，回信说，他非常对不起她，他诚挚地恳请她来伦敦过圣诞节。不过，在接到她的回信说她发现自己走不开时，他实实在在地松了口气。随后，她接连又来了几封信，让他的心里直发怵。他迟迟不愿拆开它们，因因为他知道里面写的是什么,无非是气愤的斥责、可怜的求情;这些信会使他觉得自己禽兽不如,但他真看不出自己有什么可令人谴责的地方。他一再拖延回信的日子。接着,又来了一封信,说她病了,孤孤单单的一个人好可怜。

"我真希望从未跟她有过任何瓜葛。"他说。

菲利普很钦佩沃森,因为沃森在处理这类事情上总是干脆利落。前些时候,他勾搭上了一个巡回剧团的演员,他讲述这段情事时,菲利普听得既惊奇又羡慕。可时间不长,沃森就移情别恋了。有一天,他告诉菲利普他跟那位女演员已经断绝了关系。

"不管会不会得罪她,让她感到尴尬,我都毫不犹豫地告诉她,我对她已经腻了。"他说。

"她没有和你大闹一场吗?"菲利普问。

"这对女人来说是家常便饭,你知道的。我告诉她这么做没什么好处,我可不吃那一套。"

"她哭了吗?"

"当然。我最受不了女人哭,所以我对她说,你最好现在就滚出去。"

随着年纪增长,菲利普的幽默感变得较从前更强了。

"她真的'滚'了?"他笑着问。

"是呀,那她还能怎么样呢?"

圣诞节假日临近。自十一月份以来,凯里太太的身体一直不好,医生建议她和牧师在圣诞节前后到康沃尔①去待上几个星期,调理一下身体。这样一来,菲利普就无处可去了,他只能在自己的住所里过圣诞。受海沃德的影响,他说服自己,跟随这一节日以来的各种庆祝活动都是庸俗粗鄙的,他决定不予理睬。可节日到来时,周围热烈欢庆的气氛还是感染了他。女房东和她的丈夫与结了婚的女儿一起过圣诞,为了少些麻烦,菲利普告诉房东他会在外面吃饭。快到中午时,他去往伦敦,在加蒂饭店要了一片火鸡和一些圣诞节布丁。饭后无事可做,他去威斯敏斯特教堂做了午后礼拜。街道上空荡荡的,零

---

① 康沃尔,英国英格兰西南端的一个郡。

星的几个路人也都是心无旁骛地赶往他们的目的地，很少有人像他这样孤零零地一个人游逛。菲利普觉得他们似乎都很快乐。他比以往任何时候都感觉孤独。他本打算在街上闲逛打发时间，到了饭点再去餐厅吃饭。可他实在不愿意再面对那些快乐的人群，看着他们开心地聊天，开怀地大笑，享受着生活的乐趣。于是，他返回滑铁卢，在穿过威斯敏斯特桥大街时，买了一些火腿和几个肉馅饼带回了巴恩斯。他在他冷寂的小屋里吃着晚餐，看着书打发时间，心情低落到极点。

假日结束回到事务所上班时，听到沃森讲他精彩的假日活动，菲利普心里感到很不是滋味。沃森说他们跟几个很漂亮的女孩在一起，饭后还把客厅里的桌子挪开，跳起了舞。

"我晚上三点才睡的觉，至于怎么到床上的，我就都不知道了。哦，上帝，那时候我已经喝醉了。"

菲利普最后不顾一切地问："在伦敦，人们是怎么相互认识的？"

沃森诧异地望着他，脸上浮现出一丝轻蔑的笑容。

"噢，我不知道，就那么认识了呗。如果你去跳舞，你想要认识多少，就能认识多少。"

菲利普嫉恨沃森，可他又愿意付出任何代价跟他交换。当初在学校时的怪癖又回到他身上，他想附到别人的躯体上，想象着如果他是沃森，会做些什么。

38

年底，事务所里非常繁忙。菲利普跟着一个叫汤普森的办事员四处奔忙，工作单调而无趣，有时整天都需要报出各种项目的开支，汤普森在一旁核对；有时要累加整页整页的数据。他向来不擅长计算，只能慢慢地一个一个把它们相加。计算中经常出现的错误也开始汤普森变得很恼火。汤普森四十岁左右，瘦高个，黄皮肤，黑头发，唇边留着乱糟糟的胡子，脸颊瘦削，鼻子两侧有深深的皱纹。他不喜欢菲利普，因为菲利普是个学徒办事员，能付得起三百几尼，五年内可以衣食无忧，也许还有晋升的机会。而既有经验又有能力的他却没有机会从周薪三十五先令的办事员职位上晋升。他一个人供养着一大家子，所以脾气很暴躁，他认为菲利普身上有股傲气，因此对他很是不满。他嘲笑菲利普，因为菲利普受过比他更良好的教育，于是他就笑话菲利普的发音，为他讲话不带伦敦腔耿耿于怀，还会故意挖苦菲利普，把字母"h"的音发得特别响。起初，他的态度只是粗鲁，令人反感，可当他发现菲利普根本不是当会计的料时，他开始以羞辱菲利普为乐事了。他的讥讽粗俗，甚至愚蠢，却伤到了菲利普，为了自卫，菲利普越发在他面前摆出一副优越感十足的样子。

"今天早晨洗澡了吧？"看见菲利普来晚了，汤普森问。这时，菲利普已不像最初来时那么遵守时间了。

"是呀，难道你没有洗吗？"

"没有，我又不是绅士。我只是个办事员。我星期六晚上才洗澡。"

"我想，这就是你在星期一更讨人厌的原因。"

"今天你能屈尊把几笔账简单地相加一下吗？这对于一个会拉丁文和希腊语的绅士来说是不是有点太屈才了？"

"你这挖苦话说得并不高明。"

不过，私下里菲利普不得不承认，这个工资不高、举止粗俗的汤普森比自己有用得多。有那么一两次，连古德沃西也对他有些不耐烦起来。

"都这么长时间了，你怎么还做得这么差，"他说，"甚至脑子还不如那个勤杂工。"

菲利普闷闷不乐地听着。他不喜欢别人责备他。古德沃西先生对他誊清的账目不满意，又找人重做时，他觉得很丢脸。这份工作刚开始做时还有点新奇感，所以他能忍受，现在却感到厌烦了。而且，在菲利普发现自己根本没有这方面的才能后，他开始讨厌这个工作。他常常放下手中的活儿，在办公纸上画素描消磨时间。他画下沃森各种各样的姿势，沃森看后觉得他颇具绘画才能。沃森把这些画带回家，第二天上班时，带来了家人的交口称赞。

"我不明白你为什么不去做画家，"他说，"当然啦，做这个是赚不到什么钱。"

两三天后，正巧卡特先生与沃森一家一起吃饭，这些素描也拿给卡特先生看了。次日早晨他把菲利普叫去。菲利普平时很少见他，对他有些畏惧。

"哦，年轻人，你下班后做什么我都不管，可我看到了这些图画，它们是画在办公纸上的。另外，古德沃西先生告诉我，你工作懈怠。如果你不赶快加油，你是绝对干不好特许会计师的。这是个不错的职业，一些有学识有教养的人正在加入这个行业，不过，这也是一个你必须要……"他想找一个能准确表达意思的合适词语来结束这段话，可没能找到，最后只好较为平淡地结束道，"加点油的行业。"

若不是当初签署的合同中有这么一条：如果他不喜欢这个工作，可以在一年后离开，事务所将把他所缴纳费用的一半返还给他，菲利普或许早就会定下心来认真做事了。他觉得自己足以去做一些比统计账目更高一点的工作，可就连这么低级的活儿他都干不好，真是丢人。与汤普森的那种无聊的拌嘴似乎也刺痛了他的神经。到了三月，沃森在事务所待够一年，离开了。虽说菲利普不喜欢他，可看见他离开，仍不免有些遗憾。他们俩属于比这里其他人稍高一些的阶层，事务所里的人对他们是一样的不喜欢，这一不容否认的事实使他们俩结成同盟。菲利普想到他还得在这里与这些无聊的人待四年，心就沉了下去。他期待伦敦会给予他许多美好的东西，结果却什么也没有。他现在恨起了伦敦。在这里他谁也不认识，也不知道如何去结识朋友。他已厌倦了一个人到处游逛，开始觉得这样的生活难以忍受。晚上躺在床上时他就想，要是他能永远不再见到那个又脏又乱的办公室，不再见到里面的人，能离开这个沉闷寂寥的寓所，该有多好啊。

春天来临时，又有一件事令菲利普大失所望。海沃德曾跟菲利普说过他计划来伦敦，菲利普一直盼望着他的到来。最近他又读了许多书，从中获得不少感想，渴望和人讨论，可愿意谈论这些抽象事物的人他一个也不认识。一想到很快就有知音莅临，和他谈个痛快，他便激动不已。谁知海沃德却又来信说，意大利今年的春天比以往任何一年都更加可爱，他怎么也不忍心让自己在这个时候离开。这犹如给菲利普当头浇了一盆冷水。接着,他问菲利普为什么不到意大利来。外面的世界如此美好,为什么要把大好的青春都浪费在事务所里呢?他在信中接着写道:

> 我不明白你怎么还能耐得住。我现在一想起弗利特街和林肯旅馆就厌恶得要死。世界上只有两种东西值得花费我们的生命,一是爱情,二是艺术。我简直不敢想象你整日里坐在事务所里整理账目的样子,你也是戴着大礼帽,手里拿着伞和一个黑色的小包吗?我的想法是,人应该把生活看作是一场冒险,一个人的心中应该永远燃烧着宝石般的火焰和激情,敢于去冒险,敢于让自己置身危险中。为什么你不去巴黎学习艺术呢?我一直认为你是有才华的。

这个建议与菲利普脑中近来的想法不谋而合。最开始,这种想法还令他有些惊惶,可他又禁不住要去想它,经过再三考虑,他发现这是他摆脱目前窘境的唯一办法。大家都认为他有才华。在海德堡时,他们赞扬他的水彩画,威尔金森小姐多次跟他说,他的水彩画很迷人,甚至像沃森的家人那样的陌生人也对他的素描很是欣赏。《波希米亚人的生活》一书给他留下了深刻的印象,他把它带到了伦敦,在他心情最为沮丧的时候,只要拿出来读上几页,就仿佛被带入那些充满魅力的小阁楼里,与罗多尔弗和他的伙伴们一起唱歌跳舞,谈情说爱。他开始向往巴黎,就像他以前向往伦敦一样,并不害怕再遭受一次幻灭。他渴盼浪漫、爱情和美,而巴黎似乎能给予他这一切。他热爱绘画,为什么他不能跟别人画得一样好呢?他写信给威尔金森小姐,询问在巴黎生活所需的费用。她告诉他一年有八十英镑就够了。她说她一万个赞同他的这一计划,把他的才华浪费在事务所里实在可惜。她风趣地问他,当有可能成为一个伟大的艺术家时,谁愿意去做一个办事员呢?她告诫菲利普要对自己有信心,这才是最重要的。不过,菲利普生性谨慎。海沃德大谈特谈"冒险",是因为他有资本,他一年能从他的上等股票中获得三百英镑的红利,而菲利普所有的资产总共不超过一千八百英镑。他犹豫了。

后来，碰巧有一天古德沃西先生突然问他，愿不愿意去巴黎一趟。他们的事务所替巴黎圣奥诺雷郊区的一家旅馆管理着账目，这个旅馆归英国的一家公司所有，每隔一年古德沃西先生会和一个办事员过去一趟。那个通常跟着去的办事员正巧病了，而这时事务所里很忙，其他人都脱不开身。古德沃西先生想到了菲利普，因为他是最容易抽出身来的一个，再者说，他的学徒契约中也说明他有权承担该事务所里一些有趣味的工作。菲利普高兴地答应了。

"白天，我们得忙一整天，"古德沃西先生说，"可晚上的时间就是我们自己的了，那可是巴黎啊。"他颇有意味地笑着，"这家旅店对我们很好，他们为我们提供一日三餐，我们不需要花一分钱。这样子去巴黎是我喜欢的，由别人替我们承担费用。"

抵达加来港时，一见到那么多打着手势的脚夫，菲利普的心就激动起来。

"这才是生活。"他对自己说。

火车驶过乡野时，诸多景色让他应接不暇，他赞赏连绵起伏的沙丘，它们的颜色似乎是他迄今为止见过的最可爱的色彩；一条条运河，一排排白杨也让他入迷。出了巴黎北站，坐着摇摇晃晃、嘎吱作响的出租马车，颠簸地行进在鹅卵石铺就的街道上，呼吸着令人陶醉的清新空气时，菲利普兴奋得几乎要大声喊起来。旅店经理是一位壮实、乐呵的男子，说着一口蹩脚的英语，在旅店门口迎候他们。经理和古德沃西先生相识多年，热情地欢迎他们的到来。经理夫妇请他们在私人房间一起用餐，在菲利普看来，他似乎从未吃过像土豆牛排这样美味的菜肴，没有喝过像他们面前的普通葡萄酒这样醇美的佳酿。

对像古德沃西先生这样一个拥有体面、受人尊重的家庭的人来说，法国的首都是个淫乐的天堂。第二天早晨他就问经理，到哪些地方可以看到"出格"的东西。他非常享受他的巴黎之行，他说这些娱乐活动能使身心永远保持活力。做完了一天的工作，吃过晚饭后，他便带着菲利普去"红磨坊"舞厅和"牧羊女"剧场。每当他看到淫秽色情的场面时，他的一双小眼睛就会发出亮光，脸上浮现出狡黠淫

173

荡的笑容。他逛遍了那些特别为外国人安排的场所,临了还说一个国家纵容这样的事情是不会有好结果的。在街上遇到一个几乎衣不蔽体的女子时,他会用胳膊肘推推菲利普。他还将那些在剧院大厅门口游荡的身材高挑、修长的名妓指给菲利普看。他让菲利普看的是一个粗俗的巴黎,沉湎于幻想中的菲利普被这些景象弄得眼花缭乱。一大早起来,菲利普常常跑出旅馆,去到爱丽舍田园大街,站在协和广场那里。时值六月,清新妙曼的空气给巴黎罩上了一层银色。菲利普觉得他的心飞向人群之中。他想,他终于置身于浪漫之中了。

他们在巴黎待了不到一周,于星期天动身返回。当菲利普深夜回到巴恩斯的寒碜住所时,他已下定决心解除他的学徒契约,到巴黎学习艺术。不过,为了不让人家认为他不通情理,他决定在事务所里待到一年期满。他在八月中旬有两周假期,届时,他会告诉赫伯特·卡特先生,他计划不再返回事务所。尽管菲利普逼迫自己每天去上班,却连对工作感兴趣的样子都装不出来。他的脑子里全是对未来的憧憬。到了七月中旬,事务所里事情少了,他假装去听讲座,准备考试,常常不去上班。他把这些时间都用在参观国家美术馆,阅读有关巴黎和绘画的书籍上了。他钻研普斯金的作品,读了许多瓦萨里①写的画家传记。他喜欢关于葛雷基欧②的故事。他想象着自己立在一幅伟大的画作面前,高声喊着,我是个画家。现在,他不再犹豫了。他确信他身上有做一个伟大艺术家的潜质。

"毕竟,我可以试一下,"他对自己说,"生活的真谛在于冒险。"

终于到了八月中旬。卡特先生要到苏格兰去一个月,事务所里的工作交由主管办事员主持。巴黎之行后,古德沃西先生似乎对菲利普产生了好感。而菲利普既然知道自己很快就要离开了,也就能以较为宽容的态度看待这个饶有趣味的小个子男人了。

"明天你就要去度假了,凯里?"临下班时,他跟菲利普说。

一整天,菲利普都在对自己说,这是他最后一次坐在这个令人憎

---

① 瓦萨里(1511—1574),意大利画家,建筑师和传记作家。
② 葛雷基欧(1494—1534),意大利画家。

厌的办公室里了。

"是的，我在这里已经做了一年了。"

"这一年你干得恐怕不是很好。卡特先生对你不是很满意。"

"他的不满意恐怕还不及我对他的不满意呢。"菲利普高兴地回嘴道。

"我觉得你不该这么说话的，凯里。"

"我已经不准备回来了。早先在合同中我们就商定，如果我不喜欢会计工作，卡特先生会将把我所缴纳费用的一半退还给我，在一年头上我可以辞职。"

"你不该这么草率地做出决定。"

"已经有十个月了，我讨厌这里的一切，讨厌这份工作，讨厌这个办公室，讨厌伦敦。我宁愿去扫马路，也不在这里干了。"

"哦，我必须说，我认为你非常不适合会计工作。"

"再见，"菲利普说着伸出了他的手，"我想对你的照顾表示感谢。如果我给你们增添了麻烦，还请原谅。几乎从一开始我就知道，我干不好这个工作。"

"嗯，如果你真的已经下定了决心，我只能说再见了。我不知道你将要去干什么，不过，你要是来这附近，可以进来看看我们。"

菲利普笑了一声。

"我这样说话恐怕很不礼貌，不过，我真的希望，我这一辈子再也见不到你们中间的任何一个人。"

39

对菲利普提出的去巴黎学画的计划，布莱克斯特伯尔牧师根本不予理睬。他的高见是，一旦开始做某件事情，就要坚持到底。像所有懦弱的人一样，他过分地强调决定了的事情就不要轻易改变。

"你是自愿选择要做会计师的。"牧师说。

"我那时这么做，是因为那是我去到伦敦的唯一机会。我厌恶了伦敦，厌恶这个工作，无论如何我是不会再回去了。"

凯里夫妇对菲利普要当画家的想法大为震惊。他们说，他不应该忘记他的父母都是上流人士，绘画不是一个正经职业，它是个放荡不羁、声名狼藉、道德败坏的职业。噢，巴黎也一样！

"只要我在这件事情上还有发言权，我就不会允许你去巴黎。"牧师坚决地说。

巴黎是座罪恶的城市。妓女和巴比伦的娼妇都在那里夸示着她们的淫荡，一般的城市都比不上它的邪恶。

"你在一个绅士和基督教的家庭长大，如果我容许你去受那种诱惑，就是辜负了你死去的父亲和母亲对我的嘱托。"

"喔，我知道自己不是个基督教徒。而且，我现在也在怀疑我是不是绅士了。"菲利普说。

二人之间的争论日趋激烈。菲利普还得等一年才能拿到那笔数额不大的遗产。而凯里先生提出，这一年只有他继续留在会计师事务所，才会给他生活费。而对菲利普来说，如果不想继续干会计这行，他就必须离开那里，这样事务所才会把他为学徒期缴纳的费用返还给他一半。可牧师根本听不进去。菲利普发怒了，说的话有些过激。

"你没有权利浪费我的钱，"他终于说道，"毕竟，这是我的钱，不是吗？我不是个孩子了。如果我已经下定决心，你就阻止不了我去巴黎。你也没法强迫我再回伦敦。"

"我所做的，只是在认为你的行为不恰当时，拒绝给予你生活费。"

"哦，我不在乎，我已经决定了要去巴黎。我可以卖掉衣服、书籍，和我父亲的珠宝。"

路易莎伯母默默地坐在一旁，既焦急又难过。她看见菲利普已气昏了头，无论她再说什么只会是火上浇油。末了，牧师说他不想再讨论这件事情，于是扬长而去。在接下来的三天，牧师和菲利普两人互不理睬。菲利普给海沃德写信询问巴黎的情况，并打定主意，一收到回信就动身。凯里太太脑子里不停地翻腾着这件事，她觉得菲利普在恨她丈夫的同时，把她也包括了进去。这个想法折磨着她，因为她全身心地爱他。最后，她找他谈话，专心地听他倾诉他对伦敦的幻灭感,以及他对未来的憧憬。

"我也许不会成功,但至少要去搏一下。即使失败了,也不会比我在那家倒霉的事务所的情况更糟。我觉得我有绘画的才能。我知道我有。"

凯里太太并不像她丈夫那样确信,他们阻挠菲利普的强烈愿望是正确的。她读过一些大画家的生平,知道他们的父母反对他们学画,可后来的事实证明这些父母是愚蠢的。毕竟,像特许会计师一样,一个画家也可以过高尚的生活,并为主争得荣耀。

"你去巴黎学画,我非常担心。"她忧心忡忡地说,"就在伦敦学不好吗?"

"既然决定要学习绘画了,那我就必须干得彻底。只有在巴黎,你才能学到真正的艺术。"

凯里太太听从菲利普的建议,给律师写了封信,告诉他菲利普不满意在伦敦会计师事务所的工作,并征求他的意见。尼克松律师回信说:

尊敬的凯里太太:

我已经见过了赫伯特·卡特先生,恐怕我必须得告诉你,菲利普在事务所里做得并不尽如人意。如果他坚决反对再干下去的话,或许最好趁这个机会解除契约。我自然是感到失望。但你也知道,把一匹马儿带到河边容易,可硬逼它喝水难。

忠实于你的
艾伯特·尼克松

牧师看过这封信后,却变得更加固执。他愿意菲利普从事其他工作,哪怕像菲利普的父亲一样当医生也可以,但只要菲利普去巴黎,他就不会给他提供一分钱的生活费。

"这只是一个放纵自我和沉溺于声色的借口。"牧师说。

"听到你指责别人放纵自我,真是新鲜。"菲利普反唇相讥。

这时,海沃德已经写来回信,他给了菲利普一家巴黎旅馆的地址,说他在那里可以以每月三十法郎包下一个房间,信中还附着一封写给某美术学校公积金女司库的介绍信。菲利普把信念给凯里太太听,告诉她自己将于九月一日动身。

"可你还没有拿到钱呢。"她说。

"我今天下午就去坎特伯雷,卖掉首饰。"

菲利普从他父亲那里继承了一块金表和一条表链,两三枚戒指,一些链扣和两个饰针。其中的一个饰针上缀着一颗珍珠,能换不少钱。

"一件东西值多少钱和它卖多少钱,是完全不同的两回事。"路易莎伯母说。

菲利普听着笑了,这是他伯父的一句口头禅。

"我知道。不过,我想这些东西至少能当一百英镑吧,这就够我支撑到二十一岁了。"

凯里太太没再说什么,她上楼戴上那顶黑色女帽,去了银行。一个小时后,她回来了。她来到菲利普正在看书的客厅里,递给他一个信封。

"这是什么?"他问。

"这是给你的一个小礼物。"她有些腼腆地笑着说。

他打开信封,发现里面有十一张五英镑的纸币,还有一个鼓鼓囊囊装着金镑的小纸袋。

"我不忍心看你卖掉父亲留给你的首饰。这是我在银行里存的钱,差不多有一百英镑。"

菲利普的脸红了,不知道为什么,泪水突然溢满了他的眼眶。

"噢,亲爱的,我不能要你的钱。"他说,"你太好啦,可我真的不忍心要你的钱。"

凯里太太在结婚时有三百英镑,她精心地打理这点钱,只是用它来支付一些意想不到的开支,紧急情况下的布施,或是为她丈夫和菲利普买圣诞节或生日的礼物。尽管随着时间变迁,这钱也减少了许多,可牧师仍拿它作为笑谈。每每提到她的这些"私房钱",牧师都调侃她是个富婆。

"噢,你一定要收下它,菲利普。我很后悔我大手大脚花得只剩下了这些。要是你收下了,我会很高兴的。"

"可是,你也需要它呀。"菲利普说。

"不,我想我用不着了。我留着它,是担心我死在你伯父后面,想存着点钱以防有急用,可现在我觉得我活不了多久了。"

"噢,亲爱的,不要这么说。当然啦,你会永远活着的。我不能没有你呀。"

"哦,对此我并不难过。"她的声音哽咽了一下,掩面而泣,可过了一小会儿,她便擦干眼泪,破涕为笑,"起初,我常常向上帝祈祷,请求他不要先把我带走,因为我不想留下你伯父孤零零的一个人,不想让他遭受痛苦,没人照顾。可我现在知道了,我在你伯父眼里并不像他在我眼里那么重要。他想活得比我长久,我从来不是他想要的那类妻子,我敢说,如果我发生不测,他会再娶的。所以,我愿意先离开这个世界。你不会认为我这么做自私吧,菲利普。可要是他死了,我会活不下去的。"

菲利普吻着她消瘦且满是皱纹的脸颊。不知道为什么,看着她对伯父那胜过一切的爱,突然让他产生一种异样的羞愧感。真是让人难以理解,她竟然会对这么一个冷漠自私、自我陶醉的人有如此的爱。伯母很清楚伯父的自私和对她的漠不关心,她知道这一切,却照样谦卑地爱着他。

"你会收下这钱,是吧,菲利普?"她抚摸着他的手说,"我知道,没有它,你也能过下去,可你收下却能让我感觉很幸福。我一直想着要为你做点什么。你瞧,我从没有孩子,我爱你就像爱我的亲生儿子一样。在你小的时候,尽管这么想不对,我常常希望你病了,这样我就能日日夜夜地照顾你了。可你只病过一回,还是在学校。我真的希望能帮你。这是我仅有的一次机会。将来哪一天你成了一个伟大的艺术家,或许你还会记得是我一开始帮了你一把。"

"你真好,"菲利普说,"我太感激你了。"

179

她疲惫的眼睛里浮现出纯美幸福的笑容。

"噢,我太高兴啦。"

40

几天后,凯里太太去火车站送菲利普。她站在车厢门口,极力抑制着自己的眼泪。而此时的菲利普心早已不在这里了,他恨不得一下子飞去巴黎。

"再亲我一下吧。"凯里太太说。

菲利普把身子探出窗外,吻了她。火车开动了,她站在车站的木头站台上,挥动着手帕,直到火车驶离她的视线。她的心情沉重极了,返回牧师住宅的几百码路似乎长得没有尽头。她想,他渴盼着离开真是再自然不过了,他还是个孩子,未来在向他招手;可她呢——她紧咬牙关,免得哭出来。她在心里默默地为他祈祷,恳求上帝保佑他,让他能远离诱惑,并且给予他幸福和好运。

可年轻的菲利普刚在车厢里坐下没一会儿,便不再想着她了。他脑子里想的只有未来。他已经写信给海沃德介绍给他的那位女司库奥特太太,口袋里还装着她邀请他第二天前去喝茶的请帖。抵达巴黎后,他把行李放在出租马车上,慢吞吞地穿过欢闹的街道,过了一座桥后,来到拉丁区狭窄的街巷里,沿着巷子走了一会儿,便到了德艾克勒斯旅馆。这家旅店位于离蒙帕纳斯大街不远的一条旧街上,他在这里租了一间房。从这儿到他学画的阿米特拉诺美术学校很方便。一个侍者帮他提着箱子,上了五节楼梯后,领菲利普进入一个小房间。因为窗户关着,里面有股发霉的味道;一张大木床占据了屋子一大半的空间,床上撑着红棱纹平布帷幔,脏兮兮的厚重窗帘也是同样的质地;五斗橱也用来当作脸盆架;还有个很大的衣橱,其式样让人联想到开明国王路易·飞利浦时代的风格。壁纸因为年代久远已褪成深灰色,可上面褐色叶子的花环图案仍依稀可见。在菲利普眼里,这屋子显得古雅而又迷人。

尽管很晚了，菲利普仍激动得不能入眠，他走出旅店，沿着街道向亮着灯的地方走。不久，便来到了火车站。车站前面的广场上亮着弧光灯，通往四面八方的黄色电车轰隆隆地驶过广场，眼前的景象让菲利普兴奋得大笑起来。广场周围到处都是咖啡馆，菲利普感觉有点渴，又想接近人群，于是就近来到凡尔赛咖啡店外的露天小桌旁坐了下来。因为今天天气好，其他桌子都坐满了。菲利普好奇地看着周遭的人们，这边是家人一块出来吃夜宵的，那边是一群留着胡子、戴着奇怪帽子的人们在指手画脚地大声谈论着什么；他邻座的两位看似画家的男子身边有女人陪着，菲利普希望那不是他们的妻子；在他身后，他听到几个美国人高声争论着艺术上的什么问题。他的心情也激荡了起来。他坐到很晚，尽管很困了，仍是高兴得不愿意离开，最后躺到床上时，他仍然睡意全无，倾听着巴黎喧闹的市声。

第二天，到了该用茶点的时间，他就朝着狮子街走去。在一条通向拉斯佩尔街的新街上，他找到了奥特太太家。奥特太太是个相貌极平常的女子，三十来岁，带着些乡土气，却刻意摆出一副高雅女子的派头。她将他介绍给了自己的母亲。他很快了解到她在巴黎已经学画三年，最近与丈夫分居了。她的小会客室里挂着一两幅她自己画的人物肖像，在不太懂画的菲利普看来，这几幅似乎画得很有造诣了。

"不知道我以后能不能像你画得这么好。"他对她说。

"哦，我想你行的。"她不无得意地回答，"当然，你也不能指望一蹴而就。"

她很热心，告诉他一个商店的地址，在那里他可以买到画架、画纸和炭笔。

"明早九点左右，我会到阿米特拉诺画室去，如果你也在那个时间到，我会关照你，帮你找到一个较好的作画位置，还有其他的一些事情。"

她问菲利普要学什么，他不想让她看出他对学画只是有些朦胧的想法。

"哦，我想先学素描。"他说。

"听你这么说我很高兴。人们做事总是追求速度。我是在这里学了两年后才开始接触油画的,你看到这效果了吧。"

她说着,瞥了一眼她母亲的肖像画,那幅挂在钢琴上方的黏黏糊糊的东西。

"如果我是你,我会很小心地结交我要认识的人。我绝不跟外国人打交道,而且行事会十分谨慎。"

菲利普对她的告诫表示了感谢,不过,她的话听起来似乎有些怪,他不知道自己为什么要那么小心。

"我们在这里的生活就像我们在英国时一样,"奥特太太的母亲说,直到现在她才说了第一句话,"我们过来时,便带来了所有的家具。"

菲利普四下打量着屋子。屋里摆满了笨重的家具,窗户边挂着的白花边窗帘和路易莎伯母家夏天挂的一模一样。钢琴和壁炉架上都苫着自由绸。奥特太太的眼睛追随着他的视线。

"每当夜晚来临,我们关上了百叶窗时,真的觉得跟在英格兰一样。"

"我们吃饭也跟在英国时一样,"她母亲说,"早餐时有肉,正餐中午吃。"

从奥特太太家出来后,菲利普便去买了绘画用品。第二天早晨,他装着一副自信的样子,九点钟就到了学校。奥特太太已经在那里了,她友好地笑着走上前来。他一直担心自己作为新生会受到奚落,他读过不少书,里面讲到新生来到画室后是如何受人讥讽的。不过,奥特太太跟他说,这里不会。

"噢,这儿没有这样的事。"她说,"你瞧,同学里有一半是女生,是她们左右着这里的风气。"

画室很大,空荡荡的,灰色的墙壁上挂着一幅幅获奖的习作。一个模特坐在椅子上,身上披着一件宽松的长外衣,周围站着十几个男女生,有的在聊天,有的继续画着他们的素描。这是模特的第一次课间休息。

"一开始最好画得简单一些,"奥特太太说,"把画架拿到这边来。模特的姿势从这个角度画最容易。"

菲利普把画架拿到了她说的地方,奥特太太把他介绍给坐在他身边的一位女子。

"这是凯里先生——这是普赖斯小姐。凯里先生以前从没学过画,你不介意在开始时帮着他一点儿吧?"随后,奥特太太转过身对模特说,"摆好姿势吧。"

模特把她正读着的《小共和国报》丢在一边,慵懒地脱掉长外衣,站在画台上。模特的脚以立正的姿势站着,双手十指交叉,托着脑后。

"这姿势挺傻的,"普赖斯小姐说,"我不明白他们为什么要选这样的一个姿势。"

菲利普进来时,画室里的人都好奇地望着他,模特也不经意地瞟了他一眼,不过,现在大家的注意力都不在他身上了。菲利普面对着洁白的画纸,有些尴尬地望着模特,一时竟不知道该如何下手。以前他从来没有见过裸体的女人。这个模特已不再年轻,她的乳房显得有些干瘪,色泽暗淡的金发乱蓬蓬地散落在前额上,脸上满是雀斑。菲利普看了一眼普赖斯小姐的习作,这幅画她已画了两天,看样子是遇到了什么麻烦;由于不断地用橡皮擦,她的画纸上已经涂得不成样子,在菲利普看来,她的人体画得有点变形了。

"我想我也能画成她那样的。"他对自己说。

他开始从模特的脑袋画起,想着从上往下慢慢地画,可是不知怎么,他发现画模特的头要比画出一个自己想象着的人的脑袋难很多。他感觉自己画不下去了,于是看了看旁边的普赖斯小姐。只见她正紧张地画着,由于着急,眉头都蹙在了一起,眼神里也透着焦躁。画室里很热,她的额头上渗出细小的汗珠。普赖斯小姐今年二十六岁,一头丰美的金发,但梳得很马虎,只是从前额往后一拢,在脑后草草结了个发髻。她的脸盘很大,只有眼睛较小,其他五官显得大而扁平;脸颊上毫无血色,一副病恹恹的样子。她看上去一点儿也不整洁,不禁让人怀疑她晚上睡觉是不是连衣服也不脱。她现在一脸的严肃,没再说话。又一次课间休息时,她后退了几步,看着自己的习作。

"不知为什么我总有许多地方画不好,不过,我想我能搞定的。"她把身子转向菲利普,"你画得怎么样了?"

"不怎么样。"他回答说,一脸的沮丧。

她看了看他画的。

"不能这么画。你得量好比例,在画纸上打出方格。"

她很是利落地向他示范了一下该如何入手。菲利普为她的热心所打动,可同时又嫌她没有一点儿女人的魅力。对她的指点表示了感谢后,他又接着画了起来。这时,又有不少人来到画室,多数是男的,因为女的一般都来得早。就时节而论,现在来的人算是多的了。随后,又进来一位年轻人,他长着一个硕大的鼻子,稀疏的黑发,一张长长的马脸。他在菲利普旁边坐下后,向在菲利普另一边的普赖斯小姐点了点头。

"你来晚了,"普赖斯小姐说,"是刚起床吧?"

"这么晴好的天气。我觉得得躺在床上好好地想一想,该如何度过这美好的一天。"

菲利普笑了,可普赖斯小姐却把此话当了真。

"这听起来似乎很有趣,可要我看,不如尽快起来,直接到外面去享受这份美好。"

"逗人一笑可真难。"这位年轻人一本正经地说。

他似乎还不想马上就开始。他看着他的画布,他的画该要着色了,昨天他便完成了对这个模特的素描。他转向菲利普,说:"刚从英国来?"

"是的。"

"你是怎么找上阿米特拉诺美术学校的?"

"这是我所知道的唯一一所学校。"

"我希望,你不要以为在这里能学到任何一点对你有用的东西。"

"这是巴黎最好的美术学校,"普赖斯小姐说,"只有这所学校对艺术抱着严肃的态度。"

"艺术需要严肃地对待吗?"那个年轻人问,普赖斯小姐只嘲讽地耸了耸肩作为回答,他接着说,"关键是所有的美术学校都办得很糟糕。它们显然有点儿太学究气,太迂腐了。为什么这所学校造成的危害小一点呢,是因为它比别处的教学更无能。在这里你什么也学不到……"

"那你为什么还要来这里呢?"菲利普问。

"我发现了捷径,但我并不愿意去走。普赖斯小姐,你文化水平高,当然记得这句话的拉丁语是怎么说的了。"

"我希望你讲话时不要把我扯进去,克拉顿先生。"普赖斯小姐有点生气地说。

"学习绘画的唯一途径,"他不为所动地继续说道,"就是自己租个画室,雇个模特,闯出自己的一条路子。"

"这样做起来似乎更简单一些。"菲利普说。

"只是需要钱。"克拉顿说。

说着他开始画了起来,菲利普用余光看着他。他长得又高又瘦,硕大的骨骼似乎要从皮肤下突出来;尖尖的胳膊肘看起来仿佛要撑破旧外套的袖子。他的裤脚都磨破了,每只靴子上都打着一块难看的补丁。普赖斯小姐站起来,走到菲利普的画架前。

"如果克拉顿先生能先闭会儿嘴,我就给你指点指点。"她说。

"普赖斯小姐因为我有幽默感而不喜欢我,"克拉顿一边若有所思看着他的画布,一边说,"又因为我有才华而嫉恨我。"

他说话时样子很严肃,那个难看的大鼻子使他说的话显得离奇有趣。菲利普不禁笑了起来,可普赖斯小姐却气得涨红了脸。

"说你有才华的,只有你自己一个人。"

"也只有我一个人,认为自己的见解毫无价值。"

普赖斯小姐开始评论起菲利普的习作。她流利地讲着解剖和结构、平面和线条,还有许多菲利普听不懂的东西。她来这里已经有不短的时间,知道老师强调的那些重点,但是,虽然她能指出菲利普画的缺点,却没法告诉他怎么改正。

"你真是太好了,能这样不嫌麻烦地帮助我。"

"噢,没事的。"她回答说,不好意思地脸红了,"我刚来时,别人也是这么帮我的,对谁我都会这么做。"

"普赖斯小姐想要让你明白,她教你这些是出于一种责任感,而不是因为你个人有什么魅力。"克拉顿说。

普赖斯小姐愤愤地看了他一眼,去画自己的画了。

钟敲了十二下,模特如释重负般叹了口气,从画台上走了下来。

普赖斯小姐开始整理她的东西。

"有的人去格雷维尔饭店吃午饭，"她对菲利普说，眼睛却是看着克拉顿，"我自己总是回家吃饭的。"

"如果你愿意，我带你到格雷维尔饭店去。"克拉顿说。

菲利普谢了他。走出画室时，奥特太太问他画得怎么样。

"范尼·普赖斯帮你了吗？"她问，"我把你安排在那儿，就是因为我知道只要她愿意，就能帮到你。她这个人不讨人喜欢，脾气也不好，虽说她自己画不了，可她知道作画的要点。如果她乐意帮忙的话，对一个新生还是有用的。"

走上街道的时候，克拉顿对菲利普说：

"你给范尼·普赖斯留下的印象不错。你最好小心点儿。"

菲利普笑了起来。对普赖斯这样的女子，他根本不想给她留下什么好印象。他俩来到饭店时，已经有几个同学在那里吃饭了，克拉顿和菲利普也加入了他们。用一个法郎，他们买了一个鸡蛋、一盘肉、奶酪，还有一小瓶葡萄酒。咖啡是额外给的。他们坐在摆在便道上的桌子前。黄色的电车来往于这条街道上，上面的铃铛一直响个不停。

"顺便问一下，你叫什么名字？"他们坐下的时候，克拉顿说。

"凯里。"

"请允许我给你们介绍一位可信赖的朋友，凯里，"克拉顿郑重其事地说，"这是弗拉纳根和劳森先生。"

他们笑了一笑，接着又海阔天空地聊，每个人都在同时讲话，没有一个人在听其他人说话。他们谈着暑假时他们去过的地方，谈着画室和各种不同的学校；他们提到一些菲利普没有听说过的陌生名字：莫奈[1]、马奈[2]、雷诺阿[3]、毕沙罗[4]、狄加[5]等。菲利普全神贯注地听着，尽管听不太懂，他的心却因为激奋而咚咚地跳着。时间过得真

---

[1] 莫奈（1840—1926），法国印象派画家。
[2] 马奈（1832—1883），法国印象派画家。
[3] 雷诺阿（1841—1919），法国印象派画家。
[4] 毕沙罗（1830—1903），法国印象派画家。
[5] 狄加（1834—1917），法国印象派画家。

快。在克拉顿站起来要走时，他说：

"如果你愿意来的话，我今晚也在这里。你将发现这是拉丁区的一家最好的饭店，只花几个钱便可让你吃得消化不良。"

41

菲利普顺着蒙帕纳斯大街漫步。这时的巴黎一点儿也不像他春天到圣乔治旅馆审核账目时的巴黎——现在他都有点害怕想起那段日子——倒与他心目中的外省城市的风貌差不多。周遭的氛围悠闲自在，阳光明媚，视野开阔，令人遐想万分。修剪整齐的树木、醒目的白色房屋、宽阔的街道，一切都是那么的怡人。他觉得自己已完全融入这里的环境。他信步走着，观赏着来往的行人。在他眼里，不管是穿着肥大裤子、系着宽宽的红腰带的普通工人，还是身着颜色暗淡军服的士兵，都自有风雅迷人之处。不久，他来到天文台大街，面对处处优雅又壮观的景致，他不由得发出一声喟叹。他走到卢森堡公园，看见孩子们正在玩耍，头上系着长丝带的保姆们在成双成对地散步，忙碌的人们腋下夹着皮包匆匆走过，年轻人的服装也颇为另类。周围的景色优雅至极，这是自然景观经过人工整饬所取得的效果，看上去竟使未经修整过的自然显得有些粗俗荒蛮了。菲利普完全陶醉于其中。站在他在作品中多次读到过的地方，菲利普感觉格外激动。对他来说，巴黎是具有古典美的文艺圣地，他内心溢满了敬畏和喜悦之情，就像一位老学者初次见到明媚的斯巴达平原时一样。

闲逛之时，他偶然看到普赖斯小姐在一条长凳上坐着。他停住脚步，犹疑不前，在那一刻他不想见任何人；况且，她粗鲁的举止与周边愉悦的氛围极不协调。不过，他觉得她是那种对别人的怠慢非常敏感的人，既然她已经看到了他，不如上前打个招呼的好。

"你在这儿干什么呢？"他走过来的时候，她问。

"欣赏美景。你不觉得这里的一切都那么美吗？"

"噢，我每天四点到五点到这儿待一个小时。我认为一个人整天埋头工作,并不见得有什么好处。"

"我能在这里坐一会儿吗?"他说。

"随便你。"

"这话听起来似乎不是那么友好。"他笑着说。

"我不是那种爱说好听话的人。"

菲利普顿时感到有点儿窘,他点起一支烟,没有吭声。

"克拉顿提到我的画了吗?"她突然问。

"没有,在我印象里没有。"菲利普说。

"你知道,他这个人不行的。他认为自己是个天才,但他不是。他这人太懒惰了。天才都非常勤奋,吃苦耐劳。最重要的是坚持不懈。如果一个人下定决心非要做什么事情的话,那么,他一定会做到底的。"

她说得慷慨激昂,让人印象深刻。她戴着一顶黑色的水手草帽,穿着一件不太干净的白衬衣和一条棕色的裙子。她没戴手套,手上也有点脏。她连一丁点儿的迷人之处都没有,菲利普有些希望自己没跟她搭话就好了。他不知道她想让他是留在这里,还是赶紧离开。

"我会尽一切可能帮你的,"她突然说,和前面的话一点儿也不搭边,"我知道刚开始时有多难。"

"太谢谢你啦,"菲利普说,过了一会他又说,"你愿意和我一起去用些茶点吗?"

她迅速地看了他一眼,脸红了。她脸红时,苍白的脸色就变得有些怪异,像是草莓里掺进了变了质的奶油。

"谢谢,不用了。你认为我有必要用茶点吗?我刚吃过午饭。"

"我原以为这可以消磨时间。"菲利普说。

"你知道,如果你觉得这样时间过得慢,你可以不陪我,我并不介意你留下我一个人。"

这时,有两个年轻人从他们前面走过,他们都穿着棕色的绒棉衣服和肥大的裤子,戴着巴斯克帽,留着胡子。

"瞧,他们是艺术系的学生吗?"菲利普问,"他们很像是从《波希米亚人的生活》中走出来的人物。"

"他们是美国人。"普赖斯小姐带着嘲讽的口吻说,"法国人已经三十年不穿这样的衣服了,可是从美国西部来的人却在到达巴黎后的第一天,便去买这种衣服,穿上去拍照,他们以为这样就得到巴黎艺术的精髓了。不过,对他们来说无所谓,反正他们有的是钱。"

菲利普喜欢美国人这种大胆、别具一格的装束,他觉得这体现了浪漫精神。普赖斯小姐问他现在几点钟了。

"我得去画室了,"她说,"你打算上素描课吗?"

菲利普对这门课一点儿也不了解。普赖斯小姐告诉他,每天傍晚五点到六点,画室里都有一个模特,任何想去画的人只要交上五十生丁就可以了。每天都是不同的模特,这是很好的练习画画的机会。

"我觉得,这对你来说也许有点早。最好再等上一段时间吧。"

"我可以去试试,反正现在也没有别的事情做。"

他们从长凳上站起来,往画室走。从她的神态中,菲利普看不出普赖斯小姐是想让他跟她一起走,还是想独自走。只是出于礼貌,他没离开;而她也不说话,只是在被问到什么时,冷冷地回答上那么一两句。

有位男士站在画室门口,手里拿着一个大盘子,凡是往里走的人都会在盘子里放进半个法郎。画室里现在的人比早晨时多,只是英国人和美国人不再占多数,女性的比例也降了下来。菲利普没有想到习画的人会这么多。天气很热,不一会儿,屋子便闷得让人有点透不过气来。这次的模特是个老头,脸上长满灰白的胡子。菲利普试着把他早晨学到的那点儿东西用上,却未能奏效。他意识到他画得远没有他所想的那么好。他不无妒忌地瞟了几眼坐在他身边的两个男子的素描,心里想,不知道自己以后能不能那么熟练地使用炭笔。时间过得很快。为了不至于叨扰普赖斯小姐,他坐到了离她较远的地方,散场往外走时,普赖斯小姐唐突地问他画得怎么样。

"不是很好。"他笑着说。

"如果你肯屈尊坐到我旁边,我本可以给你一些指点的,我想,你是有点自我感觉太好了吧。"

"不,不是的。我担心你会嫌我烦。"

"如果我嫌你烦,我会跟你直说的。"

菲利普看出来,尽管她态度粗鲁,却是真心想帮他。

"那么,明天我可要靠你指点了。"

"我并不介意。"她回答说。

菲利普走了出来,思索着到吃晚饭的这段时间该如何打发。他渴望做一些特别的事情。苦艾酒!对了,就去喝苦艾酒!他游逛到火车站那边,在一家咖啡馆的露天餐桌前坐下来,要了苦艾酒。这酒喝得他既有点恶心又觉得畅快。他发现这酒的味道苦,却很能提神;他感到自己完完全全是个美术系的学生了;因为是空腹喝酒,他的情绪很快变得亢奋起来。他望着来往的人群,大有天下人皆为兄弟的感慨。他觉得自己从未这么快活过。他到格雷维尔饭店时,克拉顿在的那张桌子已经坐满,可一看见菲利普瘸着进来了,克拉顿便大声喊他,大家一起为他腾出一个位子。他们的晚饭很节俭:一碗汤、一碟肉、水果、奶酪、半瓶葡萄酒;不过,菲利普倒一点没在意饭菜。他留心观察着桌上的人。弗拉纳根晚上又来了,他是个年轻的美国人,个子不高,鼻子有点塌,长得一张很阳光的脸和爱笑的嘴唇。他穿着一件上面有鲜亮图案的诺福克夹克衫,脖子上围着一条蓝色的硬领巾,戴着一顶样式很新奇的花呢帽。那个时候,尽管印象主义画派在拉丁区已占了统治地位,可它战胜其他画派还是最近的事。卡罗路斯·杜兰[①]和布格罗[②]等老派画家被抬出来反对马奈、莫奈和狄加。欣赏这些老派画家的作品仍然被视作是情趣高雅的标志。惠思特[③]对英国人及其同胞的影响很大,当时有眼力和有远见的人都在收藏日本的版画。老一代的艺术大师在接受新标准的检验。几个世纪以来备受推崇的拉斐尔·桑西[④],现在成了聪明的年轻人的笑柄。这些聪明的年轻人愿意用拉斐尔所有的画作,去换挂在国家美术馆的那幅维拉斯凯[⑤]画的菲

---

① 卡罗路斯·杜兰(1837—1917),法国画家。
② 布格罗(1825—1905),法国画家。
③ 惠思特(1834—1903),美国画家及雕塑家。
④ 维拉斯凯(1599—1660),西班牙画家。
⑤ 拉斐尔·桑西(1483—1520),意大利杰出画家,古典主义的集大成者。拉斐尔、达·芬奇和米开朗基罗并称为文艺复兴三杰。

力普四世的头像。菲利普发现饭桌上正热烈地进行着一场艺术上的讨论。中午吃饭时碰到过的劳森坐在他的对面。劳森是个瘦瘦的年轻人，有一头红头发，脸上满是雀斑，一双绿眼睛闪闪发亮。

菲利普坐下后，他盯着菲利普，突然说："拉斐尔只有在临摹别人的作品时，画的东西才让你看得下去。比如他的那些临摹佩鲁季诺①、平土雷克鸩②的作品就有其迷人之处；可当他想创作自己的作品时，他就只是个——"他不屑地耸了耸肩膀说，"拉斐尔了。"

劳森这种偏激的言辞令菲利普吃了一惊，不过，并不需要他回答，因为弗拉纳根已迫不及待地插进话来。

"噢，让艺术见鬼去吧。"他喊道，"让我们尽情地喝杜松子酒。"

"你昨晚就喝多了，弗拉纳根。"劳森说。

"不提昨晚，让我们今宵有酒今宵醉。"他说，"试想一下，身在巴黎，整天只想着艺术，艺术，有意思吗？"他操着浓重的西部口音说："啊，活着多好。"他强撑起身体，把拳头砰的一声砸在了桌子上，"让艺术见鬼去吧，我说。"

"你不但在这么说，而且在絮絮叨叨地重复着说③。"克拉顿的语气变得有些严厉了。

饭桌上还有一个美国人。他的穿着颇似菲利普今天下午在卢森堡公园看到的那些小伙子们。他的脸长得很好看，有双黑亮的眼睛，面容清瘦得像个苦行僧；他那身古怪的衣服像是个蛮勇的海盗服饰，浓密的黑发常常散落下来遮住眼睛；他最常做的动作就是用力地把头往后一扬，将他的长发甩到后面去。他开始谈起那幅挂在卢森堡宫的马奈的名画《奥林匹亚》。

"今天我在这幅画前站了一个小时，我敢说，这幅画画得不怎么样。"

劳森放下手中的刀叉，一双绿眼睛里燃起怒火，口里喘着粗气，

---

① 彼得·佩鲁季诺（1445—1523），意大利画家，擅长画柔暖的彩色风景以及宗教题材。
② 平土雷克鸩（1454—1513），意大利画家。
③ 指"让艺术见鬼去吧"这句话。

看得出来他在极力控制着自己的情绪。

"听到一个头脑未开化的人的见解，真是有趣，"劳森说，"你能告诉我们这幅画为什么不好吗？"

那个美国人还没来得及回答，就有人插话说："你的意思是说，那幅人体画画得不好？"

"我没这么说。我想，它右边的乳房就画得很好。"

"只是右边的乳房吗？"劳森喊道，"整幅画简直就是绘画史上的一个奇迹。"

劳森开始详尽地描述这幅画的种种美，可在格雷维尔饭店的这张餐桌上，说话人最终只是自己唯一的听众，没有人会听他说。那个美国人生气地打断了他。

"你该不会认为那个脑袋也画得好吧？"

因为激动而脸色发白的劳森开始为那幅画的头部做辩解，片刻后，之前一直沉默不语、带着几分讥嘲的笑容坐着的克拉顿插进来说："把那颗脑袋给他，我们不需要。即便如此，也不会影响到这幅画的完美。"

"好吧，我就把那个脑袋给你，"劳森喊着，"拿着它见鬼去吧。"

"还有那黑色的线条，你们又该作何解释？"那个美国人也大声地喊了起来，有些得意地把几乎快要垂落到汤里的头发往后一掠，"自然万物中，还没有见过它们的周边有黑线条的。"

"噢，上帝，从天上掷下火焰，来惩罚这些不敬者吧，"劳森说，"这跟大自然有什么关系？没人说得清自然界中有什么，或是没有什么！世人都是通过艺术家的眼睛来看大自然的。多少世纪以来，人们总看到马儿跨越篱笆时，四蹄会腾空而起，哦，的确是这样，先生，它们会腾空而起。世人过去看影子一直认为它是黑色的，直到莫奈才发现影子原来是有色彩的。可是，老天在上，先生们，影子确实是黑的呀。如果我们给物体周边勾勒上黑线条，世人就会看到这黑线条，黑线条就会与物体一起存在了。如果我们把草画成红色的，把牛画成蓝色的，那么，世人们就会将它们看成红色和蓝色的了。"

"让艺术见鬼去吧，"弗拉纳根嘟嚷着，"我要的是杜松子酒。"

劳森没有理会弗拉纳根的打断。

"现在,让我们来谈谈马奈的《奥林匹亚》,当它在巴黎艺术展览会上展出时,左拉——在市侩们的嘲讽,在守旧派、院士和公众的一片嘘声中——宣称:'我期盼着这样一天的到来,那时马奈的画将会陈列在罗浮宫里安格尔《女奴》的对面。二者相比,安格尔的《女奴》绝不会胜出。'它会在那里的。我知道离这样一天的到来已越来越近了。用不了十年,《奥林匹亚》一定会挂在罗浮宫里。"

"绝不会的,"那个美国人大声喊道,现在他改用两手把额前的头发使劲地往后捋,仿佛这样头发就永远不会再散落下来,"十年内,这幅画便会被人遗忘。这只是一时的风尚。一幅画如果缺少有价值的东西,是不会流传下去的,用这条标准衡量,马奈的这幅画可说是差之千里。"

"你指的有价值的东西是什么?"

"缺失了道德的因素,任何伟大的艺术都难以存在。"

"噢,上帝!"劳森愤怒地大喊起来,"我就知道是这样。他要的是道德说教。"他伸出手臂,合拢着双手,向苍天祈求道:"噢,克里斯托弗·哥伦布,你在发现美洲大陆时,都做了些什么呀?"

"拉斯金说……"

他还没再说出一个字,就被克拉顿用刀柄猛敲着桌子给止住了。

"先生们,"他的声音变得严厉,因为激动,他的大鼻子蹙了起来,"一个在知识界里我以为再不会听到的名字被人提了出来。言论自由固然不错,但有些共同的礼节我们还是必须遵循的。如果你愿意,尽可以谈谈布格罗,他的作品里既有令人发笑的部分也有令人作呕的;但不要让我们脏了我们干净的嘴,去提到杰·拉斯金,格·弗·华茨①或者埃·伯·琼斯②。"

"可到底谁是拉斯金呢?"弗拉纳根问。

"他是维多利亚女王时代一个伟大的作家。他是英语文体方面的

---

① 格·弗·华茨(1812—1904),英国画家,雕刻家。
② 埃·伯·琼斯(1833—1898),英国画家。

大师。"

"拉斯金的文体——只是由华丽辞藻拼凑起来的大杂烩，"劳森说，"另外，让维多利亚时代的文人们都见鬼去吧！每当我打开报纸看到一个维多利亚时代作家或艺术家的讣告，我就会因他们又少了一个而感谢上苍。他们唯一的能耐就是长寿，没有一个艺术家到四十岁以后还应该活着，到这个年龄，他已经把他最好的作品都创作完了；在这之后，他所做的一切都是在重复过去。难道你们不认为济慈、雪莱、波宁顿①、拜伦等人早死是他们最大的福分吗？如果斯文本恩②在他出版《诗歌与民歌》第一卷的那一天便死掉了，我们该把他视为怎样的天才啊！"

这一见解让在座的人都觉得痛快，因为他们没有一个年龄超过二十四岁。他们兴致勃勃地议论起这个话题，这一次他们终于取得了一致。他们侃侃而谈。有人建议把四十岁以上院士的作品都拿来燃篝火，然后把维多利亚时代已满四十岁的文人、艺术家都往这篝火堆里扔。这个想法博得一阵喝彩声。卡莱尔③和拉斯金，丁尼生④和布朗宁⑤，格·弗·华茨，埃·伯·琼斯，狄更斯，萨克雷，都赶紧要扔进这火焰里去；格拉德斯通，约翰·布莱特⑥，科布登⑦也将遭到同样的命运；对乔治·梅雷迪恩⑧则是进行了一会儿的讨论，不过，马

---

① 波宁顿（1802—1828），英国画家。
② 斯文本恩（1837—1909），英国诗人，评论家。
③ 托马斯·卡莱尔（1795—1881），苏格兰作家，历史学家，哲学家。
④ 阿尔弗雷德·丁尼生（1809—1892），维多利亚时代最受欢迎的英国诗人。
⑤ 罗伯特·布朗宁（1812—1888），英国维多利亚时代第二大诗人。
⑥ 约翰·布莱特（1811—1889），英国演说家及政治家。
⑦ 科布登（1804—1865），英国经济学家，政治家。
⑧ 乔治·梅雷迪恩（1839—1891），英国政治家，诗人。

修·阿诺德[1]和爱默生[2]还是被大家愉快地赦免了。最后轮到了沃尔特·佩特[3]。

"留下沃尔特·佩特吧。"菲利普喃喃地说。

劳森用他的绿眼睛盯着菲利普看了一会儿，末了，点了点头说：

"你说得对，沃尔特·佩特是《蒙娜丽莎》的唯一辩护人。你听说过克朗肖吗？他以前认识佩特。"

"克朗肖是谁？"菲利普问。

"克朗肖是个诗人。他就住在这边。我们现在去丁香园。"

丁香园是一家咖啡馆，他们常常吃过晚饭后到那里去，晚上十点到凌晨两点之间，你总可以在丁香园看到克朗肖。只是弗拉纳根已经听够了这一晚上的艺术清谈，在劳森说出他的建议时，把头转向了菲利普。

"噢，朋友，我们去有姑娘们的地方吧，"他说，"到蒙帕纳斯游乐场，我们去喝个痛快。"

"我还是想去见见克朗肖，让自己的头脑保持清醒。"菲利普笑着说。

42

大家一哄而散，弗拉纳根和另外两三个人去杂耍剧场，菲利普跟着克拉顿和劳森朝丁香园咖啡馆慢慢走去。

"你一定要到蒙帕纳斯娱乐场看看，"劳森对菲利普说，"这是巴黎最值得看的地方之一。我打算过些日子去画它。"

受海沃德的影响，菲利普蔑视更不屑于去杂耍剧场这样的地方，

---

[1] 马修·阿诺德（1822—1888），英国诗人，批评家。
[2] 拉尔夫·沃尔多·爱默生（1803—1882），美国哲学家，散文家，诗人。
[3] 沃尔特·佩特（1839—1894），英国散文家，批评家。

可在他到达巴黎时，正巧赶上杂耍剧场在艺术上做着诸多方面的创新探索。独特新颖的灯光设计，大片的暗红色和哑金色，凝重的暗影和装饰线条，为艺术提供了新的主题。拉丁区半数以上的画室都陈列着这家或是那家剧场的写生画。步画家们的后尘，文人们也都突然不谋而合地挖掘着杂耍演员的艺术价值；红鼻子的喜剧演员因为对人物性格的准确拿捏而被捧上了天；默默无闻地唱了二十年的肥胖女歌手们被发现拥有不可替代的诙谐才能；有些人在耍狗戏中体味到一种审美上的享受；还有些人则是用尽他们华美的辞藻去赞美魔术师的神奇和飞车演员的绝技。受某些方面的影响，观众也成了受关注和同情的对象，像海沃德一样，菲利普看不起大众和老百姓；他采取的是一种归隐者的态度，厌恶地观看平民的滑稽表演。但克拉顿和劳森却是满怀热情地谈论民众。他们描绘巴黎各种集会上人声鼎沸的热闹场面，说那里常常是一片人的海洋，乙炔灯光下人们的面孔时隐时现，喇叭、汽笛和人们的嘈杂声响成一片。他们所说的这些对菲利普来说都很新奇。他们跟他谈到了克朗肖。

"你读过他的作品吗？"

"没有。"菲利普说。

"他的诗歌发表在黄皮书①上。"

就像画家通常看待作家们的态度一样，他们对克朗肖有些轻蔑，因为他在绘画上是个门外汉；对他也有宽容，因为他毕竟也在实践着一门艺术；同时对他也有敬畏，因为他使用的艺术工具他们不能驾轻就熟。

"他是个不同寻常的人。一开始你会对他有点儿失望，他的才华只在醉酒后才能充分展现。"

"难办的是，"克拉顿补充说，"他不知道喝多久才会醉。"

---

① 皮书最早源于政府部门对某个专门问题的特定报告，各国依其习惯使用不同颜色的封皮，白色的叫白皮书，蓝色的叫蓝皮书（如英国政府），红色的叫红皮书（如西班牙政府），还有黄皮书（如法国政府）、绿皮书（如意大利政府）等。

到了咖啡馆，劳森对菲利普说他们得进到里面去。尽管目前秋天的空气里还几乎没有凉意，可克朗肖对风寒有一种病态的惧怕心理，甚至大热天也要坐在室内。

"他认识所有值得结识的人，"劳森说，"他认识佩特、奥斯卡·王尔德①，还认识马拉梅②那些人。"

他们寻找的对象坐在咖啡馆最里面的一个角落里，穿着外套，衣领立着，帽子低低地压在前额上以防受风。他是个大块头的男子，壮实却不发胖，圆圆的脸上留着一小撮胡子，长着一双有几分呆气的小眼睛。与他健壮的身体相比，他的头似乎显得有些小，像是一颗豆子很不稳当地立在一个鸡蛋上。他正和一个法国人玩多米诺骨牌，他冲着进来的人笑了笑，没有说话，好像是给他们腾出位置似的，把桌上摞起的小碟子推到了一边（桌上有多少个茶碟，就说明他已经喝了多少杯酒）。别人向他介绍菲利普时，他向菲利普点了点头，然后继续玩他的牌。虽说菲利普那时才学了法语不久，可他还是能听得出克朗肖的法语讲得很糟——他已经在巴黎好几年了。

终于，克朗肖带着胜利的笑容，倚在椅背上。

"你输了，"他的口音真的很难听，"伙计。"

他大声喊着侍者，朝菲利普转过身。

"刚从英国来？看最近的板球赛了吗？"

对这突如其来的问话，菲利普一时有些慌乱。

"克朗肖知道这二十年来每个一流板球手的得分平均数。"劳森笑着说。

那个玩牌的法国人到另一张桌子去找他的同伴了，克朗肖开始以他那惯常的做派（这也是他的特点之一），慢条斯理地讲述起肯特郡队和开兰夏队这两个板球队的优劣。他说起他在离开英国前看的那场板球赛，一个球一个球地详细讲解着整场球赛的情况。

"这是我来到巴黎后对英国的唯一怀念。"他一口喝干了侍者给

---

① 奥斯卡·王尔德（1854—1900），英国伟大的作家，艺术家。
② 斯特芳·马拉梅（1842—1898），法国象征派诗人。

他拿来的黑啤酒,说道,"在这儿你看不到板球赛。"

菲利普感到有些失望,一心想要炫耀拉丁区这位名人的劳森也变得有些不耐烦。那天晚上,克朗肖的才华迟迟不见展示,尽管他身边堆起的碟子已表明在把自己灌醉这个目的上,他已经做过真诚的努力了。克拉顿饶有兴味地看着眼前的这一幕。他猜想,克朗肖对板球赛的详尽讲解中有做作的成分,他喜欢讲一些讨人嫌的话题来逗弄人。

这时,克拉顿插话问道:"你最近见过马拉梅了吗?"

克朗肖的目光慢慢地落在克拉顿身上,仿佛是在思考这个问题。他回答前,用一个碟子敲着大理石的桌面。

"把我的那瓶威士忌拿来,"他喊道,随后转向菲利普,"我把威士忌存在这儿。这里买一点点就得花五十生丁,我可支付不起。"

侍者拿来了他的威士忌,克朗肖接过酒瓶,举到灯光下看了看。

"有人喝了我的威士忌,侍者,是谁偷喝了我的酒?"

"没有人喝过,克朗肖先生。"

"我昨晚在上面做了记号,你看看。"

"先生做过记号后,又不断地喝它。这样,先生的记号不都等于白做了。"

这位侍者性情很好,跟克朗肖十分熟稔。克朗肖直盯着他。

"如果你像绅士或贵族那样,以你的名誉起誓,没有别人,只有我喝了我的威士忌,我就接受你的呈词。"

这句话被逐字逐句地用最蹩脚的法语说了出来,听上去很有趣,柜台那边的女掌柜不由得大声笑了起来。

"真是太好笑了。"她低声说。

克朗肖听到了,羞怯地望着她,那是一个身体健硕、神态安详的中年妇女。克朗肖很是庄重地给了她一个飞吻。她耸了耸肩。

"别怕,夫人,"他慢慢地说,"我已经过了那样的年龄,不会再因中年女子的眷顾和感激而受到诱惑了。"

克朗肖为自己倒了一杯威士忌加苏打水,慢慢地喝着,临了,用手背抹了抹嘴说:"他很会讲话。"

劳森和克拉顿知道,克朗肖的这句话是对马拉梅那个问题的回答。克朗肖常在星期二晚上参加集会,诗人马拉梅在这天晚上会接待文人和画家们,就人们提出的各种题目做精彩的即兴演讲。显然,克朗肖最近去过那里了。

"他很会讲话,但他说的都是废话。在他的谈话中,艺术好像成了世界上最重要的东西。"

"如果不是,我们何必要来到这里呢?"菲利普问。

"我不知道你为什么要来巴黎。这不关我的事。但艺术只是一件奢侈品。人们看重的是自我的存活和后代的繁衍。只有当这些本能的要求得到满足后,他们才会让自己去享受作家、画家和诗人们为他们提供的消遣。"

克朗肖停下来喝了一口威士忌。有二十年了,他一直在思考着这个问题:到底是因为酒能使他侃侃而谈,他才喜欢喝酒的呢,还是说话能使他感到口渴,他才喜欢讲话的。

随后,他说,"我昨天写了一首诗。"

没有谁邀请他,他便开始缓缓地背诵起来,一边伸出食指打着节拍。这也许是一首很好的诗,只是在那个时候,进来了一位年轻女子。她的嘴唇涂得红红的,脸上施了浓妆,很是俏丽;她涂黑了她的眼睫毛和眉毛,上下眼睑也都涂上了醒目的蓝色,这蓝色一直延伸到眼角处,构成了一个三角形,她这妆化得让人觉得既离奇又有趣。她浓密的黑发从耳旁向后挽起,这种发型因克莱奥·德梅罗小姐而风行一时。菲利普的目光游移到了她身上,克朗肖此时朗诵完了他的诗,他望着菲利普,脸上浮现出宽容的笑容。

"你没有在听。"他说。

"哦,不,我在听。"

"我并不责怪你,因为你已经为我刚才的观点做出了证明。在情爱面前,艺术又算得了什么呢?在你欣赏这位俗艳迷人的年轻女子时,你忘记了诗歌的美好。对你的冷落态度,我表示敬意和赞美。"

年轻女子来到他们坐着的桌子旁边,克朗肖抓住了她的胳膊。

"坐到我的身边,宝贝,让我们演一出神圣爱情的喜剧。"

"起开。"她说,把他推到了一边,又去游荡了。

"艺术，"他挥了一下手，继续说道，"只不过是聪明人在酒足饭饱又腻味了女人之后，为排遣生活的单调乏味而发明出的花样。"

克朗肖又斟了一杯，他的话开始多了起来。他嗓音洪亮，字斟句酌。他将睿智的话语和荒诞的昏话令人咂舌地糅合在一起，一会儿一本正经地取笑他的听众，一会儿又在嬉戏中给予他们忠告。他谈论艺术、文学和生活。他时而恳切，时而用脏话戏谑，时而欢悦，时而声泪俱下。他显然已经喝多了。临了，他背诵起了诗歌，自己的和英国诗人约翰·弥尔顿的，自己的和雪莱的，自己的和基特·马洛[①]的。

最后，劳森感到困乏了，起身要回家。

"我也走。"菲利普说。

克拉顿，他们中间最少说话的一个，留了下来，嘴上挂着一丝嘲讽的笑容，继续听克朗肖唠叨。劳森陪着菲利普走到旅馆，跟他道了声晚安。菲利普躺在床上，久久不能入睡。这些纷至沓来的新思想在他脑中翻腾着。他兴奋极了，觉得自己浑身充满了力量。他从未像现在这么自信。

"我知道我将成为一个伟大的艺术家，"他对自己说，"对此，我的内心已经感觉到了。"

又一个念头出现在他脑海时，他感到一阵激动，即便对自己，他也不愿说出它来："的确，我相信自己具有天分。"

其实，菲利普已经醉了，但是他只喝了一杯啤酒，他的醉意应该归咎于一种更危险的迷醉元素，而不是酒精。

43

每个星期二和星期五的上午，画师们会来艾米特拉诺画室指导学生的习作。在法国，一个不画肖像画的画家挣的钱是很少的，一般都要靠美国富人们的赞助。饶有名气的画家都乐意一个星期抽出两

[①] 基特·马洛（1564—1593），英国诗人，剧作家。

三个小时到一家教授美术的画室去授课，这类画室在巴黎有许多。星期二是米歇尔·洛林来画室授课的日子。米歇尔·洛林上了年纪，脸膛红润，蓄着白胡子，他给政府画过一些装饰画，如今这些画却成了他学生的笑柄。他是安格尔的弟子，漠视艺术发展，一听到马奈、狄加、莫奈和西里斯①这些人的名字就受不了。不过，他是个很不错的老师，乐于助人，彬彬有礼，善于鼓励和引导学生。而另一位星期五来画室的老师福内特则是个很难相处的人。此人身材瘦小干瘪，脸上长满乱糟糟的灰胡子，一口难看的牙齿，眼神很凶，他脾气坏，嗓门大，语调里总是含着嘲讽。卢森堡美术馆曾买过他的几幅画，他在二十五岁时便崭露头角，看似前程似锦，只可惜他的才华是出自年轻，而不是出自天分。在后来的二十年里，他只是在重复着早期为他赢得声誉的那些风景画。当人们责备他的画太过单调时，他反驳说：

"柯罗②只画一样东西。为什么我就不能呢？"

他妒忌所有获得成功的人，尤其是印象派画家，他从骨子里厌恶他们。他把自己的失败归咎于这一疯狂的时尚，它使得大众———一帮乌合之众———都被印象派的画作给吸引过去了。虽说米歇尔·洛林也瞧不起印象派，可他只是温和地称他们是骗子，而福内特对他们却是连声的咒骂和痛斥，"流氓""恶棍"已是最轻的斥责。他饶有兴味地揭秘他们的私生活，以讽刺性的幽默、辱骂和猥琐的细节来诋毁他们出生的合法性，以及他们婚姻关系的纯洁性；他用东方人的比喻和强调手法，来加大对他们的嘲讽和蔑视。在查看学生们的习作时，他也从不掩饰对他们的轻蔑。学生们对他都是又怕又恨，女生们常常被他毫不留情的挖苦弄得哭鼻子，而她们的眼泪又会招致他的一顿嘲笑。尽管遭受他羞辱和训斥的学生一再抗议，他还是被校方留了下来，因为他无疑是巴黎最好的画师之一。有的时候，学校的管理员，

---

① 西里斯（1840—1899），法国印象派画家。
② J·B·C·柯罗（1796—1875），法国画家，以风景画见长，法国19世纪中期描绘风景的大师，是法国从传统的历史风景画过渡到现实主义风景的代表人物。

就是那个老模特,会冒昧地去劝他几句,不过,在这位性子狂暴且又傲慢的画师面前,他的规劝很快就变成卑躬屈膝的道歉。

菲利普最先见到的老师正是这位福内特先生。菲利普进到画室时,福内特已经来了。他正一个画架一个画架地巡视着,奥特太太陪在他身边,不断把他的讲解翻译给那些听不懂法语的学生听。

坐在菲利普旁边的范尼·普赖斯小姐此时正极为卖力地画着。她的脸色由于紧张而变得发黄,她不时地停下来,在衣服上擦着手心沁出的汗。她突然转向菲利普,紧蹙着眉头,想以此来掩饰她的焦虑。

"你认为我画得行吗?"她朝她的画示意。

菲利普站起来去看她的画,不由得吃了一惊,他觉得她几乎没有鉴赏力,她画得简直不成样子。

"我想,我要能画得有你一半好,我就满足了。"他回答说。

"你不能这么想,你才刚来。想画得跟我一样好,你的期望也太高了点。我来这里已经两年了。"

范尼·普赖斯叫菲利普感到疑惑不解。她的自负令人吃惊。菲利普已经发现画室里的每一个人都不喜欢她。不过,这也不能怪大家,因为她似乎总是在故意伤害别人。

"我跟奥特太太抱怨过福内特,"她说,"最近这两个星期,福内特就没有看过我的画,他可以为奥特太太花上半个钟头的时间,因为她是画室的司库。可毕竟,我交的钱和别人一样多,而且,依我看,我的钱也一样的好用。我不明白为什么我就不能得到和别人一样多的关注。"

她又一次拿起炭笔,但没过一会儿就呻吟一声,又将它搁下了。

"我画不下去,我太紧张了。"

她看着福内特,福内特正和奥特太太朝着他们这边走来。奥特太太温顺而平庸,却颇为自得,认为自己不可或缺。福内特在一个叫露丝·查莱斯的英国姑娘的画架前坐了下来。这位姑娘个子不高,衣衫也不是那么整洁;她的黑眼睛长得很好看,性情显得有些慵懒,可又不乏激情,清瘦的面庞中透着冷峻,却又不乏性感。她的皮肤像旧象牙,这种肤色正是在伯恩-琼斯的影响下,伦敦切尔西区的女孩们所追求的。福内特今天的情绪似乎很好,他没有跟查莱斯小姐多说什么,只是用她的炭笔急速有力地勾画了几笔,指出了她的错误。他站起来的时候,查莱斯小姐脸上兴奋得放着光彩。他走到克拉顿跟前,这一回菲利普也紧张起来了。不过,奥特太太之前已经答应过在福内特面前帮他说话。福内特在克拉顿的画架前站了一会儿,默默地咬着大拇指,随后,不经意地把从大拇指上咬下的一块皮唾到了画布上。

"线条画得不错,"福内特最后说,一边用拇指指着那些画得好的地方,"你的画快要入门了。"

克拉顿没有吭声,仍用他平时那副玩世不恭、对世人的见解毫不在意的神情望着老师。

"我开始认为你至少是有些绘画才能的。"

本来就不喜欢克拉顿的奥特太太听着噘起嘴来。她一点也看不出他的画有什么独到之处。福内特坐下来,开始讲画技方面的一些细节。奥特太太渐渐站得有点烦了,克拉顿始终没有作声,只是不时地点点头。感到克拉顿领会了他的教诲,并理解了其中的道理,福内特的脸上露出一丝满意的笑容。多数人都在听着,可显然没有一个听得懂的。然后,福内特站起来,来到菲利普这边。

"他是两天前才到这里的,"奥特太太赶紧解释说,"他是个初学者,以前从未学过画。"

"看得出来。"老师说。

他继续朝前走,奥特太太低声跟他说:"这就是我跟你提到过的那个女孩。"

他看着普赖斯小姐,就像看到什么令人生厌的动物一样,他的声音也变得生硬、刺耳起来。

"你似乎认为我对你关注得不够,一直向司库抱怨我。好了,现在拿出你希望让我给予关注的作品吧。"

范尼·普赖斯小姐脸红了,红晕在她蜡黄的脸上呈现出一种奇怪的紫色。她没有吭声,只是用手指了指她这个星期一直在画的那幅画。

福内特坐了下来:"哦,你希望我对你说什么呢?你想让我告诉你,这幅画是件优秀的作品?它不是。你想让我告诉你,你这幅画画得好？它画得不好。你想让我说它有价值？它没有。你想让我向你指出，它的缺点在哪儿吗？它一无是处。你想让我告诉你你该怎么办吗？撕掉它。你现在满意了吗？"

普赖斯小姐的脸变得煞白。她感到愤怒，因为福内特是当着奥特太太的面讲的这一切。尽管她在巴黎已待了几年，完全听得懂法语，可此时的她却几乎连一句法语也说不出来。

"他没有权利这么对待我。我的钱和别人的没有什么两样。我付他钱，是让他来教我的。他这么做，不是在教我。"

"她在说什么？她在说什么？"福内特问。

奥特太太迟疑着，没有马上把它翻译给福内特。普赖斯小姐用她那差劲的法语重复道："我付钱是让你教我的。"

福内特的眼睛里燃起怒火，他抬高了嗓门，挥动着拳头。

"可我对上帝发誓，我教不了你。教一头骆驼都要比教你容易得多。"他转向奥特太太说，"问问她，她学画是为了消遣，打发时间，还是要用它去挣钱。"

"我打算做画家，靠艺术谋生。"普赖斯小姐回答说。

"那么，我觉得我有责任告诉你，你是在浪费时间。你没有才华，这一点并不那么重要，在这个时代，有才能的人也并非比比皆是。但是，你连起码的悟性都没有。你来这里多长时间了？一个五岁的小孩上了两节课，也比你现在画得好。我给你一句忠告，放弃这没有希望的尝试吧。比起做画家，你当女仆谋生还更容易些。你看！"

他抓起一根炭笔，可刚碰到画纸就断成了两截。他骂了一句，用留在手中的那半截炭笔，用力地画着线条，他一边疾速画着，一边用难听的话恶狠狠地做着评价。

"瞧，这两条胳膊不一样长。那个膝盖画得太怪。我告诉你，五岁的孩子也比你强。你看，腿画成这样，她怎么能站得住。还有那只脚！"

每说一句话，他就用炭笔在画上狠狠地戳出一个记号，不一会儿，范尼·普赖斯画了那么长时间，付出那么多辛苦和焦虑的习作就变得认不出来了，画面上尽是些乱糟糟的线条和斑块。临了，他扔掉画笔，站了起来。

"听我一句劝，小姐，试着去做个裁缝吧。"他看了一下手表说，"十二点了。下周见，先生们。"

普赖斯小姐慢慢地收拾着她的东西。菲利普留下来没有走，想对她说些安慰的话，可搜肠刮肚只说出了这么一句："哦，我很为你难过，他这个人也太粗鲁了！"

她向他恶狠狠地转过身来："你等在后面就是为了这个？当我需要你的同情时，我会告诉你的。请你走开。"

她走过他身边，出了画室。菲利普耸耸肩，瘸着腿到格雷维尔饭店去吃午饭。

"她活该，"菲利普告诉他画室里发生的事情时，劳森说，"一个邋遢的母夜叉。"

劳森对别人的批评非常敏感，所以每当有福内特的课时，他总是避开，不去画室。

"我不喜欢人们对我的作品评头论足，"他说，"是好是坏，我自己心里清楚。"

"你的意思是说，你不想听别人说你的作品不好。"克拉顿干巴巴地说了一句。

下午，菲利普想去卢森堡宫看画。经过卢森堡公园时，他看见普赖斯小姐正坐在她惯常坐的那条长凳上。她那么粗鲁地对待他想要安慰她的一番好意，让菲利普觉得心里很不好受，所以，他装作没看见她的样子继续往前走。可普赖斯小姐却马上站起来，迎上他。

"你想当作没看见我？"她说。

"不，当然不是。我原以为你或许不想理我。"

"你这是要去哪儿？"

"我想去看看马奈的画。我常常听人谈到他的画。"

"你愿意让我陪你去吗？我对卢森堡宫很熟悉，我能带你看到几幅特别好的作品。"

菲利普心里明白，她不好意思直接跟他道歉，就以此来做补偿。

"你真是太好啦。我非常愿意。"

"如果你想自己去，大可不必这么说。"

"你愿意陪我，我很高兴。"

他们朝美术馆走去。那里最近正公开展出凯博特的私人藏画，学生们首次有机会把印象派画家的作品尽收眼底。在这之前，只有在拉菲特街的杜兰德–吕埃尔商店（这家老板与那些自以为高画家一等的同行们不同，总是乐意让穷学生看到他们想要看的作品），或是在凯博特的私人寓所里才能见到这些它们（每逢星期二，你弄到一张入场券，进入他的寓所并不难，在那里你能看到许多世界级的名画）。普赖斯小姐径直把菲利普领到了马奈的《奥林匹亚》跟前。他默默地注视着这幅画，惊讶不已。

"你喜欢它吗？"普赖斯小姐问。

"我不知道。"他无奈地回答。

"你可以相信我说的话，它是这个美术馆里最好的作品了。或许，除了惠斯勒为他母亲画的那幅肖像画之外。"

她让他在那里观赏了一阵，然后，带他看一幅描绘火车站的画。

"瞧，这也是马奈的作品，"她说，"画的是圣拉扎尔火车站。"

"可这两条铁轨并不是平行的。"菲利普说。

"那又有什么关系呢？"她摆出一副高傲的神气，反问道。

菲利普感到一丝羞愧。范尼·普赖斯捡起各家画室的一些观点，滔滔不绝地讲给菲利普听，她这方面的广泛知识很快便给他留下深刻的印象。她向他解释着这些作品，一副趾高气扬的神情，可又不乏真知灼见，她告诉他画家们所要努力表达的是什么，他应该从作品中去探求什么。说话之余，她不时地用拇指做着手势。她讲的这些对菲利普来说都很新鲜，他颇有兴趣又不无困惑地听着。在这之前，他一直崇拜的是华茨和本恩–琼斯，前者亮丽的色彩与后者雕琢纤巧的素描都完全满足了他的审美观。他们朦胧的理想和寓意于画作标题中的哲学思想，正跟他勤奋地阅读拉斯金作品中所体悟到的那些艺术的功能相吻合。但这里所陈列的东西却完全不同，在这些作品里，没有道德的吸引力，对这些作品的观赏无助于把人们引向更纯洁更高尚的生活。他感到很困惑。

最后,他说:"我今天已经累坏了。我想,我的脑子现在是再也不能有效地吸收任何东西了。我们到外面的长凳上坐坐吧。"

"最好不要一次性看得太多。"普赖斯小姐说。

出去之后,菲利普对她不辞辛苦陪他看画表示了由衷的感谢。

"噢,这没什么。"她有点不客气地说,"我这么做是因为我喜欢。如果你愿意的话,明天我们去卢浮宫,之后我再带你到杜兰德-吕埃尔的店里去看看。"

"你对我真是太好啦。"

"你不像班上的大多数同学那样认为我是个泼妇。"

"是的。我并不那么认为。"他说。

"他们以为能把我从画室里赶走,休想。我会在那里一直待下去,直到我认为合适离开的时候。今天早晨的这场风波,完全是露西·奥特挑起的,我知道是这样的。她一直很恨我。她以为这样一闹,我就会离开了。我敢说,她想让我走。因为她总担心我对她的事情知道得太多了。"

普赖斯小姐给他讲了一个冗长而又错综复杂的故事,从这个故事里可以发现,奥特太太这个平庸、体面的小女人有不少有伤风化的风流事。接着,她又说起露丝·查莱斯小姐,就是今天早晨福内特表扬了的那个女孩。

"她跟画室的每个小伙子都有染。她简直就是个街头妓女,肮脏得要死。她一个月都不洗一次澡,我知道这是真的。"

菲利普听着觉得不舒服,他已经听到过不少有关查莱斯小姐的传闻,不过,猜测跟母亲在一起住的奥特太太乱搞男女关系却有些荒唐可笑。走在他身边的这个满口恶毒谎言的女人,着实将他吓了一跳。

"我不在乎他们说些什么,我会继续学下去,我知道自己行。我觉得我能成为一个艺术家。我宁愿自杀,也不会放弃。噢,在学校里受人嘲讽,我又不是第一个,而事实上,往往是受嘲讽的人,成了他们中间唯一的天才。艺术是我唯一在乎的东西,我愿意为它付出我的全部,乃至生命。重要的是一直坚持下去,永不放弃。"

她发现,每一个看不起她的人都怀有不可告人的目的。她讨厌克拉顿。她告诉菲利普，他的这个朋友根本没有什么真本事，他有的只是一些华而不实、耀人眼目的东西，他一辈子也不会画出什么杰作。至于劳森，她说："是一个满脸雀斑、一头红发、不通情理的小混蛋，他怕福内特，怕得连自己的习作也不敢给他看。我却不怕，不是吗？我不在乎福内特跟我说什么，我知道自己是个真正的艺术家。"

他们走到了她住的那条街上。离开她后，他终于舒了一口气。

44

然而，下个星期天，普赖斯小姐提出带他去卢浮宫时，菲利普还是接受了。她领他看了《蒙娜丽莎》，菲利普有点失望。不过，他至今还熟记着沃尔特·佩特称颂这幅世界名画之美的那些金玉之言，他把这些话背诵给普赖斯小姐听。

"这些都是文学，"她有点不屑地说，"你必须丢开它们。"

她带他去看伦勃朗[①]的画，对它们做出许多中肯的评价。来到《伊默斯的信徒》前，她说：

"你能感觉到这幅画的美时，你就懂得一些绘画了。"

她又让他看了安格尔的《女奴》和《泉》。范尼·普赖斯是个独断专行的向导，她不愿意让菲利普看他喜欢的东西，试图把她的喜好强加于他。她对艺术的学习态度极端认真，在走过长廊里的一个窗口时——外面正对着杜伊勒里宫优雅、怡人、洒满阳光的景致，颇似拉斐尔的一幅名画——菲利普激动地喊："瞧，多美啊！让我们在这里待一会儿吧。"她却漠然地说："行吧，可我们来这里是看画的。"

秋日凉爽清新的空气令菲利普振奋，临近中午，他们来到罗浮宫宽敞的庭院时，他真想像弗拉纳根那样大声地喊：让艺术见鬼去吧！

"我说，我们去圣米歇尔街上的饭店一起吃点东西好吗？"他说。

普赖斯小姐迟疑地看了他一眼。

[①] 伦勃朗（1609—1669），荷兰画家。

"我在家里已经备好了午饭。"她回答说。
"没关系的,你可以把它留到明天。就让我请你吃顿午饭吧。"
"我不明白你为什么要这么做。"
"这会令我感到高兴的。"他笑着回答。
他俩过了河,圣米歇尔街的拐角处有一家饭店。
"就在这家饭店吧。"
"不,我不想在这儿,这里的饭菜恐怕太贵了。"
她坚持再往前走走,菲利普只好跟着。走了不多远,有一个小饭店,外面便道上的凉棚下面已坐了十来个人,店门的窗户上写着几个醒目的白色大字:午餐一法郎二十五生丁,包括酒水在内。
"我们不可能再找到比这更便宜的饭店了,看上去也不错。"
他们在一张空桌前坐下来,等着第一道菜煎蛋卷端上来。菲利普看着来往的行人。他的心飞向了他们。尽管有点累,可觉得很快活。
"哦,你瞧那个穿短外套的人,他是不是很特别?"
他瞥了普赖斯小姐一眼,惊讶地发现她根本没有注意过往的人群,只是在低头看着她的盘子,两行热泪顺着她的面颊淌下来。
"你怎么啦?"他不由得大声说。
"你再跟我这么喊,我就马上起身离开。"她说。
菲利普完全被弄蒙了,不过,好在这个时候煎蛋卷上来了。他把它分成了两份,他们开始吃了起来。菲利普尽量说些轻松的话题,而普赖斯小姐似乎也在努力地迎合。尽管如此,这顿午饭仍吃得不是那么尽如人意。菲利普的胃口本来就挑剔,普赖斯小姐吃饭的方式更是倒了他的胃口。她吃饭时狼吞虎咽,还吱吱地发出声响,像是动物园里的一头野兽,每吃完一道菜,就会用一块面包去抹干净盘子,直到把盘子抹得锃光发亮,仿佛是不希望浪费掉一滴菜汁似的。他们要了卡门伯特奶酪,见她连奶酪皮都吃得精光,他不由得心生厌恶。即便饿了几天,也不该是她那副吃相啊。

普赖斯小姐的行为有时让人无法解释,今天分开时还是好好的,可第二天再见面,说不定就会对你怒目相向。不过,菲利普从她那里还是学到了许多东西。虽说她自己画得不好,她却把可以传授的知识都告诉了他，她的不断指点有助于他的进步。奥特太太也不时给他提出一些有益的见解，有时候查莱斯小姐也会指出他习作的缺点；他从劳森那滔滔的谈吐，从克拉顿的范本里也学到不少。可范尼·普赖斯小姐只愿意让他听取她的建议。要是有人跟他说过话，他再去问普赖斯小姐什么问题，她便会很不客气，甚至有些粗鲁地拒绝他。劳森、克拉顿和弗拉纳根就此开他的玩笑：

"你得小心啦，小伙子。她一定是爱上你了。"

"嘻，你们瞎说什么呀。"菲利普笑着说。

认为普赖斯小姐也能爱上什么人的想法，是荒谬的。只要想到她丑陋的相貌、乱蓬蓬的头发，不干净的双手，和那总穿着的边角都磨破了的褪色衣服，他就不寒而栗。他猜想，她是因为经济拮据，可大家都不宽裕呀，她起码能把自己收拾得干净点儿吧；用一根针和棉线，她就能把她的裙子缝补得像样点儿。

菲利普开始梳理他对周边人的印象，他已经不像在海德堡时那么单纯了，在德国的日子似乎已经显得很遥远了。他对人们不再抱有盲目的兴趣，开始倾向于用审视和批判的眼光去看他们。他发现，经过三个月的朝夕相处，他对克拉顿的了解并不比第一天认识他的时候多。他在画室里留给人们的总的印象是能干，人们都认为他会干出一番大事业，他本人也是这么觉得；不过，他将来究竟打算做什么，这一点不仅别人，连他自己也不太清楚。来艾米特拉诺画室之前，他曾经在"朱利昂""美术""麦克弗森"等画室待过，他在艾米特拉诺画室里停留的时间最长，是因为他觉得这里的管束少，他更自由一些。他不喜欢夸耀自己的作品，不像大多数学艺术的年轻人那样总爱向别人征求意见，或是给予别人建议。据说，在首战路的一间工作室兼寝室的小屋里，他创作出许多不错的画，如果他把它们送去展览，没准儿早就出名了。他雇不起模特，只能画静物画。劳森总是谈起克拉顿画的一盘苹果，他说这幅画堪称名作。克拉顿非常挑剔，惯于追求他自己尚没有完全把握的东西。他总是对自己的画作不满意。画作中的某个部分或许会使他满意，某个人物的前臂、一条腿、一只脚，或静物画中的一只杯子——他就把这些部分剪下来保存，而将画面的其余部分毁掉。这样,当人们想要看他的画时,他就可以实事求是地告诉人家,他没有一幅完整的画可供展览。在布列塔尼①,他碰到一个默默无闻的画家,那是一个很怪的人,之前一直做证券经纪人,人到了中年才开始学画②,他的作品对克拉顿的影响很大。目前克拉顿正在摆脱印象派画家的影响,艰苦探求着自己作画和观察事物的道路。菲利普觉得在克拉顿身上有一种不多见的独创精神。

无论是在他们吃饭的格雷维尔饭店,还是在傍晚时的凡尔赛或丁香园咖啡馆里,克拉顿总是沉默的时候多。他安静地坐着,清瘦的脸上一副讥诮的神情,只在有机会的时候才插进一句俏皮话。他喜欢嘲讽别人,当有个可以讽刺的人在场时,他便来了劲儿。除了绘画,他很少谈论别的。而且,绘画也是只跟几个他认为有见地的人谈。菲利普不知道这个人的肚子里是不是真的有货,他的缄默,清瘦的面庞,和那富于嘲讽的幽默,似乎都表明了他的个性。然而,这一切也可能只是一个有效的面具,掩盖起他空空如也的头脑。

另一方面,菲利普跟劳森很快熟稔起来。劳森兴趣广泛,是个招人喜欢的同伴。他读的书比大多数同学都多。尽管他收入不多,却喜欢买书,也乐意把书借给别人看。菲利普也开始熟悉福楼拜、巴尔扎克、魏尔伦③、埃雷迪亚④和维利埃·德利尔·亚当⑤等作家。他们俩一起去看戏,有时到歌剧院的顶层楼座去看喜剧。他们住处附近,就是奥代翁剧院。很快,菲利普也像他的朋友劳森一样,迷上了路易斯十四时期的悲剧作家和铿锵有力的亚历山大体诗歌。泰布街常常举行红色音乐会,在那里他们只需花上七十五生丁便能欣赏到优美的音乐,还可能喝到免费的饮料;虽说那里人多,座位也不舒服,空气中

---

① 布列塔尼,法国的一个大区,位于法国西北部的布列塔尼半岛上。
② 此人是毛姆另一代表作《月亮与六便士》的主角斯特里克兰德,原型是法国印象派画家保罗·高更。
③ 保罗·魏尔伦(1841—1896),法国诗人,象征主义早期的领导人。
④ 埃雷迪亚(1842—1905),法国诗人。
⑤ 维利埃·德利尔·亚当(1838—1899),法国作家。

还弥漫着呛人的烟草味儿,可这些对于他们年轻人的热情来说不值一提。有时,他们也去比利埃舞厅。这种场合,弗拉纳根总是跟他们一起去。他激情四射、热情奔放的性格给他们平添了欢乐。弗拉纳根舞跳得好,进舞厅不出十分钟,他就跟刚结识的年轻女店员们尽情地舞在了一起。

拥有一个情人是他们每个人的愿望,这是在巴黎学艺术的学生炫耀的资本,它可以让你的同伴们对你另眼相看。可困难在于他们这些穷学生几乎没有足够的钱来养活自己,尽管他们坚持认为,法国女人聪明持家,两个人在一起的费用跟一个人需要的也差不多。然而,他们却很难碰到一个年轻女性愿意接受他们的这种观点。于是,他们对那些选择了比他们更有名气和金钱的画家的女人们心生嫉妒,谩骂诅咒。他们不禁哀叹,为什么在巴黎找个女人竟如此之难!劳森曾认识了一个女孩,跟她定好了约会的时间,在这之前的二十四个小时里,劳森惴惴不安,见人便夸这个女孩是如何的迷人妖冶。可到了约定的时间,他连人家的影子都没见着。每次遇到这种事,他总是很晚才来到格雷维尔饭店,来了就发脾气,大声地喊叫:

"该死的,又是连个鬼影子也没见着!我不知道她们为什么都不喜欢我,我想,可能是因为我的法语说得不好,或者,因为我的头发是红的。在巴黎待了一年,连个女孩子都搞不到手,真是晦气。"

"是你没有摸着搞女孩子的门道。"弗拉纳根说。

弗拉纳根有一连串令人艳羡的情事拿来夸耀,尽管他们并非全然相信,可事实迫使他们承认,他说的并不都是谎话。不过,他交女朋友可不是要跟她们谈婚论嫁。他在巴黎只能待两年的时间,他说服了家人让他来这里而不是去念大学,可在两年结束后,他必须返回西雅图接替父亲的生意。他一心要在这段时间里尽情地玩乐,所以,在交女朋友上,他是但求新鲜多样,而不是持久。

"我真不知道你是怎么把她们搞到手的。"劳森愤愤地说。

"这并不难,伙计,"弗拉纳根说,"你一个劲儿地追下去就行了。难的是如何把她们甩掉。这才是需要运用手腕和计谋的地方。"

菲利普忙于绘画,读书,看戏,与同仁们交谈,无暇去结识女朋友。他认为等他把法语说得流利了，以后多的是谈情说爱的时间。

自他与威尔金森小姐分别，转眼间已经一年多，离开布莱克斯特伯尔前他曾收到过她的一封信，刚来巴黎的那几个星期实在太忙了，他没能及时回信。她的又一封信到来时，他知道里面一定满是斥责的话，而且那时他的心情也不太好，于是就把信搁在一边，想着过几天再看，可随后就忘记了。直到一个月后，他在抽屉里翻找没有破洞的袜子才碰巧发现了它。他颇为沮丧地看着这封没有拆开的信，担心威尔金森小姐一定是伤心透了，这让他觉得自己也未免太残忍了一些。不过，现在她或许已经不再痛苦了，不管怎么说，她最难过的时刻已经过去了。他认为女人在表达自己的感情时往往有些过分夸张。同样的话如果出自男人之口，分量便会重很多。他决定以后再也不跟她见面了，他已经有很长时间没有给她写过信，现在似乎也完全没有这个必要了。他拿定主意，绝不再去读那封信。

"我敢说，她再不会写信来了，"他跟自己说，"她不会不明白这件事已经过去了。毕竟她的年龄差不多可以做我的母亲了，她本就该知道事情会是这种结局。"

思考的过程中，他难受了一两个小时。不过显然，他现在采取的态度是正确的，只是他对整件事情还是有些不悦。威尔金森小姐再也没有写信来，也没有像他担心的那样突然出现在巴黎，让他在朋友们面前丢脸。不久，他便完全忘掉了她。

与此同时，他与往日崇拜的偶像也分道扬镳了。他最初对印象派画作感到的惊奇现在已变成钦佩，很快他就发现自己也像其他人一样，对马奈、莫奈和狄加的优点大谈特谈。他买了安格尔的《女奴》和《奥林匹亚》画作的大幅照片，把它们并排挂在脸盆架上方的墙上，这样在他刮脸时也能欣赏它们的美。现在，他已确信在莫奈诞生之前，世上还不曾有过真正的风景画。每当站在伦勃朗的《伊默斯的信徒》或维拉斯凯的《鼻子不像样的女士》的画作前时，他便会感到一阵激奋。"鼻子不像样"不是这位女士的真名，然而，为了强调这幅画的美，她也因此绰号在格雷维尔饭店出了名，尽管这位模特的容貌有令人讨厌之处。他将他的圆顶礼帽和上面有白点的蓝领带——来巴黎后他还一直戴着它们——连同拉斯金、伯恩-琼斯和华茨等人一起抛在一旁。现在，他戴着柔软的宽边帽，系着旧式的黑领带，身披式样颇为浪漫的斗篷，四处游玩作乐。当他漫步在蒙帕纳斯大街上时，他觉得生来便对它很是熟稔。凭着坚持，他学会了喝苦艾酒，再不觉得它苦涩难咽。他留起了长发，也想蓄起胡子，只可惜天公不作美，老天对他这个年轻人的长久渴求不予理睬。

45

没过多久，菲利普便意识到，赋予他的朋友们活力的是克朗肖的精神。正是从克朗肖那里，劳森学会了似是而非的悖论，就连竭力追求个性的克拉顿在表达自己时也有意无意地使用了从那位长者处听来的术语。他们在餐桌上所议论的也正是克朗肖的思想，正是依据他权威的见解，他们方能做出对事物的判断。他们对他怀有一种不自觉的尊重，同时却又嘲笑他的怪癖，为他的种种恶习感到痛惜。

"当然啦，这个可怜的老克朗肖是不可能有什么大作为的。"他们说，"他已经没有希望了。"

他们为只有他们才懂得欣赏他的才华而感到自豪。年轻人对中年人的愚蠢行为往往抱有一种轻蔑感，所以他们在和克朗肖相处时也显得纡尊降贵，可当克朗肖择时得当地大大显露了一下自己的才华时，他们会觉得自己脸上也有了光彩。克朗肖从不来格雷维尔饭店。在过去的四年里，他一直跟一个女人同居（这个女人劳森只见过一次）。他境遇悲惨，住在大奥古斯丁街一幢破旧公寓二层的一间窄小的房间里。劳森津津有味地描述那个地方的污秽、凌乱，遍地都是垃圾。

"那里简直是臭气熏天。"

"吃饭时不要说这些，劳森。"饭桌上有人劝道。

但劳森兴致正浓，岂肯中止对那种种扑鼻气味的描述。他用生动的写实主义，绘声绘色地讲述前来为他开门的那个女人。她个子不高，非常年轻，又黑又胖，一头乌发好像总要散落下来似的。她穿着一件很邋遢的宽罩衫,没穿紧身胸衣。她脸颊红红的,嘴唇大且性感,明亮的眸子神情撩人,这些都令人想起罗浮宫里弗朗兹·哈尔斯①那幅《波希米亚女人》的画像。她那副卖弄风骚的样子让人觉得既有趣又俗气。一个脏兮兮的婴孩正在地上玩耍。据说,这个淫荡的女人跟拉丁区最卑鄙的无赖串通一气来欺骗克朗肖,这对前来咖啡馆汲取他的智慧的单纯无邪的年轻人来说,简直是个谜:才智过人、一心热爱美、追求美的克朗肖,竟然会跟这样一个女人住在一起。不过,克朗肖却似乎很欣赏她口中的粗言秽语,还常常引用她贫民窟里的粗话。他把她戏称为"我的管家婆"。克朗肖很穷。他靠在一两家英文报纸上给参展的画写评论挣着一点微薄的收入,也做点儿翻译。他曾在巴黎的一家英文报社做过编辑,后来因为酗酒而解职了;不过,他仍为这家报纸做些零工,报道在德鲁奥特酒店举行的拍卖会,或是介绍杂耍剧场上演的时事讽刺剧。巴黎的生活已经渗入他的骨髓,哪怕他在这里生活得再苦再累,他也不愿意用它去换这世上的其他任何一种生活。他一年四季都待在巴黎,甚至当夏天熟人们都去外地避暑了,他也不会离开,只有待在圣米歇尔大街方圆一英里内的地方,他才会觉得踏实自在。然而,奇怪的是,他的法语从来没有学得稍微像样一点过,身上一直穿着在"美丽园丁"商店买的那身寒酸的衣服,依然保持着他那副根深蒂固的英国人派头。

如果他生活在一个半世纪之前,他一定会是个幸运儿,那个时候,风趣的谈吐是结交名流的通行证,酗酒尚能通行无阻。

"我应该生活在十九世纪,"克朗肖自言自语道,"我需要的是个艺术上的资助人。我会用赞助得来的钱出版我的诗集,并且把它们送给一位贵族。我渴望能为一个伯爵夫人的狮子狗写上一些押韵的双行诗,我渴望能与高贵人家的侍女谈情说爱,与主教们谈论古今。"

说到这里,他引用了浪漫诗人罗拉②的一句话:"在这个古老的世界上,我出生得太晚了。"

---

① 弗朗兹·哈尔斯(约1580—1666),荷兰画家。
② 罗拉(1300—1349),英国隐士,神秘主义者,诗人。

克朗肖喜欢新面孔。他对菲利普情有独钟,菲利普似乎掌握了一种难得的谈话技巧,说出的话能刚好引出话题,不会多到妨碍对方的长篇大论。菲利普被克朗肖迷住了。他没有意识到克朗肖讲的几乎没有什么新的东西,反而被他的谈吐中所展现出个性的奇特所吸引。他的嗓音悦耳、洪亮,说话富于逻辑性,对年轻人有一种不可抵挡的吸引力。他的言语似乎都能激发人的思考。一起回各自旅馆的路上,他们常常会就克朗肖的某一句话引发的观点进行讨论。在凡事都喜欢看结果的年轻的菲利普看来,克朗肖的诗歌没有达到读者的预期,难免有些遗憾。这些诗作从来没有经过收集出版过,它们大部分都是发表在期刊上。经过一番的说服工作后,克朗肖总算拿出从《黄皮书》《星期六评论》和其他杂志上剪下来的一沓纸片,每一张上面都有他的诗歌。菲利普看后大吃一惊,因为大多数的诗都让他想起了亨莱[①]或是斯文本恩的作品。克朗肖只需要用他杰出的表达才能,将它们变为自己的即可。菲利普告诉了劳森自己的失望,劳森无意间把这话说了出去,当菲利普再一次去丁香园咖啡馆时,诗人克朗肖向他转过身,很是老到圆滑地笑着说:"我听说你并不看好我的诗歌。"

菲利普被问得很是尴尬。

"没有这回事,"他回答说,"我非常喜欢读你的诗。"

"你不必担心我会觉得丢面子,"克朗肖挥动了一下胖手说,"我并不太看重自己的诗歌。生活是让人去体验去经历的,而不是为了让人去描写的。我的宗旨是探求生活所能提供的各种各样的经验,汲取每时每刻从生活中所淬炼出的情感。我把写作看作是一种高雅的情趣,它非但不减少,反而增加着生活的乐趣。至于子孙后代将会如何评说——让他们见鬼去吧!"

菲利普笑了,因为很显然,这位看重生活的艺术家从未创作出过什么好的作品。克朗肖若有所思地望着菲利普,随后又斟满了他的酒杯。他叫侍者帮他去买一包香烟。

"我这样子讲话,也许你会觉得很好笑,因为你知道我很穷,跟

[①] 威廉·欧内斯特·亨莱(1849—1903),英国诗人,评论家兼剧作家。

一个同理发匠和咖啡馆侍者胡来的粗俗女人住在顶楼里；我为英国读者翻译低劣的书籍，为那些甚至不值得去骂的粗劣画作写评论。可是，请你告诉我，人生的意义是什么呢？"

"喔，这是个不好回答的问题。还是你自己来回答好吗？"

"不行，因为除非你自己去找出答案，否则就没有任何意义。你认为你活在这世上，是为了什么呢？"

菲利普从未问过自己这样的问题，想了一会儿后，他回答道：

"噢，我不知道。我想，就是尽好自己的责任，最大可能地发挥出自己的能力，同时避免伤害到他人。"

"简而言之，你想让别人怎么对你，你就怎么去对别人，是吗？"

"我想是的。"

"这是基督教的精神。"

"不，不是。"菲利普激愤地说，"这与基督教的精神没有一点儿关系。它只是抽象的道德。"

"但是，世上根本就没有抽象的道德这种东西。"

"比如说，你喝醉了，把钱包落在这里，我捡到了，为什么你认为我会归还给你呢？这儿不存在对警察会追究的担心。"

"那是你怕犯了罪后下地狱，也是你想多行善，死后进入天堂。"

"可我既不相信地狱，也不相信天堂。"

"那也可能。康德提出'绝对命令说'时，也不相信有地狱和天堂。你抛开了一个信条，但你又保留了在这一信条基础上建立起来的伦理。不管怎么说，你还是个基督徒，如果真有上帝的话，你无疑是会得到报偿的。上帝并非像教会所说的那么傻。我认为，只要你遵循他的法则，至于你是否相信他，他是绝不会在乎的。"

"可如果我把钱包落下了，你一定会把它归还给我的。"菲利普说。

"是的，但不是出于抽象道德的动机，只是因为我害怕警察。"

"警察发现的可能性怕是连千分之一也没有。"

"多少世纪以来，我的祖先们都生活在一个文明的国度，对警察的惧怕已渗入我的骨子里。我公寓门房的女儿会毫不犹豫地把钱包放进她自己的口袋里。你会说她是属于那些犯罪阶层的人吗？不会，

217

她只是缺少庸俗的偏见罢了。"

"可这样一来，就等于把荣誉、美德、善行、体面全丢弃了。"

"你犯过罪吗？"

"不知道，我想，也许犯过吧。"菲利普回答说。

"你说话的口吻像是一个非国教派的牧师。我从未犯过罪。"

克朗肖穿着他的破大衣坐在那里，衣领竖着，帽子低低地压在前额上；红红的胖脸上，一双小眼睛熠熠地闪着光，样子看上去真滑稽。可此时较真的菲利普却笑不出来。

"你就从未做过让自己后悔的事情？"

"当我所做的一切都是无法避免的，我还怎么会后悔呢？"克朗肖反问道。

"可这是宿命论。"

"人有一种错觉，总以为自己的意志是自由的，这一错觉是如此根深蒂固，甚至我也准备接受它了。我像一个完全不受约束的人那样行动。但是，在行动时，这样的一点也是显而易见的：所有来自永恒和宇宙的力量都不约而同地促成这一行动，我所做的任何事情都不能阻止它的发生。它是不可避免的。如果这一行为是好的，我不能说这是我的功劳；如果是坏的，我也不接受任何谴责。"

"我的头有点晕了。"菲利普说。

"来点威士忌，"克朗肖说着，把酒瓶递了过来，"世上没有什么比这更能让人头脑清醒的了。如果你总是只喝啤酒，到头来你一定会变得智力迟钝。"

菲利普摇了摇头，克朗肖继续道：

"你是个不错的小伙子，只可惜你不喝酒。冷静不利于谈话的进行。哦，当我说到好与坏时……"菲利普知道他是在继续前面的话题，"只是照搬传统的说法。这些词语在我看来没有任何的意义。我拒绝给人类的行为排序，说一些行为高尚，值得去做；另一些行为卑劣，不值得去做。邪恶与美德这样的词语在我这里没有任何意义。我不去赞扬，也不去责备，我只是接受。我是衡量一切事物的标准。我是世界的中心。"

"可世界上还有别的人。"菲利普反对说。

"我谨代表自己说话。只有在人们限制和影响我的行为时，我才意识到他们的存在。世界也在围绕着他们每一个转。每个人对其自身而言都是这个宇宙的中心。我的力量有多大，对他们的权力也就有多大。我的能力才是我的行为的唯一的限制。因为人类喜群居，爱交际，所以我们生活在社会中。社会是凭借各种力量聚合在一起的，武装力量（即警察）和舆论力量（即格伦迪太太[①]）等。你的一面是社会，另一面是个人，他们每一个都是力争要自我保存的有机体。这是力量与力量的抗争。我单枪匹马地存在于世间，注定要接受社会，而且，我并非心不甘情不愿，因为为了回报我所缴纳的税赋，社会会保护我这个弱者免受另一个比我强壮的人的欺负。我服从社会的法律，虽然我并不认为它们是公正的；我不知道公正为何物，我只知道权力的存在。当我为获得警察的保护纳了税，并在保护我的家人和土地的军队里服了役（如果我是生活在一个征兵制国家的话），我便还清了社会的债务。至于其他情况，我用我的聪明和计谋跟社会博弈。社会为其自身的存活制订了法律，如果我违反了它们，它就会让我坐牢，或是杀了我；社会有力量这么做，也有权利这么做。如果我违反了法律，我将接受社会的报复，但我并不把这看作是对我的惩处，也不会认为自己犯了罪。社会用荣誉、金钱和同胞们的夸赞来引诱我为它服务，然而，我并不在乎人们对我的看法，我鄙视荣誉，没有财富，我也能活得很好。"

"如果每个人都像你这么想，社会和国家就分崩离析了。"

"我跟别人没有任何关系，我只关心我自己。社会上的大多数人都是为了挣得报酬去做事的，他们所做的事直接或间接地为我提供了方便，我只是利用了这一点。"

"在我看来，这种看待事物的方法似乎非常自私。"菲利普说。

[①] 格伦迪太太，英国18世纪剧作家托马斯·莫顿喜剧中的人物，邻居怕她处处挑剔，所以做事谨小慎微。后来格伦迪太太就成为"社会舆论"的代名词。

"你认为人们有不出于自私的目的而做事情的吗?"

"有。"

"这是不可能的。随着年龄增长,你便会发现,能使世界成为一个尚可居住的地方的最为首要的一点,就是承认人类具有必然的自私性。你要求别人做到无私,要求他们为了你而牺牲掉他们的欲望,这是非常荒谬的。他们为什么就该这么做呢?当你也承认了这样的一个事实,即人生在世都是为了自己的时候,你就不会再向你身边的人索求什么了。这样一来,他们也不会令你失望,你对待他们也会较为宽容了。人们在生活中只追求一样东西——快乐①。"

"不,不,不是的。"菲利普大声喊。

克朗肖咯咯地笑了起来。

"我使用了一个你们基督徒认为是贬义的词,你就像个受惊的小马驹一样跳起来了。你们给价值观念划分了等级,快乐是在这一阶梯的最下面,在谈到'责任''仁慈'和'真诚'时,你会有种激奋和自得感。你认为快乐只是一种官能上的享受,创造出你们的道德的那些可怜的奴才们,他们鄙视自己无力消受的那一官能上的满足感。如果我这里说的是'幸福',而不是'快乐',你就不会这么吃惊了。'幸福'这个词是褒义的,那样你的思想也会从伊壁鸠鲁②的猪圈徜徉到他的花园了。不过,我还是要用'快乐'这个词,因为我知道人们追求的就是这个,我不认为他们谋求的是幸福。潜伏在你所奉行的每一种德行中的正是快乐。人之所以要有所为,是因为这些所为对他有好处,当这些行为同时对别人也有好处时,它们便被认为是善行了。如果人们发现施舍是种快乐,那他拥有仁慈的菩萨心肠;如果他发现帮助别人是种快乐,那他就是乐善好施;如果他发现为社会工作是种快乐,那他是热心公益事业。然而,你给乞丐两便士,是为了满足你个人的快乐感,就像我在喝下一杯威士忌加苏打水会觉得快活一样。只是我不像你那么虚伪,我既不会为自己获得快乐而喝彩,也不

---

① 原文是"pleasure",这里有肉体上的快乐和享受的意思。
② 伊壁鸠鲁(约前342—前270),古希腊杰出的唯物主义者和无神论者。

要求你的赞美。"

"但是，难道你不知道世上还有人在做着他们不想做的事情，而不是在做着他们想要做的？"

"我不知道。你这问题提得很蠢。你的意思是说，人们宁愿接受一种即刻的痛苦，也不愿意享受即刻的快乐。反对你的这个问题就跟你提出它一样蠢。显然，人们愿意接受即刻的痛苦，而不愿意享受即刻的快乐，他们这么做，只是因为他们期望将来会有更大的快乐。这种快乐往往是虚幻的，但不能因为人们在估算上出了错误，就否定了这条规律。你感到困惑，是因为你不能摆脱掉快乐只是官能上的享受这一想法。但是，孩子，一个为他的国家捐躯的人，他之所以愿意这么做，是因为他喜欢这个国家，就像一个人吃腌白菜是因为他喜欢一样。这是一条宇宙的法则。如果人们都宁愿受苦而不要快乐的话，那么人类也恐怕早就灭绝了。"

"可如果你说的都是真的，"菲利普喊了起来，"那一切还有什么用呢？如果把责任、美与善都抛开了，那么，我们来到这个世界上还有什么意义呢？"

"瞧，有灿烂的东方来给我们提供答案了。"克朗肖笑着说。

他用手指着正巧推门而入的两个人，他们带进一股寒冷的空气。这两人是地中海东岸一带的人，是沿街串巷兜售便宜地毯的小商贩，其中一个人的胳膊里搂着一捆地毯。那是个星期天的傍晚，咖啡馆里人很多。两个小贩走过一桌又一桌的食客，在空气污浊、满是烟草味和汗臭味的环境中，他们似乎带来一股神秘的气氛。他们穿着破旧的西服，身上单薄的大衣磨出了线头，头上都戴着一顶土耳其帽，脸色冻得发青。其中一个已至中年，留着黑胡子；另一个只有十八岁，满脸麻子，是个"独眼龙"。他们来到克朗肖和菲利普这边。

"真主伟大，穆罕默德是他的预言者。"克朗肖用他洪亮的嗓门说。

那中年人带着逢迎的笑凑上前来，样子颇像一条挨惯棍子的杂种狗。他向门口斜瞟了一眼，动作鬼祟而又迅速地拿出一张色情照片。

"你是亚历山大的商人马斯艾德·迪恩吗？还是来自遥远的巴格达，从那里带来了这些货物？噢，大叔，我从那边的独眼小伙子身上仿佛看到了谢赫拉莎德①讲给她君主听的那三个国王中的一个？"

小贩的笑容变得更加谄媚，尽管克朗肖说的话他一句也听不懂；他宛如一个魔术师，一下子拿出一个檀香木的盒子。

"不，还是让我们看看东方织机织出的无价之宝吧。"克朗肖说，"因为我要用实例来训导，为我的故事锦上添花。"

那个东方人摊开一块台布，这块布红黄相间，既俗气又怪诞。

"三十五法郎。"他说。

"噢，大叔，这块布不是出自撒马尔罕的织工之手，也不是在布拉哈的染缸里上的色。"

"二十五法郎。"商贩谄谀地笑着说。

"天涯海角是它的生产地，甚至有可能出自我的老家伯明翰。"

"十五法郎。"留着黑胡子的商贩战战兢兢地说。

"走开吧，伙计，"克朗肖说，"愿野骡子踏平你姥姥的坟。"

东方人收起了笑容，换上一副淡定的神情，到别的桌子去了。

"你去过克鲁尼博物馆吗？在那里，你可以看到色彩最绚丽、图案最精美的波斯地毯，它们能愉悦你的眼睛，令你惊叹不已。你能从中发现东方的神秘和其含有情欲的美感，看到哈菲兹②的玫瑰和奥玛③的酒杯，乃至更多的东西。你刚才问人生的意义何在，去看看那些波斯地毯吧。将来的某一天，你自会有答案。"

"你太神秘了。"菲利普说。

"我喝醉了。"克朗肖回答。

46

菲利普发现在巴黎生活所需的费用并不像他当时听说的那么便

---

① 谢赫拉莎德，《天方夜谭》中的苏丹新娘。
② 哈菲兹（1320—1389），波斯诗人。
③ 奥玛（1056—1123），波斯诗人，天文学家。

宜，才二月份，他带的钱就快花光了。他生性高傲，不愿向他的监护人开口，也不希望路易莎伯母知道他的经济情况，因为他相信她一定会用她那点儿可怜的积蓄尽力接济他的。还有三个月他就要成年了，那时就可以得到父母留下的那笔数目不大的资产。他靠着变卖父母留给他的一些首饰，来挨过这段日子。

大约也是在这段时间，临近拉斯帕尔大街的一条小街道上空下了一间画室，劳森建议他们俩把它合租下来。租金很便宜，除了画室，还有一个房间，可以作为他们的卧室。菲利普每天早晨要到学校上课，这样劳森便可在上午不受打扰地使用画室。劳森已去过不少美术学校，他最后得出的结论是：他还是独自作画最好。另外，他提议一个星期雇三四次模特。起初，菲利普考虑到费用问题有点犹豫，可经过计算，租画室的钱似乎比他们在旅馆的花销多不了多少——他们急着想要一间自己的画室，所以采取了实用主义的算法。虽然租金和门房打扫画室的费用比以前多了点儿，但他们可以自己做早饭，省下买早餐的钱。要是再早上一两年，菲利普也许会拒绝跟别人同住一个房间，因为他对自己残疾的脚颇为敏感，可现在他这种病态的心理已日渐淡薄了：在巴黎，人们似乎不太关注这些，尽管他自己从来没有忘记过这一点，可他却不像从前一样觉得别人总是注意他的跛足了。

他们搬进了画室，买了两张床，一个脸盆架，几把椅子，平生第一次感到拥有某种东西的喜悦。他们太兴奋了，以至于在搬进来的第一个晚上久久不能入睡，一直聊到凌晨三点钟。第二天早晨起来后，他们穿着睡衣，自己生火煮咖啡，这又让他们快活得跟什么似的，直到快十一点菲利普才来到艾米特拉诺画馆。心情极好的他跟范尼·普赖斯点头打招呼。

"你最近好吗？"他高兴地问。

"我好不好跟你有关系吗？"她反问道。

菲利普不由得笑了起来。

"别这么说话呛人好吗？我只是想让自己表现得礼貌一些。"

"我不需要你的礼貌。"

"你觉得，跟我也这样吵值得吗？"菲利普语气温和地问，"画室里现在有谁还跟你说话呢。"

"这是我的事,不是吗?"

"没错。"

他开始画画,隐约感到有些纳闷,为什么范尼·普赖斯要对他发火呢。他也开始觉得自己完全不喜欢这个人了。谁都不喜欢她。人们对她表面上客气,只是因为害怕她那张不饶人的嘴,她总是在当面或背后说别人的坏话,恶语伤人。可此时的菲利普心情太好了,甚至不想让普赖斯小姐对他有芥蒂。他用出了以往常常奏效的方法,想让她高兴起来。

"我说,你能过来看看我的画吗?我简直画不下去了。"

"谢谢你,我还要做我自己的事。"

菲利普吃惊地望着她,往常只要菲利普开口,她很快便会过来给他指导。她继续快速而愤愤地说着:

"现在劳森走了,你又想用我来将就了。谢谢你。去找其他人帮助你吧。我不想要别人剩下的。"

劳森有那种教人的本领,每当他有心得体会,就急着想要把它传授给别人;因为他乐于赐教,所以教导的效果很显著。想法单纯的菲利普因此经常坐在劳森旁边。他万万没有想到范尼·普赖斯会为此心生妒意,因为他从别人那里得到教诲而生他的气。

"你在没人可用时,还想着找我凑合一下。"她刻薄地说,"一旦你有了别的朋友,你便把我像只旧手套一样丢在一边了——"她得意地把这一陈腐的比喻又重复了一遍,"像只旧手套一样丢在一边。其实,我并不在乎,只是我不想再一次被人当傻瓜捉弄了。"

她的话里似乎饱含真情,这让菲利普很生气,一时间怒气上头:"你快算了吧,我问你,只是因为我觉得那么做会让你高兴而已。"

她喘息着,突然神色痛苦地看了他一眼,随后,两颗泪珠从她的面颊上滚落下来。菲利普不清楚她是怎么了,继续画起他的画来。尽管如此,他的内心却仍是感到了些许不安和内疚,他让她痛苦了,可他又不愿意过去跟她说声对不起,因为他担心她会抓住机会嘲笑他。之后有两三个星期,她都没有理他。而菲利普在被她抢白一顿的气消了之后，也觉得摆脱这样一个难缠的朋友是件幸事。她在他面前表现出的那种占有欲让他有点儿不舒服。她是个不同寻常的姑娘，每天早晨八点就来画室，模特一摆好姿势她就开始画，专心致志，不跟任何人说话，一个小时一个小时地跟她无法克服的困难进行搏斗，直到中午十二点才离开。她的习作毫无希望。大多数年轻人经过数月的努力就能达到的作画水平，她一辈子都不可能实现。她每天都穿着那件难看的棕色衣服，褶边上还留着下雨天沾上的泥巴，衣服上破了的地方——在菲利普第一次见到她时就是这样——直到现在也没有缝上。

有一天，她红着脸走到他跟前，询问下课之后她是否可以跟他说几句话。

"当然可以啦，怎么说都可以，"菲利普笑着说，"十二点下课后我等你。"

上完课，菲利普来找她。

"你能陪我走走吗？"她说，因为觉得尴尬，眼睛没有看着他。

"当然行啦。"

他们默默地走了两三分钟。

"你还记得那天你跟我说的话吗？"临了，她突然问道。

"哦，我说我们还是不要吵架了，"菲利普说，"这真的不值得。"

她急速而又痛苦地吸了一口气。

"我不想跟你吵架。你是我在巴黎唯一的朋友，我原以为你是喜欢我的。我觉得我们俩之间有某种共同的东西。我被你吸引住了——你知道我这话的意思，被你的跛足吸引住了。"

菲利普的脸一下子红了，本能地去装出一副不瘸的样子。他不喜欢任何人提到他的残疾。他知道范尼·普赖斯话的意思。她丑陋、粗俗，而他身有残疾，他们似乎同病相怜。她的话令他非常气愤，可他忍住了，没有吭声。

"你说，你问我就是想让我高兴。难道你认为我的画一无是处吗？"

"我只看过你在艾米特拉诺画室的习作，仅凭那些很难做出判断。"

"我想你是否可以来我家看看我的其他作品。我从未让任何人看过，但我愿意让你看一看。"

225

"太好啦,我很想看的。"

"我住得离这儿很近,"她略带歉意地说,"只需走十分钟就到了。"

他们俩沿着大街走了一会儿,拐上一条小街,走了不多远,她又带他进了一条更寒碜的街巷,街道两边楼房的一层尽是些卖便宜货的商店,最后终于停了下来。爬上许多级楼梯后,她打开了顶层的一间小阁楼,里面是坡形的屋顶,有一个小窗户。窗户关着,屋子里有股发霉的味道。尽管天气很冷,可房间里没有生炉子,也没有生过火的迹象。床铺没有整理。一把椅子,一个兼作脸盆架的五斗橱,一个便宜的画架,就是全部的家具。屋子里本来就够脏的了,再加上乱堆的杂物,没有倒出去的垃圾,简直令人作呕。壁炉架上凌乱堆放着颜料和画笔,它们中间还夹杂着一个水杯、一个没洗的盘子和一把茶壶。

"要是你站在那边,我就把画放在椅子上,这样看过去更好些。"

她让他看了二十幅大约十八英寸长、十二英寸宽的小幅油画,她将它们依次放到椅子上,观察着他的脸色。菲利普在看过每幅画后,都会点点头。

"你喜欢这些画,是吗?"她急切地问。

"我想先把它们都看完,"他回答说,"然后再说我的意见。"

菲利普在努力让自己镇静下来,这些画让他目瞪口呆,他真不知道该说什么才好了。它们不仅是画得不好,颜色也像是一个完全没有色彩感的外行涂上去的,而且根本没有明暗之分,画面的透视效果也怪得出奇。这些画看上去就像是个五岁的孩子画的,可即便是五岁孩子的画,也还有天真烂漫在里面,而且他们至少会尝试着画下他所看到的东西。但是,眼前的这些画是一个脑子里充斥着庸俗画面的庸人之作。菲利普想起她热情洋溢地给他讲莫奈和其他印象派画家时的情景,可她的这些画里却只有皇家艺术院的最糟糕的传统。

"哦,"她最后说,"就是这些了。"

虽说菲利普比其他人也诚实不到哪里去,可要他撒下这弥天大谎也着实不易,他终于开口时,脸涨得通红:"我想,这些画真的不错。"

一片红晕浮现在她苍白的面颊上,她微微地笑了。

"你知道,如果你不是这么想的,就不必这么说。我想听真话。"

"可我真是这么想的。"

"你就不提些批评意见吗?这些画里也一定有你不太喜欢的。"

菲利普无奈地望着这些画。他看到一幅业余爱好者通常爱画的那类风景画,画中有座古桥,有间蔓草屋顶的农舍和绿树成荫的堤岸。

"当然啦,我对绘画懂得很少,"他说,"不过,这幅画的明暗搭配感觉不是那么理想。"

她的脸一下子涨得红红的,把那幅画的正面很快地转向自己。

"我不知道你为什么偏要挑这幅画来奚落我,这是我画得最好的一幅。我确信它的明暗搭配没有问题,在这一点上你还没有资格教别人,你压根儿就不懂什么明暗搭配。"

"我觉得这些画真的不错。"菲利普重复着他前面的话。

她颇为自得地看着她的这些画。

"我认为这些画都不会让我丢脸的。"

菲利普看了看他的手表。

"哦,时间不早了。我请你去吃午饭吧。"

"我已做好我的午饭了。"

在她的家里,菲利普丝毫看不到午饭的影子,不过,他转念一想,也许在他走后,门房会把午饭给她送上来。他急着想要离开,屋子里的霉臭味儿熏得他头都疼了。

47

巴黎的三月,所有画馆都沸腾起来,忙着往一年一度的巴黎美术展会上送作品。克拉顿以他那一贯的孤傲个性,什么也没准备,并且还嘲讽劳森送去展览的两幅头像画。这两幅画显然都是学生的作品,是对模特的直接描摹,不过,倒也不乏生气和活力。追求尽善尽美的克拉顿对自己心中尚有疑问、并非成竹在胸的画作零容忍,他耸耸肩告诉劳森,把一些永远不该拿出画室的作品送去展览未免太鲁莽了。即便这两幅画被展会接受以后,克拉顿依然是那副轻蔑的态度。弗拉纳根也去碰了碰运气，不过，他的画被退了回来。奥特太太送去一幅无可挑剔、有一定艺术造诣的二流作品《母亲像》，被选上后挂在了一处较为醒目的地方。

自从在德国一别，菲利普就再也没有见过海沃德。此时，海沃德也到了巴黎，打算在这里小住几日，正巧赶上菲利普和劳森为庆祝其画作入选，在小画室里举行晚宴。菲利普一直盼着海沃德的到来，可真正见了面，却感到有些失望。海沃德的外表发生了改变，他的一头秀发变得稀疏了，随着美好容颜的逝去，他显得苍白、干瘪；他那双好看的蓝眼睛也不是那么蓝了，神态也有些懒洋洋的。另一方面，他的思想和见解却似乎一点也没有变，曾给十八岁的菲利普留下深刻印象的文化素养，二十一岁的菲利普已经有点儿瞧不起了。菲利普已经有了很大的改变，对自己过去关于艺术、生活和文学的看法，他已是嗤之以鼻；对持有这些旧观念的人亦是不能容忍。他几乎没有意识到这样的一个事实：他想要在海沃德面前炫耀一下自己，在他带海沃德去美术馆参观时，他把最近才吸收到的革命观点一股脑儿地倾泻给了海沃德。他把海沃德领到马奈的《奥林匹亚》画作前，夸耀似的说：

"我愿意用所有古典大师的作品来换眼前的这幅画，只除了维拉斯凯、伦勃朗和维米尔[①]的作品。"

"谁是维米尔？"海沃德问。

"噢，我亲爱的朋友，难道你连维米尔是谁都不知道？你真是个未开化的人，你如果不认识他，你就不必再活在这个世上了。他是一个具有现代风格的古典大师。"

他拽着海沃德出了卢森堡宫，又急急忙忙地拉着他去往卢浮宫。

"难道这里就再没有别的画可看了吗？"海沃德带着游客的追根究底劲儿问。

"没有什么重要的画作了。剩下的你可以之后自己带着旅游指南来看。"

到了卢浮宫后，菲利普领着他的朋友去长廊。

[①] 约翰内斯·维米尔（1632—1675），荷兰优秀的风俗画家。

"我想看看《蒙娜丽莎》。"海沃德说。

"噢,我亲爱的朋友,那只是文学。"菲利普回答他。

最后,在一间小屋子里。菲利普停在了维米尔·凡·德尔夫特的《花边织工》前。

"看,这就是卢浮宫里最好的作品,它可以跟马奈的画相媲美。"

菲利普用他的大拇指做着手势,滔滔不绝地讲解着这幅画作的迷人之处。他用画室里的行话,讲得很有说服力。

"在这幅画里,我恐怕看不出你所说的那些奇妙之处。"海沃德说。

"当然啦,这是一幅画家的作品,"菲利普说,"我完全相信,一个门外汉是看不出多少美的。"

"你说什么?"海沃德问。

"门外汉。"

像大多数对艺术感兴趣的人一样,海沃德极力想证明他的见解是对的。对不敢贸然说出自己主张的人,海沃德表现得很武断,可对有见地和主见的人,他就变得谦和了。菲利普的自信让他感到一种威慑的力量,于是,他顺从地接受了菲利普的言外之意:画家们所声称的唯有画家才可能对画作进行评价的高傲主张,固然有些冒失,可也并非没有可取之处。一两天后,菲利普和劳森举行晚宴。克朗肖破例赏光,同意前往;查莱斯小姐也说要来,并答应给他们做饭。她对跟自己同性别的人毫无兴趣,当有人请她邀女友们一道来时,她拒绝了。参加聚会的还有克拉顿、弗拉纳根、波特和另外两个同学。屋子里没有什么陈设,因此模特的站台被拿来当了桌子,客人们愿意坐旅行包的坐旅行包,不愿意的就直接坐在地板上。宴席上的饭菜包括由查莱斯小姐做的一份蔬菜肉汤,一只从附近餐馆订的热腾腾、香喷喷的烤羊腿(查莱斯小姐已经做好了土豆,画室里飘荡着油炸胡萝卜的香味,这是查莱斯小姐的一道拿手菜);接着是白兰地炖梨,这是克朗肖自告奋勇要做的;最后上来的是一大块布里奶酪,它正巧在窗口放着,给画室里已有的香味又增添了一种甜味。克朗肖在首席,他盘腿坐在一个大旅行包上,颇像是个土耳其的官员,用一副慈祥和蔼的面孔看着围坐在他身边的年轻人。尽管小小的画室里生着火很热,可他出于习惯，还是穿着大衣，竖着衣领，戴着圆顶硬礼帽。他颇为满意地看着摆在他面前的四大瓶西昂蒂红葡萄酒，这四瓶红酒排成一行，在它们中间还夹了一瓶威士忌。他说这使他想起了一位身材窈窕的切尔卡西亚①美女由四个肥胖的太监守护着。海沃德为了不使其他人感到拘束，穿了一套花呢服，系了一条"三一堂"领带，一副怪怪的英国人的打扮。其他人对他都是彬彬有礼。喝蔬菜汤的时候，大家谈着天气和时事。等着烤羊上来时，谈话有一会儿的停顿，查莱斯小姐这时点上了一支烟。

"拉蓬泽尔②，拉蓬泽尔，把你的头发散落下来吧。"她突然说。

她很是优雅地解开了发上的丝带，丰美的头发一下子披落肩头。她甩了甩头。

"头发散落下来，我觉得更舒服。"

她有一双褐色的大眼睛，一张苦行僧似的清瘦脸庞，苍白的皮肤和宽宽的额头，像是从伯恩-琼斯画中走出来的人物。她的手纤长漂亮，右手的手指被尼古丁熏成了深黄色。她穿着一件紫红色和绿色相间的曳地长裙，她身上洋溢着肯辛顿大街所特有的那股浪漫气息。她风流、放荡，却又是个好女人，对人善良而热情；她的做作只是在表面上。听到敲门声，大家都高兴地喊起来。查莱斯小姐起身去开门。她端进烤羊腿，将它高高地举过头顶，好像放在这大盘里的是洗礼者约翰的头颅似的。她迈着僧侣似的肃穆步伐，香烟仍叼在唇间。

"哦，向希罗底③的女儿致敬。"克朗肖喊。

大家都津津有味地吃着烤羊腿，看到面色苍白的查莱斯小姐吃得那样香，真令人开心。克拉顿和波特分别坐在她的两旁，人人都知道他们两个人跟她很熟。查莱斯小姐跟人相处，往往不出六个星期便会

---

① 切尔卡西亚，指的是北高加索库班河至黑海东南岸的这一地区。
② 拉蓬泽尔，长发公主，《格林童话》中的一篇。
③ 希罗底，《新约》中希律大帝的孙女。希罗底先是与叔叔菲力结婚，后又与菲力离婚，再与另一叔叔安提帕结婚。她还曾劝说女儿向希律王安提帕要施洗约翰的人头。

厌倦对方，不过，她很懂得之后该如何对待这些拜倒在她石榴裙下的男士们。她不会对他们心存芥蒂，她曾爱过他们，只是不再爱罢了，她跟他们相处友善，只是没有了以前的亲昵。她此刻不时地用忧郁的眼神注视着劳森。这道白兰地炖梨非常可口，一则是因为有白兰地，二则是查莱斯小姐坚持让他们配上奶酪吃。

"我不知道这玩意儿会是美味呢，还是会令人作呕。"她在品尝它的时候说。

咖啡和科涅克白兰地很快端了上来，以防出现呕吐等不良后果，在这之后，他们舒舒服服地坐下来抽着烟。无论做什么都要刻意摆出一副艺术家派头的露丝·查莱斯，此时把头很是优雅地倚在了劳森肩上，若有所思地望着前面，有时也抬起头用深沉的目光看着劳森一会儿，随后发出一声长长的叹息。

夏天来了，这些年轻人都坐不住了。海边湛蓝的天空引诱着他们，怡人的微风和乡间林荫道上法国梧桐树的婆娑身姿在召唤着他们。每个人都计划到外地消夏。他们讨论着带上多大尺寸的画布合适，备足了写生的画板，争论着哪些地方才是布列塔尼最好的避暑胜地。弗拉纳根和波特去了康坎纽。奥特太太和她的母亲喜欢一览无余的风光，去了庞德艾文。劳森和菲利普决定到枫丹白露的森林那边，查莱斯小姐知道莫雷有一家很不错的旅店，附近有许多题材可以画。劳森和菲利普还是在乎火车旅费的，莫雷离巴黎不远，不会给他们带来太大负担。露丝·查莱斯也去莫雷，劳森想着到那里后，可以在户外给她画幅肖像画。当时的巴黎美术展会上，有许多花园里的人物肖像画，灿烂的阳光下，他们眨巴着眼睛，阳光穿过绿叶把斑驳的光影洒在他们的脸上。他们邀请克拉顿一块儿走，克拉顿说他宁愿自个儿去度假。他最近喜欢上了塞尚[1]，渴望去普罗旺斯，想看那里阴云密布的天空，那强烈凝重的蓝色似乎像汗珠一样要从天空中滴落下来；他喜欢尘土飞扬的白晃晃的宽阔公路，喜欢被阳光晒褪了颜色的屋顶和在暑热中呈灰色的橄榄树。

---

[1] 保罗·塞尚（1839—1906），法国著名画家，后期印象派的主将。

他们动身的前一天上午,下课后菲利普一边整理着自己的东西,一边高兴地跟范尼·普赖斯小姐说:

"我明天动身。"

"去哪儿?"她迅速地问,"你不会是要离开巴黎吧?"她的脸沉了下来。

"我要到外地去度假。你呢?"

"我哪儿也不去,就待在巴黎。我原以为你也会留下来。我盼望着……"

她停住了,耸了耸肩。

"可留在这儿会很热的,对你的身体不好。"

"我的身体好坏跟你有关系吗?你要去哪儿?"

"莫雷。"

"查莱斯也去那里,你不是要跟她一块儿走吧?"

"我和劳森一起。她也去那里。我最初不知道我们是要一起走。"

只听得她喉咙里低低地咕噜了一声,那张大脸沉了下来,随即又涨得通红。

"真龌龊!我原以为你是个正派人,这里唯一的一个正派人。她跟克拉顿、波特、弗拉纳根,甚至跟那个老画师福内特都有过关系——这就是福内特对她多加关照的原因——现在又轮到你们两个了,你和劳森。你们真让我恶心。"

"嗐,你尽瞎说!她是个正经女人。大家都把她当哥们看的。"

"噢,你不要跟我解释,不要跟我解释。"

"可这与你有什么关系呢?"菲利普问,"我在什么地方消夏,完全是我自己的事。"

"我一直盼望着这个夏天的到来,"她喘着气,几乎像是在对自己说,"我以为你没钱到外地去,这儿没有别的人在,我们可以一起作画,一起去游玩。"随后,她的思想又回到了露丝·查莱斯身上,"这个不知廉耻的骚货,"她大声说,"她根本不配别人搭理她。"

菲利普很是沮丧地看着她。他认为自己不是那种招女孩子爱的男人,他对自己的残疾太敏感了,在女人面前他总觉得尴尬和不自在。

可他真的不知道,范尼·普赖斯发火如果不是因为吃醋,还能是什么。站在他面前的范尼·普赖斯,穿着她那件脏兮兮的棕色衣服,头发披落在脸上,一副懒散、邋遢的样子;由于气恼,眼泪从脸颊上滚落下来,看着真让人厌恶。菲利普朝门口瞥了一眼,他巴不得有个人进来给他解围。

"真的很抱歉。"他说。

"你跟他们都一样,你拿走了你所能得到的,甚至连声谢谢也不说。我教会了你现在所知道的一切。没有一个人愿意帮你一下。福内特指导过你吗?我可以告诉你——你就是在这里再画上一千年,也成不了气候。你没有一点儿绘画的才能。你没有创作的天赋。不光是我,他们都这么说。你永远成不了一个画家,到你死,也成不了。"

"这也不关你的事,不是吗?"菲利普红着脸说。

"哦,你以为这只是我的气话。你可以去问克拉顿,问劳森,也可以去问露丝·查莱斯。你成不了画家,永远也成不了。你就不是做画家的料。"

菲利普耸了耸肩,出了画室。只听见她在他身后大声喊:"你永远做不了画家,永远做不了。"

那个时候,莫雷是个古色古香的小镇,镇上只有一条街道,位于丹枫白露的森林边。莫雷的金盾旅馆是一家依然保持着古代王朝遗风的旅店,它正对着蜿蜒曲折的洛英河。查莱斯小姐住的房间有一个小阳台,可以俯瞰洛英河的迷人景致,俯瞰它的古桥和设有防务的桥口通道。晚饭后他们常常坐在那里喝咖啡,抽烟,讨论艺术。洛英河不远处有条狭窄的运河,两边种着白杨树,运河的水流最终就汇入此处。一天的工作结束后,他们常常沿着运河的堤岸散步。他们几乎整个白天都在作画。像他们那个时代的大多数人一样,他们总是避开那些美丽如画的景色,丢下小城里的绮丽风光,去寻找那些朴实无华的景物。西斯莱和莫奈曾画过两岸有白杨树的运河,他们也想试着画画这典型的法国风光。可他们对这种形态的美有惧怕心理,总是有意避开它。查莱斯小姐心灵手巧,尽管劳森看不起女性的绘画作品,可对

233

查莱斯小姐还是另眼相看。现在画的这幅作品里,她有意略去树梢,以免落入俗套。劳森别出心裁,在画的前景部位设计了一块蓝色的美尼尔巧克力糖的广告牌,以表达他对巧克力糖盒的憎恶。

菲利普现在开始画油画了。在他第一次使用这令人感到惬意的艺术媒介时,就体验到由衷的喜悦和激奋之情。早晨,他带着自己的小画箱和劳森一起出去,坐在劳森旁边,在油画板上作画,这给予他一种特别的满足感,以致竟没有意识到他只是在描摹。他受他朋友的影响太深了,他只是通过劳森的眼睛在观察事物。劳森的画色调很暗,他们俩都觉得鲜绿色的草地像是深色的天鹅绒,亮色的天空在他们笔下也成了深蓝色。整个七月都是艳阳高照,炙热的天气灼烤着菲利普的心,让他变得慵懒。他无法工作,脑子里充斥着种种奇思怪想。他常常在早晨去运河边的白杨树下读上几页书,然后胡思乱想上半个钟头。有时他租一辆骑起来摇摇晃晃的自行车,沿着公路去到森林边上,躺在林中的空地上。他的头脑中充满了浪漫的幻想。瓦都①画作里那些无忧无虑、快乐女人与她们的骑士似乎就徜徉在这绿树丛中,他们低声细语地说着那些令人着迷和愉悦的事,可不知怎么,又有一种无以名状的恐惧压在他们心头。

旅店里除了他们三个,还住着一个肥胖的法国中年妇女,她很像拉伯雷②笔下的人物,笑声听起来既放荡又肉酥。她白天到河边钓鱼,很有耐心地坐在那里,却从没钓到过一条鱼。菲利普有时候来到河边跟她聊天,发现她过去是干那种营生的。她们这一行当现在最臭名昭著的代表人物当属华伦太太③了。这位法国女人挣够了养老钱,现在过起了悠闲的资产阶级生活。她给菲利普讲了一些荒淫的故事。

"你该到塞维利亚去看看,"她用结结巴巴的英语说,"那儿有世界上最漂亮的女人。"

---

① 瓦都(1684—1721),法国画家。
② 拉伯雷(1494—1553),文艺复兴时期法国人文主义作家之一,同时也是杰出的教育思想家。其主要著作是长篇小说《巨人传》。
③ 华伦太太,萧伯纳剧本《华伦太太的职业》里的人物,以开妓院为生。

她暧昧地晃着脑袋，三重下巴和肥胖的肚子随着她发出的低沉笑声抖动着。

天气越来越热，晚上热得几乎睡不着觉。暑气像是有了重量般滞留在树下，久久不去。他们不想离开繁星满天的夜景回到屋子里，于是，他们三人常坐在查莱斯小姐房间的阳台上，听着潺潺的水流声，一个小时一个小时地默默坐着，疲倦得不想说话，只是享受着夜的宁静。教堂的大钟敲过了一下，两下，有时候三下，他们才站起身回去睡觉。只是突然间，菲利普意识到露丝·查莱斯和劳森成了一对情人。他是从露丝看劳森的那种眼神，和劳森的那股子着迷劲儿中猜出来的。菲利普跟他们俩一起坐着时，觉得二人之间好像有脉脉的情意在传递，周围的空气好像也因此变得凝滞起来。这一发现令他震惊。以前他一直把查莱斯小姐看作好伙伴，喜欢跟她聊天，从没想到过可能跟她发展成这样的亲密关系。

一个星期天，他们提着茶具篮去森林里，来到一片颇有田园风光的林中空地。青草柔软，查莱斯小姐硬要脱掉鞋和袜子。如果不是因为她的脚有点大，两只脚的第三个脚趾上都有个大鸡眼，那双脚会很迷人的。菲利普原本觉得她光脚的步态有点滑稽。可是现在，他看她的眼光完全不同了。她那双大眼睛里有着女性特有的温柔，橄榄色的皮肤也具备女性柔滑如脂的美。他觉得自己真傻，竟没有看出她的妩媚动人。他察觉到她有点看不起他，因为以前他竟没有感觉到她这个美丽女人的存在。他也发现劳森对他多了一丝傲气。他嫉妒劳森，并不是嫉妒他这个人，而是嫉妒他的爱情。他希望自己能变成劳森，用他的心去感受——他感到不安，担心爱情会从他身边溜走，他希望能有股激情攫住他，把他卷走，他会任凭它强有力的旋流把他带向任何地方。现在，查莱斯小姐和劳森在他眼里似乎跟从前不太一样了，总是和他们在一起让他有点心烦意乱。他对自己很不满。生活没有给予他想要的东西，他不无遗憾地觉得自己在虚掷光阴。

那个肥胖的法国女人不久便猜到了查莱斯小姐和劳森之间的关系，她很直率地跟菲利普谈到这件事情。

"你呢，"她说，脸上带着靠她同胞的色欲发福起来的那种笑

235

容,"你有女朋友吗?"

"没有。"菲利普红着脸说。

"为什么不找呢?你也到谈情说爱的年龄了。"

菲利普耸了耸肩,没有回答。他手里拿着一本魏尔伦的诗集,悻悻地离开了。他想读上几页,可此时内心涌动着的欲望太强烈了。他想起了弗拉纳根给他讲的那些外遇和恋情,想起他偷偷去那个死胡同的事,那些屋子的客厅里都装饰着乌得勒支天鹅绒,那里的女人们涂脂抹粉,谄媚奉迎的模样神态,身上一阵战栗。他躺在草地上,像个刚刚睡醒的幼兽那样伸展着四肢。四周泛着涟漪的河水,在微风中轻轻摇曳的白杨,湛蓝的天空,几乎所有的景象都让他觉得难以忍受。他极想得到爱的抚慰。在他的想象中,他感觉有温暖的芳唇贴在他的嘴上,纤柔的手搂着他的脖颈。他想象着自己躺在露丝·查莱斯的怀里,想着她黑亮的眸子和滑润的皮肤。他真恨自己,竟让如此浪漫的情事从自己指间滑了过去。如果劳森可以这么做,他为什么不可以呢?但这些想法只出现在他没见到她的时候,或是在夜晚躺在床上、躺在运河边遐想的时候,一旦见到她,他的感觉马上就不一样了。他没有了要把她搂在怀里的欲望,也无法让自己去亲吻她。这种感觉真是奇怪,离开她时,他只想着她的娇媚,她的勾人心魂的眼睛和白皙光润的脸庞;可跟她在一起时,他却只能看到她扁平的胸脯和蛀牙,也忘不了她脚趾上的鸡眼。他真的有些不明白。他总是这样抽象地去爱吗?因为他畸形的想象力似乎夸大了人的缺陷,便会阻止他去享受他有机会得到的爱情吗?

天气转凉,宣告了漫长夏天的结束。受气候敦促返回巴黎时,菲利普并没有感到遗憾。

48

菲利普回到艾米特兰诺画室,发现范尼·普赖斯已经不在这里学画了。她已交回专用柜的钥匙。他向奥特太太询问有关她的情况。奥特太太耸了耸肩说,她也许回英格兰了吧。这让菲利普一下子觉得轻松了许多。她的坏脾气已让他深感厌恶。况且,她一直对他的画指手画脚,如果他不按照她说的做,她便认为是对她不敬,她不知道他早已不像刚来时那么笨了。不久,他便忘掉了她。

现在他正式开始画油画了,他的积极性空前高涨,他希望自己能画出一些有分量的作品,送去参加来年的巴黎美术会展。劳森正在画查莱斯小姐的肖像画。查莱斯小姐非常上相,所有迷恋她美貌的小伙子们都画过她的肖像画。天生慵懒的性情和追求优雅的举动使得她成为一个很理想的模特。而且,她的绘画技巧也能给他们提出有益的见解。由于她热衷艺术,主要是热衷于过艺术家的生活,所以她并不在乎把自己的工作搁置在一边。她喜欢画室里的温馨氛围,她在那里有很多抽烟的机会。她喜欢用悦耳的嗓音低声谈论对艺术的爱和爱的艺术。在她看来,两者并没有明显的区分。

劳森不分昼夜地作画,一直工作到后来有好几天直不起腰来,可临了,他又把他画下的东西统统刮掉了。他这么做会耗尽模特的耐心,唯有露丝·查莱斯除外。到头来,他弄了个一塌糊涂。

"只有换上一块新画布重头再来了,"劳森说,"我现在确切地知道我该怎么做了,这一次不会用太久的时间。"

菲利普当时也在跟前,查莱斯小姐对他说:"为什么你不也来画我呢?看着劳森先生怎么画,你也能学到不少东西呢。"

这是查莱斯小姐待人接物的一个微妙之处,她总是称呼她情人的姓。

"如果劳森不介意,我是非常愿意的。"

"我才不介意呢。"劳森说。

这是菲利普第一次画人物肖像,心中有些忐忑,可也感到自豪。他坐在劳森旁边,看着劳森怎么画,他就怎么画。有了劳森这个样板,又有劳森和查莱斯小姐的慷慨指导,菲利普获益匪浅。劳森终于完成了他的这幅画,他邀请克拉顿来给他提意见。克拉顿刚刚从外面回到巴黎。他从普罗旺斯一路去了西班牙,在马德里看维拉斯凯的画;然后又去了托利多,在那里停留了三个月,带回一个他们不熟悉的名字：艾尔·格列柯①。对这位画家，他有许多新奇的事情要讲，照克拉顿的说法，想要学习他的画，只有去托利多才可能学到。

"喔，这位画家我知道，"劳森说，"他是个古典大师，他的画跟现代画派的一样糟糕。"

跟以往相比变得越发缄默的克拉顿没有作答，只是用一种嘲讽的神情看着劳森。

"你能把在西班牙作的画让我们看看吗？"菲利普问。

"在西班牙时我没有画，我太忙啦。"

"你在忙什么呢？"

"我在理清我的思想。我相信，我已经跟印象派画家撇清关系了。我认为，再过几年，他们的画就会显得内容贫乏和肤浅。我想把以前学到的东西都抛弃掉，重新开始。我回来后把我所有的画作都销毁了。画室里现在只留下一个画架，一些没用过的画布和颜料。"

"那你打算怎么重新开始呢？"

"这我也不太清楚。对我要做的，我也只有些朦胧的想法。"

他缓缓地说着，奇怪的讲话方式让人觉得他仿佛在极力倾听着一些刚刚能听见的声音。他的内心似乎充溢着一种他无法理解的力量，在暗中寻找着一个喷发口。这种神秘力量令人印象深刻。劳森请克拉顿指教，却又害怕被批评，便装出对意见不屑一顾的样子，来消减他觉得可能会得到的指摘。不过，菲利普知道没有谁的赞扬会比克拉顿的更令他高兴了。克拉顿看着画像沉默了一会儿，随后，又瞟了一眼菲利普画架上的肖像画。

"这是谁的？"他问。

"哦，这是我试着画的。"

"依葫芦画瓢。"他咕哝了一句。

菲利普脸红了，可没有吱声。他又转过身来对着劳森的画。

"哦，你认为我画得怎么样？"劳森终于问道。

---

① 艾尔·格列柯（1541—1614），西班牙文艺复兴时期著名的幻想风格主义画家。

"画的立体感很好。"克拉顿说,"我觉得画得不错。"

"你认为明暗搭配得怎么样?"

"很好。"

劳森高兴地笑了。他的身体激动得像淋湿的狗那样抖动着。

"哟,你能喜欢它,真是太让我高兴了。"

"我不喜欢。我认为这幅画一点价值也没有。"

劳森的脸拉了下来,他惊讶地看着克拉顿,弄不明白这话到底是什么意思。克拉顿没有语言表达的才能,说话总让人听着特别费劲。他想要表达什么时,总是言语混乱而啰唆,时断时续。不过,菲利普了解他这杂乱无章的话中的一些关键词。克拉顿从不看书,这些词汇他最先都是从克朗肖那里听来的,尽管印象没那么深,但仍然留在了记忆中。后来,这些词蓦然间又在脑中闪现,给予他启迪。他的意思大致是:一个好的画家在作画时主要有两个目标,既要画好人物,也要表现出人物内心的意向。印象派画家关注了一些别的问题,他们把人物画得惟妙惟肖,但是,和英国十八世纪的肖像画画家一样,他们很少下功夫去表现人物的内心意图。

"可当你试着这么做时,那不就成文学了?"劳森打断了他的话,"我还是要像马奈那样画人,让人物的内心意图见鬼去吧。"

"如果你真的能在那个方面胜过马奈,当然好,可你根本就不可能接近他的水平。你不能用过去的经验来滋养自己,那是已经被吹干了的贫瘠土地。你必须向更早的时期追溯。当我看到格列柯的作品时,我觉得,我们可以在肖像画的创作方面获得比以往更多的东西了。"

"那就又回到拉斯金的老路上去了。"劳森嚷道。

"不是的——拉斯金追求的是道德寓意,我才不在乎什么寓意不寓意呢,除了激情和情感,什么教育意义、伦理意义等诸如此类的东西都不应该介入。最伟大的肖像画画家都是既画人的外表又画出人的心灵意向的,比如伦勃朗和艾尔·格列柯。只有二流画家才只画人。山谷里的百合即便没有散发出香味,也会是可爱的,但因为它芳香四溢,就显得更加可爱了。这幅画——"克拉顿指着劳森的画,"哦,是画得不错,立体感也很强,只是落入了俗套。你的绘画和你的立体感都应该着力去表现出这个姑娘的风流和多情才是。画得精确固然不错。可艾尔·格列柯把人画得有八英尺高,是因为不这样就不能表达出他想要表达的东西。"

"该死的艾尔·格列柯,"劳森说,"我们这样喋喋不休地谈他有用吗,我们连见到他作品的机会都没有。"

克拉顿耸耸肩,默默地抽着支烟走了。菲利普和劳森面面相觑。

"他的话还是有些道理的。"菲利普说。

劳森恼恨地看着他的画。

"一个人只能精确地画出他看到的,怎么能画出他看不到的心灵意向呢?"

大约就是在这个时候,菲利普交了一个新朋友。每逢星期一的早晨,模特们都会聚集到学校,好从中选出本星期的模特。有一天,来了个小伙子,一眼便能看出他不是专门做这一行的。菲利普的注意力被他的体态和站姿吸引了。这个年轻人以端正的姿势,稳稳地站在画台上,双手握成拳头,头部傲然前倾,这一姿势突显出他健美的身体。他身上没有一块赘肉,鼓起来的肌肉像是铁铸的一样。他的头发剪得短短的,头部的造型很美,留着短短的胡子,有双黑亮的大眼睛和两条浓浓的眉毛。他几个小时都保持着这一姿势,看上去毫无倦意。他的神情既羞怯又坚定,充满热情和勃勃的生机。这唤起了菲利普浪漫的想象力。结束后,他穿上衣服。在菲利普眼里,他简直就是个穿着褴褛衣衫的国王。一两天后,奥特太太告诉菲利普,他是西班牙人,此前从未当过模特。

"我想,他是没活干,没饭吃了吧。"菲利普说。

"你没注意到他的衣服吗?很体面,很整洁,不是吗?"

正巧,那个在艾米特兰诺画馆学画的美国人波特要去意大利几个月,在此期间,让菲利普到他的画室去住。菲利普高兴地接受了。劳森那命令似的指导已让他有点不耐烦了,他想要独自作画。到了周末,他下课后找到了这个模特,借口说在课堂上没能画完,问他是否能哪一天来他的画室,为他做上一天的模特。

"我不是干模特的,"那个西班牙人回答说,"下个星期,我有别的事情要做。"

"那么，现在咱们俩一起去吃饭吧，到时候再谈，"看到对方在迟疑，菲利普又笑着加了一句，"吃顿饭，你不会有什么损失。"

那个模特耸了耸肩，表示同意了。他们去了一家小饭店。这个西班牙人讲的法语虽然流利，可发音不准，不过，菲利普还是设法听懂了大部分内容。这个模特是个作家，他来巴黎是写小说的，由于身无分文，不得不干各种能做的零活。他给别人代课，做各种资料的翻译，主要是商务文件；最后没办法，被逼靠他健美的身体去挣钱。做模特的酬劳不算少，做一个星期足够支付他两周的吃住费用。菲利普闻言不胜惊讶，模特说他只需两个法郎就能过一天，不过，因为不得不靠身体去挣钱，还是让他感到了羞辱，他把当模特视作一种堕落，只是出于不让自己饿死的缘故，方能给予原谅。菲利普解释说，他只画肖像头部，不画身体，他想把画的画送往来年巴黎美术展览会上。

"可你为什么非要画我呢？"那个西班牙人问。

菲利普回答说，他的头部给人印象深刻，他觉得他能创作出一幅不错的肖像画。

"我没有时间。我没法从我的写作中多抽出一分钟来。"

"下午的时间就行。我上午要去学校。给我做模特，毕竟要比翻译那些法律文件强一些。"

据说，拉丁区曾经有段时期，在这里学习的各国学生混住在一起，相处得很好；现在，这儿几乎像东方城市一样，学生们早已分开各住各的了。在朱利安画室和美术学校，如果一个法国学生跟外国学生合住，本国人便会看不起他。因此，一个居住在巴黎的英国人要想真正结识一个本地居民是很难的。许多学生在巴黎生活了五年，只是学到了一些买东西时用的法语，所过的依然是一种英国式的生活，就像他们是在肯辛顿南部工作一样。

醉心于追求浪漫的菲利普岂肯放过这个与西班牙人相处的机会，他使出浑身解数说服对方，以求打消对方的顾虑。

"我现在就来告诉你我的决定，"那个西班牙人最后说，"我给你做模特，不是为了钱，是为了愉悦我自己。"

菲利普一再坚持要付钱给他，可对方坚决不要，最后经过商量，时间定在下周一的下午一点。他给了菲利普一张名片，上面印着他的名字：米格尔·阿朱利亚。

　　每周一的下午，米格尔按时来给菲利普当模特，尽管他还是拒绝收钱，可时不时会跟菲利普借上五十法郎，这比菲利普在正常情况下付给模特的钱要多一些，不过，却让这位西班牙人感到了满足，觉得自己不再是以低贱堕落的方式谋求生计了。他的国籍让菲利普将他视作是浪漫民族的代表，他问起塞维利亚、格拉纳达、维拉斯凯和卡尔德隆①。可米格尔对他们国家辉煌的文化毫不感兴趣。在他和他的许多同胞们看来，法国是世界上唯一一个人才荟萃的国家，巴黎是世界的中心。

　　"西班牙完了，"他大声说，"它现在没有作家，没有艺术，什么也没有。"

　　渐渐地，米格尔用他那一民族华丽的辞藻，道出了他的抱负。他正在写一部他希望能使自己一举成名的小说。他深受法国作家左拉的影响，把故事的发生地设在了巴黎。他向菲利普讲了小说的大致情节。在菲利普看来，这个故事既粗俗愚蠢，又幼稚猥琐——亲爱的，这就是生活，他喊道——但是这种幼稚和猥琐只能使得故事更加落入俗套。他已经写了两年，置身于许多难以想象的艰难、困苦和饥饿中，放弃了那些吸引他来巴黎的种种生活乐趣的享受，任何艰难险阻也无法阻挡他获得伟大的成功。他的勇气和努力值得赞赏。

　　"可你为什么不写西班牙呢？"菲利普说，"那样你的小说会有趣得多。你了解那里的生活。"

　　"只有巴黎才值得书写。巴黎就是生活。"

　　有一天，他带来部分手稿，用他糟糕的法语，激动地把其中一些段落翻译给菲利普听。菲利普听不太懂，他有些困惑，也为对方感到可悲。他看着自己正在画着的这幅肖像画，没想到在这宽阔前额后面的头脑竟如此平庸，那双炯炯发光、满含激情的眼睛只能看到生活的

---

① 卡尔德隆（1600—1681），西班牙剧作家及诗人。

表象。菲利普不满意他的画,每次画完后,几乎都会把画的内容完全擦掉。努力表达人物的心灵意向,这话没错,可人似乎是一个错综的矛盾复合体,谁又能看得出他人的内心意图是什么呢?菲利普喜欢米格尔,意识到他的英勇拼搏是徒劳的,心里不免有些难过。除了没有天赋,他有成为一个优秀作家的一切条件。菲利普看着自己的画作。你如何能判别出你做的事情是有意义的,还是在浪费着自己的时间呢?很显然,想要获得成功,意志帮不了你的忙,自信也毫无意义。菲利普想起了范尼·普赖斯,她那么狂热地相信自己的才华,她意志的力量超乎常人。

"我想,如果我不能做到最好,我宁愿放弃绘画,"菲利普说,"我看不出当个二流画家有什么用。"

有天早晨他正要出门,门房喊住了他,说是有他的一封信。平时除了路易莎伯母,或是海沃德,没有人给他写信,信上的笔体他并不熟悉。这封信的内容如下:

  收到这封信时请马上过来。我再也忍受不下去了。你自己一个人来。我无法容忍让别的任何一个人触碰我的身体。我想让你来办理我的一切后事。

范·普赖斯

菲利普顿时感到一阵恐惧。他急忙赶往她的住所。他很惊讶她竟然仍待在巴黎。他有几个月没有见到她,以为她早就回英格兰去了。到达后,他向门房打听她是否在家。

"应该在的。我这两天没有看见她出去。"

菲利普跑上楼敲门,没有人应答。他叫着她的名字。房门从里面锁着,弯下腰后他发现钥匙就插在锁眼里。

"噢,天啊,我希望她没干什么蠢事。"他大声喊着。

他跑下楼,告诉门房她应该在房间里,他曾收到她的一封信,他担心会发生不测。他建议把门砸开。门房起初一直绷着脸,不愿意听他说，此时也感到惊讶了。他不愿承担破门入室的责任，说他们应该到警察局去报案。他们一起去了警察局，顺便又带回了锁匠。菲利普得知普赖斯小姐还欠着第四季度的房租。圣诞节那天她也没有送给门房礼物（一直延续下来的习俗让门房觉得这是他应当享有的一份权利）。他们四人上了楼，再一次敲了门，仍没有应答。锁匠着手开锁，而后他们进了房间。菲利普惊叫了一声，本能地用手捂住了眼睛。只见这个可怜的女人吊在半空，一根绳子套在她的脖子上，这根绳子拴在以前的房客用来挂床幔的钩子（固定在天花板下）上。她把自己的小床往旁边推了推，然后站到了一把椅子上，这椅子被她踢翻，侧倒在地板上。他们割断绳子，放下她。她的身体早已冰冷了。

49

菲利普从各方听来的有关普赖斯小姐的情况，令人骇然。女生们抱怨说，范尼·普赖斯从来不跟她们一起到饭店聚餐。而她这么做的原因很简单：她一直生活在极度的贫困中。菲利普记起初到巴黎时他们共进午饭时她那副令人作呕的饿鬼似的吃相。他现在知道了，她那么吃全是因为肚子里没食。门房告诉菲利普，她每天的饭食就是她在这里订的一瓶牛奶和从外面带回来的一块面包，中午回来时她吃上半块面包，喝上半瓶牛奶，傍晚回来再把剩下的半块面包和半瓶牛奶吃掉。日复一日，天天如此。菲利普想到她所遭受的饥饿的折磨，心里一阵酸楚。她从未告诉过别人她生活穷困，可她的钱显然在一点一点地用尽，直到最后，她没有钱再来画室了。她住的屋子里几乎没有任何家具，除了穿在身上的那件破旧的棕色衣服，再看不到其他衣物。为了能找到她的亲友，菲利普在她的东西里寻找着。无意中，他看到一张纸，上面写满了他的名字，足足写了有几十遍，让他很吃惊。看来，她是真的爱过他，想起吊在天花板铁钩上棕色衣服里的干瘦身体，菲利普不禁一阵战栗。可既然她喜欢他，为什么不让他帮助她呢？他愿意尽最大的力量来帮她。他不禁有些后悔，因为那时他不愿意认为她对他有任何特殊的感情。现在,她短简中的那句话令他无限伤感:"我无法容忍其他任何一个人触碰我的身体。"她是饿死的。

菲利普终于找到一封信,上面署着"你的哥哥,艾伯特"。信是两三个星期前从萨比顿某街寄出的,信中拒绝了她要借五英镑的请求。写信人认为他有一大家子要养活,没有道理把自己的钱借人,他建议范尼·普赖斯回到伦敦,在这里找份工作。菲利普给艾伯特·普赖斯发了电报,对方很快来了回电:

甚感悲痛。生意忙,难以抽身。是非去不可吗?

普赖斯

菲利普又给他发了封电报,简短地告诉他必须得过来。第二天早晨,一个陌生人出现在菲利普画室的门前。

"我是普赖斯。"菲利普为他打开门时,他说。

艾伯特长相平平,穿着一身黑衣服,戴着一顶扎着丝带的圆顶礼帽,他那副笨拙的神态有点像范尼;他留着短胡子,说话带着伦敦腔。菲利普请他进来。菲利普跟他讲述事情经过时,他不时斜着眼睛打量着画室。

"我不用再见她了,是吗?"艾伯特·普赖斯问,"我的神经比较脆弱,一点儿刺激都会让我受不了的。"

然后,他开始没什么拘束地聊了起来。他是个橡胶经销商,有妻子和三个子女。范尼是个家庭教师,他不明白她为什么要去巴黎,而不能在伦敦一直做家庭教师。

"我和妻子告诉她,巴黎不是一个女孩子该待的地方。搞艺术挣不到钱——历来都是如此。"

很显然,他和妹妹之间的关系并不融洽,他对她的自杀多有怨言,认为这是对他的最后一次伤害。他不愿意承认她自杀是为穷困所逼,这么说似乎会影响到他的家庭声誉。他突然想到也许会有一个更体面的理由,来解释她的这一行为。

"我想,她不会是跟哪个男人之间有什么纠葛吧?你明白我的意思。像巴黎这样的地方,说不准会出什么样的事情。她这么做,也许是为了让自己不受羞辱。"

菲利普觉得自己的脸红了起来,他恨自己太懦弱。普赖斯一双贼溜溜的小眼睛盯视着他,似乎在怀疑他与这件事有什么瓜葛。

"我相信你妹妹是个好女孩,"菲利普口气很严肃,"她自杀,是因为她饿得再也活不下去了。"

"哦,这对她的家庭很不公平,凯里先生。她只要写信跟家里说一声,我哪能让自己的妹妹没吃没喝呢。"

菲利普之所以能找到普赖斯的地址,全是因为读了他不愿借给她钱的那封信;不过,菲利普只是耸了耸肩,这时候再揭她哥哥的短还有用吗?他讨厌这个小个子男人,想尽可能快地打发他走。艾伯特·普赖斯也想尽快了结了此事,返回伦敦。他们去到可怜的范尼曾住过的小屋子。艾伯特·普赖斯看着范尼画的那些画和屋子里仅有的一两件家具。

"我并不会假装自己懂得艺术,"他说,"我想这些画也许值几个钱吧,是吗?"

"一文不值。"菲利普说。

"家具一共值不了十先令。"

艾伯特·普赖斯不懂法语,什么事都得靠菲利普去办。为了让这具可怜的尸体能入土为安,有没完没了的手续要办:证件需要到一个地方去领,盖章又得到另外一个地方,还得去见一些官员。菲利普用了三天的时间,从早到晚马不停蹄,总算办妥了一切手续。终于,他和艾伯特·普赖斯随着灵车,走在去往蒙帕纳斯公墓的路上。

"我也想让事情办得体面一些,"艾伯特·普赖斯说,"可在这上面浪费钱,实属没有必要。"

在这灰蒙蒙、冷飕飕的早晨举行的简短葬礼格外凄凉。前来送葬的有五六位范尼·普赖斯在画室里的同窗:有奥特太太,因为她是学校的司库,认为自己有责任前来;有露丝·查莱斯,因为她有一颗善良的心;此外,还有劳森、克拉顿和弗拉纳根。范尼生前,他们中间没有一个人喜欢她。菲利普望着这满目的荒凉,四面八方到处林立的墓碑——有的简单、寒酸，有的粗俗、造作，有的丑陋不堪——心中一阵战栗。出了墓地后，艾伯特·普赖斯请菲利普和他共进午餐。菲利普很讨厌他，而且又很疲惫。他最近睡眠一直不好，总是梦见范尼·普赖斯，梦见她穿着那件破烂的棕色衣服，悬吊在从天花板的铁钩垂下的绳子上，可他又想不出一个拒绝的理由。

"咱们去一家高档些的饭店，好好地吃上一顿。这几天折腾下来，我的神经很不好受。"

"拉夫纽饭店就是附近最好的一家馆子了。"菲利普说。

"哦，这件事一完，我的心情也好起来了。"他说。

他颇为机巧地提了几个问题，菲利普发现他很想了解画家们在巴黎的生活。他认为他们的生活是悲苦的，可又急于知道想象中画家们可能会过的那种放荡生活的细节。他狡黠地眨巴着眼睛，掩面窃笑着，以表明他在这方面所知道的要比菲利普说出的多得多。他是个见过世面的人，对这方面的事也略知一二。他问菲利普是否去过蒙马特区[①]的那些远近闻名的娱乐场所（从坦普尔酒吧到伦敦交易所）。他很想说自己曾去过红磨坊。饭菜丰盛可口，酒也是上等的。随着一道道的珍馐美味下了肚，艾伯特·普赖斯越发来了兴致。

"再来瓶白兰地吧，"咖啡端上来时，他说，"让我们痛痛快快地消费上一次。"

他一边说，一边搓着自己的手。

"你知道吗，我都有点想今晚留在巴黎，明天再赶回去了。我们一起度过一个晚上，你觉得怎么样？"

"要是你想让我今晚带你去逛蒙特马区，我可没时间。"菲利普说。

"我想，我并没有这个意思吧。"

他的话说得一本正经，倒把菲利普给逗笑了。

"况且，去那种地方，恐怕咱们的神经也受不了。"他又严肃地说。

最后，艾伯特还是决定乘坐下午四点的火车回伦敦，他起身和菲利普告辞。

[①] 蒙特马区，巴黎北部靠山的地区，艺术家聚居地。

"好了，再见吧，老弟，"他说，"过些天，我也许会再来巴黎，到时候我会去找你，跟你再好好喝上一次。"

那天下午，菲利普的心一直静不下来，无法继续工作。于是，他坐公车去了河对岸，看看杜兰德-吕埃尔画店是否会有画展举行。看过画展后，他沿着林荫道信步往前走着。天气很冷，刮着凛冽的风，人们都缩着身体，把自己裹在大衣里，行色匆匆地赶路，他们看上去面容憔悴，满脸愁云。蒙帕纳斯公墓的白色墓碑下面也一定很冷。菲利普蓦然觉得自己孤零零的，有了一种别样的思乡之情。此时他希望有朋友的陪伴。在这个时间，克朗肖正在创作；克拉顿从不欢迎家里有客人；劳森又在为露丝·查莱斯画着一幅肖像画，不愿意被打扰。他决定去看看弗拉纳根。到了弗拉纳根那里，他正在画画，不过，他倒是很高兴放下手里的活，跟菲利普聊天。画室里布置得很舒适，也很暖和，因为这个美国人有钱。弗拉纳根忙着沏茶。菲利普看着他计划送往美术展会的两幅肖像画。

"我也要给画展送作品，我的脸皮是不是太厚了点儿，"弗拉纳根说，"不过，我并不在乎人们怎么说，我就是要送。你觉得我画得是不是很糟糕？"

"没有我想象得那么糟糕。"菲利普说。

事实上，这两幅画表现出作者惊人的灵巧。难点都被他巧妙地规避，着色用墨很有气魄，令人惊讶，引人注目。既没有什么绘画知识又没有什么绘画技巧的弗拉纳根，竟然能像一个毕生从事绘画的人那样，去自如地挥洒。

"如果规定看一幅画不得超过三十秒钟，你就会是一位伟大的画师了，弗拉纳根。"菲利普笑着说。

这些年轻人尚不习惯于相互肉麻地吹捧。

"在美国，人们忙碌得很，哪里会抽出三十秒钟去看一幅画。"弗拉纳根大笑着说。

尽管弗拉纳根是世界上最浮躁的人，可他的心肠却很软，这一点既出人意料，又让人觉得很可爱。每当有人病了，他便会像护士那样去照顾他。他快乐的天性就是最好的药物。像许多美国人一样，他不会同英国人那样，生怕别人说自己多愁善感而刻意抑制自己的感情。他觉得表露情感是再自然不过的事，因此他的热情和四溢的同情心常常使处在苦恼中的朋友对他心存感激。他发现菲利普正因为最近经历的事情而心情低落，便谈笑风生，真心实意地设法使菲利普高兴起来。他有意加重自己的美国腔，知道这么做会让英国人捧腹大笑。他滔滔不绝、海阔天空地聊，精神头儿十足。后来，他们出去吃了晚饭，然后去了蒙帕纳斯游乐园，这是弗拉纳根常常光顾的娱乐场所。到了晚上，他变得更加风趣了。他喝了不少酒，不过，他的醉态与其说是酒精所致，还不如说是因为他生性活泼。他建议他们去比埃尔舞厅，累得觉得自己难以入眠的菲利普欣然同意。他们来到舞厅，在舞池旁边平台上的一张桌子前坐下，平台略比舞池高出一些，可以一边喝黑啤酒，一边观赏跳舞。不久，弗拉纳根看到一个朋友，向那个朋友高喊了一声，便越过栏杆，跳到舞池中去了。菲利普注视着周围的人。比埃尔舞厅并非那种高档的娱乐场所。这是一个星期四的晚上，舞厅里显得很拥挤。有从各个学校来的一些学生，不过，还是以职员和店员为主。他们穿着便服，那种商店里的那种花呢服成衣，或是样子有些怪的燕尾服。他们都是戴着帽子的，里面并没有放帽子的地方，于是都戴在了头上。来往的女人们中，有的看上去像女佣，有的是些涂脂抹粉的轻佻女子，可绝大多数还是女店员。她们的穿着都很寒酸，尽管衣服式样效仿的是对岸的时新样式。那些轻佻女子打扮得花里胡哨的，像杂耍剧场的艺人或声名狼藉的舞女。她们的眼睑涂成了深深的黑色，脸颊涂得猩红。舞厅里的白炽灯从天花板上垂吊下来，使人们脸上的阴影显得越发突出。在强烈的灯光下，所有的线条显得似乎更加呆板，色彩更加粗鄙，整个大厅里乌烟瘴气。菲利普倚着栏杆，俯瞰着舞池里面，这时他不再能听得到音乐声了。人们绕着舞厅，缓缓地全神贯注地跳着，谁也不说话。屋子里很热，人们脸上都闪着熠熠的汗珠。在菲利普看来，舞池里的人们都抛开了平时戴着的假面，抛开了对常规礼仪的尊重，他现在看到的才是真实的他们。在这一纵乐忘情的时刻，他们看起来就像是些稀奇古怪的动物：有的像狐狸，有的像狼，有的长着愚蠢的长脸，像是绵羊。由于缺乏营养和不健康的陋习,他们的皮肤都呈灰黄色。因为追求低级的趣味,他们的五官也变得平庸,贼溜溜的小眼睛里透着狡黠。在他们的行为举止中,没有一点儿高尚的东西。你会觉得,对所有这些人来说,生活只是琐事和肮脏思想的无止境的延续。舞厅的空气变得越发污浊,充满了人们的汗臭味儿,可他们仍都在起劲地跳着,好像是受着体内一股奇异力量的驱使,在菲利普看来,他们是为享乐的欲望所驱动。他们拼命想从一个恐怖的世界中逃离出来。享乐的欲望(克朗肖说这是人类行为的唯一动机)驱使他们盲目地向前,而这一欲望的异常强烈性似乎又剥夺了人类行为中的所有快乐。他们被一股飓风卷裹着,不知道缘由,也不知道会去往何方。命运之神似乎就凌驾在他们头顶,他们跳着,舞着,仿佛永不见天日的黑暗深渊就在他们脚下。他们的沉默让人觉得毛骨悚然,仿佛他们受到生活的惊吓,失去了说话的能力,他们心中的嘶叫噎在了喉咙里。他们的眼神焦虑,沮丧。尽管他们的纵欲使他们变得丑陋,尽管他们的面部表情显得猥琐冷酷,尽管最糟的是他们的愚昧,然而,从那一双双呆板的眼神中流露出的极度痛苦,还是使这些人变得既可怕又可怜。菲利普讨厌他们,可内心又为他们感到痛惜,对他们充满了同情。

菲利普从衣帽间拿上大衣,走出门,消失在寒冷刺骨的夜色中。

50

菲利普不能把这一不幸的事件从他的脑海中除去,最使他感到不安的是范尼徒劳的努力。没有人比她更刻苦,更真诚,她全身心地相信自己,可是,人的自信显然没有多大的意义。他所有的朋友都有自信,米格尔·阿胡利亚也不例外。令菲利普吃惊的是,这个西班牙人在他奋勇的拼搏与他想要表现的事物的琐屑之间的那一鲜明对比。菲利普早年痛苦的学校生活激发出他的自我剖析能力,就像难以戒掉的毒瘾一样依附在他身上,使他在剖析自己的感情时特别敏锐。他不得不看到艺术对他和对别人产生的影响不一样。一幅优秀的作品能让劳森感到一阵激动，他对画的欣赏是发自本能的；菲利普对画的欣赏是凭借理智。哪怕是弗拉纳根都能感觉到的东西，菲利普也得用脑子把它们想出来。他不由得想，如果他拥有艺术家的性情（他讨厌这个词，可又找不到一个别的词来替代），那么，他就能像劳森他们那样凭借情感而不是理智去感觉美了。菲利普开始想，他是否只是手灵巧一些，使他能够精确地描摹出所画的物体，可这算不了什么，他早已学会鄙夷这种技能了。在绘画方面，重要的是去感悟。劳森之所以那么去画，是他的天性使然，学生易受各方的影响并对其进行模仿，但这层东西的表面下却隐伏着创作者的个性（这里是指对劳森而言）。菲利普看着自己画的露丝·查莱斯的肖像画，现在三个月过去了，他终于意识到他的画只是对劳森画作的毕恭毕敬的模仿。他认为自己在感觉、体悟方面太差了。他是在用脑子画。但他知道凡是好的作品都是用心灵画出来的。

菲利普只有很少的钱，几乎不到一千六百英镑，他必须最大限度地节省开支。在十年内他不会挣到什么钱。绘画史上，生前一幅作品都没有卖出去过的画家比比皆是。他必须做好过贫穷生活的准备。如果他能画出不朽的杰作，那倒也值了。可他非常担心他这一生恐怕连个二流的画家也很难做到。如果真是这样的话，把青春都浪费于此，置生活中的其他欢乐和生存机遇而不顾，值得吗？他了解外国画家在巴黎的生存状况，看得出他们过的是一种偏狭闭塞的生活。他知道一些画家为了追求名利苦苦挣扎二十多年，可名利总是与他们擦肩而过，直到最后沦为酒鬼，或是穷困潦倒。范尼的自杀让他记起曾听说的一些画家由于绝望而自杀的种种骇人听闻的故事。他记起了画师福内特给范尼带有嘲讽意味的忠告，若是范尼听从了人家的劝告，放弃这一徒劳的努力，就不会是这样的结果了。

菲利普完成了米格尔·阿胡利亚的肖像画，决定把它送往美术展。弗拉纳根送去两幅，菲利普觉得他能跟弗拉纳根画得一样好。他为这幅画倾注了那么多心血，不由得认为它一定会有些价值。诚然，他仔细看着这幅画时，也觉得它有毛病，尽管说不出毛病在哪儿。可一旦离开它，他就变得快活起来，也就不再觉得不满意了。菲利普把画送到展览会，然后画被退了回来。起初他并不介意，因为他事先就反复告诫自己，这幅画被选上的可能性很小，直到几天后弗拉纳根跑过来告诉劳森和菲利普，他的一幅画被展会接受了，菲利普的心情才发生了变化。菲利普板着脸向弗拉纳根表示祝贺，弗拉纳根正沉浸在喜悦中，没有听出菲利普的话外音。善于察言观色的劳森看出了这一点，有些奇怪地看着菲利普。一两天前，劳森就知道自己的画进展会没有什么问题，因此对菲利普的态度隐约有些不满。在弗拉纳根走了以后，菲利普突然向劳森提了个问题，令劳森颇感意外。

"如果你是我，你会放弃绘画吗？"

"你这是怎么啦？"

"我不知道做个二流画家是不是值得。你也知道，如果你从事的是其他职业，比如说医生或者商人，就算不太出色，也没有多大关系。你可以挣到一份钱，生活照样过得下去。可是，如果你尽画些二流作品，那有什么用呢？"

劳森喜欢菲利普，当他看出菲利普因为画没被选上而变得如此沮丧时，便开始劝慰他。众所周知，一些被展会所拒绝过的作品后来成了名作，而这是菲利普第一次向展会送作品，落选应该是意料之中的事。弗拉纳根的成功也很好解释，他的作品花哨肤浅，容易得到那些无精打采的评奖团的认可。菲利普听得有些不耐烦，觉得自己受到了羞辱：劳森竟会认为他因为这点挫折就变得气馁，没有意识到他的沮丧是因为对自己能力的由来已久的怀疑。

最近，克拉顿跟那几个在格鲁维尔饭店一块儿用餐的朋友有些疏远，变得总是自己独处。弗拉纳根说克拉顿是爱上了一个姑娘，可看克拉顿那一脸严肃的神情根本不像是处在热恋之中。菲利普想，克拉顿之所以这样，很可能是因为他希望把自己头脑中的一些新观点想想清楚。一天晚上，别人都离开饭店去看戏了，留下菲利普一个人闲坐着，没多久，克拉顿走了进来，点了饭菜。他们俩聊了起来，菲利普发现克拉顿那晚很健谈，也少了平日里那种刻薄，菲利普决定趁他心情好的时候求他点事儿。

"嗯，我希望你能来看看我的画。"他说，"我想听听你对它们的意见。"

"不，我不去。"

"为什么不呢？"菲利普问，脸也随之红了。

同学们之间相互提出这样的请求再正常不过了，没有谁会拒绝的。克拉顿耸了耸肩。

"人们请你给他们提意见，可他们实际上想要听的都是赞扬的话。再说，批评又有什么用呢？你画得好或是坏，这关系大吗？"

"这跟我的关系很大。"

"不是的。人之所以要作画只有一个原因，那就是他已经无法控制自己，非得画出它来不可，这就像是人的身体所具有的其他任何功能一样。人只是在为自己作画，否则的话，他早就自杀了。试想一下，你不知花费了多长时间才找到一个题材，并把它呈现在了画布上，对它你不知倾注了多少的心血，可结果呢？十有八九，它会被展会退回；即便被接受了，人们在参观时看它的时间也不会超过十秒钟。如果你运气好的话，哪个无知的傻瓜也许会把它买下来，挂在家里的墙上，他对它的注意不会比对摆在厨房里的餐桌多。批评与艺术家毫无干系。批评要求客观，可客观却与艺术家无关。"

克拉顿把手挡在了眼睛上，好集中心思来考虑他想要说的话。

"艺术家从他所看到的事物中获得一种特别的感受，他不得不把它表达出来，他也不知道这是为什么，他只是把这种感受用色彩和线条表现出来。就像音乐家，读上几行文字，某些音符的组合就会浮现在他的脑海中。他不知道为什么这些词句便会使他想到这样的一些音符，他只是这么去做了。我告诉你，批评没有意义的另外一个原因是：一个伟大的画家总是逼迫世人用他的眼光去看自然，可当下一代人成长起来时，另一位伟大的画家会用另一种方式去观察世界，公众不是根据他自己来评判他，而是根据前面的那位大师来评价他。因此，巴比逊派①教我们的父辈用一种方法来看树木；到了莫奈时，树的画法不同了，人们说树不是那个样子的。他们从未想到过，树木的

---

① 巴比逊派，19世纪中叶的法国画派，专画乡村景色。

样子，确切地说，取决于画家观察它们的方式。我们绘画是由表及里的——如果我们能迫使世人接受我们的眼光，人们就会称我们是伟大的画家；如果不能，世人对我们会不予理睬；可我们还是我们自己，并没有变。伟大或是渺小，对我们来说都无所谓。我们的作品以后的命运如何，这一点并不重要；因为在我们创作它们的过程中，已经从中获得了我们所能得到的一切。"

克拉顿停了下来，开始狼吞虎咽地吃起摆在他面前的食物。菲利普抽着一支廉价的雪茄，仔细观察着克拉顿。他凹凸不平的头颅像是雕刻家的凿子遇到了一块顽石所雕刻出来的作品。那一头粗硬的黑发、硕大的鼻子和额骨都表明他的刚劲有力。菲利普却在想，这一面具下面是否隐藏着不为人知的软弱。克拉顿拒绝让别人看他的作品，很可能是他的虚荣心作祟，他不能容忍任何人的批评，不愿意让自己遭受被展会拒绝的命运，他希望别人把自己看作是一个画师，不愿意贸然与别人的作品进行比较，免得迫使他降低对自己的看法。菲利普认识他有十八个月了，现在的他变得越来越刻薄和脾气暴躁。虽然他不愿走出来跟同伴们进行竞争，可看到别人在竞争中轻易获得了成功，却又很气愤。他对劳森的态度大不如从前，他们两个再也不像菲利普初认识他们时关系那么好了。

"劳森以后的日子会比较好过的，"他不无轻蔑地说，"他将回到英国，做个时尚的肖像画家。一年挣到一万英镑，在四十岁之前会成为皇家艺术院准会员，专为贵族和绅士们画肖像！"

菲利普也在想着未来，他看到二十年以后的克拉顿，粗暴，孤独，玩世不恭，默默无闻；仍寓居在巴黎，因为这里的生活已渗入他的骨髓；他主持着一个艺术家沙龙，一向嘴不饶人，跟自己和世人都过不去，随着追求一种达不到的完美的欲望日趋强烈，他更是创作不出什么东西来了；或许，他最终会沦为酒鬼。最近菲利普的头脑中总萦绕着这样一个想法：因为人的生命只有一次，所以，成功对于人来说，至关重要。不过，他所认为的成功并不是挣到了多少钱，或是获得了多大名声，他还不能确切地界定成功的含义，或许是获得各种人生体验，以及最大限度地发挥出自己的才能吧。不管怎么说，克拉顿似乎已注定要过的那种生活显然是一种失败,唯一能证明他的生活尚有意义的,就是画出不朽的杰作。菲利普记起了克朗肖用波斯地毯对生活所做的那个古怪的比喻,他常常想起这个比喻,只是具有农牧神似的幽默的克朗肖不愿意把他的意思讲明白。他一再说,如果不是自己醒悟,便没有任何意义。正是想要让自己的一生获得成功的愿望,使菲利普在是否继续从事绘画这一问题上变得举棋不定。此时,克拉顿又开始继续往下说。

"你还记得我跟你说过的那个在布列坦尼遇见的人吗?我前几天在巴黎见到他了。他正准备去塔希提岛①。他已穷困潦倒,身无分文。他以前是个事业家,你们英国把从事这一行业的人叫股票经纪人;他有妻子和几个孩子,收入不菲。为了做个画家,他抛弃了这一切。他离开家后就去了布列坦尼,在那里安顿下来,开始作画。他没有钱,差点没被饿死。"

"那他的妻子和孩子呢?"菲利普问。

"噢,他丢下了他们。任他们去挨饿。"

"这听起来有点儿太不道德了。"

"噢,我亲爱的朋友,如果你想做正人君子,你就必须放弃当画家的念头。这两者之间风马牛不相及。你听说过有人画那种骗钱的作品,去赡养他们的老母亲的吗?哦,这表明他们是孝顺的儿子,可这并不能作为他们画出粗制滥造的作品的借口。他们只能算是商人。一位艺术家可以让他的母亲住到济贫院去。我认识这里的一位作家,他告诉我他的妻子死于难产。他爱他的妻子,他悲痛极了,可当他坐在病榻前看着她死去时,他发现自己在用心记下她弥留之际的样子,记下她说的话,以及他当时的感受②。很有绅士风度,不是吗?"

"你的那个朋友画得好吗?"菲利普问。

---

① 塔希提岛,南太平洋中的一个法属岛屿。《月亮与六便士》中,斯特里克兰德的归宿。
② 毛姆这样描写是想表达,即使在亲人就要离开人世时,作家也改不了他观察生活,并要把它表现出来的欲望。

"还不算好。他现在画得像皮沙罗①。他还没有发现出自我，不过已经有了色感和美感。不过，这些并不是最重要的。重要的是感受，这个他已经有了。他对待妻子和儿女的态度，像是个无赖；他对待帮助过他的人的态度——有的时候，他没有被饿死，全是由于他朋友的好心接济——简直像个畜生。只是他碰巧是个伟大的艺术家。"

菲利普想着这个人，他为了把世界给予他的情感用颜料表现在画布上，牺牲了他的一切：舒适的生活，家庭，金钱，爱情，名誉，职责。这也有点太了不起了。然而，他没有这样的勇气。

想到克朗肖时，菲利普记起差不多有一个星期没有见到过他了，于是，克拉顿离开后，他便溜达着向克朗肖这个时间准会在的那家咖啡馆走去。初到巴黎的几个月，菲利普把克朗肖所说的话都当作金科玉律接受下来，不过他的人生观比较实际，对克朗肖那些不能导致行动和结果的理论，开始变得有些不耐烦。克朗肖那一沓薄薄的诗稿与他所过的悲惨生活相比，分量似乎是太轻了一些。菲利普出生于中产阶级，他身上还留有这一阶级的烙印。克朗肖的贫穷，为糊口所干的那种雇佣文人的工作，以及他单调的生活（他每天活动的空间就是从他肮脏的顶楼到咖啡馆），都与他的名望不太相符。精明的克朗肖当然看出了这个年轻人对他的不赞许，他常常话中带刺地攻击菲利普的实用主义，看似在开玩笑，却十分犀利。

"你是个商人，"他跟菲利普说，"你想把人生投资到统一公债中，这样你每年都能稳稳地拿到百分之三的利息。我是个浪荡公子哥儿，已经挥霍掉我所有的本钱。在咽气时，我会花光我的最后一分钱。"

这个比喻惹恼了菲利普，因为这似乎表明说话人的浪漫的人生态度，可对菲利普的人生观却是一种诋毁。对此，菲利普本能地觉得他有不少话要说，只是没有表达出来。

可今天晚上，犹豫不定的菲利普想要跟克朗肖谈的正是他自己。所幸，天色已晚，克朗肖摞在餐桌上的碟子已有不少，这表明他已准备对世事人生发表一通独到的见解了。

---

① 皮沙罗（1830—1903），法国印象派画家。

"我想知道,你能给我一些建议吗?"菲利普突然说。

"你不会采纳的,是吗?"

菲利普不耐烦地耸了耸肩。

"我认为我成不了一个好画家。我看不出做二流画家有什么用。我想放弃绘画。"

"为什么不呢?"

菲利普迟疑了片刻。

"我想,我是喜欢画家的生活吧。"

克朗肖那平静的圆脸上发生了变化。他的嘴角突然垂了下来,眼珠深深地陷进眼窝里,神情显得呆滞。他似乎一下子变得腰弯背驼,老态龙钟。

"就为了这个?"他喊起来,并不由得向周围的桌子看了看。他的声音略微有些颤抖。

"如果你还能摆脱掉,就及早放弃。"

菲利普惊讶地望着克朗肖,不过,看到别人动了感情,总会使他感到腼腆,他垂下了眼睛。他知道眼前看到的便是一场人生失败的悲剧[1]。一阵沉默。菲利普想克朗肖可能正在审视着他自己的一生;或许,克朗肖想到了自己的青春,那充满美好和希冀又充满失意和挫折的青春;想到那单调可怜的快乐,还有以后黯淡的日子。菲利普的眼睛落在那些摞起来的碟子上,他知道克朗肖的眼睛也在看着它们。

51

两个月的时间过去了。

经过一番彻头彻尾的思考后,菲利普觉得在真正的画家、作家和音乐家身上,似乎都有一种驱使他们一心扑在工作上的力量,因此他们不可避免地会让生活服从于艺术,屈从于一种他们从未认识到的影

---

[1] 意指克朗肖。

响,受着主宰着他们的本能的愚弄,生活从他们的手指间滑过,好像并没有过似的。而在菲利普看来,生活是要去被经历,而不是被描绘的。他想获得对人生的各种不同的体验,从生活的每一时刻中汲取它所能提供的一切情感。他终于决定要采取一定的行动,并承担其后果了。决心一旦下定,他就立即付诸行动。正巧第二天上午是福内特的课,菲利普决意直截了当地征求他的意见,问问他自己是否值得再继续学下去。他永远记得福内特给予范尼的丝毫不留情面的告诫。那一告诫无疑是正确的。菲利普无法将范尼完全从他的脑子中除去。画室里少了她,似乎变得有些奇怪,在画室里,有时某个女生的一个手势或说话的音调都会让他吃惊,令他想起她来。她死了,可她的音容笑貌似乎比生前更鲜活清晰了;晚上他甚至常常梦见她,被吓得尖叫着醒来。想到她可能经受过的各种痛苦,他便不寒而栗。

菲利普知道,福内特来画室上课时,总是在奥德萨街的一家小饭馆吃午饭,他急急忙忙地吃过饭便赶到那里,在门口等画师出来。菲利普在这条拥挤的街道上徘徊了一会儿,终于看到福内特低着头,朝自己这边走了过来。菲利普有点紧张,可还是硬着头皮迎上前。

"请原谅,先生,我想跟你说一会儿话。"

福内特很快地瞥了他一眼,认出了他,但没有笑着跟他打招呼。

"你讲吧。"他说。

"在您的指导下,我在这里学习快两年了。我想请你坦率地告诉我,你认为我还值得在这里继续学下去吗?"

菲利普的声音有些发颤。福内特仍是低着头往前走。菲利普看了看他,发现他的脸上没有任何表情。

"我没有听明白你的意思。"

"我很穷。如果我缺乏才能,我宁愿去干点别的事情。"

"你难道不知道自己有没有才能?"

"我所有的朋友都认为自己有才华,可我知道他们中间的一些人是错误估计了自己。"

福内特严厉的嘴角挤出一丝笑,他问:"你就住在这附近吗?"

菲利普告诉他自己的画室在哪里。

福内特转过身来说:"我们去那儿吧。我看看你的画。"

"现在吗?"菲利普惊问道。

"就现在。"

菲利普没有再作声。他默默地走在画师旁边,心里很是忐忑。他从没想到福内特会希望马上去看他的画,他本打算是请福内特在以后的某个时间过来,或是把画拿到福内特的画室去。他担心得直啰唆。他衷心地想让福内特看他的画,希望少见的笑容能浮现在福内特的脸上,希望福内特握着他的手说:"不错啊。加油,小伙子。你有才华,真正的才华。"想到这些,菲利普不由得心花怒放。这对他将是多大的慰藉和欢乐啊!他可以充满信心地勇往直前。如果他最终能获得成功,那么,艰难险阻、贫困和挫折又算得了什么呢?这几年他一直非常勤勉地作画,如果他付出的所有辛苦和努力都是徒劳的,那老天对他也未免太残忍了。这时,他心里一惊,因为他记起了范尼也说过这样的话。他们俩到达了寓所,菲利普觉得更紧张了。要是他有那个勇气的话,他现在就想请福内特离开,他不想知道事情的真相。他们进来时,门房递给菲利普一封信。他看了一下信封,认出是伯父的笔体。福内特跟着他上了楼。菲利普一时不知该说什么好,福内特也沉默不语。这寂静刺痛了菲利普的神经。教授坐了下来,菲利普把他送去展会的那幅露丝·普赖斯的肖像画放在老师面前,福内特点了点头,没有说话;随后,菲利普又让他看了另外两幅露丝·普赖斯的肖像画,还有两三幅他在莫雷画的风景画以及一些素描作品。

"这就是我所有的画了。"菲利普有些不安地笑着说。

福内特先生卷了一支烟,点上了。

"你自己没有什么钱,是吗?"

"很少的一点儿,"菲利普回答说,心里突然感到一阵发凉,"几乎不够维持生活的。"

"世上没有什么比总是为生计操心更让人觉得糟糕的了。我非常瞧不起那些鄙视钱财的人,他们不是伪君子就是傻瓜。金钱就像人的第六感官,没有它,你的其他五个感官也不能充分地发挥作用。没有适当的收入,生活中一半的机会便会从你身边溜走。你整天得操心不要让自己入不敷出。你常听人们说贫穷是对艺术家最好的鞭策。其实,他们从未亲身体味过贫穷的滋味。他们不知道贫困会使你变得多么卑琐。它会让你遭受无尽的羞辱,折断你飞翔的翅膀,像癌症那样侵蚀你的心灵。一个人所求的不是财富,只要有足够的收入,能保持他的尊严,能没有后顾之忧地工作,能做人大方、慷慨、率直、独立。我非常同情那些得完全靠艺术去维持生计的艺术家们,不管他们是作家,还是画家。"

菲利普一声不响地收拾着那些教授刚刚看过的画作。

"看来,你并不认为我有多少机会了。"

福内特先生耸了耸肩。

"你有一定的画技。通过不断的努力,你应该能成为一个画工精细、工整的画家。你可以找到一百个比你画得糟的人,也可以找到一百个和你画得一样好的人。在你让我看过的作品里,我看不出你有才华,只看到你的勤奋和聪明。你永远只能是一个平庸的画家。"

菲利普极力抑制着自己的感情,平静地回答道:

"对您的不吝赐教,我不胜感激。真不知如何感谢才好。"

福内特先生站起来,似乎要走,可随即又改变了主意,停了下来,用手拍着菲利普的肩膀说:

"如果你要征求我的意见,我会说拿出你的勇气来,去别的行当碰碰运气吧。这话听起来很逆耳,可我要告诉你:若是我在你这样的年龄时,有人给予我这样的忠告,并且我也接受的话,那么,我愿意献出我在这世上所拥有的一切。"

菲利普惊讶地望着他。画师的嘴角挤出一丝笑来,可他的眼神依然严肃而悲伤。

"最可悲的是,当你发觉自己能力平庸时,为时已经太晚了。人的气质和性情是先天的,很难通过后天的学习得到。"

说完最后一句话,他笑了笑,然后很快地走出了屋子。

菲利普机械地拿起伯父写来的信。信上的字迹让他有些担心,因为平常总是伯母给他写信的。最近三个月来,伯母一直在生病,他曾说回英格兰去看望她,可伯母担心会影响他的学业,没有同意。她不想因为字迹给他带来不便。她说她可以等到八月份，到时她希望他能回来，在家里住上两三个星期。如果她的病情恶化了，她会让他知道的，因为临死前她很想再见他一面。现在伯父给他写信，那一定是伯母病重，不能握笔了。菲利普打开了信。信是这样写的：

亲爱的菲利普：

  我沉痛地告诉你，你亲爱的伯母在今天清晨离开这个世界了。她死得非常突然，可是走得很平静。病情恶化得太快了，来不及通知你。她对此早已有心理准备，相信在天国会得以复活，她顺从我主耶稣的神圣意志，离别了人世。伯母想让你参加她的葬礼，我相信你会尽快赶回来的。有许多事情等着我去办，我的心绪很烦乱。我相信你能帮我把一切都料理好的。

你亲爱的伯父
威廉·凯里

52

  第二天，菲利普回到布莱克斯特伯尔。自母亲死后，他还没有再失去过亲人。伯母的逝世令他感到震惊，也使他充满一种莫名的恐惧，他第一次意识到自己将来也要死去的命运。他无法想象伯父在失去了疼他、爱他、与他相依为命四十年的女人的陪伴后，生活会是什么样子。他料想伯父会悲痛欲绝，身心憔悴。他害怕回来后与伯父的第一次见面，因为他知道自己说什么都无法减轻伯父的痛苦，只是在心里反复诵念着几句吊慰之词。

  菲利普从边门进了牧师住宅，来到餐室。威廉伯父正在看报。

  "你坐的这趟火车晚点了。"伯父抬起头来说。

菲利普本来准备接受伯父宣泄他的感情，可伯父那就事论事的态度让他吃了一惊。伯父把报纸递给了他，尽管看上去有些抑郁，却显得很平静。

"《布莱克斯特伯尔时报》上刊登了一则有关你伯母逝世的消息，尽管短小，却写得不错。"他说。

菲利普机械地读着这段文字。

"你愿意上楼去看看她吗？"

菲利普点了点头，两人一起上了楼。路易莎伯母躺在她那张大床的中间，周围摆满了鲜花。

"你想做个短祷告吗？"伯父说。

伯父跪了下来，菲利普也跟着跪下，因为他知道伯父希望他这么做。他望着那张枯槁的瘦小的面庞，心中只有一个感觉：多么无用的一生啊！

少顷，伯父咳嗽了一声，站了起来。他指着立在床脚的那个花圈说："这是乡绅送的。"

他说话的声音较低，像是在教堂做礼拜似的。他的言谈举止让人觉得，作为牧师，他在这类场合中是能应对自如的。

"我想，茶点已经准备好了。"

他们又回到了餐室。拉下来的百叶窗给这里增添了一种忧伤的气氛，牧师坐在妻子在餐桌常坐的那一端，像是行着什么礼仪似的倒着茶。菲利普觉得他们两个谁也吃不下什么东西了。可当他看到伯父的胃口并没有因此受到影响时，他也像平时那样大口地吃了起来。有一会儿，两人都没有说话，菲利普吃着一块可口的蛋糕，面上流露出些许悲伤，因为他觉得这样才得体。

"自从我当上副牧师以来，情况已发生了很大的变化。"过了一会儿，牧师说，"在我年轻的时候，凡送葬的人都要给一副黑手套，还有一块黑绸布，用来罩在帽子上。可怜的路易莎会把这些黑丝绸做成衣服。她总是说，参加上十二次葬礼，就能有一件新衣服穿了。"

随后，他告诉菲利普都有谁送了花圈，现在已经有二十四个了。罗宁森太太——弗尼教区牧师的妻子去世时，人们一共送了三十二个花圈,我们这边明天可能会有更多的花圈送来。葬礼定在早晨十一点,从家中出发,咱们的花圈数目应该很轻易地便能超过罗宁森太太的。路易莎从来就没有喜欢过罗宁森太太。"

"我将亲自主持葬礼。我答应过路易莎,不会让其他人安葬她。"

伯父又拿起一块蛋糕,菲利普有些不满地看着他,在这种情形下,菲利普没法不觉得伯父有点贪口腹之欲了。

"玛丽·安做的蛋糕真好。以后怕是再也吃不上这么好的蛋糕了。"

"她不是要走了吧?"菲利普惊讶得喊了出来。玛丽·安从他记事起就在牧师住宅了。她从未忘记过他的生日,总是给他准备一些看似很怪却又让人心动的小礼物。菲利普打心眼里喜欢她。

"是的。"凯里先生回答说,"我觉得留一个单身女人在这所房子里不太合适。"

"可是,天哪,她一定已经有四十多岁了吧。"

"是的,我想她有了。可近来她挺叫人讨厌的,在好多事情上都爱自作主张,我想,这正是个把她辞退的好机会。"

"这确实是一个难得的机会。"菲利普说。

他取出一支烟,可是伯父没有让他点上。

"葬礼之后再抽吧,菲利普。"他语气温和地说。

"好吧。"菲利普说。

"只要你可怜的路易莎伯母还在楼上,在家里抽烟总觉得对死者有些不敬。"

教会执事兼银行经理乔赛亚·格雷夫斯在葬礼结束后,来到牧师家里来吃饭。屋里的百叶窗都已经拉了起来。菲利普违心地觉得,他此时不知怎么倒有了一种如释重负之感。家里停放着尸体让他感到压抑。生前,这个可怜的女人身上全是温柔和善良,可当她僵直冰冷地躺在楼上的睡房里时,却似乎给生者投下了不吉利的阴影。这个想法把他自己吓了一跳。

有一两分钟的时间,菲利普和教堂执事两人单独留在餐室里。

"我希望你能陪你伯父待上一段日子,"他说,"刚发生了这样

263

的事，不宜让他一个人在家。"

"我眼下还没有什么计划和安排，"菲利普说，"如果他需要我，我乐意留下来。"

为了让刚失去妻子的丈夫提起兴致，教堂执事在吃饭时谈到了最近发生在布莱克斯特伯尔的火灾，这场大火把美以美会教堂烧毁了一部分。

"我听说，他们没有给这座教堂投保。"教堂执事笑着说。

"这不会难倒他们的。"牧师说，"他们可以募集到大量的钱来重建教堂。非国教教徒总是乐于捐赠的。"

"我看到有霍尔登送的花圈。"

霍尔登是非国教派的牧师，尽管在街上遇见时，看在为他们双方而殉难的基督的分上，凯里先生会和他点点头，可从来也没说过话。

"我觉得，葬礼办得挺好的。"牧师说，"大家一共送了四十一个花圈，你送的花圈很漂亮。我和菲利普都对它赞不绝口。"

"过奖，过奖了。"银行家说。

他颇为得意地注意到，他送的花圈比任何人的都大，上面的花也比别人的鲜艳。他们开始谈论起前来参加葬礼的人。商店也因此关了门，教堂执事从口袋里掏出一份通知，上面写着：由于凯里太太今日举行葬礼，本店在下午一点钟以前停止营业。

"这是我的主意。"他说。

"我觉得，店家们真好，都能为此歇业半天，"牧师说，"可怜的路易莎在天之灵也会感激的。"

菲利普一边吃，一边听着他们谈话。玛丽·安把这一天当礼拜日对待，做了烤鸡和鹅莓馅饼。

"我想，你还没有顾上考虑墓碑的事吧？"教堂执事问。

"不，我考虑了。我想简简单单地立上一个石十字架。路易莎生前一直反对炫耀摆阔。"

"我认为，没有比立十字架更好的了。如果你想给碑上写文字，你觉得，'与耶稣同在，岂不更有福分？'怎么样？"

牧师的嘴噘了起来。这个执事真是像俾麦斯，什么事都想往自己手里揽。牧师不喜欢这句碑文,他觉得这话似乎有中伤他的意思。

"我想我不会这么写的。我倒喜欢这么一句:'上帝赐予的,上帝已拿走'。"

"噢,是吗?这样写似乎显得太平淡了点儿。"

牧师略带尖酸地回敬了几句,而格雷夫斯在这种场合给予回应的语调在鳏夫听来又太过武断。如果他连自己妻子的碑文都不能做主,那也有些太过分了。一阵沉默之后,话题又转到了教区里的事情上。菲利普到花园去抽烟。他坐在一条长凳上,突然间,他歇斯底里地大笑起来。

几天后,伯父表达了想让他在布莱克斯特伯尔住上几个星期的愿望。

"好的,我很愿意留下来待一段时间。"

"我想,你在九月份回巴黎就可以了吧。"

菲利普没有回答。这几天他一直在想着福内特跟他说的话,可仍在犹豫,因此不想谈论以后的事。放弃艺术是明智之举,因为他确信在这一行他做不到优秀,然而在别人眼中,他这是承认失败。可他并不想承认自己是失败了。他生性倔强,如果怀疑自己在某一方面没有才能,他会选择逆流而上,不顾一切地朝那个方向去努力。

他无法容忍朋友们对他的嘲笑。他的这一脾性本会阻止他采取放弃艺术的断然行动,不过,回到英国换了一个环境的他,突然间,看待问题也不一样了。像许多人一样,他发现,跨过了英吉利海峡,在海峡那边看似重要的事情,到了这边便不再那么重要了。他曾那么迷恋,不忍割舍的巴黎生活,现在看来却似乎显得有些不恰当了。他开始厌恶起那里的咖啡馆,那些味道很差的饭店,以及寒酸的住宿环境。他也不再介意他的朋友们怎么看他了,能言善辩的克朗肖、顾及体面的奥特太太、故作风雅的露丝·查莱斯,以及争论不休的劳森和克拉顿……对所有这些人,他都生出了反感。他写信给劳森,请他帮忙把自己的东西都寄回英国。一个星期后,行李寄来了。当他再度打开他的油画时,他发现自己能够不带情感地审视那些画作了。他觉得这情形很有意思。伯父急着想要看看他的画。尽管那个时候他坚决反对菲利普去巴黎,可现在却能较为坦然地看待这件事了。他对美术学

265

生的生活很感兴趣,还问了菲利普不少问题。实际上,他现在都有点为菲利普是个画家而感到骄傲了,有人在的时候,他几次试探着想让菲利普给他画幅肖像。他兴致勃勃地观赏着菲利普拿给他看的那几幅模特习作。菲利普把米格尔·阿胡利亚的肖像画放在他面前。

"你为什么要画他呢?"凯里先生问。

"我需要找个模特,他的头颅引起了我的兴趣。"

"反正待在这里你也没什么事情做,何不给我画上一幅呢?"

"你坐久了会烦的。"

"我想,我不会的。"

"再想想吧。"

伯父竟有这样的虚荣心,倒让菲利普觉得有趣。显然,伯父很想让他给他画肖像。不用花钱便能画张像,这样的机会当然不容错过。头两三天,他不断给出暗示。他责怪菲利普懒惰,问他什么时候开始画,后来他逢人便说菲利普要给他画像了。终于等到了一个下雨天,在吃过早饭后,凯里先生对菲利普说:

"喔,今天上午给我画像怎么样?"

菲利普放下手里正在看的书,靠在椅背上。

"我已经放弃绘画了。"他说。

"为什么?"伯父惊讶地问。

"我觉得,做个二流画家没什么意思,我已经知道在这方面我永远不可能出人头地了。"

"你简直让我看不懂了。去巴黎之前,你那么肯定你有才华。"

"是我错误地估计自己了。"菲利普说。

"我本以为你现在找到一个你引以为豪并会坚持做下去的职业了。在我看来,你所缺少的是恒心和毅力。"

伯父竟看不出他做出这样的决定需要多大的勇气,这让菲利普略微有点恼火。

"滚石不生苔。"牧师接着说了这么一句。菲利普最烦的就是这条谚语,在他看来,这谚语毫无意义。离开会计师事务所之前,伯父跟菲利普曾多次发生争执,那时伯父也总是提到这条谚语。显然,菲利普的监护人又想起了当时的情形。

"你知道,你不再是个小孩子了,你必须要考虑有个安定的职业了。一开始,你坚持要做特许会计师,后来你厌倦了这份工作,想要当画家。现在,你心血来潮,又改变了主意。这些都说明你……"

他停了下来考虑这是一种什么样的性格缺陷时,菲利普帮他完成了句子。

"朝三暮四,没有能力,缺乏远见,意志不坚定。"

牧师抬起头来迅速地瞧了侄儿一眼,看看他是不是在嘲笑自己。菲利普脸上的表情是严肃的,可他眼睛里闪着的光还是惹恼了牧师。菲利普应该更严肃点才是。他觉得他有义务好好教训侄儿一顿。

"你的钱现在不再归我管理,你自己是钱的主人了。可我想你应该记着,你的钱不可能永远花不完,你的残疾使你的谋生和生存更加不易。"

现在菲利普已经明白,无论是谁跟他生气,人家首先想到要说的就是他的跛足。他对人类的评价许多时候都是基于这一事实:几乎很少有人能抵御这种诱惑。不过,他现在已经学会了克制自己,不让自己显露出提及此事时感到的羞辱。他甚至克服了自己遇事脸红的毛病,在孩提时代这可是个一直折磨他的顽疾。

"正如你刚才说的,"菲利普回答说,"对我的钱的管理,现在已经跟你无关了,我是我自己的主人了。"

"不管怎么说,你得承认,你当时打定主意要学艺术时,我对此坚决反对,是没有错的。"

"我并不完全赞同你的说法。我敢说,一个人通过总结自己在独立做事的过程中所犯的错误,会比全靠听别人指点做对了事情获益更多。我已经放纵过了,现在愿意找个工作安定下来。"

"什么工作?"

菲利普还没有想好这个问题,因为他还没有拿定主意呢。他考虑过了十几种职业。

"你最适合做的工作,就是进入你父亲的行业,当个医生。"

"真是奇怪,这正是我想要做的。"

在许多职业中,他之所以想到要当个医生,是因为这一职业似乎能给予个人更多的自由,他在会计师事务所的工作经历使他再也不愿意跟任何事务所有任何瓜葛。他给牧师的回答几乎是无意间脱口而出,可以说它带有随机性。他很高兴自己以这种偶然的方式下定了决心。他当即决定,在秋天时进入他父亲工作过的那所医院。

"这样一来,你在巴黎的两年是不是算虚度了?"

"我也不是十分清楚。我只知道我度过了两年非常快乐的时光,还学会了一两样本事。"

"什么本事?"

菲利普考虑了片刻,他的回答带着点儿挑逗对方的意思。

"我学会了看手相,过去我从未看过。我学会了观察在蓝天映衬下的房屋和树木,而不是只看房屋和树木。我知道了影子不是黑色的,而是有色彩的。"

"我想,你觉得自己很聪明。而我认为,你的轻浮显得很蠢。"

53

凯里先生拿着报纸,去了他的书房。菲利普站起来,坐到伯父刚才坐的那把椅子上(这是屋里唯一坐着舒适的椅子),望着窗外的倾盆大雨。即便在这样糟糕的天气里,外面一望无际的绿色田野中也有一种安恬的气息。他不记得以前自己曾留意过这亲切迷人的景致。在法国度过的两年打开了他的眼界,让他看到了自己乡村的美。

他想起伯父刚才说的那句话,不由得笑了。其实,他应该感谢自己这有点轻率的性情才是。他开始意识到父母的早逝让他遭受到多大的损失。他生活中的不幸造成了他在看待事物时与别人不同的眼光。父母对子女的爱是天下唯一的无私的爱。尽管他在陌生人中也长大了,却很少体味过他人的温情和关怀,他颇为自己的自控力感到自豪。这种自制力是他在长期遭受同学们的嘲笑和讥讽中磨炼出来的。为此,同学们说他玩世不恭,冷漠无情。平时他总是一副镇定自若的神情，在多数场合中都能做到不动声色。人们总说他这个人没有情感，可他知道自己是受情感支配的，有谁偶尔对他好一点，甚至都能让他感动得不敢开口，以免让人听出他声音在发颤。他记得他在学校时经历的苦痛，忍受的羞辱，同学们的嘲笑让他形成一种病态的心理，时时处处担心被别人笑话。他记得自那以后他所感受到的孤独，记得面对世界时，世界给予他的，与他那活跃的想象力对世界的憧憬间的巨大反差给他带来的幻灭感和失望感。不过，尽管如此，他仍然能够站在局外去看自己，并饶有兴味地笑着。

"天啊，要不是我生性洒脱①，我早就上吊了。"他庆幸地想。

他的思绪又回到了当伯父问他在巴黎学到了什么时他给出的回答。其实，他学到的远远不止这些。与克朗肖的某次谈话还深深地印在他的脑子里，其中一句极普通的话对他的触动很大，引发出颇多感想。

"我亲爱的朋友，"克朗肖说，"世上就没有抽象的道德这种东西。"

菲利普不再信奉基督教以后，就感觉一副重担从肩头卸了下来；一旦丢开对每个行动都要负有的责任感（当行动对他不朽灵魂的安宁显得异常重要时），他便体验到了一种从未有过的自由。但现在，他知道这只是他的一种幻觉。当他把伴他成长的宗教丢弃在一边时，却完好无损地保留了其中暗含的道德观念。因此，他决定要把这些事情想想清楚。他决心不受任何偏见的干扰。他将德行与罪恶，恶与善的现存法则，都从头脑中清除了出去，一心想着为自己探索出一套行动准则。他不清楚现有法则是否还有存在的必要，他想要挖掘出这一点。很显然，世上许多似乎是正确的法则之所以显得正确，只是因为从童年时代起老师就是这么教的。他读了很多书，可这也帮不了他多大的忙，因为这些书都是以基督教的道德观做基础的，甚至就连那些一再强调自己不相信基督教义的作者们，也是直到他们形成了一套与基督"登山训众"的戒律相一致的伦理体系时方才满意。如果只是为了跟别人一样地去做事，去随波逐流，那就实在没必要去读那些鸿篇

---

① 原文为flippant，本意是轻率、轻浮（对应上文伯父对他的评价），此处根据上下文翻译为洒脱。

巨制了。菲利普想要弄清楚他究竟应该如何为人处世，如何才能免受周围人观念的影响。不过，眼下他还得生存，在他形成一种行动的理论之前，他得给自己制定一个临时的准则。

"倾听和遵循你内心的声音，同时要谨防拐角处的警察。"

菲利普想，他在巴黎的最大收获就是在精神上获得了完全的自由，他觉得自己终于自由了。他已零零散散地读过不少哲学书，并满心期盼着能利用好接下来几个月的闲暇。他开始随意地浏览各派哲学书籍，怀着兴奋的心情涉猎每一派别的哲学体系，希望能从中找到一些指导自己行动的准则。他觉得自己像是去往未知国度的旅行者，随着一路前行，他探求的兴趣也变得越来越浓。像那些阅读着纯文学作品的人们一样，他充满激情地读着这些哲学著作。当他在那些格调崇高的语言中发现自己早先也隐约感觉到的东西时，他的心便激动地怦怦直跳。他的头脑是那种具象思维型的，因此在抽象的领域，他感觉有点儿举步维艰，不过，即便他跟不上作者的推理，追寻着作者迂回曲折地穿行于玄奥艰深边缘的思路，也让他觉得别有一番情趣。有的时候，那些伟大的哲学家们似乎对他无话可说，可在另一些时候，他会发现一个让他觉得亲切自如的哲学家。他像是在中非的探险家一样，突然来到一片广袤的高原，那里有参天巨木，有大片的草地，恍如置身于英国的一个公园里。他喜欢托马斯·霍布斯[①]的通俗易懂的见解；斯宾诺莎[②]令他充满了敬畏，他以前从未接触过思想如此崇高严肃，不易接近的哲学家；这使他想到了自己十分欣赏的罗丹[③]的《青铜时代》；然后是休姆[④]，这位可爱的哲学家的怀疑论引起菲利普内心的共鸣，他沉浸在那简洁的文体中，其富于音乐感和节奏感的语言似乎能明快地表达出他纷繁复杂的思想，他像读小说那样阅读着

[①] 托马斯·霍布斯（1588—1679）。英国哲学家。

[②] 斯宾诺莎（1632—1677），荷兰哲学家。

[③] 罗丹（1840—1917），法国雕刻家，写实派代表。

[④] 大卫·休姆（1711—1776），苏格兰不可知论哲学家，经济学家，历史学家。

休姆的著作，嘴角挂着惬意的笑。不过，在所有这些哲学家里，他都没能找到他确切想要的东西。他忘了是在什么地方读到过这样的话：每个人都是天生的柏拉图主义者，或亚里士多德主义者，或禁欲主义者，或享乐主义者。乔治·亨利·刘易斯[①]（他除了告诉你哲学都是空谈外）的一生表明，每个哲学家的思想都与他个人密不可分。在你知道了他是什么人以后，你便能大概猜出他所写哲学的内容了。事情仿佛是这样的：你之所以这样去行动，并不是因为你是这样想的，但是，你之所以这样想，却是因为你的秉性使然。真理和这一切都没有关系。世上也没有什么所谓的真理。每个人都是他自己的哲学家，过去那些伟人们构建的复杂的哲学体系仅是对他们自己有用。

因此，重要的是去发现作者是个什么样的人，他的哲学体系便会随之浮出水面。在菲利普看来，需要弄清三样东西：人与其所生存的环境之间的关系；人与他周围人之间的关系；最后，是人与他自己的关系。菲利普制订了一个详尽的学习计划。

在国外生活的一个好处是，在你接触到周遭人的风俗习惯时，你能站在局外人的角度去观察它们，从而看出这些风俗习惯并非具有遵循着它们的人们所认为的那种必要性。而且，你不难发现，在你看来一些不言而喻的信条，在这些外国人眼里则可能是荒诞不经的。在德国一年、在巴黎两年的生活经历为菲利普接受怀疑论的学说提供了思想上的准备，因此现在阅读这方面的书籍时，他能有一种欣慰感。菲利普认为，世上的一切事物无所谓善，也无所谓恶，只是具有合目的性的特点罢了。他读了达尔文的《物种起源》。这本书似乎为他解释清楚了许多困扰着他的问题。他现在犹如一个大自然的探险家，知道自然界的一些特征必会逐步显现出来，沿着一条大河溯流而上，他会发现预料中的支流，那里有土地肥沃、人口稠密的平原，再往前走会有叠嶂的山峦。每当有了重大发现，之后的人们总会感到惊讶，为什么它当时没有被世人马上接受，甚至对那些相信它是真理的人也没有产生多大的影响呢？最初读到《物种起源》的人们是因其理性接受

---

① 乔治·亨利·刘易斯（1817—1878），美国哲学家，批评家。

了它，可是作为他们行为基础的情感却没有受到触动。菲利普出生在这部伟大著作问世的几十年之后，许多令作者那一代人感到骇然的东西已经逐渐渗入当今这代人的感情里，因此他能够欣然接受达尔文的理论，并深深为物种间因生存而进行的波澜壮阔的竞争所打动，从这种竞争中体现出的伦理法则恰与菲利普原有的想法相契合。他对自己说，对呀，强权即公理嘛。社会作为一方，是有自身的成长法则和自我保护法则的有机体，而个人作为另一方，其所做的有利于社会的行为被称为善行，不利于社会的行为被称为恶行。善与恶无非就是这个意思。而"罪恶"更是自由的人们应该摆脱的偏见。社会在与个人的对抗中有三件武器：法律、社会舆论和良心。前两个可以用个人的狡黠来应对，这也是弱者反对强者的唯一武器。罪恶是从外部被发现的，良心却是堡垒内部的叛逆者，它在每个人的内心为社会而战，致使个人做了让社会兴旺昌盛的祭祀品。很显然，国家与具有自我意识的个人，这两者是不可调和的。国家利用个人来达到它的目的，如果个人反对，就将其踏在脚下，若忠心为社会服务时，就给他提供养老金，颁发勋章，给予他各种荣誉；而作为个人而言，其力量仅在于他的独立性，只能是与国家周旋，为了自己的方便和获得一些好处，给国家缴纳一定的钱并提供一定的服务，可个人做这些绝非出于责任感，对奖赏也毫无兴趣，只是请求国家不要干涉他的自由。他是一个单独行动的旅行者，为了便捷，他使用库克①车票，可是对车上那些有向导带队的人们却投来鄙夷的目光。人们的自由行为谈不上犯错误。他做他喜欢做的任何事情——只要他有那个精力和能力。他的力量才是衡量他的道德的唯一标准。他承认国家的法律，他可以违反它们而没有任何犯罪感，不过，如果国家要惩办他，他也得毫无怨言地接受惩罚。毕竟，社会的力量太强大了。

但是，如果作为个人来说，既然无所谓对，也无所谓错，那么，在菲利普看来，良心也就失去了它的力量。他发出胜利的呐喊，抓起良心这个恶棍，把它从胸中抛了出去。然而，对于人生的意义，他还

---

① 库克，19世纪英国一家著名的旅行社。

是跟从前一样茫然。世界为什么存在,人为什么来到这个世界,仍然没能得到解释。这其中一定有缘由。他想起了克朗肖用波斯地毯对人生所做的比喻——克朗肖将此作为解开这一谜团的途径,他神秘地说,除非你自己去发现,否则就不会有答案。

"我不知道他这话究竟是什么意思。"菲利普笑着说。

到了九月的最后一天,渴盼着去实践这些人生新理论的菲利普,拿着一千六百英镑,拖着一只跛脚,第二次踏上去往伦敦的旅程——这是他人生的第三次启航。

54

菲利普到事务所做会计师学徒前曾参加过一次考试,这个成绩足以保证他进入任何一所医学院。他选择了圣卢克医学院,因为他父亲曾在那里就读。夏季学期结束前,他去了伦敦,在那里待了一天,他找学院秘书要了一张寄宿预览表,在学校附近一所阴暗的住宅里租了间屋子,从那里步行到医院只需要两三分钟的时间。

"你得定下你要解剖的部位,"秘书跟他说,"最好是从腿部开始,多数同学都是这么做的,他们认为腿部容易解剖一些。"

菲利普要上的第一节课就是解剖课。课程十一点钟开始,大约十点半时,他一瘸一拐地横穿过马路,有些忐忑地去往学校。校门里面的墙上张贴着许多布告,包括课程安排等,还有些足球海报之类。菲利普想要平复一下自己的心情,于是停下来随意地浏览着。一群男生运着球走了进来,在信架上翻找了一会儿信件,谈笑着下楼梯,去了地下室,那里是学校的阅览室。菲利普见到几个样子显得既拘谨又装作若无其事的人,猜想他们可能也像他一样第一次来学校。看完了通知,他发现有扇玻璃门通向一个陈列室。离上课还有二十分钟,时间还早,于是他走了进去。里面陈列着各种病理学标本。少顷,一个大约十八岁的男孩来到他跟前。

"我说,你是一年级的吗?"

"是的。"菲利普回答。

"你知道上课的教室在哪儿吗?快要十一点了。"

"我们一起去找吧。"

他们出了陈列馆,走进一条又长又暗,墙壁涂成两种红色的走廊里,这里有不少人,说明教室应该就在前面了。他们来到一个上面写着解剖学教室的门前,教室里已经坐了很多人。菲利普进来时,一个校工也走了进来,他把一玻璃缸水放到了讲台上,接着又拿来了一个骨盆和两根大腿骨。又有一些学生进来坐下。十一点时,能容纳六十个人的阶梯教室已是座无虚席。大多数同学都比菲利普年轻,都是些脸上还没长出胡子的十八岁的小伙子,不过,也有几个比菲利普年龄大。他看到一个留着红胡子的高个子男人,样子看上去挺凶悍,大概有三十岁了;还有一个蓄着黑胡子的小个子,看上去比那个红胡子的小一两岁;此外还有一个戴眼镜的男子,他的胡子已成了灰白色。

讲师卡梅伦先生走了进来。他是一位很帅气的男子,一头银发,五官清秀。他拿出花名册点完名后,做了一个简短的开场白。他嗓音悦耳,用词讲究,似乎很喜欢字斟句酌。他提到两本他们应该买的书,还建议他们购买一副人体骨架。他充满热情地讲到,解剖学这门课程对于学习外科来说是如何如何的重要;学好这门知识还可以提高对艺术的鉴赏力。菲利普竖着耳朵听着,唯恐漏掉一个字。他后来听说,卡梅伦先生也给皇家艺术院的学生授课。他在日本住过许多年,在东京大学教过书,自诩对美有很高的鉴赏力。

"你们将必须去学许多乏味的东西,"卡梅伦先生豁达地笑着,结束了他的开场白,"一旦考完了试,你们便会把它们忘得一干二净,可就解剖学而言,就算学了以后把它忘了,也比从来没有学过这门课强。"

然后,他拿起一直放在讲桌上的骨盆,开始讲课。他讲得既清楚又有条理。

下课后,在陈列室跟菲利普攀谈的那个男孩邀他一起去解剖室看看,听课时他们也坐在一起。于是,菲利普和他又走在这条长长的走廊里,一名校工告诉他们解剖室的位置。刚走进去,菲利普便明白他在走廊里闻到的那股呛鼻的味道是怎么回事了。他点了一支烟。那名校工看到后笑了笑。

"你很快就会习惯这股味道的。我就已经闻不出来了。"

他问了一下菲利普的名字,然后,去看布告栏上的名单。

"你要解剖的是一条腿——四号。"

菲利普看见括号里还有另一个人的名字。

"这是什么意思?"他问。

"眼下尸体紧缺。我们必须在每个部位都放上两个人。"

解剖室很大,墙壁跟走廊一样涂上了两种颜色,上面的部分是橙红色,下面的护壁板是赤褐色。房间两边,每隔几步便贴墙摆着一张铁板,上面有槽,就像盛肉的盘子那样,每张铁板上都放着一具尸体,大多数是男尸。由于平时都泡在防腐剂里,尸体都黑黢黢的,皮肤几乎成了皮革,尸体干瘦得不成样子。校工把菲利普领到了一块铁板前,有个年轻人正站在旁边。

"你是凯里吗?"他问。

"是的。"

"那么,这条腿就由我们两个来解剖了。是具男尸,咱们的运气还不错。"

"为什么这么说呢?"

"大家一般都喜欢解剖男尸。"校工说,"女尸经常有很厚的脂肪。"

菲利普看着铁板上的尸体。尸体的胳膊和腿都已经瘦得干瘪了,身上的肋骨凸显了出来,肋骨上面的皮肤绷得紧紧的。这个人四十五六岁,蓄着稀疏的灰白胡子,头发也很少,没有色泽,眼睛闭着,下颚瘪塌。这让菲利普没法觉得他曾经也是个活人,一排排的尸体都摆在这里,让人不免感到有些阴森恐惧。

"我想下午两点开始。"与菲利普一块解剖的那个小伙子说。

"好的。我两点钟过来。"

菲利普昨天买了所需的器械箱,学校又发给他一个小柜子。他看了看身边跟他一起到解剖室的男孩,发现他脸色煞白。

"你是不是觉得不好受?"菲利普问他。

"在这之前,我还从未见过死人呢。"

他们俩顺着走廊一直走到了校门口。菲利普想起了范尼·普赖斯。她是他见过的第一个死人,他记得当时那种异样的感觉。生者和死者之间隔着难以测量的距离,他们好像不属于同一个物种。想想也真是奇怪,不久前,他们还在说话,走动,吃喝,欢笑。死者身上有种令人恐惧的东西,可以想象,他们可能会给活着的人身上投下不祥的阴影。

"咱们去吃点东西好吗?"新朋友对菲利普说。

他们去了地下室,那里有一间昏暗的屋子改建成的餐厅。在这里,学生们可以买到用二氧化氮发酵的类似面包的食物。菲利普要了一个烤饼加奶油和一杯巧克力,在他们就餐期间,菲利普得知新同伴叫邓斯福特。这小伙子面色红润,长着一双可爱的蓝眼睛和一头黑黑的卷发,长臂长腿,说话和举止都慢条斯理的。他是刚从英国布里斯托市的克利弗顿来的。

"你计划修联合课程吗?"他问菲利普。

"是的,我想尽快取得医生资格。"

"我也打算修联合课程,不过,在这之后,我还要上皇家外科医学会会员的课程,我想当外科医生。"

大多数学生修的都是内外科医学会联合委员会规定的课程。可一些更勤奋、更有抱负的青年除了完成联合课程外,还会继续学习一些科目,以便取得伦敦大学的学位。在菲利普来圣卢克医学院时,学校的规定已经有了些改变。学制从四年改成了五年,不过,有一部分在1892年秋天以前入学的学生仍然是上四年。邓斯福特很熟悉这方面的情况,他告诉菲利普各门课程的具体安排。"第一次联合课程"的考试包括生物学、解剖学和化学。不过,考试可以分期进行,多数学生都是在入学三个月后先考生物学。这门学科是最近才增设进必修科目里的,要求掌握的知识量并不多。

菲利普回到解剖室时迟到了几分钟,因为他忘了买套袖,很多学生已经在解剖了。他的同伴是准时开始的,他正忙着解剖出皮肤神经。另外两个同学做着另一条腿,还有几个在解剖胳膊。

"我没等你,你不介意吧?"

"没关系,继续做你的。"菲利普说。

他拿起书,翻到腿部的解剖图示,看着他们必须要找出的部分。

"你看起来像是个老手。"菲利普说。

"嗯,我以前上预科时,做过大量的动物解剖。"

有些人一边做一边交谈,有的说着手头正干的活儿,有的谈着未来几个月要举行的足球比赛,有的议论着解剖老师和讲座等。菲利普发现自己比别人的年龄要大得多。因为他们都是刚从中学校门出来就进了大学的校门。然而,知识掌握的多与少才是关键,年龄并不是问题。和菲利普一起解剖的学生叫纽森,是个很活跃的年轻人,他做解剖挺内行。他或许是想显摆一下自己的本领,于是详细地跟菲利普讲解着自己的做法。尽管菲利普满腹经纶,可还是恭敬地听着。之后,菲利普拿起手术刀和镊子,开始解剖。纽森在一边看着。

"太好了,碰上这么瘦的尸体。"纽森擦着手说,"这家伙死前一定有一个月没吃东西了。"

"他是因为什么死的呢?"菲利普像是自言自语地说。

"噢,我不知道,像他这种年龄的人,大多都是饿死的,我想……哦,小心,不要割断了动脉。"

"说得轻巧,'不要割断了动脉'。"正在解剖另一条腿的一个学生说,"这老东西的动脉就没有长在它该长的地方。"

"动脉总是长错地方,"纽森说,"'正常的情形'你在现实中永远碰不到,所以才被称之为'正常'。"

"不要说这种似是而非的话了。"菲利普说,"不然我会割破手的。"

"如果你割破了手,"见多识广的纽森说,"要立即用防腐剂清洗。你一定要特别当心。去年有个学生不小心在这里扎了一下,他没有在意,结果染上了败血症。"

"他后来好了吗?"

"噢,没有,他一个星期后死了。我还到太平间看了看他。"

快到用茶点的时间时,菲利普的背酸痛起来,他午饭吃得少,早就盼着用茶点了。他的手上全是今天早晨刚进走廊时闻到的那股味儿，觉得手里的松饼也沾上那味儿了。

"哦，你会习惯这种味道的，"纽森说，"以后当你闻不到解剖室里的那股臭味时，你都会感到寂寞的。"

"我不能让它弄坏了我的胃口。"菲利普说。他吃完最后一口松饼，又拿起了一块蛋糕。

55

像大多数人一样，菲利普对医科学生生活的想法也是建立在查尔斯·狄更斯于十九世纪中叶所描绘的生活图景之上。不过，很快他便发现，就算是真有鲍伯·索耶①这么一个人，他也一点儿不像现在的医科学生了。

进入医学界的人鱼龙混杂，自然会有一些懒惰和冒失之人。他们以为医科学生的生活会很轻松，在这里舒舒服服地混上几年就该毕业了，直到后来，钱花完了，或者是生气的父母不再供养他们上学了，无奈之下只得离开了医学院。还有些人发现考试对于他们来说太难了，一次又一次的不及格叫他们丧失了勇气，一旦进入令他们生畏的联合课程委员会的考试大楼，他们就会惊慌失措，把背熟的知识忘得干干净净。他们待了一年又一年，成了低年级学生嘲笑的对象。他们中的一些人勉强通过了药剂师的考试；有些人没有取得资格，做了助手，干着一份朝不保夕的工作。他们穷困潦倒，酗酒成性，天晓得等待着他们的会是什么结局。不过，大多数医科学生出身于中产阶级家庭，他们勤奋好学，有足够的钱可以使他们继续过他们早已习惯的体面生活。有不少人就是医生的儿子，在他们身上已有了些职业医生的派头，他们已规划好了未来蓝图：一旦取得资格，他们就申请在一家医院任职，或者在一条去往远东的轮船上当随船大夫，在这之后，他们便会跟他们的父亲一起去乡下行医，在那里度过一生。当然，他们

---

① 鲍伯·索耶，狄更斯作品中的人物。

中也会出现一两个出类拔萃、特别有才华的学生，他们将当之无愧地拿走各种年度奖项和奖学金，在医院谋得一个又一个的职位，成为医院的正式职员，在哈利大街开设诊所，主治一两种疾病，变得富有，名声远播，拥有各种荣誉和头衔。

行医是唯一不受年龄限制而可以谋生养家的职业。跟菲利普同年级的人里，有三四个青春已逝：一个曾在海军服役，据说因为酗酒被开除，此人三十岁开外，红脸膛，大嗓门，举止粗鲁。另一个已成家，有了两个小孩，由于他的家庭律师玩忽职守，把钱赔光了，他有点儿驼背，好像是生活的压力太大，有点承受不住了。他默默地苦读，在他这样的年纪，要记住大量的知识显然很困难，而他本就头脑迟钝，别人看他学习费劲的样子，颇为难受。

菲利普把他的那几间小屋子布置得很舒适。他把书籍都整整齐齐地摆放在一起，将他手头的油画和素描都挂在了墙上。他屋子的上面正好是楼上的一个会客厅，租那套房间的是个五十来岁的男子格里菲斯。不过菲利普平时很少见到他。一来是因为格里菲斯大部分时间都待在病房里，二来是他读过牛津大学。像这类上过大学的人总喜欢经常聚一聚：他们采用各种年轻人惯用的方式，让那些运气不如他们好的人觉得自己低人一等，其他学生对他们那种神气十足的派头也觉得难以忍受。格里菲斯高个子，一头红发卷发，一双蓝蓝的眼睛，白皙的皮肤，红红的嘴唇。他是那种人人都喜欢的幸运儿，因为他总是那么精力充沛，快快乐乐的。他会弹奏一点儿钢琴，常常激情演唱喜剧歌曲。晚上菲利普在孤寂的屋子里阅读时，常常听到楼上传来格里菲斯那伙人的喧闹声和欢笑声，这让他想起和朋友们在巴黎的画室里度过的那些个快乐的夜晚。他、劳森、弗拉纳根和克拉顿，他们在一起谈论艺术和道德，谈论最近的恋情和艳遇，以及将来的功成名就。他的心在隐隐地作痛。他发现做出一个英勇的举动并不难，难的是长时间承受这一举动带来的后果。更糟糕的是，目前的学习似乎令他感到非常乏味。他现在已经不习惯再被老师提问。上课时，他常常走神。解剖学是一门枯燥的学科，只是要把一大堆的东西死记硬背；人体解剖也让他感到厌烦。他看不出当你从书上的图示或病理学陈列馆的标本中便能了解到那些皮下神经和动脉血管所在的准确位置时,还辛辛苦苦地把它们解剖出来有什么用。

菲利普偶尔也交些朋友,不过都是些泛泛之交,因为他似乎没有什么特别的要和他们交流。当他尽量去对他们的事表现出兴趣时,又觉得人家会认为自己是屈尊俯就。他不像有些人那样,只谈自己感兴趣的事,而不管会不会令对方厌烦。有个同学听说他在巴黎学过绘画,就认为他们志趣相投,要跟菲利普讨论艺术,可菲利普对与自己不同的观点根本没有耐心去听,而当他发现对方的思想很是守旧时,便连一句话也不愿多说了。菲利普希望自己有个好人缘,可又不愿意主动去跟人接近。因为总是担心遭到别人的冷眼,他自己常常板起面孔,将他那依旧很强烈的腼腆掩饰在沉默寡言之下。他又有了和在中学时一样的感受,只是医科学生的生活比较自由,让他有更多独处的时间。

菲利普和邓斯福特顺其自然地成了朋友。邓斯福特,一个面色红润的大个子男孩,是他在新学期伊始认识的第一个同学。邓斯福特跟菲利普亲近,也只是因为菲利普是他在圣卢克医学院认识的第一个人。邓斯福特在伦敦没有朋友,到了星期六晚上,他常常和菲利普一起去杂耍剧场,或是去剧院顶层楼座看戏。邓斯福特生性愚钝,可性情和善,从不跟人发火。他总是说些大家都能明白的话,不会故作深沉。菲利普拿他寻开心时,他只是微微地笑着。他的笑十分甜美。尽管菲利普拿他当笑料,可心里还是喜欢他,喜欢他的坦诚,也喜欢他随和的脾性,邓斯福特具有那种菲利普所缺少的魅力。

他俩常到国会街上的一家茶馆去用茶点,因为邓斯福特爱慕那里的一位年轻女招待。菲利普看不出她有任何迷人的地方。她又高又瘦,臀部狭窄,胸部扁平得像男孩子一样。

"在巴黎,像她这样的女孩子没人瞧得上。"菲利普有些不屑地说。
"她的脸蛋很漂亮。"邓斯福特说。
"脸长得漂亮算什么?"
女招待的五官长得小巧,端正,有一双蓝蓝的眼睛,薄薄的嘴唇，前额宽且低，维多利亚时代的画家莱顿男爵[1]，阿尔玛·塔德马[2]，以及其他数百个社会名流们都劝诱世人相信这种前额是一种希腊类型的美。她浓密的头发似乎经过精心梳理，前面留着自称是亚历山大式的刘海。她患有贫血症，脸颊上甚至没有一点儿血色；她皮肤细嫩，呈浅绿色，牙齿洁白整齐。工作时她小心翼翼，生怕弄糙了那双白嫩纤细的手，她服侍顾客时往往神情慵倦。

邓斯福特见了女人就害羞，还从没跟她搭讪过，他催着菲利普帮帮忙。"你只需帮我开个头，"他说，"以后我自己就能应付了。"

菲利普为了让邓斯福特高兴，和她搭讪过一两次，可她的回答总是一两个字。她曾细细打量过他们两个。他们都还是毛头小伙子，她猜他们就是附近院校里的学生。他们对她来说没有用。邓斯福特留意到有个浅棕色头发，蓄着小胡子，看上去像是德国人的男子颇受她的青睐，只要他一来到店里，她便不愿再管别的顾客，叫上她两三次之后，她才会勉强过来应付一下。对不认识的顾客，她总是冷眼相待。她跟朋友聊天时，任凭着急用茶点的人怎么喊，她都装着没有听见。对用点心的女客，她拿捏把握得很准，她的无礼傲慢虽说激怒了她们，可她们却抓不到把柄去经理那里告她的状。一天，邓斯福特跟菲利普说，她的名字叫米尔德里德。

"多难听的名字。"菲利普说。

"为什么这么说？"邓斯福特问，"我喜欢这个名字。"

"太做作了。"

碰巧这一天那个德国人不在，她端茶点来时，菲利普笑着说："你的朋友今天没来。"

"我不知道你是什么意思。"她冷冷地说。

"我是指那位蓄着浅棕色胡子的绅士。他是不是丢下你，去找别的女孩了？"

"你最好还是少管别人的事。"她回敬了一句。

---

[1] 弗雷德里克·莱顿男爵（1830—1896），英国画家，雕刻家。
[2] 阿尔玛·塔德马（1836—1912），英国画家，生于荷兰。

她离开了他们。由于这阵子再没有人进来,她坐了下来,看着一份顾客留下的晚报。

"你干吗惹她生气?"邓斯福特说。

"我才不在乎她生不生气呢。"菲利普回答。

然而,菲利普自己却来了气。他想友好地对待她,可她却恶语相向,让他不禁恼羞成怒。在付账时,他又甩出一句有意刺激她的话。

"我们以后是不是再不说话了?"他笑着问。

"我在这儿只是服务、卖东西给顾客,我无须和他们说什么,也不想让他们跟我说什么。"

她扔下一张写着他们该付数额的纸条,走回她原来坐的地方去了,菲利普气得满脸通红。

"让你为我受委屈了,凯里。"出来的时候,邓斯福特说。

"这个泼妇。"菲利普说,"我再不会上这儿来了。"

菲利普对邓斯福特的影响力足以叫他不再来这家茶馆。不久,邓斯福特就在别的茶馆找到了一位与他调情的年轻女子。可那位女招待的冷言冷语却让菲利普一直耿耿于怀。若是她彬彬有礼地待他,或许他早把她忘了,但是她显然非常不喜欢他,这让他的自尊心受到了伤害。他怎么也咽不下这口恶气,可同时他又为自己这样小肚鸡肠而看不起自己。有三四天的时间,他没有去那家茶馆,不过,这也未能平复他的怒气。于是,他觉得最省事的办法就是再去找她一趟,出了这口气,以后也就不会再想着她了。因为他羞于承认自己的软弱,于是一天下午,他找了个借口离开了邓斯福特,直奔那家他曾发誓再也不去的茶馆。他一进去便看到了那个女招待,他在她端送茶点的一张桌子前坐下来。他以为她会问他,为什么这一个星期都没有来,谁知她过来后一声没吭,只等他点单。而他刚才还听她跟别的顾客说:"你好面生呀,是第一次来吧。"

她表现得若无其事,像从未见过他一样。为了试探她是否真的把他给忘了,在她端来茶点时,他问:"你今晚看到我的朋友了吗?"

"没有,他有些日子没来了。"

他本想借此引出话题,不想却异常紧张,想不出该说些什么。她也没有给他考虑的时间,即刻就转身离开。他再没有得到跟她说话的机会,直到付账的时候。

"很糟糕的天气,不是吗?"他说。

预备了老半天,竟然只说出这么一句淡而无味的话,真让他觉得臊得慌。他不懂为什么在她面前,他会表现得如此尴尬。

"我整天都待在茶馆,天气的好坏对我来说根本无所谓。"

她那傲慢的语调令他特别恼怒。他想说句挖苦的话,可话到嘴边,还是咽了回去。

"我真希望她说些蛮横无理的话,"他生气地对自己说,"那样,我就可以告状,让店里解雇她。那她才是活该呢。"

56

菲利普不能把她从自己的脑子中除去。对自己的执拗劲儿,他是既可笑又可气,知道计较一个患贫血症的女招待很是荒唐,可奇怪的是,他总觉得自己受了羞辱。当然,这侮辱除了邓斯福特再没有别的人知晓,就是邓斯福特估计也早就忘了,但菲利普觉得这羞辱不洗刷掉,心里便无法平静。他暗暗思索着,最后拿定主意,每天去茶馆。很显然,他给她留下了不好的印象,可他认为自己有办法消除这一印象,他会小心言辞,即便最敏感的人听了也不会生气。他也确实这么做了,可惜仍毫无效果。他跟她说晚上好,她只是回一句晚上好;有一次他故意没有跟她打招呼,想看她会不会先开口,结果她没有理他。他心里默默嘀咕了一句对女性虽合适①但上流社会不怎么说的话,可在面上他仍像没事似的点了茶点。他决心不再说一句话,离开茶馆时也没像平时那样跟她告辞。他发誓再也不来这家茶馆了,可到了第二天用茶点的时间,他又坐不住了。他极力去想些别的事情,可

---

① 此处应为脏话。受时代和社会环境影响,毛姆在某种程度上对女性怀有偏见。

脑子却怎么也不听使唤。最后,他只好绝望地说:

"如果想去,就去吧,何苦跟自己过不去呢。"

他跟自己做了好一会儿的思想斗争,到茶馆时都快七点了。

"我以为你不来了。"他坐下的时候,那位姑娘跟他说。

他的心狂跳起来,感觉自己脸红了:"有事耽搁,早来不了。"

"我想,是和人干架了吧?"

"还不至于那么糟。"

"你是学生,是吗?"

"是的。"

几句话过后,她的好奇心似乎得到了满足,便走开了。时间不早了,再没有其他顾客,她就坐在那里埋头看着一本中篇小说。那时廉价的重印本小说还没有流行,为满足那些识字不多的市民的需求,一些穷困潦倒的作者被邀来定期写一些廉价小说。菲利普的情绪一下高涨起来,这次是她主动跟他说话了,他觉得翻盘的机会就快来了,到那时他会毫不客气地告诉她他是怎么看她的,把对她的轻蔑全都痛快淋漓地宣泄出来。他注视着她,她的侧身的确很美。这个阶层的英国女孩往往都有一副惊艳的外表,着实令人赞叹。但她冷漠得像块石头一样,淡绿色的娇嫩皮肤给人一种不健康的印象。所有的女招待都是一样的装束,黑素服、白围裙,戴着小帽和套袖。在她伏在桌上看书的当儿(她一边看,一边默读着),菲利普从口袋里掏出半张纸,给她画了一幅素描,临走时把它放在了桌子上。他这一招的确很灵,第二天他一进茶馆,她便笑着迎了上来。

"我以前不知道你还会画画。"她说。

"我在巴黎学过两年绘画。"

"我把你昨晚留下的画给我们经理看了,她非常喜欢。那画的是我吗?"

"是的。"菲利普说。

她离开去给他拿茶点时,另一个女招待来到他这边。

"我看过你给罗杰斯小姐画的画了,你画得真像。"她说。

这是菲利普第一次听到她的名字,买单时,他叫了她的名字。

"你知道我的名字啦。"她走过来时说。

"你的朋友跟我说起那张画时，提到了你的名字。"

"她想让你给她画一张。不要给她画。你一旦开了头，就得一直画下去，她们所有人都想叫你给她们画像。"说到这里，她停了一下，随后似乎很轻描淡写地问道，"那个以前常跟你一块来的小伙子上哪儿去了？是到外地了吗？"

"想不到你还记着他呢。"菲利普说。

"哦，他很年轻，长得又俊。"

菲利普的心里有了一种说不清的感受。邓斯福特有一头略带卷曲的秀发，清秀的脸庞，甜甜的笑容。菲利普不无妒忌地想着邓斯福特的这些优点。

"噢，他在忙着谈恋爱呢。"他笑着说。

回家的路上，菲利普仔细回味着他们说过的每一句话。她现在对他不再是那么冷言冷语了。有机会，他将提出给她画一幅更完美的画像，他确信她会喜欢的。她的脸蛋很迷人，侧面也很可爱，她微微泛黄的皮肤娇嫩柔滑。他在竭力地想它到底像什么，他先是想到了豌豆汤的颜色，但很快便否认了这一想法；他又想到了黄玫瑰含苞待放的花瓣，在它开放之前，花瓣被撕成碎片的那种颜色。他现在对她不再怀有敌意了。

"这姑娘长得不错。"他跟自己说。

他真蠢，竟会觉得她说的话对他有所冒犯，毫无疑问，那都是他自己的错，她并没有成心要跟他过不去。他似乎已经习惯了给别人留下不好的第一印象。他为她喜欢他的画而感到得意；知道了他有这一技能，她也对他有些另眼相看。第二天一起来，他便有些坐立不安，他想去茶馆吃午饭，可他知道那时人一定很多，米尔德里德会顾不上跟他说话。他设法推掉了与邓斯福特一块用茶点，下午四点半他准时去了茶馆，在那之前，他已迫不及待地看过了十几次手表。

米尔德里德正背对他坐着，跟那个德国人聊天。两个星期前，菲利普几乎天天在这里见到他，只是这段时间他没露过面。德国人不知道跟她说了什么，逗得她哈哈大笑。菲利普觉得她的笑很粗俗，听着

285

刺耳。菲利普喊她,她没有理会,又喊了几声,她仍不理会,后来他生气了,边喊边不耐烦地用手杖敲着桌子。她一脸不高兴地走过来。

"你好!"菲利普说。

"你似乎急得不得了。"

她望着他,眼睛里又是那种他熟悉的傲慢神情。

"我说,你这是怎么回事?"他问。

"如果你和和气气地点你要的东西,我会给你端过来;你要我跟你在这里说话,我可做不到。"

"来份茶和烤面包。"菲利普简短地说。

他生她的气,拿出随身带着的《明星报》读起来,她端来茶点时,他也没有抬起眼睛。

"如果你现在给我账单,就不必再过来一趟了。"

她给他开了账单,放在桌上,随后又回到德国人那里起劲地聊了起来。这个德国人中等身材,长着一个具有民族特点的圆脑袋,脸色略微发黄,胡子又粗又密;他穿着燕尾服,灰色的裤子,戴着一条很粗的金表链。菲利普察觉别的女招待都在看自己,或是看坐在桌子前聊天的那一对,发现她们彼此之间还在交换眼色。菲利普觉得她们一定是在嘲笑自己,全身的血液不觉沸腾起来,此时他恨透了米尔德里德。他知道最明智的做法就是不再来这家茶馆,可是他又不甘心就这么放弃,他得想出一个法子来表示对她的蔑视。第二天,他坐到另一个桌位,跟另一个女招待点了茶点。米尔德里德的朋友又来了,她只顾跟他说话,没有理菲利普。于是,菲利普以其人之道还治其人之身,在她不得不从他这里经过时,起身往外走,像是根本不认识她似的。他接连这么做了三四次。他料想她很快便会找机会来跟他说话,问他为什么再也不来她边的桌子吃茶点了,他已经准备好了一个回答,足以把对她的厌恶都倾倒出来。他知道他这么耗费心力实属荒唐,可就是控制不住自己。她再一次让他尝到了受辱的滋味。那个德国人突然又消失了,可菲利普仍然坐在别的桌位。她也没有理睬他。他蓦地意识到,她压根就不在乎他,他再怎么做,做到世界末日都不会有任何结果。

"这事还不算完。"他对自己说。

次日他来到茶馆,又坐回原来的桌位,她走上前来向他问好,给他开单子,表现得就像他从不曾冷落过她一样。虽然他脸上显得很平静,可心却咚咚直跳。那个时候,音乐喜剧开始受到人们的青睐,他知道米尔德里德一定会喜欢看的。

他突然说道:"哪天晚上你能跟我出去吃顿饭,然后去看音乐剧《纽约美女》吗?我会搞上几张头等票。"

为了诱惑她去,他加上了最后一句话。他知道,女孩们平常去看戏,不是坐在后座,就是邀她们看戏的男士请她们坐到楼上。米尔德里德苍白的脸上没有显出一点儿变化。

"我并不介意去。"她说。

"你哪天有时间呢?"

"星期四我下班早。"

随后,他们做了具体的安排。米尔德里德和姨妈住在赫尔内西尔。音乐剧晚上八点开始,他们必须在七点吃饭。她建议他在维多利亚火车站的二等候车室等她。在接受这份邀请时,她没有表现出半点高兴的样子,好像是她在赐予别人恩惠,这让菲利普不禁有些恼火。

57

菲利普到维多利亚车站的时间比约定的提前了近半小时,他坐在二等候车室等了一会儿,不见她来,开始有些着急。菲利普到车站里去看从伦敦郊区开来的火车,约好的时间已经过了,还是不见她的影子,菲利普有些不耐烦起来。他到其他候车室转悠,突然,他的心一阵急跳。

"你在这儿呀。我以为你不会来了呢。"

"你让我等了这么久。我也这么觉得,我都打算要回去了。"

"可你说的是在二等候车室等。"

"我没说这样的话。一等候车室里有座,我没有必要非坐到二等

287

候车室里,不是吗?"

尽管菲利普肯定自己当时没有听错,可他没有争辩。他们一起坐上了出租马车。

"我们去哪儿吃饭?"她问。

"我想去艾德尔菲饭店。你觉得怎么样?"

"去哪儿都无所谓。"

她的话音里带着气。等了这么长时间,她有点不高兴了,菲利普想要跟她说点什么,她都爱答不理的。她穿着一件黑色粗料长斗篷,头上围着钩针编的披肩。他们到饭店坐了下来,她满意地四下看着。餐桌上的蜡烛罩着红色的丝绸,许多金灿灿的装饰物和一面面的镜子让这家饭店显出一副豪华的气派。

"我以前从没来过这儿。"

她朝菲利普笑了笑。她已经脱下了斗篷,里面穿着一件浅蓝色的方领外衣,头发的式样比以前更讲究。菲利普要了香槟,酒上来时,她的眼睛亮了。

"你也太摆阔了吧。"她说。

"就因为我要了香槟吗?"他不在乎地说,好像他从来也不喝别的酒似的。

"你说要请我跟你一块看戏时,我挺意外的。"

他们之间的谈话并不顺畅,因为她似乎没有多少话要说,菲利普有些不安,看来他并没有让她开心,她心不在焉地听着他讲,瞧着其他顾客,毫不掩饰对他感到乏味和无趣。他讲了一些玩笑话,可她却板着脸,根本没笑。只有在他说到店里的其他几个女招待时才变得活跃起来,她说她受不了那个女经理,说着经理的种种不是。

"我简直受不了她,受不了她的装腔作势。有的时候,我真想当着她的面说出她干的那些事,她还以为我还不知道呢。"

"什么事呢?"

"哦,她不时和一个男人去易斯特本度周末。一个女招待的姐姐跟丈夫去那儿时见到过她。他们碰巧住在同一幢公寓楼,她手上还戴着结婚戒指,可我知道她并没有结婚。"

菲利普替她斟满了酒杯,希望这香槟能使她变得温存一些,他很想让这个共度的夜晚足够愉快。他留意到她拿刀叉像是握着笔杆似的,喝酒时小拇指稍稍翘起。他谈了几个话题,可她都没有什么反应,这让他不无气恼地想起她跟那个德国人打情骂俏、谈笑风生的样子。吃完饭后,他们去了剧院。菲利普是个很有文化修养的年轻人,一向看不起这种音乐喜剧,他觉得剧中的玩笑十分粗俗,曲调淡而无味。在他看来,法国的音乐剧比伦敦的好得多,可米尔德里德却看得津津有味,她笑得肚子都疼了,看到开心处,还不时看看菲利普,与他交换上一个愉快的眼神,有时还使劲地鼓掌喝彩。

"这是我第七次来了,"看完第一幕后她说,"就是再来七次,我也会来的。"

她对坐在头等座周边的女人挺感兴趣,她向菲利普指出,哪些人搽了脂粉,哪些人戴了假发。

"这些西区的富人们真是不可思议,我不知道她们为什么要这么做,"她摸着自己的头发说,"我的头发每一根都是我自己的。"

她说起每个人讲的都是人家的不是,没有一个人值得她赞美,这让菲利普心里很不安。他在想,明天她会跟别的女招待说他邀她出去了,而且他这个人简直烦得要命。他并不喜欢她,可不知为什么,他想跟她在一起。回去的路上,他问她:"你今晚过得愉快吗?"

"很愉快。"

"哪天晚上,咱们再一起出来好吗?"

"我并不介意。"

菲利普从她嘴里再得不到比这更好一点的回答。她对他的这种不在意气得他都要发疯了。

"听上去,你似乎并不在意是去还是不去。"

"喔,如果你不带我出去,别人会带我去。我不缺想要邀我看戏的男人。"

菲利普没有吭声。他们走到了火车站,他去票房买票。

"我有月票。"她说。

"如果你不介意的话,我想送你回去,已经快到深夜了。"

"哦，如果你想这么做，我不介意。"

他先为她买了一张单程票，然后为自己买了往返票。

"我得说，你这个人不小气。"他为她打开车厢门时，她说。

别的乘客进来后，他们没有了谈话的机会，菲利普说不上来他是感到高兴，还是遗憾。他们在赫内尼希尔区下了火车，菲利普陪着她走到她家住的那个街口。

"我得在这儿跟你说再见了，"她说着伸出了手，"最好不要送到家门口。我知道人们都爱说三道四，我不愿让别人说我的闲话。"

她说了再见后匆匆离去。夜色中他能看见她围在头上的白色披巾。他以为她会回过头来，可她没有。菲利普看见她进了一幢住宅，随即他走上前去。这是一个黄砖砌成的普通房子，跟这条街上所有其他小户型的房子完全一样。他在门外站了几分钟，少顷，顶层窗户里的灯灭了。菲利普缓缓地走回车站。这一晚过得并不令人满意。他感到气恼、不安和痛苦。

回到家躺在床上，她坐在车厢角落，头上围着披巾的样子似乎仍在他眼前。他真的不知道该如何挨过能再次见到她的漫长时间。他睡意蒙眬地想着她消瘦的面庞，小巧玲珑的五官，微微泛着绿色的苍白皮肤。跟她在一起时，他并不快活；可离开了她，他也不快活。他想坐在她的身边，望着她，他想抚摸她，想……这想法在脑中一闪，还没容得他想完，突然间，他完全清醒了……他想要亲吻她那又小又薄的苍白的嘴唇。他终于明白，他爱上她了。这简直叫他难以相信。

他以前常常遐想自己坠入爱河的情形，他曾在脑中反反复复地描绘过这样的一幕：他看到自己来到一个舞厅，一群男女正在里面聊天，其中一个女子蓦然转过身来，含情脉脉的眸子望着他，他们两人同时屏住了呼吸。他木然地立着。她高挑的个子，黧黑的皮肤，黑黑的眼睛，身穿素衣，乌黑的头发上闪着宝石般的光泽，美丽非凡。他们相互看着对方，忘记了身边所有的人。他径直向她走了过去，她也朝他这边移动了几步。两人都觉得根本无须行介绍之仪。他对她说："我一直在寻找你。"

"你终于来了。"她呢喃着。

"你愿意跟我跳舞吗?"

她握住了他伸出的手,他们跳了起来(菲利普总是想象自己没有瘸)。她舞姿翩翩,宛若仙女下凡。

"我还从没有碰到过像你这样跳得好的人。"她说。

她推掉了先前所有已约好的舞伴,跟他跳了整个晚上。

"我为自己一直在等你而感到庆幸,"他对她说,"我知道,我们最终一定会相遇的。"

舞厅里的人都诧异地望着他们俩。他们却毫不在意。他们不想掩饰自己热烈的情感。后来,他们去了花园。他把一件披风搭在她的肩头,扶她上了一辆等在那里的出租马车。他们坐上了深夜开往巴黎的火车,穿过星光灿烂的寂静夜色,驶向未知的地域。

他沉浸在昔日的幻想之中,他竟会爱上米尔德里德·罗杰斯,这般匪夷所思。她的名字就显得怪里怪气的。他也并不觉得她漂亮,他憎恶她的消瘦,那天晚上他留意到她的胸骨在晚礼服下凸起。他逐一回想她的体貌特征,他不喜欢她的嘴,她病态的肤色令他反感。她很庸俗。她的语言干巴巴的,翻来覆去就是那么几句话,这只能表明她头脑的空虚;他想起她听到音乐剧里的笑话时发出的粗俗笑声,记起她端起酒杯时小拇指做作地翘起。她的举止像她的言谈一样故作斯文,矫揉造作。他回忆起她的无礼和傲慢,有时候他真想为此扇她的耳光。突然间,不知道为什么,也许是因为想到要揍她,或是回忆起她那双小巧好看的耳朵,他的内心突然涌起一种难以抑制的情感。他对她一下子充满了渴望。他想把她瘦弱的身体搂在怀里,亲吻她苍白的嘴唇;他想用手摩挲她那微微泛着绿色的脸颊。他想要她。

他曾想象爱情是一种令人陶醉的极乐,乃至整个世界都像是春天,他渴盼着这一喜悦和幸福的到来。可现在,他体味到的不是幸福,而是一种心灵的饥渴,痛苦的渴求,一种以前他从不知晓的对他身心的折磨。他努力想弄清楚这种感情是何时产生的,却也枉然。他只记得他每次去茶馆,心里隐约有种痛苦的感觉;他记得她跟他说话时,他感觉自己就快要窒息了。在她离开他时,他感到怅然若失;她回到他这里时,他又感到绝望。

他像一条狗那样在床上伸展自己的肢体。他不知道他将如何挨过灵魂的无休止的痛苦。

58

第二天早晨，菲利普醒来得很早，一睁开眼睛他就想到了米尔德里德。他突然生出一个念头，他可以去维多利亚火车站等她，然后跟她一块儿走到茶馆。他匆匆地刮了胡子，急急忙忙地穿好衣服，乘公共汽车赶往火车站。他七点四十分到了那儿，留心着一趟趟进站的火车。大批赶着上班的职员和店员出了车厢，涌到站台上，他们急匆匆地赶路，有成双成对的，也有三五成群的姑娘们，不过，还是独自行走的人居多。他们大多面色苍白，一大早起来，脸色很难看，一副心不在焉的神态。年轻人步履轻快，好像月台的水泥地踩起来特别带劲儿似的。而其他人则仿佛是被什么机器驱动着一样，面庞上交织着忧愁和焦虑。

菲利普终于望见了米尔德里德，他急切地朝她走了过去。

"早上好，"他说，"我想，我得来看看你，看看过了一晚你怎么样？"

米尔德里德穿着一件旧的棕色长外套，戴着一顶水手帽。她显然很不高兴见到他。

"喔，我很好。我赶着上班。"

"我陪你在维多利亚街走一段好吗？"

"时间已经不早了，我得走快点才行。"她说着低头看了看菲利普的跛足。

菲利普的脸红了。

"好吧，我不耽误你的时间了。"

"随便你吧。"

她继续往前走了，菲利普垂头丧气地回去吃早饭。他恨她。他知道他这么做很蠢。她根本不会在乎他，她一定很憎恶他的残疾。他决定下午不去茶馆了，可真的到了下午他又没法控制自己了，他真恨自己不争气。他走进茶馆,她点头笑着跟他打招呼。

"我想,今天早晨我对你的态度不太好,"她说,"我没有想到你会来,有点太突然了。"

"哦,没关系的。"

他觉得心上的一块石头落了地。

别人说给他听的一句好话,菲利普也会感激万分。

"干吗不坐下来呢?"他说,"反正现在你也没有顾客。"

"我不介意坐一会儿。"

他望着她,可想不出一句要说的话,他焦急不安,搜肠刮肚,想找到一个话题让她在这里多留一会儿。他想要告诉她,她对他有多么重要,可当他真正坠入爱河时,却不知如何去爱了。

"你那个留着漂亮胡子的朋友去哪里了?我最近没看见他。"

"喔,他回伯明翰去了。他在那里做生意,只是间或到伦敦来。"

"他是不是爱上你了?"

"这你最好还是去问他吧,"她笑着说,"即便他爱我,跟你有关系吗?"

一句刻薄话已涌上他的嘴边,可他现在已学会了克制。

"我不知道你为什么要说这样的话。"他只说出这么一句。

她用她那傲慢的眼神望着他。

"你似乎并不看重我。"他又说道。

"为什么我要看重你?"

"不为什么。"

他伸手去拿他的报纸。

"你是个急脾气,"看到他这个动作,她说,"动不动就生气。"

他笑了,转而用恳求的目光望着她。

"你能答应我一件事吗?"

"那要看是什么事。"

"让我今晚陪你走到车站吧。"

"我并不介意。"

吃完茶点,他先回了自己的公寓,快到八点,茶馆快要关门时,他又等在了茶馆外面。

"对你,我得提防点儿,"她出来时说,"我很难看懂你。"

"我并不这么认为。"他尖刻地回答。

"其他女孩看到你等我了吗?"

"不知道。再说,我也不在乎她们看见。"

"她们都在笑话你,你知道吗?她们说你迷恋上我了。"

"你想多了。"他嘟囔着说。

"好吧,你这个嘴上不饶人的。"

在车站他买了一张票,说要送她回家。

"你好像闲得没事做。"她说。

"我想,我可以随意支配和打发我的时间吧。"

他们两个好像动不动就要拌嘴。一是菲利普因为爱上了她而怨恨自己;二是她似乎总在羞辱他,他每受一次奚落,便对她增加一份怨恨。不过,这天晚上她心情很好,话也多了起来。她告诉他自己的父母已经死了,她并不是非靠自己谋生不可,她工作只是为了取悦自己。

"姨妈不想让我出来做事。我待在家里,便能享受到最好的一切。我不想让你以为我工作是为了养活自己。"

菲利普知道她没说实话。她们这一阶层的人假冒上流人士的做派,往往用这个当借口,以避免受到因为干活谋生而招致的侮辱。

"我家有不少很阔的亲戚朋友。"她说。

菲利普听着,微微一笑,她注意到了这一点。

"你笑什么呢?"她很快地说,"你不相信我说的是真话?"

"我当然相信啦。"他回答说。

她有些怀疑地望着他,不过,她很快便抑制不住在他面前夸耀的冲动,讲起她早年优越的生活。

"父亲有一辆双轮马车,我们家有三个仆人,一个厨子、一个女仆和一个打杂工。花园里常年栽种着美丽的玫瑰,人们常常在门口停下来,问这是谁家的宅子,称赞玫瑰长得楚楚动人。当然啦,每天跟茶馆里的这些姑娘们混在一起,也不是那么体面,她们不属于我平时所处的那个阶层,有时候我真想不干了。不过,我介意的不是这份工作,不是的,我介意的是不得不经常跟这个阶层的人混在一起。"

他们面对面地坐在车厢里,菲利普颇为同情地听着她的讲述,心里很是高兴。她的这份天真令他觉得有趣,甚至有些感动。她的脸颊微微泛起了红晕。他想,若能吻一下她的下巴尖,感觉一定很美。

"你一进茶馆,我就看出你是一位地地道道的绅士。你的父亲是个专业人士吧?"

"他是个医生。"

"专业人士总是能看得出来,他们身上有一些特别的东西。我也说不清是什么,可我一眼便能认得出来。"

从车站出来后,他们俩沿着街道信步走着。

"我想再邀你看场戏。"他说。

"我不介意。"她说。

"你可以把你这'不介意'的口头禅改掉,说'你愿意'吗?"

"为什么?"

"不为什么,哦,这无关紧要。我们定个日子吧。星期六晚上行吗?"

"好的。"

他们又做了进一步的安排,边走边说,不觉已到了她住的那个街口。她向他伸出手来,菲利普握住了它。

"哦,我非常想叫你米尔德里德。"

"你喜欢叫就叫呗,我不在乎。"

"你叫我菲利普,好吗?"

"我要是能想起来,我就叫。称呼你凯里先生,似乎更自然一些。"

他把她往自己身边轻轻地拽了拽,可她却将身子朝后仰着。

"你要干什么?"

"你不愿意吻吻我再进去吗?"他轻轻地说。

"无礼!"她说。

她猛地抽回自己的手,匆匆地朝家里走去。

菲利普买了星期六晚上的票。星期六米尔德里德不能早下班,因此没有时间再回家换衣服。她想着早晨来时带件上衣,下班时换上,如果女经理这天心情好，或许七点便能让她走。菲利普同意七点一刻就在店外面等。他急切地盼望着这次约会，因为乘坐出租马车从剧院到车站的这一路上，她或许会让他吻她。这一交通工具给了一位男士搂住身边姑娘腰身的一切便利条件（这是马车优于当今出租车的地方），能有这样销魂的一刻，整个晚上的花费也就值了。

可在星期六下午，当他去茶馆想要再确认一下约会的事情时，却碰上那个德国人正好从茶馆里出来。现在，菲利普已经知道此人叫米勒，是个入了英国籍的德国人，还起了一个英国化的名字，在英格兰已经住了很多年。菲利普听到过他说话，尽管他的英语说得流利自然，但声调仍与土生土长的英国人不太一样。菲利普知道他在跟米尔德里德调情，非常嫉妒，可考虑到她的冷漠性情时（当然，她这一性情也令他感到头痛），心中又有一丝宽慰，想到她冷血的禀性，菲利普觉得他的对手比他也强不到哪里去。不过，此时他却怎么也高兴不起来了，因为他首先想到的是，米勒的突然出现会影响到他日思夜盼的这场约会。他惴惴不安地走了进去。米尔德里德迎上前来，为他订了茶点，很快端了上来。

"很抱歉，"她说，脸上一副非常沮丧的表情，"我今晚不能去了。"

"为什么？"

"不要板着脸嘛，"她笑着说，"这又不是我的错。我姨妈昨晚病了，家中的女仆今晚休息，我必须回去陪她。不能让她一个人待在家里，不是吗？"

"没关系的。我也不去看戏了，下班后我送你回家。"

"可票你已经买了，浪费了怪可惜的。"

菲利普从口袋掏出票来，故意把它们撕碎了。

"为什么你要这么做？"

"你不会以为我自己想要去看这无聊的音乐剧吧？只是为了你，我才会坐在那儿。"

"即便你这么决定了，你也不能送我回家。"

"你是另有安排了吧。"

"我不知道你在说什么。你跟其他男人一样自私。你只想着你自己。姨妈不舒服,是我的错吗?"

她很快地给他开出账单,离开了。菲利普对女人懂得很少,否则他就会知道他该接受她们哪怕是最明显的谎言。他拿定主意,要在茶馆外面守着,看看米尔德里德到底会不会跟那个德国人一起出去。他的这个探根究底的癖好有时让他变得很不快活。七点钟时,他站在了茶馆对面的便道上。他四下望着,寻觅米勒的身影,可是没有看到。十分钟后,米尔德里德从茶馆里出来,她穿着上次到谢夫茨布里剧院时的斗篷和披巾。很显然,她并不是要回家。他走开之前,她看到了他,她先是一怔,随后径直朝他走了过来。

"你在这儿干什么?"她说。

"散散步。"他回答。

"你在监视我,你是个卑鄙小人。我原以为你是个正人君子。"

"你以为君子可能会对你这样的人感兴趣吗?"他小声说。

他内心有种强烈的冲动,驱使着他把事情搞得更糟,就像他受到她的伤害一样,他想让她也受到伤害。

"我认为,我有权改变自己的想法。我没有非要跟你出去的义务。我郑重地告诉你,我现在要回家,我不愿意被人跟踪,或是监视。"

"你今天见过米勒了吗?"

"这不关你的事。事实是我今天没有见过他,所以你又错了。"

"我今天下午看到他了。我进茶馆时,他正好走出来。"

"哦,即便是他来找过我,又怎么样?只要我乐意,我就可以跟他出去,不行吗?我不知道你还有什么可说什么?"

"你一直在等他,是吗?"

"嗯,我宁愿等他,也不愿意让你等我。好好想想我的这句话。现在,或许你会走开,回家操心你自己的事情啦。"

菲利普的情绪一下子从愤怒变成了绝望,他再开口时,声音有些颤抖。

"我说,米尔德里德,你不要这么对我好吗?你知道,我非常喜欢你。我想,我是全身心地爱上你了。你就不能改一下主意吗?我一直盼望着这一晚的到来。你瞧,他没有来,他根本就不在乎你。我们一起去吃饭好吗？我再去买戏票，你想去哪儿看咱们就去哪儿看。"

"我告诉你，我不愿意。你说什么也没有用。我主意已定，我一旦下了决心，就不会更改。"

他盯着她看了一会儿，心里被痛苦撕扯着。便道上的行人络绎不绝，马车、公共汽车隆隆地驶过。他留意到米尔德里德的眼睛在四下张望，唯恐错过了混在人群里的米勒。

"我不能继续这样下去了，"菲利普呻吟着，"这也太丢人了。要是我现在离开了，我就永远不会再回来了。除非你今晚跟我在一起，否则，你就永远别想再见到我了。"

"你好像觉得你这么做我会很难过。我要说，能摆脱掉你才好呢。"

"那么，咱们再见吧。"

他点了点头，一瘸一拐地迈着缓缓的步子离开了，他多么希望她能喊他，叫他回来。在下一个电线杆，他停了一下，回头看了看。他想她也许会向他招手——那他愿意忘记过去的一切，愿意忍受任何羞辱——可她却早已转过身去，显然她已不再想着他了。他终于明白了，她巴不得甩掉他呢。

59

这一晚菲利普过得很凄凉。他事先告诉女房东他下午放学后还要在外面办点事，让房东不必给他留饭，因此他不得不到加蒂饭店吃了晚饭。回到家后，楼上的格里菲斯正在举办晚会，欢乐的喧闹声让他的痛苦更加难以忍受。他从家里出来去了杂耍剧场，可赶上是星期六晚上，只剩下了站票，站着看了半个小时，菲利普觉得既无聊又困乏，便回了家。他想读书，注意力却集中不起来，而现在是他该用功的时候了。生物学的考试只剩下了两个星期，虽然这门课容易，他最近却没去听课，对这门课可说是一无所知。好在只是口试，他相信两个星期的时间准备自己准能及格。他对自己的智力很有信心。他把课本丢在一边，让自己完全沉浸在一直萦绕在他脑际的事情当中。

他为今晚的行为狠狠地责备着自己。为什么非要叫人家跟他一起吃饭,否则就永远再见不到他了呢?人家当然会拒绝他。他本该尊重她的选择的。他已经堵死了自己的退路。要是他认为她现在也在难受,那他心里也会好受一些。可他太了解她了,她根本就没把他当回事。要是他不那么死心眼的话,他便会装着相信她说的话了。他本该掩饰起自己的失望,控制住自己的情绪。他说不清楚他为什么爱她。他在书中读到过,恋爱中的人往往会把对方理想化,但是,他眼中的她却是她本来的面目。她既不文雅,也不温柔,既不风趣,也不聪明,她的头脑和见解都很庸俗,她的精明也显得粗俗,令他反感。正像她自己所说的,她这个人很"机警"。她所赞赏的是对老实人耍小聪明,如果有哪个人被她耍弄了,她总会有一种满足感。每每想到她的假充风雅和矫揉造作,菲利普便会失声大笑。她连一句粗话都不能容忍,尽管她掌握的词汇很有限,却偏爱使用委婉的辞令,时时处处指摘别人用词不当。她从不说"裤子",而是说"下装"。她认为擤鼻涕有点不雅观,所以擤鼻子时总做出很不情愿为之的样子。她患有严重的贫血症,也患有由此而引起的消化不良。菲利普憎厌她扁平的胸脯,狭窄的臀部,以及她头发梳理的那种粗俗的样式。他因为自己爱她而讨厌自己,甚至看不起自己。

可他却又无能为力,这也是不争的事实。他现在感觉就跟他上中学时落在那些比他更强壮的男孩子手中一样。他跟比他力气大的男孩扭打在一起,直到用尽了力气,软绵绵的再也无力还手——他记得当时那耗尽力气几近瘫痪的感觉——于是,他只能俯首称臣。他就如同死了一样。现在,他所感受到的正是那样的一种软弱无力。他对这个女人的狂热的爱,让他知道了在此之前他还从未爱过。他并不介意她人品和性格上的缺陷,他觉得他也爱她的这些缺陷,毕竟,在他看来,它们根本算不了什么。这一切好像都不是他自己心甘情愿的,他觉得是有一股异样的力量攫住了他,迫使他去反对自己的意志,违背自己的利益。他热爱自由,所以他憎恨任何束缚着他的锁链。每当他想到他是如何渴望去体验那无法控制的情欲时,他就嘲笑自己。他也诅咒自己,因为他屈从于它的淫威之下。他想到了这件事的起因,如果不是他跟着邓斯福特进到这家茶馆，所有这一切就都不会发生。整件事都是他自己的错。如果不是因为他那可笑的虚荣心，他根本就不会去理睬这个粗野无礼的婊子。

不管怎么说，这晚发生的事已经把这一切都结束了。除非他完全丧失廉耻感，不然，他是不可能回头的。他急切地想要摆脱缠绕着他身心的爱情，这爱令他觉得自己既堕落又可恨。他必须得让自己不再去想她。不久，他所受的痛苦便会减轻。他的思绪回到了过去。他在想艾米丽·威尔金森和范尼·普赖斯是否因为他也遭受过像他现在这样的痛苦。他的心头感到一阵悔恨。

"我那时真的不知道爱情是怎么回事。"他对自己说。

他整晚没有睡好。第二天是星期天，他温习生物学。他坐着，书放在眼前，口中默念着，好让自己的注意力能够集中，却什么也没能记住。他发现他的思绪总是很快便回到米尔德里德身上，他回想着他们俩吵架时说的每一句话。他的思想怎么也集中不到书本上。于是，他到外面去散步。泰晤士河南岸的街道平日里虽说很脏，却车水马龙，充满活力，可星期天商铺都关了门，马路上没有车辆，静悄悄冷清清的，让人感到一种说不出的凄凉。菲利普感觉这一天真长，好像没有尽头似的。不过，因为乏累了一天，他晚上睡得很沉。第二天是星期一，他决心重新开始，好好学习，好好生活。

临近圣诞节，许多同学已经动身到了乡下，去度冬季学期的短假。菲利普的伯父让他回布莱克斯特伯尔住几天，他推说就快考试了，没有回去。可真实的原因是他不愿意离开伦敦和米尔德里德。他这段时间荒废了学业，现在只剩两个星期去学完三个月的课程。他开始认真地学习。渐渐地，他发现自己不再那么思念米尔德里德了。他庆幸自己性格坚强，那些痛苦也不再那么剧烈了，只剩下隐隐的疼痛，就好像从马上摔下来，骨头没断，只是身上有擦伤，受到了惊吓。菲利普发现他甚至能够怀着好奇心来看待他这几周来的处境了。他饶有兴致地分析着自己的感情，不知不觉中对自我产生了兴趣。让他深有感触的是，在这种情况下，一个人的理智和思想显得多么微不足道啊，他构想出来的那套个人哲学体系（他曾经为此而感到得意）

并没能帮上他的忙。他为此感到困惑。

在街上,他有时会碰到和米尔德里德长得非常像的姑娘,会让他的心似乎骤然间停止了跳动。那时,他会禁不住急切地追上前去,结果发现只是个完全不认识的人。同学们都从乡下回来了,他跟邓斯福特到一家低级的茶室去。那种熟悉的女招待装束让他想起了米尔德里德,一时竟让他难过得说不出话来。他想,或许她已调到了另一家连锁茶馆,哪天说不定会突然碰上她。这一想法令他不胜惊恐,甚至担心邓斯福特会看出他有心事。他想不出任何话题,只是装着在听邓斯福特说话,可邓斯福特喋喋不休的话语声又令他发狂,他竭力不让自己冲着邓斯福特喊出来:看在上帝的分上,住口吧。

接着,考试的日子到了。轮到菲利普时,他满怀信心地朝主考官走去。回答了三四个问题后,考官们拿出了各种各样的标本让他看;他课上得太少,一旦问到脱离课本的问题,他就回答不上来了。他尽可能地掩饰自己在这方面的无知,考官们也没有多加盘问,十分钟的考试时间很快就过去了。他觉得自己一定能通过,可第二天到考试大楼看张贴在门上的成绩时,却惊讶地发现及格的名单里没有他。他把榜上的名单看了三遍,也没能找到自己。邓斯福特这时站在他身边。

"真遗憾,你没能通过。"他说。

他刚才已问过了菲利普的号码。菲利普转过身来,看到邓斯福特高兴的样子,知道他通过了。

"喔,这没什么,"菲利普说,"我很高兴你通过了。七月份再考时,我争取考过。"

菲利普极力装出一副不在乎的样子,沿着泰晤士河堤岸回来时,净扯着一些闲话。好心的邓斯福特想探讨一下他考试失败的原因,菲利普却硬是装出一副若无其事的样子。这一次,菲利普的自尊心受到了打击,连他一向认为脑子很笨的邓斯福特都通过了,这让他的不及格变得更加难以忍受。他一贯为自己的聪明头脑感到自豪,现在,他却不得不失望地问自己,他对自己的一贯看法是不是错了。在这三个月的时间里,十月份入学的学生中间已产生了分化,哪些学生优秀,哪些聪明或勤奋,哪些是废物,已经一目了然。菲利普发现,他的失败只是出乎他自己的意料。到了用茶点的时间,菲利普知道许多人都是在学校地下室里用茶点,那些通过了考试的人兴高采烈,那些不喜欢他的人会得意扬扬地望着他,那些没有通过考试的可怜虫会对他表示同情,以求博得他对他们的同情。他的直觉告诉他,这一个星期他最好不要去医院附近(一个星期之后便不会有人再想着这件事了),然而,正是因为他极不愿意去那里,他现在却去了——他想让自己承受痛苦。他暂时忘记了自己的生活准则:遵循内心的意愿,不过也要适当提防站在街角的警察。他现在这么做,表明他的性格中存在着某些异常的变态因素,让他从对自己的折磨中获得略带苦涩的快乐。

他强迫自己去承受这份考验,在抽烟室里又闹哄哄地聊了许久,再次步入夜色中时,他感觉到一种从未有过的孤独。他似乎觉得自己既无助又荒唐。他迫切需要别人的安慰,他再也抑制不住想要见米尔德里德的欲望。他不无痛苦地想,从她那里他不可能得到什么慰藉,可即便她不理他,他也想要见她,毕竟,她是个服务员,她得接待自己。在这个世界上,她是他唯一喜欢和在乎的人。他对自己掩藏起这一事实也没有用。当然啦,像什么也没发生过似的再去人家那里,脸上总是有些挂不住,可说实话,他的自尊心也没剩下多少了。尽管他不愿意承认,可他每天都盼着她会给自己写信,她知道只要写上医院的地址,他就能收到她的信,可她没有。显然,再见到他与否,她都无所谓。他不断地跟自己重复着:

"我必须见到她。我必须见到她。"

想要见她的愿望是如此强烈,以至于他不愿意再步行耽搁时间,直接跳上了一辆出租马车。平时他可是他很节省的,非到万不得已舍得乘坐出租马车。他在茶馆外站了一两分钟。想到她或许已经离开茶馆了,他迫不及待地走了进去。他一眼便看到了她。他坐在了她这边的桌位上,她向他走了过来。

"一杯茶,一块松饼。"他说。

他几乎说不出话来。有片刻的工夫,他担心自己就快哭出来了。

"我还以为你已经死了呢。"她说。

她微笑着,微笑着!她看上去好像已经完全忘了上次的不愉快,而那幕情景在菲利普的脑子里已经循环过上百次。

"我以为,你若是想见我,会给我写信的。"他回答道。

"我有太多的事情要做,哪里想得起来写信。"

她的嘴里似乎说不出一句温馨的话。菲利普诅咒着把他拴到这个女人身上的命运。她离开去给他拿茶点。

"你愿意我在这里坐一小会儿吗?"端来茶点的时候,她说。

"你坐吧。"

"这段时间你去哪儿了?"

"我就在伦敦。"

"我以为你去外面度假了。为什么你这么长时间没有来?"

菲利普用憔悴而热烈的目光看着她。

"你难道忘了我说过再也不见你了?"

"那你现在怎么又来了?"

她似乎急切地想要他吞下这份羞辱,不过,他对她已经很了解,知道她说话随便,即便伤害到他,也是无意的。他没有吭声。

"你跟我耍手段,居然盯我的梢。我以前还觉得你是个地地道道的君子。"

"不要这么对我,米尔德里德。我受不了。"

"你这个人挺有趣,又很怪,我摸不透你。"

"其实很简单。我就是个该死的傻瓜,我用我的全身心爱你,而且我知道你根本就不喜欢我。"

"如果你是位绅士的话,第二天你就会过来跟我道歉的。"

她没有一点仁慈之心。他注视着她的脖颈,此时他真想用切松饼的小刀刺向她的咽喉,以他具备的解剖学知识,可以一下子戳到她的颈动脉。可与此同时,他又想吻遍她那苍白消瘦的脸颊。

"如果我能让你知道我有多爱你就好了。"

"你还没有向我道歉呢。"

他的脸变白了。她觉得自己在那次争吵中没有任何错,她想要他向她低头。他是个禀性傲慢的人。有那么一刻,他想告诉她去见鬼去吧,可他没有那个勇气,他的爱让他变得低三下四。为了能见到她,他愿意屈从于任何羞辱。

"对不起,米尔德里德。我向你道歉,请你原谅我。"

他费了好大的劲儿,才逼迫自己说出了这几个字。

"既然你这么说了,我也不介意告诉你,我真希望那晚跟你一起去看戏了。我原以为米勒是个君子,可我发现我错了。于是,我很快就跟他分手了。"

菲利普长长地喘了一口气。

"米尔德里德,今晚咱们一起出去好吗?找个地方一起吃饭。"

"噢,不行。姨妈让我早点回家呢。"

"我可以给她发个电报,就说你在店里有事脱不开身,反正她也不知道你这边的情况。噢,看在上帝分上,跟我去吧。我好长时间没见你了,我想和你好好说说话。"

米尔德里德低头看了看身上的衣服。

"没关系的,我们去一家不太讲究衣饰的饭馆。然后我们去杂耍剧场。你就答应吧。这会让我很开心的。"

她犹豫了一会儿。他用乞求的目光望着她。

"好吧,那就去吧。我也有好长时间哪儿都没去过了。"

菲利普费了好大的劲儿,才没让自己立刻抓住她的手,将它吻个够。

60

他们到索霍区吃晚饭。菲利普高兴得都有点飘飘然了。这不是那种体面人和穷人都去吃饭而显得拥挤不堪的廉价饭店,他们认为在这里既无拘束,又经济实惠。这是一家从法国鲁昂来的夫妻开的小饭馆。菲利普无意中发现了这里,他先是被法国式的橱窗所吸引,橱窗里通常放着一盘生牛排,两边各摆着一碟生菜。一个衣衫不整的侍者想在这儿学英语,可来的顾客讲的都是法语。常来的顾客中有几个水性杨花的女人,一两家包餐的法国家庭(他们自己的餐巾就存放在饭店里),还有几个进来用便宜快餐的怪人。

米尔德里德和菲利普能在这里找到一张单独坐的桌子。菲利普让侍者到附近的酒店买来一瓶葡萄酒,他们要了香草汤、牛排和一盘樱桃酒炒蛋。这儿的气氛和饭菜的确都带着点浪漫的情调。起初,米尔德里德还有些不以为意,"我不太相信这些外国人开的餐馆,你从不知道他们做的大杂烩里有些什么。"可不一会儿,她便改变了看法。

"我喜欢这个地方,菲利普,"她说,"在这儿很自如,不拘束,你说是吗?"

这时进来一位高个子男士,一头鬅毛般的灰发,胡须乱蓬蓬的,穿着一件破烂的斗篷,戴一顶阔边呢帽。他跟菲利普点了点头,菲利普以前在这儿曾见过他。

"他看上去像个无政府主义者。"米尔德里德说。

"没错,他是欧洲最危险的人物之一。他住过欧洲所有的监狱,在还没有被处绞刑的人中,他杀过的人最多。无论走到哪里,他的口袋里都装着一颗炸弹,谁跟他说话都有点害怕,只要你不同意他的看法,他就会把炸弹啪的一声甩在桌子上。"

她不无恐惧和惊讶地望着那个人,临了,又用怀疑的目光瞟了菲利普一眼。看到他的眼神里含着笑意,她蹙起了眉头。

"你在拿我开心。"

他快活地笑了起来。他太高兴了。可米尔德里德却不喜欢被别人逗弄。

"我看不出说谎有任何好笑的地方。"

"别生气嘛。"

他握住了她放在桌子上的手,并轻轻地摁着它。

"你太可爱了,我愿意吻你踩过的土地。"他说。

她那微微泛着绿色的白皙皮肤令菲利普陶醉,那薄薄的没有血色的嘴唇也特别迷人。她的贫血使她有些气短,她的嘴唇微微张开着,似乎更为她妩媚的面庞增添了魅力。

"你还是有点儿喜欢我的,是吗?"他问。

"哦,是的,要不我也不会在这儿了。我得为你说句公道话,你是一个地地道道的绅士。"

他们吃完饭,喝着咖啡。一时兴起的菲利普把节省的念头抛到九霄云外,抽上了三便士一支的雪茄。

"你不知道,我只是坐在你对面,看着你,便能给我多大的快乐。我一直思念着你,渴望见到你。"

米尔德里德莞尔一笑,脸也微微地红了。这时,她没有出现平时饭后消化不良的症状。她对菲利普比以往任何时候都好一些,她眼中流露出的少有的温存令菲利普欣喜若狂。他的直觉告诉他,让自己掌握在她的手心里是非常愚蠢的。他想要得到她,就必须装出一副对她爱理不理的样子,绝不能让她看出澎湃在他胸中的激情。否则,她会利用他的弱点,叫他俯首帖耳地听命于她。可是,他现在已经冷静不下来了,他告诉了她分别后他所经受的痛苦,他与自己所进行的思想斗争,告诉她他如何想要放弃对她的爱,以为自己成功了,结果发现它一如从前那么强烈。他知道他从来没有真的想要放弃过。他太爱她了,以至于甘愿为此忍受任何痛苦。他向她敞开了心扉,他不无自豪地表露出他所有的弱点。

再也没有比坐在这个安静寒酸的饭馆里更让菲利普高兴的了,可他知道米尔德里德想要去看戏。她显得有些坐卧不安,无论在什么地方,她坐上一会儿后,就想着再去别的地方。他不敢惹她生气。

"我们去杂耍剧场好吗?"他说。

他脑子里快速地转着念头,他在想,如果她对他稍稍喜欢一点儿的话,她就会说她宁愿留在这儿了。

"我也正在想,如果还要去什么地方的话,现在就该走了。"她说。

"那我们走吧。"

菲利普巴望着戏赶快结束。他要做他早就拿定主意要做的事情,一坐上出租马车,菲利普便装着好像是无意中搂住了她的腰身。可他突然叫了一声,把胳膊抽了回来。他觉得自己被刺了一下。她笑了起来。

"你瞧,这就是你把胳膊放在不该放的地方的后果。"她说,"我知道男人们想用他们的胳膊干什么,所以,他们总会被饰针扎着。"

"看来我以后得多加小心了。"

他又把手臂伸到了她的腰间。她没有反对。

"这样坐着真舒服。"他幸福地喟叹道。

"只要你高兴就行。"她说。

出租马车驶过了圣詹姆斯大街,进入了公园,菲利普迅速地去吻她。不知怎么,他很怕她,吻她需要他鼓起全部的勇气。她默默地把嘴唇向他凑了过去。对此,她似乎谈不上介意,也谈不上喜欢。

"要是你知道我想吻你有多久就好了。"

他再一次想要吻她时,她把头扭开了。

"一次就够了。"她说。

为了能再吻她一次,他陪着她走到了赫尔内希尔,到了她住的那个街口时,他问她:"再让我吻你一次好吗?"

她满不在乎地望着他,然后又瞥了街道那边一眼,看有没有人出现。

"好吧。"

他把她搂到怀里,热烈地吻她,可她却将他推开。

"留心我的帽子。你怎么笨手笨脚的。"她说。

61

自那以后,菲利普每天跟她见面。他开始中午也去茶馆吃饭,可米尔德里德说店里的姑娘们在说闲话了,制止了他。他只好满足于仅是在那里用茶点。不过,他总是陪着她走到火车站,他们一个星期上饭店吃一两顿饭。他不断地送给她一些小礼物,金手镯、手套、手帕等。他的花销超过了他的支付能力,可他没办法,只有送她礼物时,她才会对他好点儿。她知道每件东西的价格,她的感激与他所送礼物的价值成正比。对此,他并不在乎。如果她主动给了他一个吻,他便会高兴得忘乎所以,也不管自己是付出多大代价才得到这个吻的。他发现星期天她在家里觉得很无聊,于是他星期天早晨去赫尔内希尔,在街角等她,然后跟她一起去教堂。

"我喜欢一个星期去教堂一次,"她说,"这么做挺好,不是吗?"

从教堂出来后,她回家吃午饭,他在旅馆里胡乱吃上一口,下午陪她到布罗克维尔公园散步。他们俩之间话不多,菲利普总担心她会嫌烦(她很容易感到厌烦),绞尽脑汁地去想一些话题。他知道对这种散步他们俩谁都没兴趣,但他又舍不得离开她,所以尽量拖延散步的时间,直到最后她累得开始发脾气。他清楚她并不喜欢他,他的理智告诉他,她的天性里并没有他拼力想要得到的爱,她是个冷血的人。他没有能吸引她的地方,可他又不由自主地想去强求。他们现在熟悉了,他发现他更难控制自己的脾气,总是动不动就生气,老说些刻薄话。他们经常吵架,吵架后有一段时间她会不理他,最后总是他认错,拜倒在她的脚下。他为自己这样懦弱而生自己的气。看到她跟店里的其他男顾客说话,他会妒火中烧,而每当他妒忌时,他似乎便失去了理智。他会故意找碴羞辱她,然后离开茶馆,回家度过一个不眠的夜晚,在床上辗转反侧,一会儿气恼,一会儿悔恨。第二天去了茶馆,他会祈求人家的原谅。

"不要生我的气,"他说,"我太喜欢你了,所以有时候不能够控制自己。"

"总有一天,你会做得更过分的。"她说。

他急于到她家去拜访,这样,他们的亲密程度会更加深一步,比起那些她在工作时间偶尔认识的男士,他便有了更大的优势。但她却不让他上门。

"这会让姨妈感到奇怪的。"她说。

菲利普怀疑,她不想让他见姨妈。米尔德里德曾提到过她姨妈是个寡妇,是个专业人士(在她眼里,有专业就是有身份),她不安地意识到姨妈很难称得上身份显赫。菲利普猜想她的姨妈很可能是一个小商贩的遗孀。他知道米尔德里德很势利。他无法向她说清楚:他并不介意她的姨妈是一个身份普通的人。

一天晚上,两人在一起吃饭,当她告诉他有位男士邀请她看戏时,他们之间发生了激烈的争吵。菲利普的脸色变得煞白,表情冷峻。

"你不会去的,是吧?"他说。

"为什么我不该去?他是个很有绅士风度的人。"

"我会带你去你想要去的任何地方。"

"这不是一回事。我不能总跟你一个人出去。何况,他让我定日子,我会把时间定在咱俩不出去的那个晚上,这对你不会有任何影响。"

"但是,只要你还有点自爱,有点感激之情的话,你就根本不会去。"

"我不明白你说的感激之情是什么意思。如果你是指送给我的那些东西,你尽可以把它们都拿回去。我不稀罕!"

从她的话里能听出她在斗气。

"老是跟你出去,没什么意思。总是问'你爱我吗?你爱我吗?',听得都腻味了。"

他知道,再继续这么问她,会显得很蠢,可他却管不住自己。

"噢,我是喜欢你的。"她会这么回答。

"仅此而已吗?我是全身心地爱你呀。"

"我不是你那种人,我不会甜言蜜语。"

"如果你知道你的一句温存的话会让我有多高兴就好了!"

"哦,我爱说的一句话是,人们必须接受我这个人的一切,即便他们不喜欢,也得忍着。"

有时她会把自己的观点表述得更为直白,当他问她这个问题时,她会说:"噢,不要再问我这个问题。"

然后,他会板起脸,不再吭声。他恨她。

此时,他说:"哦,既然你连'喜欢我'都不想说了,我真不知道你为什么还要屈尊跟我一起出去。"

"又不是我求你的,这一点你最清楚,是你一再强求我的。"

这话极大地伤害了他的自尊心,他不顾一切地说道:"你认为,我只配在没有别人陪你的时候,请你吃吃饭,看看戏,有别人出现时,我就该滚蛋了。谢谢你,我已经厌倦了做这种替补。"

"我不容许任何人跟我这样说话。我这就让你看看,谁稀罕吃你的臭饭。"

她站起来,穿上外套,迅速地走出了饭店。菲利普继续坐着。他决定待着不动,可十分钟后他快速地跳上一辆出租马车去追她了。他猜想,她是乘公共汽车去维多利亚火车站了,这样的话,他们俩大概可以同一时间到达那里。他在站台上看见了她,他躲开她的视线,乘上了开往赫尔内希尔的同一辆火车。他打算在她下火车回家的那条小路上,不好再避开他的时候再跟她说话。

她刚从那条灯火辉煌、车水马龙的大街拐上小路,他就赶了上去。

"米尔德里德。"他喊。

她继续走着,既没有看他,也没有应声。他又喊了一声,这时她停了下来,脸朝着他。

"你想干什么,我在维多利亚火车站时就看到你了。你为什么还要来缠着我?"

"非常对不起。咱们和好行吗?"

"不。我讨厌你的坏脾气和嫉妒心。我不喜欢你,我从来就没喜欢过你,以后也永远不会喜欢你。我再也不想跟你有任何瓜葛了。"

她继续很快地走着,他不得不使出浑身的劲儿才能赶上她。

"你从来都没有体谅过我。"他说,"当你对一个人并不在乎时,你能表现得快活、和蔼,可当你像我这样深陷情网时,就难了。你就宽恕我吧。我并不介意你不喜欢我。毕竟,这也不能怪你。我只希望你能让我爱你就够了。"

她继续往前走,没有理他,看到离她家只剩下几百码了,菲利普更是心急如焚。他只能摇尾乞怜了。他开始语无伦次地倾吐着他的忏悔和爱情。

"只要你能原谅我这一次,我保证以后再也不会管你了。你可以想和谁出去就和谁出去。你什么时候有了空闲,愿意跟我出去,我将求之不得。"

她又一次停了下来,因为他们已经到了挨近她家的街口,平时他们总是在这里告别的。

"现在,你该走开了。我不想让你跟到我家门口。"

"我不会走的,除非你原谅我。"

"我已经讨厌和厌倦了这一切。"

他迟疑了片刻,他本能地觉得,他下面要说的话能打动她的心。只是连他自己都觉得羞于启齿。

"这个世界对我来说太残酷了,我要比常人忍受更多的东西。你不知道，做个瘸子，活在这世上有多难。当然啦，你因此而不喜欢我。我也不能指望你喜欢我。"

"菲利普，我没有嫌弃你残疾的意思。"她很快地回答，声音里突然有了几分怜悯，"你知道不是这样的。"

现在，他要开始演戏了，他的声音显得沙哑而又低沉。

"噢，我早就有这种感觉。"他说。

她握住了他的手，看着他，眼里满是泪水。

"我向你保证，我从来没有嫌弃过你这一点。除了刚认识你的那一两天，以后就再也没有去想过它。"

他沉默着，一副悲苦忧郁的神情，他要让她以为他心中充溢着的情感使他说不出话来。

"你知道我喜欢你的，菲利普。只是有时候你太让人烦了。我们和好吧。"

她把嘴唇贴到了他的唇上。随着一声轻松的叹息，他吻起了她。

"你现在高兴了吗？"她问。

"太高兴了。"

她跟他道了晚安，匆匆地走了。第二天，他带来一块带饰针的小怀表，给她别在了衣服上。她一直想买一块这样的表。

三四天之后，米尔德里德给他端来茶点时，对他说："你还记着那天晚上你跟我做过的保证吗？你说话算数，对吗？"

"对。"

他确切地知道她想说什么，做好了听她讲下去的准备。

"今晚，我要跟我曾向你提到过的那位先生出去。"

"好的，我希望你玩得尽兴。"

"你不介意，是吗？"

他现在能很好地控制自己的情绪了。

"我不喜欢你这么做，"他笑着说，"可我要尽可能让自己不那么令你讨厌。"

这次约会叫她很兴奋，她不停地谈论它。菲利普不知道她这么做是有意使他痛苦，还是她感情上麻木不仁。他常因为想到她的愚蠢，

311

才宽恕了她的冷漠无情。她头脑迟钝,看不出她正在伤他的心。

"爱上一个既没有想象力又没有幽默感的女孩,是不会有多少快乐的。"菲利普一边听着她说,一边想。

然而,正是因为她缺乏这些品质,他才能每每都原谅她。他觉得要不是他意识到了这一点,他绝不会宽宥她给他造成的痛苦。

"他买了蒂沃利剧院的票。"她说,"他让我挑,我选了这家。我们计划在皇家咖啡馆用餐。他说,这是伦敦最豪华的地方了。"

菲利普想说"他是一位地地道道的绅士",可他咬紧了牙关,没有吐出一个字来。

菲利普也去了蒂沃利剧院,看见了米尔德里德和她的那位同伴,这个年轻人一副整洁的打扮,白净的面庞,梳得油光发亮的头发,像是个商品推销员。米尔德里德戴着一顶插着鸵鸟羽毛的黑色宽边女帽,这帽子她戴上挺合适。她带着笑容静静地听她的东道主说着什么,菲利普对她的这一神态很熟悉。她表情不丰富,也不生动,只有那种滑稽的闹剧才能逗得她发笑,不过看得出来,她还是挺有兴致,挺高兴的。菲利普不免暗自有些吃醋,她的这位同伴性情快乐而浮夸,跟她倒是天造地设的一对。她的禀性不活泼,让她更欣赏那种感情外露的人。菲利普喜欢跟别人讨论问题,可不擅长和女人聊闲话。他羡慕那种谈吐自如、会开玩笑的人,比如说劳森在这一方面就很在行,而菲利普的自卑感会让他在谈话时显得羞怯和局促不安。他感兴趣的事情,米尔德里德往往会感到厌烦。她希望男人们跟她谈论足球赛和赛马。而对这两样,他哪一样都是门外汉。他也不会说那些能令她发笑的时髦话。

菲利普一直酷爱书籍,现在,为了能使自己变得风趣些,他使劲地读起了《体育时报》。

62

菲利普并不愿意沉溺在这种消耗自己精神的情欲中。他知道人生无常，一切都是短暂的，他的激情也迟早有一天会熄灭。他急切地盼望着这一天的到来。爱情像是他心里的寄生虫，靠他的生命和血液的滋养，可耻地存活。它疯狂地汲取着他的精气，乃至使他失去了对其他一切事物的快感。他以前常去欣赏詹姆斯街公园优雅的景致，坐在那里注视着映衬在蓝天下的树枝的侧影，它犹如一幅美丽的日本版画。美丽的泰晤士河以及河岸边的码头和驳船，对他有着一种持久的魅力；伦敦变幻无穷的天空让他内心充满美好的遐想。可现在，这一切的美对他都失去了意义。只要不和米尔德里德在一起，他便会感到心烦意乱。有时他想通过观赏绘画来安抚自己，可进了国家美术馆，他却像是走马灯似的，没有一幅画能触动他的心弦。他不知道他是否能再度唤起那些曾给予他美感的事物的喜爱。他以前酷爱阅读，可现在书籍对他而言却没有了意义。他把业余时间都用在了医院俱乐部的吸烟室里，翻阅各种期刊。爱情对他而言是一种折磨，他恨自己坠入情网，成为它的俘虏。他像个囚犯，他渴望自由。

有时他一觉醒来，觉得没有了任何羁绊，他的灵魂在雀跃，他以为他自由了，不再爱米尔德里德了，可只消一会儿，等他清醒之后，就会发觉痛苦仍然扎根在他心里，他知道他还没有痊愈。尽管他渴望得到米尔德里德，可他却看不起她。他暗想，这世上再也没有比既狂热地爱着，又极端鄙视同一个人更让人受折磨了。

习惯于剖析自己的感情并不断探讨自己心理状态的菲利普，最后得出了这样一个结论：唯有米尔德里德做了他的情人，才能治愈他的堕落的恋情。正是对情欲的渴求令他痛苦，只要能满足他的欲望，或许他便能从这难以忍受的束缚着他的锁链中解脱出来。他知道米尔德里德在这方面有些排斥他，在他热烈地吻她时，她会出于一种本能的厌恶感将他推开。她没有这方面的欲望。有时他给她讲在巴黎的艳遇，想让她心生妒忌，可他的这些风流韵事却丝毫也引不起她的兴趣。有一两次他坐到别的女招待的桌位上，装着与那边的女招待调情，可她根本无动于衷。能看得出来，她的淡漠不是装出来的。

"刚才我没坐在你的桌位上，你不怪我吧？"有一次在陪她去火车站的路上，他问，"你那边的桌子似乎都坐满了。"

他说的并非是事实,可她没有反驳,她不在乎他坐在别人那里。可若是她能装出在乎的样子,他会心存感激的。要是能再责备他一两句,他心里更会觉得美滋滋的。

"我觉得,你每天都坐同样的桌位显得很傻。你应该不时地调换一下位置,给店里别的姑娘们一个机会。"

菲利普越想越是觉得,只有她完全委身于他,他才可能获得自由。他就像一个中了魔咒而变形的古代骑士一样,在寻找着能恢复其美好容貌和体形的灵丹妙药。菲利普只有一个办法可以试一试。米尔德里德非常想去趟巴黎。无论是对她,还是对大多数的英国人来说,巴黎都是世界时尚和娱乐的中心。她听说过巴黎的罗浮商场,在那里大概花上在伦敦所需花销的一半的价钱,就可以买到最时新的物品。米尔德里德的一个朋友刚刚在巴黎度完蜜月回来,说她和丈夫从上午进到罗浮商场,一直逛到第二天早晨六点才回去睡觉;还有什么红磨坊啦,诸如此类,说都说不完。哪怕她屈从于他的欲望,只是因为想要满足去巴黎的愿望而不得已做出的牺牲,他也不在乎。他不在乎采用任何手段以满足他的情欲,他甚至有过将她灌醉的疯狂念头。他曾不断向她劝酒,希望她因此变得兴奋起来,可她不爱喝酒,尽管她喜欢让他点香槟(因为这样显得体面一些),可她喝酒从来不超过半杯。有时候她喜欢把满满的一杯酒原封不动地留在桌子上。

"这样可以向侍者显示出你的身份。"她说。

菲利普在三月底有个解剖学考试。考试后的一个星期是复活节,那时米尔德里德将有三天的假期。有一天,菲利普看到她心情不错,对他比平时显得亲热一些,他抓住了这个机会,将这件事提了出来。

"我说,复活节放假,咱们去趟巴黎怎么样?"他提议道,"我们可以在那里好好玩上几天。"

"那怎么行呢?那得花好多钱。"

对此菲利普早已盘算过了,这趟巴黎之行至少得花掉二十五英镑。这对他来说是笔不小的数目。可为了她,他愿意把最后的一分钱也花出去。

"没关系的。说你愿意去,亲爱的。"

"我想知道，那接下来会发生什么事呢？我不能跟一个我丈夫的人一起去。你不该提出这样的建议。"

"那有什么关系？"

他不无夸张地讲起和平大街的繁华，牧羊女游乐厅的富丽堂皇，还有罗浮宫和旧货商场。他向她绘声绘色地描述夜总会、修道院，还有许多外国人常去观光的场所。他把他所鄙视的巴黎的另一面也大吹特吹了一番。他怂恿她跟他一起去。

"你总说你爱我，可要是你真的爱我，就会想要娶我。你从来没有跟我说过你要娶我。"

"你知道我没有经济能力。毕竟我才上了一年医学院，六年之内，我不会挣到一分钱。"

"噢，我不是怪你。就是你跪下来求我，我也不会嫁给你的。"

菲利普不止一次想到过结婚，可对此他总是望而却步。在巴黎时，他便形成了婚姻是可笑的市侩习俗的看法。他还知道这种永久性的纽带会毁了他。他有中产阶级的本能，觉得娶个女招待似乎有点太失体面了。一个平庸的妻子会妨碍他找到一份像样的工作。况且，他拥有的钱只够他自己维持到毕业；即便是结了婚暂时不要孩子，他也养不起一个老婆。他想起克朗肖和一个邋遢粗俗女人的结合，不禁出了一身冷汗。他可以预见虚荣心极强且头脑庸俗的米尔德里德将来会是什么样子——娶她是不可能的。然而，这只是他的理智做出的决定，他觉得，不管通过什么样的方式，他都要得到她；如果不结婚就得不到她，那就跟她结婚；至于将来，只能是走一步看一步了。也许会以灾难性的结果结束，那他也在所不惜。当他执着于一个念想时，它便会占据他的全部身心，脑子里就只想着这一件事。他有种超乎寻常的本领，能够让自己相信他所想要做的事情是合理的。他发现自己把以前所想到的反对结婚的种种明智的理由都抛到了一边。他对她的炽烈的爱与日俱增，未能得到满足的情欲变成了愤慨和怨恨。

"天啊，要是我娶了她，我会让她为我所遭受的痛苦付出代价。"他对自己说。

终于，他再也忍受不了这种痛苦。一天晚上，在常去的索霍街上的小饭店吃过饭以后，菲利普对她说：

"你那天说，就是我向你求婚，你也不会嫁给我，这话是真的吗？"

"当然了。怎么啦？"

"因为没有你，我活不了。我想让你一直跟我在一起。我曾试着抛弃这个想法，可我办不到。现在，我更加做不到了。我想让你嫁给我。"

读过太多通俗小说的米尔德里德不会不知道该如何应对这种场面。"非常感谢你向我求婚，菲利普，你让我的虚荣心得到极大的满足。"

"噢，不要扯这些没用的。你会嫁给我的，是吗？"

"你觉得我们会幸福吗？"

"不会。不过，这重要吗？"

这句话几乎是不由他控制似的脱口而出，让米尔德里德不胜惊讶。

"噢，你这个人真怪。那么，你为什么还要娶我呢？那天你还说，你结不起婚的。"

"我想，我大概还剩下一千四百英镑。两个人生活跟一个人生活的开销也差不多。这些钱足够我们挨到我毕业，得到医院的委任，到那时，我便可以做一个助理医生了。"

"这就是说，你在六年内都挣不到钱。我们每周得靠大约四英镑来生活，直到你做了助理医生，是这样吗？"

"三英镑多一点吧。我还得支付学费。"

"你当了助理医生后能挣多少？"

"每周三英镑。"

"你的意思是说，你必须靠这么一点钱一直学下去，到头来一星期只能挣到三英镑？我看不出这与我现在的境况会有什么不同。"

他沉默了一会儿。

"你的意思是你不愿意嫁给我？"他声音里略带沙哑，"我对你的这份挚爱，你难道一点儿都不在乎？"

"在这样的事情上，一个人必须得为自己考虑，不是吗？我并不反对结婚，但是，成家后如果还跟我现在的状况一样，我就不想结了。因为我看不出结这种婚有什么用。"

"如果你真的喜欢我，你就不会这么想了。"

"也许吧。"

他不再说话。他喝下一杯酒,以消除喉咙的哽咽。

"你看见刚刚出去的那个女孩了吗?"米尔德里德说,"她身上穿着在布里克斯顿的廉价商店里买的皮货。我上次去那儿,在橱窗里见过这种皮货。"

菲利普冷冷地笑了笑。

"你笑什么?"她问,"我说的是真的。我跟姨妈说过,我不会买摆在那些橱窗里的任何东西,因为人人都知道你是花多少钱买的。"

"我不懂你。你使我非常不快活,这一会儿的工夫,你就扯起完全不相干的事。"

"你真是讨厌,"她有些埋怨地说,"我不可能不注意到她身上的皮衣,因为我跟姨妈……"

"你跟姨妈说什么,关我屁事。"他不耐烦地打断了她。

"我希望你跟我说话时,不要讲脏话,菲利普。你知道我不喜欢人们说脏话。"

菲利普笑了笑,可他的眼睛里却闪着怒火。有一会儿,他没有吭声,只是怏怏不乐地望着她。他恨她,鄙视她,可又爱她。

"但凡我还有些理智的话,我就再也不会见你了。"他最后说,"要是你知道因为爱你我有多么恨自己就好了。"

"你说这话是在损我。"她不高兴地说。

"不说了。"他哈哈地笑起来,"我们去帕韦林商场吧。"

"这正是你怪的地方,在人最想不到你要笑的时候,你却会大笑起来。既然我让你那么不快活,为什么你还要带我去帕韦林商场呢?我已经准备要回家了。"

"这只是因为跟你在一起不快活;可不跟你在一起,更不快活。"

"我很想知道你对我的真实看法。"

他顿时大笑起来。

"亲爱的,如果你知道了,你就再也不会理我了。"

人性的枷锁（下）

[英] 威廉·萨默塞特·毛姆 著
王晋华 译

江苏凤凰文艺出版社

图书在版编目（CIP）数据

人性的枷锁：全二册 /（英）威廉·萨默塞特·毛姆(William Somerset Maugham) 著；王晋华 译. —— 南京：江苏凤凰文艺出版社，2024.5
ISBN 978-7-5594-8332-4

Ⅰ.①人… Ⅱ.①威…②王… Ⅲ.①长篇小说–英国–现代 Ⅳ.① I561.45

中国国家版本馆 CIP 数据核字 (2024) 第 008423 号

人性的枷锁：全二册

（英）威廉·萨默塞特·毛姆 著　王晋华 译

策　　划	栗子文化
策划编辑	钱　丽
责任编辑	白　涵
封面设计	刘　军
版式设计	天　缈
出版发行	江苏凤凰文艺出版社
	南京市中央路 165 号，邮编：210009
网　　址	http://www.jswenyi.com
印　　刷	北京中科印刷有限公司
开　　本	880mm×1230mm 1/32
印　　张	20.5
字　　数	590 千字
版　　次	2024 年 5 月第 1 版
印　　次	2024 年 5 月第 1 次印刷
书　　号	ISBN 978-7-5594-8332-4
定　　价	88.00 元（全二册）

江苏凤凰文艺版图书凡印刷、装订错误，可向出版社调换，联系电话 025-83280257

63

菲利普没有通过三月底的解剖学考试。他和登斯福特曾一起复习这门功课,用菲利普的骨骼做实例相互提问,直到熟记人体骨骼上所有的附着物及每个关节和骨槽的作用和意义。可一进考场,菲利普就慌了手脚,他突然担心准备好的回答可能是错的,因而没能给出正确的答案。他知道他没法及格,第二天甚至没去大楼看考试成绩。两次考试失败无疑使他被列入本年级差等生的行列。

对此,菲利普并没有太在意。他有别的事情需要考虑。他告诉自己米尔德里德也跟其他女人一样有七情六欲,唤起她的这些情感只是时间问题。关于女人,他有一套自己的理论,他认为女人是刀子嘴、豆腐心,哪个女人都一样,迟早会屈服于男人们的不懈努力,关键是等待时机,耐住性子,通过对她的关心和体贴来感化她。在她身体感到疲惫,或是工作中遇到烦恼需要慰藉时,他便会欣然去做她的心灵港湾。他跟她谈起巴黎的那些朋友和他们所爱慕的漂亮女子之间的恋情,描绘出一幅迷人、快乐、轻松的生活图景,其中没有一点儿粗俗的成分。他把米密、卢多尔夫、缪赛特①的奇遇也融入他的回忆当中,向米尔德里德讲述了一个动人的故事:歌声和笑声如何使贫穷的生活变得如诗如画,青春和美丽如何使放纵的爱情富于浪漫色彩。他从未直接指摘过她的偏见,只是旁敲侧击地说它们有些像乡下人的见解。他从不因她的怠慢而显出不满,也不会因她的冷漠而生气。他认为他已经让她厌烦了。于是,他努力让自己变得和蔼可亲,风趣幽默;他从不让自己发火,从不向她提任何要求,不对她发牢骚,也不责骂。在她定好跟他约会而没能践约,他第二天见到她时,他依然是一副笑脸;她向他道歉,他说没关系。他绝不让她看出她让他痛苦。他很清楚,他的激情和牢骚已令她生厌。他把内心的忧烦深深地藏匿起来。他"英勇"的行为让人钦佩。

对菲利普的这一变化,尽管米尔德里德从未提到过——因为她从没有真正在意过——可这一变化还是对她产生了一些影响。她把他当作更加知心的朋友,向他诉说那些小小的牢骚,对茶馆的女经理或哪个店员,或是她姨妈,她总有些怨言要发。她现在变得健谈起来了,尽管她说的都是些琐碎事,可菲利普从未厌烦过。

"当你不再想着向我求爱时,我还是喜欢你的。"有一次她跟他说。

"你能这么说,我很高兴。"他笑着说。

她哪里知道她的话有多令他伤心,他需要做出多大的努力,才能回答得这么轻松。

"哦,有时候你吻我,我并不介意。这对我没什么害处,而且能让你高兴。"

有时候,她甚至主动要他带她出去吃饭,来自她的建议让他心头一阵狂喜。

"我从不会对别人提这种要求,"她用带着抱歉的口吻说,"可我知道,跟你可以。"

"你这话让我荣幸之至。"他笑着说。

---

① 小说《波希米亚人的生活》中的人物。

四月底的一天晚上,她请他带她出去。

"好的,"他说,"吃过饭后,你想去哪里呢?"

"噢,哪儿也不去了。就坐着说说话,你不会介意吧?"

"当然不啦。"

他心想,她一定是开始喜欢他了。三个月前,只是邀她晚上出去聊聊天的想法都会让她厌烦。那一天天气很好,春天的和暖更是增添了菲利普的兴致。他现在很容易感到满足。

"我说,等夏天来了,"在他们坐在公共汽车顶层去往索霍的路上(她说他们应该节省一点,不乘出租马车),菲利普说,"我们可以带上午餐篮,在河边度过每个星期天。"

她微微地笑了,他因此受到鼓舞,握住了她的手。她也并没有抽回手。

"我真的觉得你开始有点喜欢我了。"他笑着说。

"你在说傻话,你知道我喜欢你,不然,我也不会跟你坐在这儿了,不是吗?"

现在,他们俩已是索霍区这家小饭馆的老主顾了,饭店老板见他们进来,便会笑着跟他们打招呼,店里的那个伙计更是殷勤有加。

"今晚我来点菜吧。"米尔德里德说。

菲利普觉得她比以往任何时候都更加迷人,他递给她菜单,她点了自己喜欢吃的菜。这里的菜肴种类有限,他们已经把这个饭馆所能做出的菜吃过好多遍了。菲利普的心情好极了。他看着她的眼睛,她那娇媚苍白的面庞。吃完晚饭,米尔德里德也破例点了一支烟。她平时很少吸烟的。

"我觉得女人抽烟让人看见怪不好的。"她说。

略微迟疑了一下后,她说:"今晚我让你带我出来吃饭,你感到诧异了吧?"

"我很高兴。"

"我有话要跟你说,菲利普。"

他迅速地瞟她了一眼,心咯噔一声沉了下去,不过,他现在已经学会控制自己的情绪了。

"噢，你说吧。"他笑着说。

"我说了，你不会犯傻吧。我要告诉你的是，我很快就要结婚了。"

"是吗？"菲利普问。

他再想不出别的话来。他以前也考虑过这种可能性，在脑子里预想过自己该怎么说，怎么做。想到自己会因此遭受的痛苦和绝望，考虑过自己情感的爆发，他曾想到过自杀。或许是预见到自己在感情上会经受的折磨，现在他只感觉筋疲力尽。他就像是个身患重病、元气全无的病人，对生死已经无所谓，只想独自待着，不被任何人打扰。

"你看，我的岁数一年比一年大了，"她说，"我都二十四岁了，到谈婚论嫁的年龄了。"

他没有吭声，先是看着柜台后面的老板，然后目光落在一个女顾客帽檐的红羽毛上。米尔德里德开始变得有些烦躁起来。

"你应该对我表示祝贺。"她说。

"是吗？我几乎不敢相信这是真的。刚才你让我带你出来吃饭，我高兴得都想大喊了，没想到竟会是这样，这真是个莫大的讽刺。你准备和谁结婚呢？"

"米勒。"她说着，脸微微地红了。

"米勒？"菲利普惊讶得喊了出来，"可你不是有好几个月都没见过他了吗？"

"他上个星期来茶馆吃午饭，向我求婚了。他现在挣得多了，一个星期七英镑，以后可能还会更多。"

菲利普再一次沉默了。他记得她一直都喜欢米勒，米勒能逗她开心，他外国血统中的别样魅力不知不觉地迷住了她。

"我想，这样的结果在所难免，"他最后说，"你一定会接受出价高的求婚者。你们打算什么时候结婚？"

"下个星期六。我已经发出邀请了。"

菲利普突然感到一阵难受。"这么快？"

"我们准备在登记处结婚，埃米尔喜欢这样。"

菲利普觉得非常疲惫。他想离开她，马上回去睡觉。他付了账单。

"我会叫个出租马车送你到维多利亚火车站。我想你不用等多久就能乘上火车了。"

"你不送我了吗？"

"如果你不介意的话，不去了。"

"随你的便吧。"她傲慢地说，"我想，你明天还会来用茶点吧？"

"不了。我想，我们最好还是彻底断了吧。我为什么还要继续给自己找不痛快呢？我已经付过车钱了。"

他向她点了点头，嘴角勉强挤出一个笑来。随后，他跳上一辆开往他家方向的公共汽车。睡觉前，他抽了一斗烟，那时他的眼睛就快要睁不开了。他没有感觉到痛苦。几乎是脑袋刚刚挨到枕头，便沉入酣睡之中。

64

大约凌晨三点的时候，菲利普醒了，之后便再也睡不着了。他开始想米尔德里德。他本不愿意这样，可又控制不住自己。他一遍又一遍地想着，直搞得自己头昏脑涨。她要结婚，这是不可避免的，生活对于一个不得不自谋生计的女孩来说是很艰难的，如果有个能给她舒适家庭的男人向她求婚，她接受了，这无可厚非。菲利普承认，站在她的角度，跟他结婚简直就是发疯——唯有爱情才能使这样的贫穷变得易于忍受，而她并不爱他。这不是她的错，只是他必须接受的一个事实，菲利普努力让自己理智地思考。他对自己说，他心灵深处的是他受到伤害的自尊心，他的爱情始于他受辱的虚荣心，这才是造成他现在悲苦的主要根源。他蔑视自己，就像他蔑视她一样。之后，他得为自己的将来做打算，可翻来覆去的重复思量不时被对她的回忆打断，他想起在她柔软、苍白脸颊上的亲吻，仿佛又听到她那总爱拉长了语调的话语声。他喃喃着，他有许多事情要做：因为夏天他不但要考化学，还有那两门没及格的科目要补考。这段时间他疏远了医院里的朋友们，现在，他需要他们的陪伴了。有一件值得高兴的事：两个星期前，海沃德来信说他要来参加伦敦的初夏社交季，要请他吃饭，当时菲利普不愿被打扰，拒绝了他。现在，菲利普决定给他写回信。

时钟响过了八下，菲利普庆幸自己终于熬过了这一夜。他的面色苍白憔悴，可等他洗完澡，穿好衣服，吃过早饭后，又觉得自己跟外界合上了节拍，他的痛苦也变得易于承受了。那天早晨，他没有去听课，而是去了陆海军商场给米尔德里德买结婚礼物。犹豫了一阵后，他买了个化妆手提包，花了二十英镑，远远超出他的支付能力。这个包看上去很艳俗，他知道她一定晓得它的确切价格。挑选这样一个礼物，让他在伤感中又有一种满足：这件礼物既能让她高兴，同时又能表达出自己对她的轻蔑。

菲利普不安地等待着米尔德里德结婚日的到来，他预料自己将会经受一场难以忍受的痛苦。幸好，星期六早晨他收到了海沃德的来信，说他将在同日抵达伦敦，想叫上菲利普帮他一起找房子。菲利普急于找些事做来排解忧烦，他查了列车时刻表，发现海沃德能搭乘的火车只有一趟，就前去车站接他。老友相见格外亲热，他们把行李留在车站，兴致勃勃地离开了。海沃德和往常一样，建议先去国家美术馆，他说自己有段时间没看画展了，需要去看看以便能合上伦敦生活的节拍。这几个月来，菲利普一直找不到人同他谈论艺术和书籍。从寓居巴黎时起，海沃德便与那些现代的拙劣诗人过往甚密；在法国，这样的诗人比比皆是。而现在，他要告诉菲利普新出现的几个天才诗人。他们走在国家美术馆的画廊里，跟对方谈论着自己喜爱的画作，一个话题接着一个话题，谈得很是热烈。外面阳光明媚，天气和暖。

"我们去公园坐一会儿吧，"海沃德说，"午饭后我们再找房子。"

春天的公园十分怡人。在这样的日子，只要活着就觉得生活无限美好。树木发出的新绿在蓝天的映衬下显得格外炫目，蔚蓝的苍穹中点缀着朵朵白云。在一泓秀水的尽头，有一群身穿灰色制服的骑兵护卫队。公园里优雅的景致具有十八世纪绘画中的那种妩媚，它使你想起的不是瓦都[①]的画作（他画的风景太过田园化了，只能让人们联想

[①] 瓦都（1684—1721），法国画家。

到梦境中的林地幽谷），而是更为淳朴平淡的吉恩·巴普蒂斯特·佩特的作品。菲利普的心灵变得轻盈起来。此时他才真正领悟了以前只是在书中读到过的一段话：艺术的存在犹如自然界的存在一样，艺术可以把心灵从痛苦中解脱出来。

他们去了一家意大利饭店吃午饭，买了一瓶意大利红葡萄酒。他们边吃边聊，一起回忆在海德堡的熟人，谈到菲利普在巴黎的朋友，他们谈论书籍、绘画、道德和人生。突然，菲利普听到时钟响过了三下，他想起这个时候米尔德里德已经结婚了，心里不禁一阵绞痛，有几分钟他根本听不见海沃德在说什么。他为自己斟了红葡萄酒，觉得不胜酒力，酒劲上头。不管怎么说，此时此刻他已经没有了牵挂，他敏捷的头脑已闲置了好几个月，眼前这场谈话令他十分兴奋。他很庆幸现在能有个志趣相投的朋友跟他聊天。

"我说，今天这样的好天气用来找房子有些浪费。今晚就住在我那里吧。等明天或是星期一，你再去找吧。"

"好吧。那我们去哪儿？"海沃德回答。

"我们乘汽艇去格林尼治吧。"

海沃德很赞同这个主意，他们上了一辆出租马车，去往威斯敏斯特大桥。在那里，他们坐上了一艘正要离岸的汽艇。少顷，菲利普嘴角挂着微笑，说道：

"我记得刚到巴黎时，是克拉顿吧，他对艺术发表了一通见解，说美是画家和诗人赋予事物的，是他们创造了美。在他们眼里，乔托的钟楼和工厂的烟囱都是一样的。美丽的事物因为唤起了一代又一代人的情感，而变得越发美丽——这就是古老的事物会比现代事物更加美好的原因。《希腊古瓮颂》[①]就比它刚被创作出来时更显得可爱了，因为这一百年来不知有多少对恋人读过了它，不知有多少心灵受创的人从中得到了慰藉。"

菲利普想看看海沃德在听了自己这番话后，能从眼前的景物联想推断出点什么。当他发现海沃德对他的暗示毫无察觉时，不免一阵

---

① 《希腊古瓮颂》，英国浪漫派诗人济慈的一首著名诗歌。

得意。长期积累的生活经验此刻突然在心中引起反应,他被深深地触动了。伦敦大气中微妙的晕色给灰色的石头建筑物覆上一层柔和的色彩,一座座码头和仓库似乎都呈现出日本版画的庄严和优雅。汽艇在继续前行,象征着伟大帝国的无比壮观的河道变得更加宽阔了,河面上船只往来不绝。菲利普想到使这一切变得越发美好的诗人和画家们,心中充满了感激之情。他们搭乘的汽艇来到泰晤士河伦敦桥下面的水域,谁能描绘出伦敦桥的壮丽呢?菲利普此时思绪万千,天晓得该怎么来解释人们是如何将这浩瀚的河面变得如此平静的——约翰逊博士[1]身边站着詹姆斯·鲍斯韦尔[2],老佩皮斯[3]正登上一艘战舰——是灿烂的英国历史,是浪漫和悲壮的冒险。菲利普转过身来看着海沃德,眼睛里闪烁着光芒。

"亲爱的查尔斯·狄更斯。"他喃喃地说,对自己喷涌的情感不免觉得有点好笑。

"你放弃了绘画,不后悔吗?"海沃德问。

"不。"

"我想,你是喜欢医生这个职业?"

"不,我讨厌这个职业,但我又做不了别的什么事情。头两年的学习就够熬人的,遗憾的是,我天生就不是学理科的料。"

"嗐,你可不能老是改行了。"

"噢,不会的,我打算就干这个了。我想,等我将来到了病房,我就会喜欢这个职业了。我觉得,在世间一切事物中,最让我感兴趣的是人。在我看来,只有做医生,一个人才能拥有更多的自由。你的知识都装在你的脑子里,提上一个医药箱,里面装上医疗器械和一些药品,你便可以到任何地方去谋生。"

"那你毕业后不打算开业行医吗?"

"无论如何,短时间内是不会的。"菲利普回答,"我一旦获得

---

[1] 塞缪尔·约翰逊(1709—1784),英国评论家,诗人。
[2] 詹姆斯·鲍斯韦尔(1740—1795),英国家喻户晓的文学大师,传记作家。
[3] 佩皮斯(1633—1703),17世纪英国作家,政治家,海军大臣。

医生职位，就会到一条轮船上去，我想去东方——马来群岛、泰国、中国等地——走到哪里，就在哪里打零工，譬如在印度给人治霍乱或类似的工作，总会有事情做的。我想多跑些地方，我想游遍世界。一个穷人唯有通过行医，才能做到这一点。"

他们的汽艇这时开到了格林尼治。临河的英尼古·琼斯大楼宏伟庄严，俯瞰着河面。

"快瞧，那里一定是可怜的杰克为了几个便士，潜入河底的地方。"菲利普说。

他们在公园里转悠了一会儿。一群衣衫褴褛的孩子们正在里面玩耍，喊叫声此起彼伏；一些老海员在晒着太阳。这里有种百年前的淳朴悠闲的氛围。

"你在巴黎浪费了两年时间，看起来似乎是件憾事。"海沃德说。

"浪费？瞧那个孩子跑动的姿势，瞧阳光透过树叶撒落在地上斑驳的光影，瞧我们头顶上的天空——哦，如果我没有去过巴黎，我就永远不会像现在这样看蓝天。"

海沃德觉得菲利普的声音有些哽咽，不禁诧异地望着他。

"你怎么啦？"

"没事的。我这样情绪化，让你见笑了，可我足足有六个月没有欣赏过美了。"

"你一直是那种注重实际的人。听你这么说，倒是挺新鲜，挺有趣的。"

"去他的，我可不想让人们觉得我有趣。"菲利普哈哈大笑起来，"我们去喝杯浓茶吧。"

65

海沃德的造访对菲利普很有益处，大大冲淡了他对米尔德里德的思念。他怀着深深的厌恶回望过去，不明白自己怎么会屈就于这样不体面的爱情。他想到米尔德里德时总觉得愤怒和憎恨，因为她使他蒙受了如此大的羞辱。现在,他的想象力将她的人格和行为举止上的缺陷都更加夸大,只要一想到自己曾和她有过瓜葛,便会心里发颤。

"这正表明了我是多么的懦弱。"他对自己说。这次情感经历犹如在社交宴会上犯下一个大错,严重到做任何事都难以弥补,除非能忘掉它。他对自己曾经的堕落很是厌恶——他像是一条正在蜕皮的蛇,厌恶地看着自己蜕下的旧皮囊。他为再一次成为自己的主人而感到欣喜,意识到自己耽于人们称之为爱情的疯狂中时错过了人世间多少快乐和美好。这样的爱情他已经领教够了。如果这就是爱情的话,他再也不要恋爱了。菲利普大致向海沃德讲述了他的经历。

"你这是不是有点像索福克勒斯①的经历?"他说,"他祈求有朝一日能从啃噬他心灵的狂烈情感中解脱出来。"

菲利普真的像是重获新生。他痛快地深吸着周围的空气,仿佛从未呼吸过空气一样。他从世间的一切事物中都能获得一种孩童般的快乐。他把这段时间的疯狂称为六个月的苦役。

海沃德到伦敦还没几天,菲利普就收到了从布莱克斯特伯尔转寄过来的请帖,邀请他参加一家美术馆举办的画展。他带海沃德一起去看,在展出作品的目录上,他看到一幅劳森的画作。

"我想,这请帖是劳森寄给我的。"菲利普说,"我们去找找他,他一定就在他的那幅画旁边。"

一幅露丝·查莱斯的半身像就挂在画廊的一个角上,劳森站在离它不远的地方。他戴着一顶大软帽,穿着宽松的浅色衣服,有些茫然地站在那些前来参观的时髦人群当中。他热情地跟菲利普打招呼,像他惯常那样滔滔不绝,跟菲利普说起他已经搬回伦敦,租下了一个画室,巴黎已不再是世界艺术的中心之类的话;还有,露丝·查莱斯是个轻浮的女子,有人委托他画一幅肖像画……他们最好是一块吃个饭,好好地聊一聊。菲利普提醒劳森,他跟海沃德在巴黎也曾见过,看到劳森对海沃德的高雅服饰和优雅举止显出的敬畏神色,菲利普觉得十分有趣。他们俩现在数落起劳森比在劳森和菲利普合租的那个寒

---

① 索福克勒斯(前496—前406),希腊悲剧作家。

碜画室里时更胜一筹。

吃饭时,劳森继续讲菲利普离开后发生的事情,弗拉纳根已经回了美国,克拉顿消失不见了。克拉顿得出结论,一个人只要还跟艺术和艺术家们保持联系和接触,便毫无成功的希望,远远离开是唯一的办法。为使这一步更顺利些,他跟所有的巴黎朋友都闹翻了。他养成了一种专揭别人短处的毛病,这样在他宣布要离开巴黎,到赫罗纳定居的消息时,大家都是默默地听着,不敢吱声。赫罗纳是西班牙北部的一个小镇,在乘火车去往巴塞罗那的途中,克拉顿一看到那座小城,便喜欢上了它。现在,他已经在那里定居了。

"我怀疑他是否能获得成功。"菲利普说。

克拉顿喜欢努力表达人头脑中模糊隐晦的东西,他也因此变得有些心绪失常,暴躁易怒。菲利普隐约觉得自己的情况也与此类似。不过,对他而言,是他在生活中表现出的行为困扰着他。但这也是他自我表达的方式,应当如何改善,他尚不清楚。他没有时间顺着这个思路再想下去,因为劳森这个时候坦诚地说出他跟露丝·查莱斯的关系:露丝·查莱斯离开了他,找了个刚从英格兰过来的青年学生,闹出了许多丑闻。劳森很替这个年轻人担心,觉得应该有人站出来拯救一下这个小伙子,否则她会毁了他的。菲利普猜想,劳森的伤心处应该是查莱斯跟他闹翻时,他的这幅肖像画才画到一半。

"女人对艺术没有感受力,"劳森说,"她们只是假装自己有。"但是临了,他又不无调侃地说:"然而,从她那里,我创作出了四幅肖像画,我不知道这最后一幅算不算成功。"

菲利普羡慕劳森能如此轻松地对待自己的爱情——他与查莱斯度过了十八个月的美好时光,不花一分钱就得到这么好的一个模特,分手时也没有多少痛苦。

"那,克朗肖他好吗?"菲利普问。

"噢,他完了,"劳森回答,他年轻,缺乏对别人的体恤,脸上仍是一副愉快的神情,"他活不了半年了。去年冬天,他得了肺炎,在一家英国人开的医院住了七个星期。他出院时,医生告诉他只有戒了酒,他才可能活得长一些。"

"可怜的克朗肖。"向来对饮食有所节制的菲利普说。

"他戒了一阵子酒，但还是经常去莱拉斯酒馆，这已经是他改不了的习惯。不过他喝的是热牛奶和橘子汁，于是他变得索然无味，整个人都蔫了。"

"我想，你们没有对他隐瞒病情吧？"

"哦，他自己知道的。前不久，他又喝上威士忌了。他说，他太老了，不可能再有什么作为。他宁愿痛痛快快地活上六个月，然后死去，也不愿苟活上五年。我想，他最近的日子更艰难了。你想，他得病期间挣不到一分钱，那个跟他一起生活的荡妇更是让他吃尽了苦头。"

"初次见到他时，我对他很是钦佩，"菲利普说，"我认为他是个了不起的人。庸俗的中产阶级竟然要受此惩罚，不免令人作呕。"

"他毫无疑问是个废物。早晚有一天，他会死在贫民窟。"劳森说。

菲利普听得有些不悦，因为劳森对此没有同情心。当然，这是因与果的关系，所有生活中的悲剧都存在于这一因果相随的必然性中。

"噢，我忘了告诉你，"劳森说，"就在你离开后不久，克朗肖托人给你捎来一件礼物。我原以为你还会回来，就没把它放在心上，后来又觉得为它单独寄一个包裹不值得。不过，这次它会跟我的东西一起托运回伦敦，如果你想要的话，可以找一天到我的画室来取。"

"你还没告诉我是什么东西呢？"

"哦，只是一小块破旧的地毯。我想它一点都不值钱。我有天问他，为什么要送一块脏兮兮的毯子给你。他告诉我，他碰巧在雷恩街的一个商店里看到了这块毯子，便花十五法郎把它买下了。那看上去像是块波斯地毯。克朗肖说，你问他生活的意义到底在哪里？这就是答案。不过，他当时已经喝得酩酊大醉了。"

菲利普笑了起来。

"噢，是的，有这么回事。我会去拿的。这是他喜欢开的那种玩笑。他说，我必须靠自己去发现，否则答案就没有任何意义。"

66

菲利普各门功课的学习进展很顺利。他要做的事情很多,因为他正准备参加七月的第一轮联试,要考三个科目,其中两门是补考。不过,他觉得生活很愉快。他交了一个新朋友。劳森在物色模特时,碰到一个在剧院做替身的女孩,为了劝说她给他当模特,在一个星期天的中午订了一桌饭。这个替身带着一个女伴,为了饭局凑足了四个人,菲利普被邀请来关照她。菲利普发现这是个美差,因为这个女伴性情随和,讲话风趣。她在文森特广场有套房,每天下午五点会在家里用茶点。她邀请菲利普去看她。菲利普去了一次,对方的热情款待令他心动,之后便又去造访。她自称是内斯比特太太,顶多二十五岁,身材娇小,脸蛋不算美丽,却很有亲和力。她有双明亮的眼睛、高高的颧骨和一张大嘴。她面部的各种色调对比鲜明——她的肤色很白,脸颊特别红,眉毛很浓,丰美的头发黑得发亮——让人想起一位法国现代画家的肖像画。这鲜明的对比度让人感觉不太自然,可一点儿也不讨人厌。她跟丈夫已经分居,现在靠写廉价的中篇小说来维持自己和孩子的生活。有那么一两个出版商专门经营这类小说,她写出来的东西都能在那儿发表。稿酬给得很低,一篇三万字的小说只能得到十五英镑的稿酬,不过她自己倒是挺满足的。

"毕竟,买这样的一本小说,读者只要付两个便士就行,"她说,"而且,他们喜欢一遍又一遍地读这些故事情节大致相同的小说。我只要把名字改改,就可以拿去再次发表。当我感到厌烦时,想想要付的房租、洗衣费、给孩子买衣服的钱,就能继续干下去了。"

除此之外,她还跑各个剧院,看看哪儿需要跑龙套的角色,要能揽上一个这样的活儿,一个星期可以挣到十六先令到一几尼。忙活一天真是累极了,晚上睡得死沉死沉的。她和艰难的命运抗争,没有被它打败。她有很强的幽默感,总是能从烦恼的境遇中寻得乐趣。有时候会发生一些预想不到的事,比如她发现身上的钱全部花光了,就会拿些家里的小玩意儿去沃克斯霍尔大桥路的当铺典当,每天只吃面包和黄油，直到情况好转。她总是乐呵呵的，从未沮丧过。

菲利普对她这种得过且过的生活产生了兴趣，她讲述的那些在困境中苦苦挣扎、几近于荒诞的故事，常常让菲利普忍俊不禁。他问她为什么不试着写一些品味稍高一些的文学作品，她说她知道自己不具备那样的才能，那些粗制滥造的几千字一篇的小说，得到的稿酬说得过去，而且也是她所能写出的最好的东西了。她对未来没有任何幻想，能继续这样的生活就可以了。她几乎没有什么亲戚，她的朋友都跟她一样穷。

"我不想将来。"她说，"只要我的钱还够交上三个星期的房租，另有一两个英镑购买食物，我就会无忧无虑。要是我既要为将来又要为现在操心，那生活还值得过吗？就是情况到了最糟的时候，也总会有转机出现。"

不久，菲利普便养成了每天去她家跟她一起用茶点的习惯，为了不给她增添负担，他去的时候常常会带上一块蛋糕，或是一磅黄油。他们开始互相叫对方的教名。女性的同情心对菲利普来说是陌生的，他很高兴有个人愿意听他诉说所有的烦恼。时间过得很快，他并不掩饰对她的倾慕。她是一个令人感到愉快的伙伴。他不由得拿她和米尔德里德做比较。她们一个是既愚蠢又固执，对不懂的东西，从来不感兴趣；另一个则对事物有敏锐的欣赏力，头脑聪慧，善解人意。想到他差一点就跟像米尔德里德这样的女人生活一辈子时，不禁有些后怕。一天晚上，他把和米尔德里德之间的事全都告诉了诺拉。这样的情事并不能带给他多少自尊，可是能得到一位女性的贴心同情，让他感到很欣慰。

听他讲完后，她说："我想，你已经完全从这段恋情中解脱出来了。"

有时，她会把头偏向一边，略有些滑稽的姿势颇似苏格兰亚伯丁小狗的动作。她此时手上没闲，正做着针线活儿。菲利普舒适地坐在她的脚前。

"我简直没法告诉你，我有多庆幸，这段感情终于结束了。"他喟叹道。

"可怜的人啊，那段时间你一定过得非常不快活。"她充满同情地轻声说，用手抚摸着他的肩头。

他握住她的手，吻着它，可她很快把手抽了回去。

"你为什么要这么做？"她问，脸红了。

"你反对吗？"

有一会儿，她望着他，眸子里闪着炯炯的光，随后，她笑了。

"不。"她说。

他跪起来，面对着她。她直视着他的眼睛，微笑的嘴唇在发颤。

"怎么啦？"她问。

"你知道吗，你是个好人。你对我好，我心里特别感激。我非常喜欢你。"

"不要说傻话。"她说。

菲利普拽住她的胳膊肘，把她拉到自己身边。她没有反抗，而是将身子微微前倾。菲利普吻了她红润的嘴唇。

"你为什么要吻我？"她又问道。

"因为这种感觉很美好。"

她没有答话，可她的眼睛里融入柔情，她轻轻摩挲着他的头发。

"你知道，你这么做是很蠢的。我们是亲密无间的朋友。就保持这样的关系多好啊。"

"如果你真的想让我规矩点儿，"菲利普回答，"就不会像这样抚摸我的脸颊了。"

她咯咯地笑了，可她的手仍在抚弄着他的脸。

"我这么做很不好，是吗？"她说。

听她这么说，菲利普有些惊讶，又觉得很开心，他看着她的眼睛，在他注视着的当儿，他发现她的眸子变得柔和、清澈了，那种神情简直把他给迷住了。他不由得一阵激动，泪水盈满了他的眼眶。

"诺拉，你不喜欢我，是吗？"他有些缺乏自信地问。

"你是个聪明的男孩，怎么会问出这么蠢的问题？"

"噢，亲爱的，我从没想过你能喜欢我。"

他把她搂在怀里，吻着她，而她满脸绯红，笑着，嚷着，依偎在

333

他怀里。

很快他就松开了她,把身子倚在自己脚后跟上,好奇地望着她。

"噢,我的天哪!"

"你怎么啦?"

"这真的太出乎意料了。"

"你高兴吗?"

"太高兴了,"他发自内心地喊,"我感到非常自豪、幸福,心中充满了感激之情。"

他拿过她的手,不住地吻着。对菲利普来说,这似乎是一种既稳固又持久的幸福的开始。他们成了情人,但仍然保持着那种朋友的纯洁关系。诺拉身上有一种母性的本能,这种本能在对菲利普的爱中得到满足;她需要有个人来疼爱,来斥责,来絮絮叨叨;她是那种体贴入微的女人,她在照顾菲利普的健康和穿着中,觅得一种快乐。对他的残疾她深感同情,她的怜悯是温柔的性情使然,是很自然地流露出来的。她年轻、强壮、健康,她给出爱似乎是再自然不过的事情。她生性活泼,乐观。她喜欢菲利普,因为他们志趣相投,能一起开怀大笑;最重要的是,她喜欢他,是因为他是菲利普。

她把这话告诉菲利普时,他高兴地回答道:"才不是呢。你喜欢我,是因为我不爱吭声,你说话时,我从不打断你。"

菲利普一点儿也不爱她,他只是特别喜欢她,愿意跟她在一起。听她说话,他觉得既开心又有趣。她恢复了他的自信心,用柔情蜜意治愈了他心灵上的所有创伤。诺拉对他的喜爱和关心使他得到极大的安慰。他钦佩她的勇气、乐观和对命运的大胆挑战。她还有点儿自己的人生哲学,她真诚,讲求实际。

"你知道,我不相信教堂、牧师之类的东西,"她说,"可我相信上帝,只要你努力做好分内的事,力所能及地帮助遇到困难的人,我才不相信上帝还会对你管东管西呢。我认为,大多数人都是善良的,至于那些不善良的人,我只能表示惋惜。"

"你对来生怎么看?"菲利普问。

"噢,我也不是确切地知道。"她笑着说,"不过,我希望来生过得好一点。不管怎么说,没有房租要付,没有小说要写该多好。"

她具备女性对人巧妙恭维的禀赋。她认为,菲利普在意识到自己无法成为伟大的艺术家时,毅然决然地离开巴黎,是非常英勇的行为。她对此给予的热情赞扬令他陶醉。在此之前,他一直不能断定这到底意味着勇敢,还是意志的不坚定。她的评价让他心里美滋滋的。她继而大胆地和他谈起他的残疾,一个他朋友们都本能地加以回避的话题。

"你对你的跛足这么敏感很傻。"她看到他的脸一下子涨得通红,可还是继续说下去,"你知道,人们对你的残疾并不像你认为的那么在乎。第一次见到你时,他们会注意到这一点,随后也就忘记这回事了。"

菲利普没有吭声。

"你没有生我的气吧?"

"没有。"

她用胳膊搂住他的脖子。

"你知道,我提到它,是因为我爱你。我不想它弄得你不快活。"

"我觉得,对我你可以说你想说的任何话,"他笑着回答,"我真希望我能做点什么,好向你表明我对你有多么感激。"

她用各种方法开导他,不让他粗鲁待人,在他发脾气的时候就笑话他。她让他变得更儒雅了。

"你可以让我去做你喜欢的任何事情。"有一次,他跟她说。

"你介意吗?"

"不,我想做你喜欢让我做的事。"

他意识到了他的幸福。在他看来,她给予了他一个妻子所能给予一切,而且,他还保留了自己的自由。她具有女性特有的同情心,是迄今为止他最要好最有魅力的朋友。两性关系只是他们友谊中最牢固的纽带,它使朋友间的友谊趋于完美,但并非必不可少。由于菲利普的欲望得到了满足,他变得更加平心静气,容易相处了。他觉得他又完全成了自己的主人。有时候,他会想起那个不幸的冬天,他完全受可憎的情欲的支配，每思及此，他心里就充满了对米尔德里德的厌恶和对自己的憎厌。

诺拉和他一样关注临近的考试，让有结果就立刻来告诉她。感受到她的挂念和焦急，菲利普既高兴又感动。这一次他通过了三门功课的考试，没有挂科，他告诉她的时候，她激动得流下了眼泪。

"噢，我太高兴了，之前我一直在担心。"

"看你这个小傻瓜。"他笑着，声音里却带着哽咽。

没有谁看到诺拉现在的表情会无动于衷。

"你现在打算做什么呢？"她问。

"我可以轻轻松松地过暑假了。我能一直歇到十月份冬季学期开始之前。"

"我想，你会回布莱克斯特伯尔看你的伯父？"

"你想错了。我打算留在伦敦，和你一起玩。"

"我倒宁愿你离开。"

"为什么？你厌烦我了？"

她笑了起来，把手搁在他的肩头。

"因为这几个月你一直在用功，把自己搞得太疲惫了。你需要去外面呼吸些新鲜空气，需要休息。你走吧。"

他有一会儿没有说话，只是用深情的目光望着她。

"你知道吗，只有你一个人是处处为我着想，其他人都不可能做到。我真不知道，你到底看上了我什么？"

"我让你去度假，在你假期结束回来后，你还会说我的好吗？"她高兴地笑着说。

"到时我会说，你善良体贴，从不向对方索要什么；你乐观，不令人讨厌，待人特别随和。"

"所有这些都是瞎说，"她说，"不过，我可以告诉你我的一个优点，在我遇到的人中，只有极少数人善于向经验学习，而我是其中的一个。"

67

菲利普急切地盼望着重返伦敦。在布莱克斯特伯尔的两个月里，诺拉常常给他写信，信都写得很长，笔体有力大方。她用欢快幽默的语调向他描述日常生活中的点点滴滴，女房东家里的麻烦事（都是很好的笑料），她排演剧目时的花絮和烦恼（她正在伦敦一家剧院的一个重要剧目里做配角），还有她跟小说出版商之间的博弈。这两个月里，除了读书，菲利普还游泳、打网球、航海。十月初，他回到伦敦，开始为第二轮联考做准备。他希望能尽快通过这次考试，好结束那些枯燥无味的课程；之后就会到门诊部实习，要跟各种各样的男女病人打交道。菲利普每天都去看望诺拉。

这个夏天，劳森一直待在普尔，画了不少码头和海滩的素描。他又接下几幅肖像画，计划在伦敦住到光线不利于作画时再离开。海沃德也还待在伦敦，他原本打算去国外过冬，可过去了一周又一周，也没能下定要走的决心。海沃德在最近两三年里胖了不少——自菲利普在海德堡第一次见到他，已经过去五年了——头发也过早地开始脱落。他对这一点很敏感，因此把头发留得很长，以遮挡住头顶上秃了的那一块，唯一令他感到宽慰的是他那颇像思想家的宽厚前额。他的眼睛已不像从前那么湛蓝，总是无精打采地低垂着，嘴唇也失去了几年前的丰满，显得苍白无力。他依然谈论着将来打算做的事情，可这些打算却变得模糊，少了自信。他意识到朋友们已不再相信他，往往两三杯威士忌下肚之后，他就变得感伤。

"我是个失败者，"他嘟囔着，"我适应不了人生斗争的残酷。我能做的只是站在一边，看着那些追名逐利的庸俗之辈蜂拥而过。"

他让人感觉成功似乎比失败更粗俗，缺少了精致和优雅。他暗示说，他之所以变得与世无争，是因为他厌倦了所有平庸和卑下的东西。他头头是道地谈论起柏拉图。

"我还以为你早就不读柏拉图了。"菲利普有些不耐烦地说。

"是吗？"他扬起了眉毛问。

他本就没打算再继续谈这个话题。他最近发现，沉默能更能保持尊严。

"我不明白,一遍又一遍地读同样的东西有什么用,"菲利普说,"这只是一种吃力不讨好的怠惰。"

"你是不是觉得,你的头脑无比聪明,只需要一次阅读便能完全理解思想最深刻的作者?"

"我并不想要去理解他,我不是个批评家。我对他感兴趣,不是因为他的缘故,而是因为我自己。"

"那么,你为什么还要读书呢?"

"部分原因是为了愉悦我自己,读书是一种习惯,我不阅读会不舒服,就像我不抽烟会难受一样;部分原因是想要了解我自己。我读书时,时不时地能遇到某个段落或某句话对我有意义,于是就变成了我自身的一部分。我已经从书中攫取出所有对我有用的东西,之后就是再读上十几遍,也不会获得更多东西了,你明白吗?依我看,人就像一朵还没有开放的花苞,他所读的大部分内容,所做的大部分事,都对他没有影响,可有些东西却对他有着特殊的意义,它们能打开他蓓蕾的一片花瓣,随后,那些花瓣会一片一片地被打开,最后,终于开成了一朵花。"

菲利普对他的比喻并不满意,可一时又找不到更好的说法来表述,来解释这种他虽已感觉到却还没有想清楚的事物。

"你想要做事,想要被卷入到世俗中去。"海沃德耸了耸肩说,"某种程度上,这也太庸俗了吧。"

菲利普现在已对海沃德十分了解。他生性懦弱,虚荣心强,和他说话时要处处当心,以免伤到他的自尊。他把悠闲怠惰和理想主义混为一谈,以至于再也区分不开。有一天,他在劳森的画室遇到一位对他的言论很是倾慕的记者,一星期之后,报社的编辑来信,建议他为他们的报纸写评论文章。足足有四十八小时,海沃德处在犹豫不决的痛苦之中。长时间以来,他一直说要找一份这样的职业,所以他不好意思马上谢绝;可一想到要做事,他又恐慌得要命。最后,他还是拒绝了对方的请求,才舒了一口气。

"这会影响我的工作的。"他跟菲利普说。

"什么工作？"菲利普不客气地问。

"我的精神生活。"他回答。

接着，他讲起日内瓦教授埃米尔的趣闻轶事，这位教授没有取得与他的才华相当的学术成就；直到他去世，他失败的原因，以及他为自己所做的辩解才大白于天下——人们在他的资料文件中发现了他精美的日记，他在日记中讲明了这一切。海沃德神秘地笑着。

不过，海沃德谈论起书籍来还是妙趣横生：他趣味高雅，鉴别力很强，对思想和观念之类的东西兴趣浓厚。只可惜，这些思想其实对他来说没有任何意义，因为它们从不对他产生任何影响；他对待它们就像是对待拍卖店里的瓷器，他饶有兴趣地把玩着这些瓷器的造型和釉彩，心里盘算着它们的价格，临了，又将它们放回箱子里，再也不去想它们了。

最近几天，海沃德有了个重大发现。一天傍晚，在稍加准备后，他领着菲利普和劳森到比克街上的一家酒馆。这家酒馆不仅店面不一般，历史更是不同寻常——它能让人记起十八世纪的荣耀，激起人们浪漫的想象——而且，它的鼻烟是伦敦最好的，尤其混合饮料更是闻名遐迩。海沃德带他们来到一间又长又宽的屋子，里面色调暗淡，气派非凡，墙上挂着许多巨幅的裸体女人像，那是海登派的巨幅寓言画。屋子里的烟味、煤气灯燃烧的气味和伦敦特有的氛围，似乎更增添了这些画作的意蕴，让它们看上去宛如古代大师的真迹。深色的镶板，哑光暗沉的宽烫金檐口，桃花心木的餐桌，都使这间房子显得奢华舒适。靠墙摆放着的皮椅坐上去又软和又舒服。房门对面的桌上放着一只公羊头，里面盛着上好的鼻烟。他们要了一种掺了朗姆酒的混合饮料，开怀畅饮。这东西的妙处几乎难以言喻，朴实的词汇和有限的形容词远远不能描述，而华美的辞藻、绮丽的外来语也只能唤起人们激动不已的想象力。这人间佳酿能温暖人的血液，澄明人的头脑，让美好充斥于人的灵魂之中；它可以即刻使人变得妙趣横生，也可以让人体悟到别人的妙语；它有着音乐般的捉摸不定，又有着数学般的精确。在它的诸多特性中，只有一种可以用别的事物来比喻：它有善人好心肠的那种温暖，但它给予味觉和嗅觉的感受却难以用语言来描述。如果查尔斯·拉姆①愿意的话，以他那无穷的智慧，完全有可能描绘出他那个时代迷人的生活画卷；如果拜伦勋爵旨在《唐璜》的诗行中达到一种不可能的高度，他也完全有可能取得辉煌和崇高；如果奥斯卡·王尔德在拜占庭的织锦上堆饰伊斯法罕②珠宝的话，也许会创造出摄人心魄的美来。想到这里，菲利普眼前不觉闪现出伊拉加贝勒斯③的盛宴，周围似乎也传来德彪西④微妙的和声，旧衣柜中散发出的霉味和芳香（衣柜里装的不知是以前哪个朝代的旧衣服、长袜和紧身上衣），与山谷里百合花的清香和切达奶酪的香味混在了一起。

海沃德之所以能发现有这种名贵饮品的酒馆，全是因为他在这条街上转悠时碰上了一个叫麦卡利斯特的男子。麦卡利斯特是他剑桥大学的同学，既是个证券经纪人，又是个哲学家，他习惯每周去这个酒馆一次。不久，菲利普、劳森和海沃德开始每周二在那里碰头。社会风俗的改变使得到这里来的人不像以前那么多了，而这对喜欢在这里聊天的人来说，无疑是件好事。麦卡利斯特骨骼粗壮，个头却很矮，几乎让人感觉撑不起他的身体。他有一张胖乎乎的大脸盘，嗓音柔和。他是康德的学生，判断事物时总是从纯理性的角度出发。他很喜欢阐述他的观点，菲利普每每听得既激动又入迷。菲利普早就知道，没有什么比形而上学的理论更让他感兴趣，不过，对它们在生活中的实际效用，他却心存疑虑。他在布莱克斯特伯尔经过读书思考所形成的一小套体系，在他疯狂迷恋上米尔德里德时没能产生作用，因而，他不能判断理性对指导生活是否有很大的帮助，在他看来，生活似乎是独立于任何理论体系之外的。他清楚地记得那占据着他整个身心的强烈情感，以及在与这一情感抗争时自身的无能为力，感觉就像是被绳子捆缚在地，无法挣扎。他从书中读到过许多至理名言，可是，他

---

① 查尔斯·拉姆（1775—1834），英国散文家，文艺批评家。
② 伊斯法罕，伊朗的城市。
③ 伊拉加贝勒斯（204—222），罗马帝国皇帝，在位时间为218至222年。
④ 克劳德·德彪西（1862—1918），法国著名作曲家。

只能凭借自己的生活经验去做出判断。他不知道其他人是否也是如此。他在做一件事情时，并不会权衡利弊，考虑自己能得到多少好处，不做会有多大的损害，而是整个人被一种无法抵抗的力量驱使着行动。他做事情总是全身心的投入，占据着他身心的力量似乎与理性毫无关系，理性所能做的只是为他指出心灵想要达到的目标的途径。

麦卡利斯特提醒他不要忘了"无上命令"①这一观点："你应该这样行动，让你的每个行为都能成为一切人行为的普遍准则。"

"依我看，这纯属荒唐。"菲利普说。

"你很大胆，敢对伊曼纽尔·康德说的话做这样的评价。"麦卡利斯特驳斥道。

"这又怎么样呢？把某个人说的话当成圣旨，这很愚蠢；在这个世界上，盲目崇拜的现象比比皆是。康德之所以那样思考，不是因为它们真实，而是因为他是康德。"

"哦，那你反对'无上命令'说的理由何在呢？"

（看他们那争论的劲头，好像帝国的命运处在危急关头似的。）

"'无上命令'说旨在表明：一个人可以凭借他的意志，选择自己的道路；理性是最为可靠的向导。为什么理性的旨意就一定比情感的旨意好呢？它们只是两种不同的类型罢了。仅此而已。"

"你似乎很满足于做你情感的奴隶。"

"我是情感的奴隶，可那是因为我身不由己，而不是我甘心这么做。"菲利普笑着说。

这时，他想起了驱使他去追逐米尔德里德的情欲。他记得他曾如何愤怒地与它抗争，记得这一情欲如何使他觉得自己在堕落。

"感谢上帝，我现在终于摆脱这一切了。"他想。

可就在他这样对自己说的时候，他也不敢断定他说的是真心话。当他受情欲支配时，他觉得自己充满活力，内心涌动着一股不同寻常的力量，他变得富于生气，身体处于亢奋中，心灵充满渴盼与激情；相比较而言，现在的生活显得淡而无味。尽管他经受了不少痛苦，但

---

① "无上命令"，德国哲学家康德提出的观点，是一种良心至上的道德观。

他从那激情四溢、情感压倒一切的状态中得到了补偿。

菲利普在这里所说的一些言论欠妥，使他陷入对意志自由的讨论中，麦卡利斯特凭借其脑中储备的丰富理论知识，提出一个又一个论点。他善用辩证法，常常弄得菲利普自相矛盾，一步步陷入窘境，只能做出不利于自己的让步。同时，麦卡利斯特还运用逻辑法让菲利普露出破绽，引经据典将其驳得体无完肤。

最后，菲利普说："好了，现在我只为自己代言，别人的事我不再评论。我脑中有关自由意志的幻觉太强烈了，怎么也无法摆脱，但是，我认为它只是幻觉而已。然而，这一幻觉恰恰是我最强烈的行为动机。原本，我觉得做任何事都是可以选择的，而事实上，这一点至关重要，它影响到我做所有事情；而在那之后，我依然认为我那么做是无论如何也无法避免的。"

"你从中得出了什么结论呢？"海沃德问。

"噢，后悔是徒劳的。对着溢出的牛奶哭，是没有用的，因为宇宙间所有的力量都在促成牛奶的溢出。"

68

一天早晨，菲利普起来时觉得头晕得厉害，于是又躺回床上，他突然意识到自己病了。他四肢疼痛，身上冷得发抖。女房东给他送早饭时，他隔着打开的门跟她说，他感到身体有些不适，请给他送杯茶和一块烤面包。几分钟后，有人敲门，格里菲斯走了进来。他们俩在同一幢房子里已经住了一年多，可平日只是在楼道里遇到时打个招呼，从没相互串过门。

"听说你不舒服，"格里菲斯说，"我觉得我应该来看看你怎么样了。"

不知怎么，菲利普的脸一下子红了，他若无其事地回答过一两个小时就好了。

"哦，最好还是量一下体温。"格里菲斯说。

"没这个必要。"菲利普有些不耐烦地说。

"还是量一下吧。"

菲利普把体温计含在嘴里。格里菲斯坐在床边,愉快地说了一会儿话,随后,他取出体温计,看了一下。

"噢,你瞧,老弟,你必须卧床休息。我这就去请老迪肯大夫。"

"不用,"菲利普说,"我没事的。你不用为我操心。"

"怎么不用?你都发烧了,你得躺在床上休息,知道吗?"

他的言谈举止中有一种特别迷人的东西,融合了严肃和温柔,很有吸引力。

"你对付病人还真有一套。"菲利普嘟囔着,笑着合上了眼睛。

格里菲斯帮他把枕头拍了拍,利落地捋平了床单,把被子塞紧。他在菲利普的起居室没找到苏打水瓶,就从自己房里拿来一个。他拉下了百叶窗。

"现在,你先睡一会儿,我去请迪肯大夫,他一查完病房,我就带他过来。"

菲利普觉得他一个人待了很长时间。他的头痛得好像要炸开了似的,四肢也疼得厉害,他担心自己就要哭出来了。这时,他听到了敲门声,健康、强壮而又快乐的格里菲斯进来了。

"迪肯医生来了。"他说。

医生走上前来,他是个举止和蔼的老者,菲利普见过他。他问了几个问题,简单地检查了一下,便做出了诊断。

"你认为是什么病?"大夫笑着问格里菲斯。

"流感。"

"完全对。"

迪肯大夫打量了一下光线暗淡的屋子。

"你想到医院住几天吗?会把你安排在一个单间,在那里你可以得到更好的照顾。"

"我还是愿意待在家里。"菲利普说。

菲利普不想被人打扰,到了新环境他会感觉不自在。他不喜欢护士为他忙这忙那,也不喜欢医院那枯燥乏味的氛围。

"我可以照顾他，先生。"格里菲斯马上说。

"噢，那也好。"

迪肯大夫开出药方，又叮嘱了几句就走了。

"现在，你必须按照我吩咐的去做了。"格里菲斯说，"我是你的护士，白天是，晚上也是。"

"你真是太好了，可我真的什么也不需要。"菲利普说。

格里菲斯把手放在菲利普的额头上，一双凉爽、干燥的大手，让菲利普感觉很是安慰。

"我这就去药房把药给你领回来。"

一会儿工夫，他便取回药，让菲利普服了一剂。然后，他上楼去拿书。

"你不介意我今天下午在你的起居室里看书吧？"下楼后，他说，"我会把房门开着，你有事就喊我。"

菲利普迷迷糊糊地睡了一阵子，天色稍晚的时候，他醒了，听到起居室里有说话声。一个朋友进来找格里菲斯。

"我说，今晚你就不必过来了。"他听到格里菲斯说。

一两分钟后，又有个人进来，看到格里菲斯在这里，很是惊讶。菲利普听到他解释说：

"我在照看一个也住在这儿的大二学生。他染上了流行性感冒，正在发烧。今晚咱们就不玩惠思特牌①了，老兄。"

很快，起居间里又剩下了格里菲斯一个人。菲利普向他喊道：

"我说，你不是要取消你今晚的聚会吧？"

"我取消不是因为你。我必须温习外科学。"

"不要这样。我很快就好了。你不必为我操心。"

"关照一下是应该的。"

菲利普的病情加重了。夜里，他烧得几乎有些心神恍惚。清晨他从似睡非睡中醒来，看见格里菲斯离开了扶手椅，穿着睡裤和晨衣，

---

① 惠斯特牌，民间的一种娱乐形式，四人，分为两组对抗。18世纪初，这种牌戏开始在伦敦一些咖啡馆里被绅士用作消遣。

正跪在壁炉前,用手把煤炭一块一块地往壁炉里添。

"你在做什么?"菲利普问。

"我吵醒你了?我在试着不出声响把炉子给你生起来。"

"你为什么不睡在床上?现在几点了?"

"大概五点钟吧。我想这一晚上得守着你,要是铺上床垫睡熟了,你若需要什么,我就听不见了,所以就拿来一把扶手椅。"

"我想,你不必这么费心,"菲利普呻吟着说,"万一传染给你呢?"

"那么,你就来照顾我,老弟。"格里菲斯笑着说。

早晨,格里菲斯拉起了百叶窗。一夜没睡,他的脸色显得苍白而憔悴,可依然很有精神。

"现在,我要给你洗漱了。"他愉快地跟菲利普说。

"我自己能行。"菲利普说,有些不好意思。

"那怎么行。如果你去了医院的小病房,护士也要给你洗的,我能够做得像护士一样好。"

体力不支的菲利普无从反对,让格里菲斯给他洗了手和脸、胸脯和脊背,还有脚。他的动作轻柔得像女子,一边洗一边不停地聊着天。临了,像医院里护士做的一样,他还帮菲利普换了床单,拍了拍枕头,整了整被褥。

"真想叫阿瑟护士长过来看看。她见我做得这么好,以后会对我另眼相看的。迪肯大夫一大早就会过来看你。"

格里菲斯给他端来早饭后,便去换衣服吃饭。快十点的时候,他带着一串葡萄和一束鲜花回来。

"你真是太好了。"菲利普说。

他在病榻上已经躺了五天。

诺拉和格里菲斯轮换着照顾菲利普。虽说格里菲斯跟菲利普年龄相仿,他对菲利普的态度里却似乎有种母爱的成分,还不乏幽默。他待人温和体贴,又善于开导人;不过,他最大的优点还是蓬勃朝气,他似乎能给予每一个接触者健康的鼓舞。菲利普不像大多数人那样能得到母亲或姐姐们的宠爱,因此,这个强壮小伙子对他的温存照顾很令他感动。菲利普渐渐好了起来。

有时,格里菲斯陪着菲利普,还给他讲些自己的风流事,逗他开心。格里菲斯是个多情种,可以同时跟三四个女子搞得火热。有时为了摆脱这些女子,不得不使用种种招数,这些在菲利普听来都很新鲜。格里菲斯给经历过的每件事情,都蒙上一层瑰丽浪漫的色彩。他负债累累,稍微值钱点的东西都被他当掉了,可他总能表现得倜傥风流,大方快乐。他生性喜欢冒险,喜欢结交那些从事不良职业,以及那些做事反复无常的人。他认识了许多放浪形骸、经常出没于伦敦酒吧的人。水性杨花的女子视他为朋友,向他诉说她们生活中的烦恼、艰辛和成功;以诈术赌牌为生的人体恤他手头拮据,常常请他吃饭,或是借给他一张五英镑的钞票。他科目考试常常不及格,可他仍能泰然处之,他对父母的规劝总是毕恭毕敬,乃至于他在利兹行医的父亲也不忍心跟他真的大动肝火。

"我念书真的不行,"他欢快地说,"我脑子笨。"

生活对他而言还是幸福满满。很显然,当他度过了青春年华,最终获得医生资格以后,他的事业定会获得不小的成功。只凭着他的迷人举止和风度,便能治好病人。

菲利普对他的倾慕,就像中学时对那些天性乐观、身板又高又直的男孩的倾慕一样。等他病好时,他们已成为很要好的朋友。格里菲斯似乎很愿意坐在他的小客厅里,兴趣盎然地聊天抽烟。菲利普有时也带他去金特街的那家酒馆。海沃德觉得格里菲斯人很蠢;劳森却看出他人格上的魅力,希望为他画幅肖像画。格里菲斯身材矫健挺拔,皮肤白皙,有一双蓝蓝的眼睛和卷曲的头发。他们常常讨论一些他根本听不懂的话题,那时,他便静静地坐在一旁,英俊的脸上挂着和蔼的笑容,自信地认为他的在场就能给同伴们增添不少乐趣。当他得知麦卡利斯特是个股票经纪人时,便急切地打听股票行情;麦卡利斯特带着庄重的笑容,告诉他只要在适当的时机买进适当的股票,就能赚到大钱。这让菲利普很是眼馋,因为不管怎么说,他现在的开销比他预想的要大得多,如果通过麦卡利斯特说的办法,能轻而易举地挣到一些钱,那是再好不过了。

"等下一次我打听到有好的股票上市时,我就告诉你们。"股票经纪人说,"总会有些赚钱的股票的。重要的是等候和抓住时机。"

菲利普不禁想,要是能赚上五十英镑,他就可以为诺拉买下她急需的皮大衣了。他逛着里金特大街上的商店,挑选着他用这钱可以买到的物品。诺拉什么都应该有。因为是她使他的生活变得快乐。

69

一天下午,菲利普从医院出来,准备回家洗漱整理一下,然后像往常般到诺拉那里用茶点,在他用钥匙开门时,女房东从里面给他开了门。

"有位女士找你。"她说。

"找我?"菲利普不由得喊道。

他很惊讶。来者除了诺拉,不可能再有别人,难道是出了什么事让她跑了过来。

"我本不该让她进来的,只是她已经来过三次,都没能见到你,她显得非常不安,所以我才让她在这儿等你。"

他顾不上再听房东的解释,直奔里面的屋子。他一下子愣住了。来人是米尔德里德。她原本是坐着的,见他进来赶忙站了起来。她没有向前移动脚步,也没有说话。

"你到底想要干什么?"他问。

她没有回答,开始哭了起来。她没有把手捂在眼睛上,而是依旧垂在身体两侧,样子颇似一个来应聘的女仆。她的举止神态显得异常谦卑。菲利普心里像是打翻了五味瓶,他突然有种想要转身逃离这里的冲动。

"我万万没有想到,还会再见到你。"他最后说。

"我真想死了算了。"她呜咽着。

菲利普任她站在那里,没有上前,他只想让自己镇定下来。他的膝盖在战栗。他望着她,不禁绝望地叹息了一声。

"出什么事了?"他说。

"他——埃米尔——离开了我。"

菲利普的心一下子狂跳起来。这时,他才知道他依然像从前那样热烈地爱着她。他对她的爱从未停止过。她现在谦卑而顺从地站在他面前。他多希望能把她搂在怀里,亲吻她沾满泪迹的面庞。噢,他们俩的分离似乎已经太久,太久!他不知道这么长时间他是怎么熬过来的。

"你最好还是坐下吧。我给你倒点喝的。"

他把椅子往壁炉那边挪了挪,她坐了下来。他给她倒了杯威士忌加苏打水,她一边喝一边还在抽泣。她望着他时,眸子里充满了悲伤,眼睛周围有黑色的晕圈。她比上次他见到她时更瘦削,更苍白了。

"要是你那时向我求婚,我嫁给你就好了。"她说。

菲利普不晓得这句话为什么一下子触动了他的心弦,他再也无法强迫自己与她保持距离。他把手放在了她的肩膀上。

"对你的不幸,我很难过。"

她将头倚在他的胸前,大声地痛哭起来。她嫌头上的帽子碍事,索性把它摘掉了。他做梦都想不到,她还会这样伤心地恸哭。他一遍又一遍地吻着她。这似乎平息了一点儿她的悲痛。

"你总是对我那么好,菲利普,"她说,"这就是为什么我知道我可以来找你。"

"告诉我发生了什么事。"

"噢,我说不出口,说不出口。"她喊着,从他怀里挣脱出来。

他跪在她身边,把自己的脸贴在了她脸上。

"知道吗,你什么事都能跟我说。我永远也不会因为任何事而责备你。"

她断断续续地讲了事情经过,有时她啜泣得厉害,他几乎听不明白。

"上个星期一,他去了伯明翰,答应星期四回来,可他这一走就没了影儿,等到星期五,我写信问他是什么让他耽搁了,他却再没给我写过回信。我又给他写信,说他要是再不回信,我就到伯明翰去找他。今天早晨,我收到他律师的函件,上面说我无权跟他提任何要求,如果我再骚扰他,他就要寻求法律的保护。"

"这岂不荒唐,"菲利普大声说,"一个男人怎么能这样对待他的妻子。你们是不是吵架了?"

"是的,上上个星期天我们吵了一架,他说他已经厌恶我了,以前他也曾这么说过,可后来他还是回来了。我以为他说的是气话。我告诉他我怀了他的孩子时,他吓坏了。在这之前,我一直是尽可能瞒着他的。后来,我不得不告诉他了。他说这是我的错,我本应该小心一点,他说的那些话简直不堪入耳!我很快发现他根本就不是一个绅士。他一分钱也没给我留下,房租也没帮我交,我自己又没有钱,女房东冲着我尽说些难听的话——哦,听她那话,好像我是个贼。"

"我原以为你们会租套公寓房的。"

"他是这么说的,可最终只是在海柏利租了一间带家具的屋子。他这个人太小气了。他说我花钱大手大脚,他不能给我钱,任我去挥霍。"

她说话总是把重要的事和琐屑的事混为一谈,菲利普不免听得有些糊涂。整件事情都显得有点不可理喻。

"天底下哪有这样的混蛋。"

"你不了解他。现在他就是跪下来求我,我也不会跟他回去了。我以前真傻,老想着他。他挣的钱并不像他说的那么多,他告诉我的都是谎话!"

菲利普想了一两分钟。她的悲苦深深地打动了他,以至于他再顾不上考虑自己。

"你愿意让我去趟伯明翰吗?我可以找到他,争取劝说他跟你和好。"

"哦,已经没有这种可能了。他以后永远不会到这里来了,我了解他。"

"可他必须给你提供赡养费。他不能就这么撒手不管。我对这些事情不是很了解,你最好是咨询一下律师。"

"那怎么行呢?我没有钱呀。"

"我为你支付这个费用,我将写封短信给我的律师,就是那个运动员,他也是我父亲遗嘱的执行人。你愿意让我跟你一起去找他吗?我估计他现在还在办公室,没有下班。"

"不用,把信给我就行。我自己去。"

她现在已经平静了点儿。菲利普坐下来写那封给律师的信。他突然想起她身上还没钱呢。碰巧他前一天兑换了一张支票,能给她五英镑。

"你对我真好,菲利普。"她说。

"我非常高兴能为你做点事情。"

"你还喜欢我吗?"

"像从前一样喜欢。"

她把脸伸了过来,他吻了她。她的行为里表现出一种他以前从未见过的顺从,这能抵消他以往所受的一切痛苦。

她走了,他发现她在这里待了有两个小时。他觉得快活极了。

"可怜的人儿,可怜的人儿。"他默默地跟自己说,心中的爱情之火比以往任何时候都燃烧得更加炽烈。

晚上八点的时候,他收到一份电报,这时,他才想起诺拉的存在。没有打开电报之前,他便知道是诺拉发来的。

出事了吗?

诺拉

他不知道该怎么办,也不知该如何作答。他本可以在她饰演配角的戏快结束时,像以前那样到剧院接上她,一起走着送她回家;可他的全部心灵都在反抗,不愿在那晚看到她。他想给她写信,却不能像平时那样称呼她为"最亲爱的诺拉"。他决定回封电报。

抱歉。抽不开身。

菲利普

他的脑子里出现了诺拉的模样。他对她那张挺丑的小脸、高高的颧骨和略显青灰的脸色，都有些反感和排斥。想起她粗糙的皮肤，他浑身就起鸡皮疙瘩。他清楚在他的电报之后，他得跟着有所行动，不过，这份电报至少可以把行动推迟。

第二天，他发了一份电报。

   抱歉，不能前往。详情会写信告之。

米尔德里德说她下午四点过来，菲利普没有跟她提这个时间对他不太方便①。毕竟他是先认识的米尔德里德。他在窗前看到了她，便自己出去为她开了外面的门。

"噢，你见着尼克森了吗？"

"见着了。"她回答说，"他说，这件事求助法律没有用。什么办法也不行。这苦果，我只能自己咬牙承受。"

"可怎么会这样呢？"菲利普大声说。

她乏累地坐了下来。

"他给出理由了吗？"他问。

她掏出一封揉皱了的信。

"这是你写给尼克森的信，菲利普。我没有把它给律师。昨天我没能告诉你实情，我真的不能。埃米尔并没有跟我结婚。他不能。他已经有妻子了，还有三个孩子。"

菲利普突然感到一阵揪心的痛苦和嫉妒。这一痛楚几乎超出了他的承受能力。

"这就是我不能再回到姨妈那里的原因。我没有人可以投奔，只有你。"

"那你为什么还要跟他走呢？"菲利普问，他的声音很低，克制着不让自己发颤。

"我不知道。一开始我不知道他结婚了，他告诉我以后，我狠狠

---

① 下午四点一般是菲利普到诺拉家里用茶点的时间。

351

地骂了他一顿。有几个月,我没有见到他,等他再来茶馆,提出要我跟他走时,我真不知道自己是中了什么邪,只觉得身不由己,不得不跟他走。"

"你那时爱他吗?"

"我不知道。对他说的话,我觉得很有趣,总忍不住想笑。他身上有种迷人的东西——他说我不会后悔的,他答应每星期给我七英镑——他说他现在每个星期挣十五英镑,都是谎话,根本不是那么回事。后来,我开始厌烦每天到茶馆上班,和姨妈的关系也变得有些紧张;她把我当仆人而不是亲戚,她让我打扫自己的房间,如果我不做,没有人会替我做。噢,我真希望我没有跟他走。可他到茶馆求我时,我却身不由己地顺从了他。"

菲利普从她身边站起来,坐回桌子那里,他两手捂着脸,觉得自己受到了莫大的羞辱。

"你没有生我的气吧,菲利普?"她可怜巴巴地问。

"没有。"他虽然抬起了头,眼睛却看着别的地方,"只是觉得非常的伤心和委屈。"

"为什么?"

"你知道,我非常非常爱你。为了让你喜欢上我,我做了我所能做的一切。我原以为你不会爱任何人的。谁知你竟愿意牺牲一切去爱一个鲁莽之人,这是我万万没有想到的。我不知道你究竟看上了他什么。"

"真的很抱歉,菲利普。我后悔极了,我向你保证,我真的是后悔极了。"

此时,菲利普想起了埃米尔·米勒,想起了他那苍白的面容,贼眉鼠眼的蓝眼睛,以及他相貌上显出的粗俗和精于算计。他总是穿着那件红色的针织背心。菲利普叹了一口气。她起身来到菲利普旁边,用胳膊搂住了他的脖子。

"我永远不会忘记你曾向我求过婚,菲利普。"

他握住了她的手,抬眼看着她。她俯下身子吻他。

"菲利普,如果你现在还要我,我愿意做你想让我做的任何事情。我知道你是一位地地道道的绅士。"

他心如止水。她的话让他觉得有点恶心。

"你能这么说,我很感激,可我不能。"

"难道你不再喜欢我了吗?"

"喜欢,我一往情深地爱你。"

"那么,既然有机会能在一起,我们为什么不好好享受一下这份快乐呢?你知道,我们之间现在没有障碍了。"

他推开了她搂着他的手。

"你不明白。自从第一次见到你,我就迷恋上了你,可现在——那个人横在了我们中间。不幸的是,我这人的想象力很丰富。想起这件事,就会令我作呕。"

"你这个人真怪。"她说。

他又一次握住了她的手,冲她笑着。

"你千万不要以为我这个人不懂得感恩。我会对你永远感激的,只是,你也知道,这一情绪比我更加强大。"

"你是个很够意思的朋友,菲利普。"

他们就这样聊着天,渐渐地又回到了以前那种亲密的同伴关系。天色渐晚,菲利普提议他们一起出去吃饭,然后去杂耍剧场看戏。她没有表示同意,因为她想要装出一副与现在处境相称的模样,她本能地感觉去娱乐场所和她现在悲伤失意的心境不符。最后,菲利普跟她说,她要是去会使他感到高兴,在把这看作是她为了菲利普所做出的牺牲时,她接受了。她现在多了一份体贴,这让菲利普很是高兴。她请菲利普带她到那家他们以前常常光顾的、索霍街的小饭店,菲利普心中很是感激,因为她的提议表明了她仍然记着这家饭店留给他们的那些美好记忆。随着一道道菜下了肚,她的兴致也变得越来越高,从街角小酒店买来的法国红葡萄酒温热了她的心,她渐渐忘记了她面上仍应保持悲伤的表情。现在,菲利普觉得可以跟她谈谈她的将来了。

"我想,你身上已经一点钱都没有了,是吗?"他抓住机会问。

"只有你昨晚给我的五英镑,我得用这个钱付给女房东三英镑。"

"这样好了,我给你十英镑,你先过日子用吧。我会去见我的律师,让他给米勒写封律师函。我们一定可以让他给你补偿一部分钱。如果能从他那里要到一百英镑,你就可以维持到孩子出生。"

"我不愿要他的一分钱。我宁愿挨饿。"

"可他把你搞成这样,还丢下不管,这也太可恶了。"

"我得顾及我的自尊。"

菲利普觉得有些为难。他需要厉行节约,以便能够坚持到取得医生资格,他还得留下一些钱,作为以后他在医院当住院内科或外科医生时的生活费。可米尔德里德跟菲利普讲了许多米勒小气的事例,弄得他有点害怕去规劝她,免得她指责他不够慷慨。

"我不愿意要他的一分钱,我宁愿去乞讨。只是我现在的身体状况不太允许,要不然我就去找事做了。人必须得考虑自己的身体,对吧?"

"你不必为现在的生活担心,"菲利普说,"在你能够重新工作之前,我可以保证让你衣食无忧。"

"我就知道,我可以依靠你的。我曾告诉过埃米尔,不要以为除了他,我就再找不到一个男人了。我跟他说过,你是个地地道道的绅士。"

菲利普渐渐了解了他们分手的原因。原来埃米尔的妻子早就发现了丈夫在伦敦逗留期间搞上了一个女人,她去找了他公司的老板。她威胁说要跟他离婚,公司宣称若是他俩离了婚,公司就会解雇他。他非常爱他的孩子们,舍不得与他们分开。在妻子和情人之间,他选择了自己的妻子。他一直担心,怕米尔德里德怀上孩子,把事情搞得更加复杂。没办法再隐瞒下去的时候,米尔德里德告诉了他自己怀孕的事,他吓坏了,找碴跟她吵了一架,然后便再也没有回来。

"你的预产期在什么时候?"菲利普问。

"三月初。"

必须要做出具体安排了。米尔德里德说她不打算继续在海柏利住下去了,菲利普也觉得她应该搬得离自己近一些,这样更方便照顾她。他答应第二天去帮她看房子。她建议说住在沃克斯霍尔大桥路附近就不错。

"以后就是再搬家,那里离再要租的房子也不算远。"她说。

"你这是什么意思?"

"哦,我只能在沃克斯霍尔大桥路这边住两个多月,然后我就得搬到一幢较为体面的房子里去了,那里住着的都是些有身份的人,一个星期只收四几尼的房租,再没有其他额外费用。当然啦,医生的护理费还是得出,不过,这就是所有的费用了。我的一个朋友已经去了那里,房子的女主人很认真,很正派。我计划告诉她我的丈夫是一名驻印度的军官,我回伦敦来生孩子,是因为这样有益于我的健康。"

听到她竟能这样心安理得地侃侃而谈,菲利普不胜诧异。看她那清秀娇媚的长相和苍白的脸颊,就像是一个性情冷傲的处女。当他想到她那突如其来爆发的激烈情感时,他的心感到一种异样的不安。他的脉搏跳动加快了。

70

菲利普以为回到家时会有诺拉的信,可是没有;第二天上午也没有她的来信。诺拉那边的沉默让他有些意外,也让他心焦。自从去年六月他住在伦敦以来,他们俩一直天天见面,菲利普两天没去,而且没有给出任何理由,这在诺拉看来一定很奇怪。他担心是不是在和米尔德里德逛街时,不巧被她看见了。想到她会为此伤心或不快活,他不禁有些于心不忍,他决定当日下午去看看她。因为他允许自己跟她保持这种亲密关系,他都几乎因此想要责怪她了。一想到要继续与她维持这一关系,他心里便充满厌恶。

菲利普在沃克斯霍尔大桥路上的一幢房子替米尔德里德租了三层的两间屋子。因为临街,比较嘈杂,不过,他知道米尔德里德喜欢窗户下面有来往车辆的喧哗声。

"我不喜欢死气沉沉的街道,一整天连个人影也见不着。"她说,"我愿意多一点生活的气息。"

找完房子,他便硬着头皮去文森特广场。在按响门铃的那一刹那,他担心极了,因为他已不安地意识到,他这样对待诺拉有点太薄情了,他害怕诺拉责备他,他也不愿意跟她吵架。或许,最好的办法是开诚布公地告诉她,米尔德里德又回来找他了,他对米尔德里德的爱依然像过去一样强烈;他虽然感到非常的抱歉,但实在是没有多余的爱给诺拉。随后,他想到诺拉可能会遭受的痛苦,因为他知道她爱他,以前他常常为此感到自豪,内心对她满是感激;可现在她的爱却成了他的梦魇。她并没有做错什么,他不应该把痛苦强加在她身上。他问自己,一会儿进去后,她会如何待他呢,在走楼梯进她家之前,他脑中闪现出她可能会表现出的种种态度。他敲响了房门。他觉得自己的脸变白了,他不知道该如何掩饰紧张的情绪。

诺拉正在勤奋地书写,菲利普进来时,她一下子跳了起来。

"我听出了你的脚步声,"她喊着,"这两天你到哪儿去了,你这淘气鬼。"

她高兴地朝他走过来,用手臂搂住他的脖子。他吻了她,然后,为了让自己镇定,他说口渴要喝茶。她赶忙去弄旺火炉,把水煮开。

"我这几天一直忙得不可开交。"他这么说着,可底气并不足。

她开始兴致勃勃地跟他唠叨起来,告诉他又有一家出版商向她约了一部中篇小说,这家出版商还是第一次要她的书稿。她将得到十五几尼的稿酬。

"这笔钱是从天上掉下来的。咱们用这钱干点什么呢?去做一次短途旅行吧。去牛津待上一天,好吗?我想看看那儿的几所学院。"

菲利普注视着她,看她眼中是否有责备的神情;但是没有,她的那双眼睛像往常一样欢快坦诚。见到他,她的喜悦之情溢于言表。菲利普的勇气消失了,他不能把这个残酷的事实告诉她。她给他烤了面包,切成一小片一小片给他端过来,好像他是个孩子似的。

"吃饱了吗?"她问。

他点点头,对她微笑;她为他点了一支烟。而后,像她平常喜欢的那样,过来坐到他腿上。身体轻盈的她依偎在他怀里时,发出一声甜美、幸福的叹息。

"对我说些好听的话。"她呢喃着。

"说些什么呢？"

"你尽可以发挥你的想象力，说你很喜欢我。"

"你知道的，我很喜欢你。"

他没有勇气现在就告诉她这件事情。不管怎么说，他希望让她平静地度过这一天。或许，他可以写信告诉她。这样更容易一些。一想到她会哭，他就受不了。诺拉让他吻她。在吻着她时，他想起米尔德里德和她没有血色的薄薄的嘴唇。他的脑子里总是拂不去对米尔德里德的惦记，无形中分散了他的注意力。

"你今天表现得特别安静。"诺拉说。

她的喋喋不休常常是他们俩用作开玩笑的一个话题，他回答说："你一旦说起来，我就一句话也插不进去，现在，我已经习惯沉默了。"

"可你也没有听我说话，这可不是礼貌的行为。"

他的脸微微地红了，他寻思着她是不是已经隐约知道了他的秘密；他不安地把目光移开了。她躺在他怀里的身体今天下午令他生厌，他也不想让她触碰他。

"我的脚开始发麻了。"他说。

"对不起，"她说着跳了起来，"看来我得减肥了，要不然我就得改掉坐在男人怀里的习惯了。"

他立起身来，煞有其事地使劲跺脚，绕着屋子走动着。临了，他站到壁炉前，免得她再坐在他的腿上。在她说话的当儿，他想着，她比米尔德里德强十倍不止。她更能让他觉得开心，跟她说话更令他感到愉快；她聪慧，性情也好。她是个勇敢，善良，真诚的好女人。而米尔德里德呢，他不无怨恨地想，不具备他所欣赏的任何一种品质。如果他还稍微有点理智的话，他就会继续跟诺拉好下去，她能比米尔德里德给予他更多的幸福：毕竟诺拉爱他，而米尔德里德只是对他的帮助心存感激。然而，说一千，道一万，重要的还是去爱，而不是被爱；他全身心地、炽烈地爱着米尔德里德。他宁愿跟她在一起待十分钟，也不愿意和诺拉待一个下午；她冰冷的嘴唇给他的一个吻，抵得上诺拉给他的所有的吻。

"我毫无办法，"他说，"我从骨子里喜欢她。"

他不在乎她无情无义，卑劣，粗俗，愚蠢，贪婪，因为他爱她。他宁愿跟她在一起，让自己蒙受痛苦，也不愿意跟另一个女人去享受幸福。

在他起身要走的时候，诺拉不经意地问："哦，我明天能见到你，是吗？"

"是的。"他回答。

他知道自己明天来不了，因为他要帮米尔德里德搬家，可他却没有勇气说他不能来。他决定明天给诺拉发个电报。早晨米尔德里德去看过房子了，她很满意，吃过午饭后，菲利普跟她一起去了趟海柏利。她在那里有两个箱子，一个里面放着衣服，另一个里面放着各种零碎的杂物，坐垫、灯罩、相框等，她觉得这些东西会让房间有家的感觉。另外，她还有两三个大纸箱，不过，所有这些东西刚刚能放满一辆四轮马车的车顶。在他们的出租马车驶过维多利亚大街时，菲利普紧靠座位的后背坐着，担心诺拉碰巧经过会看见他。他没有机会去拍电报，因为他不能在沃克斯霍尔大桥路上的邮电局给诺拉发电报，那么做，诺拉会怀疑他来这个地区干什么；如果他能在这里拍电报，就没有理由不到附近的文森特广场去看她。他觉得最好还是去她家看看，待上半个小时。但是，非得去她家的必要性惹恼了他；他生着诺拉的气，因为她逼得他不得不变得粗俗，耍这种小手段。不过，跟米尔德里德待在一起给了他由衷的快乐，帮她整理东西，让他觉得很开心。能把她安置在他为她找的并由他支付租金的房子里，让他体味到一种妙不可言的占有感。他不愿意让她自己动手，能为她做事，在他而言是一种快乐；而她呢，也正好乐得坐享其成。他从箱子里拿出她的衣服，放到衣柜里。她不打算再出去了，于是，他给她拿来拖鞋，帮她脱掉靴子。为她献上这样一些小小的殷勤，让他特别开心。

"你会宠坏我的。"米尔德里德一边说，一边用手指轻柔地抚弄着他的头发，而菲利普此时正跪着给她解开靴扣。

他握住了她的两只手，吻着它们。

"有你在这里，真是太好了。"

他把坐垫都摆放到沙发上，把相框放在桌上和壁炉架上。她还有几个绿色的陶瓶。

"我给你买些花吧，放在这些陶瓶里。"

他颇为自豪地环视着经他打扫、整理过的屋子。

"我不准备再出去了，想换上那件宽松点儿的女袍。"她说，"帮我解开后面的扣子好吗？"她扭过身时没有一点羞涩，好像他是个女人似的。他的性别对她而言毫无意义①。可他却依然为这一请求中表现出的亲昵充满感激。他笨拙地帮她解开衣服上的一个个纽扣。

"我第一次去茶馆见到你时，哪能想到现在我会为你解开衣服后面的扣子。"他说着，干笑了一声。

"总得有人来帮我做这个。"她说。

她回到卧室，换上了一件淡蓝色的宽松女袍，上面装饰着许多廉价的花边。随后，菲利普把她安顿在沙发上，并为她煮好了茶。

"我恐怕得出去一趟，不能和你一起喝茶了，"他很是遗憾地说，"我有个该死的约会。不过，半个小时后我就回来了。"

他不知道如果她问是跟什么人约会，他该怎么回答，然而，她并没有表示出那样的好奇心。他在租房子时就预订了两个人的晚餐，想着和她一起度过一个平静的夜晚。他急着快点赶回来，虽然没有多远，还是在沃克斯霍尔大桥路乘上了一辆电车。他想他最好是一去就告诉诺拉，他只能待几分钟。

"哦，我挤出时间跑过来，就是看看你，跟你打个招呼，"一进诺拉的家门，他就说，"我这一段太忙了。"

诺拉的脸沉了下来。

"噢，什么事让你这么忙？"

她竟然逼得他非得撒谎不可，这不免令他有些气恼，他意识到他说医院有个手术示范必须得参加时，他的脸红了。看她的表情，她似乎并不相信他的话，这更是触怒了他。

---

① 原文是 His sex meant nothing to her。作者的言外之意是，菲利普作为男人对她没有一点吸引力。

"噢,那没关系,"她说,"你只要明天陪我就行。"

他有些茫然地望着她。明天是星期天,他一心盼望着跟米尔德里德一起度过。他跟自己说,即便是出于礼貌他也应该这么做,他不能把她一个人留在那所陌生的房子里。

"很抱歉,明天我没有时间。"

他知道,他一直尽力避免的争吵就要来了。诺拉的脸一下子涨得通红。

"可是我邀请了戈登夫妇来吃午饭。一个星期前,我就跟你打了招呼。"戈登是个演员,他们夫妇二人正在外省旅游,星期天在伦敦逗留。

"真是抱歉,我忘记了。"他支支吾吾地说,"我明天恐怕来不了,你能另外找个人吗?"

"那你明天打算干什么?"

"我希望你不要诘问我。"

"你不想告诉我吗?"

"我一点儿也不介意告诉你,只是不得不汇报所有行踪,总是件恼人的事。"

诺拉突然改变了态度。她尽力克制着,压下了自己的怨气,朝他走过来,拉住了他的手。

"明天不要让我失望好吗,菲利普?我一直盼望着能和你度过这一天。戈登想要见见你,我们会很开心的。"

"如果能,我当然愿意啦。"

"我平时没有强求过你什么,不是吗?我没有要求你做你不愿做的事。难道就不能把你那倒霉的约会推掉吗——仅此一次,好吗?"

"真的很抱歉,我怕是推不掉。"他绷着脸回答。

"告诉我是什么样的约会,竟让你这么犯难。"她诱哄着他说。

他用了一点时间想了想。"格里菲斯的两个妹妹来伦敦过周末,我们约好带她们出去玩。"

"就是这事吗?"她听后高兴地说,"格里菲斯很容易再找上一个人的。"

他希望他刚才编出一个更紧迫些的事情就好了。他这谎撒得也够笨的。

"不行的,很抱歉,我不能那么做——既然答应了人家,就得遵守诺言。"

"可你也答应过我呀。毫无疑问,我是在前面的。"

"希望你不要这么固执己见。"他说。

她的火一下子上来了。

"你不来,是因为你不想来。我不知道你最近几天究竟在干什么。你完全像变了一个人。"

他看了看手表。

"我恐怕得走了。"他说。

"那你明天是不来了?"

"不来。"

"如果是这样的话,那你以后就不必再来了。"她终于大声喊起来,发起了脾气。

"随你的便。"他回嘴道。

"不要让我再耽搁你了。"她又嘲讽地加上了一句。

他耸了耸肩,走了出来。他心里松了口气,事情总算没有闹大。她没有哭。在往回走的路上,他暗自庆幸这么容易就摆脱了这桩情事。他在维多利亚火车站买了几束鲜花,带给米尔德里德。

这顿小小的晚餐很是成功。菲利普事先就买了一小罐她爱吃的鱼子酱,女房东给他们端来了一盘蔬菜炒肉片和一道甜食。菲利普又要了她最喜欢喝的红葡萄酒。窗帘都拉了下来,壁炉烧得暖暖的,灯上罩着米尔德里德带来的灯罩。屋里显得既舒适,又温馨。

"这里真像是家一样。"菲利普笑着说。

"我的境况可能会变得更糟的,不是吗?"米尔德里德说。

吃完饭后,菲利普把两把椅子搬到壁炉前,他们俩坐了下来。他舒服地抽起一斗烟,感觉既快活,又自得。

"你明天想干什么?"他问。

"哦,我计划去趟塔尔士山。你还记得我们茶馆的那个女经理吗？她结婚啦，请我去她那里玩一天，当然啦，她以为我早就结婚了。"

菲利普的心一下子凉了半截。

"可为了明天跟你在一起，我刚拒绝了一个人的邀请。"

他想，要是她爱他，她就会说如果是这样的话，她就不去塔尔士山，留下来陪他了。他很清楚，诺拉会毫不犹豫地这么做的。

"哦，你干吗要推掉人家呢？我在三个多星期前，就答应要去她那儿了。"

"可你怎么能一个人去呢？"

"噢，我会说埃米尔去外地做生意了。她丈夫是做手套生意的，很能干。"

菲利普没有吭声，心里很不是滋味。她斜睨了他一眼。

"你不会连这点快乐也不愿让我去享受吧，菲利普？你知道吗，这是我生孩子前最后一次出去走走了，以后还不知道什么时候才能再有机会呢？而且，我已经答应了人家。"

他握住她的手，笑了。"不会的，亲爱的，我想让你过得尽可能快活，我想让你幸福。"

一本蓝色封面的小书打开着，反扣在沙发上，菲利普无意中拿起来看了一眼。是那种两便士一本的廉价小说，作者是考特尼·佩吉特。这是诺拉的笔名。

"我很喜欢他写的书，"米尔德里德说，"他的小说我都读过。它们写得都很棒。"

他记起了诺拉说的一段话。

"我在厨娘女工中间名气大得很呢。她们认为我非常有教养。"

71

格里菲斯曾向菲利普讲过不少自己的风流韵事，为了做到礼尚往来，菲利普把自己错综复杂的情爱之事也一五一十地告诉了人家。星期天早晨,吃过早饭后,他们俩穿着晨衣,坐在壁炉前抽着烟,此时,他跟格里菲斯讲了前一天在诺拉家里发生的一幕。格里菲斯祝贺他这么轻易地就摆脱了一桩难缠的情事。

"搞上个女人,可说是这个世界上最容易做到的事了,"格里菲斯简洁地说,"可要想甩掉她,麻烦就大了。"

菲利普自诩他在处理这件事情上所使用的手腕得当。不管怎么说,他心中的一块石头总算落了地。他想到正在塔尔士山上游玩的米尔德里德,因为她现在很快活,他内心充溢着一种真正的满足感。哪怕是以自己的失望为代价,他也会毫不吝啬地给予她快乐,他的这一自我牺牲精神令他感到舒畅和幸福。

可到了星期一的早晨,他在家里桌子上发现了一封诺拉的来信。她写道:

最亲爱的,
  很抱歉上次对你的态度不好。原谅我好吗?像往常一样,下午来喝茶吧。我爱你。

你的诺拉

他顿时变得沮丧,不知怎么办好了。他把短信拿给格里菲斯看。

"你最好别给她写回信。"格里菲斯说。

"噢,那可不行,"菲利普喊着,"想到她等啊,等啊,却什么也等不到,我会痛苦的。你不知道焦急地等待邮递员的敲门声,是什么样的心情。我知道。我不能再让别人遭受那样的折磨。"

"哦,我亲爱的朋友,了断这种事情不可能不造成对方的痛苦。你必须咬紧牙关,狠下心来。再说,这种痛苦持续的时间不会太长。"

菲利普觉得,他没有理由让诺拉受这样的痛苦。格里菲斯哪里知道诺拉会有多么悲伤呢?他记得当米尔德里德告诉他她要结婚时,自己当时那剜心的痛。他不想让任何人再去经受他的痛苦。

"如果你这么担心她,再回去找她好了。"格里菲斯说。

"我做不到。"

菲利普在屋子里局促不安地踱着步,他很生诺拉的气,因为她仍然不愿意放弃。她一定已经看出来了,他对她已经没有了感情。人们总说,女人在这种事情上很敏感,看得很准。

"你也许能帮帮我。"他对格里菲斯说。

"亲爱的朋友,你不必把事情看得那么严重。你知道,人们的这种伤痛很快就会过去。而且,她也许并不像你认为的那样迷恋你。一个人往往容易夸大他在别人身上激发出的情感。"

他停了一下,饶有兴味地看了看菲利普。

"只有一个办法可以用。给她写信,告诉她这件事已经结束了。直截了当地说,不要让她再有任何幻想。这么做会让她痛苦,但是,你狠心一些,直接和她讲清楚,给她的伤害要比你吞吞吐吐、遮遮掩掩,轻得多。"

菲利普坐下来,写了下面的这封信:

亲爱的诺拉:

很抱歉令你痛苦,可我觉得我们最好还是让事情保持星期六已形成的那一局面吧。我以为,既然双方都不再觉得开心,我们的关系再这样拖下去,也没有任何意义。你叫我走(以后就不要再来了),我走了。我不想再回去了。再见。

菲利普·凯里

他把写好的信给格里菲斯看,征求他的意见。格里菲斯看完信,眼睛里闪着光,注视着菲利普。可他并没有说对它的看法。

"我觉得,这封信可以把事情搞定。"格里菲斯说。

菲利普寄走了这封信。整整一个上午,他都有点坐立不安,他反复揣测着诺拉看到这封信时的感受。想到她会痛哭流涕,他心里也难受得要死。不过,与此同时,他又感到一种莫大的解脱。毕竟,想象别人受苦比看着别人受苦要容易承受得多,现在,他可以自由自在地全身心地来爱米尔德里德了。想到下午医院的工作结束后,他便能去看她了,心里很是激动。

他像往常一样打算回家整理一下,在把钥匙伸进锁眼正要打开房门时,听到身后传来一个声音。

"我可以进去吗?我等你半个小时了。"

来人是诺拉,他觉得他的脸一下子红到了耳根。她说这话时,是一副高兴的神情,声调里没有丝毫的怨恨,根本听不出他们昨天刚刚吵过架。他一时觉得非常尴尬,心里很惊慌,可脸上却努力挤出笑来。

"当然可以了。"他说。

菲利普打开房门,诺拉在他前面进了起居室。他很紧张,为了让自己镇定,递给诺拉一支烟,也给自己点上了一支。她含笑望着他。

"你这个捣蛋鬼,为什么要给我写那么绝情的一封信?要是我当真的话,我现在悲痛得恐怕连步子也迈不了了。"

"我没有开玩笑,我是认真的。"他一本正经地回答道。

"不要再这么执拗了好吗?那天是我发脾气不好,我写信向你道歉。你的气还是没消,所以我今天专程来这里再次向你道歉。你毕竟是自己的主人,我没有权利要求你做什么。我不想让你做任何你不愿意做的事情。"

她站起身,伸出手,向他走过来。

"让我们重新做朋友吧,菲利普。如果我有得罪你的地方,我非常非常的抱歉。"

他不能不让她握住他的手,可他的眼睛却没有勇气望着她。

"恐怕太迟了。"他说。

她坐在他椅子前面的地板上,抱住他的双膝。

"菲利普,不要犯傻了好吗?我的脾气是不好,我知道我伤了你的自尊心,可你总揪着这一点不放,不是很蠢吗?让我们两个人都不快活,这样好吗?我们俩的友谊曾给我们带来多少欢乐。"她用手指抚弄着他的手,"我爱你,菲利普。"

他拿开她的手臂,站起来走到屋子的另一头。

365

"实在对不起,我真的无能为力。整件事情已经结束了。"

"你的意思是说,你再也不爱我了?"

"恐怕是这样的。"

"你一直在寻找时机甩掉我,你正好利用了这次机会?"

他没有回答。她一直盯视着他,时间之长令他难以忍受。她还坐在刚刚的地方,身子倚着扶手椅。她开始静静地哭了起来,她并没有用手捂住脸,豆大的泪珠一滴一滴地滚下她的脸颊。她没有发出啜泣声。看着她这副样子,真让人心痛。菲利普把脸扭了过去。

"是我伤了你的心,非常对不起。可我不爱你。这不能说是我的错。"

她没有吭声,只是坐在那儿,仿佛被巨大的痛苦所吞噬,眼泪从脸上簌簌地流下来。如果她斥责他,他倒会好受一些,他本以为她会发脾气,他已做好了准备。他隐约觉得,他的行为会导致一场激烈的争吵,受到对方淋漓尽致的痛骂。随着时间过去,他被她这不出声的哭泣给吓坏了,他去卧室倒了一杯水,走到她跟前,俯下身子。

"喝点水吧,这样会好受一些。"

她将嘴唇贴在玻璃杯上,喝了两三口,随后,声音极其微弱地说给她一块手绢。她擦干了眼泪。

"我当然知道,你爱我并不像我爱你那么深。"她呻吟着说。

"事情恐怕总是这样的,"他说,"总有一个人去爱,而另一个人被爱。"

此时,他想起了米尔德里德,心中一阵剧痛。诺拉沉默了好一会儿。

"在认识你之前,我的生活过得极不快活,极不如意。"她终于说道。

她不是对他,而是在对自己说着。之前,他从未听她抱怨过她跟丈夫的生活,或是她的贫穷。他赞赏她面对世界时那勇敢的姿态。

"后来,你闯进我的生活,你对我那么好,又那么聪明,我很爱慕你。能找到一个我可以信赖,可以倾诉的人,是多幸福的一件事啊。我爱你。我从没想过我们会有结束的一天。而且,是在我没有犯任何过错的情况下。"

她的泪水又流了下来,不过,她现在能控制自己的情绪了。她把菲利普的手帕捂在脸上,极力抑制着自己。

"再给我点水喝。"她说。

她擦干净脸上的泪水。

"很对不起,我刚才失态了。来得太突然,我没有心理准备。"

"实在抱歉,诺拉。我想让你知道,我非常感激你为我做过的一切。"

他不知道她现在从他身上看到的是什么。

"噢,结果总是这样的。"她叹了一口气说,"如果你想让男人对你好,你就必须狠心对他们;如果你好好地待他们,他们就会叫你吃尽苦头。"

她从地板上站起来,说她必须得走了。她盯着菲利普看了好一会儿,随后叹息了一声。

"这一切都太令人不可思议了。这到底是怎么回事呢?"

菲利普突然下定了决心。

"我想我最好还是告诉你吧,我不想让你认为我这个人太坏。我想让你明白我也是身不由己。米尔德里德回来了。"

诺拉的脸涨红了。

"你为什么不早点告诉我?我理应知道这件事。"

"我没敢告诉你。"

她在镜子里照了照,戴正了头上的帽子。

"给我叫辆车好吗?"她说,"我怕是走不了路了。"

菲利普走到门外,喊了辆路过的出租马车;一起来到街上时,他看到她煞白的脸色不禁吃了一惊。她的动作也显得很迟缓,仿佛一下子老了许多。她看上去病恹恹的,他不忍心让她一个人回去。

"要是你不介意的话,我送你回去吧。"

见她没有吭声,菲利普也坐进马车。他们乘着马车,默默地驶过了大桥,驶过孩子们正在喊叫玩耍的破旧不堪的街道。马车到了她家门口,她并没有即刻下车,像是她一下子不能鼓起足够的气力挪动双

367

腿似的。

"我希望你能原谅我,诺拉。"他说。

她把目光转向他,眸子里又溢满了晶莹的泪水,不过,她的嘴角却挤出个笑来。

"可怜的人,你非常担心我。你不必这样。我不怪你。我很快就会没事了。"

她快速地拂了一下他的脸颊,以表明她并没有记恨他,抚摸之轻微似乎只剩下了象征意义。随后,她跳下马车,进到家里去了。

菲利普付了车钱,走回米尔德里德的住处。他心里有一种说不出的沉重。他想要责备自己。可为什么呢?他不知道他还能有别的选择。路过一家水果店,他想起米尔德里德喜欢吃葡萄。他庆幸自己能够记起她的每个嗜好并去满足它们,以表达他的爱意。

72

在接下来的三个月,菲利普每天都去看望米尔德里德。他去时带着书。吃过茶点后,他开始温习功课,而米尔德里德便躺在沙发上读小说。有时菲利普会抬起头来,看上她一会儿,嘴角会浮现出幸福的笑容。她觉察到他的目光落在她身上。

"不要老看着我浪费时间,好好看你的书。"她说。

"真是个管家婆。"他高兴地回嘴道。

房东进来铺上桌布时,菲利普会把书本放在一边,兴高采烈地跟她聊上一会儿。女房东是伦敦本地人,个子不高,四五十岁,说话风趣,做事利落。米尔德里德跟这位女房东早已成为好朋友,她巧妙地编了一套自己的来历,向人家诉说自己如何落得今天这般境地。好心肠的女房东听得深受感动,不辞辛劳地尽力使米尔德里德住得舒适。米尔德里德出于体面和身份上的考虑,建议菲利普称她姐姐。菲利普每天在这里吃晚饭,当他要了一份好菜、勾起米尔德里德挑剔的胃口时,就会心花怒放;只要看着坐在对面的她,便能令他陶醉;他不时高兴地握住她的手，揉捏着它。晚饭后，她会坐在靠近壁炉的扶手椅里，菲利普坐到她前面的地板上，身体靠在她的腿上抽烟。他们常常只是这样静静地坐着，有时菲利普发现她打起了盹儿。这时他便一动也不动，唯恐把她弄醒了，他静静地坐着，慵懒地望着壁炉里的火苗，享受着这份快乐。

"睡得香吗？"见她醒了，他笑着问道。

"我没有睡着，"她回答，"我只是闭上眼睛养养神。"

她从不承认她睡过觉。她的性情冷漠迟缓，怀孕并没有给她带来多大的不便。她很注意身体的保养，凡是有关身体保养方面的建议，不管谁提出来，她都接受。天气好的时候，她每天早晨都去做"保健运动"，运动完了，她仍会在户外待上一段时间。如果天气不太冷，她便在圣詹姆斯公园里坐一坐。不过，其余时间她大多都是在沙发上快乐地度过。她在沙发上看一本又一本的小说，要不就是跟女房东聊天。她对街谈巷议有着永不枯竭的兴趣，她详细地告诉菲利普女房东家里的情况，会客室那层楼上的房客们以及左邻右舍的事。有时，她会被恐惧攫住，向菲利普倾吐她对分娩的担心，害怕自己在生孩子时痛苦地死去。她向菲利普详细地讲述女房东以及会客室那层楼上的一位太太（米尔德里德并不认识她；"我是那种洁身自好的女人，"她说，"不是那种出去乱交际的人。"）分娩时的情况，对其中种种细节讲得眉飞色舞，不过，中间也免不了夹杂着她对分娩的恐惧。然而，在大多数情况下，她还是能较为坦然地等待这一时刻的到来。

"我毕竟不是第一个生孩子的女人。而且，医生也说我不会有事的。你瞧，我似乎不是那种生不了孩子的女人。"

米尔德里德分娩时要搬去住的那所房子的女主人欧文太太给她推荐了一位医生，米尔德里德每星期找他检查一次。诊费十五几尼。

"当然啦，找其他医生费用会低一些，可欧文太太极力推荐这位大夫，我想，要是不找他看，惹得欧文太太不高兴，也不值得。"

"只要你觉得高兴，我并不在乎多花几个钱。"菲利普说。

她接受菲利普为她所做的一切，就好像这是世界上最自然不过的事。而他愿意给她花钱：每给她一张五英镑的钞票，都让他感到些许的激动和自豪；这样的票子他已给出去不少，因为她并不懂得节俭。

"我也不知道这些钱都花到哪儿去了，"她自言自语地说，"它们就像水一样从我的手指间滑过去了。"

"没关系，"菲利普说，"我愿意为你做任何事情，只要我能做到。"

她不太会做针线活，因此也就没有缝制婴儿的衣物；她跟菲利普说，算下来还是买些小衣服更划算。菲利普的全部财产都是一些抵押契据，最近他卖掉了一张，想着再投资到什么更获利的项目上去，于是银行里有了五百英镑的存款，眼下他觉得自己特别富有。他们两个经常谈到未来。菲利普希望孩子将来能留在米尔德里德身边，可是她拒绝了。她以后还得自谋生路，没有孩子在身边拖累好一些。她计划再回到以前工作过的那家公司底下的其他分店，孩子可以送到乡下，托付给一个体面的女人去抚养。

"我可以找到一位愿意帮我带孩子的女人，每周付给她七先令六便士。这样对我，对孩子都好。"

在菲利普看来，这么做似乎有些狠心，可当菲利普试着想要说服她时，她却认为菲利普是在心疼孩子会花去的托管费。

"你不必担心这个，"她说，"我不会让你出这个钱的。"

"你知道我并不在乎花多少钱。"

在她的内心深处，她希望这个孩子是个死胎。虽然她只是这样暗示过，可菲利普看得出来她心里就是这么想的。一开始他有些震惊，可后来仔细想一想，他不得不承认，综合考虑下来，将孩子托管出去，也不失为一个令人满意的办法。

"这样那样的道理都可以讲，"米尔德里德抱怨道，"可一个女人靠自己谋生容易吗？再带上一个孩子，就更难了。"

"所幸，你有我可以依靠。"菲利普笑着握住她的手。

"你对我一直不错，菲利普。"

"噢，你不必这么说！"

"你不能否认，我曾对你说过，对你的付出我愿意做任何回报。"

"天哪，我并不想要你回报。如果我为你做了什么，那完全是因为我爱你。你不欠我任何东西。我不想让你为我做任何事,除非是你爱我。"

他为她有这样的想法感到震惊:她的身体是一件商品,为报答别人给她的好处,她可以毫不在乎地拿它去做交换。

"可我真的想这么做,菲利普,你一直待我那么好。"

"哦,再等一等没有关系。等你将来身体恢复了,我俩去度蜜月。"

"你真淘气。"她笑着说。

米尔德里德的预产期是三月初,一旦她身体恢复得差不多,她会去海边待上两个星期。这样,菲利普就可以不受干扰地复习功课准备考试了;考完试,就是复活节假期了。他们已经安排好一起去趟巴黎。菲利普没完没了地讲着他们去了巴黎后可以做的事情。那时的巴黎气候最怡人。他们将住在他所熟悉的拉丁区的一家小旅馆里,他们将吃遍巴黎那些特色小饭店;他们还要去看戏,去杂耍剧场。探访他巴黎的朋友们也会让她高兴的;他跟她讲到克朗肖,说她应该见见他;还有劳森,他几个月前就回了巴黎;他们也要去皮里埃舞厅,还要到凡尔赛宫、夏尔特尔和丹枫白露去游览观光。

"那会花很多钱的。"她说。

"噢,花钱算什么。你不知道这一天我盼了多久。你知道这对我意味着什么吗?我一直爱的只有你。我永远不可能再爱别人了。"

她眼含笑意听着他滔滔的讲述。他在她眼里看到一种他以前未曾见过的温情,心里充满了对她的感激。她现在比过去温柔得多,神态举止里没有了那曾激怒过他的傲慢神情。她跟他已如此熟稔,在他面前完全没有了以前的装模作样。她也不再精心地梳她原来的发型,只是把它挽起来,打成一个结;以前垂在额前的厚刘海不见了;较为随意的发型更适合她。她的脸非常瘦,让她的眼睛显得特别大。眼睛下面的几道皱纹,在苍白脸颊的衬托下,显得越发醒目。她有一种让人怜惜的伤感神情。菲利普觉得在她身上似乎有些圣母玛利亚的品质。他希望他们俩就这样一直生活下去。他现在过得比以往任何时候都更幸福。

他一般都是晚上十点钟离开,因为她喜欢早点休息。他回到家后，不得不再学习上几个钟头，以弥补在米尔德里德那里损失的时间。临走前，他总要帮她梳梳头，告别时，他都履行着一个亲吻仪式。他先从她的手掌心吻起——她的手指有多纤细呀，指甲特别好看，因为她花很长的时间去修剪它们——然后亲到她的眼睛，先是右眼，后是左眼，最后吻到她的嘴唇。回家的一路，他的心里澎湃着爱的情感。他渴盼着一个能满足其自我牺牲精神的机会。

很快就到了她搬到育婴院的时候。在这里，菲利普只能下午去看她。米尔德里德现在又改变了说辞，称自己是一位士兵的妻子，她的丈夫已回到印度所在部队，菲利普则被她以小叔子的身份介绍给育婴房的女主人。

"我说话必须得小心点儿，"她说，"因为这儿还住着一位女士，她的丈夫在印度任文职。"

"如果我是你，才不会为这样的事操心呢，"菲利普说，"我相信你们俩的丈夫是坐同一艘船出国的。"

"什么船？"她天真地问。

"鬼船①。"

米尔德里德顺利地生下一个女婴，当菲利普被允许前来看她时，那婴儿就在她身边。米尔德里德身体非常虚弱。不过，她的精神显得轻松多了。她给他看了婴儿，自己也好奇地望着她。

"这是个长得很有趣的小东西，不是吗？我几乎都不敢相信她是我生下来的。"

婴儿全身红通通的，皱巴巴的，样子怪怪的。菲利普看着她时，不由得笑了。他不知道自己该说什么才好；他有些不好意思，因为房子的女主人兼护士就站在他的身边。从她看他的那种眼神，菲利普感觉她并不相信米尔德里德编的那套复杂故事，她认为菲利普就是这个孩子的父亲。

"你准备给她起个什么名字呢？"菲利普问。

---

① 鬼船，传说中的荷兰水手的船，它注定要永远在海上漂泊，直到最后审判日的到来。

"我还拿不定主意,不知该叫她玛德琳呢,还是叫塞西莉亚。"

护士离开了几分钟,菲利普俯下身,吻了米尔德里德的嘴唇。

"我真高兴,以往的一切都圆满地结束了,亲爱的。"

她用瘦弱的胳膊搂住他的脖子。

"你对我一直都那么好,亲爱的菲尔。"

"现在,我觉得你终于是我的了。我已经等了这么久,亲爱的。"

他们听见护士到了门口,菲利普急忙站了起来。护士走了进来。她的嘴角浮现一丝笑容。

73

三个星期后,米尔德里德带着婴孩动身到布莱顿,菲利普去车站为她们送行。米尔德里德的身体恢复得很快,她的气色看上去比以往任何时候都好。她打算去了之后住在一家公寓里,她和埃米尔·米勒到布莱顿度过几次周末都是住在那里。她已写信告诉对方,她的丈夫因为生意上的事去德国了,她将带着孩子来这边住上几个星期。她从自己编造的故事中得到了乐趣,她能为它们增添说也说不完的细节。米尔德里德打算在布莱顿找个愿意照看孩子的女人。菲利普为她执意这么快就把孩子托付给别人,有点吃惊,可她争辩说,趁孩子还没有跟她熟悉,早点把孩子送走,这样对孩子更好。菲利普以为她和孩子一起待上几个星期,或许能把她的母性本能唤醒,这样会有助于说服她把孩子留在身边;可他预想的事并没有发生。米尔德里德对婴孩也并非不好,一切母亲该做的她都做了;孩子有时叫她很开心,说起孩子来,她的话也挺多;可她心里对孩子却是冷漠的,她并不把孩子看作是从她身上掉下来的一块肉。她觉得孩子长得有点像她的父亲。她心里总在嘀咕,等孩子再长大一点时,她该拿什么抚养她。她不由得开始恨自己,她为什么这么傻,竟然生下了这个孩子。

"要是当初我也像现在这么理智就好了。"她说。

373

她嘲笑菲利普,因为他特别为这个孩子的命运担心。

"即便你是她的父亲,也不可能操比这更多的心了,"她说,"我宁愿看到埃米尔能这么关心她。"

菲利普脑子里装满了以前听说过的育婴堂里的事,狠心的保育员对那些自私残忍的父母送到这里来的孩子百般虐待。

"不要犯傻了,"米尔德里德说,"那是因为你给照看人的钱少。当你一个星期就给她们这么多钱的时候,出于自身利益考虑,她们也会照看好孩子的。"

菲利普坚持要米尔德里德把孩子送到没有子女的人家,而且,也不允许他们再收养别的孩子。

"不要计较钱,"他说,"我宁愿每星期出半个几尼的抚养费,也不愿意让孩子饿肚子或是挨打。"

"你真是个有趣的老好人,菲利普。"她笑着说。

这个孩子的无助命运特别牵动菲利普的心。她那么小,那么丑,还常常发小脾气。她的出身使她以后可能会与耻辱和痛苦相伴。没有人想要她。她只能靠他——一个跟她完全没有亲缘关系的人——给她提供食物,住处和遮体的衣服。

火车快要开动时,他吻了米尔德里德。他还想亲一下孩子,可又怕她笑话他。

"你会给我写信的,亲爱的,是吧?我殷切盼望着你的归来。"

"好好考试。"

他一直都在努力地学习,现在离考试只剩下十天了,他要最后再加把劲儿。他盼着自己能通过考试,这样可以节省下时间和开销,因为近四个月他的钱在以惊人的速度花出去;而且这次考试及格便意味着枯燥乏味的课程均已结束,此后,他接触的就是药物学、助产、外科学。这些科目要比他迄今为止一直在学的解剖学和生理学有趣生动得多。菲利普满心期盼着学习这些课程。另外,即便考不及格,他也不想跟她承认他没有通过——尽管这些考试很难,大多数学生第一次考时都通不过——因为这样她会小看他,会损得他抬不起头来。

米尔德里德给他寄来一张明信片,告知她安全到达了。菲利普每天挤出半个钟头给她写封长信。虽说口头表达自己时，他总有些羞怯，可当他诉诸文字时，发现那些平时羞于启齿的话他都可以向她尽情地倾吐。借着这一发现，他向她敞开了心扉。在此之前，他还从未能告诉她，他对她的爱慕之情是如何流布他的全身，乃至于他所有的行为、所有的思想，都染上了浪漫的色调。他写信跟她畅谈他们美好的未来，前面等待着他的幸福，以及他对她的感激之情。他问自己是什么令他对她这般痴迷（他以前也常常这样问自己，只是没有诉诸文字）；他不知道，他只知道和她在一起时，他就快乐；当她离开他时，这个世界就变得寒冷、灰蒙蒙的；他只知道他想到她时，他的心似乎就在体内膨胀，压迫到肺部，让他连呼吸都感到困难，它怦怦地跳着，乃至和她在一起的快乐也几乎成了痛苦；他的双膝在战栗，他觉得异常虚弱，仿佛是几天没吃饭，饿极了在发抖。他急切盼望着她的回信。他没有指望她常常来信，他知道写信对她来说并不容易，在他的四封信过去后她能回复一封行文笨拙的短信，他便心满意足了。她写信谈她住的那所公寓，那里的天气和她的孩子，告诉他她刚刚在海边与一位新交的女友散步来着，她们住在同一所公寓里，这位女士很喜欢孩子；又说她打算星期六晚上去看戏，到弗莱顿的人现在多起来了。这些信能打动菲利普的心，因为都是她生活中的点点滴滴。难以辨认的字迹和拘谨的内容使他产生一种奇怪的欲望，他想大笑，想把她搂在怀里吻她。

他愉快、充满信心地走进考场。两门功课的笔试题他没有感觉到任何困难，他知道他考得不错；尽管他在口试部分时有些紧张，他还是设法恰当地回答了考官提出的问题。考试结果出来后，他给米尔德里德拍了一封报捷的电报。

回到家，他发现有封米尔德里德的来信，信上说她想在布莱顿多待一个星期，这样更有益于她身体的康复。她已找到了愿意照看孩子的人，一星期七先令，可她还想要进一步了解这个女人；海边的新鲜空气大大增进了她的健康，她确信再多待几日，对她的身体会有无穷的好处。她真的不想跟菲利普张口要钱，不过，他愿意写回信时顺便给她寄过来一些吗？因为她想给自己买顶新帽子，她不能总是戴着同一顶帽子,跟女友出去逛街,那个朋友对穿戴很讲究。刹那间,菲利普感到失望极了,考试通过带给他的快乐一下子不翼而飞了。

"如果她爱我有我爱她的四分之一那么多,她也不会忍心在那里多待一天了。"

不过,他很快便否定了他的这一想法,因为这样也未免太自私了;她的健康当然比任何事情都更为重要。他现在闲了下来,无事可做,或许可以去布莱顿陪她待一个星期,那样他们俩就可以整天都在一起了。这个想法令他的心怦然一动。要是突然出现在她面前,并且告诉她他已经在她住的公寓里租下了一间房,那多有意思啊。他查阅着火车时刻表。然而,他突然停下了。他不能确定她是否高兴见到他。她在布莱顿交了新朋友,而他这个人沉默寡言,不善交际,她喜欢那种生性快乐、性格外向的人;他意识到她跟别人在一起比跟他在一起时开心得多。要是他觉得妨碍到她的快乐,他会痛苦的。他不敢冒这样的险。他甚至不敢在信中提到,他眼下有时间,想去布莱顿待上一个星期,好能天天见到她。她知道他现在没事,如果她想叫他来,她早就这么告诉他了。倘若他说要来,她找个理由拒绝了他,岂不是自找没趣,他可不敢冒这个险。

第二天,他给她写信,顺便寄去一张五英镑的钞票。在信的结尾他写道,如果她愿意在周末见到他,他很乐意过去看看;不过,她不必为此而改变她已做出的任何安排。他焦急地等待着她的回信。她在回信中说,如果她早一点知道他要来,她便会另做安排了,可她已经答应别人星期六晚上去杂耍剧场;另外,如果他也住到公寓,这里的人会说闲话的。为什么他不星期日早晨来,跟她度过整个白天呢?他们俩可以在米特罗波耳饭店吃午餐,饭后她带他去见一下那位将要照管孩子的像贵妇的女人。

星期天到了。菲利普很庆幸,这是个风和日丽的好天气。火车抵达布莱顿时,阳光从车厢的窗户涌了进来。米尔德里德正在站台上等他。

"你能到车站来接我,真是太好了!"握住她的手时,他高兴地说。

"你不就是盼着我来接你吗?"

"我承认,我希望你会来。瞧,你的气色看上去真好。"

"待在这儿,对我的身体大有好处,我想,我多逗留些日子是明智的。公寓里住了不少有身份的人。这几个月我一直把自己关在屋子里,有时候挺寂寞的,我需要一些欢乐。"

她戴着新帽子,显得很漂亮。那是一顶黑色的大草帽,上面插着许多廉价的花;她的脖子上围着一条仿天鹅绒的长围巾。她依然很瘦,走路时肩有些前倾;她的眼睛似乎不像从前那么大了;尽管她的脸上从未有过血色,可现在却没有了以前的那种土黄色。他们俩走到海边。想起有几个月都没有跟她一起散过步的菲利普,蓦然意识到自己走路是瘸着的,于是,他迈着僵直的步子,试图像正常人那么走。

"你高兴见到我吗?"他问,内心激荡着爱的情感。

"那还用问,当然高兴啦。"

"格里菲斯让我代他向你问好。"

"他脸皮真厚!"

他常常跟她谈起格里菲斯。他曾告诉她格里菲斯是个情场老手,并把他的风流韵事讲给她听,而这些事都是菲利普在做出保证严守秘密的承诺下,格里菲斯才透露的。米尔德里德倾听着,有时装出厌恶的神情,但一般都是充满好奇地在听。菲利普对格里菲斯帅气的长相和个人魅力,更是赞赏有加。

"我相信,你一定会像我那样喜欢他的。他天性快乐,有趣,他是一个不可多得的美男子。"

菲利普告诉她,在他们还不认识的时候,格里菲斯是如何精心照顾得了流感的他;讲述时,对格里菲斯的自我牺牲精神赞不绝口。

"你肯定会喜欢他的。"菲利普说。

"我不喜欢长得好看的男人。"米尔德里德说,"在我看来,他们都太自负了。"

"他想认识你。我跟他多次谈到过你。"

"你跟他都说了些什么?"米尔德里德问。

菲利普对米尔德里德的爱,除了格里菲斯,再没别的人可以倾

377

诉。他一点一点地告诉了格里菲斯他们相处的整个过程。对她的长相,他向格里菲斯描述过不下五十次。他含情脉脉地描绘她容貌的每个细节,格里菲斯清楚地知道她纤细的手是什么样的,她的脸有多么白,在菲利普提到她苍白薄唇的魅力时,格里菲斯嘲笑他。

"天啊,我很高兴,我不像你那样视丑为美,"他说,"否则,生活中便不会有美好了。"

菲利普笑了。格里菲斯哪晓得热恋中的喜悦,它像美酒,像炖肉,像呼吸的空气和其他一切生活中必需的东西。格里菲斯还知道米尔德里德怀孕期间是菲利普一直在照顾她,现在,菲利普准备和她一起出去度假了。

"噢,我必须说你应该得到一定的回报,"格里菲斯说,"你一定花了不少钱。幸运的是你能支付得起。"

"我不能,"菲利普说,"可我并不在乎花了多少钱!"

因为离吃午饭的时间还早,菲利普和米尔德里德坐在广场上一处避风的地方,晒着太阳,看着过往的行人。布莱顿的男店员们挥着手杖,三三两两地走过;一群一群的女店员们迈着轻快的步子,发出咯咯的笑声。他们俩能认出从伦敦到这里来度假的人,这里清新的空气给他们疲惫的身心注入活力。其中有不少犹太人,还有穿着紧身缎子衣服、戴着钻石项链的健硕女人,说话时打着各种手势的胖墩墩的男士们。也有周末过来住在大旅馆里的中年绅士,他们衣饰考究,在吃过丰盛的早餐后,他们不停地来回踱着步子,以便有好胃口来享受更加丰盛的午餐;他们在星期天造访朋友,谈论着有关布莱顿和伦敦海滨的种种闲话。时而有一个知名的男演员走过,他装着没有看到人们投向他的目光。他身着阿斯特拉罕羔皮领的外套,脚上穿着漆皮靴,手持银质把手的拐杖。有时,他的装束好像是刚刚打猎归来,穿着灯笼裤和哈里斯呢的长外套,后脑勺上戴一顶花呢帽。阳光照耀在蔚蓝的海面上,蓝色的大海显得平静而祥和。

吃过午饭,他们俩去霍夫看望那个照看孩子的女人。她住在后街的一所小房子里,屋子里收拾得干净而整齐。她叫哈丁太太,是个上了年纪、身板还挺硬朗的妇人,灰白的头发,红润的胖胖的面庞。她头上戴着一顶帽子,在菲利普看,她像个称职的母亲,善良的女人。

"你不觉得看孩子很麻烦吗?"菲利普问她。

她解释说,她丈夫是个副牧师,比她的年龄还大得多,难以找到一份稳定的工作,因为牧师们都想用年轻人做他们的助手。只有在有人去度假或是有人生病时,他才能去代理一段时间,挣到点钱;还有一家慈善机构给他一些津贴。照看孩子,有事做,她的生活可以少一点孤单;而且,一个星期增加几个先令的收入,就可以使生活过得下去。她答应会好好喂养这个孩子。

"很好的一个女人,不是吗?"他们出来时,米尔德里德说。

他们回到米特罗波耳饭店用茶点。米尔德里德喜欢那里的乐队和人多的场面。菲利普一路说话说累了,这时,他注视着她的面庞,只见她犀利的目光盯着进来女客的衣饰。她有一种特别的眼力,能看出她们身上的衣服值多少钱,她不时向菲利普俯过身,小声地对他讲她估算出来的价格。

"你看见那个人帽子上的白鹭羽毛了吗?那一根值七个几尼呢。"要不就是,"快看那件貂皮长袍,菲利普。那是兔皮的——不是貂皮的。"她得意地大笑着说,"我大老远就认出来了。"

菲利普愉快地笑着。看到她快乐,他就高兴,她谈到这些事情时的率真样子让菲利普觉得既有趣又感动,压根没意识到饭店的乐队在奏着伤感的曲子。

吃过晚饭后,他们往火车站那边走,菲利普挽着她的胳膊。他告诉她他为他们的法国之行所做的准备。她本该这个周末返回伦敦,但她坚持在下个星期六再回去。他已在巴黎的一家旅馆里预订了一个房间。他正急切地盼望着早一天订到船票。

"你不会介意我们坐二等舱吧?我们得节省旅费,这样等到了那儿,才有钱好好玩。"

他已经跟她讲了上百次巴黎的拉丁区。他们将在那里的古老街道上徜徉,他们也会在巴黎最大的卢森堡公园里闲坐。如果天气好的话,等他们逛够了巴黎,可以去枫丹白露。那时树木刚刚长出嫩叶,春天的森林翠绿欲滴,胜过他所见过的任何景致,它宛若一首歌,宛

379

若爱情的幸福与痛楚。米尔德里德静静地听着。他转向她，望进她的眼睛里。

"你真的想要去，是吗？"他说。

"我当然想去啦。"她笑着说。

"你不晓得我是如何盼望着这一天的到来。我真不知道该如何挨过这之前的每一天。我特别担心会发生什么事，阻碍它的实现。我简直无法告诉你我有多爱你，我爱你爱得发疯。终于，终于……"

他的话突然中断了。已经到了火车站，由于在来的路上耽搁了，菲利普几乎来不及道别。他匆匆地吻了她一下，尽可能快地向售票口跑去。她站在原地没有动。他跑起来的样子好怪。

74

又过了一个星期，米尔德里德回来了。那天晚上，菲利普一直陪着她。他们去剧院看戏，吃晚饭时要了香槟。这是几个星期以来她第一次享受伦敦带给她的快乐，她觉得很开心。看完戏坐着出租马车回平姆利科（菲利普在那边为她租了房子）的路上，米尔德里德一直紧紧地依偎着菲利普。

"我现在真的相信，你很高兴见到我了。"菲利普说。

她没有回答，只是轻轻地捏着他的手。她对他很少有这种爱抚亲昵的动作，菲利普被弄得有些神魂颠倒了。

"我已经请格里菲斯明天跟我们一起吃饭了。"菲利普说。

"噢，我非常高兴你请了他。我早想见见他了。"

星期日的晚上没有什么娱乐场所可以带她去玩，菲利普担心她一整天跟他待在一起，会觉得烦。格里菲斯为人风趣，他可以让他们度过一个愉快的晚上。菲利普希望他们俩相互认识，相互喜欢。他跟米尔德里德说："离我们去巴黎只剩六天了。"

星期天他们定好在罗曼诺饭店的长廊里吃饭，因为那里的菜肴不但美味，而且丰盛，价格又不算贵。菲利普和米尔德里德先到了，在等着格里菲斯。

"他这个人不太遵守时间，"菲利普说，"说不定又在哪里和他的哪个情人调情呢。"

不过，他很快就来了。他是个美男子，他的脑袋和修长的身形恰成比例，这赋予他一种令人倾倒的吸引力；他卷曲的头发，透着友好神情的蓝色眸子，性感的嘴唇，都十分迷人。见到米尔德里德用赞赏的目光打量他，菲利普不由得生出一种莫名的满足感。格里菲斯微笑着跟他们俩打招呼。

"对你，我已经听说了不少。"与米尔德里德握手时，格里菲斯跟她说。

"那也没有我听到的关于你的情况多。"她回答道。

"也没有他的那么糟。"菲利普说。

"菲利普是不是一直在说我的坏话？"

格里菲斯说着笑了起来，菲利普看见米尔德里德注意到了格里菲斯的牙齿有多么洁白，多么整齐，他的笑容有多么怡人。

"你们两个应该感觉像是老朋友才对，"菲利普说，"我已经分别跟你们俩说过不少对方的情况了。"

格里菲斯此时的心情格外好，因为他终于通过了最后的考试，取得了医生资格，刚被委任为伦敦北部一家医院的住院外科大夫。五月初就会去那里任职，在此之前，他打算回家一趟。这是他在伦敦城里待的最后一个星期，他要尽可能地享受这一周的美好时光。他开始闲扯一些轶闻趣事，对他的这一本领菲利普很是佩服，因为他自己就讲不出来。格里菲斯的话里并没有什么特别精彩的内容，可他那生动活泼的神气给他所讲的东西增添了分量。他的身上流涌着一股生命力，每个认识他的人都会受到影响。这让他显得既善解人意，又温馨体贴。菲利普还从没见米尔德里德这么兴奋过，他为这次小小聚会的成功感到欣喜。米尔德里德觉得开心极了，她的笑声变得越来越放浪。她完全忘记了自己说过的：文雅端庄已成为她的第二天性。

只听格里菲斯继续说道："噢，叫你米勒太太，我真的很难叫出口。菲利普跟我说起你，总是称你米尔德里德，从未叫过你别的名字。"

"我敢说，如果你也像我这么叫她，她是不会抓破你的脸的。"菲利普说着笑了起来。

"那么，她也必须叫我哈利了。"

菲利普默默地坐着，听着他们俩聊天，心想看到朋友高兴真是件惬意的事。有时格里菲斯也友好地跟他说上一两句玩笑话，因为他总是那么一本正经的。

"我相信他一定很喜欢你，菲利普。"米尔德里德笑着说。

"我的这个朋友是个好人。"格里菲斯说，一边拉起菲利普的手，高兴地摇晃着。

他喜欢菲利普，这似乎又给格里菲斯平添了一种魅力。他们平时都不怎么喝酒，下了肚的葡萄酒上了头，格里菲斯变得话越来越多，嗓门也越来越大，菲利普虽然觉得有趣，还是请求他不要太吵了。格里菲斯有讲故事的才能，在他的讲述中，那些风流韵事的浪漫情调以及其中的笑料丝毫未受到减损。在这些情事中间，他总是扮演着倜傥风流、妙趣横生的角色，听得米尔德里德眼睛里闪着激动光芒，不断催促着他往下讲。这些轶事他是讲完一件又一件。在饭店要打烊关灯时，她不由得惊讶地喊道：

"天啊！这一晚过得真快，我还以为不到九点半呢。"

他们起身离开，告别时，米尔德里德对格里菲斯说："我明天要去菲利普家里用茶，你要有时间，也下来吧。"

"好的。"他笑着回答道。

回平姆利科的路上，米尔德里德对格里菲斯赞不绝口。她为他帅气的容貌，裁剪得当的衣饰，他的嗓音和快乐的性格所倾倒。

"我真高兴你喜欢他，"菲利普说，"你还记得你当时有些不愿意见他吗？"

"我认为他真好，能那么喜欢你，菲利普。他是一个你值得拥有的朋友。"

她把脸仰起来让菲利普吻，她对他很少有过这样的表示。

"我今晚过得非常愉快，菲利普。真的谢谢你。"

"哪里的话。"他笑了起来,她的这几句美誉打动了他的心,他觉得自己的眼睛变得湿润了。

她打开家门,正要进去时,又向菲利普转过身来。

"告诉哈利,我爱他爱得发疯。"她说。

"好的,"他笑着说,"晚安。"

第二天,他俩正用茶点时,格里菲斯走了进来。他懒洋洋地坐进一把扶手椅子里。在他发达的肢体做出的慵懒的动作里,有一种特别性感的东西。菲利普没有说话,只是听着格里菲斯和米尔德里德聊天,他就觉得挺快活的。他太喜欢这两个人了,以至于他们俩之间相互爱慕似乎是再自然不过的事。他并不在意格里菲斯把米尔德里德的注意力吸引了过去,因为一会儿傍晚来临,她就是他一个人的了。他像是一个忠诚的丈夫,完全相信妻子的忠贞不渝,对妻子和一个陌生人无关痛痒的调情,能饶有兴致地站在一旁观看。到了七点半时,他看了一下手表说:"咱们该出去吃晚饭了,米尔德里德。"

他俩的谈话中止了一下,格里菲斯似乎在考虑他该怎么做。

"哦,我得走了,"他最后说,"我不知道已经这么晚了。"

"你今晚有什么事吗?"米尔德里德问。

"没有。"

又是一阵沉默。菲利普显得稍稍有些不耐烦了。

"我这就去洗漱一下。"菲利普说,临了对米尔德里德也加了一句,"你不要去洗一下手吗?"

米尔德里德没有理他。

"为什么你不和我们一起去吃饭呢?"她跟格里菲斯说。

格里菲斯瞧了一眼菲利普,菲利普正阴沉着脸盯着他。

"我昨晚已经跟你们一起吃过饭了,"他笑着说,"我会妨碍你们的。"

"噢,不会的,"米尔德里德一味坚持着,"让他来,菲利普。他不会妨碍我们的,是吗?"

"如果他愿意,那就来好了。"

"那好,"格里菲斯赶紧说,"我上去收拾一下就来。"

383

他刚离开房间,菲利普便生气地向米尔德里德转过头。

"你为什么非要请他跟我们一起吃饭呢?"

"我没法儿不这么说。在他说了他没有事做后,咱们什么都不说,那好吗?"

"噢,真是荒唐!那你究竟为什么要问他呢?"

米尔德里德噘起了苍白的嘴唇:"有的时候,我想让自己开心一些。总跟你在一起,我觉得腻歪。"

他俩听到格里菲斯下楼时的重重的脚步声,菲利普到卧室去洗漱。他们到附近的一家意大利餐馆吃饭。菲利普气呼呼地坐在那里一声不吭,可他很快意识到他这副样子跟格里菲斯快乐的神情一比,会显得自己又矮了一截,因此他强压下怨气,喝了好多酒,以此消除那啃噬自己心灵的痛苦,还逼迫自己参加到他们的谈话中去。米尔德里德仿佛有点后悔她刚才说的话,想着法子取悦他,对他又变得和蔼可亲起来,这立刻让菲利普觉得自己不该对格里菲斯有那么大的醋意。晚饭后,他们乘了一辆出租马车去杂耍剧场,米尔德里德坐在他们两人中间,主动地把手伸给了他,他的怒气一下全消了。后来,不知怎么,他突然意识到格里菲斯握着她的另一只手。痛苦再一次向他袭来,这是一种真正的肉体上的痛苦,他惊恐地问着自己(在这之前他也这么问过自己),米尔德里德和格里菲斯是不是已经相互爱上了对方。疑团,愤怒,沮丧,他似乎会面临的可怜境地,所有这一切搅得他根本无心看台上的演出;但他尽力装出若无其事的样子,跟他们聊着,笑着。这时,他的脑海中闪现出一个奇怪的念头:他想要折磨自己。他站起身,说要去喝点什么。在这之前,米尔德里德和格里菲斯还从未单独在过一起,他想让他们俩单独待在一起看看。

"我也去,"格里菲斯说,"我也有点渴了。"

"噢,瞎说什么,你留下,陪米尔德里德再说说话。"

菲利普也不知道他为什么要这样说。他现在丢下他们两人在一起,他所遭受的痛苦越发难以忍受。他并没有去酒吧,而是到了楼上的阳台,他站在那里能望到他们,可他们却看不见他。他们俩现在不再看着舞台上,而是相互直视着对方。格里菲斯像他惯常的那样,兴高采烈地滔滔不绝地说着什么，米尔德里德似乎听得入了迷。菲利普的脑袋突然剧烈地疼了起来。他一动不动地站在那里，他知道如果他现在回去，会扫了人家的兴致。没有他在，他们两人显得更快活。他的心在痛，很痛，很痛。时间一分一秒地过去，现在他都有点不好意思再回到他们那去了。他知道他俩根本不会再想到他。他不由得愤愤地思忖，是他请他们吃的饭，给他们买杂耍剧场的票。他们怎么能这样愚弄他！羞辱感令他浑身发热，他本能地想留下他们，自己先回家，可他没有拿上帽子和外套，等拿了再走，就得为自己的先行离开做没完没了的解释。于是，他又回到他们那里。米尔德里德见到他回来，菲利普觉得她的眼睛里闪过一丝不悦，他的心顿时凉了。

"你离开的时间可真够长的。"格里菲斯笑着说，看得出愿意他回来。

"我碰到几个熟人，跟他们聊了一会儿。我以为你们俩在一起会聊得很高兴。"

"我是很高兴，"格里菲斯说，"可不知道米尔德里德怎么样。"

她发出开心满足的笑声，笑声之粗鄙把菲利普吓了一跳。他建议他们该回去了。

"走吧，"格里菲斯说，"我们俩一起送送你。"

菲利普怀疑这一安排是她事先跟格里菲斯说好的，这样她就可以避免随后单独跟他在一起。在出租马车上，他没有去握她的手，她也没有主动把手伸过来，他知道先前她一直握着格里菲斯的手。他想，这两个人真是不知廉耻。一路上，他问着自己：他们俩是不是背着他定下了幽会呢？他骂自己干吗要留下他们单独在一起呢？——实际上，正是他特意给人家创造了机会。

"我俩也坐马车回去吧，"在米尔德里德的住处放下她后，菲利普说，"我累了，走不动了。"

回去的路上，格里菲斯高兴地说着话，似乎没太留意到菲利普不愿搭腔。直到菲利普的沉默终于让格里菲斯感到难以承受，他突然有些紧张，不再吭声了。菲利普想说些什么，可他太羞怯了，几乎张不开口，可时间在流逝，机会很快会错过，最好是马上把事情问清楚，他逼迫自己开了口。

"你是不是爱上米尔德里德了？"菲利普突然问。

"你是说我吗？"格里菲斯大笑起来，"这就是你一晚上显得怪怪的原因吗？当然没有，亲爱的老弟。"

他试图去挽菲利普的胳膊，可菲利普躲开了。他知道格里菲斯在说谎。他不愿逼迫格里菲斯承认：他刚才一直握着米尔德里德的手。他突然觉得自己非常软弱，非常无奈。

"这对你来说并没有什么，哈利。"他说，"你已经搞过太多的女人——不要把她从我身边夺走，她意味着我的整个生命。在这方面，我一直特别可怜。"

他再也说不出话来，无法抑制内心涌出的悲泣。他为自己感到无限的羞愧。

"亲爱的老弟，你知道我不会做任何伤害你的事。我太喜欢你了，不忍心那么做。我只不过是在逢场作戏。要是我知道你这么在乎她，我就会当心点了。"

"你说的是真的吗？"菲利普问。

"我对她根本没有那个意思，我以我的名誉担保。"

菲利普舒了一口气。马车停在了门口。

75

第二天早晨起来，菲利普的心情格外好。他担心自己总在米尔德里德身边会令她厌烦，所以把与她见面的时间推迟到了吃晚饭时分。当他来接她时，她已经穿戴好了，菲利普开玩笑地说，她今天这么守时，可不是她一贯的风格啊。她身上穿着他给她买的新衣服。他称赞这件衣服好看。

"我得把它送到裁缝那里再改一下，"她说，"裙子不合身。"

"如果你去巴黎想带上它的话，得叫裁缝快点改了。"

"赶得上的。"

"满打满算只剩下三天了。我们乘十一点的船去，好吗？"

"随你的便。"

他几乎有一个月的时间可以跟她日日夜夜在一起，他充满渴慕的目光落在她身上。现在，他能够调侃自己那炽烈的情感了。

"我真不知道，我到底是看上你什么了？"他笑着说。

"说得好。"她回答。

她太瘦了，几乎能看到身上的骨头。她的胸部扁平得像个男孩子。她的嘴唇因为薄，没有血色，显得很难看，皮肤呈淡绿色。

"去了巴黎，你要多吃点布劳氏药丸，"菲利普笑着说，"等我们从巴黎回来，你会变得红润、丰满。"

"我不愿意变胖。"她说。

她没有提起格里菲斯。菲利普现在有了自信，他相信自己能驾驭她，所以在吃饭时他半开玩笑半嘲讽地说："你昨晚似乎在跟哈利一个劲儿地调情？"

"我对你说过，我爱上他了。"她笑了起来。

"我可以高兴地告诉你，他并不爱你。"

"你怎么知道？"

"我问过他了。"

她望着菲利普，迟疑了一会儿，眼睛里流露出好奇的神情。

"你想看看我今天早晨收到的信吗？"

她递给他一个信封，菲利普认出了信封上格里菲斯有力、工整的笔体。里面装着八页信纸，信写得很好，坦诚，动人；这是那种惯于向女人求爱的男子写出来的信。在信中，他告诉米尔德里德他热烈地爱着她，在第一眼看到她时，他就爱上了她；他本不想这样，因为他知道菲利普有多么爱她，可他又控制不了自己的感情。菲利普是他那么好的朋友，他为自己的行为感到羞愧，但这不是他的错，他只是被爱情的浪潮给卷走了。他用美丽、动听的语言赞美她。在信的最后，他表达了对她的感谢，感谢她同意第二天中午跟他一起用餐，并且说他急切地盼着早一点见到她。菲利普注意到信是前一天晚上写的；也就是说，是他们一起乘出租马车回来并与菲利普分手之后；而且，在夜深人静、菲利普熟睡之后，他特意辛苦地跑出去一趟寄走了它。

菲利普读着信，感觉他的心在突突地、令他惊惧地跳着，可面上却没有显出任何惊讶神色。他笑着，平静地把信递还给米尔德里德。

"你们的午饭吃得好吗？"

"很好。"她用强调的语气说。

菲利普觉得他的手在发抖，于是，他把手藏在了桌子下面。

"你千万不要把格里菲斯的话当真。他只是个拈花惹草的公子哥，你知道吗？"

她拿起信来，再一次读着。

"我也控制不了我自己，"她极力想使她的声音显得平静一些，"我不知道自己是中了什么魔。"

"这对我来说，有些尴尬，不是吗？"菲利普说。

她很快地看了他一眼。

"我必须说，你对待这件事的态度很冷静。"

"那你想要我怎么做呢？让我一把一把地揪下我的头发吗？"

"我就知道，你会生我的气的。"

"有意思的是，我一点也没有生你的气。我本该料到事情会这样。是我自己傻，把你们带到了一起。我很清楚，他哪方面都比我强，他的性情更欢快，人更风趣，长得更帅气，他会讲你感兴趣的那些事情。"

"我不知道你说这话是什么意思。如果我脑子笨，那也没法子，可我也并不像你认为的那么蠢，远非如此。你有点太盛气凌人了。"

"你想跟我吵架吗？"他语气温和地问。

"不，我只是不明白，为什么你要那样对我，好像我什么也不懂似的。"

"对不起，我并非有意气你。我只是想平静地把事情说清楚，尽可能地不要把它搞成一团糟。我知道你深深地被他吸引，在我看来这很自然。真正令我痛心的是，他不应该怂恿你这么做。他知道我有多喜欢你。他刚告诉我他根本不喜欢你，可五分钟之后，就给你写了那样的信，我觉得这未免有些太卑鄙了。"

"如果你认为说他坏话,就可以减少我对他的喜欢的话,那你可就错了。"

菲利普沉默了一会儿。他不知道他该怎样才能让她明白他想要说的内容。他想平心静气、思维缜密地来讲清这件事,尽管他心中还是一团乱麻,无法理清自己的思绪。

"因为一时的迷恋而牺牲掉一切,是不值得的。毕竟,他对哪一个女人的喜欢都不超过十天,何况,你不是那种性情热烈的女子,这种短暂的情感上的疯狂对你没有多大的意义。"

"那只是你认为的。"

她的挑衅口吻使得对她的说服变得越发困难。

"我知道,你没有法子不爱他。对这一点,我会尽最大的可能去忍受。我们一直相处得不错,你和我,我一直待你很好,不是吗?我早就知道你不爱我,可你毕竟还是喜欢我的,等我们去了巴黎,你就会忘掉格里菲斯了。如果你决心要把他从你的脑海中除去,你会发现那并没有多难。我为你所做的一切,是值得你给予我一些回报的。"

她没有吭声,他俩继续吃着饭。当沉默渐渐变得难以忍受时,菲利普便说些别的事情。他装着没有注意到米尔德里德的心不在焉。她的回答总是一两个字,从没主动说过一句话。

最后,她突然打断了他的话,说:"菲利普,我恐怕星期六走不了了。医生说我不应该去。"

尽管他知道她在撒谎,可他还是说:"那你什么时候能走呢?"

她瞧了他一眼,见他板着脸,面色发白,目光不安地转向别处。此刻,她有点儿怕他。

"我索性告诉你吧,我不能跟你一起出去了。"

"我早就觉得你这么想了。现在改变主意太晚了,我已经买好了船票,订好了那边的旅店。"

"你说过,如果我不愿意,你不会勉强我。现在,我不想走了。"

"我现在也改变主意了。我不打算再受你的骗了。你必须走。"

"作为朋友,我非常喜欢你,菲利普。可再想要我跟你有其他任何关系,我就做不到了。我不爱你。我不能,菲利普。"

"一个星期前，你还愿意的。"

"那时的情况和现在不一样。"

"你还没有认识格里菲斯？"

"你刚才自己也说，我没有法子不爱他。"

她的脸上一副闷闷不乐的表情，眼睛一直盯着盘子。菲利普气得脸色煞白。他真想一拳打在她的脸上，他仿佛在想象中看到了她鼻青脸肿的样子。他俩旁边的一张桌子上坐着两个小伙子，他们不时地瞧着米尔德里德。菲利普想，他们是不是眼红他跟一个漂亮女子吃饭，或许他们希望跟这个女孩吃饭的是他们自己。

最后，米尔德里德打破了沉默。"现在，咱俩再一起出去还有什么意义吗？我心里总在想着他。这会让你觉得扫兴的。"

"那是我的事。"菲利普回答。

她把他这话所含的意思细细地想了想，不觉脸红了。

"可你这么做不是很卑鄙吗？"

"那又怎么样？"

"我以前一直以为你是个地地道道的正人君子。"

"你错了。"

他的回答连自己也觉得有趣，便哈哈地笑了起来。

"看在老天分上，不要笑了。"她大声地说，"我不能跟你走，菲利普。真的很抱歉。我知道我没有好好对你，可谁也不能强迫自己去做什么呀。"

"难道你忘了在你有麻烦时，我为你所做的一切？我掏钱养着你，直到你的孩子出生；我支付你看医生的费用，还有其他费用；我给你钱去布莱顿海边休养，支付你孩子的看管费和你买衣服的费用，你身上穿的一针一线都是用我的钱买的。"

"如果你是个绅士，你就不会当着我的面说这些事情了。"

"噢，看在老天分上，住嘴吧。你以为我会在乎我是否是个绅士吗？如果我是个绅士，我就不会把时间都浪费在一个像你这样下流的荡妇身上了。至于你喜欢不喜欢我，我一点儿也不在乎。我已经厌恶了被别人这样一而再再而三地愚弄，你最好是星期六高高兴兴地跟我去巴黎，否则，你就等着承担这么做的后果吧。"

她的脸被气得通红，当她再说话时，平时用文雅言辞所掩饰着的粗俗就显露了出来。

"我从来就没有喜欢过你，从一开始我就讨厌你，可你硬是往我身上贴，你吻我时，我总觉得恶心。以后就是挨饿，也不会让你再碰我一下。"

菲利普试图把盘子里的食物吞到肚子里，可饭到了喉咙就咽不下去了。他把杯子里的酒一饮而尽，点上了一支烟。他浑身都在发抖，没有再吭声。他等着她离开，可她却默默地坐着没动，眼睛盯着餐桌上的白台布。如果现在他俩单独在一起，他会把她搂在怀里，热烈地吻她；他想象着当他的唇压在她的唇上时，她向后仰起的又长又白的脖颈。他们就这样一声不响地坐了一个小时，最后，菲利普觉得饭店的侍者开始好奇地盯着他俩看了。于是，他喊侍者买单。

"我们走吗？"他用平静的语调说。

她没有回答，只是拿上包和手套，然后穿上了外套。

"你什么时候再和格里菲斯见面？"

"明天。"她不经意地说。

"你最好把这件事好好地跟他谈一谈。"

她机械地打开了她的手提包，找到一张纸，把它拿了出来。

"这是一张买衣服的账单。"她迟疑地说。

"那又怎么样？"

"我答应明天给人家钱的。"

"是吗？"

"这件衣服是你答应给我买的，你的意思是你不打算付这笔钱了？"

"是的。"

"我让哈利给我付。"她说着，脸很快地红了。

"他会很高兴帮你的。眼下，他找我借了七英镑，上个星期因为没钱，他当掉了他的显微镜。"

"你不要以为你这么说会吓住我，我完全可以靠自己谋生。"

"那最好。我不会再给你一分钱。"

她想到了星期六该付的房租,还有孩子的抚养费,但她什么也没说。他们走出了饭店,在外面的街道上,菲利普问她:"用我给你叫辆出租马车吗?我打算自己走一走。"

"我没有钱。今天下午我付了一个账单。"

"那你走着回去吧,不会累着你的。如果你明天想见我,大约用茶点的时间我会在家。"

他摘下帽子,溜达着走了。过了一会儿,他回过头,看见她还站在原来的地方,望着过往的车辆,面上一副无助的神情,他踅了回来,大笑着把一枚硬币塞到她的手中。

"给你两先令,回家去吧。"

在她还没来得及开口之前,他已扬长而去。

76

第二天下午,菲利普坐在屋里,一直在思忖着米尔德里德会不会来。他昨晚睡得不好。早晨起来后,去医学院的俱乐部看了一份又一份的报纸。正值假期,他认识的同学很少还有留在伦敦的,不过,好在碰上了一两个认识的,聊了聊天,下了下棋,打发这段难熬的时间。午饭后,他觉得自己很困,头也痛得厉害,于是便回住处躺着,读着一本小说。这几天他没看到格里菲斯。昨晚菲利普回到家时,格里菲斯还没有回来;后来,菲利普听到格里菲斯回来了,可他并没有像往常那样进菲利普的房间看他睡了没有;今天一早格里菲斯就出去了。显然,格里菲斯在避开他。突然,有人在轻轻地叩门。菲利普一下子跳下床,打开了房门。是米尔德里德,她站在门口没有动。

"进来吧。"菲利普说。

她进来后,他关上了门。她坐了下来。迟疑了一会儿后,她开始说:"谢谢你昨晚给我的两先令。"

"哦,那没什么。"

她轻轻地笑了笑。这让菲利普想起一条胆怯、总爱讨好主人的小狗，它因为淘气挨打后，想要和主人言归于好。

"我今天跟哈利一起吃的午饭。"她说。

"是吗？"

"如果你还想要我星期六跟你走的话，菲利普，我将跟你去。"

他的心头顿生一阵胜利的喜悦感。不过，这种感觉只持续了很短的时间，很快便被疑虑所取代。

"是因为钱吗？"他问。

"部分是吧，"她简单地说，"哈利一点办法也没有。他欠着五个星期的房租，你的七英镑，他的裁缝还催着跟他要钱。他愿意当掉所有的东西，可他已经没有什么能当了。裁缝跟我要新做的衣服的钱，我费了好大的劲才把她打发走，星期六我还得交房租，可我不能在五分钟内便找到一份工作吧。总得等上一段时间，才会有空缺。"

她用一种平静的带着些抱怨的口吻讲着，好像在讲述命运的不公，是造化弄人，这是她不得不承受的。菲利普没有吭声，他清楚地知道她所讲的这一切。

"你说'部分是'。"他最后说。

"嗯，哈利说你对我们两个都那么好。你一直是他最好的朋友，他说，你对我做的事，其他任何一个男人都很难做到。他说，我们做事还是要讲点良心。他还说你说得对，他就是喜新厌旧，朝三暮四，他不像你，如果我为了他而抛弃你，我就是个傻瓜。他不可能持久，而你行，他自己就是这么说的。"

"那么，你想要跟我一起去了？"菲利普问。

"我不介意。"

菲利普望着她，只见她的嘴角有些沮丧地垂了下来。他确实是胜利了，他就要如愿以偿了。他笑了一声，嘲笑自己所受到的羞辱。她很快地看了他一眼，并没有说话。

"我一心期盼着和你一起去巴黎，原以为我经过这么多磨难，终于要迎来幸福了……"

他并没有把他想要说的话讲完。没有任何征兆地，米尔德里德一

393

下子恸哭起来。她在诺拉上次来时坐过的那把椅子里啜泣着,像诺拉一样,她也是把脸埋在椅背上,身子朝向椅背中间搁脑袋的凹陷部分稍微隆起的那一侧。

"我这个人,真是没有女人缘。"菲利普想。

她瘦弱的身体因为抽泣而战栗着。菲利普从没见一个女人这样痛哭过。这太令人痛苦了,他的心几乎都要被这哭声撕碎了。他不由自主地走到她身边,双臂搂住她。她没有挣脱,而是悲痛地依偎在他怀里,任他抚慰着自己。他轻柔地说着一些安慰的话。他几乎都不知道自己在说什么,他俯下身子,不断地吻着她。

"你是不是特别不快活?"他最后说。

"我真希望我死了就好了,"她呻吟着,"生孩子时就死了。"

她的帽子碍事,菲利普帮她摘了下来。他让她的头更舒适地靠在椅背上,然后,他回来坐在桌子旁,看着她。

"爱的滋味不好受,是吗?"他说,"可想一想,有哪个人不盼着自己坠入爱河呢。"

不一会儿,她的啜泣声减弱了,她坐在椅子里,一副精疲力竭的样子,她的头向后仰起,两个胳膊垂在身体的两侧。她那古怪的样子就像是被画家披上了衣服的人体模型。

"我不知道你爱他竟然爱得这么深。"菲利普说。

他非常了解格里菲斯的爱情,因为他会把自己放在格里菲斯的位置上,用他的眼睛去看,用他的手去触摸;菲利普能够想象他生活在格里菲斯的身体里,用格里菲斯的嘴唇在吻她,用那双含着笑意的蓝眼睛对着她笑。让他诧异的是米尔德里德的情感,他从未想过她也能热烈地去爱。毋庸置疑,这是爱的激情。他心里似乎有什么东西快要撑不住了,仿佛体内的什么东西正在崩溃,他觉得自己异常虚弱。

"我不想让你不快活。如果你不愿意,就不必跟我一起去了。我还会像从前那样给你钱的。"

她摇了摇头。

"不,我说了去,我就一定会去。"

"如果你爱他爱得发疯,去还有什么意义呢。"

"是的，你说得对。我爱他爱得发疯。我知道，这爱不可能持久，这一点我像他一样清楚，可只要现在……"

她说着停了下来，闭上眼睛，好像就要晕过去似的。

一个奇怪的念头突然闪现在菲利普的脑海中，他没有停下来想想清楚，就径直把它说了出来。"那你为什么不跟他一起去呢？"

"这怎么可能呢？你知道我们没有钱。"

"我给你们钱。"

"你？"

她坐直了身子，望着他。她的眼睛开始闪出熠熠的光，脸颊上也有了血色。

"或许最好的办法就是你们先爱过了，了结了你们的爱，然后，你就会回到我身边了。"

既然已经提出这样的建议，他就得忍受这么做给他带来的痛苦了，不过，这样一种折磨却又给予他一种奇怪、微妙的快感。她瞪大了眼睛看着他。

"噢，用你的钱，那怎么行呢？哈利不会同意的。"

"哦，如果你好好去劝说他，他会的。"

她的反对让他越发坚持，尽管他内心期盼着她果断拒绝。

"我给你们五英镑，你们可以从这个星期六到下个星期一出去走上三天。下星期一他就打算回家了，会在家里一直住到他去伦敦北部任职的时候。"

"噢，菲利普，你真是这么想的吗？"她喊了起来，两只手紧紧地攥在一起，"你只要让我们走——往后我会更加爱你的，我将愿意为你做任何事情。我相信，只要你这样做了，我一定会了结跟格里菲斯的这段情的。你真的愿意给我们钱吗？"

"是的。"菲利普说。

她现在完全变了一个人。她开始大声地笑起来。看得出来，她高兴得有点过分了。她从椅子上站起来，跪在了菲利普身边，握住他的手。

"你真好，菲利普，你是我所认识的最好的人。你以后不会生我

395

的气吧？"

他笑着摇了摇头，可他的心里面有多苦啊！

"我现在可以去告诉哈利吗？我能跟他说，你一点也不介意吗？除非你答应说你并不计较这件事，否则，他是不会同意的。噢，你不知道我有多爱他！以后我会做你想让我做的任何事情。到了下个星期一，我将和你去巴黎，或是其他任何地方。"

她站起身来，戴上了帽子。

"你这是要去哪里？"

"我去问他，看他是否带我走。"

"你现在就去找他吗？"

"你想让我留下来？如果是，我就再多待一会儿。"

她坐了下来。不过，他在笑了一声后说："不，不必，你最好还是马上去吧。只是有一件事我得声明一下：眼下，我不愿意见到格里菲斯，看到他会让我难过。跟他说我并没有嫉恨他，只是请他这几天躲开我一点儿。"

"好的。"她一下子跳起来，戴上了手套，"我会告诉你他的意见的。"

"你今晚最好能跟我一起吃饭。"

"好的。"

她把脸伸过来让他吻，在他亲吻她时，她伸出手臂搂住了他的脖子。"你真可爱，菲利普。"

几个小时后，她差人送来一个条子，说她头痛，晚上不能跟他一起吃饭了。菲利普几乎早料到了这一点。他知道她在和格里菲斯一起用餐。他心里嫉妒极了，可突然攫住这对男女的恋情似乎来自外界，仿佛是神把这一激情附到了他们身上，菲利普完全无能为力。他们会相爱似乎是再自然不过了。他很清楚格里菲斯在一切方面都优胜于他，而且他也承认，如果他是米尔德里德，他也会像她那么做的。最伤他心的还是格里菲斯的背信弃义，他们俩曾是那么好的朋友，格里菲斯知道他对米尔德里德的爱有多深，多炽烈；格里菲斯本该给他留点面子，放过他和米尔德里德的。

直到星期五，菲利普才再次见到米尔德里德，他盼望着见到她；可当她来了，他发现她心里压根儿没有他，脑子里想的全是格里菲斯时，他突然恨起她来了。他现在明白她和格里菲斯为什么会相爱了。格里菲斯愚蠢，噢，非常的蠢！他早就知道这一点，可他却闭着眼睛当作没看见。格里菲斯不但愚蠢，而且头脑空空：他外表的魅力掩饰着他极端的自私；他会不惜牺牲任何人的利益，去满足他的欲望。他所过的生活是多么空虚啊，整天不是泡在酒吧间，就是混在杂耍剧场，而且还到处拈花惹草！他没有读过一本书，只一味地沉溺于琐屑和低俗之中；他从未有过什么崇高的念头，经常挂在他嘴边的一个字眼就是"漂亮"，这便是他对一个男人或是女人的最高评价！毫无疑问，他会博得米尔德里德的欢心。他们俩是天造地设的一对。

此时，菲利普跟米尔德里德聊着一些不相干的事情。他知道她想让他谈格里菲斯，可他就是不给她这个机会。他没有提两天前她随便找了个借口没去跟他一起吃晚饭的事。他漫不经心地待她，企图使她以为他突然间对这一切都觉得无所谓了。他运用他特别的说话技巧，专说一些会伤到她的小事情，可又说得那么不确定，那么柔中带刚，让她无法反对。最后，她站了起来。

"我想，我现在必须走了。"她说。

"我敢说，你最近一直很忙。"他回答。

她伸出手来，菲利普握住它，跟她道了再见，为她打开房门。他知道她想说什么，也知道他冷淡、嘲讽的态度吓住了她。他的羞怯常常使他看上去显得冷漠，这样无意间会给对方形成威慑，在发现这一点后，当形势需要时，他便会表现出这副神态。

"你没有忘记你答应的事情吧？"她最后说，这时菲利普的手仍扶着门把。

"答应的什么事？"

"关于钱的事。"

"你想要多少？"

他的口吻沉着而冰冷，听上去显得特别不客气。米尔德里德的脸红了。他知道她此时在恨他，他纳闷她怎么有这样的自控力，没有对他发火。他想叫她难受,痛不欲生。

"明天我得付衣服的钱和房租,再没有别的费用了。哈利不愿意出去,所以我们也就不需要那笔钱了。"

菲利普的心猛地跳了一下,他松开了抓着旋钮的手,门一下子又关上了。

"为什么不去了?"

"他说,我们不能用你的钱。"

一个魔鬼攫住了菲利普的心,一个总是隐伏在他体内的自我折磨的魔鬼,尽管他一心希望格里菲斯和米尔德里德不要一起出去,然而,他已身不由己,试图通过米尔德里德说服格里菲斯。

"我不明白为什么不行。只要我愿意。"菲利普说。

"我也是这么跟他说的。"

"我本以为只要他真的想去,他便不会犹豫。"

"噢,他是真的想去。如果他有钱,我们会马上就走。"

"如果他是因为钱而为难,我给你们钱。"

"我跟他说过,如果他愿意,你可以借给我们;等我们有了,就马上还给你。"

"跪着去求一个男人带你出去度周末,你真的是变了。"

"真的变了,不是吗?"她厚着脸皮,嘻嘻地笑着。

菲利普的脊椎骨感到一阵透心凉。

"那么,你们是怎么打算的呢?"他问。

"没有什么打算。他明天就要回家了。他明天必须走。"

这对菲利普会是一种拯救。没有了格里菲斯挡道,他便能让米尔德里德再回到他身边。她在伦敦举目无亲,她只能再回来找他,只有他们两个人在一起时,他很快能让她忘掉那段疯狂的恋情。只要他不再说什么,他就安然无事了。但是,他内心的这个魔鬼般的欲望执拗得很,非要消除掉他们的顾虑不可,他想要看看他们对他到底会卑鄙到怎样的程度,只要他再引诱他们一下,他们就不能自拔了。想到他们会丢脸,名誉扫地,他就有一种别样的欣喜。尽管他说的每句话都使他痛苦,可他却在这一自我折磨中觅得极大的快感。

"机会一旦错过，可就没有了。"

"我也是这么跟他说的。"她说。

她话中激越的声调触动了菲利普。他神经质地咬着指甲。

"你们想要去哪里呢？"

"噢，去牛津。他曾在那里上过学，你知道。他说他要带我看看那儿的学院。"

菲利普记起了他有次提议去牛津玩上一天，她非常坚决地表示反对，说她讨厌那样的景观。

"看来你们会遇上好天气。现在去那里，会玩得很开心的。"

"我尽我的能力劝说过他了。"

"那你为什么不再试一次呢？"

"我可以说是你想让我们去吗？"

"我觉得，你还是不要说得太直白了。"菲利普说。

她沉默了一两分钟，眼睛看着他。菲利普用友好的目光也望着她。他恨她，鄙视她，可也全身心地爱她。

"我告诉你我会怎么做。我会去找他，看他能不能安排我们的出行。如果他说行，我就明天过来拿钱。你什么时间会在家呢？"

"我中午吃了饭就回来等你。"

"好的。"

"我现在就把买衣服的钱和房租给你。"

他到书桌那里，取出了准备好的钱。衣服是六个几尼，她的房租和买食物的钱，还有孩子一周的抚养费，他一共给了她八镑十先令。

"谢谢你。"她说。

她离开他走了。

77

在医学院的地下餐厅吃过饭之后，菲利普就回到家里。时值星期六的下午，女房东正在打扫楼梯。

"格里菲斯先生在吗?"菲利普问。

"不在,先生。你今早刚出去一会儿,他就走了。"

"他还回来吗?"

"我想他不会回来了,先生。他把他的行李也搬走了。"

菲利普不明白格里菲斯这么做是什么意思。他拿起一本书,开始读了起来。这是英国作家伯顿写的《麦加之路》,是他刚从威斯敏斯特公共图书馆借来的。他读完了第一页,可没有明白它的意思,因为他在想着别的事情;他一直在听着会有门铃声响起。他不敢奢望格里菲斯没有带米尔德里德就一个人回老家坎伯兰去了。米尔德里德很快就会来取钱了。他硬着头皮继续读下去,竭力集中起自己的注意力,这样一来,句子倒是进到他脑子里了,可其意思却由于他正承受的痛苦而走了样。他真心希望他要是没有提出这个可怕的建议就好了,可他已经这么说了,而且也没有勇气收回他的承诺,这倒不是因为米尔德里德,而是因为他自己。他的性格里有一种病态的固执,驱使着他去做那些他已决定了的事。他发现已读完的三页没有给他留下一点儿印象,于是,他回过头来,再从第一页开始;他发现自己总在读着同一个句子;现在,这个句子与他脑中的思绪可怕地缠绕在了一起,宛如噩梦中反复出现的一个公式。此时,他能做的一件事就是跑出去,等到半夜再回来;那样的话,他们俩就走不了了。在想象中,他看到他们一次又一次地找到这里,问他回来了没有。想到他们会失望,会变得垂头丧气,他就高兴。他机械地重复着那个句子。但是,他不能那么做。让他们来,拿走答应给他们的钱好了,那时,他便会知道人可能堕落到什么地步。他简直连书上的字迹也看不清了。他靠着椅背,闭上了眼睛,在痛苦与麻木中,等待米尔德里德的到来。

女房东走了进来。

"米勒太太来找你了,先生。"

"带她进来吧。"

菲利普强打起精神接待她,不让他的内心情感流露到脸上。他有种冲动,想跪下来拉住她的手,恳请她不要走,可他知道求她根本没有用。临了,她还会告诉格里菲斯他跪下来求她的事。那他更是颜面扫地了。

"哦,你们出游的事定得怎么样了?"他高兴地问。

"我们准备要走了。我跟哈利说了你不想见他,所以他就等在外面。不过,他想知道你能否给他一分钟的时间让他跟你道个别。"

"不,我不愿意见他。"菲利普说。

他看得出她不在乎他是否见格里菲斯。既然木已成舟,他就想让她快点儿离开。

"给,这是五英镑,我希望你马上离开这里。"

她接了钱,谢过他,转身要走。

"你多会儿回来呢?"他问。

"噢,下个星期一。那时,哈利就必须得回家了。"

他知道,他接下来要说的话很丢人,可他的精神已经被嫉妒和欲望折磨得要垮了。

"那个时候,我就能见到你了,是吗?"

他无法抑制自己的情感,话音里带出乞求的语调。

"当然啦。我一回来就告诉你。"

他跟她握了握手。隔着窗帘,他看见她跳进一辆停在门口的四轮马车。马车渐渐走远了。随后,他一头栽倒在床上,两只手捂住了脸。泪水从眼睛里淌了出来,他生着自己的气;他攥紧拳头,蜷曲起身体,想止住泉涌般的眼泪,可是他不能;他终于忍不住失声痛哭。

末了,他无力地从床上爬起来,颇感羞愧地去洗了把脸。他给自己倒了一杯度数很高的威士忌加苏打水。喝完后,觉得精神好了一点儿。随后,他瞧见了放在壁炉架上的去巴黎的船票,他走过去一把抓起它们,带着怒气,一下子把它们扔进了炉火中。他知道他本可以退掉船票的,可把它们烧了,让他感觉解气。然后,他出去想找个人说说话,散散心。俱乐部里没有人。他觉得要再找不到个人说话,他就要疯了。劳森出国了;他去了海沃德住的地方,开门的女仆告诉他海沃德去布莱顿周末了。无奈,他只得去往一家美术馆,却赶上人家关门。他真不知道该怎么办才好。他的心里烦乱极了。他想到格里菲斯和米尔德里德正在去往牛津的路上,面对面幸福地坐在火车上。他回到家里,可这块伤心地更是令他感到阴森可怖。他试着再拿起伯顿的书来读,可眼睛虽然看着书,却在一遍又一遍地跟自己说,他真是个傻瓜。是他提出付钱让他们两个一起出去,是他执意让他们这么做的。他本应该知道,当他把格里菲斯介绍给米尔德里德时会发生什么;他自己炽烈的情感便足以燃起格里菲斯的欲望。这个时候,他俩应该抵达牛津了。他们会住在约翰大街上的一处公寓房里,菲利普从未去过牛津,不过,格里菲斯常常给他讲起牛津,以至于他确切地知道他们俩会去什么地方;他们会在克拉伦登饭店用餐,格里菲斯习惯在那里狂欢畅饮。菲利普在查宁十字广场附近的一家饭店吃了一口饭。他决定去看戏,于是挤进一家剧院的后座,看了一场当时正在上演的奥斯卡·王尔德的话剧。看的时候,他不由得想:米尔德里德和格里菲斯晚上是否也在看戏呢;他们得设法打发这晚上的时间,他们两个都太蠢了,只坐在一起谈话,会腻味死他们的。想起他们庸俗的头脑让二人如此般配,他心里有种说不出的高兴。他心不在焉地看着戏,每次幕间休息都去喝威士忌,试图借酒消愁;他不胜酒力,酒劲儿很快就上了头,让他不时表现出或粗鲁或愁眉苦脸的醉态。戏散场后,他又喝了一次。他不能去睡觉,也知道自己会睡不着,他害怕他生动的想象力会在他眼前呈现出他俩寻欢作乐的场景。他极力地不去想他们。他知道他喝多了。现在,想做肮脏、可怕之事的欲望攫住了他,他想到路边的污水沟里去打滚;他渴望着去发泄一通卑劣的兽性;他想趴到地上去。

他沿着皮卡迪利大街走着,拖着他的跛脚,一副醉醺醺的悲伤模样,在他的体内,愤怒和痛苦啃噬他的心灵。一个涂脂抹粉的妓女拦住了他,用手抓住了他的胳膊;他一边骂着,一边用力推开了她。他继续向前走了几步后停了下来。别的女人会做的,她不也一样会做吗?他后悔不该跟她说那么粗鲁的话。他朝她走了过去。

"嘿。"他开口道。

"见鬼去吧你。"她说。

菲利普大声笑了起来。

"我只是想问问你,你今晚可以跟我一起吃顿饭吗?"

她不无惊讶地看着他,犹豫了一会儿。她发现他喝醉了。
"我不介意。"
她竟然也用了米尔德里德常常挂在嘴边的话,这让他觉得有趣。他把她领到一家他与米尔德里德常常用餐的饭店。他们一起去饭店时,他留意到她低头看着他的腿。
"我的一只脚是跛足。"他说,"你不会觉得讨厌吧?"
"你是个怪人。"她笑了起来。
回到家时,他觉得骨头都快散架了,脑袋里好像有个锤子在一直敲打着似的,痛得他几乎要喊起来了。为了让自己镇定下来,他又喝了一杯威士忌加苏打水,然后倒在床上,一夜无梦地一直睡到第二天中午。

78

终于到了星期一,菲利普以为他漫长的噩梦要结束了。他查看列车时刻表,发现格里菲斯那晚回家能乘坐的最后一趟火车是下午一点驶离牛津,他以为米尔德里德会坐几分钟之后开往伦敦的火车赶回来。他很想到车站去接她,可转念一想,米尔德里德也许想单独待上一天;或许,到了傍晚,她就会给他写来一封短信;万一没有信来,他明早再去她的住所看她也不迟。几番折腾下来,他的胆量是越来越小了。对格里菲斯,他恨得咬牙;对米尔德里德,尽管她闹出了这么多事,却唯有炽烈的欲望。现在,他为海沃德星期六不在伦敦而感到庆幸了,不然的话,那天正心烦意乱、寻求慰藉的他会忍不住把这一切都告诉海沃德,而海沃德则会为他的软弱而感到吃惊。海沃德会鄙视他,为他在米尔德里德委身另一个男人后仍然愿意让她做他的情人而深感厌恶和震惊。不过,难道他会在乎别人的轻蔑吗?他愿意做出任何妥协,能够忍受更加辱没人格的羞辱,只要他能满足他的欲望。

傍晚时分,他的腿不由自主地把他带到了她的住所,他抬起头望着她的窗户。她的屋子里黑着灯。他不敢贸然去问她是否回来了。他相信她的承诺。可到了第二天早晨，仍然没有她的信送来。中午，他去了她的住处，女仆说她还没有回来。这下他弄不明白了。他知道格里菲斯昨天就不得不回老家去了，因为他要在婚礼上担任男傧相；而米尔德里德身上又没有钱。他脑中反复思考着各种可能发生的事。下午，他又去了她的住所，并留下一张纸条，请她当晚跟他一起吃饭，措辞、语气之平静就好像过去两周什么事情也没有发生过似的。他在纸条中提到了会面的时间和地点，对她会守约还抱着一线希望。他等了她一个多小时，也没见她来。星期三早晨，他不好意思再到她的住所打听，于是差了个信童，带着他的一封信去找她，并叮嘱他一定要带来回信。一个小时后，信童回来了，原封不动拿回了菲利普的信，告诉他那位太太还没从乡下回来。菲利普简直快气蒙了。这最后一次欺骗叫他难以承受。他一遍又一遍地跟自己说，他憎厌米尔德里德，并把这次失望也归到了格里菲斯的名下。这样一来，菲利普对他更是恨之入骨，现在，他开始真正体味到谋杀的快感。菲利普在街头徘徊着，想象自己在一个漆黑的夜晚冲向格里菲斯，将一把钢刀痛快淋漓地刺进他的颈动脉，让他像条狗一样横尸街头。悲痛和愤怒让菲利普失去了理智。他本来不喜欢喝威士忌，可现在他要喝它，以麻醉自己。星期二和星期三连着两个晚上，他都是酒醺醺地上床睡觉。

星期四早晨，菲利普醒得很晚，睡眼惺忪、脸色发黄的他懒洋洋地从床上爬起来，到起居室去看有没有信。当他看到桌上有一封格里菲斯写来的信时，心中顿生一种奇怪的感情。

亲爱的老朋友：

我几乎不知该如何来给你写这封信，可我觉得我必须写。我希望你不要过于生我的气。我知道我不应该带米尔德里德一起走，可我简直控制不了我自己。她令我昏了头，为了得到她，我当时不惜一切代价。当她跟我说你愿意为我们提供旅费时，我无法经受这种诱惑。现在这一切都已经结束，我为自己的行为感到万分羞愧，我真希望自己没有做这样的傻事。我希望你能写信来，说你并没有生我的气，我希望你能叫我过去,看看你。你告诉米莉你不想见我,这话说得我非常伤心。给我写上几句吧,我的老朋友,告诉我你已经原谅我了。这样,我的良心也就能得到平静了。我觉得你对这件事也并非那么介意,否则,你就不会借给我们钱了。我知道,这钱我不该接受的。我星期一回家了,米莉想在牛津再住几日。她打算星期三回伦敦。所以,在你收到这封信时,你就会见到她了,我希望你和她仍会和好如初。写信来,说你原谅我了。

请速回信。

永远忠诚的
哈利

菲利普气愤地把信撕了个粉碎。他根本没想回信。他鄙视格里菲斯为其行为所做的道歉,菲利普没有耐心听他讲他的良心:只要自己愿意,一个人可以去做卑劣之事,即便事后表示悔恨,也不能掩盖可鄙的本质。他认为这封信表现出格里菲斯的懦弱和虚伪,还有那令人憎厌的自作多情。

"这样就想摆平事情,不是显得太容易点了吗?"菲利普自言自语,"你对别人做了恶事,然后说声对不起,就觉得万事大吉了。"

他一心希望将来有一天他能有机会狠狠地报复格里菲斯。

不过,不管怎么说,他知道米尔德里德已经回伦敦了。他匆匆忙忙地穿好衣服,没顾上刮脸,喝了杯咖啡,就乘了一辆出租马车赶往她的住处。马车似乎是在爬行。他心急如焚地想要见她,无意中他向早已不再相信的上帝祈祷起来:希望祂能让她友好地待他。他只想要忘记过去的一切。怀着忐忑的心情,他按响了门铃。在他心中炽热燃烧的情欲使他忘记了自己所受的痛苦,他只想重新把她搂进怀里。

"米勒太太在家吗?"他高兴地问。

"她走了。"女仆回答。

他一脸茫然地望着她。

"一个小时前她回来,把她的东西取走了。"

有一会儿,他都不知道他该问点什么了。

"你把我的信给她了吗?她说她去哪儿了吗?"

此时,他明白米尔德里德又一次欺骗了他。她回来不是要找他的。他努力想挽回自己的面子。

"哦,好的,我应该很快就会有她的消息了。她也许把信寄到了另外一个地址。"

他失望地往家里走。他本该知道她会这么做的;她从来就没有喜欢过他,从一开始,她就是在愚弄他;她丝毫没有怜悯、仁慈之心;她很冷血。现在唯一能做的就是接受现实。他正在忍受的痛苦是常人难以承受的,他宁愿死去,也不愿意受这份折磨了;一个念头在他的脑海里闪现,最好是把这一切都彻底了结:他可以跳进河里淹死,或是卧轨自杀。可这种想法刚一出现,就被他否定了。他的理智告诉他,他的这一苦痛终究会随着时间消逝;只要他努力,他是能够慢慢忘记她的;为一个下流的荡妇而结束自己的性命,岂不荒唐。他的生命只有一次,轻易地抛弃它,简直是作孽。他觉得他将永远克服不掉这一情欲了,然而,他知道,这毕竟只是个时间问题。

他不愿意再待在伦敦,这里的一切都让他想起他的不幸。他给伯父发了电报,说他即日将回到布莱克斯特伯尔,然后他整理行装,乘坐当天最早的一趟火车赶回家去。他要离开那充满晦气的住所,他在那里已承受了太多的痛苦。他讨厌他自己。他觉得他就快要疯了。

长大以后,菲利普便住在牧师住宅最好的空房里。那是间拐角房,屋里有两扇窗户,一扇窗户的外面有棵老树,挡住了外面的景观,可是从另一个窗口,越过花园和耕田,能眺望到广袤的草原。很小的时候,菲利普就记得房里贴着糊墙纸,上面画满了维多利亚时代早期风格的稀奇古怪的水彩画,那是牧师年轻时的一个朋友画的,虽然有些褪色,可看上去仍有一种迷人的风韵。梳妆台四周围着硬硬的平纹细布。另有一个存放衣服的古色古香的高脚柜。菲利普惬意地舒了一口气。他以前从未想过屋子里的这些东西对他还会有任何意义。

在牧师住宅,生活一如往常。屋里的家具没有一件曾挪动过地方,牧师每天吃着同样的饭食,说着同样的话,做着同样的散步。他比以前略微胖了些,比以前更褊狭了些,也更少说话了。他早已习惯了没有妻子陪在身边的生活,也很少怀念她。他仍然跟乔赛亚·格雷夫斯拌嘴。菲利普去看望教堂执事。执事比从前稍瘦了些,更白了点,看上去更严厉了些;他还是喜欢独断独行,仍然反对把蜡烛摆在祭坛上。沿街的商铺依然显得古雅,怡人。菲利普站在一家专售海员用品的商店门前,这里出售高筒雨鞋、防水油布和风帆的滑车索具等,这里曾激起他儿时对大海的向往,对未知世界充满魅力的探险。

每当有邮差敲门,菲利普的心都禁不住怦怦直跳,想着或许会有经伦敦房东转来的米尔德里德的信;但他知道这根本不可能。现在,他能平心静气地想这件事了,他也逐渐明白他为让米尔德里德爱他所做的努力都是徒劳的,可以说,他是在尝试不可能之事。他不太清楚男女之间的事,他不知道是他们身上的什么东西使其中一方成了奴隶:权且称为性欲的本能吧;可如果仅仅是性欲的话,他就无法理解,为什么它能对一个人产生那么大的吸引力,而另一个人却无动于衷呢?这种性本能是不可抗拒的:思想无法与它抗争;友谊、感激之情、利害得失,在它面前都变得软弱无力。因为他在性欲方面未能引起米尔德里德的兴趣,所以他做的一切都对她毫无影响。这一想法令他反感,因为这样一来,便使人性变得像是兽性了;他突然觉得人类的内心充满着阴暗面。因为米尔德里德对他冷淡,他就以为她没有性欲;她那贫血的面色和薄薄的嘴唇,窄小的臀部和扁平的胸脯,还有她那副有气无力的样子,都让他这样认为。可是,她炽烈的情感却会突然爆发,使得她为了满足情欲,愿意去冒任何风险。他以前怎么也不理解她为什么会跟埃米尔·米勒私奔,那根本不像是她的作为,对此,连她自己也无法解释清楚。然而,他现在目睹了她与格里菲斯之间的恋情,便知道她当时跟埃米尔·米勒是怎么回事了:她是被一种无法控制的情欲席卷了去。他试图探究出这两个男人身上究竟有什么,那么强烈地吸引了她。他们两个都有那种粗俗的逗笑本领和猥亵的天性,能满足她粗鄙的幽默感;可真正令她对他们痴迷的也许是那露骨的情欲,而这正是他俩最显著的特征之一。她的假充风雅和矫揉造作使她不愿面对粗鄙的现实,她觉得肉体的官能是不体面的,她用各种委婉的说法来表达普通事物,总认为用一个雕琢的词汇比简单的词汇更为恰当;可这两个男人的兽性像一根鞭子抽打在她瘦弱、白嫩的肩头,让她在感到痛苦和悸怕的中间,又撩起了她的情欲。

菲利普已经拿定了主意,他再也不愿回到那个让他承受了许多痛苦的住所去了。他写信给房东,通知她他要搬走,先帮他看管好他的东西。他决心要租那种不带家具的房子,这样的屋子住起来更怡人,而且还便宜一些。租金便宜,是他首要考虑的问题,因为在过去的一年半里,他花掉了将近七百英镑。他必须非常节俭,才能弥补这亏空。有时他会充满担忧地想到未来,他真傻,竟然会给米尔德里德花了那么多钱;可他知道一旦再遇到类似情况,他还是会这么做。有时候想起朋友们对他的看法,菲利普不免觉得好笑:因为他不善于表达他的情感,而且行动较为迟缓,就认为他有主见,遇事冷静,考虑周全,通情达理;可他知道那平静的外表只是他无意中给自己罩上的面具,就如同蝴蝶身上的那层保护色一样;甚至连他自己,都为自己意志的软弱而感到吃惊。在他看来,他就像是风中的一片树叶,每一丝轻微的感情都能让他左右摇摆;每当情感攫住他时,他就变得软弱无力。他没有一丁点儿的自控力。他只是看似能掌控自己,那只是因为他对打动了许多人的事物,能采取一种漠然的态度。

他不免有些自嘲地想到他为自己演绎出的那套人生哲学,它在他处于紧急关头时,似乎并没有起到多大的作用。他不知道人的思想是否能在生活中的危急关头给人以助益:在他看来,人是受着某种陌生的却又是存在于自身的力量的摆布,这一力量驱动着他,犹如地狱的飓风不断地驱赶着保罗和弗兰切斯卡①一样。他谋划好了他要做的事,可到了行动的时候,他却在本能、情感和其他难以名状之物的裹挟中间,变得失去了力量。他像一台机器那样,受着周遭环境和自身

---

① 弗兰切斯卡,13世纪意大利的女贵族。意大利诗人但丁在《神曲》第一部的《地狱篇》中使她名传千古。

性格这两种力量的驱使；他的理智像个旁观者般站在一旁，观察着这些现象，却无力加以干预：它就像是伊壁鸠鲁描绘的诸神，在九天之上遥望着世人的所作所为，却不能把人世间发生的事改变一丝一毫。

79

为给自己找房子，菲利普在开学的前几天赶回了伦敦。他在与威斯敏斯特大桥路相连的几条街道上四处寻觅，可这一带的房子比较脏，他都不太满意。最后，他在安静、古朴的肯宁顿街找到一所住宅。它多少让人想起萨克雷所熟悉的泰晤士河这一侧的伦敦。肯宁顿街两侧的法国梧桐树正在顶出新叶——纽科姆①一家去往伦敦西区时，一定驾着他们的四轮马车经过这里。菲利普看中的那条街上的房子都是两层楼，大多数窗户上都贴着出租房屋的告示。他在一家写明出租不带家具的房子前停下来，敲了门。一个不苟言笑的妇人带着他看了四间小屋，其中的一个屋子里有厨房灶台和洗涤槽，租金是一个星期九先令。菲利普并不需要这么多屋子，可房租倒是不高，而且他也想尽快安顿下来。他问女房东能否帮他打扫屋子并提供早餐，可女房东说她现在就已经很忙了，腾不出时间干别的。听到此话，菲利普倒也挺高兴，因为这表明除了收房租，她不想跟他再有别的往来。她告诉他，如果他去路口那家兼做邮局的杂货铺打听一下，应该能找到一位愿意帮他"干杂活"的女人。

菲利普有些家具，是他这些年在外面租房子时积攒下的，有一把在巴黎买的扶手椅、一张桌子、几幅画、一小块克朗肖送给他的波斯地毯，还有一张伯父给他的折叠床——以前这床是八月份出租房屋时给游客用的，现在不再出租房子，也就没用了。另外，菲利普又花了十英镑买了一些其他的生活必需品。他买了十先令金黄色的糊墙纸，

---

① 纽科姆，英国著名小说家萨克雷（1811—1863）的小说《纽科姆一家》中的主人公。

把一个屋子裱糊了起来,准备拿它当客厅用。他在墙上挂了劳森送他的素描《奥古斯丁码头》,以及安格尔的《女奴》和马奈的《奥林匹亚》绘画的照片,当年在巴黎时,他常常边刮胡子边观赏这两幅画。为了不让自己忘记他也曾学过绘画,他挂起了他为年轻的西班牙人米格尔·阿胡利亚画的那幅木炭肖像画,这是菲利普画的最好的一幅画——一个裸体男子,两手紧握成拳,脚趾有力地抠着地面,脸上那坚毅的表情令人难忘;尽管时间久了,菲利普对这幅画的缺点也看得更加清楚,可因为它能勾起他诸多联想,他也就能较为宽容地看待它了。他不知道米格尔后来到底怎么样了。世上再没有比没有才能的人非要追求艺术更可怕的事了。或许,由于常年忍饥挨饿,风餐露宿,疾病缠身,米格尔早已死在了哪家医院,或者因为绝望,已跳进塞纳河喂了鱼;再或许,他那西班牙南部人见异思迁的品性早已让他放弃了对文学艺术的追求,现在已经在马德里的一家事务所里做了职员,把他激昂雄辩的口才用到政治和斗牛上去了。

菲利普邀请劳森和海沃德来参观他的新居,他们应邀前来,一个提来一瓶威士忌,另一个带来肥鹅肝酱;他们称赞他的饭菜做得味美色香,他听得心里美滋滋的。他本也想邀请那个做证券生意的苏格兰人的,可是家里只有三把椅子,因此只能招待有限的客人。劳森知道通过他,菲利普和诺拉·内斯比特相好了,此时,他跟菲利普说,几天前他碰到诺拉了。

"她还向你问好呢。"

听到劳森提起她的名字,菲利普脸红了,他仍然没能改掉遇到尴尬场面时会脸红的习惯,劳森疑惑的目光看向他。现在,劳森每年大部分时间都待在伦敦,穿着打扮也伦敦化了,他剪了短发,穿着一件哔呢衣服,戴着一顶圆顶硬礼帽。

"我想,你俩之间的关系已经结束了。"劳森说。

"我有好几个月没有见过她了。"

"她看上去精神很好,戴着一顶很漂亮的帽子,帽子上面装饰着许多雪白的鸵鸟羽毛。她的事业一定干得不错。"

菲利普改了个话题,可脑子里还想着诺拉。过了一阵子,三人正谈着别的事情时,他突然问:"你觉得诺拉生我的气了吗?"

"没有。她说了你的许多好话。"

"我想去看她的。"

"她不会吃了你的。"

菲利普常常想起诺拉。当米尔德里德离他而去时,他首先想到的就是诺拉,他跟自己说,诺拉是绝对不会这样对他的。他本想去诺拉那里,他知道她会同情和安慰她;可他觉得自己没有脸去,她一直对他很好,而他对她却那般绝情。

"要是我能理智点,不离开她就好了!"他对自己说。后来,在劳森和海沃德走了以后,他抽起了睡前的最后一管烟。

菲利普当然记得,他和诺拉在文森特广场街那舒适的起居间里所度过的美好时光,他们一起去看画展,看戏,还有夜晚的那些温馨、亲密的谈话。他记得她对他幸福的牵挂和对他的事情的关心。她对他的爱友好而长久,远远不只是情欲,几乎可以算得上是一种母性的爱。他始终觉得这种爱情是宝贵的,为此,他应该衷心地感谢诸神。他拿定了主意,要去祈求她的宽恕。那时,她一定蒙受了巨大的伤痛,可他觉得她心胸豁达,应该能原谅他;她不是那种耿耿于怀的人。他要不要先给她写封信?不用。他要突然出现在她面前,一下子匍匐在她的脚前——他知道真去她家时,羞怯的本性让他根本做不出这种戏剧性的动作,但他还是喜欢这样想——告诉她,要是她还能接受他的话,他再也不会三心二意了。他过去的那段孽缘已经彻底了结,他已知晓了她的价值,她现在完全可以信任他。他想到了未来。他想象着他们俩星期日泛舟在河面上,他会带她去格林尼治,他永远不会忘记他与海沃德的那次格林尼治之行,伦敦港的美景永远珍藏在他的记忆中。在夏日的下午,他们会坐在公园里聊天:想起她那愉快的谈吐,宛如溪流汩汩地流过河底的小石,风趣,俏皮,又富于个性。他所经受的痛苦会像噩梦一样,从此永远地消失。

可当第二天他在用茶点时分,叩响诺拉的房门时,他的勇气一下子全没了。她会原谅他吗?这样突然闯入她家,强行见面,会不会显得太无礼了。一位他以前没见过的女仆为他打开门,他问内斯比特太

411

太是否在家。

"你能问一下她是否愿意见凯里先生吗？"他说，"我在这里等着。"

仆人上楼去通报，不一会儿，又噔噔地跑了下来。

"先生请进吧。主人在二楼的正屋里。"

"我知道的。"菲利普微微地笑着说。

他忐忑不安地上了楼，敲了一下屋门。

"请进。"那欢悦的嗓音是菲利普非常熟悉的。

她好像是在说，来，让我们俩一起进入祥和、幸福的新生活吧。他进去时，诺拉迎上前，跟他打招呼，握手，就好像前一天他们还见过面似的。一个男人站了起来。

"这位是凯里先生——这一位是金斯福德先生。"

发现还有别人在，菲利普很是失望，他坐下来，打量着这位陌生人。菲利普从未听她说起过这个名字，不过，在菲利普看来，这位叫金斯福德的先生坐在椅子里倒是一副很自得的样子。他四十岁左右，脸刮得很干净，略长的金色头发梳理得很整齐，他的皮肤微微发红，从他略显疲惫的眼神看得出，他年轻时也曾帅气过。他的嘴和鼻子挺大，颧骨很高，他身材魁梧，腰宽肩阔，个头也比普通人高一截。

"我正纳闷呢，你最近一段时间是怎么啦，"诺拉欢快地说，"那天我碰上了海沃德先生——他告诉你了吗？——我跟他说，你是时候该来看看我了。"

菲利普从她脸上看不出一丝尴尬的表情，这次自己觉得会很别扭的见面，她竟能表现得如此从容，令他赞服。她给他端来了茶。她正要往里面放糖时，菲利普止住了她。

"噢，看我多蠢！"她喊道，"我给忘记了。"

他不相信她会忘记。她一定非常清楚地记得，他喝茶是从不放糖的。从这件事可以看出，她的轻松是装出来的。

因为菲利普进来所中断的谈话又继续进行下去，不一会儿，他就觉得他在他们俩中间有些碍事。金斯福德对菲利普并没有特别留意，他口齿流利、饶有兴味地谈着,不过,稍有些武断和固执己见之嫌:他看上去像个记者,对谈到的每个话题都有些有趣的见解;不过,发现这场谈话中没有自己的分,还是让菲利普感觉有些恼火。他决定一直坐在这里,直到这位客人离开。他不知道此人是否爱慕诺拉。以往,他和诺拉常常谈起那些想跟她调情的男人,并且一起嘲笑他们。菲利普试着把话题转到只有他和诺拉知道的事情上去,可每次都被这位记者插了进来,将谈话再次引到菲利普只能保持缄默的话题上。菲利普略微有些生诺拉的气,因为她一定看出他正受着这位客人和她的冷落;不过,她或许是想以此来惩罚他一下。这样一想,他的心情又变得好了起来。终于,在时钟敲过六下之后,金斯福德站了起来。

"我得走了。"他说。诺拉跟他握手,陪他走出过道,在关上门后,在外面跟他又站了几分钟。菲利普纳闷他们俩会谈些什么呢。

"这位金斯福德先生是做什么的?"她回到屋里时,菲利普蛮开心地问。

"噢,他是哈姆斯沃思杂志的编辑。最近一段时间,他采用了我不少作品。"

"我以为他会坐着不走了呢。"

"我很高兴你留了下来,因为我想和你谈谈。"她将自己的整个身体蜷缩在扶手椅里——只有她那样娇小的身材才能做到——然后,点了一支烟。看到她又坐回那每每令他发笑的姿势,他微微地笑了。

"你像是一只小猫咪。"

她用她黑亮、娇媚的眸子望了他一眼。

"我真的是该改改这个习惯了。到了我这样的年龄,还像个孩子一样,岂不叫人笑话,可把腿放在身体下面这样坐着,觉得舒服。"

"又坐回到这间屋子的感觉真好,"菲利普说,"你不知道我有多怀念这里。"

"那你为什么不再早一点儿来我这里呢?"她欢快地问。

"我有些害怕。"他说着脸红了。

她看着他的眼神友好而慈爱,嘴角露出迷人的笑容。

"你根本不必害怕。"

他迟疑了一会儿。他的心跳在加快。

"你还记得咱们上一次的见面吗?我对你的态度那么糟糕——我很为自己的行为感到羞愧。"

她用眼睛直直地看着他,没有回答。他有些慌乱,好像自己是来办一件他现在才意识到是荒谬不堪的事。她没有帮他解围,他只好自己冒失、含糊地说:"你能原谅我吗?"

接着,他迫不及待地告诉她米尔德里德已经离开了他,他所承受的剧烈痛苦几乎让他自杀。他跟她讲了发生在他和米尔德里德之间的所有事情,关于她的孩子的出生,格里菲斯的第三者插足,他自己的愚蠢,对他们的信任以及他所受到的欺骗。他告诉她他常常想到她对他的关心和爱,他多么后悔自己抛弃了这份爱;唯有跟她在一起,他才快乐,他现在知道了她的爱有多么珍贵。他的声音因为内心充溢着的情感而变得有些沙哑。有时,他对自己所说的话甚感羞愧,说的时候眼睛只是盯着地板。他的面部由于痛苦而变得扭曲,然而,在把这一切说出来之后,他又感到异常的轻松。他终于说完了。他精疲力竭地靠回到椅背上,等着。他没有隐瞒任何东西,甚至,不惜将自己贬低得超出实际情况。她一直没有说话,这让他很惊讶。最后,他终于抬起眼睛,发现她没有看他。他脸色煞白。她似乎沉浸在深思之中。

"你有话跟我说吗?"

她怔了一下,脸涨红了。

"你度过了一段极不快活的日子,"她说,"我真为你难过。"

她欲言又止,菲利普等着她说下去。最后,她似乎是逼迫自己开了口:"我已经跟金斯福德先生订婚了。"

"你为什么不一开始就告诉我?"他喊起来,"你大可不必让我在你面前再丢一次脸。"

"抱歉,我没能阻止你……我跟他认识,是在你——"她似乎在斟酌着话语,以免伤了他的自尊心,"告诉我你的朋友回来后不久。我当时的境况也够可怜的,他待我非常好。他知道是有人甩了我,当然,他不知道是你,我真不晓得要是没有他我会怎么样。突然间,我觉得，我不能就是这样一直工作，工作，工作了；我累了，觉得自己太苦啦。我告诉他我丈夫的情况。他愿意为我出钱，帮助我跟丈夫离婚，只要离婚后能尽快嫁给他。他有份不错的工作。我以后不需要找任何事情做，除非是我自己想做。他是那样喜欢我，那么想要关心和呵护我。我被深深地感动了。现在，我也非常非常喜欢他。"

"那么，你跟你丈夫离婚了吗？"菲利普问。

"我已经拿到离婚判决书了。判决书在七月份生效，到那时我们就结婚。"

菲利普沉默了一会儿。

"我真希望刚才没有出洋相就好了。"他最后呢喃道。

他正想着刚才倾吐自己冤屈的那丢人现眼的一幕。她用好奇的目光望着他。

"你从来也没有爱过我。"她说。

"相爱并不是一件愉快的事。"

不过，他总是能让自己很快镇定下来。然后，他站起来伸出手，说道："我希望你能幸福。这对你来说，毕竟是最好的归宿了。"

诺拉握着他的手，有些不舍地望着他。

"你会再来看我的，是吗？"她问。

"不。"他摇着头说，"看到你幸福，我会嫉妒的。"

他迈着缓缓的步子离开了她的住所。毕竟，她说的是对的：他从来也没有爱过她。他感到失望，甚至有些恼怒，不过，要说受到了触动，主要是他的虚荣心，而不是他的内心。他深知这一点。他很快意识到是诸神跟他开了个天大的玩笑，他无情地嘲笑自己——一个人爱拿自己的荒诞行为来自娱，也不是件令人愉快的事。

80

在接下来的三个月，菲利普开始接触一些新的学科。两年前大量涌入医学院的那批学生，其人数已经减了不少：一些是因为发现考试比预想的更难通过，就离开了学校；有些是被发现伦敦生活费用过高的父母叫了回去；还有一些是从事了别的行业。菲利普认识的一个青年，发明了一种别出心裁的挣钱方式，他廉价买入物品，然后再把它们典当出去，不过，他很快发现典当赊买的商品利润空间更大；当有人在违警罪法庭的诉讼程序中供出他的名字时，在学校引起了小小的轰动。先是这位青年被羁押，然后是他受到惊吓的父亲出来作保，后来到海外去履行他"白人的使命"①去了。另一个是从未进过城的年轻人，他被城市的生活所吸引，迷上了杂耍剧场和酒吧间；整天混迹于赛马迷、提供赛马情报的人和驯马师中间，现在，他成了赛马赌注登记人的助手。菲利普曾在皮卡迪利广场附近的一家酒吧见过他一次，他穿着紧身外套，戴一顶宽边的棕色帽子。第三个年轻人是有唱歌和模仿的才能，曾在医学院的音乐会上模仿大名鼎鼎的喜剧演员获得成功，他后来改行去了一家音乐喜剧合唱团。还有一个人（他之所以引起菲利普的兴趣，是因为他的粗鲁举止和说话时的大叫大嚷，那表明他不能拥有任何深沉的情感）觉得伦敦的室内生活太窒息。他因整日待在封闭空间而变得形容憔悴，感觉自己那不知是否存在的灵魂，像被捉在手中的麻雀那样挣扎着，他惊恐地喘息着，心跳加快，他渴盼着去到头顶是寥廓蓝天的空旷原野，他的童年就是在那样的环境中度过的。有一天在课间休息时间，没有跟任何人打招呼，他就离开了；后来他的朋友们听说他已放弃了学医，去了一家农场干活。

菲利普现在开始上医药学和外科学的课程。他一星期有几个上午到门诊去给病人包扎，会挣到一些零用钱；听诊课就在门诊时学习，在那里他学会了如何使用听诊器。他还学习配药。七月份，他将参加医药学的考试——摆弄各种药物，调制各种混合药剂，滚压药丸，制作软膏，是菲利普乐意做的事。他对任何能从中获得人生经验的事

---

① 1615年，英国国王宣布，犯下重罪的罪犯有两种选择：一是被处决，二是去北美当奴隶。据估计，截至美国独立战争爆发，已有超过5万名"罪犯"被押送到美洲殖民地成为白人奴隶，约占当时北美殖民地人口的1%。他们中有些确实是罪犯，但更多的只是有一点过失的穷人。

情,都会积极地去做。

他在远处见过格里菲斯一次,可并没有出现想要杀死他的那种冲动,而是躲开了他。当菲利普意识到格里菲斯的朋友们(其中有一些现在也成了他的朋友)已经知道了他与格里菲斯之间的争执及缘由时,他见到他们就变得有些不太自然了。在这中间,有一个瘦高个,小脑袋,举止神态都显得懒洋洋的人,他的名字叫拉姆斯登,他是格里菲斯最铁杆的崇拜者,无论是打的领带、穿的靴子、谈话的方式,还是行走站立的姿势都模仿格里菲斯;他告诉菲利普,格里菲斯因为没有接到菲利普的回信,变得非常沮丧。他想与菲利普和好。

"是他让你来当说客的吧?"菲利普问。

"噢,不,这完全是我自己的主意。"拉姆斯登说,"他对自己的行为感到非常难过,他说你一直都对他那么好。我知道他想跟你重归于好。他之所以不来医院,就是怕遇上你,他觉得你会杀了他。"

"我会的。"

"这让他整日心神不宁。"

"对他感到的这些许不便,我根本不会同情。"菲利普说。

"他愿意尽一切努力跟你达成和解。"

"多幼稚,多虚伪!他干吗那么在乎呢?我只是个非常不起眼的小人物,没有我做他的朋友,他一样会过得很好。我对他已经没有任何兴趣了。"

拉姆斯登认为菲利普冷漠无情。再次说话前,他张望了一下四周。"哈利真的希望,他从未跟这个女人有过任何交集。"

"是吗?"菲利普问。他对自己在问话中表现出的淡漠口吻很是满意。可有谁知道,他的心是在如何狂烈地跳动着啊,他急切想听拉姆斯登继续讲下去。

"我想,你已经从这段感情中走出来了,是吗?"

"我吗?"菲利普说,"那是当然的啦。"从拉姆斯登口中,菲利普渐渐了解了米尔德里德和格里菲斯之间关系的始末。他嘴角带着微笑倾听着,他面上装出的平静瞒过了这个头脑迟钝的学生。米尔德里德与格里菲斯在牛津一起度过的周末,不是消减而是更加煽起了她这突然萌生的情欲；当格里菲斯从牛津返回家后，她突然心血来潮，决定在牛津再待上两三天。因为在牛津的这几天她过得太愉快了，她觉得什么也不能诱使她再回到菲利普身边了，他令她心生厌恶和反感。格里菲斯对自己在她心中燃起的欲火吓了一跳，因为在乡下与她度过这两天时，他已感觉乏味，不希望将这段有趣的插曲变成令人腻味的恋爱关系。她让他承诺回家后一定要给她写信，而作为诚实有礼，平日里就愿意讨好众人的他，到家后便给她写了一封动人的长信。她激情澎湃地写了回信，行文笨拙，凌乱且粗俗——因为她显然没有表达才能。这封信让他觉得厌烦，当他在之后两天又接连收到她的第二封、第三封信时，便不再觉得她的爱令人欣喜，而是令人惊讶了。他没有回信。她就接二连三地拍来电报，问他是否病了，是否收到了她的信。她说，他的缄默令她很是担心。他不得已给她写了回信，他把信写得尽可能地随意，而又不至于得罪她：他恳求她不要给他拍电报，因为他很难向母亲解释这一封封的电报，他母亲是个传统保守的女性，依然认为拍电报是出了什么紧急或是人命关天的事。她的信由下一班邮差带了回来，说她必须要见他，她要典当她的东西（菲利普送给她的结婚礼物，那个梳妆盒可以典当八英镑），以便能住到离他父亲行医的村子四英里外的镇上。这可吓坏了格里菲斯，情急之下，他不得不拍了封电报，告诫她千万不能这么做，他表示一回到伦敦就告诉她。待他回到伦敦时，他发现她已经到他任职的医院找过他了。他不喜欢她这么做，见到她时便直截了当地告诉她以后不许以任何借口再到医院来找他。而隔了三个星期再见到她，他觉得她更让人讨厌了。他纳闷自己以前为什么会跟她扯上关系，决意要尽快地甩掉她。他这个人害怕跟人吵架，也不愿意给别人造成痛苦；再说，他还有许多别的事情要做，所以，他决心不让米尔德里德来烦他。在碰到她时，他堆出满脸的笑容，仍是显得那般风趣、欢快友好；他会为这段时间没有见面，捏造出令人信服的借口；他千方百计地躲开她。在她强行提出要跟他约会时，他总是在最后一分钟给她拍个电报，告诉她他有事去不了；他告诉他的房东（在任职的头三个月，他住在公寓里），她来找他时，就说他出去了。因为没有其他办法，米尔德里德就在路上拦截他。她会几个钟头地等在医院附近，碰到她时，他会停下来说些好听、友好的话，随后借口说有事情要处理，赶紧跑掉。后来，他学精了，能不被发现地从医院溜走。有一次，他深夜回住所，看见一个女人站在公寓栏杆边，猜到可能就是米尔德里德，他便到拉姆斯登的宿舍住了一夜。第二天，女房东告诉他米尔德里德坐在门口的台阶上哭了几个钟头，最后，女房东不得不吓唬她说，她要是再不走，就要喊警察来了。

"要我说呀，老兄，"拉姆斯登说，"你跟她没了瓜葛，是件好事。哈利说要是他当初要是知道她那么难缠的话，他是绝对不会跟她有染的。"

菲利普想象着她深夜几个小时坐在台阶上。他仿佛看到女房东在打发她走时，她抬眼看女房东的无助的表情。

"不知道她现在怎么样啦？"

"哦，谢天谢地，她现在找了个活干。这让她没有时间再整天到处跑了。"

在夏季学期结束之前，菲利普听他的朋友们说，在米尔德里德持续不断的纠缠下，格里菲斯终于放下了斯文，变得恼怒了。他警告她说，他已经对她厌恶至极，她最好还是好自为之，不要再骚扰他了。

"他只能这么做，"拉姆斯登说，"这个女人有些太过分了。"

"事情就这样了结了吗？"菲利普问。

"噢，他有十天没有见过她了。你知道，哈利甩女人很有一套，这是他搞过的最难缠的女人了，不过，他最终还是摆脱掉她了。"

菲利普之后再也没有听到过米尔德里德的消息。她消失在了伦敦这座巨大城市的茫茫人海中。

81

冬季学期开始时，菲利普成了门诊医生的助手。有三个助理医生负责门诊部，每个助理医生一个星期要在门诊部值两天班。菲利普报名在蒂勒尔大夫手下当助手。他很受学生的欢迎，不少同学争着想做他的助手。蒂勒尔大夫今年三十五岁，瘦高个，小小的脑袋，一头红发剪得短短的，一双湛蓝的眼睛，面色红润有光。他很健谈，且嗓音悦耳，爱开玩笑，是个乐天派。他可说是个成功人士，有丰富的临床经验，有望获得爵位。由于常年跟学生和穷人打交道，他有了一副恩人的派头，在长期救治病人期间，他健康快乐的禀性以及他的乐善好施给人们留下深刻的印象，这也是一个好的会诊医生应该具有的职业品性。蒂勒尔大夫让病人觉得自己像是站在一位和蔼可亲的教师面前；他的病就像是调皮捣蛋搞出的恶作剧，不但不会让老师觉得烦，反而觉得有趣呢。

医学院的学生必须每天到门诊部观察病例，获得尽可能多的知识；但当他们担任医生助手时，职责就变得更为明确了。在那个时候，圣卢克医院的门诊部有三间互相通连的就诊室，另有一间光线暗淡的大候诊室，里面立着一些大石柱，摆着许多长凳。中午挂到号的病人就是在这里等候，他们排着长队，手里提着瓶子和药罐，有些衣衫破烂，看上去脏兮兮的，有的则穿着体面。这些不同年龄段的男人和女人，还有孩子们，都坐在这间昏暗的屋子里，给人一种怪怪的森然的感觉。他们使人想起奥诺雷·杜米埃①的那些阴森恐怖的画面。所有的房间都涂成一样的颜色，橙红色的墙壁和栗色的护墙板；房间里有股很浓的消毒水气味，到了下午又夹杂进人的臭汗味儿。第一个门诊室最大，正中央摆着医生的一张桌子和一把办公椅；诊室两边各放着一张较小和较低的桌子：一边坐着住院医生，另一边坐着医生助手，负责当日的"病例簿"。这是一本厚厚的册子，上面记录着病人的名字、年龄、性别和职业，还有对其病情的诊断。

住院医生一点半会来到门诊室，然后按铃叫来门房，让他先把老病号领进来。老病号的人数每天都不少，在两点钟蒂勒尔大夫到来之前，要尽可能多地处置完这些病人。这位住院医生是个小个子，动作

---

① 奥诺雷·杜米埃（1808—1879），法国著名画家，讽刺漫画家，雕塑家，版画家。

敏捷，自视甚高：他在助手面前总摆出一副屈尊降贵的做派，有些年龄与他相仿的高年级学生对他态度较为随便，也缺乏应有的尊重，对此他颇有怨言。住院医生开始看病，助手从旁协助。病人们鱼贯而入。男人们排在前面，慢性支气管炎和"令人头痛的咳嗽"是他们的主要病症。往往一个病人来到住院医生跟前，另一个到了助手那边，分别递上他们挂好的号。如果进行得顺利，住院医生或助手就会在挂号票据上写明"继续吃十四天"的字样，然后，病人会提着药瓶或药罐到药房去领十四天的药物。一些老滑头有意往后面站，以便等到蒂勒尔大夫来给他们看诊。不过，他们很少有成功的。只有少数三四个病情严重的能留下，等着大夫的到来。

蒂勒尔医生动作轻盈，走进来的时候似一阵风般。他让人想起马戏团的丑角，一边喊着"我们又见面了"，一边跃上马戏团的台子。看他的那副神情，好像是在说，病这玩意儿算得了什么呢？我马上就能给你们治好。他坐了下来，问是否有老病号要让他看。接着，便迅速地检查这些老病号，一边询问他们的症状，一边用他那双精明的眼睛打量他们，不时还开上一个玩笑，逗得助手们和住院医生都哈哈大笑。不过，在住院医生看来，助手们笑成那样未免有失体统。接着，住院医生会寒暄几句，然后按铃叫门房把新病号带进来。

病人们一个接一个地走到蒂勒尔医生的桌子前。他们各个年龄段都有，大多数都是劳动阶层，有码头工人、运货的车夫、产业工人、酒吧的侍者；其中有一些人穿着体面，显然是属于稍高一些的社会阶层，如商店售货员、职员等。蒂勒尔医生对这类人盯得比较紧，他们有时会穿上破烂的衣衫，装出很穷的样子，但他目光敏锐，总能识破他们弄虚作假的把戏。有时，他干脆拒绝给那些他认为付得起诊疗费的人们看病。女人们多是重犯者，她们的欺骗方式很笨拙，她们会穿上破破烂烂的裙子和外套，却忘了把手上的戒指摘掉。

"如果你能戴得起戒指，你就能请得起医生。我们医院是为穷人看病的慈善机构。"蒂勒尔大夫说。

蒂勒尔大夫把她挂的号还给她，叫了下一位病人。

"可是我已经挂了号呀。"

"我不管你挂没挂号,你出去吧。你不必来这里,耽误真正的穷人们看病的时间。"

这个病人绷着脸,气呼呼地出去了。

"她或许会给报社写信,控诉伦敦的医院管理不善。"蒂勒尔大夫笑着说。接着,他用精明的眼神打量着下一个病人,接过了他的挂号。

大多数的病人都认为医院属于国家机构,既然他们已经向国家纳过税了,他们就拥有了接受治疗的权利。他们以为给他们看病的这位大夫一定挣钱不少。

蒂勒尔大夫分配给他的助手每人一个病人,让他们给病人做检查。助手们把病人带到里面的小房间,每个小房间里都配有一个上面铺着黑马毛呢的长沙发;助手们问病人各种各样的问题,给他们的肺部、心脏和肝脏做检查,将病情一一记录在病历卡上,并在自己的脑子里形成一个初步的诊断意见,然后等着蒂勒尔大夫的到来。蒂勒尔大夫看完了男病人,就会来到这里,身后还跟着一群学生。这时,助手便大声念出他的检查结果。蒂勒尔大夫通常会问上一两个问题,然后亲自对病人进行检查。如果有什么特别的症状,学生们便会用他们手中的听诊器去听:这时你就会看到一个病人身边会围了四五个学生,两三个在前面听他的胸部,另外两个在后面听他的背部,而其余学生等在一旁,也着急地想听。病人站在这些学生中间,不免有些尴尬,可发现自己成为这么多人关注的对象,倒也觉得美滋滋的。在蒂勒尔医生津津有味地讲着这一病例时,病人不甚明白地听着。两三个学生随后会再次用听诊器去听,以求听出大夫所描述的那种杂音或是咿轧声,末了,才让病人穿上衣服。

在各种病例都检查完后,蒂勒尔大夫会回到那间大屋,再次坐在他的桌子前。他会问碰巧站在他身边的学生,应该如何给他们刚刚检查完的这位病人开药。这位学生会说出一两种药物来。

"是吗?"蒂勒尔大夫说,"哦,不管怎么说,你开出的药方挺大胆,挺特别的。不过,我想我们草率不得啊。"

这话总能逗得他的助手们哈哈大笑。因为自己的机智和幽默,蒂勒尔大夫高兴得眼睛里闪出光,随后,他会开出某种和学生们说的不同的药物。在碰到两个完全相同的病例,助手根据医生给前一个病人开的方子开出同样的药时,蒂勒尔大夫又别出心裁,想出了别的治疗方法。他当然知道药房的人通常都忙得要命,总希望病人来拿已经配好的现成药剂(那些因为医院的多年临床经验已证明行之有效的混合药剂),可有时为了让自己开心,他故意写出一个特别复杂的药方。

"我们得给药房里的人一些事情做。如果我们总是开这种'合剂',他们的头脑会变迟钝的。"

学生们都开心地笑了起来,医生便用愉快的眼神看着他们。临了,他按响电铃,在门房探进头来时,他说:"叫女病人吧。"

蒂勒尔大夫把身子靠在椅背上,跟住院医生闲聊着,等着门房把老病号们带进来。她们排成一行进来了,贫血的姑娘们额前梳着蓬松的刘海,嘴唇没有血色,她们无法消化那些劣质的、缺乏营养的食物;年老的女人们,瘦的胖的都有,由于生育多,已过早地衰老了,她们一到冬天就咳嗽不止,患这个病那个病的,女人的事就是多。蒂勒尔大夫和住院医生很快地给她们做着处置。随着时间推移,诊室里的空气变得越来越污浊。大夫看了看手表。

"今天初诊的女病人多吗?"他问。

"有不少,我想。"住院医生说。

"最好让她们也进来吧。你继续看老病号。"

对男人们来说,他们所得的常见病都与过度饮酒有关。可对于女人们来说,她们得的病大多是由于营养不良。大约六点钟时,看完了所有病人,因为一直站着,再加上浑浊的空气和对病人们全神贯注的观察诊疗,几个小时下来,菲利普已经累得够呛。现在,他和其他几个助手一起溜达着到医学院去用茶点。

他觉得医院的工作太有趣了。这里充满着人性,到处都是艺术家们可以用来进行加工的原材料,菲利普突然好奇而又激动地想到,他就处在艺术家的位置上,病人们就是他可以用来制成形象的胶泥。他不由得耸了耸肩,饶有兴味地想起他在巴黎的生活,在那里他沉溺于色彩、色调和明暗配合,以及诸如此类的东西,旨在创造出美的事物；与病人们的直接接触，给予他一种以前从未有过的力量感。看着他们的面孔，听着他们说话，这本身就是一种乐趣；他们到诊室来，每个人都有自己的特点，有的是邋遢地拖着脚走，有的是踏着小碎步，还有的脚步沉重迟缓，有些则很腼腆。往往从病人们的外表，就能猜出他们的职业。你知道用何种方法提问题，能让他们听得明白；你发现他们在哪些问题上几乎都在撒谎，你可以通过怎样的询问，套出他们的实话。你看到对待同样的事物，人们会有完全不同的态度。在被诊断出危重病时，有的人能泰然处之，哈哈一笑或开个玩笑，而另一个人遇到这种情况，则会变得哑然绝望。菲利普发现，自己跟病人相处，没有跟其他人在一起时那么腼腆；他对他们的态度，准确地说不是同情，因为同情隐含着屈就的意思，他跟他们在一起时觉得很自在。他发现自己能够使他们感到宽慰，不紧张。当他给病人做检查，查找病症时，觉得病人对他特别信任，放心地把自己交给他。

"或许，"他笑着暗自思忖道，"或许我生下来就是个当医生的料。如果现在碰巧找到了适合我的工作，那真不失为是件好事。"

在菲利普看来，所有的助手中，似乎唯有他看出了在医院度过的这些下午中存在的戏剧性意义。对其他助手来说，这些男人和女人只是病人，只要他们的病情复杂就好，如果病状明显，就觉得没意思；他们努力去听出杂音，惊讶地发现肝脏的异常，从肺中听到意想不到的声音，这些都是他们可资谈论的话题。但是对菲利普来说，就远远不止这些了。他觉得，只是看着这些病人，看着他们的头和手的形状，看着他们眼中的神情或是鼻子的长短，就能从中发现出意义。在诊室里，你看到人的本性突然受到袭击，风俗、习惯的面具被粗暴地撕下，能看到人的赤裸裸的灵魂。有时，在病人身上看到的那种天生的禁欲主义会深深地打动你的心。有一次，菲利普给一个目不识丁、举止粗鲁的男子做检查，做完后告诉他，他的病已经治不了了；菲利普对这位男子在陌生人面前表现得如此坚强和淡定，惊叹不已。可是当他一个人，独自面对自己的灵魂时，他还能表现得那么勇敢吗？在那个时候，他会陷入绝望吗？

有的时候，医院会发生悲剧的一幕。有一次，一个年轻的女人领着她的妹妹来做检查,一个刚满十八岁的花季少女,长得五官清秀,一双水灵灵的蓝色大眼睛,一头秀发在秋天阳光的照耀下映出缕缕金光,皮肤润滑如脂。同学们含笑的目光都看向了她。在这寒碜的屋子里,难得见到这么漂亮的姑娘。那个当姐姐的说了她们家的情况,她们的父母都死于肺结核,还有一个哥哥和一个姐姐也得这种病死了,现在就剩下了她们姐妹二人,她的妹妹最近咳嗽得厉害,瘦了很多。妹妹脱去罩衫,露出白嫩的脖颈,蒂勒尔大夫以他惯常的利落,默默地给她做了检查,他让两三个学生用听诊器听他用手指着的部位;末了,她穿上了衣服。姐姐稍稍站开了一点,她压低了声音跟大夫说话,免得让妹妹听到。她的声音因为担心而发颤。

"她没有那个病吧,大夫?"

"我只能说,她得的就是这个病。"

"她是最后一个了。要是她也走了,我就没有亲人了。"

她开始哭了起来,大夫在一边默默地望着她,他认为她也患有这种病,她也不会活得太久了。妹妹转过身来,看到姐姐在哭。她明白是怎么回事了。她可爱的脸蛋倏地变白,泪水从脸颊上滚落下来。姐妹俩静静地哭着,临了,姐姐不顾周围看着她们的人群,走到妹妹身边,把她搂在怀里,轻轻地来回摇晃着,好像她是个婴孩似的。

她们走了之后,一个学生问:"你认为她能活多久,先生?"

蒂勒尔耸了耸肩说:"她的哥哥和姐姐都是在发病后三个月死去的,她也会这样。如果有钱,还有些办法可想。你总不能告诉她们到圣马利兹医院去医治吧。对她们来说,已经没有办法了。"

有一回,一个体格强健、正值壮年的男子前来看病,说他常常受着疼痛的折磨,俱乐部的医生似乎已经治不了他的病;对他的诊断依然是死亡,但不是那种无药可治的可怕而又情有可原的死亡,而是因为这个人是复杂的文明社会这个庞大机器中的一个齿轮,犹如一架自动装置那样,没有能力对环境做出改变。彻底地休息,放弃一切劳作,是他活下去的唯一机会。医生没有要求他做不可能之事。

"你应该找个更轻松点的工作。"

"在我这个部门里,没有轻松的工作。"

"哦，如果你继续这样下去，你会死的。你已经病得很重了。"

"你的意思是说我就要死了？"

"我不想这么说，可你无疑已不适合做重体力劳动了。"

"如果我不干活，谁来养活我的妻子和孩子呢？"

蒂勒尔耸了耸肩膀，这种两难的困境他遇到足有上百回了。时间很紧，后面还等着许多病人呢。

"我给你开点药，你过一个星期再来，告诉我你的情况。"

男子拿着这张无用的处方走了出来。医生想怎么说都行。他的工作不错，可丢了它，他们一家可怎么生活？

"我看，他还能活上一年。"蒂勒尔大夫说。

有的时候，诊室里也会有喜剧上演。有些老女人时不时地会来这儿，她们很像是查尔斯·狄更斯所描绘过的那种人物，她们会喋喋不休地说些怪话，把医生们逗乐。有一次，来了一个著名的杂耍剧场的女芭蕾演员。她看上去有五十岁了，却说自己是二十八岁。她的妆化得很浓，还厚着老脸皮，用那双黑黑的大眼睛给学生们递送秋波；她撩人的笑容让人觉得既粗俗又可笑。她有着十足的自信心，她对蒂勒尔大夫的亲昵态度，就如同对一个已为她所倾倒的粉丝一样。她患有慢性支气管炎，她跟医生说这病妨碍了她从事的职业。

"我不明白，我怎么会患上这种病，真的，我不明白。我这一生没有生过一天病。你只要看看我，就知道我说得没错了。"

她的眼睛在年轻的助手们身上骨碌碌地乱转，长长的眼睫毛上涂着厚厚的睫毛膏，她冲着他们露出一口黄牙。她说话带着很重的伦敦腔，却又假充斯文，说出的每个字都显得滑稽可笑。

"你得的就是人们所说的冬天咳嗽病，"蒂勒尔大夫说，"很多中年妇女都患有这种病。"

"噢，我可不是！对一位年轻女士这么说话可不好。以前还从未有人说过我是中年妇女呢。"

她把眼睛睁得大大的，脑袋也偏向了一边，用难以形容的淘气神情望着他。

"这正是我们这个职业的一个不利之处，"大夫说，"它有时候让我们不能像别的男人们一样献上殷勤。"

她拿上开好的药方,又朝他过分亲昵地笑了笑。

"你会来看我跳舞的,对吗?"

"一定。"

大夫按电铃,叫后面的一个病人进来。

不过,总的来说,诊室给人的印象既不是悲剧性的,也不是喜剧性的,很难具体加以描述,它是五花八门,各种各样的;这里有眼泪,也有笑声,有欢乐,也有痛苦;它淡漠,令人憎厌,有时又让人觉得有趣。它就像你所看到的那样:它吵闹,富于激情;可又有严肃和严谨的一面;它有悲有喜;它既是简单的,又是复杂的;欢乐与绝望紧紧相随;有母亲对儿女的爱,也有男人对女人的爱;欲望拖着它沉重的脚步,缓缓地走过这些房间,它惩罚着有罪者和无辜者,惩罚着无助的妻子和可怜的孩子;酒瘾攫住了男人和女人们,让他们不可避免地付出代价;新生命的孕育——让那些穷苦的女孩子们感到既害怕又羞耻——也是在这里被诊断出来。这里没有所谓的好,也没有所谓的坏。这里只有在发生着的事实。这就是生活。

82

接近年底,菲利普在门诊部当助手的三个月时间行将结束时,他收到了劳森来自巴黎的一封信。

亲爱的菲利普:

克朗肖已经到了伦敦,他很想见你。他住在索霍区海德街四十三号。我不知道这个地方在哪儿,可我敢说你能找到。麻烦去关照关照他吧。他的情况很不好。他会告诉你他现在做的事。巴黎这边一切如常。巴黎还像你离开时的样子,似乎什么也没有变。克拉顿回到了巴黎,可他这个人已变得不可理喻。他跟所有的人都闹翻了。据我所知,他一分钱也没有挣到,他住到了植物园那边的一间小画室里,他不让任何人看他的作品。他从不露面,没有人知道他在做什么。他也许是个天才,但从不好的方面想,也许他已经神经错乱了。哦,前两天我碰上弗拉纳根了。他领着他的妻子在拉丁区转悠。他已经放弃了艺术,在做爆米花器具的生意,看样子他生意做得不错。弗拉纳根的太太长得很漂亮,我想给她画幅肖像画。如果你是我,你觉得我跟他们要多少钱合适呢?我不想吓跑他们,可要是他们乐意出三百英镑,我也不会傻到说只要一百五十英镑。

你忠诚的朋友
弗雷德里克·劳森

菲利普给克朗肖写了信,很快收到回信。信写在半张便条纸上,薄薄的信皮脏得连邮局都可以拒绝投递了。

亲爱的凯里:

我当然记得你啦。我想,我曾经帮着把你从失望的泥淖中拯救出来,可现在我自己却陷入这无望的境地了。我将很高兴见你。我是这座陌生城市里的一个陌生人,受着市侩们的挤兑。一起谈谈巴黎会是件乐事。我并不想让你到家里来看我,因为我这狭小的住处不适于接待一位优秀的白衣天使。你可以每晚七点到八点之间,发现我在迪安街一家名叫"乐园"的餐馆吃便餐。

忠实于你的
J·克朗肖

接到信的当晚,菲利普就去见克朗肖。那家餐馆只有一间很小的屋子,是最差的那种馆子了,克朗肖似乎是唯一的顾客。他坐在一个远离通风口的角落,还是穿着那件破烂的大衣(在外面,菲利普从没见他脱掉过它),头上戴着那顶旧圆顶礼帽。

"我在这里吃饭,是因为这里清静,"克朗肖说,"这家馆子生意冷清,来这里吃饭的只有几个妓女和一两个失了业的侍者。他们就快要干不下去了,这儿的饭菜糟透了。不过,他们生意的不景气倒叫我落得清静。"

克朗肖的面前摆着一瓶苦艾酒。两人将近三年没见面了,菲利普为他外表上的变化吃惊。他以前很胖,现在却变得干瘪,面黄肌瘦:脖子那里的皮肤变得松弛,有了褶皱;衣服也显得肥大了,像是穿着别人的衣服似的,领口看着也大了三四个号;这一切都让克朗肖看上去显得更加邋遢。他的手在不停地颤抖着,这让菲利普记起他那封回信上横七竖八、不成样子的字体。显然,他的病情加重了。

"最近这些天,我吃得很少。"克朗肖说,"早晨我病得厉害,晚饭我才喝了一点汤,一会儿再吃些奶酪。"

菲利普的目光不自觉地落到了那瓶苦艾酒上,克朗肖看到了,便用戏弄的目光瞥了他一眼,以此来反对这类常识性的劝诫。

"你已经诊断出我的病,你认为我应该完全戒掉苦艾酒。"

"你的肝显然已经硬化了。"

"显然是。"

他瞧菲利普的那副神情要是在以前,早就让菲利普感到局促不安了。他的样子似乎表明,菲利普现在那显而易见的表情都有点招人烦了;当对方对显而易见的东西完全不持异议时,你还能说什么说呢?菲利普换了个话题。

"你打算什么时候返回巴黎呢?"

"我不准备回巴黎了。我快要死了。"

克朗肖提到死时的那种自然而然的态度令菲利普很吃惊。他想说些安慰的话,可又觉得没有用。他知道克朗肖活不了多久了。

"那你打算在伦敦定居了?"他笨拙地问。

"伦敦对我还有意义吗?我是一条离开了水的鱼。我穿过拥挤的街道,熙攘的人群挤推着我,我却像是行走在一座死城里。我觉得我不能死在巴黎。我想死在故人中间。我不知道最终是什么神秘的本能驱使我回到了英国。"

菲利普见过和克朗肖在法国一起生活的那个女人,以及两个穿着邋遢长裙的女儿,但克朗肖从未跟他说起过她们。他不知道她们现在怎么样了。

"我不明白你为什么要谈到死?"菲利普说。

"几年前的一个冬天我得了肺炎,医生跟我说能活过冬天,真是个奇迹。我似乎很容易染上这种病,再来一回,我可能就得死了。"

"噢,瞎说什么呢!你的病不至于这么糟。你只要多注意点儿就行了。为什么你不戒掉酒呢?"

"因为我不愿意戒掉它。如果一个人已经做好了要承担后果的准备,那么,他做什么都无所谓了。噢,我已准备要承担后果了。你总是说戒酒,戒酒的,可我现在的生活中只剩下这个了。没有了酒,你认为生活对我还有意义吗?你能体味到我从苦艾酒中得到的乐趣吗?我向往它,在喝着它时,我品味着它的一点一滴,觉得自己的灵魂沉浸在难以言说的幸福之中。说这个会让你心生厌恶,因为你是个清教徒,你打心底里蔑视官能上的享受。官能上的享受是最富于激情,也是最精妙的。上帝赋予我敏锐的感官,我全身心地陶醉于这种享受。现在,我不得不去接受惩罚,付出代价了。"

菲利普盯着他看了一会儿。

"你害怕吗?"

克朗肖沉默了片刻。他似乎在思考着该怎么回答。

"一个人的时候,我有时也害怕。"他看着菲利普说,"你以为我是怕受惩罚吗?你错了。对我自己的恐惧,我并不害怕。害怕是愚蠢的,基督徒们认为你活着时应该常常考虑到死。可要想活得好,唯有忘记死。死是无关紧要的。对死亡的恐惧绝不应该影响到一个聪明人的任何行为。我知道,我死的时候,呼吸会变得非常困难,我知道那个时候的我会非常害怕。我知道我无法不去后悔让自己落得这样的境地;但我并不认为这种后悔是对的。现在的我,风烛残年,疾病缠身,穷困潦倒,在慢慢地死去,可我仍然主宰着我的灵魂,我没有什

430

么要后悔的。"

"还记得你送给我的那块波斯地毯吗?"菲利普问。

克朗肖笑了,是他往常的那种缓缓的、从容的笑。

"在你问我人生的意义到底何在时,我曾告诉你这块地毯会给你答案的。现在,你知道答案了吗?"

"没有。"菲利普笑着说,"你告诉我好吗?"

"不行,不行,我不能。除非是你自己找到它,否则,这个答案不会有任何意义。"

83

克朗肖正在筹划出版他的诗集。这些年来,他的朋友们一直在敦促他做这件事,但是他的懒散使得他未采取任何必要的行动。对朋友们的规劝,他总是回答说英格兰对诗歌的热爱已经消亡了。你出版一本书,需要付出多年的思考和劳作;可在一批与其相类似的书籍中,它只能得到两三句轻描淡写的评语,只能卖出二三十册,剩下的都会化作纸浆。克朗肖早已没有了要成名成家的愿望。像许多其他的东西一样,成名对于他已成为幻想。可他的一个朋友硬是把这件事揽到了自己身上。他的这位朋友是位作家,名叫伦纳德·厄普姜,菲利普和克朗肖一起在拉丁区的咖啡馆时曾见过他一两次。厄普姜作为一个批评家在英格兰颇有名气,可以说是法国现代文学在英国公认的代言人。厄普姜在法国待过很长时间,与那些把《法兰西信使报》办成当时最活跃的批评刊物的人们多有交往,只是通过英语把他们的观点表达出来,他在英国便获得了具有首创精神的名声。菲利普读过他写的一些文章,他在模仿托马斯·布朗爵士[①]文体的写作中,形成了自己的风格;他多使用繁复的平行句和古雅的词汇,这使他的语言似乎有种独特的个性。伦纳德·厄普姜诱使克朗肖把他创作的所有诗歌都交

[①] 托马斯·布朗爵士(1605—1682),英国哲学家,联想主义心理学家。

给了自己，发现它们足够编纂成一部较为可观的诗集出版。

厄普姜答应克朗肖会用他的影响力去说服出版商。克朗肖正缺钱花。自从他病了以后，就很难像以前那样工作了；他连喝酒的钱都快没有了。厄普姜写信告诉他，尽管出版商们也欣赏这些诗歌，却认为出版它们并不划算，他这么一说，反倒使克朗肖变得积极起来了。他写信敦促厄普姜，要他尽最大的努力，因为自己急需要钱。现在既然他快要死了，他想在身后留下一部出版作品，而且，在他思想深处，他觉得自己是创作出了一些伟大的诗篇的。他期待着自己会像一颗新星那样，突然闪现在世人面前。他将这些美好的诗歌一直珍藏在自己身边，在他要撒手人寰时，把这些诗歌抛给世人，倒也不错。

他决定回英国的直接原因是，伦纳德·厄普姜通知他说有一家出版商同意出版他的诗歌了，而且厄普姜借助其非凡的说服才能，让出版商同意了预付十英镑的稿酬。

"预付稿酬，你听到了吗，"克朗肖对菲利普说，"弥尔顿才只现付了十英镑。"

厄普姜答应为诗集写一篇署名文章，还说要请他的评论家朋友们尽力给予宣传。克朗肖装出一副不在意的样子，可不难看出，想到他的作品出版后可能会引起轰动，他的喜悦之情溢于言表。

一天，菲利普按照事先约好的，到了克朗肖执意在那里吃饭的廉价餐馆，但克朗肖却没有出现。餐馆的侍者告诉菲利普，克朗肖已经三天没来这里吃饭了。菲利普匆匆在那里吃了口饭，然后按照克朗肖先前写给他的地址去找。他费了半天劲才找到海德街。海德街两边满是又破又旧的房子；许多屋子的窗户都破了，用法国报纸裁成条状胡乱地黏了起来；门窗也多年没有漆过。在临街房屋的一层有一些破破烂烂的小商店、洗衣店、补鞋店和文具店。衣衫褴褛的孩子们在街道上玩耍，一架老式的手风琴奏着庸俗的曲子。菲利普敲了克朗肖寓所的门（下面的一层是一家卖便宜糖果的商店），一个系着脏围裙的上了年纪的法国妇女为他开了门。菲利普问她克朗肖是否在家。

"啊，你说的是那个英国人吧，他住在后面顶楼上。我不知道他在不在家。如果你想找他，最好自己上去看看。"

楼梯上亮着一盏煤气灯,整幢房子里有股难闻的味道。菲利普上楼时,一个女人从二层的一间屋子里走出来,用怀疑的眼神望着他,却没有说话。顶层有三间房。菲利普敲了一间的门,没有反应,随后又敲了一下,他试着拧了一下把手,门是锁着的。他去敲另一间的门,里面没有应答,又试着转了一下把手,门开了。屋里黑黢黢的。

"是谁?"

他听出这是克朗肖的声音。

"是凯里。我能进来吗?"

对方没有回答。他走了进去。里面的窗户都关着,屋子里臭气熏天。街道上的弧光灯映射进来少许的光亮,这是一间很小的屋子,里面有两张床首尾相接,有个脸盆架和一把椅子,仅这点儿家具已把屋子里塞得满满当当。克朗肖躺在靠窗的那张床上。他没有动,却发出一阵低低的笑声。

"你为什么不点上蜡烛?"他说。

菲利普划了根火柴,发现床边的地板上有个烛台。他点着了蜡烛,把它放到脸盆架上。克朗肖躺在床上一动也没有动;穿着睡衣的他样子显得很怪;他几乎完全秃顶了,面色如土,像死人一般。

"喂,老伙计,看样子你病得很重。这儿有人照顾你吗?"

"乔治早晨上班之前,给我买了瓶牛奶。"

"乔治是谁?"

"因为他名叫阿道夫,我称他乔治。他跟我同住这间屋。"

此时菲利普注意到,另一张床上的被子还没有叠,枕头上睡头的地方一片黑。

"你不是跟别人合租这间屋子吧?"菲利普大声说。

"为什么不呢?在索霍区,房租贵得惊人。乔治是个侍者,他早晨八点钟就走了,直到晚上饭店关了门才回来,所以,他一点也不碍事。我们两个人睡眠都不好,他跟我讲他的生活经历,帮我一起消磨晚上的时间。他是个瑞士人,我对侍者一直抱有好感,他们是从愉悦享受的角度看生活。"

"你躺了几天了?"

"三天。"

"你是说你三天什么东西也没吃,就只喝了一瓶牛奶?你为什么不写信告诉我一声呢?你整天躺在这里,连个照顾的人都没有。"

克朗肖笑了一声:"瞧你那脸色。噢,年轻人,我真的相信你是为我的处境感到忧烦了。你是个好小伙。"

菲利普脸红了。他不曾想到他会把沮丧表现在脸上,看到这简陋得可怕的环境,以及这位诗人悲惨的境遇,他抑制不住心里的难过。笑望着菲利普的克朗肖继续说道:

"我心里一直高兴着呢。瞧,这是我诗稿的校样。你知道,艰苦的环境会困扰别人,却困扰不了我。如果你的梦想使你成为时空的绝对主宰,你还会在乎生活的简陋吗?"

校样就放在床头,他在黑暗中躺着的时候,他的手就抚着它们。他拿校样给菲利普看,眼睛里闪烁着亮光。他一页一页地翻着这些校样,陶醉于用铅字排印出的这清晰的字体。他大声地读了一个小节。

"很不错,是吗?"

菲利普心里在想着一件事。这会让他增加一点儿开销,以他现在的经济情况,哪怕是增加一丁点儿开支,他也负担不起;但是,另一方面,他讨厌面对这样的情况时还去考虑钱的问题。

"我说,我实在不想让你再在这里住下去了。我的住所有两间房,有一间现在还空着,很容易再借到一张床。你愿意来跟我一起住段时间吗?这样将省下你的房租钱。"

"噢,亲爱的,你一定会要我开窗户的。"

"如果愿意,你可以把窗户都封起来。"

"我明天就好了。我本来今天就能起床了,只是自己懒得起来。"

"那明天很容易就能搬过去了。以后,只要你觉得不舒服了,就到床上躺着,由我来照顾你。"

"只要你愿意,我就搬过去。"克朗肖说着,脸上露出了迟钝却又愉快的笑容。

"那太好了。"

他俩商定第二天由菲利普过来接克朗肖,菲利普在繁忙的上午抽出一个钟头过来帮着搬家。

　　菲利普过来时，发现克朗肖已穿戴好了坐在床边，头上戴着帽子，身上裹着大衣，一个破旧的旅行包里已经装上了他的衣服和书籍，放在脚边的地板上，看他那副神气，像是坐在火车站的候车室里似的。菲利普见状不由得笑了起来。他们雇了辆四轮马车去肯宁顿大街，马车上的窗户都关得严严实实的。菲利普让客人住了自己的那间房。今天一大早起来，他就去给自己买了一个旧床架、一个便宜的五斗橱和一面镜子。

　　克朗肖一搬过来就开始校对起他的清样。他看上去像是好多了。

　　菲利普发现，除了有些焦躁外——而这也是由于他的病所引发的——克朗肖这个人挺好相处。他早晨九点就有课，所以再次看见克朗肖已经是晚上了。有一两次菲利普曾劝说克朗肖，晚饭就跟他在家里一起吃，可克朗肖在家里待不住，宁愿到索霍区一家最便宜的馆子里去吃。菲利普让他去看看蒂勒尔医生，可他执意不去；他知道医生总会叫他戒酒，而这一点他是坚决不会听的。早晨的时候，他总是难受得厉害；可中午喝过苦艾酒之后，他就又活过来了；到晚上菲利普回到家时，他便能妙趣横生地谈笑了，正是这一点给第一次见到他时的菲利普留下了深刻的印象。他的清样都校订好了，诗集将跟早春的其他出版物一起问世，到那个时候，人们也许从多如雪片的圣诞节书籍中缓过劲来了。

84

　　新年伊始，菲利普成了外科门诊部的敷裹员。这里的工作与他刚干完的门诊医生助手的工作性质相同，不过，与内科相比，外科与病人的接触更为直接。大量病人受着两种疾病的折磨，而公众的消极和拘谨使得这两种疾病得以蔓延。菲利普在一位名叫雅各布斯的外科助理医生手下做敷裹员。这位外科助理医生是个矮胖墩，性格活泼，秃顶，嗓门大，说话带着很重的伦敦口音，学生们都称他是"莽汉"。

不过，无论是他作为外科医生还是作为教师的聪明才智，都使得学生们不再去注意他的那些缺陷。他很有搞笑的天赋，无论是病人还是学生，他都一样开他们的玩笑。出敷裹员的洋相，拿他们开心，是他的一大乐趣。因为他们刚到这里什么也不懂，心里紧张，又不能把他视作平辈那样去回敬他，所以取笑他们并不难。整个下午他都过得很愉快，因为他经验丰富，学生们只有赔着笑脸，在一旁听着的分。

有一天，来了个跛足的男孩。他的父母想看看能不能给他们的儿子做些治疗。

雅各布斯转过身来对着菲利普说："最好由你来处置这个病人，凯里。你对这类病例应该知道得不少。"

菲利普脸红了，因为医生的话里明显带有戏谑的成分，心存余悸的敷裹员们讨好地大声笑了起来。这确实是菲利普自入校以来一直特别关注的课题。他阅遍了图书馆里有关治疗各种畸形足的书籍。他让男孩脱掉了靴子和袜子。这个男孩十四岁，长了个狮子鼻，一双蓝色的眼睛和一张雀斑脸。他父亲解释说，如果可能的话，他们想给孩子治一治，否则将来孩子谋生这是一大障碍。菲利普好奇地看着这个男孩。他生性快乐，一点儿也不腼腆，很健谈，脸皮厚得常常让父亲数落他。他对自己的跛足并不讨厌。

"它只是不好看罢了，你知道，"他对菲利普说，"我并不觉得它碍事。"

"住嘴，厄尼。"他的父亲说，"你的话太多了。"

菲利普检查了他的脚，用手慢慢拂过他的畸形足脚面。他不明白为什么这个男孩没有一点那总是压迫着他的耻辱感。他不知道他为什么就不能用超然的态度看待他的跛足。少顷，雅各布斯走上前来。那个男孩坐在长椅边，医生和菲利普分别站在两旁；学生们也围拢过来，形成了一个半圆。雅各布斯以他杰出的口才，绘声绘色地讲起跛足这个题目；他谈到跛足的不同种类，以及因不同的组织构造而形成的形状各异的畸形足。

"我想，你是马蹄形跛足，菲利普？"他突然转向菲利普说。

"是的。"

菲利普觉得同学们的目光都落在了他身上。他诅咒着自己,因为他的脸不由自主地又红了。他觉得他的掌心里出了汗。凭借着长期实践的经验和令人赞叹的敏锐才智,医生头头是道地讲着,可菲利普却没有在听。他一心只盼着医生快快讲完。突然,他意识到雅各布斯正在跟自己说话。

"你不介意把你的袜子脱掉一会儿吧,凯里?"

菲利普心头一阵战栗。他真想跟医生说见鬼去吧,却没有勇气撕破脸。他害怕医生犀利的嘲讽。他逼迫自己装出一副若无其事的样子。

"一点儿也不介意。"菲利普说。

他坐下来,开始解靴子上的带子。他的手指在发抖,他觉得他永远也解不开这靴子上的扣子了。他记得在学校时自己怎样被同学们逼迫着伸出跛足让大家看,记得那一痛苦和羞辱是如何刺痛着他的心。

"他把脚保持得很好,很干净,不是吗?"雅各布斯用他那刺耳的伦敦口音说。

旁边的学生都咯咯地笑起来。菲利普留意到他们刚检查过的那个孩子正好奇而又急切地看着他的脚。

雅各布斯把菲利普的脚握在手中,说道:"哦,正如我所想的那样。我看出来了,你的脚做过一次手术,在你还是个孩子的时候,是吗?"

他侃侃而谈地解释着。学生们都凑过来,俯下身子看他的脚。在雅各布斯看完之后,两三个学生仔细地查看着。

"你们都看够了吧。"菲利普嘲讽地笑着说。

他恨不得把他们全都杀死。他想,要是有一把凿子(不知为什么总是这件特别的工具进到他的头脑中来)插进他们的脖颈,该有多好。他多么希望真的有地狱,这样当想到他们在地狱里会受到的可怕煎熬时,他也能给自己出出气了。雅各布斯先生把注意力转到了治疗上。他对着孩子的父亲,也对着学生,谈着他的治疗方案。菲利普穿上了袜子,系好了鞋带。医生终于讲完了。可他似乎又想到了什么,把身子转向了菲利普。

"你知道吗,我想你的脚也值得做一下手术。当然啦,我不能保证把你的脚做得跟正常人的一样,不过,我觉得我还是能为它做点事情的。你考虑考虑,休假时可以来医院一趟。"

菲利普常常问自己,他的脚通过手术是否能变得比以前好一些,可他一向讨厌谈到这个话题,这就妨碍了他去征求医院里外科医生们的意见。他读过的书籍告诉他,不管小时候他如何治疗——那时对跛足的治疗技术远不如现在——想取得大的改观是不太可能,不过,倘若通过手术,他的脚可以穿稍稍正常一点的靴子,走起路来拐得比现在轻一些,还是值得一试的。他记得他曾多么真诚而热烈地向上帝祈祷,希望有奇迹发生,他的伯父曾信誓旦旦地说这种奇迹是有可能出现的。想到这里,他苦笑了一下:"那时候的我,心灵多单纯啊。"

到了二月底,克朗肖的病情明显加重。他起不了床了。他躺在床上,坚持把窗户关得严严的,也拒绝去看医生。他不愿意吃什么有营养的东西,却总是要威士忌喝,要烟抽。菲利普知道这两样东西都不能沾口,然而,克朗肖的理由又无可辩驳。

"我敢说,这两样都正在要我的命。可我不在乎。你提醒过我了,你已经尽到你的责任;我不听你的告诫。给我拿点酒来,然后滚你的蛋吧。"

伦纳德·厄普姜一个星期来两三次,他的形体、相貌用枯叶这个词来形容再合适不过。他今年三十五岁,身体瘦弱,面色憔悴,浅色长发,面容苍白,像是个常年把自己关在室内的人。他戴着一顶像是非国教派牧师的帽子。菲利普不喜欢他那副屈尊降贵的神气,讨厌他的夸夸其谈。伦纳德·厄普姜喜欢听他自己讲话,而别人是否爱听——这是做一个优秀演说者的首要条件——却丝毫不去顾及;他从未意识到过他讲给人们的,都是人们已经知道的。他跟菲利普字斟句酌地讲起该如何评价罗丹、艾伯特·萨曼恩和恺撒·弗兰克。为菲利普清扫屋子的女工每天早晨只来一个钟头,菲利普整个白天都待在医院里,克朗肖常常一个人躺在病床上。厄普姜告诉菲利普,他认为应该有个人陪在克朗肖身边,却从不主动说来帮一下忙。

"想到一个伟大的诗人就这么孤零零一个人待着,真叫人担心。噢,很可能在死去时,他身边连个人都没有。"

"我觉得,很有这种可能。"菲利普说。

"你怎么这样硬心肠呢!"

"为什么你不能过来,每天就在这里写作呢?要是他需要什么,也有你在身边。"菲利普淡淡地问。

"我吗?老弟呀,我只能在我习惯了的环境中工作,另外,我外出的时候也多。"

厄普姜对菲利普也有点恼火,埋怨他把克朗肖弄到自己家里。

"我希望你还让他留在索霍区,"厄普姜挥了挥他那又长又纤细的手说,"在那个脏兮兮的顶楼,还有点儿浪漫色彩。即便是在华平区或肖迪奇也比这里强,偏偏是在这体面庸俗的肯宁顿街!竟然让一个诗人在这样的一个地方死去!"

克朗肖常常发火,菲利普只是念着脾气暴躁是他这种病的征兆,才尽力克制自己。厄普姜来的时候,菲利普有时还没有回来,这个时候,克朗肖便会刻薄地发泄一通对菲利普的怨气。厄普姜在一旁沾沾自喜地听着。

"问题是凯里没有美感,"厄普姜笑着说,"他有个出身于中产阶级家庭的庸俗头脑。"

厄普姜对菲利普极尽嘲讽之能事,可菲利普在对待他的态度上却是尽量地忍让克制。但有天晚上他实在忍不住了,他在医院累了一天,回来后正在厨房给自己沏茶,伦纳德·厄普姜走上前来跟他说,克朗肖正在埋怨菲利普非让他去看医生。

"你难道没有意识到,你在享有一个极珍贵、极难得的权利吗?无疑,你应该尽自己所能,来表明你没有辜负这一伟大的嘱托。"

"对这样一个珍贵和难得的权利,我没有能力享有。"菲利普说。

只要一提到与钱有关的问题,伦纳德·厄普姜便会流露出鄙夷的神情,他敏感的神经会为此而觉得受到了触犯。

"克朗肖不去看医生,自有他的道理,你这样一味地强求搅扰,很不好。对你无法企及的诗人的想象力，你应该有所体谅才是。"

菲利普的脸沉了下来。

"我们去见见克朗肖。"他冷冷地说。

诗人正仰躺着看书，嘴里抽着一管烟，屋子里云雾缭绕。尽管菲利普一再收拾，可还是给人一种乱糟糟的感觉，似乎是克朗肖走到哪里，这种乱就伴随他到哪里。他们进来时，克朗肖摘下了眼镜。菲利普正在气头上。

"厄普姜告诉我，你一直在跟他埋怨我，因为我敦促你去看医生，"菲利普说，"我要你去看医生，是因为你随时都可能死掉，如果你没有看过任何一位大夫，我就领不到死亡证明书。随后，便会有专门部门前来调查，我会因为没有为你请医生而受到谴责。"

"怪我没有想到这一点。我原以为你让我看医生是为了我的病，而不是为了你自己。好了，你多会儿叫我看病，我就看。"

菲利普没有吱声，只是不易察觉地耸了耸肩。望着他的克朗肖咯咯地笑了起来。

"不要生那么大的气，亲爱的。我知道你已经尽力了。我们去看大夫吧，也许他还能为我做点什么呢，不管怎么说，这会让你觉得心安一些。"他转而看着厄普姜，"你就是个蠢货，伦纳德。为什么你要难为这个年轻人呢？他天天忍着我，已经够不容易的了。而你能为我做的，只是在我死后，为我写篇漂亮的文章，我了解你。"

第二天，菲利普去找蒂勒尔大夫。他觉得蒂勒尔大夫会对克朗肖的情况感兴趣。一下班，蒂勒尔就跟着菲利普来了肯宁顿街。他同意菲利普的说法，病人已经没有希望了。

"如果你愿意的话，我可以让他住到医院来，"蒂勒尔说，"可以给他一间单独的病房。"

"他是绝不会去医院的。"

"他随时都可能死去，他的肺炎或许会再次发作。"

菲利普点了点头。蒂勒尔医生又提出一两个建议，答应只要菲利普叫他，他就会再来。他留下了他的地址。菲利普回到克朗肖身边时，发现他在静静地看书。他并没有问菲利普医生说了些什么。

"你这下满意了吧,孩子?"他问。

"我想,你是不会按照蒂勒尔给你的建议去做的?"

"绝不会。"克朗肖笑着说。

85

大约两周后的一个傍晚,菲利普从医院下班回来,去敲克朗肖的屋门。没有应答,他开门进去。克朗肖缩着身体侧躺着,菲利普来到床前。他不知道克朗肖是睡着了,还是又生闷气了。他惊讶地发现克朗肖的嘴大张着。他碰了碰克朗肖的肩膀,没有动静。菲利普不由得喊了一声,他把手伸进克朗肖的衬衫下面,去摸他的心脏部位;刹那间,他变得慌乱起来,他把一面镜子举到克朗肖的嘴跟前,因为他听说别人就是这么做的。单独跟克朗肖待在一起,让他感到惊恐。他进来还没顾上脱掉帽子和外套,于是他直接跑下楼梯走到街上,叫住一辆出租马车,直奔哈利大街。蒂勒尔医生正好在家。

"你能现在跟我去趟我家吗?我想克朗肖已经死了。"

"如果已经死了,那我去还有用吗?"

"要是你能去一趟,我十分感激。我叫的出租马车就在外面。占用你半个钟头的时间。"

蒂勒尔戴上了帽子。在马车上他又问了菲利普一两个问题。

"我早晨上班前,他的病似乎并没有加重的迹象。"菲利普说,"刚才着实吓了我一跳,想到他一个人孤独地死去……你说他知道自己快要死了吗?"

菲利普想起克朗肖以前说过的话,不知道在最后一刻对死亡的恐惧是否会攫住克朗肖的心。菲利普想象着自己身处那样的境地,知道死亡即将来临,内心无比恐惧,却没有一个人在身边说句安慰的话。

"你看上去很难过。"蒂勒尔医生说。他那双明亮的蓝眼睛望着菲利普,眼里含着同情。

蒂勒尔医生见到克朗肖时,说:"他一定死了有好几个小时了。

我想他是在睡眠中死去的。这种病人有时会睡死过去。"

尸体显得干瘪,难看,已经没有了人样。蒂勒尔医生淡漠地望着它,临了,他机械地掏出了表。

"哦,我得走了。我会让人把死亡证明书送来。我想,你该通知他的亲属了。"

"在我印象中,他没有任何亲属。"菲利普说。

"那葬礼怎么办?"

"噢,这个由我来办。"

蒂勒尔医生看了菲利普一眼。他在想,他是不是应该为葬礼出上几个金镑。他对菲利普的经济状况一点儿也不了解,或许菲利普支付这笔费用绰绰有余;如果他贸然说出钱,菲利普也许会觉得唐突。

"好吧,有需要我帮忙的地方,尽管说。"蒂勒尔说。

菲利普和他一起走了出来,在门口台阶上分了手,菲利普去电报局给伦纳德·厄普姜拍电报。从电报局出来后,他去了殡仪馆。这家殡仪馆他每天去医院时路过,店门前摆放着两口棺材,挂着的一块上面写着"经济,快捷,得体"的黑布,引人注目。这家殡仪馆的老板是个犹太人,长得又胖又矮,略显油腻的黑色长发带着卷儿,短粗的手指上戴着一枚大钻石戒指。他接待了菲利普,他对待顾客的态度挺特别,那爱喧嚷的天性里夹杂着从事这一职业的人所应有的悲天悯人的神情。他很快看出菲利普现在六神无主,一筹莫展,答应立即派个女工前去张罗必要的事项。他为菲利普推荐的葬礼很是排场,当他认为菲利普不同意这么办是怕花钱时,菲利普觉得自己的脸面有些挂不住。在这类事情上讨价还价,实在是有伤大雅,最后,菲利普还是同意了举办一个他的经济能力很难承担得起的葬礼。

"我很理解,先生,"殡仪馆的老板说,"你不想办得奢华——这个我自己也不赞成——可你总想要把它办得体面一些吧?你就交给我好了。我会尽可能地将它办得节俭,同时又考虑到得体。我说得够明白的了吧,先生?"

菲利普回家去吃晚饭,在他吃饭时,殡仪馆的那个女工过来给死者穿衣服。少顷,来了一封伦纳德·厄普姜拍来的电报:

惊悉噩耗,万分悲痛。抱歉今晚不能前去。有饭局,抽不开身。明早过去。最深切的同情。

厄普姜

过了一会儿,那个女人来敲菲利普起居室的门。
"我做好了,先生。你过来看看妥不妥当。"
菲利普跟着她进屋。克朗肖躺在床上,双目闭合,两手交叠,虔诚地搁在胸前。
"照理说,该摆上一些鲜花的,先生。"
"我明天买一些回来。"
她颇为满意地看了一眼尸体。她觉得她的活儿干得不错,现在她放下了挽起的袖子,解下了围裙,戴上了无边女帽。菲利普问需要给她多少钱。
"哦,先生,有人给我两先令六便士,也有人给我五先令。"
菲利普不好意思给她那个少的数目。她给予菲利普热烈的感谢,热烈程度与菲利普现在可能会有的悲伤情绪并不相悖。她走了之后,菲利普回到起居室,收拾掉吃剩的晚饭,开始坐下来读沃尔山著的《外科学》。他发现自己很难学得进去,心里特别不安。楼梯上稍有响动,他便会跳起来,心怦怦直跳。隔壁屋子里那个昨天还是人,而现在却什么也不是的东西吓坏了他。周围的寂静似乎赋予了它生命,好像它的里面正发生着什么神秘的运动;死亡的存在压迫着这几间屋子,令人心悸,又不可思议。对这个曾经是他的朋友的东西,菲利普突然感到一种莫名的恐惧。他试着逼迫自己去阅读,可最终还是绝望地把书本丢到了一边。刚结束的这条生命的完全徒劳的奋争,让他心里烦乱,不得平静。克朗肖是活着还是死去,其实都无关紧要;即便世上从未有过他这个人,情况也会是一样。菲利普想象着克朗肖年轻时的模样,需要充分发挥他的想象力,才能在脑子里勾勒出一个身材修长,步履矫健,一头秀发,充满朝气和希望的克朗肖。遵循着自己的本能行事，同时又要留心街角的警察，这是菲利普的生活准则，这条准则在这里并不管用：克朗肖正是这么做了，他的生活才如此失败如此凄惨。人的本能似乎并不值得信赖。菲利普感到困惑了，他问自己，如果这条准则没有用了，那人生的法则又何在呢？为什么人们要照着某一种而不是另一种方式行事呢？人们依据他们的情感行事，可他们的情感有好有坏；这样看来，他们最终是获得成功，还是以灾难失败告终，似乎凭借的都是运气。人生似乎是一场无法摆脱掉混乱。人们奔东奔西，受着未知力量的驱使；人生的意义，他们全然不知；似乎只是为了奔忙的缘故而奔忙。

第二天早晨，伦纳德·厄普姜拿着一个小月桂花环来了。他很高兴自己想到把这个月桂花环戴在已逝诗人的头上，他不顾菲利普无声的反对，硬是要把它戴在克朗肖的秃脑壳上；结果非常难看，就像是杂耍剧场里的丑角所戴帽子的帽檐。

"我还是把它放到他的心口上吧。"厄普姜说。

"你现在是把它放在肚子上了。"菲利普说。

厄普姜笑了一笑。

"只有诗人才知道，诗人的心脏在什么位置。"他回应道。

他们俩回到起居室，菲利普告诉厄普姜自己为葬礼做的安排。

"我希望你不要怕花钱。我想叫灵车后面跟上一长串空马车，马身上系着摇曳的长羽毛，还应该跟上一长队哑巴，他们戴的帽子上缀着长长的飘带。我喜欢有许多空马车跟着。"

"因为葬礼的费用显然都是要我来支付，而我现在又不阔绰，所以，我是在尽可能地节省。"

"要是那样的话，我的老朋友，你为什么不把它办成一个贫民的葬礼呢？即便这样的葬礼，也要比你的这一种富于诗意得多。你平庸的本能真是处处得到彰显。"

菲利普的脸略微变红了，不过，却没有吱声。第二天，厄普姜跟菲利普一起坐着菲利普雇的马车，跟在灵车后面。劳森因为不能前来，送了一个花圈。菲利普唯恐花圈少显得冷清，就又买了几个花圈放在棺木上。回来的路上，马车夫鞭策着马儿飞跑。菲利普困极了，很快在车上睡着了。是厄普姜的话语声弄醒了他。

"诗集还没有出来,也许是件好事。我想,最好再放一放,等我为它写好一篇序言。在去墓地的路上,我就开始构思这篇序言了。我相信我能写出一篇很好的东西来。不管怎么说,我先写出一篇文章,在《星期六》杂志上发表。"

菲利普没有作声,两人沉默了一会儿。

临了,厄普姜说:"我最好是把将要发表在《星期六》杂志上的文章保存下来。我想,我还会为某个评论刊物写篇文章,然后,再将它们作为诗集的序言出版。"

菲利普关注着各种月刊,几个星期之后,他在月刊上看到了这篇文章。文章引起一定的轰动,许多报纸转载了这篇文章中的部分内容。这是一篇好文章,隐约带有传记的性质(之所以说隐约,是因为大家对克朗肖的早期生活都知之甚少),写得优雅,生动,温馨。伦纳德·厄普姜以他那繁复的文体,描绘出克朗肖在巴黎拉丁区写诗、谈诗的一幅幅生动优美的画面。克朗肖一下子成了传奇人物,成为英国的保罗·魏尔伦。当伦纳德·厄普姜描述到克朗肖悲惨的结局,以及索霍区那间顶层的寒碜小屋时,他优雅、华美、藻饰的文风着上了一层悲凉、哀婉的情调;他还含蓄(这种含蓄非常迷人,表现了他谦虚而不容自夸的大度)地描述了他为把诗人安排到一处掩映在果园和忍冬花丛中的农舍所做的努力。然而,有人与诗人缺少共鸣,好心办错事,最后把诗人带到了体面而庸俗的肯宁顿大街!伦纳德·厄普姜以有节制的幽默(这是使用托马斯·布朗宁爵士那样风格所要求的)描绘了肯宁顿街,他用精妙的讽刺笔墨,叙述了克朗肖离开人世前的最后几周,写他以怎样的耐心容忍那位好心肠却举止笨拙、自愿护理他的年轻人,描写这位神圣的流浪者在这一无望的中产阶级环境中的可怜遭遇。"美出自灰烬",他引用《以赛亚书》[①]中的名言。这真是讽刺的胜利,被遗弃的诗人竟死在了那种庸俗、体面的环境中;这

[①]《以赛亚书》,是《圣经》的第23卷书,是上帝默示由以赛亚执笔,大约在公元前723年之后完成。

让伦纳德·厄普姜联想到了在法利赛人中间的基督，这一类比又使他有机会写下了一段绝妙的文字。接着，他讲了他的一个朋友——他高雅的情趣使他只是微妙地暗示了一下这具有如此美妙的想象力的朋友是谁——是如何把一个月桂花环放在已逝诗人的心口；死者仿佛是充满激情地把手抚在了这些散发着艺术芬芳的叶子上，这些叶片比皮肤黧黑的水手从物产丰富、不可思议的中国带回的翡翠更加鲜绿。文章的结尾以巧妙的对照，描述了为克朗肖所举行的平淡无奇的中产阶级葬礼，本来他的葬礼应该要么像王子的，要么像贫民的。这是对诗人的沉重打击，是市侩阶层对艺术和美以及非物质事物的最后胜利。

伦纳德·厄普姜从未写出过这么好的文章。这是一篇优雅、充满魅力和怜悯的奇文。他在写作过程中，几乎引用了克朗肖所有最好的诗歌，所以，当诗集出版的时候，它已少了许多锋芒；然而，厄普姜却因此大大提升了自己的地位。从此，他成了一位举足轻重的批评家。他以前似乎显得有些冷漠，可在这篇有着无穷吸引力的文章里，却饱含着温馨和人情味。

86

菲利普在春天时结束了在门诊部的敷裹工作，要到住院部当一名助手。这个工作将持续六个月。住院部的助手每天早晨都是跟着住院医生在病房中度过，先是在男病房，然后是女病房，他需要记录病例，为病人体检，有时还得和护士们待在一起。每周有两个下午，值班大夫会带着一些学生巡查病房，检查病人，传授医疗知识。住院部的工作不像门诊部那么刺激多变，和现实有那么亲密的接触。不过，菲利普在这里学到了更多知识。他与病人们相处得很好，病人们对他的工作很是满意，让他心里觉得美滋滋的。虽说他对他们的病痛没有深切的同情，可是他喜欢他们；因为他随和，不拿架子，与别的助手们相比，他更受病人们的欢迎。他待人友好，和悦，会鼓励病人。像医院里的其他人一样，他也发现男病人比女病人更容易相处。女病人常常跟人争吵,发脾气。她们刻薄地抱怨勤劳工作的护士,说护士没有给予她们应有的照顾;她们总爱挑事,态度蛮横,没有感激之心。

不久,菲利普交到了一位朋友。一天早晨,住院医生交给他一个新来的男病人。菲利普坐在病人床边,在病历上记下详细病情。他注意到,这位病人是个记者,名叫索普·阿特尔尼,四十八岁,住院的病人中很少有这类职业的人。他得的是黄疸病,由于症状不明显,还需要进一步观察,于是住进了医院。他用悦耳的嗓音,颇有教养地回答着菲利普为履行职责提出的各种问题。因为他躺在病床上,所以很难看出个子高矮,不过,他不大的脑袋和手表明了他的个头应该是中等偏下。菲利普有观察人的手的习惯,阿特尔尼的手令他不胜惊讶:它们很小,手指又细又长,指甲很美,呈玫瑰色;手的皮肤格外光滑,要不是得了黄疸病,那一定是双白得引人注目的手。病人把手放在被子外面,其中一只略微展开,食指和中指并在一起,在跟菲利普说话时,他似乎一直都在满意地看着它们。菲利普扫了几眼他的脸,尽管有些发黄,还是蛮有特征的。他有双蓝色的眼睛,鼻梁很高,却不显笨拙,有点像鹰钩鼻,一撮短短的灰色胡子。他的头发已经变得稀疏,但显然原先的头发很美,带着好看的卷儿,他依然留着长发。

"我知道你是位记者,"菲利普说,"你为哪一家报纸写稿呢?"

"我为所有的报纸写稿。你随便打开一份报纸,都能看到我写的东西。"

他床边就放着一份报纸,他拿起来指着上面的一则广告。广告上,用大号字体印着菲利普所熟悉的一家商行的名字:伦敦,雷金特街,林恩和塞德里公司。在公司名称的下面,字体小了一号,可仍然很醒目,是一句口号:拖延时间便是对时间的窃取。后面跟着的是一句问句,因为说得在理而令人心动:为什么不今天就订购呢?又用大号字体重复,犹如良心的锤子敲击着谋杀者的心:为什么不呢?接着,又是粗体字:来自世界各主要厂商的千万副手套以惊人的低价出售,世界上主要制造商生产出的千万双高筒袜大减价。最后,那个问题再次出现,不过,这一次,它像是只中世纪武士用的金属手套被抛了出来(表示挑战):为什么不今天就订购呢?

"我是林恩和塞德里公司的新闻代理。"他轻轻地挥了挥手说,"在此基础上,利用……"

菲利普继续问着一些常规性的问题,有的问题很一般化,有些则是经过巧妙的设计,用来引导病人说出一些他本不想披露的隐情。

"你在国外待过吗?"菲利普问。

"我在西班牙住过十一年。"

"在那儿做什么呢?"

"我曾是英国自来水公司驻托莱多的代表。"

菲利普记起克拉顿曾经在托莱多待过几个月,记者的回答更增加了菲利普对他的兴趣,但他又觉得表露出感兴趣有些不妥:病人和医务人员之间保持一定的距离是必要的。他检查完,便去看别的病人。

索普·阿特尔尼的病情并不严重,尽管皮肤仍然发黄,可很快他便觉得好多了;他之所以仍在卧床,是因为医生认为有待进一步观察,直到他的某些反应趋于正常为止。一天菲利普进病房时,看到阿特尔尼手里拿着一支铅笔,正读着一本书。菲利普来到他的床前时,他把书放下了。

"我可以看看你读的是什么书吗?"菲利普问。只要碰到书,他是不会轻易放过的。

他拿起书来,发现是一本西班牙作家圣胡安·德拉克鲁斯写的诗集,翻开时,一片白纸从中掉落出来。菲利普把它捡了起来,发现上面写着一首诗。

"你该不是在用业余时间写诗吧?这可不是一个病人该做的。"

"我刚才在尝试着翻译里面的诗。你会西班牙语吗?"

"不会。"

"哦,那对圣胡安·德拉克鲁斯你总有些了解吧?"

"真的不了解。"

"他是西班牙的一位神秘主义者,是西班牙有史以来最优秀的诗人之一。我认为值得把他的作品翻译成英语。"

"我能看看你的译文吗?"

"翻得很粗糙。"阿特尔尼说,可他拿给菲利普看的速度之快,足以表明他很乐意让他读一读。

译诗是用铅笔写的，字体很漂亮，很特别，特别得甚至有些不太好认，像是黑体字的样式。

"把字写成这样，一定很费时间吧？很好看的字体。"

"我不明白，字为什么就不可以写得漂亮、美观一些呢？"

菲利普读了诗歌的第一小节：

在一个漆黑的夜晚
心里燃烧着爱的烈焰，
噢，兴高采烈的我，
悄悄地去往恋人的家，
我的家人现都已入睡……

菲利普好奇地注视着索普·阿特尔尼。他不知道自己在他面前是有点害羞，还是被他所吸引。菲利普觉得自己的神态有点傲慢，当他想到也许阿特尔尼认为他有点可笑时，他的脸红了。

"你的名字起得很特别。"菲利普找了句话说。

"这是约克郡的一个非常古老的姓氏。我们家族的一个族长曾经用了一整天的时间，才骑着马绕着我家的地产走完了一圈，但是，后来家族中道衰落，钱都在放荡的女人和赛马身上挥霍光了。"

他是近视眼，因而讲话时，眼睛专注地盯着别人看。他拿起了那本诗歌集。

"你应该学会读西班牙文，"他说，"这是一种很崇高的语言。它没有意大利语的甜美和流畅——意大利语是男高音和手风琴手使用的语言——但它有宏大的气势：它不像是花园里的小溪潺潺，它掀起狂涛巨浪，犹如山洪暴发。"

他夸张的比喻让菲利普觉得有趣，菲利普对语言修辞有很强的感受力。阿特尔尼用生动的表达和火一样的热情，向菲利普讲述着在阅读《堂吉诃德》原著时所感受到的喜悦，以及令人着迷的考尔德伦的富于节奏感、充满激情和浪漫色彩的作品，菲利普饶有兴趣地听着。

"我得去工作了。"过了一会儿，菲利普说。

"噢，抱歉，我忘记了。我会告诉我妻子，让她给我带来托莱多的照片给你看。有时间就来找我聊天。你不知道这给予我多大的快乐。"

在之后的几天，菲利普一有时间就过来跟这位记者聊天。他们俩很快就熟悉起来。索普·阿特尔尼很健谈，他讲的虽不是什么惊天地泣鬼神的事，却对人很有启发性，他言语生动，富于热情，很能激起人们的想象力；常年生活在孤独和书本的虚幻世界中的菲利普，此时发现他的想象里填充了许多新的画面。阿特尔尼很有艺术造诣，也很有修养，无论是人情世故还是书本知识，都比菲利普懂得多，毕竟他已经是中年人了。阿特尔尼自如、敏捷的谈吐给予他一种优越感，尽管他是医院慈善事业的受惠者，要服从严格的规定；他在这两种身份之间游刃有余，切换自如。有一次，菲利普问他为什么要来住院。

"噢，我的原则是用好社会所能提供的一切福利。我要利用这个时代所提供的一切便利。当生病时，我就让自己到医院治疗，我不讲虚假的面子，我把孩子们都送到寄宿学校读书。"

"是吗？"菲利普说。

"他们都受到了基本的教育，比我在温切斯特所受的教育要好得多。你说说我该怎么教育他们呢？我有九个孩子。等我出院回家后，你一定要来看看他们，好吗？"

"我一定去。"菲利普说。

87

十天之后，索普·阿特尔尼身体康复，可以出院了。他给了菲利普他家的地址，菲利普答应下周日中午一点去他家吃饭。阿特尔尼告诉菲利普，他住在一幢由英尼戈·琼斯[①]建造的房子里；像他谈论其

[①] 英尼戈·琼斯（1575—1652），英国建筑师和设计师。

他一切事物一样,他把他家古旧的橡木栏杆向菲利普吹了一通。当周日他下楼来为菲利普开门时,他即刻就把门楣上精致的雕刻赞美了一番。这是一座老旧的房子,急需重新油漆一下了,不过,在某种程度上,它仍保持着昔日的辉煌。它坐落在钱塞里街和霍尔姆街间的一条马路上,这里曾经颇为繁华,可现在比贫民窟也强不了多少了。有方案提出要拆掉这座住宅,在原来的地方建起漂亮的办公楼。不过,话说回来,这里的房租较为便宜,阿特尔尼凭他的收入才能租下楼上二层。菲利普以前还从未见过站立的阿特尔尼,对他身材的矮小不免有些惊讶;他的个头不超过五英尺五英寸。他的穿着显得有些怪,下身是一条只有法国工人才穿的那种蓝亚麻布裤子,上身是一件很旧的棕色天鹅绒外套;他的腰间系着一条红饰带,衣领很低,打着那种只有法国杂志《笨拙》画页上的小丑才系的蝴蝶领带。他很热情地招待菲利普,很快就谈起了这座房子,一边还用手爱抚地摸着栏杆。

"你看这栏杆,用手摸摸它,像丝缎一样光滑。这真是典雅和美的奇迹!可五年之后,拆房子的人会把它当柴火卖掉。"

他坚持带菲利普到一层的住户家里看看。屋子里,一个穿着衬衫的男子,一个邋遢的女人和三个孩子正在吃星期天正餐。

"我让这位先生来看看你家的天花板。你见过这么神奇的东西吗?你好吗,霍奇逊太太?这是凯里先生,我住院的时候得到他不少照顾。"

"请进来吧,先生,"那个男子说,"阿特尔尼的任何一位朋友在这里都是受欢迎的。阿特尔尼把这个屋顶给他所有的朋友们看,从不管我们在家里正做什么,不管我们是已经睡了,还是在洗澡。他都照来不误。"

看得出来,邻居们觉得阿特尔尼这个人有点怪,可是他们仍然非常喜欢他;在阿特尔尼兴冲冲地滔滔不绝地讲着这十七世纪的天花板之美时,他们都张着嘴听着。

"把这样的建筑拆掉真是罪过,不是吗,霍奇逊?你是一位很有影响力的公民,你为什么不给报社写信,表示抗议呢?"

穿衬衫的男子哈哈地笑了起来,他跟菲利普说:"阿特尔尼总爱开些小小的玩笑。他们确实说这些房子不卫生，而且，住在里面也不安全。"

"什么狗屁卫生！我要的是艺术。"阿特尔尼大声说，"我有九个孩子，用着这样糟糕的排水系统，他们个个都非常健康。不，不，我不会贸然搬走的。别跟我讲你们这些新奇的见解！在我搬离这里之前，我一定要确认这些排水系统真的不行了，否则，我绝不会搬。"

有人在敲门，一个金发小女孩推开了房门。

"爸爸，妈妈让你不要再叨叨了，上来吃你的饭。"

"这是我的三女儿，"阿特尔尼戏剧性地用食指指着她说，"她的名字叫玛丽亚·德尔皮拉尔，不过，在叫她珍妮时，她答应得更痛快些。珍妮，你该擤擤你的鼻子了。"

"我没有手绢，爸爸。"

"唉，唉，姑娘，"他一边掏出一块印花大手帕，一边回答说，"你认为上帝造出你的手指是干什么用的呢？"

他们一起上了楼，菲利普被带进一间墙壁上嵌着深色橡木板的屋子。屋子中央是一张狭长的柚木桌子，它的支架可以活动，还有两根铁柱帮着支撑，这种桌子在西班牙被称作"铁架支撑桌"。他们俩将在这里用餐，因为桌上已摆好了两副餐具，桌子旁边有两把很大的扶手椅，橡木扶手显得又宽又平，椅背和椅座都是皮制的。它们看上去既典雅又厚重，可坐上去并不舒服。再还有的一件家具就是一个小柜了。柜子外面装饰着很好看的镀金铁条，就摆在一个上面雕刻着精美基督教会图案的台架上。小柜上面摆着两三个釉碟，虽说有些破，但色彩仍然鲜亮。墙上挂着西班牙古代画家的作品，它们都被镶在略有些陈旧却依旧漂亮的画框里；由于时代久远，保存不善，画作也有所损坏，而且画作的主题可怖，构思也是二流的，但在这些画幅中却洋溢着激情。虽说屋子里的东西都不值什么钱，可给人的整体印象还不错，显得既堂皇又朴实。菲利普觉得这正是古老的西班牙精神之所在。阿特尔尼正要让菲利普看柜子里面的美丽装饰和暗屉，这时一个身材修长、梳着两条棕色发辫的女孩走了进来。

"妈妈说饭已经做好了，等你们坐下了，就让我端进来。"

"过来跟凯里先生握握手,萨利。"他转向菲利普说,"她的个头够高吧?她是我最大的孩子。你多大了,萨利?"

"爸爸,到六月份就十五岁了。"

"我给她起的教名是玛丽亚·德尔索尔。因为她是我的第一个孩子,我把她献给西班牙古代王国卡斯提尔荣耀的太阳神;可她母亲叫她萨利,她弟弟叫她布丁脸。"

这姑娘腼腆地笑了笑,脸微微地红了,露出一口整齐洁白的牙齿。她身体发育得很丰满,个子高出她的同龄人,有双可爱的灰色眼睛,宽宽的前额和红扑扑的脸颊。

"去叫你母亲来,在凯里先生坐下之前,跟凯里先生握个手。"

"妈妈说她吃完饭后过来。她还没有梳洗呢。"

"那么,我们去看看她吧,得先跟做约克郡布丁的人握一下手,才能吃她做的布丁。"

菲利普随主人进到厨房。孩子们把小小的厨房挤得满满当当,里面一片吵闹声,菲利普一进来,喧哗声戛然而止。厨房中间摆着一张很大的桌子,阿特尔尼的孩子们围着桌子坐成一圈,等着饭端上来。他们的母亲站在炉子前,把烤好的马铃薯一个一个夹出来。

"这是凯里先生,贝蒂。"阿特尔尼说。

"你怎么把人家带到这儿来了。你让人家怎么想呢?"

她系着一条脏围裙,棉布上衣的袖子挽到了胳膊肘上面;她头上夹着许多卷发卡。阿特尔尼太太是个很健壮的女子,比她的丈夫足足高出三英寸,表情很和善。她年轻时应该很漂亮,只是岁月不饶人,再加上生了这么多孩子,身材变得臃肿,显得有些邋遢;她湛蓝的眼睛显得暗淡,皮肤变得粗糙暗红,头发也已失去了往日的光泽。她站直了身子,在围裙上擦了擦手,然后伸了出来。

"欢迎你来,先生,"她缓缓地说,口音菲利普听着似乎很熟悉,"阿特尔尼说,在医院里你对他特别照顾。"

"现在,你得来认识一下这群小淘气们了。这是索普,"阿特尔尼说指着一个头发带卷的胖乎乎的男孩子说,"他是我的长子,是家庭的财产、头衔和各种义务责任的继承人。接下来是阿特尔斯坦,哈罗德,爱德华。"他用食指指着三个小男孩,他们都是红润的面庞,都是那么健康,活泼,当他们发现菲利普含笑的目光落在他们身上时,他们害羞地低下了眼睛看着自己的盘子。"下面轮到女孩子了,她们是玛丽亚·德尔索尔……"

"布丁脸。"一个小男孩说。

"你的幽默感并不怎么样,孩子。她们是玛丽亚·德洛斯梅赛德斯,玛丽亚·德尔皮拉尔,玛丽亚·德拉孔塞普西翁,玛丽亚·德尔罗萨里奥。"

"我叫她们萨利,莫利,康妮,罗西和珍妮。"阿特尔尼太太说,"现在,阿特尔尼,你们得回自己的房间去了,我这就把饭菜给你们端过去。在孩子们吃完饭、洗漱过后,我让他们去你们那里待一会儿。"

"亲爱的,如果让我给你起名字的话,我会叫你肥皂水玛丽亚。你总是折磨这些小家伙们,用肥皂洗他们的手和脸。"

"你在前面走,凯里先生,不然的话,我怎么也把他弄不回他的房间去吃饭。"

阿特尔尼和菲利普回来坐在那两把修道士似的大椅子里,萨利给他们端来了两盘牛肉、约克郡布丁、烤马铃薯和炒白菜。阿特尔尼从口袋里掏出六便士,叫萨利去买一壶啤酒。

"我希望你不是因为我才把饭菜特意端到这边来的,"菲利普说,"我很高兴跟孩子们在一起。"

"噢,不是。我总是独自一个人在这边吃。我喜欢这些古老的习俗。我认为女人不应该跟男人在一张桌子上吃饭。这不利于谈话的进行,而且,我敢肯定这对她们也没有好处。这会给她们的脑子里灌输进思想,女人一旦有了思想,她们的内心就永远不会平静了。"

宾主二人吃得都津津有味。

"你尝过这么美味的约克郡布丁吗?再也没有人能比我妻子做得好吃了。这就是不娶大家闺秀的好处。她不是出生于那种人家,你注意到了吗?"

这是个不好回答的问题,菲利普不知该如何回应。

"我从来没有想过这样的问题。"他这么敷衍了一句。

阿特尔尼笑了起来。他的笑声特别的欢快,爽朗。

"她不是,完全不是。她的父亲是个农民,她连斗大的字也不认识几个。她给我生了十二个孩子,活下来九个。我跟她说是该停下来的时候了,可她是个固执的女人,生孩子已经上了瘾,我想她不生够二十个是不肯罢休的。"

这时萨利买回啤酒,先给菲利普倒了一杯,然后到桌子的另一边为父亲倒酒。阿特尔尼用手搂住了她的腰。

"你见过长得这么漂亮,身材又这么高挑的女孩吗?她才十五岁,可看上去像不像是二十呢?瞧她那红润的脸蛋,她长这么大,从来没有生过一天病。哪个男人找了她就有福了,不是吗,萨利?"

萨利带着淡淡的笑听着父亲这番话,已经习惯了父亲的吹牛和夸赞的她并没有感到太窘,只是以一种谦和、坦然却迷人的神情静静地听着。

"不要让你的饭凉了,爸爸,"她说着,从他的胳膊中抽出身来,"你们要吃布丁时,喊一声就行。"

只有他们两个人了,阿特尔尼把他的白镴酒杯举到唇边,美美地喝了一大口。

"我说,世上还有什么比英国啤酒更好的东西吗?"他说,"感谢上帝,赐予我们这些生活中的乐趣,赐予我们烤牛肉,米粉布丁,赐予我们好胃口和香醇的啤酒。我曾经娶过一个大家闺秀。我的上帝!千万不要娶大家闺秀,老弟。"

菲利普不由得笑了起来。他被眼前的情景逗乐了,这个十分风趣、穿着特别的小个子男人,镶着橡木板的墙壁,西班牙风格的家具,还有这纯英国口味的饭菜:这一切是多么的不协调,可又是多么别有情趣啊。

"你还笑,老弟,你不会想去找一个不如你的女人吧。你想娶一个造诣修养跟你相当的妻子。你的脑子里充斥着什么要志同道合、有共同语言的观念。这些想法都要不得,老弟!一个男人并不想和他的妻子谈论政治,你认为我会在乎贝蒂对微积分的看法吗?一个男人要

455

的是一个能给他做饭、照顾孩子的妻子。这两种女人我都找过,我了解。把我们的布丁端上来吧。"

他拍了拍手,萨利很快进来了。在她撤下碗盘时,菲利普想要起身帮她,被阿特尔尼制止了。

"让她自个儿拾掇吧,老弟。她不想叫你插手,对吗,萨利?在她服侍你的时候,你坐着不动,她不会认为你没有礼貌。她不喜欢男人献殷勤,是吗,萨利?"

"是的,爸爸。"萨利庄重地回答。

"你明白我在说什么吗,萨利?"

"不明白,爸爸。你知道妈妈不喜欢你骂骂咧咧,唠唠叨叨的。"

阿特尔尼听着哈哈大笑起来。萨利端进盛着米粉布丁的盘子,布丁色香味美,口感香滑。阿特尔尼大口地吃了起来。

"我们家有个规矩,就是每个星期天的伙食都是一样的。这已经成为一种仪式。烤牛肉和米粉布丁,一年五十个星期天都是如此。复活节是吃羊羔肉和青豆,到了米迦勒节①吃烤鹅肉和苹果酱。这样,我们就保留了我们民族的传统。到了萨利结婚的时候,她会忘记我教给她的许多好的东西,不过,她永远不会忘记:如果你想过得好,过得幸福,你就必须在星期日吃烤牛肉和米粉布丁。"

"你们要吃奶酪时,喊我一声。"萨利淡淡地说。

"你听说过有关翠鸟的传说吗?"阿特尔尼说,菲利普已渐渐习惯了他从一个话题急速地跳到另一个话题,"当飞越海洋的雄性翠鸟飞得精疲力竭时,他的配偶就会让他伏在她的身体上面,用她强有力的翅膀载着他飞。这正是一个男人从他的妻子那里想要得到的东西,即做他的翠鸟。我跟我的第一个妻子一起生活了三年。她是个大家闺秀,一年有一千五百英镑的进项,那时我们常常在肯辛通的红砖房子里举办小型宴会。她是个迷人的女子,高级律师和他们的妻子,爱好文学的股票经纪人和初露头角的政治家们都这么

---

① 米迦勒节,是纪念天使米迦勒的节日,西方教会定于9月29日,东方教会定于11月8日。

说，噢，她真是个迷人的女子。她要我戴着丝绸礼帽，穿着大礼服，去教堂，带我去听古典音乐会，她非常喜欢听星期日下午的演讲；每天早晨她都是八点三十分坐下来吃早饭，如果我起晚了，早饭就是凉的；她读正确的书，欣赏正确的画，赞美正确的音乐。我的上帝啊，那个女人真是令我烦透了！她现在依然迷人，仍住在肯辛通那栋小小的红砖房子里，还是用莫里斯壁纸和惠思特的蚀刻版画装饰墙壁，她仍然像二十年前一样，用从冈特商店买来的小牛奶油和冰块举行小型宴会。"

菲利普没有问这对不匹配的夫妻是如何分开的，不过，阿特尔尼告诉了他。

"你知道，贝蒂并不是我的妻子，我妻子不同意跟我离婚。这些孩子都是私生子，每一个都是，他们难道因此就不好了吗？贝蒂是肯辛通红砖房子里的一个女仆人。四五年前，我的生活变得一贫如洗，那时我有七个孩子，我去找我妻子，求她帮助。她说如果我放弃贝蒂，到外国去生活，她就给我一笔够我生活用的钱。你说我可能放弃贝蒂吗？我们挨了一阵子饿。我妻子说我爱那个贫民窟。我的生活降到了社会底层。作为一个亚麻布商的广告代理，我一周挣三英镑；每一天我都在感谢上帝，我没有在那栋肯辛通的红砖房子里。"

萨利端来了奶酪，阿特尔尼继续侃侃而谈。

"认为一个家庭需要钱来培养孩子，这是世界上最错误的一个看法了。你需要钱才能把孩子们培养成绅士和淑女，可我并不想让我的孩子们成为淑女和绅士。萨利再过一年就将自己挣钱了。她要给一个裁缝去当学徒，是吧，萨利？男孩子们将来都去服务他们的国家。我想让他们都去当海军，那是一种快乐、健康的生活，好的伙食，优厚的待遇，老了还有养老金。"

菲利普点起了他的烟斗。阿特尔尼抽着一支用哈瓦那烟丝卷的香烟。萨利收拾着桌上的碗盘。菲利普内向，话少，对方把这么多的心里话、家庭隐私都告诉了他，让他不免有些尴尬。阿特尔尼个子小，嗓门却特别洪亮，他讲话充满激情，善于运用强调的修辞手法，再加上外国人的长相，也确实令人咋舌惊叹。他每每让菲利普想起克朗肖。他似乎也是有自己独立的思想，同样的豪放不羁，只是他的性情更富于活力；不过，他的思想却较为粗放，不够缜密，不像克朗肖那样对抽象的事物充满兴趣，这也是克朗肖的谈话让人听得着迷的原因。阿特尔尼很为自己乡下的那个世家感到自豪，他把一座伊丽莎白时代建筑的照片拿给菲利普看，对他说：

"阿特尔尼家族在这座老宅里已经生活了七个世纪，老弟，要是你见过它的壁炉和天花板就好了！"

护壁板上有个小橱，阿特尔尼从里面拿出一本家谱。带着孩子似的满意神情，他把家谱递给菲利普看。这本家谱的确不简单。

"你看，这个古老家族的名字是如何一再地出现，索普、阿特尔尼、哈罗德、爱德华；我用家族的这些名字给我的儿子们命名。至于我的女儿们，你也看到了，我给她们起了西班牙名字。"

菲利普心里生出一种不安的情绪，也许，这整个故事都是精心编织的谎言，当然不是出于任何卑鄙的动机，只是想要炫耀一下，令别人赞叹唏嘘，惊讶不已。阿特尔尼曾告诉过菲利普，他就读于温彻斯特公学；可对人的行为举止很是敏感的菲利普，并不觉得这位主人具有从一座有名的公学受教育出来可能会有的举止仪态。在他讲述着他的祖辈们曾与哪些名门望族联姻时，菲利普却私下自娱遐想，阿特尔尼会不会是温彻斯特哪个商人，拍卖商或煤炭商的儿子呢，姓氏的相似会不会是他与那个古老家族之间的唯一联系呢。

88

门敲响之后，涌进来阿特尔尼的孩子们。现在，他们变得又干净又整洁了，脸上被肥皂洗得发亮，头发也梳整齐了；在萨利的带领下，他们要去主日学校。阿特尔尼一下子就和孩子们乐了在一起，高兴地跟他们开着玩笑，看得出来他爱每一个孩子。他为他们都有健康的身体和姣好的面容而感到自豪。菲利普觉得孩子们在他面前有些腼腆,在父亲说他们可以走了时,他们如释重负地一溜烟地跑了。几分钟之后,阿特尔尼太太来了。她已从头上取下卷发卡,额前梳了整齐的刘海。她穿着一身朴素的黑衣服,帽子上饰有几朵廉价的花,她那粗糙发红的手上现在戴了一副羔羊皮手套。

"我要去教堂了,阿特尔尼,"她说,"你不再需要什么了吧?"

"只需要你的祈祷,贝蒂。"

"祈祷对你不会有什么用的,你已经走得离主远了,"她笑着说。然后,她转向菲利普,缓缓地说:"我怎么劝,他也不去教堂。他差不多是个无神论者了。"

"你看她像不像是鲁宾斯①的第二个妻子?"阿特尔尼大声说,"她穿上十七世纪的服装,会不会很美呢?你瞧她,老弟,娶老婆,就要娶她这样的女人。"

"我相信,你能把驴子的后腿吹下来,阿特尔尼。"她平静地说。

她设法扣上了手套上的纽扣,走时又转过身来对着菲利普,脸上露出和蔼却又有些歉意的笑容。

"你会留下来用茶点的,是吧?阿特尔尼喜欢跟人聊天,平时难得找到一个谈得来的。"

"当然,他会留下来用茶点的。"阿特尔尼说,在妻子走后,他又继续道,"我坚持让孩子们上主日学校,我喜欢让贝蒂去教堂做礼拜。我认为女人应该信教。我自己不相信,但我愿意叫女人和孩子们相信。"

一向在这些问题上较为认真的菲利普,对阿特尔尼的这一轻率态度有些吃惊。

"可是,当你的孩子们在被教授你认为不真实的东西时,你怎么能在一边袖手旁观呢?"

"如果那些东西是美的,我并不在乎它们是否真实。希望事物既要符合理性,又要富于美感,这样的要求也太高了。我想让贝蒂

---

① 彼得·保罗·鲁宾斯(1577—1640),17世纪福兰德斯画家。

成为罗马天主教徒,想看到她戴着纸花花冠皈依罗马天主教,可她早已是个铁杆的新教徒了。再说,宗教主要是与性情有关,如果你具有宗教的气质,或者说,你的思想倾向于宗教,那么,你什么都会相信的;如果你没有这一倾向性,那么,不管是什么样的信仰灌输进你的脑子,你也会将它们清除出去。或许,宗教是道德的最好的学校,它就像绅士们所服用的能够溶解其他药物的溶剂一样:这种溶剂本身并没有治疗的效用,但是它却能使另一种药物被吸收。在你获得你的道德观念时,它们是与宗教融合在一起的;你过滤掉宗教,把道德的成分保留了下来。一个人通过热爱上帝比通过阅读赫伯特·斯宾塞更有可能获得善良的美德,成为一个好人。"

这与菲利普的观点是背道而驰的。他仍然认为基督教是一种无论如何也要抛弃掉的使人堕落的精神枷锁。在他的潜意识里,宗教总是与特坎伯雷大教堂枯燥的礼拜仪式,以及在布莱克斯特伯尔教堂里所度过的寒冷而又漫长的时光联系在一起。阿特尔尼所说的道德,在他看来只是宗教的一部分,是道德在丢弃了唯一使其符合理性的信仰时,由智力残缺的人所保留下来的。在他正想做出回答时,兴趣更多的是放在听自己说而不是跟别人讨论上的阿特尔尼,突然大谈特谈起了罗马天主教。在阿特尔尼看来,天主教是西班牙不可或缺的一部分,而西班牙对他来说意义重大,因为正是为了逃避婚后那令人厌恶的循规蹈矩的生活,他才去了西班牙。阿特尔尼用夸张的手势和强调的语气,向菲利普描述了气势恢宏的西班牙教堂:那幽暗空旷的圣堂,祭坛背后屏风上的大块黄金,镀金有些剥落的豪华铁制饰物,空气中弥漫着的香火味儿,还有那静穆的氛围。菲利普仿佛依稀看到了身穿白色细麻布短法衣的教士们,以及身穿红色法衣的侍僧,从圣器储藏室向唱诗班走去;他仿佛听到单调的晚祷圣歌。阿特尔尼所提到的那些地名:阿维拉、塔雷戈纳、萨雷格萨、塞戈维亚、科尔多瓦,宛如是在他心中吹响的一支支喇叭。他似乎看到耸立在那狂风肆虐的黄褐色旷野中的一座座古老的城镇,以及这些城镇里的灰色花岗岩建筑群。

"我总是想,我该到塞维利亚去。"在阿特尔尼戏剧性地举起一只手、停顿了一下的当儿,菲利普不经意地说。

"塞维利亚,"阿特尔尼喊了起来,"不,不,不要去那里。塞维利亚,它使人想起姑娘们踏着响板的节拍翩翩起舞,在瓜达尔基维尔河畔的公园里唱歌,想起斗牛、香橙花、薄头纱和披巾。它是西班牙的喜剧歌剧和蒙马特区。它肤浅的魅力只能供智力肤浅的人做永久的享受。西奥菲尔·高蒂尔[1]已经写尽了塞维利亚所能够提供的一切。在他之后来到这个世界的我们,只能是重复他的感受而已。他用他肥胖的大手掌触及显而易见的事物,那里除了显而易见的事物就什么也没有了,所有的一切都已经印上了指痕,被磨损了。穆里洛[2]就是塞维利亚的画家。"

阿特尔尼从椅子上站起来,走到西班牙小柜前,把带有镀金铰链和华美锁孔的面板打开,露出一排排小抽屉。他从中取出一沓照片。

"你知道埃尔·格列柯吗?"他问。

"哦,我记得我在巴黎时的一位同学对他的印象特别深刻。"

"埃尔·格列柯是托莱多[3]的一位画家。贝蒂找不着那张我想要你看的照片。那是埃尔·格列柯画的他所热爱的这座城市。它比任何一张图片都更加真实。坐到桌子这儿来。"

菲利普把他的椅子往这边挪了挪,阿特尔尼把照片放在了他面前。他好奇地、长时间地默默看着它。他探出手去拿其他照片,阿特尔尼给他递了过来。他以前从未见过这位神奇大师的作品,乍一看,他被画家任意的涂抹弄得心绪有些烦乱:人物都画得特别的长,脑袋都特别的小,神态举止都显得过分夸张。这不是现实主义的,然而,即使是从照片上看,也能给人一种令人不安的真实感。阿特尔尼用生动的语言热情地描述着,可菲利普只是隐隐约约地听到了他说的话。菲利普感到困惑不解,他被莫名地感动了。这些照片似乎在给予他某种意义,可他却不知道这意义是什么。画中男人们充满忧郁的眼神似

---

[1] 西奥菲尔·高蒂尔(1811—1872),法国诗人,小说家和评论家。
[2] 穆里洛(1618—1682),西班牙画家,17世纪艺术界巨匠之一。
[3] 托莱多,西班牙古城。

乎在诉说着一些你不知道的东西；那些穿着方济各会或多明我会[①]修道士服装的高个子修士，面上都显得心神不宁，手势让人无从理解；有一幅圣母玛利亚升天图；有一幅耶稣受难图，在画中画家通过某种神奇的手法，烘托出耶稣的身体不是凡胎肉体，而是神之躯体；还有一幅耶稣升天图，画中的耶稣似乎正向九天升腾，他立在空气中如履平地般稳健；使徒们高举的手臂，随风飘动的衣饰，欣喜若狂的姿态，让人感受到一种激奋之情和神圣的快乐。几乎所有画作的背景都是夜晚的天空，仿佛灵魂漆黑的夜晚，来自地狱的怪异的风席卷着乱云飞奔，不安的月亮穿过云层，倾泻下斑驳的光。

"在托莱多，我多次看到过那样的天空，"阿特尔尼说，"我在想，当埃尔·格列柯初次来到这座城市时，他碰巧看到的正是这样的夜空，给他的印象太强烈了，以至于他再也无法将它从脑中除去。"

菲利普记起这位怪异的大师是如何影响了克拉顿。在巴黎他所认识的人里，克拉顿是最令他感兴趣的一个。克拉顿对人嘲讽刻薄以及抱有敌意的冷漠态度，使人很难接近和了解他；不过，现在回想起来，菲利普觉得克拉顿身上似乎有种悲剧的力量，这一力量徒劳地寻求着在绘画中得到表达。克拉顿的性格不同寻常，在神秘主义潮流已经退去的今天，仍然对神秘主义情有独钟；他平时表现得烦躁不安，是因为他发现自己不能将内心那隐秘冲动所暗示的意义表达出来。他的智力不具有表达内在精神的功能。难怪他会对能表达其内心渴求，展现出此种技巧的格列柯惺惺相惜。

菲利普看着一组西班牙绅士们的肖像画，满脸的皱纹，尖翘的胡子，在深色衣服和黑色背景的衬托下，他们的脸显得很苍白。埃尔·格列柯是心灵的画师，这些绅士们的面容之所以枯槁憔悴，不是身心疲惫所致，而是因为内心压抑，他们饱受精神上的折磨，心不在

[①] 多明我会，一译"多米尼克派"，天主教托钵修会主要派别之一。1217年由西班牙人多明我创立。1232年受教皇委派主持异端裁判所，残酷迫害异端。该教会曾控制欧洲一些大学的神学讲坛。除传教外，主要致力于高等教育。

焉地走着，对世界的美全然没有感知；因为他们的眼睛只是看向他们的内心，被他们波澜壮阔的灵魂世界弄得目不暇接。没有哪个画家能比格列柯更无情地揭示出，世人只是这个世界上的匆匆过客。他刻画的这些人物通过他们的眼睛诉说着他们内心的种种奇怪的渴盼；他们的感官敏锐得惊人，不是对声音、气味和颜色，而是对心灵的各种细微的体验。这位崇高的艺术家怀着一颗僧侣般的心行走在这个世界上，修道院的圣徒们所看到的，也是他的眼睛看到的，他并不感到诧异。他的嘴角上没有笑容。

一直没有吭声的菲利普又看回到托莱多这座城市的画作照片，这似乎是格列柯最吸引他的一部作品。他简直不能把自己的目光从这幅画面上移开。他突然有种奇怪的感觉，他好像正站在对生活会有新发现的门槛上。因为即将到来的探险，他激动得心里发颤。有一瞬间，他想起耗费了他太多精力的那场恋情：在他心中涌起的新的激情面前，爱情似乎显得微不足道了。他正在看的这张图片，其原作是一长幅画作：鳞次栉比的房屋都坐落在一个小山上；在一个角落里，有个男孩手里拿着一张很大的城市地图；在另一个角落，是个象征塔霍河①的古典人物；天空中，天使们正簇拥着圣母玛利亚。画中的景致对菲利普来说是完全陌生的，因为他一直是生活在崇尚现实世界的人们当中；然而，在这幅画中，令他自己都觉得诧异，他感受到了一种更为真实的存在，是他虔诚效仿的那些画家们所无法企及的真实。他听到阿特尔尼说，这幅画画得非常逼真，以至于托莱多的市民们在看到这幅画时，能从中认出他们自己住的房子。格列柯画出了他所见到的真实景物，但他是用心灵的眼睛去看的。在这座浅灰色的城市中，有着某种不属于人世间的东西。这是借着一种既不属于白昼也不属于夜晚的惨淡的光，呈现出的是一座所谓灵魂的城市。它坐落在一个绿色的小山上，不过，并不是这个世界具有的那种绿色，它的四周都是高高的城墙和棱堡，人类发明的任何机器和装置都无法攻克它们，唯有通过祈祷、斋戒、痛苦的忏悔以及禁欲苦行，才能攻克。这是一座

---

① 塔霍河，位于葡萄牙的里斯本。

上帝的堡垒。那些灰色的房子都不是用泥瓦匠们见过的石头砌成的，它们的形状怪得有些吓人，你不知道它们里面可能会住着什么样的人。你可以步行着穿过这些街道，发现街上没有人，却又不会觉得空洞，你也不会感到惊讶；因为你感觉到一种肉眼看不见的存在，它作用于你内在的感官。这是一座神秘的城市，人的想象力在这里会变得迟疑，仿佛一个人刚从明亮的地方步入黑暗；赤裸的灵魂来回地徘徊着，它知道周遭存在着不可知的事物，能意识到那些亲切却又无法表达的经验，意识到绝对的存在。在蔚蓝的天空中，朵朵轻云被奇异的风驱赶着，缕缕轻风吹过林木发出的沙沙声犹如失落的魂魄在啜泣，在叹息；此时，你看到一群长着翅膀的天使簇拥着穿着红袍蓝衣的圣母，丝毫不会感到奇怪。菲利普觉得，这座城市里的居民们看到这一奇特的景象会毫无惊讶之感，只是心怀尊重和感激，悄然地离去。

阿特尔尼谈到了西班牙的神秘主义作家，谈到特蕾莎·德阿维拉[①]、圣胡安·德拉克鲁斯、弗雷·迭戈·德莱昂等，与菲利普在埃尔·格列柯的画作中所感受到的一样，这些作家们也都对灵魂世界有着强烈的向往：他们似乎都有触摸到非实体的东西和看到灵界的本领。他们都是他们那个时代的西班牙人，一个伟大民族所有的丰功伟绩都震颤在他们的心头：他们的幻想中充满了征服美洲的荣耀和加勒比海群岛的碧绿；他们的血管里有着长期与摩尔人作战磨砺出来的力量；他们感到骄傲，因为他们是世界的主人；他们宽广的心胸里装着辽阔的地域，褐色的荒野，终年覆盖着积雪的卡斯蒂尔山脉，灿烂的阳光和蔚蓝的天空，以及安达卢西亚如花似锦的广阔平原。生活充满激情，色彩斑斓，因为生活提供了如此多的东西，他们急切地向往着得到更多；因为他们是人，永远不会有满足的时候；他们将其充沛的活力用到了对不可名状的事物的热烈探求中去。阿特尔尼很高兴找到了一个人，能把自己闲暇时翻译的诗歌读给他听；阿特尔尼用他浑厚的发着颤音的嗓音，朗诵了赞美诗《灵魂和情人基督》，这首诗是以

---

① 特蕾莎·德阿维拉（1515—1582），西班牙主教加尔默罗会白衣修女，神秘主义者及作家。

弗雷·路易斯·德莱昂的"一个漆黑的夜晚"和"万籁俱寂"的诗句开头的。他的翻译直截了当，并不缺乏技巧，他所使用的词汇最终还是表现出原著的那一粗犷、恢宏的风格。埃尔·格列柯的画作是对这些诗歌的阐释，这些诗歌也是对他画作的阐释。

菲利普对理想主义抱着些许不屑的态度。他一贯热爱生活，他所接触过的理想主义在他看来，大多都是对生活怯懦的退却。理想主义者之所以在现实生活面前退缩，是因为他受不了人世间的纷争；他没有力量去拼搏，因而认为这种争夺是庸俗的；他爱慕虚荣，因为同伴们不像他那样去评价他自己，他便蔑视他们，借以安慰他自己。在菲利普看来，海沃德便属于这种类型。海沃德原本一表人才，却慵懒倦怠，而且现在发胖了，略微秃顶，却仍沾沾自喜于他尚存的英姿，仍然谋划着在不确定的未来做出骄人的成绩；在这番雄心壮志的背后，却是整日地喝威士忌酒，在街巷中寻花问柳。作为对海沃德所代表的那一理想主义的反对，菲利普坦然面对生活的真实；丑恶、罪愆、残疾，都不会令他大惊小怪；他主张人应该毫无伪装；当卑鄙、残酷、色欲或自私行为暴露在他面前时，他会摩挲着手掌，拍手称快：这才是真实的生活。在巴黎时，他就明白了世间既无所谓丑，也无所谓美，只有真实：对美的追求是多愁善感的表现。他不是也在一幅风景画上添上了一个巧克力的广告牌，以摆脱对美的一味追求吗？

可在这里，他似乎感觉到了一种新的东西。最近，他一直在时断时续地接近着它，而现在他才意识到了这个事实：他觉得自己就要有所发现了。他朦胧地感觉到，这里有比他所崇拜的现实主义更好的东西；不过，它绝不是那种没有血肉的、在懦弱中逃离生活的理想主义；它太强大了，它是刚强有力的，它接受生活的一切：其活力，丑陋与美好，卑鄙龌龊与英雄主义；它依然是现实主义的，不过，它却高于现实主义，因为事实在这里被更加生动的光照亮，得到了升华。通过这些故去的卡斯蒂尔贵族沉郁、凝重的眼神，菲利普似乎能更加深刻地看待事物；圣徒们的那些一开始看似狂乱扭曲的姿势，现在却具有了某种神秘的意义。可他说不出这一意义到底是什么。就像是一个对他来说很重要的信息，在给予他时却用了一种他听不懂的语言。

他一直在探求人生的意义。这里似乎给出了他一个意义,却是朦胧和模糊的。他感到了深深的困惑。他仿佛看到像是真理那样的东西,犹如在一个狂风暴雨的漆黑夜晚,一道闪电使你一下子看清了远处的山脉一样。他似乎明白了,人的一生不必任由机遇和运气主宰,他的意志也是强有力的;人的自我克制也可以像受着激情驱使一样,充满热情和活力;人的内心生活也可以是丰富多彩,充满各种体验的,就像一个征服了诸多王国、探知未知疆域的人的生活那样。

89

菲利普和阿特尔尼的谈话被一阵上楼梯的噔噔声打断了。阿特尔尼为从主日学校回来的孩子们打开了房门,他们喊着笑着涌了进来。凯里问他们学什么了。萨利带来母亲的吩咐,要父亲在她准备茶点时哄孩子们玩一会儿;阿特尔尼开始给他们讲起了汉斯·安徒生的童话故事。他们都不是那种腼腆的孩子,他们很快看出菲利普并非乖戾之人。珍妮过来站到他旁边,很快坐在了他的腿上。在菲利普孤寂的生涯中,这还是他第一次待在一个温馨家庭的圈子里:他望着这些沉浸在童话故事里的漂亮的孩子们,脸上不由得流露出笑意。他这位新朋友的生活乍看起来显得有些怪,现在却似乎具有那种完全自然的美了。萨利又走了进来。

"茶点准备好了。"她说。

珍妮从菲利普的腿上滑下来,大家一起来到厨房。萨利开始给那张西班牙长桌上铺桌布。

"妈妈问,她能和你们一起用茶点吗?"她问,"我能照顾弟弟妹妹们。"

"告诉你的母亲,如果她肯赏光与我们一道用茶点,我们不但为此感到骄傲,而且是荣幸之至。"阿特尔尼说。

在菲利普看来,阿特尔尼只要一开口,就离不开修辞法和华丽的辞藻。

"那么，我就再给母亲摆上一套餐具。"萨利说。

过了一会儿，萨利端着一个托盘进来，上面有大小两块面包，一块奶油，一罐草莓果酱。在她把食物摆上桌时，父亲又开起她的玩笑。他说她是到该谈恋爱的时候了，他告诉菲利普，萨利很骄傲，对那些追求者们根本不理不睬，他们经常三三两两地站在主日学校门口，想着能有幸获得一次送她回家的机会。

"你尽瞎说，爸爸。"萨利说，脸上显出淡淡的笑容。

"你怎么也不会想到，一个裁缝助手就因为萨利不肯跟他打招呼，一气之下当了兵；一个机电工程师，你听到了吗，一个机电工程师，因为萨利拒绝和他在教堂里合用一本《圣经》，就开始酗酒。我真不敢想，在她束发成人之后，会发生什么样的事。"

"妈妈来时会把茶带来的。"萨利说。

"萨利对我说的话，从来都当没听见。"阿特尔尼大声笑着说，一边用爱抚、自豪的眼神望着她，"她只管做她自己的事情，对战争、革命、社会的大变动从不关心。对诚实的男人来说，这是个多么难得的妻子啊！"

阿特尔尼太太端来了茶。她坐下来开始切面包和奶油。看见她把丈夫当孩子似的对待，菲利普觉得很有意思。她把果酱抹在面包上，把面包和奶油切成他方便入口的小块儿。阿特尔尼太太已经脱掉帽子，穿着她最好的衣服，略微显得有点紧，她的模样看上去像是菲利普小时候常常跟伯父去造访过的那些农家的妻子。此时，他知道她的声音为什么听上去那么熟悉了。她说起话来，就像是布莱克斯特伯尔一带的口音。

"你的老家是哪里的？"菲利普问她。

"我是肯特郡人，老家在弗恩。"

"跟我猜的差不多。我伯父是布莱克斯特伯尔的牧师。"

"这真是巧了，"她说，"我刚才在教堂时就在想，你会不会跟凯里先生沾着亲呢。我见过你伯父许多次。我的一个表姐嫁给了布莱克斯特伯尔教堂对面罗克西里村的巴克先生。我小的时候常常去那儿住。你说这事巧不巧？"

阿特尔尼太太现在对菲利普有了一种新的兴趣，她打量着他，失神的眼睛里闪烁着亮光。她问他是否知道弗恩这个地方。它离布莱克斯特伯尔大约十英里，是个十分秀丽的村庄，菲利普的伯父曾在那里做过丰收感恩祈祷。她提到了附近许多农民的名字。她很高兴再次谈起青少年时代生活过的乡村，她愉快地回忆起那些仍牢牢留在她记忆中的场景和熟人。不知怎么，也勾起了菲利普的乡情。一股乡村的气息似乎吹进了伦敦市区这间镶着壁板的屋子里，他似乎看到了肯特郡平坦的田野，其间点缀着高大的榆树，他的鼻孔里似乎吸进清新的空气，因为夹杂着海风的咸味而显得愈发浓烈。

菲利普离开阿特尔尼家时已是晚上十点。孩子们晚上八点时进来道晚安，很自然地把脸伸过去让菲利普亲吻。他的心一下子飞向了他们。唯有萨利只是伸出了她的手。

"萨利从来不吻只见过一面的男人。"她的父亲说。

"那么，你务必要请我再来了。"菲利普说。

"对我父亲说的话请不要当真。"萨利笑着说道。

"她是那种最庄重的女孩。"她的父亲说。

他们晚饭吃了面包和奶酪，还有啤酒，那个时间，阿特尔尼太太在打发孩子们睡觉；当菲利普到厨房跟她道别时，她正坐在厨房休息，读着《每周时报》。她热情地邀请他再来。

"只要阿特尔尼还上着班，星期天总会有一顿丰盛的饭菜的。"她说，"你能来跟他说说话，真是太好了。"

到了下个星期六，菲利普收到了阿特尔尼寄来的一张明信片，说他们全家都盼望着他明天来和他们一起吃饭，菲利普担心他们家的经济状况并不像阿特尔尼说得那么好，因此回信说他到下午用茶点时才能去。第二天，他买了一个很大的葡萄干蛋糕，这样阿特尔尼就不必为款待他而破费了。菲利普发现他们一家人都很高兴见到他，他买的蛋糕赢得了孩子们对他的好感。他坚持大家都到厨房一起用茶点，席间欢笑声、吵嚷声不断。

不久，菲利普便养成了每个周日去阿特尔尼家的习惯。孩子们也越来越喜欢他了，因为他为人单纯，待人真诚，也因为他显然也非常喜爱他们。每到星期天,一听到门铃声,就有个孩子从窗户上探出脑袋,确认一下是不是菲利普来了,然后他们便一窝蜂地嚷着跑下楼来,打开门,争着往他怀里扑。用茶点时,又是抢着要跟他坐在一起。不久,孩子们就开始称他菲利普叔叔了。

阿特尔尼非常健谈,没有多久,菲利普便对阿特尔尼各个时期的生活均有所了解。他从事过很多种职业,菲利普觉得他每份工作都干得很糟。他曾经在锡兰的一个茶场待过,在美国做过意大利葡萄酒的推销员,这无数的职业中间,就数在托莱多自来水公司当秘书干的时间最长;他曾经做过记者,有段时间在一家晚报担任违警罪法庭的新闻记者;他在英格兰中部的一家报社,还有里维埃拉的一家报社做过编辑。从他所干过的这些职业当中,他收集了不少的趣闻轶事,他以卓越的说故事的才能,津津乐道地把它们讲述出来。他博览群书,尤其喜欢读那些奇书异志,在他滔滔不绝地讲着这些含有深奥知识的故事时,看到听者露出惊讶的表情,他就乐得跟个孩子似的。在三四年前,贫困的生活境遇迫使他在一家大的布料公司做了新闻代理,尽管他觉得这份工作不值得他这样有才能的人去做,可因为妻子的坚持和家庭生活的窘迫,他也只好一直做下去了。

90

离开阿特尔尼家,菲利普走出钱塞里巷,沿着斯特兰德街走到国会大道的尽头,去搭乘公共汽车。在认识阿特尔尼的第六个周日,他还像往常那样从阿特尔尼家出来去搭乘公共汽车,但他发现开往肯宁顿的公共汽车已经客满了。当时正值夏季六月,可是下了一天的雨,夜晚的空气还是冷飕飕的。菲利普走向皮卡迪利广场,以便上车后能有座位;汽车在广场喷泉这边发车时,车上常常只有两三个乘客。汽车每十五分钟发一趟车,他在那里等着,望着过往的人群。酒吧间就要打烊了,周围还有不少人。他的脑子里翻涌着因阿特尔尼那富于灼见的谈话而生出的各种念头。

突然，他的心仿佛一下子停止了跳动。他看到了米尔德里德。他已经有好几个星期没有想过她了。她正要从谢夫兹伯里林荫道的拐角处横穿马路，站在候车亭等着一长串出租马车先过去。她正看着马路上的车辆，再没有去注意别的。她穿着一件黑绸衣服，戴着一顶上面饰有一簇羽毛的黑草帽；车过完后，米尔德里德拖着长裙穿过马路，沿着皮卡迪利大街向前走去。菲利普的心狂跳着，跟随在后面。他并不想上前跟她搭话，他只是感到好奇，这么晚了她还要去哪里；他想要看看她的脸。她慢慢地向前走着，拐进艾尔街，随后进入雷根特大街，再次朝着广场走去。菲利普有些纳闷，他弄不明白她是在干什么。或许，她是在等什么人，他非常想知道这个人是谁。她追上了一个头戴圆顶硬礼帽的矮个子男人，此人跟她朝着同样的方向，慢腾腾地走着；在经过他时，她斜着瞟了他一眼。之后，又继续往前走了一段，在斯旺-艾德商店门口她停了下来，面朝着马路。在那个男人走上前来时，她冲他笑着。那人注视了她一会儿，把头扭了过去，朝前溜达着走了。这一下菲利普全明白了。

他简直被惊呆了。有一会儿，他觉得自己的腿软得就要站不住了；随后，他追了上去，用手碰了一下她的胳膊。

"米尔德里德。"

她吓了一跳，突然转过身。他感觉她脸红了，只是在黑暗中看得不那么清楚。有一会儿，他们相互望着对方，谁也没有说话。最后，是她先开了口："真想不到会碰见你！"

菲利普不知道该说什么好。这太令他震惊了，此刻在他脑中闪现过的词语都似乎显得太过夸张。

"这太糟糕了。"他喘着气，几乎像是在喃喃自语。

她没有再说什么，而是转过脸去，看向了便道那边。菲利普觉得自己的脸痛苦得变了形。

"有能让我们说说话的地方吗？"

"我不想跟你说什么，"她绷着脸说，"别管我，好吗？"

他突然想到，或许她身上已无分文，这么晚了连回家的车钱也没有。

"如果你急用钱,我身上还带着几个金镑。"他脱口而出。

"我不知道你这话是什么意思。我正准备走着回家呢。刚才我在等跟我在一起干活的一个女友。"

"看在上帝分上,你现在不要再撒谎了好吗?"菲利普说。

跟着,他看见她哭了起来,他又重复了一遍问话。

"能找个说话的地方吗?我能去你住的地方吗?"

"不,你不能去,"她啜泣着,"房东不允许带男人回去。如果你愿意的话,我明天再去找你行吗?"

他知道她不会守约的。他不能让她就这么走掉。

"不行,你必须现在就带我去个地方。"

"噢,我知道一个地方,但需要支付六先令。"

"我不在乎花这个钱。在哪儿?"

米尔德里德给了他地址,他叫了辆出租马车。他们经过了大英博物馆,等到了格雷旅馆路附近的一条肮脏街道上时,她叫马车停在了街角处。

"他们不喜欢马车赶到门口。"她说。

自从上了马车,这是他们之间说的第一句话。他们向前走了十几码,米尔德里德前去敲门,她重重地敲了三下。菲利普注意到在一个扇形窗户上有个硬纸板的广告牌,上面写着"房屋出租"的字样。一个上了年纪的高个子女人默默地为他们打开了房门。她盯着菲利普看了片刻,然后跟米尔德里德悄悄地说了几句话。米尔德里德带着菲利普穿过一段走廊,来到后面的一间屋子。屋里一片漆黑,她跟菲利普要了一根火柴,点着了煤气灯。灯上没有罩子,煤气灯的火苗咝咝地直往上蹿。这时,菲利普看到他是在一间又小又昏暗的睡房里,屋里有一套漆成松木花纹那样的家具,对这间小屋来说,这套家具显得太大了;窗户上挂着脏兮兮的花边窗帘;炉格被一把大纸扇子遮挡着。米尔德里德一屁股坐在壁炉旁边的椅子上。菲利普坐在床沿。他现在觉得有些不好意思了。他看到米尔德里德脸上涂着厚厚的脂粉,眉毛描得很黑。她显得很憔悴,一副病恹恹的样子,脸颊上的红胭脂更衬托出她白中泛绿的皮肤。她有气无力地盯着那把纸扇子。菲利普想不出该说什么，嗓子眼里一阵哽咽，仿佛就要哭出来似的。他用双手捂住了自己的眼睛。

"我的上帝，这太糟了。"他呻吟着。

"我不明白，你为什么要这么大惊小怪。我本以为你会为此而幸灾乐祸。"

菲利普没有吭声。少顷，她失声哭了起来。

"你不会以为，我是因为喜欢才这么做的吧？"

"噢，亲爱的，"他喊道，"我太难过了，太难过了。"

"你说这话，对我有用吗？"

菲利普又找不出话说了。他非常害怕自己说出来的话会被她认为是对她的责备，或是嘲讽。

"你的孩子呢？"他最后问。

"她跟着我在伦敦。我没有钱把她寄养在布莱顿了，所以只能自己带着。我在海柏利街租了一间房。我告诉房东说我是个演员。每天到西区得走很远的路，可在这边要找到一个愿意租给单身女人的房子，实在是太难啦。"

"茶馆不愿意再让你回去了吗？"

"我在哪里也找不到活儿干。为找工作，我把腿也跑断了。有一次，我真的找到了一份工作，可因为我病了，歇了一个星期，再回去时人家就不要我了。这也不能怪他们，是吧？不管什么地方，他们都不可能雇身体不好的女孩子。"

"你现在的脸色就很不好。"菲利普说。

"我今晚的身体就不适合出来，可我没有办法，我需要钱呀。我写信给埃米尔，告诉他我实在是活不下去了，可他甚至连封信都没有给我回过。"

"你可以给我写信呀。"

"我不愿意。在发生了这一切之后，我不想让你知道我糟糕的处境。如果你对我说，这都是我罪有应得，我也不会感到意外。"

"你并不是很了解我，甚至到现在也是这样，不是吗？"

此刻，他记起因为她他遭受的所有痛苦，想起那些痛苦，他心里很不舒服。不过，这一切都已成了记忆。现在看着她，他知道自己已经不再爱她了。他为她感到难过，可又高兴自己摆脱了她。在一脸严肃地望着她的当儿，他问着自己，当初为什么会对她那样痴情呢？

"你是位地地道道的绅士，"她说，"在我认识的人里，你是唯一的一位。"她停顿了一下，继而红着脸说，"我真的不愿意向你张嘴，菲利普，你能再给我一点钱吗？"

"正好我身上带着一些。恐怕不多，只有两英镑。"

他把钱递给她。

"我会还你的，菲利普。"

"哦，没关系的。"他笑着说，"你不必放在心上。"

他想说的话，最后一句也没说。好像这一切再自然不过了：她现在就该走了，回到她那可怕的生活中去了，他没有任何办法可以阻止她。她站起身，拿上钱，菲利普也站了起来。

"我耽搁你了吗？"她问，"我想，你要回家了。"

"没有，我不着急。"菲利普说。

"能有机会坐下来歇一歇，真不错。"

这些话，再加上它们的话外音，撕裂着菲利普的心，看到她又坐回椅子上时的那副精疲力竭的样子，实在令人心痛。沉默一直持续着，感觉有些尴尬的菲利普点起了一支烟。

"你真好，菲利普，没有对我说一句难听的话。我本以为你不知会怎么数落我呢。"

他见她又哭了起来。他记得埃米尔·米勒抛弃她后，她是如何找到他，如何在他面前哭泣的。想起她为此所遭受的痛苦和自己所受的羞辱，他似乎越发对她充满了同情和怜悯。

"要是我能摆脱这样的生活！"她呻吟着，"我恨透了这种生活，我不适合过这样的生活。如果可能的话，我宁愿做女仆。噢，我要是死了就好了。"

现在，因为自己悲惨的境遇，她完全放开了，歇斯底里地号啕大哭起来，她瘦弱的身体因此而战栗着。

"噢，你不知道那是一种什么样的生活。只有亲身体验了才会知道。"

菲利普不忍心看她这样失声痛哭。她可怜可悲的处境使他的心如刀割一般。

"可怜的人儿,"他呢喃着,"可怜的人儿。"

他的心被深深地触动了。突然间,他脑子里涌出一个想法。这让他一下子喜上心头,有了一种幸福感。

"听我说,如果你想摆脱这种生活,我现在想到了一个办法。我目前的生活也非常拮据,我必须尽可能地节俭;不过,我在肯宁顿大街租着一小套公寓房,我有一个空余的房间。如果你愿意的话,你和孩子可以住到那间屋子里。我雇着一个女人,每星期给她三先令六便士,她为我打扫房间和做饭。你可以帮我做这些,你吃饭用去的钱不会比我雇那个女人的钱多。两个人吃饭的费用跟一个人的相差也不会太多。我想,你的小女儿就更吃不了多少了。"

她停止了哭泣,眼睛望着他。

"你是说在发生了这一切之后,你还能接受我?"

想到他下面不得不说的话,菲利普觉得有些尴尬,脸也随之红了。

"我并不想让你误解。我只是为你提供伙食和一间空着的屋子,从你这里,我只希望得到那个女人为我提供的服务。我敢说,你做的饭一定也不差。"

她一下跳了起来,想向他这边走过来。

"你对我真好,菲利普。"

"不要。不要过来!"他赶忙说,伸出手臂,好像要将她推开似的。他也不知道是怎么了,只要想到她会触碰到他,他就受不了。

"我想让我们俩只保持朋友关系。"

"你对我真好,"她重复着说,"你对我真好。"

"那就是说,你同意来了?"

"哦,是的。为了不再过我现在的生活,我愿意做任何事情。你为我做了这么多,我不会让你后悔的,菲利普,不会的。我什么时候可以搬过去呢,菲利普?"

"最好明天就过来。"

她的眼眶里突然又涌出了泪水。

"你现在为什么还要哭呢？"他笑着说。

"我太感激你了，我不知道怎么才能报答你对我的好。"

"哦，这没有什么。你最好早点回去准备吧。"

他给她留下了地址，告诉她如果她明天五点半来，他就会在家等她。夜已经深了，他不得不走着回去，不过，他并没有觉得这段路长，因为心中充满了喜悦，他像是在空气中飘飞一样。

91

第二天，菲利普很早就起来，为米尔德里德收拾房间。他辞退了照顾他的那个女人。米尔德里德大约下午六点到，菲利普一直在窗边张望，看到她后就出去为她开门，帮她拿行李：她的行李只剩下用褐色纸包着的三大包东西了，因为除了必需品，她已变卖了所有的东西。她仍然穿着昨夜穿的那件黑色丝绸衣服，她今天脸上没有涂抹脂粉，可眼睛周围的黑色却因为早晨洗得马虎还残留着，这让她的气色看上去很不好。在她抱着孩子从出租马车里走下来时，她的模样让人看了着实可怜。她似乎有点不好意思，两个人只是照例寒暄了几句。

"噢，你总算来了。"

"我从没在伦敦的这一边住过。"

菲利普让她看了她将要住的屋子，也就是克朗肖去世时在的那一间。尽管菲利普也认为有些荒唐，可他再也不愿意搬回那间房住了。克朗肖死后，他一直还住在小屋，睡在折叠床上。孩子在她的怀里香甜地睡着。

"我想，你一定认不出她了。"米尔德里德说。

"自从送她到布莱顿以后，我就再也没有见过她。"

"我把她放在哪儿呢？她挺沉的，我抱不了多久。"

"我这里没有小孩的床。"菲利普不安地笑了笑说。

475

"噢,她跟我一起睡就行。她一直是跟着我睡的。"

米尔德里德把孩子放在扶手椅里,打量着这间屋子。她认出了其中的大部分陈设,都是她在他原来的住处见过的。唯有一件东西是新的,那就是去年夏末劳森为菲利普画的一幅半身像,它挂在壁炉架的上方。米尔德里德用批评的眼光看着它。

"这幅画有些地方我喜欢,有些地方不喜欢。我觉得你比这幅画上长得好看。"

"看来你对我的印象在转变,"菲利普笑着说,"你以前从来没有跟我说过我长得好看。"

"我这个人不太操心男人的长相。我不喜欢好看的男人,我觉得他们都有些太自负了。"

她的眼睛扫视着屋子,下意识地寻找着一面镜子,可是没有找到;她抬起手来,摸了摸额前长长的刘海。

"我住过来,这里的其他人会怎么说呢?"她突然问。

"这里只住着一个男人和他的妻子。他整天都不在家,至于他的妻子,只有星期六跟我拿房租的时候才会出现。他们从不跟人交往。自从我搬过来,我跟他们当中的任何一个,说话都没有超过两句呢。"

米尔德里德回到睡房,打开包裹,整理她的东西。菲利普想看书,可他的心情怎么也平静不下来。他仰靠在椅子上,抽着一根烟,眼里含着笑意,注视着熟睡的孩子。他觉得自己很幸福。他已完全确定他一点也不爱米尔德里德了。他以前的爱欲竟然就这样消失得无影无踪,令他不免感到诧异;他察觉自己在生理上隐隐约约对她有些抵触;他想,如果触碰到她,他身上会起鸡皮疙瘩的。他也弄不懂他究竟是怎么了。不一会儿,她敲敲门,又走了进来。

"我说,你不必敲门的。"菲利普说,"你看过这套房子了吗?"

"你这儿的厨房,是我所见过的最小的。"

"你会发现它大得足够做我们丰盛的饭菜了。"他轻快地反驳。

"厨房里什么也没有,我最好是出去买点菜回来吧。"

"好的。不过,我还是得再提醒你,我们必须非常节俭。"

"我们晚饭吃什么呢?"

"你最好是买回一些你认为你能做得来的东西。"菲利普笑着说。

他给了她一些钱。半个小时后,她回来了,把买回的东西放到桌子上。只爬了一会儿楼梯,她就气喘吁吁的。

"你这是贫血,"菲利普说,"我得给你买点布劳氏药丸回来。"

"我费了半天劲才找到商店。我买了些猪肝。猪肝好吃,不是吗?何况,这东西大家吃得不多,所以,比买猪肉要划算得多。"

厨房有个煤气炉,她把猪肝炖在炉子上,又回到起居室铺桌布。

"你为什么只摆了一套餐具呢?"菲利普问,"你不吃吗?"

米尔德里德脸红了。

"我以为,你可能不愿意让我跟你一起吃。"

"为什么呢?"

"哦,我只是个仆人,不是吗?"

"不要发傻。你怎么会这么想呢?"

他脸上笑着,可心里却为她变得这样谦卑感到一种说不出来的痛。可怜的人儿!他记得第一次遇到她时她那副趾高气扬的样子。

迟疑了一会儿后,他说:"不要认为我在给予你任何恩惠,这只是一种最简单的合作关系,我为你提供食宿,来换取你的劳动。你不欠我任何东西。这对你来说,没有什么可丢脸的。"

她没有吭声,可大滴的眼泪已从她的脸颊上滚落下来。根据他在医院接触女病人们的经验,菲利普知道像她这一阶层的女性通常都把伺候人看成是低人一等,这不由得让他对她感到了一些不耐烦;不过,他还是责备了自己,因为她现在身体不好,显然是有点力不能支了。他起身帮她摆好吃饭用的碗盘。孩子这时已经醒了,在那之前,米尔德里德为她准备了一些梅林食品。猪肝和咸肉都做好了,两人坐了下来。为了节省,菲利普除了喝水,已经不再喝酒或其他饮料了,不过,他屋里还留着半瓶威士忌,他觉得喝上一点对米尔德里德是有好处的。他尽可能地让这顿饭吃得愉快,可米尔德里德一直是精神不济、有气无力的样子。吃完饭后,她起身抱孩子去睡觉。

"你也早点休息吧,"菲利普说,"你看上去一点力气也没有了。"

"我洗了就去睡。"

菲利普点上了烟斗,开始看书。听到有人在隔壁的房间里走动,给他一种惬意感。这些年来,他时常会有种难以排遣的孤独感。米尔德里德进来收拾桌子,随后,他听到了厨房里传来洗刷碗盘的声音。想到她竟会穿着黑丝绸衣服干家务活儿,菲利普觉得很特别,不禁暗自笑了。可他有他的工作要做,他拿着书来到桌子前。他正在读奥斯勒的《内科学》,这本书最近已经取代了多少年来一直作为教科书使用的泰勒的著作。少顷,米尔德里德进来了,她把挽起的袖子放了下来。菲利普不经意地看了她一眼,身子并没有动,此时的一幕显得有些不太自然,菲利普变得有些不安。他担心米尔德里德认为他会做出一些亲昵的举动,他真的不知道他如何能在不失礼的情况下,向她解释清楚她的想法有多么错误。

"噢,顺便说一下,我明早九点钟有课,所以,我得在八点一刻吃早饭,你那个时间能做好吗?"

"哦,当然可以,我在议会大街住时,每天早晨都要在赫尼希尔赶八点十二分的火车。"

"我希望你能住得舒适。今晚美美地睡上一个好觉,明天你就判若两人了。"

"我想,你每天都学习到很晚,是吗?"

"我一般学到晚上十一点,或是十一点半。"

"那我现在就跟你道晚安了。"

"晚安。"

他俩之间隔着桌子。他没有伸出手去跟她握手。她轻轻地关上了身后的门。他听到了她在卧室里的脚步声,再一会儿,他听到她上床后,身体压在床上发出的咯吱声。

92

米尔德里德搬来的第二天是个星期二,像往常一样,菲利普急匆匆地吃了早饭,去赶九点钟的课。他只顾得跟米尔德里德说了一两句话。傍晚回来时,他发现她坐在窗前,缝补着他的袜子。

"我说,你真够勤快的,"他笑着说,"你这一整天都做什么了?"

"哦,我好好地把屋子打扫了一下,然后带着孩子出去转了一会儿。"

她穿着一件旧的黑衣服,就是那种在茶馆上班时穿的工装;衣服虽然破旧了,可穿着还是比昨天那件丝绸衣服好看得多。孩子坐在地板上玩。她抬起头来,睁着一双好奇的大眼睛望着菲利普。菲利普坐在她旁边,扳着她光着的脚趾头玩时,她咯咯地笑起来。下午的太阳照了进来,给屋子里蒙上一层柔和的光。

"回来见到屋子里有人在,真觉得温馨。女人和孩子是家里最好的点缀。"

菲利普在医院药房领了一瓶布劳氏药丸。他把药丸递给米尔德里德,告诉她每顿饭后都得服用。这是她以前常用的一种药,自从她十六岁以后,就一直断断续续地在吃这种药了。

"我想,劳森一定喜欢你这种泛绿色的皮肤,"菲利普说,"他会说你的这种皮肤太上相了,只是我现在注重实际了,什么时候你的皮肤像挤奶女孩那样变得白里透红了,我才会满意。"

"我已经觉得好多了。"

在简单地吃了一点晚餐后,菲利普在烟袋里装上烟丝,戴上了帽子。今天是星期二,星期二的晚上,他通常都是要去比克街那家酒馆的。他很高兴米尔德里德刚搬来这里住,就到这一天了,因为他想要明确他们之间的朋友关系。

"你要出去吗?"她问。

"是的,每到星期二,我给自己放一晚上的假。我们明天见。晚安。"

在酒馆的这个晚上,菲利普总是过得很愉快。麦卡利斯特,那个喜好哲学的股票经纪人,一般总在那里,天底下的任何事情他都喜欢拿来争论。若是海沃德在伦敦,他通常也会来;尽管他跟麦卡利斯特两个人谁也不喜欢谁,可出于习惯,他们还是在每周二晚上来这里相聚。麦卡利斯特认为海沃德中看不中用，对他花前月下的多愁善感总是加以嘲讽；他不无挖苦询问海沃德他的作品创作得怎么样了，当海沃德含糊其词地说不久将有杰作问世时，他总是报之以轻蔑的微笑。他们两人之间的争论往往很激烈，然而，这里的饮料是上好的，是他们俩都爱喝的；临了，他们总能弥合分歧，相互认为对方是好样的。这天晚上，菲利普发现这两人都在，连劳森也在；劳森现在来得少了，因为他在伦敦的熟人渐渐多了起来，饭局应酬也多了。大家彼此间相处得不错，因为麦卡利斯特让他们在证券交易场上赚了一笔，海沃德和劳森每人挣了五十英镑。对劳森来说，这钱帮了他的大忙，他花钱大手大脚，可挣到手的钱却很少；他的作画生涯已经到了这样一个阶段：他已经引起许多艺术批评家们的注意，有一些贵族夫人愿意让他给她们免费画肖像画——这对他们双方都是一种宣传，这些贵妇人们俨然把自己看成了艺术的女保护人；可他却很少能碰上一个暴发户，愿意为他的妻子花上一大笔钱画幅肖像画。劳森挣到了这笔钱，高兴得脸上乐开了花。

"这是我所遇到的赚钱最痛快最刺激的方式了。"他大声说，"我甚至连六便士的本钱都不必掏。"

"上个星期二你没来，老弟，错过了一次好机会。"麦卡利斯特对菲利普说。

"天哪，你为什么不写信告诉我一声呢？"菲利普说，"你知道这一百英镑对我有多大的用处啊。"

"噢，来不及告知。人必须在场才行。我是上周二得到的消息，我问他们俩愿不愿意碰碰运气。我在周三早晨替他们买了一千股，下午的时候就涨了，我马上就把它们卖掉了。他们每人赚了五十镑，我自己赚了几百镑。"

菲利普羡慕死他们了。他最近把最后一张财产抵押的票据也卖掉了，现在他只剩下了六百英镑。想到以后的日子，他心里不免感到忐忑。他还有两年才能取得医师资格，到那时，他打算在医院谋个职位，这样算来，他至少在三年内都挣不到一分钱。就是最节省地花钱，三年以后，他最多只能剩下一百英镑。万一他要是病了或暂时找不到工作，这点钱做备用资金确实是太少了。一次幸运的赌注便能使他的经济状况大为改观。

"哦，没关系，"麦卡利斯特说，"很快就会出现新的商机。最近一段时间，'南非人'股票会再次出现上涨。到时，我再看看能为你们做点什么。"

麦卡利斯特在做南非矿山股票的买卖，他常常给他们讲起一两年前股票行情暴涨，不少人一下子发了财的故事。

"下一次可别再忘了告诉我。"

他们聊天一直聊到深夜，菲利普因为住得远，先走了。如果赶不上末班电车，他就得走回去，那样的话，到家就很晚了。事实上，他回到家时已经将近十一点半了。他上了楼，惊讶地发现米尔德里德还在他的扶手椅里坐着。

"你怎么还没去睡？"他不由得大声说。

"我还不瞌睡。"

"那你也应该在床上躺着，那样你的身体才能得到休息。"

她坐着没有动。他留意到她已经换上了那件黑丝绸衣服。

"我想着还是等等你，万一你还需要什么呢？"

她看着他，苍白的薄唇上浮现出一丝笑意。菲利普不能断定她是不是想要跟他亲热。他有点局促不安，不过面上仍然装出一副满不在乎的样子。

"你真好，不过有点淘气了。现在赶快回去睡觉，不然，你明早就起不来做饭了。"

"我还不想睡。"

"瞎说。"他冷冷地说。

她有点闷闷不乐地站起来，回到她的房间。听到她很响地把门关上时，他笑了。

接下来的几天都过得相安无事。米尔德里德逐渐熟悉了她的新环境。在菲利普吃过早饭匆匆地离开后，她用一上午的时间做家务活。他们吃得很简单，可她喜欢长时间地在市场里转悠，来买他们所需要的那几样东西；中午一个人她懒得做饭，就泡杯可可茶，吃点面包和

481

奶油。然后，她推着小童车把女儿带出去玩一阵子，回来后就在家里什么也不做地打发时间。她的身体已极度虚弱，少做活儿有益于她的康复。在支付房租时（菲利普把房租留给了米尔德里德），她跟菲利普的这位令人生畏的女房东交上了朋友，一个星期之后，她对邻居的情况已比住在这里一年多的菲利普了解得都多。

"她是个很好的女人，像个贵妇，"米尔德里德说，"我告诉她我们俩已经结婚了。"

"你认为这么说有必要吗？"

"噢，我总得告诉她点什么吧。我住在这里，又没有跟你结婚，那她会怎么想我呢？"

"我想，她根本不会相信你说的话。"

"哦，她相信的。我告诉她我们俩结婚已经两年了——我不得不这么说，你知道，因为有孩子——只是还没有告诉你的家人，因为你还是个学生（她把'学生'这个词的音也发错了），所以我们还得保守秘密，不过，现在他们已经让步了，今年夏天，我们就要一起回去度假了。"

"你编起这些荒诞的故事可真是有一套。"菲利普说。

他隐约有些恼火，到了现在米尔德里德仍然没改掉她这说谎话的毛病。看来，在过去的两年里，她并没有半点长进。菲利普耸了耸肩，没再说什么。

"在这一切之后，"他思忖道，"她的机会是越来越少了。"

这是个美丽的傍晚，和暖，没有云彩，伦敦南区的人似乎都涌上了街头。空气中似乎有种不安的躁动攫住了这些伦敦人的心，天气的变化召唤着他们去到户外。在吃过晚饭，收拾了桌子后，米尔德里德就站到了窗户那儿。街道上的喧闹声传了上来，人们相互之间的呼叫声，来往车辆的隆隆声，以及远处手摇风琴的乐声。

"我想，你今晚一定要工作的，菲利普？"她渴盼的眼神望着他说。

"我应该工作，但不是必须。哦，你有事情想要我做吗？"

"我想出去逛一逛，我们能坐在电车顶层去兜兜风吗？"

"当然可以。"

"我这就去把我的帽子戴上。"她高兴地说。

这么美丽的夜晚让人几乎不可能待在屋子里。孩子睡熟了,一时半会儿醒不来。米尔德里德说,她以前晚上出去,总是把孩子一个人留在家里,孩子中间从没有醒过。当她戴上帽子回到起居室时,她的情绪很兴奋,还乘机在脸上涂了些胭脂。菲利普还以为她是因为激动才使她苍白的脸颊泛起淡淡的红晕;他被她这孩子般的快乐打动了,暗中责怪自己对她有点太严厉了。一到外面,她就乐得合不上嘴了。他们上了遇到的第一辆电车,它是去往威斯敏斯特大桥方向的,菲利普在车上抽着烟斗,看着街上拥挤的人群。商店都还开着门,一片灯火辉煌,人们在购置日用品。在电车开到坎特伯里杂耍剧场时,米尔德里德喊了起来:"噢,菲利普,我们去杂耍剧场吧,我几个月都没有去过那里了。"

"我们买不起正厅前座的票,你知道。"

"噢,我不在乎,坐在顶层楼座我也高兴。"

他们下了车,往回踅了百十来码,到了剧院。他买了六便士一张的顶层座位票。位子高些,但还不至于太差。夜色迷人,看戏的人并不算多。米尔德里德的眼睛里开始放出光彩,她看得太开心了。她具有的那份天真仍然能令菲利普心动。她让他感到困惑。她身上的一些东西依然能博得他的好感,他认为她还是有不少好的方面。她在一个非常糟糕的家庭长大,生活对她而言是艰辛的;如果他要求她具有她所处环境不可能给予她的品德,是他过于苛求了。如果她生长在一个不同的环境,她完全可能成为一个迷人的姑娘。她极不适应人世间的拼搏纷争。他注视着她的侧影,看到她那微微张开的嘴唇和脸颊上微微泛起的红晕时,他觉得她真像个贞洁的女孩。蓦然间,他对她充满了无限的同情。他从心底原谅了她给他造成的痛苦。剧场里烟雾缭绕的空气熏得菲利普的眼睛疼,可当他建议他们走时,她转身向着他,脸上一副恳求的神情,央求他看完了再走。他笑着同意了。在剩下的时间里,她一直握着他的手,直到演出结束。在他们随着观众一起走出剧场,来到人群熙攘的街头时,她仍然不想回家,他们徜徉在威斯敏斯特大桥路上，看着来往的行人。

"我有好几个月没有这么痛快地玩过了。"她说。

菲利普的心中满是喜悦，他感谢命运，因为他出于一时的冲动，将米尔德里德和她的女儿接到了他的寓所。看到她快乐，对自己充满感激，他的心情格外舒畅。最后，她累了，两人上了一辆电车回家。这时，夜已经深了。待他们下了车，走到回家那条街时，路上一个行人也没有了。米尔德里德挽起了他的胳膊。

"这又像是跟从前一样了，菲尔。"她说。

她以前从未叫过他菲尔，这是格里菲斯对他的称谓；即便是现在，听到这一称谓仍让他感到一种说不出的痛苦。他记得当时他恨不得死去，痛苦之剧烈曾让他认真地考虑过自杀。这一切似乎都过去很久了。他对昔日的自己忍不住笑了。对米尔德里德，他现在只有无限的怜悯之情。他们回到公寓，菲利普点亮了起居室的煤气灯。

"孩子还睡着吗？"他问。

"我这就去看看。"

她出来后说，自从他们离开到现在，孩子睡得连动都没有动。这孩子真乖。菲利普伸出手来。

"噢，晚安。"

"你现在就想去睡了？"

"已经快一点了。近来，我不习惯晚睡了。"菲利普说。

她握住他的手，带着一丝笑意，直视着他的眼睛。

"菲尔，那天晚上，当你要我来住在你这里时，你说只想让我煮饭和做家务，除此之外，不想和我再有其他关系。对此，我可不像你所想的那么当真。"

"是吗？"菲利普反问道，把手抽了回来，"我可是认真的。"

"不要那么傻了好吗？"她笑着说。

他摇了摇头。

"我是认真的。如果是其他任何一种情况，我都不会同意你住在这里。"

"为什么不呢？"

"我觉得我不能。对此,我也说不清楚。否则,一切都会搞糟的。"她耸了耸肩。

"噢,好吧,随你的便吧。我不是那种会跪下来央求,硬要去碰碰运气的人。"

她走了出去,砰的一声关上了身后的门。

93

第二天早晨,米尔德里德板着面孔,一言不发。她一直待在房间里,直到做早饭的时候才出来。她不怎么会做饭,只能炖个猪排、牛排什么的;她不知道该如何利用剩下的食物,因此菲利普的开销比他预想的多了不少。她做好饭端上来后,就坐在菲利普对面,却并不吃任何东西;他注意到了这一点,她说她有点头痛,一点儿也不饿。菲利普暗自庆幸今天他正好有去处,不必待在家里;阿特尔尼一家气氛友好、欢乐。晚上他从阿特尔尼家回来时,米尔德里德已经睡了。到了星期一,她仍然一声不吭。吃晚饭时,她还是坐在那里,脸上一副傲慢的神情,眉头也微微蹙了起来。这让菲利普变得有些不耐烦,可他告诫自己必须得体谅她,务必得多多体谅她。

"你怎么一句话也不说?"他带着笑容,用愉快的口吻说。

"我是雇来做饭和打扫的,我不知道我还有说话的义务。"

他觉得这个回答有点不礼貌,可如果要在一起生活,他就必须尽可能地把关系处得融洽。

"你是不是因为那天晚上的事生我的气了?"他问。

这件事难以启齿,可显然有必要把它说清楚。

"我不知道你在说什么。"她回答道。

"请你不要生气。如果我不是希望我们只是朋友关系的话,我绝不会要你来这里住的。我之所以提出这个建议,是因为我认为你需要个家,这样你也就能腾出手去找事情做。"

"噢,别以为我在乎。"

"我一刻也没有这么想过。"他赶忙说,"你不要认为我不知好歹。我知道你那么做,全是为了我好。只是我对此也无能为力,不然的话,会使整件事情变得龌龊,丑陋不堪。"

"你这个人太有趣了。"她好奇地望着他说,"我真的弄不懂你。"

她现在已经不生他的气了,只是有些困惑;她不明白他的话的意思。她接受了目前这个现实,并隐隐约约感觉,他现在表现出的是一种很崇高的行为,她应该表示钦佩才对;不过,与此同时,她又想要嘲笑他,或许甚至有些鄙视他。

"依我看,他真是个古怪的男人。"她思忖道。

他们的日子过得很平静。菲利普白天待在医院,晚上在家温习功课——除了星期天他去阿特尔尼家,星期二他到比克街酒馆的那两个晚上。他的指导医生邀请他参加过一次正式的午宴,他还参加过两三次同学们的聚会。米尔德里德渐渐接受了这种单调的生活。即便她介意菲利普有时留下她一个人晚上在家里,她也从不会提起。他偶尔也带她到杂耍剧场看看戏。他一直在贯彻着他的意图:他们两人之间的关系只局限在她为他提供家政服务,以换取食宿。她知道这个夏天她无望找到工作,既然菲利普同意,她决定在这里待到秋天时再说。她认为到那个时候就比较容易有活干了。

"就我来说,如果你觉得方便的话,即使找到工作你也可以继续留在这里。反正这间屋子也是空着的,那个以前为我做家务活的女人可以再回来,帮助照管孩子。"

他越来越喜欢米尔德里德的这个孩子了。他天性仁爱善良,平时却很少有施爱的机会。也不能说米尔德里德对这个小女孩不好,她平时照顾得也挺周到,有一次孩子得了重感冒,她证明了自己护理得很好,也很有爱心。不过,她有时会嫌孩子烦;在孩子哭了或淘气时,她会大声地训斥;她喜欢孩子,却没有那种忘我的母爱。米尔德里德一点也不多愁善感,她认为过多地表露情感是荒唐的。当菲利普把孩子抱在膝上,逗弄亲吻孩子的时候,她就笑话他。

"即便你是她的父亲,顶多也就像现在这么宠她了。"她说,

"你对孩子的那副样子可真傻。"

菲利普脸红了,因为他最恨别人嘲笑他。而且,这样亲昵地对待另一个男人的孩子是荒谬的。他对自己感情的肆意外露,觉得有点不好意思。可孩子感觉到菲利普对她的爱,总要把自己的小脸贴在他的脸上,或者是更紧地依偎在他怀里。

"这对你来说,当然是不错了,"米尔德里德说,"她没有烦你的时候。当她半夜醒来,闹腾上你一个小时,让你不能睡觉,你就知道那是什么滋味了。"

菲利普记起了他以为自己早就忘记的童年时的各种往事。他扳起她的脚趾头。

"这个小猪去了集贸市场,这个小猪留在家里。"

晚上,当他回来进到起居室,他的目光首先会落在于地板上玩耍的孩子身上,听到孩子看到他后高兴的喊叫声,他会感到一阵激动。米尔德里德教她叫菲利普爸爸,当孩子第一次主动喊他爸爸时,米尔德里德乐得放声大笑。

"我想知道你这么喜欢孩子,是不是因为她是我生的。"米尔德里德说,"或者,你对谁家的孩子都是一样的喜欢。"

"我不认识别人家的孩子,所以也说不上来。"菲利普说。

到住院部当医生助手的第二个学期末,菲利普交了一次好运。那是在七月中旬的一个星期二晚上,菲利普到了比克街的酒馆,发现只有麦卡利斯特一个人在。他俩坐着闲聊起没有来的朋友,过了一会儿,麦卡利斯特对他说:

"噢,我今天听到一个好消息。是关于新克兰方舟的,它是罗德西亚[①]的一个金矿。如果你想试一下的话,也许能赚笔钱。"

菲利普早就在焦急地等待这么一个机会,可现在机会来了,他反倒犹豫起来了。他非常担心会赔钱,他缺乏敢于去赌的勇气。

"我想做,但是我不知道我敢不敢冒这个险。如果出现意外,我会损失掉多少呢?"

---

① 罗德西亚,非洲中南部的一个内陆共和国。

"看来我就不该提这件事，只是我看你对此挺上心的。"麦卡利斯特很冷淡地说。

菲利普觉得麦卡利斯特一定认为自己是头蠢驴。

"我是非常想赚点钱的。"他笑着说。

"如果你不敢冒险，你就挣不到钱。"

麦卡利斯特开始谈起别的事情，菲利普一边跟他聊着，一边还在想着这件事：如果这次购买成功了，这位股票经纪人下次再遇到他时一定会嘲笑他的。麦卡利斯特挖苦起人来是很厉害的。

"如果你不介意的话，我想我愿意试一试。"菲利普赶忙说。

"好的。我给你买二百五十股吧，如果看到上涨两先令六便士，我就马上抛出去。"

菲利普很快算出了这次投资他可能挣到的钱，三十英镑，这笔钱对此时的他来说，犹如是雪中送炭，他认为这是命运亏欠他的。

第二天早晨吃早饭见到米尔德里德时，菲利普告诉她这件事。她觉得他做了件蠢事。

"我还从未见过有谁买股票发了财的，"她说，"埃米尔常说：你不能期望在股票交易所里赚到钱。"

菲利普在回家的路上买了份晚报，立即翻到了金融栏目。他一点这方面的知识也没有，费了老大的劲才找到麦卡利斯特提到的股票。他看见它们涨了四分之一，心跳得快了起来，转而他又担心麦卡利斯特也许忘了或是出于某种原因没有购置这一股票。麦卡利斯特答应给他发电报的，菲利普等不及坐电车回家，于是跳上了一辆出租马车，这在他算是破例的花费了。

"有我的电报吗？"他一进屋就喊。

"没有。"米尔德里德说。

他的脸一下子沉了下来，他极为失望地坐到椅子里。

"那么，他是没有给我买这个股票了。这个该死的。"他暴躁地说，"真倒霉！我今天一直在想着用这笔挣到的钱要做的事情呢。"

"哦，你打算用这钱做什么呢？"她问。

"现在想还有用吗？噢，我真的需要这笔钱。"

她笑了起来，递给他一封电报。

"我刚才是跟你开玩笑的。我打开过了。"

他从她手中一把将电报夺了过去。麦卡利斯特给他购买了二百五十股，正像他所说的那样，在上升了两先令六便士后抛了出去。代办票据明日寄来。菲利普对米尔德里德跟他开这样恶作剧似的玩笑很气愤，可很快，他就只想着自己的这份快乐了。

"这钱对我太重要了，"他喊道，"如果你愿意，我给你买件新衣服。"

"我太想有件新衣服了。"她回答说。

"我告诉你我打算用这笔钱做什么。我计划在七月底做个手术。"

"噢，你得什么病了吗？"

她突然想到，他的这种她尚不知晓的病，也许正好可以解释了一直在困扰着她的问题①。菲利普脸红了，因为他极不情愿提到自己的残疾。

"没有，只是医生们认为我的脚还可以做些治疗。以前我一直腾不出时间来，不过，现在问题不大了。我将在十月份开始裹伤。我只需要在医院再待上几个星期，然后我们就可以到海边度过剩余的夏天了。这对你和孩子，对我，都有好处。"

"噢，我们去布莱顿吧，菲利普。我喜欢布莱顿，很多有身份有教养的人都去那儿。"

菲利普本想着是到康沃尔的一个能钓鱼的小村庄，可经她这么一说，他突然想到若是米尔德里德去了康沃尔，她一定会闷死的。

"只要能到海边，上哪里都行。"

不知怎，他突然对大海有了一种难以抗拒的渴盼。他想泡在大海里，他想在咸咸的海水中搏击浪花，尽兴地畅游。他是个游泳高手，再也没有什么比起浪的海面更令他兴奋的了。

"哦，我们会玩得很痛快的。"他激动地说。

---

① 指菲利普迟迟不愿意跟她亲热。

489

"就像度蜜月,是吗?"她说,"你给我多少钱买新衣服呢,菲尔?"

94

菲利普请雅各布斯先生——雅各布斯是外科助理医生,菲利普曾做过他的助手——为他做手术,雅各布斯很高兴地同意了,因为他近来对医学界所忽视的跛足产生了兴趣,正在收集这方面的资料,准备写篇论文。他告诉菲利普,他不可能把这只跛脚治得跟他的另一只脚完全一样,不过,肯定会有所改观的;尽管他走起路来还会有点瘸,可那只跛足穿的靴子会比以前顺眼得多。这使菲利普记起了他曾如何向能为虔诚的人搬走大山的上帝祈祷,他不禁无奈地笑了。

"我并不期待有奇迹发生。"菲利普回答说。

"你愿意让我尝试给你做这个手术,是明智的。你的跛足会给你以后行医带来诸多不便。外行人的脑子里都是些怪念头,他们不愿意让医生在他们身上进行尝试。"

菲利普住进了一间"小病房",它位于每间大病房的外面,在楼梯平台处,是专门为特殊病人预备的。他在那里住了一个月,因为医生要他等到能下地行走时再离开医院。手术做得很顺利,他在这里度过了一段愉快的时光。劳森和阿特尔尼来看过他;阿特尔尼太太也领着两个孩子来看他;他认识的同学时不时地进来跟他聊聊天;米尔德里德一星期会来这里两次。平日里别人对他好总会令他诧异的菲利普,现在见到每个人都对他那么好,心里充满感激。他在这里过得无忧无虑,快快乐乐;在这里,他无须为他的将来犯愁,无须为他的钱会不会用完,他能不能通过期末考试操心;他可以尽兴地阅读。近来,因为有米尔德里德时不时地干扰,他没能读多少书;在他看书时,她总会说些无关紧要的事,直到他回应,她才会满意;每当他静下心来要看书时,她总有事情找他,不是要他给拔个木塞,就是拿着一把斧子要他给钉个钉子。

他们定下八月份去布莱顿。菲利普本想到那里后租个房间住,可米尔德里德说,那样,她又得收拾屋子做饭了,只有住到食宿公寓,对她来说才真正是度假。

"在家里,我每天就是买东西,做饭,烦死了,我想彻底改变一下。"

菲利普同意了,正巧米尔德里德知道在肯普镇有一家食宿公寓,每周的费用不超过二十五先令。她跟菲利普说她将写信预订一下房间,可等他出院回到家时,却发现她什么也没有做。他有点生气。

"没想到你忙成这样,连订房间都没能顾上。"他说。

"噢,我脑子里不可能什么事情都记着。要是我忘记了,那也不能说是我的错。"

菲利普渴盼着早日去到海边,他等不及写信和那家的女主人再联系一下。

"我们去了之后把行李放在车站,先到食宿公寓看是否有空房,如果有,我们再让脚夫把行李送过来。"

"你爱怎么做就怎么做吧。"米尔德里德生硬地说。

她不喜欢别人数落她,就不高兴地板着脸不吭气了。菲利普打包行李时,她懒洋洋地在一边坐着。在八月骄阳的炙烤下,他们小小的公寓房里是又闷又热,下面的马路上涌起阵阵发臭的热浪。当他躺在医院的小病房时,他渴望着呼吸到海边清新的空气,渴望浪花拍击他的胸脯。他觉得如果再在伦敦待一个晚上,他会疯掉的。

当看到布莱顿街道上都是前来度假的熙攘人群时,米尔德里德的心情又好了起来,他们兴致勃勃地乘马车出站,前往肯普镇。菲利普摸着孩子的脸颊笑着说:

"我们在这儿住上几天,她的脸色就会大不一样了。"

他们抵达了那家膳宿公寓,打发走了马车。一个衣衫不整的女仆为他们开了门,菲利普问有没有房间,女仆说去问一下。她去找女主人,一位身体健硕、看似很干练的中年妇女走下楼来,出于职业习惯,她仔细打量了他们一番,然后问他们要什么样的房间。

"两个单人间,如果可以的话,在其中一间放上一个小床。"

"没有两个单间了。有一间又大又舒适的双人间,可以再给你们摆进去一个小床。"

"这不行。"菲利普说。

"到下周,我可以再给你们安排个单间。现在布莱顿的游客越来越多,只能是有什么房就住什么房了。"

"只是这样住几天,菲利普,我想我们能够将就一下的。"米尔德里德说。

"我觉得两个房间住起来更方便些。你能给我们再推荐一家别的食宿公寓吗?"

"好的。不过,我觉得他们那边的空房不见得有我这边的多。"

"或许,你并不介意把他们的地址给我。"

女主人推荐的公寓在临近的一条街上,他们走着过去。菲利普现在走路比以前强多了,尽管他拄着拐杖,身体还较为虚弱。米尔德里德抱着孩子。他们默默地走了一段后,菲利普看见她哭了起来。他很恼火,不愿去理她,她却硬是要引起他的注意。

"用一下你的手帕,行吗?我抱着孩子,掏不出自己的。"她哽咽着说,头也扭向了一边。

菲利普把他的手帕递了过去,却没有吭声。她擦干了眼泪,见他不说话,又继续道:"我就这么让你讨厌?"

"请不要在大街上吵好吗?"他说。

"非坚持要两个单间,这不是让人觉得好笑吗?人家会怎么看我们俩呢?"

"如果他们知道真实的情况,我想他们会认为我们品德高尚。"菲利普说。

她瞟了他一眼。

"你不是要告诉人家咱们没有结婚吧?"她急忙问。

"不会。"

"你为什么不愿意就像夫妻那样,跟我住一个房间呢?"

"亲爱的,我也无法解释。我并不想要侮辱你,只是我不能。我敢说，我这么做是愚蠢的，也不合情理，可它比我更强大。我曾经是那么爱你，以至于现在……"他顿了一下，"毕竟，这类事情是无法解释的。"

"想必你根本就没有爱过我！"她大声嚷道。

他们现在去的这家寄宿公寓的主人是一位目光敏锐、能说会道、精力充沛的老处女，他们可以租一个星期每人二十五先令的双人房，孩子再另外多收五先令；他们也可以再多付一个英镑，租两个单人间。

"对单人间，我不得不加这么多钱，"女主人抱歉地解释说，"因为住的人多时，我甚至可以在每个单间里摆上两张床。"

"单间的租金咱们还支付得起，你觉得呢，米尔德里德？"

"噢，我无所谓。我住哪种房都行。"她说。

菲利普哈哈地笑了一声，算是对她不太高兴的回答做了回应，女房东安排人去拿他们的行李，他们坐下来休息。菲利普的脚有点疼，他将它搁在了一把椅子上。

"我想，你不会介意我现在跟你坐在一个屋子里吧？"米尔德里德挑衅似的说。

"我们不要吵架好吗？"菲利普温和地说。

"我不知道你竟如此富有，你可以一个星期就扔掉一英镑。"

"不要生我的气。请你相信，这是我们能够在一起生活的唯一方式。"

"说到底，我想你是瞧不起我。"

"当然不是啦。我为什么要鄙视你呢？"

"这太不合常理了。"

"是吗？你并不爱我，不是吗？"

"我？你把我当成什么人了？"

"你并不是那种多情的女人，你不是那种女人。"

"你这么说，让人很没面子。"她有些不悦地说。

"哦，要是我是你，就不会在这样的事情上纠缠。"

膳宿公寓里住着十几个人。他们都在一间又暗又窄的房间里的长

493

桌上吃饭,女房东坐在首席为大家切肉。伙食很差。女房东称其为法国大餐,她给很差劲的饭食上加上难吃的佐料;用鲽鱼冒充板鱼,用新西兰羊肉冒充羊羔肉。厨房又小,设备又差,端上来的饭食差不多都是凉的。饭桌上的人个个显得呆板而做作:带着未出嫁的老姑娘的老妇人们;装腔作势、令人好笑的老光棍们;面色苍白的中年店员和他们的太太们,他们总是谈起他们结了婚的女儿和在殖民地做官的儿子们。在饭桌上,他们议论科雷利小姐最近发表的小说;有些人喜欢莱顿勋爵[1]胜过喜欢阿尔马·塔德玛[2]先生,有人喜欢阿尔马·塔德玛先生胜过喜欢莱顿勋爵。米尔德里德很快便把她与菲利普的浪漫婚姻讲给了这些太太小姐们听,菲利普发现自己成了大家关注的对象,因为他在做学生期间就结了婚,他那颇有地位的家人取消了他的家产继承权;米尔德里德的父亲在德文郡有一大块地产,可因为她嫁给了菲利普,一点儿嫁妆也没有给她,所以他们才住到了这膳宿公寓,也没有雇保姆;他们不得不要两个单间,是因为在家里住惯了大房子,不习惯再挤在一起了。其他人对自己之所以住到这里都各有各的说辞。其中一位单身男士平时总是去大都市度假的,可他喜欢人多,热闹一些,这在豪华的大酒店里是做不到的。带着中年女儿的老妇人,她在伦敦的豪宅正在装修,她跟女儿说:"格温尼,亲爱的,今年我们的度假要搞得简朴一点。"于是,她们便来到了这里。当然啦,这样简陋的环境她们真的是很不习惯。米尔德里德发现这里的人都很优秀,她讨厌那种庸俗、粗鲁的人。她喜欢地地道道的绅士。

"如果他们是绅士和淑女,"她说,"我希望他们有绅士和淑女的风范。"

这话在菲利普看来,似乎有什么隐藏含义,可当他听到她分别跟几个人把这句话又说过几遍,并得到他们的一致赞同时,他才知道这句话只有他自己不太明白。这是菲利普和米尔德里德第一次得整天待在一起。在伦敦时,他白天都在医院,晚上回来,谈谈家务事、

---

[1] 莱顿勋爵(1830—1896),英国画家,雕塑家。
[2] 阿尔马·塔德玛(1836—1912),英国画家,出生于荷兰。

孩子和邻居们的事,然后他就去学习了。现在他们整天待在一起。早饭后,他们便来到海边,游游泳,在海滩上散散步,一上午的时间很快就过去了;傍晚孩子睡觉后,他们到码头听听音乐,看看过往的人群(菲利普常常通过想象这些人是谁,为他们编织些小小的故事来自娱;他现在已经养成了随意回答着她的问题,而思想却不受搅扰),时间也容易打发;可下午的时光就显得漫长和乏味了。他们坐在沙滩上,米尔德里德说他们必须尽情享受布莱顿所能提供给他们的一切好处,他无法集中思想阅读,因为米尔德里德总是在泛泛议论着一些事情。如果他不注意听,她就会抱怨。

"噢,快把你的破书丢到一边好吗。老是拿着本书读有什么好处。你非学成糊涂蛋书呆子不可,菲利普。"

"胡扯!"他回答道。

"而且,这也让人觉得你太清高了。"

菲利普发现跟她谈话很难,她甚至对自己正在说的话都无法集中注意力,比如,一条狗从她面前跑过去,或是一个身着色彩鲜艳的运动衣的男子走过去,她都会为此说上一两句,结果会把她正谈论的事情给忘记了。她记人名、地名的能力很差,想不起来时总让她很恼火,因此在谈话中途她常常不得不停下来,绞尽脑汁地去想。有时,她不得不放弃了这一企图,不过,事后她却又往往会想起来,在菲利普正谈论着什么时,她会突然打断他。

"噢,是柯林斯,就是这个名字。我知道,我总会想起来的。柯林斯,这就是我忘了的那个名字。"

听到她的话,菲利普非常恼火,因为这表明她根本就没有在听他说什么;可要是他一言不发,她又要责备他,说他是个闷葫芦。她的头脑属于那种具象型的,听不了五分钟的抽象概念,当菲利普一不小心做起他喜欢的概念演绎时,她便立即表示出她的厌烦。米尔德里德爱做梦,对自己的梦都记得清清楚楚,每天都会喋喋不休讲给菲利普听。

一天早晨,菲利普收到索普·阿特尔尼的一封长信。他富于戏剧性地谈论他们全家人的度假,这其中有些见地,也彰显出他的个性。他做同样的事情已经有十年。他带领全家到离阿特尔尼太太老家不远的肯特郡蛇麻草田，用三周的时间在那里采摘蛇麻草。他们既回到了大自然，又让阿特尔尼太太非常满意地挣到了钱，而且，还与大地母亲重新建立起了联系。这最后一点，是阿特尔尼最为强调的。田野上的生活给予他们新的力量，这就像是一种神奇的仪式，使他们既恢复了青春和肢体的力量，又滋润了他们的心灵。就这一题目，菲利普早就听他发表过不少的议论，这中间有看似荒诞的见解，有滔滔的雄辩，还有绘声绘色的描述。在信里，阿特尔尼邀请他去那里待上一天，说想要把他近来对莎士比亚和奏乐杯的思考讲给他听，而且，孩子们都嚷嚷着要见菲利普叔叔了。下午和米尔德里德坐在海滩上时，菲利普又把信读了一遍。他想起阿特尔尼太太，一个性情和蔼的有着许多孩子的母亲，善良，好客，又不无幽默感；想起萨利，年少端庄，对她的弟弟妹妹们有种近乎母爱的情愫和发号施令的派头，秀发在身后梳成一条长长的辫子，以及她宽宽的前额；然后是其他小孩们，他们个个活泼快乐，漂亮健康。他的心飞向了他们。他们身上有一种品质，是从前接触过的人们身上所没见到过的，这种品质就是善良。他直至现在才意识到，不过，很显然，正是他们善良的美德吸引了他。理论上，他并不相信有这种东西：如果道德只是一种权宜之计的话，也就无所谓善恶了。他不喜欢违背逻辑，然而，这里确确实实有着淳朴、自然、毫无做作的善良。他认为这种善良是美的。他一边思考着，一边把信撕成了碎片；他不知道怎么才能丢下米尔德里德自己前往，他不想让她一起去。

天气非常热，一丝云彩也没有，他们不得不挪到了树荫下面，孩子在沙滩上一本正经地玩着石子，她不时地爬到菲利普这边，递给他一个石子，然后过会儿再把它拿走，小心翼翼地将它放到地上。她在做着一种神秘复杂、只有她自己才知晓的游戏。米尔德里德躺在一边睡着了。她仰着头，嘴微微张着；两腿伸开，靴子在衬裙下面很难看地突显出来。之前，他并没有仔细地留意过她，现在他正特别专注地看着她。他记得他曾经是多么热烈地爱她，他不晓得为什么他现在竟然对她完全无动于衷了。这一变化使他感到一阵隐痛。在他看来，他以前所遭受的一切痛苦似乎都是徒劳，没有意义了。过去，触碰到她的手都会令他欣喜若狂；他曾希望进入她的心灵，那样他便能分享她的每个想法，她的每份情感；每当他们之间出现沉默，或者是她的一句话显示出他们之间的思想差距竟有那么大时，都会令他心如刀绞；对这堵隔在人与人个性之间的不可逾越的墙，他曾做过多少无谓的反抗。以前他是那么疯狂地爱她，而现在却一点儿也不爱她了，这使他既感到可悲，又感到诧异。有的时候，他恨她，因为她不能汲取任何教训，生活的阅历教不会她任何东西。她依然像从前那样没有礼貌。看到她在膳宿公寓里对辛苦做工的仆人的那种蛮横态度，他就反感。

过了一会儿，他考虑起自己以后的计划。在第四学年结束时，他便可以参加妇产科的考试了；再过一年，他将取得资格。然后，他会设法到西班牙去旅行。他想要看看那些他只是在照片上见过的伟大画作，他从心底里觉得，埃尔·格列柯对他是一个具有特殊意义的秘密；他想，在托莱多他一定能发现这个秘密。他并不想去西班牙大手大脚地花钱，有一百英镑，他便能在西班牙生活上半年。如果麦卡利斯特能再让他挣上一笔的话，那就更好在西班牙待下去了。想到那些古老美丽的城市，以及卡斯蒂尔黄褐色的平原，他心里就热乎乎的。他确信在那里他将会有更多的收获，远远超过现在的生活能给予他的，在西班牙他的生活将过得更加充实，更富于意义：他很有可能在其中的一座古老城市开业行医，那些城市中都居住着许多外国人，他在那里谋生应该不成问题。不过，那都是后话，首先，他得在一两家医院里供职，取得行医的经验，为日后找工作打下基础。他希望到一艘不定期航行的大货轮上当医生，这种船装卸时间充裕，在码头停靠的时间也长，可以自在地上岸观览。他想到东方去，他脑子里满是一幅幅曼谷、上海和日本港口的画面，浮现出棕榈树，湛蓝的天空，皮肤黧黑的人们，以及一座座的佛塔，东方馥郁芬芳的气息沁入他的心脾。他的心因为对美，对世界旖旎风光的热切向往而激烈地跳动着。

米尔德里德醒了。

"我想我一定是睡着了，"她说，"哦，调皮的孩子，你看看你自己都干了些什么？她的衣服昨天还是干干净净的，你现在再看看，菲利普。"

95

返回伦敦后，菲利普开始在外科病房裹伤。与外科相比，他对内科更感兴趣，因为内科是一门较多依凭经验的学科，能为想象力提供更加广阔的空间。外科的工作相比内科更累一些。上午九点到十点上完课后，他就会去病房；在那里，他得裹伤，拆缝线，换绷带。菲利普对自己的裹伤技术颇感得意，护士也称赞他做得不错，更是让他心里美滋滋的。一星期中有几个下午要进行手术，每到这种时候，菲利普便穿着白大褂，站在手术室的助手位置上，为做手术的大夫递送所需要的器械，或者是用海绵把血擦去，好让大夫看清楚手术部位的情况。当有什么重要或是罕见的病例时，手术室的人就会多起来，不过，通常情况下在场的学生不超过五六个。这时，在手术室里，菲利普会感觉很舒适。那个年代，得阑尾炎的病人似乎很多，许多人都是因为得了这种病来做手术。菲利普担任其助手的那位外科医生与他的另一位同事展开了友好比赛，看谁在切除阑尾时用的时间最短，切口最小。

不久，菲利普被指派到急诊室上班。裹伤员们会轮流在急诊室值班。每次轮换需要在这里待上三天。这三天，他们会住在医院，吃饭是在医院的公共休息室。他们在一楼的伤员临时处置室旁边有间屋子，里面有张床，白天床就折起来放进柜子里。值班的裹伤员得二十四小时在岗，随时准备照应送来的伤病员。你必须时刻做好准备，晚上你头上的铃每隔一两个小时便会响起一次，使你本能地从床上跳起来。当然，星期六晚上才是最忙的时候，酒吧间关门时分是最忙的时刻。喝得烂醉、不省人事的男人们被警察送了进来，只有通过洗胃灌肠才能苏醒过来。女人们就更可怜了，她们来不是因为头被醉酒的丈夫打伤，就是鼻子被打破流血了；有的女人信誓旦旦地说要对她们的男人诉诸法律，有些则羞于启齿，会说是自己摔倒磕破的。要是自己能处理的，菲利普都会自己设法搞定；如果是较为严重的伤情，他便会请来住院外科医生；他做出这个决定时，会格外慎重，因为没什么大事而把住院外科医生从五楼叫下来，他是不会高兴的。来的伤者五花八门，有破了手指头的，也有割断脖子的，有被机器切断了手的小伙子，有被出租马车撞了被送来的男子，有在玩耍时不小心摔断了胳膊和腿的孩子；时不时地，还有自杀未遂被警察送来的。菲利普就见过一个模样很凶、眼神狂乱的男子，他脖子上的口子从耳朵这边一直拉开到耳朵那边，事后他在警察的监护下在医院的病房里住了几个星期；他缄默不语，因为他还活着，整日里生气地板着一副面孔；他并不讳言要是他出去了，逮着机会他还会自杀。病房本来就够满的了，警察再送来伤者，让住院医生更是左右为难：如果病人被送往警察局，死在了那里，医院往往会受到报纸的责难；而且，有时候很难分清一个病人是喝酒了，还要快要死了。直到累得支持不住时，菲利普才去睡觉，这样就省得隔一个小时再爬起来。在工作的间隙，他有时也坐在伤员病房，和值夜班的护士聊天。那位护士长着一头灰发，一副男人相，她在急救部值夜班已经二十年了。她喜欢这个工作，因为在这里是她自己说了算，没有其他姐妹来烦她。她动作迟缓，可非常能干，在急救时从没失过手。裹伤员们大多没有经验，遇事每每会紧张，他们都把她看作是他们的精神支柱。她已经见过了千百个这样的裹伤员，他们都没有能给她留下什么印象；她总是称他们为布朗先生，当他们纠正她，告诉她他们的真实姓名时，她只是点点头，完了仍然继续叫他们布朗先生。坐在这间只有两张铺着马毛呢垫子的长沙发椅和一盏摇曳的煤气灯的房间里，菲利普听她讲她经历过的事情。她早已不把送到这里来的伤员当作人来看了，他们不是酒鬼，就是断胳膊断腿的，或者是割断喉咙的。她把人世间有罪恶，痛苦和残忍，看作理所当然；她觉得人们的行为中没有什么值得赞美的，也没有什么值得去谴责的；她接受一切。她有一种冷幽默。

"我记得一个要自杀的人，"她跟菲利普说，"他跳进了泰晤士河。人们把他打捞上来送到了这里，十天后，他因为喝了泰晤士河的水而染上了伤寒。"

"他死了吗?"

"是的,他死了。我永远无法确定他这是否算自杀……这些自杀的人,说起来也怪有意思的。我记得有个人,他找不到任何可干的工作;他的妻子死了,他就典当了衣服,买了一把左轮手枪;可他的活干得不利落,只是打瞎了自己的一只眼睛,人没有事。后来,你说怪不怪,瞎着一只眼睛,脸上打掉了一块,他倒开始觉得这个世界并非那么糟糕,从此以后,他过得快快乐乐的。我注意了很久,人们并不像你所料想的那样因为爱情而去自杀,这只是小说家们的想象;他们自杀,是因为他们身上没有钱了。我也不明白为什么会这样。"

"我想,是因为钱比爱情更重要吧。"菲利普说。

这段时间,钱的确是菲利普脑子里考虑的重要问题。他发现自己以前说过的"两个人的生活费用跟一个人单独过的费用也差不多",并不符合事实。他日常生活的开销已经开始让他犯愁了。米尔德里德很不善于持家,他们在伙食上花掉的钱,就像是每天下馆子一样;孩子需要衣服穿,米尔德里德要买靴子、雨伞,和其他一些在她看来必不可少的日用品。他们从布莱顿回来后,她就说打算找工作了,却迟迟不见行动;随后,她得了一场重感冒,躺了两个星期。在她好了以后,她应聘了一两个地方,却不见回音;不是她去晚了,位子被别人占了,就是担心活儿重怕自己身体吃不消。有次她找到一个活儿,可每周的工资只有十四先令,她觉得她应该不止挣那么点儿。

"让自己上当吃亏,没有任何好处,"她说,"人们不会因为给你那么少的钱你也去做而尊重你。"

"我觉得十四先令也不算少。"菲利普冷冷地回答道。

他不禁想到,这十四先令可以为他们生活上的花销起到多大的作用啊,米尔德里德已在暗示,她之所以没有找到工作,是因为在面试时自己连件体面点的衣服都没有。他给她买了衣服,她又出去试着找了一两次工作,可菲利普看出来她只是在敷衍而已。她并不想出去工作。他现在所知道的唯一赚钱的方法就是买卖股票了,他很想再有一次夏天那样的好运。可是与南非德兰土瓦的战争爆发了,在南非一时什么事情也做不成了。麦卡利斯特告诉他,雷德费斯·布勒将军在一个月内将进军比勒陀利亚,到时候一切就又会好起来。现在需要的只是耐心等待。他们想让英国打败仗,这样股票的价格便能降下来一些,然后就值得买进了。菲利普开始没事时就看报纸上的街谈巷议栏目。他因为焦急而心情烦躁。有一两次他跟米尔德里德说话时带着火气,因为她既不圆融,又无耐心,发着火回了嘴,结果两人吵了一架。菲利普总是为自己说过的过激话赔不是,可米尔德里德不是那种肯原谅人的随和脾性,她会几天都拉着脸。她的一切言行和所作所为都刺激到菲利普的神经,她吃饭的方式,邋遢的习惯,起居室里到处乱堆的衣服。战争使菲利普变得亢奋起来,无论是早晨还是晚上,他都在贪婪地读着报纸;然而,她对发生着的一切却毫无兴趣。她与住在同一条街上的两三个人交上了朋友,其中一个问她是否愿意让副牧师上她家来看看。她戴上了结婚戒指,称自己是凯里太太。菲利普起居室的墙上挂着两三幅他在巴黎创作的画,都是人物裸体画,有两幅画的是女人,一幅是米格尔·阿米里亚,双脚立正站着,双手紧握成拳。菲利普把它们保存了下来,因为这是他所画出的最好作品,它们使他想起在巴黎的那段快乐时光。米尔德里德早就看它们不顺眼了。

"我希望你能把这些画取下来,菲利普,"她终于跟他开口道,"在这条街十三号住的福尔曼太太昨天下午到家里来,我都不知道我的眼睛该往什么地方看了。我见她一直盯着它们。"

"这些画怎么啦?"

"它们不体面。墙上到处挂着这样的画,实在令人不舒服,我是这么认为的。何况,这对孩子也不好。她现在也开始慢慢懂事了。"

"你怎么这样庸俗呢?"

"庸俗?我说这是庄重。我以前从未对这些画发表过意见,可这并不表明我就整天喜欢看着这些裸体画。"

"你难道连一点幽默感也没有吗,米尔德里德?"他冷淡地说。

"我不知道幽默感与这件事有何相干。我很想自己把它们拿下来。如果你想知道我对它们的看法的话,我只能说它们令人作呕。"

"我并不想知道你的看法,我不允许你碰它们。"

米尔德里德跟他生气时，会拿孩子出气，借此来报复他。小女孩喜欢菲利普，就如同菲利普喜欢她一样，小女孩每天早晨会爬进他的房间，被他抱到床上，是她最高兴的事情。她现在快两岁了，已经会走了。米尔德里德不让她这么做，可怜的孩子就会伤心地大哭。要是菲利普劝说，她便会回答："我不想让她养成这样的习惯。"

如果他再要说什么，她就会说："我管教孩子，有你什么事？听你这说话的口气，好像你是她的父亲似的。我是她的母亲，我知道什么是为她好，不是吗？"

菲利普被米尔德里德的愚蠢搞得十分恼火，不过，他现在对她已经无所谓了，所以要真的让他生气，也不是那么容易。他渐渐习惯了有她们母女在家。圣诞节到了，菲利普有了几天的假。他带回一些冬青，把屋子装饰了一下。圣诞节那天，他送给米尔德里德和孩子一些小礼物。因为只有他们两个大人，吃不了一只火鸡，米尔德里德就烤了一只小鸡，煮了她从附近食品店买来的圣诞节布丁。他们还喝了一瓶葡萄酒。吃过饭后，菲利普坐到壁炉旁的扶手椅里，抽起了烟斗。他不胜酒力，几杯酒下肚，让他暂时忘记了令他焦虑的拮据的生活境况。他感到了快乐和舒适。不一会儿，米尔德里德进来告诉他，孩子要他吻她，跟他道晚安，他笑着站起来去米尔德里德的卧室。嘱咐孩子赶快睡觉后，他拧小了煤气灯，担心她万一哭醒了，没有给她关上门，随后他又回到起居室。

"你想坐哪儿？"他问米尔德里德。

"你坐你的椅子吧。我坐在地板上。"

他坐下后，她坐在壁炉前的地板上，将身子倚在他腿上。他不由得记起在她沃克斯霍尔桥路家里时的情形，那时，他们就是这么坐着的，只不过两人的位置调换了一下，是他坐在地板上，将头靠在她的膝上。那时，他是如何热烈地爱着她啊！此时，他对她产生了一种好久没有过的温存。他似乎觉得孩子那双柔软的手臂仍在搂着他的脖子。

"你舒服吗？"他问。

她仰起脸看着他，微微地笑了，点了点头。他们都忘情地凝视着炉子里的火苗,谁也没有说话。后来她转过身,好奇地瞧着他。

"你知道吗,自从我搬到这里,你从来都没有吻过我。"她突然说。

"你想让我吻吗?"他笑着问。

"我想你再也不会像从前那样喜欢我了?"

"我很喜欢你的。"

"你更喜欢孩子。"

他没有作声,她把脸颊贴到他的手上。

"你不再生我的气了,是吗?"她很快接着问道,眼睛看向了地面。

"我为什么要生你的气呢?"

"我从来没有像现在这样喜欢你。只有在经过了磨难以后,我才学会了爱你。"

听到她使用了她爱读的那种廉价小说中的词语,不禁让菲利普打了个寒噤。随后,他开始怀疑她说的话是否对她有任何意义;或许,她只会用《家庭先驱报》里那些矫揉造作的语言来表达她的真实感情。

"我们这样子住在一起,似乎挺可笑的。"

他许久没有回答,他们中间再一次出现了沉默;最后,他终于说话了,似乎并没有意识到之前那么长时间的停顿。

"你千万不要生气。这些事情由不得人。我记得因为你做了这样那样的事情,我就认为你卑劣,冷酷无情;现在看来,我的想法很傻。你不爱我,为此而责备你是荒谬的。我当时以为能渐渐地让你爱上我,可现在我知道这是根本不可能的。我不知道是什么使一个人爱上了另一个人,可不管它是什么,它都是唯一要紧的东西,如果没有这一样,你就是再善良,再仁慈,再慷慨大方,也得不到爱。"

"我本以为,既然你以前那么爱我,你现在仍然会爱我。"

"我也以为是这样。我以前总认为我对你的爱会永远继续下去。我觉得我宁愿死去,也要跟你在一起,我盼着你老去、容颜已逝的那天尽快到来,那时不再有别人喜欢你,你就该完全是属于我的了。"

她没有吭声,随后,她站了起来,说她要去睡了。她羞怯地笑了笑。

"今天是圣诞节,菲利普,临睡前你不吻我一下吗?"

他哈哈地笑了一声,脸稍稍地红了,他吻了她。她回到她的卧室,菲利普开始阅读。

96

两三个星期之后,事态发展到了剑拔弩张的地步。菲利普的行为使米尔德里德的心头渐渐燃起炽烈的怒火。她心里充斥着各种不同的情感,情绪变得极不稳定。她常常独自待着,考虑着目前的处境。她并没有把她的感受都说出来,她甚至自己都没有把它们理清楚,然而,有些事情突显在她的脑海中,她翻来覆去地想着。她从未弄懂过菲利普,也没有太多地喜欢过他;不过,她高兴有他陪在她身边,她认为他是个绅士。菲利普的父亲是医生,伯父是牧师,这让她印象很深。因为她曾经那般地耍过他,她有点瞧不起他,与此同时,在他面前她就觉得有些不太自在;她不能随意地使性子,她总觉得他在用批评的眼光审视她。刚来到肯宁顿这边的小屋时,她身心疲惫,羞愧难当,喜欢自己一个人待着。不需要支付房租,对她来说是一种莫大的慰藉;她再也不必风里来雨里去,一旦觉得身体不适,便可静卧在床上。她憎厌自己先前过的生活,总得摆出一副顺从的模样接客,真是太可怕了;即便是现在,一想起那些粗暴的嫖客和他们野蛮的脏话,她仍会为自己当时那可怜的处境哭上一鼻子。不过,这种不幸很少再在她的脑中出现。她非常感激菲利普救她于水火,当她想起他曾多么真挚地爱她,而她又是多么残酷地对待他时,她不由得感到深深的悔恨。要对他补偿并不难,这对她来说根本不算什么。在他拒绝了她的建议时,她感到愕然,不过,她只是耸了耸肩而已:如果他愿意,就让他摆摆架子吧,她不在乎,用不了多久,他自己就会着急的,到那时就轮到她来拒绝了;如果他以为这么做吃亏的是她,那他就大错特错了。她毫不怀疑她有制服他的能力。虽说菲利普这个人有点孤僻，可她太了解他了：他经常跟她吵架，一吵完架就发誓说他再也不理她了，可没过多一会儿，他就会跑来跪着祈求她的原谅了。想到他在她面前是如何的低三下四，卑躬屈膝，她便会感到一阵得意。就是让他躺在地上，她踏着他的身体走过去，他也会高高兴兴，心甘情愿。她见过他哭泣，她知道该如何对付他，装着没有看见他在发脾气，完全不理他，不用多长时间，他就会来向她求饶了。想到他曾在自己面前奴颜婢膝地乞求，她会暗自高兴地笑起来。她已经放荡过了。她已经知道男人们都是什么东西，再也不想跟他们有任何瓜葛。她很愿意从此以后跟菲利普安安生生地过日子。毕竟不管怎么说，菲利普都是一位地地道道的绅士，这一点是不容小觑和嘲笑的，不是吗？现在，她并不着急，她还不打算采取主动。她高兴地看到他越来越喜欢这个孩子了，尽管这也让她觉得有点可笑，他竟会如此看重和喜爱另一个男人的孩子。他这个人就是怪。

可有一两件事令她感到诧异了。她早已习惯了他的唯命是听：以前他巴不得为她去做任何事情，她常常见他被她的一句气话弄得垂头丧气，为她说的一句好话又变得欣喜若狂；现在，他和从前不同了，她暗想在过去的那一年里并没有发现他有什么改变呀。她一刻也不曾想到过，他的感情会发生变化；她以为在她发脾气时，他的不理不睬是装出来的。有时候，他想要读书，告诉她不要再说话了，那时她真的不知道是该发火，还是板着脸不吭气，这弄得她有点不知所措，以至于不知道该如何反应。还有就是在他们俩的一次谈话中，他说想让他们之间保持一种柏拉图式的关系，她又记起他们俩过去在一起时的事情，她以为他也许是担心她怀上孩子。她说不会的，叫他放宽心，可是依旧无济于事。她是那样一种女人，她认为男人们都跟她一样迷恋色欲；她与男人的关系都是建立在这个基础上的；她不能理解除此之外，男人们对女人还会有别的兴趣。她蓦然想到菲利普也许是爱上了别的女人，她小心地观察他，她怀疑医院的护士们，或是他出去后所见的女人。通过巧妙而不露痕迹的盘问，她得出结论：他与阿特尔尼家的女孩没有这种关系；而且，她还认为像大多数的医科学生一样,菲利普不会把与他有工作关系的护士看作是女性。在他的脑子里,她们总是和一种淡淡的碘仿气味联系在一起。没有女性给菲利普来信,在他的物件中也没有女孩子的照片——如果他有相好的女孩,他会珍藏她的照片的。对米尔德里德提的问题,他都很坦诚地给予回答,也没有怀疑她提这些问题时会不会有什么动机。

"我相信,他还没有爱上别的任何一个女人。"她自言自语道。

这对她是一种安慰,因为如果是这样的话,他一定还爱着她;可这样一来,他现在的行为就令人费解了。若是他就像现在这样待她,那他为什么还要请她来跟他一起住在这套公寓呢?这不合常理。米尔德里德是这样一种女人,她认为这个世界上没有同情,没有慷慨大度和善良,因此她只能得出结论说菲利普是个怪人。于是,她认为他这么做是出于一种骑士风度;她的脑子里充斥着廉价小说中所描述的荒唐事,为他的这种费解的举动,她做出了各种各样的浪漫解释。她开始胡思乱想起来,什么圣火的涤罪洁身,什么像雪一样白的灵魂,什么圣诞之夜死于严寒之中等。她打定主意,等到了布莱顿以后,就给这所有的荒唐画上句号。在那里,他们没有熟人,人人都会认为他们是夫妻,那里有码头,有乐队,她能诱使菲利普与她同住一个房间。可当她发现自己怎么都无法如愿,当他说到此事用着一种她从未曾听到过的语调时,她才恍然大悟他并不想要她了。她大为惊讶。她记起他从前对她说过的一切,记起他是多么疯狂地爱着她,这让她感到羞辱和气愤,可她有种天生的傲慢品性,使她一直能够撑下去。他不必以为她爱他,因为她没有。有时她恨他,渴望羞辱他;可她发现自己没有这个能力,她不知道该怎么对付他。她开始在他面前变得有些不安。有一两次她哭了。有几次她特别柔情蜜意地待他,可当他们夜晚在海边散步她挽起他的胳膊时,过了一会儿他便借口抽回了胳膊,好像是不愿意让她触碰到他似的。她无论如何也弄不明白了。现在她唯一还能拿得住他的就是孩子,他似乎是越来越喜欢这孩子了:她打孩子一个耳光,或是推孩子一把,都会让菲利普气得跳起来。唯一能使他的眼睛里流露出从前那种温存笑意的,是她抱着孩子站着的时候。当她这样在海滨站着让一个路过的男子给拍照时,她留意到了他的笑

506

容。后来,她常常这样抱着孩子站着,好让菲利普去看她。

他们回到伦敦后,米尔德里德便开始找工作,她本以为找工作很容易,她现在不想再依靠菲利普了,她想象着自己得意地向他宣布,她在外面租下了房子,要带着孩子搬出去住了。可就在这一可能性快要变为现实时,她却失去了勇气。她已经不习惯长时间地工作,她不想让女经理对她颐指气使,她的尊严使她不愿再次穿上那身工装。她对认识的邻居早就放出话,说他们的日子过得很富裕:如果他们听说她出去做工了,那会让人家小瞧的。她天生的惰性也出来作祟。她不想离开菲利普,只要他还愿意养她们娘俩,她看不出她为什么要走。虽然没有钱让她挥霍,可她至少不愁吃住,而且,他的境况很可能会好转。他的伯父已年近古稀,随时都可能死去,他会继承到一些财产;即使维持现在这样,也比从早到晚累死累活地一星期只挣几个先令强。她找工作的积极性没有了,虽说她每天还在看报纸上的广告栏目,那也只是要表明如果有了值得她做的工作,她还是想干的。可现在她感到惊恐了,她担心菲利普会不愿意再继续养她了。她现在一点能抓得住他的地方也没有了,她猜想他之所以还让她留在这里,只是因为他喜欢这个孩子。她细细琢磨着这件事,越想越生气,她暗自对自己说,总有一天她会报复他的。她不愿意承认他已经不喜欢她的这一事实。有朝一日她会叫他喜欢她的。她自己生着闷气,有时候不知怎么,她竟然会对菲利普有了那种性方面的欲望。他现在对她的淡漠令她感到气愤。她认为他对待她的态度太糟糕了,她不知道她做了什么,竟会受到这样的对待。她不断跟自己说,他们这样生活在一起太不正常了。随后她想,要是她怀上他的孩子,情况就会不同了,那他一定就会娶她了。虽说他这个人有些怪,却是个地地道道的绅士。谁也不能否认这一点。终于,她想入非非,像着了魔似的,她决心孤注一掷,要使他们之间的关系发生变化。他现在甚至都不再吻她了,可她想让他吻:她记得他的嘴唇曾多么热烈地挤压在她的唇上。想起这一点,会给她一种奇怪的感觉。为此,她常常注视着他的嘴唇。

二月初的一个傍晚,菲利普告诉她他要出去跟劳森一起吃饭,劳森在他的画室举办生日宴会，他回来会很晚。劳森买了比克街酒店的几瓶混合饮料，他们打算度过一个愉快的晚上。米尔德里德问有没有女人在场，菲利普说没有，邀请的都是男士；他们要尽兴地畅谈，抽烟喝酒。米尔德里德觉得这不会有多大意思，如果她是画家，她会叫上五六个模特儿作陪。她去睡觉了，可怎么也睡不着。她蓦然间有了一个主意，她起来将楼梯平台边的门闩给插上了。这样菲利普就进不来了。菲利普回来时大约一点，她听见他发现边门关着而发出的骂声，她从床上起来，为他开了门。

"你为什么要关上门呢？抱歉把你从床上拖了起来。"

"我有意给你留门的，我不知道它怎么会关上了。"

"快回到床上去吧，否则你会感冒的。"

他去到起居室，拧亮了煤气灯。她跟在他身后进来，走到壁炉那里。"我想暖暖我的脚，它们冻得像冰一样凉。"

他坐下来，开始脱下靴子。他的眼睛里放着光，脸颊红红的。她想他一定是喝了酒。

"你玩得高兴吗？"她笑着问。

"是的，这一晚过得太痛快了。"

菲利普的脑子是清醒的，只是一个晚上的谈话和说笑，让他还处在亢奋中。这样的夜晚让他想起了昔日在巴黎的生活，他的心情一时还平静不下来。他从口袋里掏出烟斗，装上了烟丝。

"你还不准备去睡吗？"她问。

"不睡，我一点睡意都没有。劳森今天的情绪特别高，他说个不停，一直说到我走的时候。"

"你们都谈些什么呢？"

"天知道！天下事无所不谈。我们每个人都在大声喊着讲话，没有一个人在听。"

在回味时，菲利普高兴得笑了起来。米尔德里德也笑了。她能断定他一定喝了不少，正如她所想的那样。她了解男人。

"我能坐一会儿吗？"她说。

他还没来得及回答，她已经坐到了他的腿上。

"如果你还不睡,最好是去穿件睡衣。"

"噢,我这样就一点都不冷。"说着,她用胳膊搂住了他的脖子,把脸贴在了他的脸上,"你为什么对我就这么讨厌呢,菲尔?"

他想要起来,可她就是不让。

"我真的爱你,菲尔。"她说。

"不要瞎说。"

"不是瞎说,我说的是真的。没有你我活不下去,我需要你。"

他从她的手臂中挣脱出来。

"请你起来好吗?你这是在做傻事,你这么做,会让我觉得自己也是个十足的傻瓜了。"

"我爱你,菲利普。我想要弥补我给你造成的所有伤害。我不能这样继续待下去了,这么做不符合人性呀。"

他从椅子上站起来,让她留在了椅子上。

"我很抱歉,可是已经太迟了。"

她失声痛哭起来。

"可为什么呢?你怎么能这样残忍呢?"

"我想,可能是因为太爱你的缘故吧。我已经耗尽我的情感。一想到这方面的事,我就觉得恐怖。我一看到你,就会想起埃米尔和格里菲斯。一个人左右不了这些事情。我想这就是人们所说的神经质吧。"

她抓起了他的手,热烈地吻着。

"请你不要这样。"他喊道。

她一屁股坐回椅子上。

"我不能再继续这样下去了。如果你不爱我,我宁愿离开。"

"不要犯傻,你没有地方可去。你可以一直待在这里,想待多久就待多久,只是你必须明白,我们只能是朋友关系,再没有别的。"

此时,她的激情突然消失了,发出一阵谄谀的、柔声柔气的笑声,她侧身贴近菲利普,用双臂搂住了他。她压低了嗓门,甜蜜地说:"别傻了。我相信你是因为紧张,你不晓得,我能有多可爱。"

她把脸贴在他的脸上蹭着。在菲利普看来,她的笑是那种勾人的淫荡的笑,她撩人的乱人心意的眼神让他感觉恐怖。他本能地退缩了。

"我不愿意。"他说。

可她还不放过他。她用她的嘴唇寻找着他的。他用力掰开她搂抱着他的手,把她推到一边。

"你让我恶心。"他说。

"我?"

她一只手撑在壁炉架上,稳住了自己的身体,她盯着他看了一会儿,脸颊突然涨得通红,气得爆发出一阵尖利的笑声。

"我让你恶心了?"

她停了一下,深深地倒吸了一口气,继而便愤怒地破口大骂起来。她声嘶力竭地叫嚷着,她用她能想出来的所有脏话骂他。她的言语污秽至极,令菲利普不禁瞠目结舌;她平日里总是要充风雅,听到别人说粗话都会感到震惊,菲利普万万没想到她还知道这么肮脏的语言。她朝他走过去,直冲着他的脸。她的脸因激愤而变得很难看,在她发疯似的喊叫中间,她的嘴角喷溅出吐沫星子。

"我从没有喜欢过你,一刻也没有,我总是在愚弄你,你令我厌恶,我讨厌死你了,我恨你,要不是为了钱,我绝不会让你碰我的,在我不得不让你吻我时,我感到恶心。我们私下都在嘲笑你,我和格里菲斯,因为你是无可救药的笨蛋。笨蛋!笨蛋!"

随后,她对菲利普又是一顿不堪入耳的谩骂。她斥责他的一切卑劣的毛病,她说他吝啬小气,说他呆板、爱虚荣、自私;对他所敏感的一切,她都恶毒地攻击和嘲讽。最后,在她转身要离开时,她歇斯底里冲着他喊出了他最不愿意听到的绰号。她抓住了门把手,把门一下子拉开,然后转过身来,向他抛出了她知道能够真正刺痛他的恶言。她把她所有的恶意和狠毒全部都集中在这个词汇上。她把它向他恶狠狠地甩了过去:

"瘸子!"

97

第二天早晨,菲利普一觉醒来,发现已经晚了,看了一下手表,已是九点钟了。他跳下床,到厨房弄些热水刮脸,仍不见米尔德里德起来,她昨天吃完饭用过的碗盘还扔在水槽里没有洗。他敲了她的门。

"快醒醒,米尔德里德。时间已经不早了。"

她没有答应。他又很响地敲过一次后,里面也还是没有动静,他想她一定还在生气。他太着急了,顾不上操这份心。他在炉子上烧了热水,便跳进浴盆,浴盆里的水是前一晚放进去的,为的是驱走水里的寒气。他以为在他洗完澡换好衣服时,米尔德里德就会为他煮好早饭,端到起居室了。在她生气时,她曾经这么做过两三次。可他没有听到任何响动,这一下他知道要想吃东西,得自己动手了。她竟然在他起晚的早晨捉弄他,这让他好不气恼。他准备好早饭后,仍不见她的影子,可他听到了她在房间里走动的声音。她显然已经起来了。他沏了茶,切了几片面包和奶油,边穿靴子,边吃面包。随后,他跑下楼梯,沿着小街走到大路去搭乘电车。在眼睛搜寻着报刊商店布告栏上有关战争的消息时,他想着昨夜发生的事情:现在既然事情已经过去,又过了一个晚上,他不禁觉得他昨晚的行为一定很荒唐,很可笑,无奈他左右不了他的感情,它们在昨夜比他要强大得多。他很生米尔德里德的气,因为是她把他逼到了那荒唐的境地。接着,他不胜惊讶地想起了她昨晚的破口大骂和污言秽语。一想起她最后骂他的那句脏话,他就不由得脸红;不过,他只是轻蔑地耸了耸肩。他早已知道同伴们跟他生了气,都是拿他的残疾来出气。他看到过医院里的人模仿他走路,当然不是在像中学时那样当着他的面,而是在他们认为他看不见的时候。他现在也知道,他们这么做并非出于什么恶意,只是人类生来就喜爱模仿,而且这么做能引人发笑,尽管他无法让自己去认同他们。

他很高兴自己此刻投身到工作中,无暇再去想这些事情。病房里的气氛友好而融洽。敏捷、干练的护士长笑着跟他打招呼:"你迟到了,凯里先生。"

"我昨晚出去聚会喝酒了。"

"看得出来。"

"谢谢你。"

他笑着走到他的第一个病人——一个患有结核性溃疡的小男孩——面前,拆开他的绷带。这男孩见到他很高兴,菲利普一边跟他开玩笑,一边用干净的绷带给他裹扎好伤口。病人们都很喜欢菲利普,因为他对他们很友好,而且他的双手灵巧,动作很轻柔,不会让病人们感到疼痛。有些裹伤员手的动作不细腻,也不把病人的痛痒放在心上。他和朋友们在俱乐部的聚会室吃了午饭,午饭很节省,就是一个烤饼、一块奶油和一杯可可。他们边吃边谈论着战争。医院里有几个人已准备去参战,可当局要求很严格,还没有在医院任过职的人都不允许参加。有人说如果这仗继续打下去,再过一段时间,只要是有医生资格的,军队就都会要了;不过,大多数人认为这场仗会在一个月内结束——既然罗伯茨将军已经到那里了,估计不久便会稳住局面的。麦卡利斯特也是这么认为的,他告诉菲利普他们务必要相机行事,在停战之前买进股票。到时将出现暴涨,他们都会挣到钱的。菲利普已经嘱咐麦卡利斯特,一旦机会出现,就为他买进股票。夏天赚的那三十英镑已经激起他的胃口,现在他想要挣几百镑了。

下班后,菲利普乘电车回肯林顿。他不知道今晚米尔德里德会怎么做。想到她可能还在生气,仍旧不搭理他,不免叫他心烦。就一年中的这个时节来说,这是个和暖的夜晚,甚至在伦敦南部这些灰蒙蒙的大街上,也有了一种二月天里的慵倦气息;在度过了漫长的冬日之后,大自然变得躁动起来,万物从冬眠中开始苏醒,大地中有生命在簌簌作响,预示着春天的到来,大自然又恢复了它永恒的运动。菲利普本想多坐几站地,兜兜风,他讨厌回到家里;可想见孩子的欲望突然变得非常强烈,想到她会高兴地喊着,跟跟跄跄地向他跑过来,他暗自笑了。在他快到家时,看到屋子窗户上没有映出灯光,菲利普不由得感到诧异。他上楼敲门,可没有人应答。米尔德里德出去时总是把钥匙压在门垫下面,他在那里找到了钥匙。他开门进去,到了起居室，用火柴点亮了煤气灯。家里好像发生了什么，尽管他一时还弄不清是怎么回事。他把煤气灯拧到最亮，屋子突然亮了许多，他看了一下屋子，蓦然间怔在那里，喘不上气来。整个屋子被搞得一团糟，东西都被肆意损毁了。一阵愤怒攫住了他，他冲进米尔德里德的房间。里面黑着，屋子里空荡荡的。他点上灯后，他发现她已经拿走了她和孩子的所有东西。进来时他注意到，童车不像往常那样在平台上放着了。脸盆架上的所有东西都被砸碎了，两个椅座被刀子划开两个大大的十字，枕头也被割开了，床单和床罩上都有一道道的大口子，镜子看上去是被锤子击碎的。菲利普有些不知所措。他去到自己的房间，这里也一样，东西都被砸得一塌糊涂。脸盆和水缸被砸烂了，镜子成了碎片，床单被割成了条状。枕头上拉开的口子足以让她伸进手去，把里面的羽毛都掏出来，散了一地。她用刀子割开了地毯，梳妆台上装着菲利普母亲照片的镜框都被弄坏了，上面的玻璃也都碎了。菲利普进到小厨房，发现里面只要能毁坏的东西，没有留下一件，玻璃杯、布丁盘、盘子、碟子。

这情景令菲利普惊呆了。米尔德里德没有留下只言片语，只用这片狼藉来表达她的愤怒，他能想象到她在破坏东西时那副咬牙切齿、恶狠狠的样子。这太让他惊讶了，以至于他不再感到愤怒。他好奇地看着厨房的那把菜刀和捣煤的锤子，离开时她把它们都放在了桌子上。此时，他的目光落在了那把被扔进壁炉里的大餐刀上，餐刀已经折断了。搞了这么大的破坏，一定费去了她不少时间。劳森给他画的那幅肖像画被刀子割成了诸多的十字状。他自己的画作被撕成了碎片；马奈的《奥林匹亚》和安格尔的《女奴》《腓力普四世》画作的照片都被斧子捣得粉碎。台布，窗帘，以及两个扶手座椅上都被划开了长长的口子。它们都完全不能用了。菲利普写字台上方挂着的克朗肖送的地毯，米尔德里德总是恨它恨得咬牙切齿。

"如果它是块地毯，应该是铺在地上。"她说，"它又脏又臭，这算是个什么玩意儿嘛。"

菲利普告诉她这块地毯里藏着一个不同寻常的谜语答案，她听后火冒三丈，认为菲利普在取笑她。她给这块地毯划开了三道又长又深的口子，想必她用了不少的气力。菲利普还有两三个蓝白相间的盘子，没有什么价值，是他用不多的钱，一件一件地把它们买回来的，他喜欢它们，是因为它们能勾起他美好的联想。它们成了碎片，躺在地板上。他许多书籍的背面也被划了长长的口子，她还从没有装订的法文书里撕下一些书页。壁炉架上的装饰品都被砸得粉碎，撒落在壁炉前的地板上。任何能用刀子割或是用锤子砸的东西，都被毁掉了。

菲利普的这些家当总共也卖不到三十镑，可这些东西大多都跟随他多年，是他的老朋友。菲利普是个恋家的人，在这些东西身上寄托了太多情感，它们都是他的私人物品；他很为自己的这个小家感到自豪，因为用很少的钱，他就把它弄得温馨舒适，别具一格。他一下子绝望地瘫倒在椅子上。他问自己她怎么会如此残忍。一阵担心又让他站了起来，他来到门道，这里摆放着他放衣物的橱柜。他打开它，一下子松了口气。她显然是忘记它了，他的衣服都完好无损。

菲利普回到起居室，看着这片狼藉，不知怎么办才好；他已没有心气再去整理这些东西；再说，屋子里什么吃的也没有，他的肚子还饿着呢。他去外面买了些东西吃，回来后心情平静了许多。想到孩子时，他的心痛了一下，他不知道孩子是否也会想念他；或许，一开始会，可过上一两个星期，她也许就忘掉他了；感谢上苍，他终于摆脱了米尔德里德。他对她没有愤怒，只有一种深深的厌恶感。

"我希望以后永远不要再见到她。"他大声地说。

现在唯一要做的事就是搬离这里，他打定主意明天早晨就通知房东。他没有能力再把这些东西重新修好，他的钱已经剩得不多了，他必须找更便宜的房子住才行。他很愿意离开这里，他已快支付不起昂贵的房租了，更何况，这里总会使他想起米尔德里德的点点滴滴。菲利普性子急，不把脑中的计划付诸实施，他是不会安心的；于是，在第二天下午，他便找来一位收旧家具的商人，他愿意用三镑钱收购菲利普所有的东西，包括损坏的和未损坏的。两天后，他搬到了医院对面的一幢公寓，他刚到医学院时曾在这里住过。这里的女房东是个很体面的女人。他在顶层租了一间睡房，一个星期房租六先令。房间又狭小又寒碜，窗户对着公寓后面的院子，可他现在除了衣服和一箱子书，什么也没有了，因此只要便宜，他乐于住得简陋一些。

98

菲利普·凯里那笔赖以生存的钱，此时碰巧受到国内正在发生的事件的影响。历史正在被创造，其进程意义重大，说它竟会触动到一个不起眼的医科学生的生活，似乎显得有些可笑。战役相继在马格斯方舟、科伦索、斯平科珀等地展开，而后在伊顿战场遭到重创，使国家蒙受耻辱，贵族和绅士们的威信扫地，迄今为止，似乎还没有谁认真反对过他们具有治国天赋的断言。旧的秩序正在被废除，历史确实正在被创造。之后，巨人①振作精神，再做挣扎，最后似乎营造出一个胜利的假象。克隆杰在帕尔德堡投降，拉迪史密斯被解围。三月初，罗伯茨勋爵开进了布隆方舟。

就在这些战争的消息传到伦敦两三天之后，麦卡利斯特来到比克街酒馆，他兴高采烈地说证券交易所的行情正在好转。和平有望到来，罗伯茨勋爵会在近几周内开进比勒陀尼亚，股票已经看涨。一次暴涨势必会到来。

"现在是买进的时候了，"他跟菲利普说，"等到大家一拥而上时就晚了。此刻是千载难逢的机会。"

麦卡利斯特得到内部消息。南非一个矿山的经理拍电报告诉商行的主要合伙人，工厂并没有遭到破坏，他们会尽快恢复生产。现在买进股票，不是投机，而是投资。为了表明这位主要合伙人认为这是一件多好的美事，麦卡利斯特告诉菲利普，他为他的两个姐姐各买了五百股，若不是这就像把钱放在英格兰银行那么保险，他是绝不会把他的姐姐们拉进来的。

"我自己准备孤注一掷了。"

---

① 巨人，指英国，英国曾拥有过世界上最多的殖民地。

每份股票是二又八分之一到二又四分之一英镑。他建议菲利普不要太贪,每股只要涨上十个先令就可以抛了。他为自己买了三百镑,建议菲利普也买上同样的数额。他会把股票拿在手里,一有合适的时机就卖出去。菲利普对麦卡利斯特很有信心,一来因为卡利斯特是苏格兰人,生性持重,二来是上次也为他赚了钱。菲利普欣然同意。

"我想,我们能在交易期满之前把它们卖出去,"麦卡利斯特说,"万一不行,我会为你安排转期交割。"

这在菲利普看来似乎是个顶好的方案。你把股票攥在手里,直到你赚到利润,你甚至不用去掏你兜里的钱。他开始以更大的兴趣关注着报纸上的股票交易栏。第二天,股票的价格略有上涨,麦卡利斯特来信说,现在他不得不以每股二又四分之一镑来买进。他说行市坚挺。可两三天之后,股票价格有所跌落,来自南非那方面的消息也不是那么太令人放心,菲利普焦急地看到他买的股票每股已跌至两镑,不过,麦卡利斯特对形势仍持乐观态度,他认为布尔人不可能撑得太久,他愿意拿他的大礼帽打赌,罗伯茨勋爵定会在四月中旬之前打进约翰内斯堡。一算账,菲利普已赔了近四十镑。这让他很是着急,不过,他觉得现在唯一的办法就是继续撑下去:就他的情形来看,损失太大了,他根本承受不起。接下来的两三个星期,没有发生什么战事,波尔人不承认他们已经被打败,不承认他们已无路可走,只剩下了投降;事实上,他们还打过一两次小胜仗,菲利普手中的股票又跌了两先令六便士。很显然,战争并没有结束。很多人都在抛售股票了。当麦卡利斯特见到菲利普时,他的态度也变得悲观起来。

"我想,为了减少损失,现在最好是往外抛了。我赔的已经跟我一开始想要挣的数目差不多一样了。"

菲利普忧心忡忡,晚上甚至连觉也睡不着。他急匆匆地吃过早饭(早饭现在已减到只剩茶、面包和奶油了),为的是赶到俱乐部的阅览室去看报纸;报上有时登着一些坏消息,有时什么消息也没有,不过,只要股市有动荡,那就是下跌。菲利普真的不知道该怎么办好了。如果现在抛的话,他会损失掉将近三百五十镑,那样他的全部家当就只剩下八十镑了。他真希望自己从来也没有干过这种傻事，到证券交易所做投机生意。现在唯一的办法就是继续挺下去，转机随时可能出现，股票的价格又会涨起来。他并不奢望再赚到钱，只想着把本保住。只有靠着这本钱，他才能完成在医学院的学业。夏季学期在五月份开始，期末他将参加妇产科的考试。到那时，他再有一年就毕业了。他仔细地计算过，一百五十英镑能包括学费和生活费用，他便能设法对付过去这最后的一年，不过，这是最低的数额了。

四月初，菲利普去到比克街酒馆，急切地想见见麦卡利斯特，跟他谈谈局势，能缓减一下情绪；意识到除了他自己，还有那么多人赔了钱，他对自己的损失也就较能承受了。可等菲利普去了那里，却只有海沃德在，菲利普刚一坐下，海沃德就说："星期天我就乘船去好望角了。"

"是吗？！"菲利普略感意外地喊道。

海沃德是他最最想不到会去参战的人。在医院里，现在要走的人也多了起来；只要取得医生资格的，政府都表示欢迎；医院里有的人出去后当了骑兵，写来信说，一听到他们是医学院毕业的学生，就把他们都分派到医院去工作了。一股爱国热潮席卷了全国，社会各个阶层的人都自愿入伍。

"你参加的什么兵种？"

"哦，是在多塞特骑兵队，当骑兵。"

菲利普认识海沃德已经八年了。他早先因为崇拜这位能向他讲述艺术和文学的人而建立起的亲密友谊早已消失了，可是习惯已经养成，每当海沃德住在伦敦时，他们俩一星期总要见一两次面。海沃德依然谈论书籍，其中仍不乏精妙的见解。菲利普尚未学会宽容，有时候海沃德的谈话叫他厌烦，他已不再相信这个世界上唯有艺术重要。海沃德对行动和取得成功的蔑视，令他反感。此时菲利普搅动着杯中的混合饮料，回想起他们早些年的情谊，以及对海沃德会干出一番事业的殷切期待。菲利普早已不再抱有这样的幻想了，他知道除了纸上谈兵，海沃德什么也不会去做。现在已三十五岁的海沃德发现，每年靠着三百镑来生活，比年轻时更加难了。他穿的衣服尽管还是请高级裁缝做的，可穿的时间却比以前长多了。他比从前胖了许多，他的头发再怎么梳，也掩盖不住头顶上秃了的地方。他蓝色的眸子显得呆滞无神，不难看出，他酒喝得太多了。

"你究竟为什么要去好望角呢？"

"噢，我也不知道，我觉得我应该去。"

菲利普沉默了。他认为这很蠢。他知道，海沃德的灵魂正受着一种无以名状的不安情绪的驱使。他内心似乎有种力量在推着他，让他觉得有必要为他的国家去战斗。说来也怪，因为他认为爱国主义只是一种偏见，他常常以世界主义者自诩，他把英国看作是一块放逐地，似乎是他的同胞们伤害了他的感情。菲利普不知道是什么竟使得人们去做那些与他们的生活信条相悖的事情。照理说，此时的海沃德应该是带着微笑站在一边，观看野蛮人之间的相互残杀才对。人看起来就像是受着一种不可知力量的任意摆布，有时，他们用他们的理智为其行为辩护，如果行不通，索性就把理智弃在一边，盲目地行动。

"人真是怪得很，"菲利普说，"我怎么也不会想到你会当骑兵，出去作战。"

海沃德笑了笑，显得略有些尴尬，没有接菲利普的话茬。

"我昨天做了体检，"他最后说，"虽说体检时受些拘束[1]，可知道自己的身体仍很健康，还是值得的。"

菲利普注意到海沃德在使用法语词汇时仍显得做作，因为本有现成的英语词汇可以使用。就在这个时候，麦卡利斯特进到了酒馆。

"我正要找你，凯里，"他说，"我的亲戚都不想再持有这些股票了，股市行情现在如此糟糕，他们想让你承兑股票。"

菲利普的心一下子凉了。他知道他不可能这么做，这意味着他必须接受损失。他性格中高傲的一面使他能平静地回答："我认为那么做不太好。你最好还是把它们卖掉吧。"

"这话说起来容易，可能不能把它们卖掉，我并没有把握。股市

---

[1] 原文为法语。

萧条,现在没有人再买股票了。"

"可他们不是标有出售的价格吗,一又八分之一镑。"

"噢,是的,不过,那没有任何用处。按照这个价格,你根本卖不出去。"

有一会儿,菲利普没有说话。他极力想让自己镇定下来。

"你的意思是说,它们实际上已一文不值了吗?"

"噢,我没有这么说。当然,它们还是有些价值的,可是,你瞧,现在没有任何人再买进股票了。"

"那么,你能卖多少钱就卖多少钱好了。"

麦卡利斯特仔细地打量了一下菲利普,看他是不是受的打击太大,给吓蒙了。

"非常抱歉,老弟,可我们都是在同一条船上的。谁也没想到战争会这样一直拖下去。我把你拽了进来,可是我自己也在其中啊。"

"没关系,"菲利普说,"人总是得碰碰运气的。"

他跟麦卡利斯特说完话后,又坐回到原来的地方。他被惊呆了,他的头刹那间开始疼了起来;可他不愿意让他们认为自己已经厌了。他又坐了一个小时。他对他们所说的任何事情,都会放声大笑。最后,他终于站了起来,准备走了。

"你对这件事表现得很冷静。"麦卡利斯特在跟菲利普告别的时候说,"我想,谁也不愿意一下子损失掉三四百镑。"

当菲利普回到他那间寒碜的小屋时,一下子绝望地扑到床上。他对自己所干下的蠢事悔恨不已;尽管他跟自己说,后悔是荒唐和没有用的——因为事情已经发生,便无可挽回——可他还是情不自禁要去想。他痛苦极了,觉也睡不着。他想起了最近几年他所挥霍掉的金钱。他的头疼得厉害。

在第二天傍晚的最后一趟邮件中,寄来了菲利普的银行账单。他查看了他的银行存折。他发现在扣除了一切费用后,他还会剩下七镑。七镑!感谢上苍,还能让他付清了债务。要不然,他就不得不向麦卡利斯特无比尴尬地承认说,他没有钱支付。这个夏季学期,他将要到眼科去裹伤,他从一个同学手里买了一个检目镜,还没有付钱。

他没有勇气告诉人家他不买了。另外，他还得买一些书。支付了这两项，他大概只剩下五镑了。这五镑让他维持了六个星期。而后，他给伯父写了像是谈生意谈合作那样的一封信。他在信中说，由于战争，他在经济上遭受了严重损失，如果伯父不给予帮助的话，他就得中途辍学了。他建议牧师借给他一百五十英镑，在今后的十八个月里按月汇给他；他会为这笔钱支付利息，答应工作后逐步偿还这笔借款。他最多再有一年半就获得医生资格了，到那个时候，他肯定能做个助理医生，一个星期挣到三镑。伯父回信说他无能为力，让他在情况最糟的时候变卖东西为他凑钱，是不公平的；他手头还剩的那点钱，他觉得有必要把它留在身边作看病之用。在信的最后，他来了一番令人厌烦的说教。他早就多次提醒过菲利普，可菲利普从来不把他的话当回事；说实话，他对菲利普落得现在这般境地，并不感到意外；他早就预料到菲利普的挥霍和缺乏收支平衡会导致这样的结果。读着伯父的信时，他心里七上八下的。他从未想到伯父会拒绝他，他不由得火冒三丈，可临了他又感到非常茫然；如果伯父不帮他，他就得离开医院。一阵惊恐攫住了他，他把自尊搁在一边，再次给布莱克斯特伯尔的牧师写了信，把他的境况用更加紧迫的口气陈述了一遍。然而，或许是他解释得不太恰当，伯父并没有意识到他陷入的是怎样一种绝境，伯父回答说他不会改变主意，菲利普都二十五岁了，应该是自食其力的时候了。在他死了以后，菲利普能够得到一点财产，可是在这之前，他不会给菲利普一分钱。从这封信中，菲利普感觉到伯父的自得心情，伯父多年来都不太赞同菲利普的所作所为，现在看来，他的不赞同都是有道理的。

99

菲利普开始典当衣服。为了节省开支，除了早饭，菲利普只吃一顿饭，下午四点吃些面包、奶油和一杯可可，然后直到第二天早晨再吃饭。因为肚子里觉得饿，晚上九点就不得不去睡觉了。他想跟劳森借点钱，可又担心被拒绝；最后，他还是开了口，跟劳森借五英镑。

劳森很痛快地借给了他，只是在给他钱时说："你一周内会还给我的吧？我得支付画框匠的工钱，我最近手头也很紧。"

菲利普知道他在一周内不可能还上，想到还不了时劳森会怎么看他，他感到羞愧难当，于是没过几天，他便把这五镑钱原封不动地还了回去。劳森正好要去吃午饭，请菲利普也去。菲利普现在几乎什么也吃不起了，他很高兴能饱餐一顿。到了星期天，他在阿特尔尼家肯定还有顿好饭。他仍在犹豫，是否把这件事告诉阿特尔尼：他们总认为他比较富有，他担心一旦他们知道了他分文没有，他们会不会还像以前那样看重他呢。

尽管他不是富人，可他从未曾想到过他会有挨饿这种可能性。这类事情一般不会发生在他这一阶层的人当中，他感到很羞愧，就像得了什么难以启齿的病一样。他现在的处境远远超出了他的经验范畴。这太令他感到意外了，以至于除了继续到医院去，他不知道自己还能做些什么。他抱着侥幸心理，希望情况出现好转，直到现在他还不能完全相信发生在他身上的事；记得刚刚上学时，他时常在想，希望他的学校生活就是一场梦，从这场梦中醒来，他会发现自己又在家里了。很快，他察觉到大约一个星期之内，他身上的钱就要用完了。他必须马上着手找个能干的事情，挣点钱。要是他已经有了医生资格，即使他有残疾，也可以到好望角去，因为对医务人员的需求量越来越大。若是没有残疾，他便能加入正在派往国外的义勇骑兵团里。他到学院秘书那里询问能否帮他找个辅导差等生的事情做，可学院秘书告诉他根本没有这种可能。菲利普在医学报上的广告栏中寻找，到在富勒街开药房的医生那里去应聘一个无须医生资格的助手职位。他去应聘时，那位医生总是在瞧他有残疾的那只脚，当听到菲利普只是医学院大四的学生时，便马上说他经验不足。菲利普知道这只是个借口，这个大夫当然不愿意要一个手脚不灵便的助手。菲利普把找活儿的注意力转向了其他地方，他懂法语和德语，觉得也许有机会谋到一个文书的工作；这让他的心情不免有些沮丧，可他还是决定试试，因为再没有什么别的路可走。尽

521

管他太腼腆，不好意思去应聘那种要求面试的广告，他还是应征了几则只要求书面申请的广告。然而，他没有这方面的经验，没有人举荐，而且他学的法语和德语都不是商业相关的，他对商业上的专业术语知之甚少；更何况，他既不会速写法，也不会打字。他不得不承认，他根本没有希望应聘上。他想到给执行父亲遗嘱的尼克松先生写信，可又觉得这么做不妥，因为他不听尼克松先生的明确忠告，把做财产抵押的契据全卖了。他从伯父那里得知，尼克松先生对他很不满意。他从菲利普在会计师事务所那一年的情况得出结论说，菲利普懒惰，又没有能力。

"我宁愿挨饿。"菲利普跟自己嘟囔着说。

有那么一两次，他的脑中闪现过自杀的念头。从医院的药房里，他很容易就能搞到一些自杀用的药物，想到当最坏的结果到来时，他有办法毫无痛苦地结束掉自己的生命，心里不免感到一丝慰藉。不过，这个念头只是在他的脑子里晃了一下。在米尔德里德离开他跟着格里菲斯跑了时，他当时痛不欲生，恨不得马上死去，摆脱这痛苦。可他现在并没有这种感觉。他记得急诊室的护士长曾告诉过他，人们之所以自杀，多是因为没钱，而不是因为失恋；当想到按照护士长的说法他是个例外时，他咯咯地笑了。他多么希望可以找人倾诉他的烦恼和痛苦，却又羞于启齿。他继续寻找着工作。他已经欠下三个星期的房租，他向女房东解释说，他在月底就有钱了，房东没有吭声，可是嘴噘了起来，脸色也不好看。到了月底时，她问他能不能先支付一些，他很难为情地告诉人家他不能；他说，他会给伯父写信，在下个星期六一定把房租交上。

"哦，我希望你能做到，凯里先生，因为我也要支付房租，我垫不起这么多钱。"她说话时并没有动气，可态度之坚决令人胆寒。她停了一下后接着说："如果你在下周六还付不了，我就不得不告诉学院秘书了。"

"噢，好的。"

她看了他一下，随后又扫了一眼空空的屋子。当她再说话时，语气变得平和了，像是很自然地跟他说："我在楼下炖了很好喝的猪肘汤,如果你愿意到厨房来的话,欢迎你吃顿便饭。"

菲利普觉得自己的脸一下子红到了耳根,喉头一阵哽咽。

"太谢谢你啦,希金斯太太,不过,我一点儿也不饿。"

"好吧,先生。"

在她离开房间后,菲利普一下子扑到了床上。他攥紧了拳头,免得自己哭出来。

100

星期六是菲利普答应女房东交上租金的日子。在过去的一个星期里,他一直期待着运气会好转,可他还是没能找到工作。他以前从未被逼到如此困境,他完全被搞晕了,不知道该怎么办。他有时觉得,整件事情就是一个荒唐的玩笑。他身上只剩下几枚铜币了,能典当的衣服全都典当了。他还有些书,有一两个小物件,可以卖上一两个先令。这几天,女房东的眼睛总在盯着他的进进出出;他担心若是他再从屋子里拿什么东西往外走的时候,她会拦住他。现在他唯一能做的就是告诉人家,他付不起房租了。可他没有这样的勇气。时值六月中旬,夜晚和暖,他决定在外面待上一夜。他沿着切尔西大堤缓缓地踱着步,河水静悄悄、慢悠悠地流淌着,直到走得乏累了,才在一条长凳上坐下来,打了个盹。他不知道自己睡了多长时间,后来他一下子醒了,梦见有个警察在摇晃他,告诉他不要在这里逗留;他睁开眼睛看了一下四周,一个人也没有。也不知为什么,他又继续向前走,最后来到了奇西克①,他在这儿又睡了一觉。硬邦邦的长凳不一会儿就把他硌醒了。夜似乎显得特别漫长。他的身体因夜晚的寒气而战栗着。他觉得自己真的不知道该怎么做了。在大堤上睡觉,似乎特别丢脸,他不禁有些害臊,尽管在夜色中,他仍觉得自己的脸红了。他记得曾有过这种经历的人给他讲的这些故事,他们中间有军官,牧师,

---

① 奇西克,位于英格兰伦敦市西南。

还有上过大学的人。他不知道他会不会成为这些人中的一员，每天排着队等着慈善机构布施一碗热汤。如果是这样的话，还不如自杀的好。他不能再这样下去了：要是劳森知道了他所处的窘境，肯定会帮他的；死要面子，而不愿求助于别人，是荒唐的。他不知道他为何会落魄如斯，他总是尽力去做自己认为正确的事情，却没有得到好的结果。他曾尽自己的能力帮助过别人，他觉得自己并不比其他人更自私，上天似乎也太不公平，竟让他落到这样的境地。

然而，想这些事情是没有用的。他继续朝前走着。天色渐渐地亮起来，静静的河面上显得很美。在清晨的氛围里似乎隐伏着某种神秘的东西。这将是一个风和日丽的好天，在拂晓灰色的天空中，一丝云彩也没有。他感到非常疲惫，饥饿在啃噬他的五脏六腑，可他不能坐下来休息；他一直担心会有警察走上前来，对他盘问。他害怕受到那样的羞辱。他的手和脸都脏了，希望能洗一洗。末了，他发现自己走到了汉普顿宫。他觉得如果再不吃点东西的话，他准会哭出来。于是，他选了一家便宜的饭店走了进去，里面有股热腾腾的食物味道，熏得他有点恶心。他本想吃些有营养的东西，能让他坚持这一天，可一看到食物却有点反胃，他要了一杯茶、一些面包和奶油。此时，他记起了今天是星期天，是去阿特尔尼家的日子，这不免让他想起了他们会吃的烤牛肉和约克郡布丁；可他太累了，没有力气去面对那快乐的一大家子。他因为自己的可怜处境变得闷闷不乐。他想自己一个人待着。他腰酸背痛，拿定主意去汉普顿宫的花园里躺着。或许，他能找到一个水泵，洗洗手脸，喝点水，解解渴。现在既然已经吃饱了肚子，他便能欣赏眼前的鲜花、草坪和参天巨树了。他觉得在这里他能更好地想出来他该怎么做。他躺在树荫下的草地里，点起了烟斗。为了节省，他现在限制自己一天只抽两回烟了。他暗自庆幸，因为抽得少了，烟袋还满着呢。他不知道当人们没有钱的时候，会干些什么。很快他又睡着了。醒来时已快到中午。他想，该动身返回伦敦了，以便明天清晨能赶回那里，去应征任何有点希望的工作。菲利普想起伯父在上次信中说过的话，在他死后，会把他的那点财产留给他。菲利普不知道这财产会有多少，应该不会超过几百镑吧。他想知道是否能从他将来要继承的遗产中提出点钱来。当然，如果伯父不同意，是肯定提不出来的；而伯父是绝对不会同意的。

"我唯一能做的就是无论如何都要挺下去，一直坚持到他死。"

菲利普计算着伯父的年龄。布莱克斯特伯尔的牧师应该至少七十岁了。他患有慢性支气管炎，可许多有这种病的老人都活了很久，但肯定会出现什么转机的，菲利普一直摆脱不掉这样一种感觉：他现在的处境是不正常的，是荒诞的。一般而言，人们处在他这种境况下，是不会挨饿的。正因为他还时不时地处在幻想中，所以，他也就没有彻底绝望。他决定跟劳森借上几个金镑。他在花园里待了一整天，饿的时候就抽上几口烟。他要等到动身回伦敦的时候再吃饭。那是一段很长的路程，他必须为此而积蓄体力。在天气变得凉快点时，他才出发；累了，他就在长凳上睡上一觉。路上没有谁打扰，盘问过他。到了维多利亚大街，他洗了脸，梳了头，刮了脸，喝了点茶，吃了些面包和奶油。他一边吃，一边浏览着晨报上的广告栏。他往下看着，眼睛落在了一家著名百货商店的"装饰针织部"招聘售货员的广告上。他不由得有些丧气，因为依中产阶级的观点看，做售货员低人好几等。不过，他只是耸了耸肩。毕竟，这有什么关系呢？他决定去试一试。他有种奇怪的感觉：通过承受羞辱，甚至是主动去面对它，他实际上是在与命运之手抗争。当第二天早晨九点钟他羞怯地出现在针织品部时，已经有许多人在那里了。他们中各个年龄段都有，从十六岁的男孩到四十岁的男子；有一些正在相互低声交谈，可多数人都默不作声，他一排进求职的行列里，周围的人便向他投来敌视的目光。

他听到有个人说："我只希望一件事，那就是如果我不行就赶紧告诉我，别耽误了我去找别的地方。"

那个紧挨着菲利普站的人瞟了他一眼后，问道："有工作经验吗？"

"没有。"菲利普说。

那人停了一下后说："一到午饭之后，如果没有预约的话，就连小商店也不再见来应聘的人了。"

菲利普望着那些售货员，有些人正在把擦光印花布和提花装饰物悬挂起来,而其他人,据他旁边的人说,正在汇总乡下寄来的订单。到了九点一刻,进货员来了,菲利普听到他旁边的人对另一个人说,来人就是吉本斯先生。他是个又矮又胖的中年人,蓄着黑黑的胡子,一头乌黑的油发。他动作敏捷,有一张聪慧的脸。他戴着丝绸帽,穿着长礼服,礼服的翻领上戴着一朵上面衬着绿叶的白色天竺葵。他进了办公室,没有关门。办公室很小,只摆着一张美国式的有活动顶盖的写字台,一个书架和一个柜子。在外面排队的人们机械地望着他取下外套上的天竺葵,插进一个盛满水的墨水瓶里。上班时戴花是违反规章的。

白天里,想要讨好这位上司的员工们每每会称赞他的这朵花。

"我从没见过比这更好看的花,"他们说,"这不是你自己养的吧?"

"是我养的。"他笑着说,那双充满智慧的眼睛里闪着自豪的光。

他摘掉帽子,换了衣服,先扫了一眼桌子上的信件,然后看了看外面等着面试的人。他用手指做了一个轻微的手势,排在外面的第一个人进了办公室。人们依次进来见他,回答他提的问题。他的问话都很简短,问的时候,眼睛盯着应聘人的脸。

"年龄?经验?你为什么离开先前工作的地方?"

他听着应聘者的回答,脸上没有任何表情。轮到菲利普时,他似乎觉得吉本斯先生在好奇地盯着他看。菲利普的衣服整洁,裁剪得当。他看上去跟其他来应聘的人有点不一样。

"有做这一行的经验吗?"

"没有。"菲利普说。

"那不行。"

菲利普走出了办公室。这场考验没有他先前想的那么令他痛苦,因此他也没有感到特别失望。他不能奢望第一次应聘时便获得成功。他还拿着那张报纸,现在他又看到了一则广告:霍尔本街的一家商铺也需要售货员,于是他去了那里。不过,他到那里时,发现店里已经雇到人了。如果他那天还想有东西吃的话,他就必须在劳森出去吃午饭之前赶到他的画室。于是,他顺着布朗普顿路往自由民街走去。

"噢,从现在到月底,我身上一分钱都不会有了。"菲利普逮住机会,就跟劳森开口,"你能借给我半个英镑,可以吗?"

他没想到张口借钱竟有这么难,他记得医院里的同事们跟他借个几镑钱时的那副随意的样子,好像是在施惠于他似的,而且,他们借钱根本就没想着要还。

"当然可以啦。"劳森说。

可当他把手伸进口袋往外掏钱时,才发现身上只有八先令。菲利普的心一下子凉了。

"噢,那就借给我五先令好吗?"他轻声地说。

"给你。"

菲利普到威斯敏斯特公共浴池,花六便士洗了个澡。出来后买了点东西吃。他不知道该如何打发这一下午的时间。他不能再回医院去,免得别人会问起他这几天干什么去了,何况,那里现在也没有他干的活了,他工作过的那两三个科室里的人会感到奇怪,他为什么不来了。他们爱怎么想就怎么想吧,没有多大关系,反正他又不是第一个不辞而别的学生。他到免费图书馆看报纸,看腻了,便从身上掏出史蒂文森的《新天方夜谭》。他发现他读不下去,词语在他脑中形不成任何意义,他继续思考着他的处境。长时间想着同样的事情,这样专注的思索弄得他的头痛了起来。最后,他想呼吸一点新鲜空气,于是去了格林公园,躺在那里的草坪上。他不禁痛苦地想到他的残疾,不然,他就可以去打仗了。不久,他睡着了,梦见他的脚突然好了,他去了好望角,参加了义勇军骑兵团;在报纸上见过的那些图片为他的想象提供了素材:他身穿咔叽军服,和其他人一起围坐在南部非洲大草原上的篝火旁。他醒来时,发现天还亮着,少顷听到议会大厦上的大钟敲了七下。他还得无所事事地挨过十二个小时,才能到第二天的早晨。他害怕这漫漫长夜。天空布满了乌云,他担心会下雨,那样的话,他还得去住寄宿公寓,在那里租个床位;他曾看到兰贝斯区公寓房外面的灯笼上贴着的广告:上等床位六便士。他从来没进去过里面,他担心那里的气味不好,会有臭虫。他决心只要有可能,就在外面过夜。他一直待到公园关门的时候才离开,然后,他开始在街头漫步。他觉得很累,蓦然间想起要是在他身上能发生个事故就好了,那样,他就可以在医院干净的床单上躺上几个星期了。到了半夜,他饿得实在顶不住了,就到海德公园附近的一家咖啡馆,吃了几个土豆,喝了一杯咖啡。忧虑不安的情绪让他无法入眠,他又在街头游荡,心里担心着警察走上前来,盘问他,撵他离开这里。他发现自己开始站在一个新的角度来看警察了。这是他在外面度过的第三个晚上。他常常会在皮卡迪利广场的长凳上坐着,快到早晨的时候,就信步朝泰晤士河河堤那边走去。他谛听着议会大厦的大钟报时的声响——每过一刻钟,都会敲响一次——计算着离天亮还有多长时间。早晨,他花几个铜币把自己梳洗一下,买份报纸,看着上面的招工广告,再一次踏上了找工作的征程。

他就这样又持续了几天。他吃得很少,开始感到身体虚弱乏力,以至于再没有足够的力气去继续寻找工作了,寻找工作对他来说变得越来越遥远了。现在,他已经习惯了排着长队等在商店的后面,习惯了被人家一两句话就打发掉。他走遍了伦敦的各个地方去应聘,他渐渐地一眼便能看出,哪些人是跟自己一样疲于奔命地找活儿却毫无结果。有一两个这样的人想跟他交朋友,但可怜的他已心力交瘁,哪有这样的心思。他不能再去劳森那儿,因为他还借着人家的五先令没还。他开始觉得头晕目眩,不能再清楚地思考,于是,也就不太在乎以后会发生什么了。他常常会不由得失声痛哭,为此他很生自己的气,并感到很羞愧,可他发现这么做却缓减了他的痛苦,也不再觉得那么饿了。天刚亮时,清晨的寒意每每冻得他浑身哆嗦。有天半夜大约三点钟的时候,他偷偷地溜回到自己的房间去换内衣,他确信那个时间人们都睡熟了;他躺在床上,柔软的床垫让他舍不得起来,浑身疼痛的他享受着这份舒适,这种美好的感觉让他一时不想睡着;五点时,为了避免被别人看见,他又溜了出来。对常常吃不上东西,他渐渐变得习惯了,因而也就不再总是感到那么饿了,只是觉得困乏无力。在他的思想深处,想要了结自己生命的念头总在作祟,不过,他极力克制自己不往那方面想,因为他担心这诱惑太大了,他难以抵挡。他一再跟自己说,自杀是荒唐的,因为事情也许很快就会出现转机；他总是摆脱不掉这样的感觉，就像是生了一场病，他只要忍受住疼痛就一定会康复。每天晚上他都发誓说，再也不能这样下去了，明天一定要给伯父或尼克松律师写信，要么就给劳森写信。可到了第二天，他就觉得自己怎么也丢不下面子去自找羞辱，承认自己的彻底失败。他不知道劳森会如何看待这件事。在他们相处时，劳森总显得有些心浮气躁，他为自己在人情世故方面懂得多一些而颇感自豪。菲利普要是把自己做的蠢事一五一十地都告诉劳森，他觉得劳森在帮了他之后，很可能会疏远他。伯父和尼克松先生当然也会帮他，可他害怕他们会责备他。他不想受任何人的责备。他咬紧牙关，重复着这句话：已经发生了的事情，是无法挽回的。后悔是徒劳，是荒谬的。

这样的日子似乎没有尽头，劳森借给他的五先令不可持续太长时间。菲利普盼望着星期天的到来，这样他就能去阿特尔尼家了。他不知道是什么妨碍了他早点去阿特尔尼家，也许是因为他想要靠自己的力量渡过难关吧；又或许是他觉得曾处于绝境中的阿特尔尼是唯一愿意尽全力帮他的人。也许，在明天吃过午饭后，他可以告诉阿特尔尼他所处的困境。菲利普一遍又一遍地默诵着他要说的话。他非常担心阿特尔尼会用一些漂亮的空话敷衍他，这太可怕了，所以他极力想要拖延对阿特尔尼的考验。菲利普已失去了对朋友的信心。

星期六晚上的天气很糟糕，非常寒冷，菲利普受了不少罪。而且，从星期六中午到星期天他拖着疲惫的身体去阿特尔尼家之前，他一口东西也没有吃。早上，他用身上的最后两便士，在市中心查宁十字广场的盥洗室梳洗了一下。

101

菲利普按响门铃后，有个脑袋从窗户上探了出来，不一会儿，随着一阵咚咚的下楼声，一群孩子跑下来给他开门。菲利普俯下身子，让孩子们吻着自己苍白、焦虑、憔悴的面庞。他为孩子们的热情所打动，为了让自己控制一下情绪，他借口在楼梯上逗留了一会儿。他现在很脆弱，什么事情都能使他哭出来。孩子们问他为什么上个星期日没有来，他告诉他们他病了；他们想知道他得的什么病，为了让他们开心，菲利普说了一个神秘的病名，中间夹杂着希腊文和拉丁文（医学术语大多是这样），听起来怪怪的，犹如人的复姓一样，孩子们不由得高兴地叫了起来。他们拉着菲利普去客厅，让他把他得的病再说给父亲听。阿特尔尼站起来跟他握手。他瞧着菲利普，菲利普被他那双圆圆的金鱼眼盯得有点不好意思了。

"上个星期天我们念叨你了。"阿特尔尼说。

菲利普说谎时总会显得有些不自然，在他解释着自己不能前来的原因时，脸不禁红了。随后，阿特尔尼太太进来了，和他握了手。

"我希望你已经好点了，凯里先生。"她说。

他不知道她怎么会猜想他病了，因为他和孩子们一起上楼时，厨房的门是关着的。而且，现在孩子们也还在他旁边围着。

"十分钟后，饭才会好。"她还是那种缓缓的语调，"吃饭前，我先给你打个鸡蛋冲杯牛奶喝好吗？"

她脸上表现出的关切神情，弄得菲利普有些不安。他勉强笑了笑，说他一点也不饿。萨利进来摆餐具，菲利普开始跟她开玩笑。家里人都开她的玩笑，说她长得就快跟阿特尔尼太太的姨妈伊丽莎白一样胖了。孩子们都没见过这位姨妈，不过，他们都把她看作是讨厌的肥胖的象征。

"哦，自从上次我们见面后，发生过什么事情吗，萨利？"菲利普问。

"就我所知，没有。"

"我认为你的体重增加了。"

"我确信，你的没有增加，"她反唇相讥道，"你都瘦成一副骨架了。"

菲利普脸红了。

"你确实又胖了，萨利，"她的父亲喊，"你得受罚，要剪掉你头上的一根金发。珍妮，拿剪子来。"

"爸爸，他是瘦了嘛，"萨利争辩道，"他就剩下皮和骨头了。"

"那是另外一回事,孩子。他完全有瘦的自由,可是你的胖却有失体面。"

他说话的时候,用胳膊搂着她的腰,用赞许的目光望着她。

"让我继续摆餐具吧,爸爸,如果我舒服了,就会有人不高兴了。"

"野丫头!"阿特尔尼大声说,很有力地挥了挥手,"她拿那件众所周知的事情来奚落我。霍尔本大街上有个珠宝商叫利瓦伊,他的儿子向萨利求婚了。"

"你接受他的求婚了吗,萨利?"菲利普问。

"难道你到现在还不了解父亲吗?他说的话里哪有一句真的。"

"哦,要是他没有向你求婚的话,"阿特尔尼喊道,"对着圣乔治和可爱的英格兰发誓,我定会马上揪住他的鼻子,问他的意图到底何在。"

"坐下来吧,爸爸,午饭已经好了。喂,孩子们,都赶快走,去洗手,谁也不许偷懒,在你们吃饭之前,我要检查的。"

在吃饭之前,菲利普以为自己很饿,待饭到嘴边,才发现他的胃对食物有抵触,难以下咽。他的脑子很累,没有注意到阿特尔尼一反常态,很少说话。坐在舒适的屋里,菲利普的情绪得到了缓和,可他又禁不住时不时地往窗户外面看。天气骤然变冷,暴风雨来了,强劲的风把雨点不断地打到窗户上。菲利普想,这一夜他该怎么办呢?阿特尔尼一家睡得比较早,晚上十点他就该离开了。想到得在这凄冷、阴湿的夜晚露宿街头,他的心情就变得沉重起来。在他看来,现在跟朋友在一起,似乎比他单独一个人待在外面,更让他忧心。他不断地跟自己说,有很多人在这一晚也待在户外的。他不断说话以转移自己的注意力,可雨点鞭挞在玻璃上的噼啪声依然会传到他的耳朵里,让他吓了一跳。

"这像是三月天,"阿特尔尼说,"谁也不愿意在这样的天气去横渡英吉利海峡。"

不久,他们吃完了饭,萨利进来收拾桌子。

"你抽两便士一支的劣等雪茄吗?"阿特尔尼说着,递给了菲利普一支。

菲利普接过雪茄,点上后很是惬意地吸了一口,这让他的身心一下子觉得轻松了不少。萨利收拾完桌子后,阿特尔尼告诉她出去时把门关上。

"好了,现在没有人会来打搅我们了。"他转向菲利普说,"我已经嘱咐贝蒂,在我叫孩子们之前,不要让他们进来。"

菲利普惊诧地看了阿特尔尼一眼,还没等明白过来他话的意思,阿特尔尼如往常般把眼镜往鼻梁上面推了推,继续说道:"上个星期天我给你写信了,问问你是否出了什么事,因为你没有回信,我星期三去了你住的地方。"

菲利普把头扭向一边,没有作声。他的心开始狂跳起来。阿特尔尼也没说话,随之出现的沉默似乎叫菲利普难以忍受。他想不出自己该说些什么。

"你的女房东告诉我,你上个星期六晚上就出去了,然后就再没有回去,还说你欠一个月的房租。你这个星期都在什么地方睡觉?"

这叫菲利普实在难以回答。他眼睛盯着窗外说:"哪儿也没有。"

"我试着找过你。"

"为什么?"菲利普问。

"贝蒂和我那个时候也一样穷,我们要抚养这么多的孩子呀。你为什么不来这里呢?"

"我不能。"

菲利普担心他就要哭出来了。他感到极度虚弱。他闭上眼睛,蹙起眉头,极力控制着自己的情绪。他突然生起阿特尔尼的气来,谁要他来管闲事;然而,他已经没有心劲儿跟谁怄气了,临了,他眼睛仍然闭着,缓缓地向阿特尔尼讲述了这几个星期以来的冒险经历。在他这样讲着时,他觉得自己愚蠢极了,因此,话更难说出口了。他觉得阿特尔尼会认为他是个十足的傻瓜。

"你来跟我们一起住吧,在你找到工作之前。"他讲完后,阿特尔尼说。

不知怎么,菲利普脸红了。

"噢，你们对我太好了，可我不想这么做。"

"为什么不呢？"

菲利普没有回答。他拒绝，是因为他本能地担心自己会成为他们的累赘，他天生不好意思接受别人的善意。另外，他知道阿特尔尼一家也过得非常艰辛，这么一大家子人，哪有地方哪有钱来招待他一个陌生人呢。

"你当然得来了，"阿特尔尼说，"索普将跟他的弟弟合睡一张床，你可以睡他的床。你不会以为我们十几口人添你的一张嘴就承受不了吧。"

菲利普感动得一时说不出话来，阿特尔尼到门口喊他的妻子。

"贝蒂，"在她进来的时候，他说，"凯里先生将要来和我们一起住了。"

"噢，太好啦，"她说，"我这就去把床铺整理好。"

她说话的语调是那么真挚友好，似乎把这一切都看作是理所当然，让菲利普十分感动。他从没奢望过人们会对他好，当人们这么做时，便会令他感到惊讶和感动。现在，两颗豆大的泪珠从他的脸颊上滚落下来。阿特尔尼夫妇商量着安置菲利普的事，装着没有看到他心力交瘁的样子。阿特尔尼太太出去后，菲利普把身子仰靠在椅背上，眼睛望着窗外，微微地笑了。

"这样的天气，在外面过夜可不舒服，不是吗？"

102

阿特尔尼告诉菲利普，他很容易就能在他工作的那家亚麻布制品商的大商行里，为菲利普找到事情做。有几个店员去打仗了，富于爱国热忱的林恩和塞德里商行答应为他们保留职位，老板们把这些英雄们的活儿分派到留下的员工们身上，由于他们没有给这些员工增加工资，因此他们能够在既表现出热心公益的同时，又节省了开支。然而，战争一直持续，生意也不像预想的那么萧条；假期就要到了，当不少职员一下子要离开两个星期时，他们势必要再招些人。菲利普这些天来的应聘经历已经使他晓得，即便是这样，他们雇用他的可能性也非常小。可阿特尔尼说自己是商行里举足轻重的人物，经理不会拒绝他所提出的任何要求。而且菲利普在巴黎学过画画，肯定会有用武之地；他定会得到一份待遇优厚、设计服装和绘制广告的工作，这只是个时间问题。菲利普为夏季促销做了一则广告，阿特尔尼把它拿到商行。两天后，他回来说，经理对他制作的广告十分欣赏，遗憾的是目前这一部门还没有空缺。菲利普问还有没有别的他可以做的活儿。

"恐怕没有了。"

"你确定吗？"

"哦，其实还有一个，他们明天出广告要招一个导购员。"阿特尔尼说着，眼睛透过镜片怀疑地看着菲利普。

"你觉得我有机会得到它吗？"

阿特尔尼的心情有些矛盾，他一直说菲利普有希望得到一个更好的职位，可他的生活确实又太拮据，不能一直这么为菲利普提供食宿。

"你可以先干导购员，等着有更好的职位空缺。一旦成了公司的员工，你会更有机会争取到好的工作。"

"你也知道，我并不是那种挑肥拣瘦的人。"菲利普笑着说。

"如果你决定了，那就务必在明早八点四十五分到达那里。"

尽管有战争，不少人去打仗了，可工作还是非常难找，菲利普去到商店时，许多人已经等在那里了。他认出了几个跟他在其他地方一起应聘过的人，还有一个像他一样下午在公园里到处躺的人。来的人中间有老有少，有高有矮，各种各样的都有，有些还是露宿街头、无家可归的人。可每个人都是把自己整饰了一番，才来面见经理：他们的头发都精心地梳理过，他们的手脸都洗得特别干净。人们都等在走廊里。菲利普后来才知道，这走廊是通向餐厅和工作室的；这条走廊每隔几码就出现五六个台阶。尽管商店里已安了电灯，可这里还是点着煤气灯，上面罩着铁丝笼，里面的火苗咝咝作响。菲利普是准时到达的，可轮到他进办公室见经理时，已经快十点了。这个办公室是三角形的,犹如一块侧放着的奶酪,墙上挂着穿紧身胸衣女子的画和两幅广告的印样,一幅是一个身穿白绿长条睡衣的男子,另一幅是一艘张满帆、航行在蔚蓝色大海上的船,帆上用大号字母印着"白布大减价"的字样。办公室最宽的一侧是商店一个橱窗的后面,外面的店员正在装饰这个橱窗,不时地出出进进,往橱窗里摆放商品。经理正在读着一封信。他面庞红润,沙褐色的头发,蓄着浓密的沙褐色胡子,在他表链靠中间的地方挂着一串足球奖状。他穿着衬衣,坐在一张很大的写字台前,旁边摆着一部电话;他面前放着当天的广告,阿特尔尼的广告作品,以及贴在卡片上的剪报。他看了菲利普一眼,没有跟他说话。他正在给一个女打字员口授信件,这位姑娘坐在墙角的一张小桌子旁边。之后,他问起菲利普的姓名、年龄、工作经历。他的伦敦口音很重,嗓门又高又刺耳,他似乎总是控制不住他的声音。菲利普注意到,他的上排牙齿很大,向外凸出,让人觉得它们似乎是松动的,只要猛地一拔,就会掉下来了。

"我想,阿特尔尼先生跟您提过我。"菲利普说。

"哦,你就是画那张广告的年轻人?"

"是的,先生。"

"没有用,你知道吗,一点用也没有。"

他不住地打量着菲利普,他似乎留意到菲利普跟他之前面试过的那些人有些不一样。

"你得有件长礼服,懂吗?我想你现在还没有。你看上去是个有些修养的年轻人。也许,你发现搞艺术这一行养活不了你自己。"

菲利普看不出经理是不是想要雇他,说话时态度很冲。

"你家在哪儿?"

"我的父母在我很小的时候就去世了。"

"我这个人喜欢给青年人机会。不少青年经我推举,现在都成了各个部门的经理。我替他们说句公道话吧,他们对我都非常感激,他们知道我帮了他们。从最底层做起,这是学好做生意的唯一途径,只要坚持这一条,你的前程就不可限量。只要你适应了这里,也许将来有一天,你会发现你坐在了我这样的位置上。记住我说的这些话,年轻人。"

"我会全力以赴的,先生。"菲利普说。

他知道,在回话时,只要是有可能的地方,他都应该加进去"先生"二字,可他听着却觉得有些别扭,他担心自己做得太过了。这位经理很是健谈。或许是讲话令他感到惬意,让他感觉到自己的重要性,在说了好多话之后,他才告诉了菲利普他的决定。

"噢,我敢说,你会那么做的。"他的言语略带浮夸,"不管怎么样,我是不会反对给你个尝试的机会的。"

"太谢谢您了,先生。"

"你可以马上就来上班。我一星期付给你六先令以及你的生活费用。一切都是供给的,明白吗?六先令只是给你的零用钱,想怎么花都可以,工资按月支付。我想,对此你没有什么意见吧?"

"没有,先生。"

"哈林顿大街——你知道这条街在什么地方吗?——在沙夫兹伯雷林荫大道上。这是你住宿的地方。门牌是十号。如果你愿意的话,星期天晚上就可以住过去,这完全取决于你,要是你星期一再把箱子送过去也行。"经理点了点头,"再见,年轻人。"

103

阿特尔尼太太借钱给菲利普,让他支付了拖欠的房租,好从公寓搬走自己的东西。用五先令和一套衣服的当票,菲利普从当铺那里换回了那件他很合身的长礼服,也赎回了其余衣服。他让卡特·帕特森货运公司把他的箱子送到了哈林顿大街,星期一一早跟阿特尔尼一起去商店。阿特尔尼把他介绍给进货员便离开了。进货员三十来岁,个子不高,是个快活、爱唠叨的男子,他的名字叫桑普森。他跟菲利普握了手,为了显摆一下他引以为豪的技能,他问菲利普是否会说法语。当菲利普表示会法语时,他有些惊讶。

"还会什么语言?"

"德语。"

"噢！我去过几次巴黎。你去过马克西姆大百货公司吗？"

菲利普被安排在服装部最上面的那个楼梯口。他的工作就是领着顾客到各个营业部去。这样的营业部似乎有很多，这是桑普森不小心透露出来的。突然，他注意到菲利普走路有点瘸。

"你的腿怎么啦？"他问。

"我有一只畸形足。"菲利普说，"不过，它并不影响我走路，或是做其他什么活儿。"

进货员怀疑地看了他一会儿，菲利普猜桑普森是在纳闷经理为什么会雇用他。菲利普心里清楚，经理当时并没有看出他有什么毛病。

"我并不要求你第一天就能给顾客都引对路。如果有什么不清楚的地方，问问那些女售货员们就行了。"

桑普森先生离开忙他的去了，菲利普努力在心里记着各个部门在什么地方，一边时刻注视着那些想要询问的顾客们。一点钟的时候，他上楼去吃午饭。餐厅在这座庞大建筑物的顶层，它又宽又长，采光很好，只是所有的窗户都关着，为的是不让灰尘进来，屋内有股很重的油烟烹调的味儿。一排排的长桌上都铺着桌布，桌子上摆着一些盛着水的玻璃瓶，桌子中间放着盐罐和醋瓶。店员们吵吵嚷嚷地涌了进来，坐在仍温热的长凳上（十二点半来这里吃饭的人刚刚离开）。

"没有泡菜。"坐在菲利普旁边的人说。

这是位又高又瘦的年轻人，长着一个鹰钩鼻，脸色苍白；他的脑袋很长，两边长得一点也不匀称，好像是被挤压过般不太规则，他的前额和脖子上长着又红又肿的大痤疮。此人名叫哈里斯。菲利普注意到，有些天里餐桌上会端上来一盘盘煮着泡菜的汤。大家很喜欢喝这种汤。桌上起初没有刀叉，不一会儿，一个穿白褂子的胖乎乎的小伙子便拿着成把的刀叉进来了，他将它们很响地摔在桌子中央。大家各取所需。刀叉刚在不干净的热水中洗过，它们还带着余热，上面的油腻还在。身穿白褂的男孩子们把盛着肉片汤的盘子端了上来，在他们用变戏法似的敏捷搁下汤盘时，肉汁便溅洒在桌布上。随后，大盘的白菜和土豆端了上来，菲利普看到它们就觉得倒胃口；他留意到很多人都在白菜和土豆上面倒了许多醋。餐厅里一片嘈杂声。人们聊着，喊着，大声笑着，中间还夹杂着刀叉的磕碰声和人们吃饭时发出的怪响。离开饭厅回到服装部，菲利普舒了一口气。他慢慢记住了各个部门所在的位置，当有顾客问买东西的地方时，他也不再那么频繁地去问售货员了。

"一部在右手边。二部在左手边，太太。"

有一两个女售货员跟他搭讪，在较为空闲时过来跟他说上几句话，菲利普觉得她们是在探他的深浅。下午五点，去餐厅去用茶点。他很高兴能有机会坐下休息会儿。大片的面包上涂着厚厚的奶油，许多人拿着储存在柜子里的果酱罐，上面都写着他们的名字。

到六点半下班时，菲利普已经累得没劲了。哈里斯，吃饭时挨着他坐的那个男子，愿意带他到哈林顿街他们住宿的地方。他跟菲利普说，他那个房间还有个空床，因为其他屋子都已经住满了，他想菲利普会被安置在他那个房间。位于哈林顿街的那幢房子以前是个制作皮鞋的作坊，现在用来当了宿舍。房子里很黑，窗户的四分之三都用木板给钉了起来，所以窗户总是关着，唯一的通风口就是靠里面的一扇天窗，房子里的霉味总是挥散不去，菲利普庆幸自己不是住在一层。哈里斯带着他上了二层的会客室，里面有架旧钢琴，琴键看上去就像一排龋齿似的。桌子上放着一个没盖的雪茄盒，里面有一副多米诺骨牌，过期的《河滨杂志》和《绘画》也散乱地堆在桌子上。二楼的其他房间都做了寝室。菲利普住的地方是在顶层。他的那间屋子里有六张床，每张床旁边都立着一个衣箱。室内唯一的家具是个橱柜，里面有四个大抽屉和两个小抽屉，菲利普因为是新来的，给他用了一个抽屉，每个抽屉上都配有钥匙，可因为钥匙都一样，所以也就没什么用了。哈里斯提醒他要把贵重东西放到衣箱里。壁炉架上有面镜子。哈里斯还领他看了盥洗室，那是个很大的房间，里面并排放着八个脸盆。住在这一层的人都在这里洗漱。它通到的另一个房间里面，安放着两个掉色的木制浴盆，上面沾着肥皂沫，木盆里面有些黑圈，是浴盆里的水在不同高度时留下的水印。

当哈里斯和菲利普回到寝室时，发现有个高个子男人正在换衣服,一个十六岁的男孩一边梳着头,一边响亮地吹着口哨。过了一两分钟,那个高个子出去了。哈里斯跟男孩眨了眨眼睛,那个男孩仍吹着口哨,也向哈里斯挤了挤眼睛。哈里斯告诉菲利普,那个高个子叫普莱尔,当过兵,现在在丝绸部;他很少跟人来往,每天晚上都出去跟女友约会,就像刚才那样连招呼也不打便扬长而去。不一会儿,哈里斯也出去了。只有这个男孩留下来,好奇地看着菲利普整理东西。这个男孩叫贝尔,他在缝纫用品店里做活,不挣工资。他对菲利普的晚礼服很感兴趣。他告诉了菲利普寝室里其他几个人的情况,并问了菲利普许多个人问题。贝尔生性活泼,在谈话的间隙,时不时地用半沙哑的声音唱着从杂耍剧场听来的歌曲。整理完东西后,菲利普去外面去散步,看着街道上来往的人群;有时他在饭店门前停下来,看着人们走了进去。他突然觉得自己也饿了,于是买了个甜面包,边走边吃。他有一把门上的钥匙,是门房给他的,门房会在十一点一刻关煤气灯,菲利普担心被关在外面,就提前回来了。他已经知道关于晚归的罚款规章了:如果在十一点后回来,罚一先令;如果在十一点一刻后回来,罚两个半先令,而且还会被通报。如果三次晚归,就要被开除。菲利普回来时,除了那个高个子,大家都回来了,有两个已经上床睡了。大家都喊着跟菲利普打招呼。

"噢,克拉伦斯!捣蛋鬼!"

菲利普发现贝尔把他的晚礼服给枕头穿上了。这孩子喜欢开这种玩笑。

"你要在社交晚会上穿上它,克拉伦斯。"

"一不小心,他也许会把林恩商行的交际花搞到手的。"

菲利普已经听说过社交晚会的事,因为员工们经常发牢骚,举行晚会的费用会从他们的工资里扣除。每月扣两先令,里面还包括医疗和公司图书馆(里面只有一些破旧小说)的费用;除此之外,每月还要扣掉四先令的洗衣费;这样算下来,菲利普每周六先令收入的四分之一便永远到不了他的手上。

员工们通常都吃中间夹着咸肥肉片的厚厚的面包卷,这种三明治是由跟他们隔几个门的一家小商店提供的,一个两便士。大个子回来了，他悄无声息地迅速脱掉衣服，上床睡了。十一点十分时，煤气灯的火苗猛地跳了一下，五分钟后煤气灯熄灭了。那个大个子睡了，可其他人都穿着睡衣挤到了很大的窗户前，把吃剩的三明治投向街道上走过的女人们中间，并向她们大声地说着一些玩笑话。他们对面的那幢六层楼建筑物是犹太人裁缝车间，那里的员工晚上十一点下班；车间里灯火通明，窗户上没有任何遮挡。裁缝包工头的女儿——这家人除了父母外，还有两个小男孩和一个二十岁的姑娘——在裁缝们下班后，会挨个儿关掉房子里所有的灯，有的时候，她允许他们中的一个向她求爱，菲利普寝室里的人常常津津有味地看着对面下班后没离开的这个或那个男子对那姑娘的追逐，他们还相互打赌，看哪个人会成功。半夜的时候，街道尽头的哈林顿阿尔姆斯酒吧关门，出来一群闹嚷嚷的人们，随即，他们也都回去睡觉了。睡在门边的贝尔此时会从一张床跳到另一张床，一直跳到他的床上，即便这样，还要再说上一阵子话，才肯睡觉。最后，除了高个子持续的鼾声，一切终于都安静了下来；菲利普渐渐睡着了。

早晨七点，菲利普被一阵响亮的铃声惊醒；七点四十五分他们都已穿好衣服和袜子，匆匆忙忙地到楼下取出自己的靴子，系好鞋带，跑着赶往位于牛津大街的商店吃早饭。如果他们过了八点没到达，哪怕只是晚一分钟，他们的早饭便会被取消；而且只要进了上班的地方，他们就不被允许再出来买东西吃。有时候，知道自己按时到不了商店，店员们会在靠近宿舍的小店里买上两个面包，不过那需要自己花钱，所以大多数人都是空着肚子，等到吃午饭的时候。菲利普吃了些面包加奶油，喝了一杯茶，在八点半又开始了一天的工作。

"一部在右手边。二部在左手边，太太。"

不久，菲利普就在非常机械地回答这些问题了。他的工作单调，很累人。几天后，他的脚痛得就几乎使他站立不住了：柔软的厚厚的地毯弄得他脚热得难以忍受，晚上脱袜子，脚都疼得厉害。人们都有这样的怨言，他的同事"门警"们告诉他，由于不断出汗，靴子和袜子很快会烂掉。寝室里的人跟他受着同样的罪，为了减轻疼痛，他们晚上睡觉时都把脚放在被子外面。最初，菲利普连路都走不了，晚上他不得不在哈林顿街宿舍的会客室里,把脚伸进一桶冷水中,度过晚上的时光。此时跟他做伴的常常是贝尔,在缝纫用品部干活的那个男孩,他晚上会留在屋子里捣鼓他收集的那些邮票。他把它们用一片片小小的邮票纸固定起来,一边吹着那种单调的口哨。

104

社交晚会在每隔一周的星期一举行。菲利普刚到林恩商行的第二周就赶上了一次。他说好跟他那个部的一位女士一起去。

"对她们稍微迁就一点,"她说,"就像我一样。"

这位女士叫霍奇斯太太,四十五岁,身材娇小,头发染得怪难看的;蜡黄的脸上红红的毛细血管很是明显,淡蓝色的眼睛里衬着泛黄的眼白,她很喜欢菲利普,他刚来没几天,就称呼他的教名了。

"我们俩都尝到过落魄的滋味了。"她说。

她告诉菲利普,她的真名不叫霍奇斯太太,不过,她总是提到"我丈夫罗绮思先生";她的丈夫是个律师,待她非常糟糕,因此,她宁愿自立,离开了他。然而,她已经过惯了那种有自己马车的生活,亲爱的——她称每一个人都是亲爱的——他们家的正餐总是吃得很晚。她习惯用一枚很大的银饰针剔牙——相交叉的马鞭和猎鞭,还有它们中间的两个踢马刺,构成了这个饰针的形状。菲利普对新环境还不习惯,商店里的女孩子们称他是"傲慢的家伙",有个女孩叫他菲尔,他没有应声,因为他根本没有想到她是在跟他说话;于是,她生气地把头一甩,称他是个"傲慢的人",下一次见到他时,便用带有讽刺意味的强调语气叫他凯里先生。这个女孩是朱厄尔小姐,她快要跟一个医生结婚了。其他女孩都没有见过这个医生,不过,她们说他一定是位绅士,因为他送给她许多可爱的礼物。

"不要在乎她们说些什么,亲爱的,"霍奇斯太太说,"她们也像对待你这样对待过我。她们都是些没见识的可怜虫。你听我说,以后她们会喜欢你的,只要你像我一样,做好你自己。"

社交晚会在地下餐厅举行。饭桌都被搬到一边，给跳舞腾出地方；小一些的桌子摆在一旁，用来打轮换式惠思特纸牌。

"当头儿的要早一点到那里。"霍奇斯太太说。

她把菲利普介绍给了贝内特小姐，她是林恩商行的美女，是衣裙部的进货员。菲利普进来时，她正在跟男袜部的进货员交谈。贝内特小姐身宽体胖，一张红红的大脸庞上涂了厚厚的脂粉，胸部特别丰满，浅黄色的头发经过了精心打理。她穿得有些过分鲜艳，不过，还算入时，一身黑衣服，配着高高的领子，戴着光滑的黑手套，玩牌时也戴着；她的脖子上戴着几条很粗的金项链，腕上戴着手镯，还戴着圆形头像的垂饰，其中有一个是亚历山德拉女皇的头像；她拎着一个黑色缎面的手提包，嘴里嚼着口香糖。

"很高兴见到你，凯里先生，"她说，"这是你第一次参加我们的社交晚会，是吗？我想你有些羞怯，其实完全没有必要，我可以向你保证，你会玩得很开心的。"

她尽量让大家感到自如、随意。她拍着他们的肩膀，大声笑着。

"我是不是太淘气了？"她转向菲利普大声地说，"这会让你怎么看我呢？可我生性就是这样。"

参加社交晚会的人进来了，大多数是商行里的年轻职员，没有女朋友的小伙子们，以及没有男朋友的女孩们。有几个小伙子穿着西装便服，系着白色的晚礼服领带，手里拿着红丝绸手绢，他们是要准备表演节目的，他们的神情显得很专注，不太关心周围发生的事情；其中的一些表现得很自信，另一些则显得紧张，用焦虑不安的目光看着观众。很快，一个头发很多的女孩坐到了钢琴前，手指掠过琴键，发出一串很响的声音。大家都坐下后，她环视了一下晚会现场，报出了她要弹奏的曲子。

"《于俄罗斯驱车旅行》。"

在听众的一片掌声中，她灵巧地把几个小铃铛系在手腕上。她微微地笑了一下，随即奏出一阵激昂的曲调。曲子结束，迎来一阵更热烈的掌声，随后应听众的要求，她演奏了一支模仿大海涛声的曲子：用微微的颤音表现拍击的浪花，用雷鸣般的和弦与强音踏板，表现暴风雨。在这之后,一位男士演唱了一首《跟我告别》,然后应听众的要求,又唱了一首《唱着让我入睡》。观众把他们对表演者的赞赏和热情拿捏得很好,每个表演者都会得到一次"请再来一个"的掌声,这样,每个表演者得到的喝彩和掌声都是一样的,谁也不会嫉妒谁。贝内特小姐一阵风似的来到菲利普跟前。

"我相信你会演唱或是弹奏,凯里先生。"她调皮地说,"我从你的脸上看得出来。"

"我恐怕不行。"

"朗诵也不行吗?"

"我什么特长也没有。"

男袜部进货员的朗诵才能在林恩商行饶有名气,男袜部的员工们一致大声地要求让他上台。他没有推辞,随即朗诵了一首充满悲情的长诗,他转动着他的眼珠,手抚在胸前,好像他正在极度的痛苦中。他晚饭只吃了黄瓜,这一点在朗诵到最后一行时被泄露了出来,引起大家的一片笑声,虽说有些勉强——因为大家对这首诗都非常熟悉了——却响亮而持久。贝内特小姐没有唱歌,也没有演奏和朗诵。

"噢,她有自己的小把戏。"霍奇斯太太说。

"呦,可不能小瞧我。我精通手相术,能给人测算未来。"

"噢,快看看我的手,给我算算,贝内特小姐。"她那个部门的女孩子们纷纷嚷着,都想取悦于她。

"我不愿意给人看手相,真的不愿意。我曾对人们说过不少可怕的事情,后来都应验了,搞得大家都要变得迷信起来了。"

"噢,贝内特小姐,就一次。"

一小群人把她围拢了起来,在人们激动的喊叫声中,在时而脸红、时而沮丧、时而又发出赞叹和咯咯的笑声中间,她为他们讲述着神秘的白皮肤和黧黑皮肤的男人,讲信中夹着的钞票,以及旅行中的奇遇等,直到她抹了胭脂的脸上沁出豆大的汗珠。

"你们看看我,"她说,"我浑身都是汗了。"

晚饭在九点钟开始。有糕点、面包、三明治、茶和咖啡,全是免费的。不过,如果你想要矿泉水,就得自己付账了。男士们为献殷勤，愿意给女士们买姜汁啤酒，不过，出于自尊，一般都被她们拒绝了。贝内特小姐十分喜欢喝姜汁啤酒，她常常要喝上两到三瓶，不过，她都坚持要自己买单。男人们为此都喜欢她。

"她这个老姑娘是有点儿古怪，"他们说，"可她仍是个蛮不错的女人，不像有些人那样。"

晚饭后，开始玩轮换式惠斯特牌。人们在换桌时，总是又喊又笑的，很是吵嚷。贝内特小姐觉得越来越热了。

"瞧瞧我，"她说，"全身都是汗了。"

此时，一个精神抖擞的年轻人喊："想要跳舞的，现在就该开始了。"先前弹曲子的那个女孩坐回到钢琴前，把一只脚果断地放到了强音踏板上，奏起了一首梦幻般的华尔兹舞曲，用低音打着节拍，拿右手交替弹奏着八度音。随后，她又交叉着手，奏起低音乐曲。

"她弹得不错，是吗？"霍奇斯太太跟菲利普说，"而且，她连一节音乐课也没有上过，都是凭自己的耳朵听来的。"

贝内特小姐最喜爱跳舞和诗歌。她的舞姿非常优美，但是跳得非常非常的慢，她的眼睛里会浮现出一种神情，好像她的思绪已经飞到了很远很远的地方。她不停地谈论着这里的闷热，晚餐和地板。她说波特曼公寓的地板是伦敦城最好的，她总喜欢到那里去跳舞；那里的环境和氛围要好得多，她不能容忍跟她一点也不认识的各种各样的男人跳舞；噢，你可能会惹上许多你想也想不到的麻烦的。场上的人都跳得很好，很开心。汗珠从他们的脸上滚落下来，年轻人高高的硬领耷拉了下来。

菲利普在一边观看着，他突然觉得自己比以往任何时候都更加沮丧。他感到一种难以忍受的孤独。他没有先走，因为他担心别人会以为他这个人很孤傲。他跟姑娘们聊着天，同她们一起大声笑着，可他心里却并不快活。贝内特小姐问他是否有女朋友。

"没有。"他笑了。

"哦，那好啊，这儿多的是姑娘们供你选择。她们中间有些非常不错的女孩子呢。希望你不久便会有个女朋友了。"

她狡黠地看着他。

"对她们迁就一点儿，"霍奇斯太太说，"这是我给他的忠告。"

快到十一点的时候，晚会结束了。回到宿舍，菲利普一时很难入睡。像其他人一样，他把焐得痛了一天的脚伸在被子外面。他尽力不去想他现在所过的生活。那个高个子发出轻微的鼾声。

105

工资由秘书一个月发放一次。在那一天，店员们用完茶点就从楼上陆陆续续地来到一楼走廊，加入领工资的队列中，大家有序地等在那里，就像在美术馆门外排起长队的观众一样。人们挨个儿进到办公室。秘书坐在办公桌后面，桌上放着一些装钱的木匣子，秘书先是问每个雇员的名字，然后对一下工资簿，用怀疑的目光扫上一眼这位雇员后，念出他应领工资的数额，从木匣子里数出钱，交到雇员手上。

"谢谢，"秘书说，"下一个。"

"谢谢。"领到工资的人回答。

领到工资的店员在离开办公室之前，会到另外一个秘书那里交付四先令的洗衣费、两先令社交活动的费用；如果有违规，还要交上罚金；然后拿上剩下的钱，回到工作的部门，在那里工作直到下班。跟菲利普同一个宿舍的人，常常拿三明治当晚餐，大都欠着那个卖三明治妇人的钱。她已经不年轻了，是个很胖很有趣的女人，长着一张红红的大脸庞，一头黑发整齐地梳向两边，犹如画像中维多利亚女皇早年的发式。她总是戴着一顶小小的无边女帽，系着一条白围裙，袖子卷到胳膊肘上；她用她那双又脏又油腻的大手切三明治，她的背心、围裙和裙子上到处沾着油腻。她叫弗莱彻太太，可大家都管她叫"大妈"。她从心底里喜欢这些店员们，称他们是"我的孩子"，在快到月底的时候，她从不介意赊账卖给他们东西。大家都知道，要是哪个店员手头拮据，她时常会借给他几个先令。她是个心肠善良的女人。在店员们离开或度假回来时，他们都会吻吻她的胖脸颊。对那些被解雇了一时又找不到工作的人，她会免费给他们提供食物。店员们感激她的菩萨心肠，用真挚的情感回报她。店员们常常喜欢讲起一个故事，有个人在布雷福德做生意做得很成功，自己开了五个店铺，在离开这里十五年之后，他又回来拜访弗莱彻大妈，送给她一块金表。

菲利普发现在扣除了一切费用后，他这个月的工资还剩十八先令。这是他生平第一次挣到的钱。可他非但没有感到应有的自豪，反而非常沮丧。这微薄的收入更加突显了他现在无望的处境。他从中取出十五先令，计划先还上欠阿特尔尼太太的一部分钱，可阿特尔尼太太只肯收下十先令。

"你知道吗，如果照这个样子，我需要八个月才能还上借你的钱。"

"只要阿特尔尼还上班，我就等得起，谁知道呢，也许他们会给你加工资。"

阿特尔尼总是说，他会跟经理谈菲利普的事，放着菲利普这样的人才不用，是荒唐的。然而，总是不见他行动。不久，菲利普便看了出来，这位商行的新闻代理人在经理眼里并不像他自己所说的那么重要。菲利普偶尔看到阿特尔尼出现在商店里，那时，他兴冲冲的劲头全然不见，他就像是个寄人篱下、态度谦卑的小老头，穿着整洁、普通而又寒碜的衣服，匆匆地走进商店，像是要急切地避开人们的注意似的。

"当我想到我的才华是如何在这儿被耗费掉时，"阿特尔尼在家里说，"我几乎都想要辞职了。这里没有像我这样的人的用武之地。我的才能没能得到施展，被扼杀了。"

正默默做着针线活儿的阿特尔尼太太没有理睬他的怨言，只是嘴唇抿紧了一些。

"现在找份工作太难啦。你的工作牢靠，收入稳定，我希望只要人家还用你，你就在那儿干下去。"

很显然，阿特尔尼会这么做的。看到一个没有文化、没有合法手续跟他住在一起的女人，竟能管束这位才华横溢、又不安分的男子，不免令人觉得有趣。菲利普现在的艰难处境使阿特尔尼太太对他多了一份慈母般的关心，她担心他平时吃不好，总想着让他能吃上顿好饭，她的这份情令菲利普深受感动。每个星期天，他有个温馨的家可以去，这是他生活中的莫大慰藉——在他已习惯了这一生活时，以往那种单调的单身生活不禁使他感到心悸了。坐在颇有气派的西班牙椅子上，与阿特尔尼探讨各种各样的问题，在他而言是一种快乐和享受。尽管阿特尔尼处境艰难，可他每次都能让菲利普怀着一种激奋的情感，然后返回哈林顿街的宿舍。起初，为了不把他所学的东西忘掉，菲利普试着继续阅读那些医学教科书，可后来他发现这根本没有用；在劳累了一天后，精疲力竭的他无法集中起看书的注意力；在不知道多久才能返回医院的情况下，再继续用功似乎是件徒劳无功的事。他常常梦见自己在病房里，醒来时觉得特别痛苦。而和其他人睡在同一个房间里，更是令他有种说不出的烦恼。他早已习惯了独处，与别人待在一起，没有自己独处的时间，对他而言更是一种折磨。正是这种时候，他发现难以与他感到的绝望去抗争。他觉得他要无休止地过这种导购员的生活了；而且，因为没有被解雇，他还得感谢上苍：去参战的店员很快要回来了，商行保证让他们全都能返回工作岗位，这就意味着一些人必将被解雇；他甚至得更加努力，才能保住他这个卑微的位置。

　　唯一能让他摆脱目前困境的就是伯父的去世。那时，他便能得到几百英镑，用这笔钱去完成医学院的课程。菲利普开始巴望着这位老人尽快死去。菲利普估算着伯父还会活多久，他不知道伯父的确切年龄，但至少应该有七十五岁了。伯父患有慢性支气管炎，每年冬天都咳嗽得很厉害。尽管菲利普对这些内容已经熟悉得能背下来了，可他还是一遍又一遍地读着医学教科书里有关老年支气管炎的相关细节。一个严寒的冬天就可能要了这个老人的命。菲利普全身心地盼望着一个寒冷、多雨雪的冬季的到来。他老想着这件事，想得成了瘾。威廉伯父的身体还怕酷热，在八月份，布莱克斯特伯尔至少有三个星期的炙热天气。菲利普暗自想着，或许哪一天就会有一封牧师突然去世的电报发过来，那对他来说将是多大的解脱啊。当他站在最高一层的楼梯口，指给顾客们各营业部的所在位置时，他的脑子里不停地盘算着如何来使用这笔钱。他不知道这钱究竟有多少，或许不到五百英镑，可即便如此，也足够了。他会马上离开商店，连辞职的报告也懒得去打上一个，他会打包好他的箱子，不跟任何人道别，便悄然离去；然后，他会重返医院。这是他首先要做的事。对他的功课，他会不会已经忘掉了很多？六个月的时间，他定能重新掌握它们；而后，他会尽快参加三个科目的考试，妇产科、内科和外科。他突然又有了别的担心，伯父会不会不顾承诺，把所有的财产都留给教区或教堂。这一想法让菲利普坐卧不安。伯父不可能这么冷酷无情的。可若真的发生了这样的事，菲利普也早已拿定了主意，他不会这样无休止地过下去。现在的生活之所以还能够容忍，就是因为他还有美好的生活可以期盼。如果没有了希望，那他也就没有了畏惧。到那个时候，唯一勇敢的举动就是自杀，他寻思着用哪种药物会更少些痛苦，以及怎么去获得这种药物。想着事情一旦到了无法忍受的程度，他毕竟还有解脱的办法，心中便有了些底气。

"向右拐第一个门，然后下楼，太太。左边第一个门，一直走到头。菲利普斯先生，请往前走。"

菲利普每个月要值班一周。早晨七点他就得来到服装部，监督那些清洁工。在他们打扫完后，他要把架子上和衣服模特上的防尘纸拿掉。傍晚员工们下班后，再用防尘纸把架子和模特儿苫起来，然后招呼清洁工们打扫。这是一份灰扑扑的脏活。不允许看书、写字或抽烟，需要你到处走动查看，时间在这个时候可过得真慢。九点半离开时会管顿晚餐，这是他唯一的慰藉。下午五点钟的茶点过后，熬到现在已经很饿了，有商店为值班者提供的面包、奶酪、丰富的可可等，当然是受欢迎的。

菲利普来到林恩商行三个月后的一天，进货员桑普森气呼呼地来到服装部。原来是经理在走进商店时碰巧注意了一下服装部的橱窗，然后就派人叫去了桑普森，对橱窗糟糕的颜色搭配狠狠地奚落了一通。不敢吭气默默忍受了上司嘲讽的桑普森先生，把这口恶气都发到了店员身上，他把那个装饰橱窗的可怜的家伙训斥了一顿。

"如果想要把一件事做好，你就必须得自己动手。"桑普森先生怒气冲冲地说，"我以前一直这么说，以后还会这么说，什么事都不能交给你们这些人去做。你们口口声声说自己聪明，是这样吗？

聪明！"

他把这个词狠狠地甩给这个店员，好像这是最为严厉的斥责了。

"难道你们不知道，橱窗里的铁蓝色会把其他蓝色都冲淡吗？"他愤愤地看着部里的员工们，他的目光落到了菲利普身上。

"下个星期五你去装饰橱窗，凯里，看看做出来的效果如何。"

桑普森骂骂咧咧地回了他的办公室。菲利普觉得很无奈。星期五的早晨到了，菲利普进到橱窗里。他觉得他的脸颊烫得厉害，把自己这样子展现给路人，简直让他难堪得有点无地自容，尽管他跟自己说这种想法很愚蠢，他还是转过身背对着街道。在这个时候，很少会有医学院的学生们经过牛津大街，在伦敦城里他也几乎也没有什么熟人。可菲利普在橱窗里干着活儿时，他总觉得嗓子眼里堵着个东西，总是担心一转过身便会看到认识的人。他尽可能快地干着。通过简单的观察，他发现所有的红色服装都挤在一起，于是他把这些衣服都给间隔开来，便取得了较好的效果。进货员站到街上查看实际效果时，他满意地笑了。

"我就知道，让你搞橱窗准没错。一个不容否认的事实是，你我都是绅士；我不会在服装部里这么说，可你我是绅士，这一点走到哪里都看得出来。你就是告诉我说看不出来也没用，因为我知道是绅士总能看得出来的。"

这个活儿便派到了菲利普头上，可他总是习惯不了这一在大庭广众之下的活计，他害怕星期五早晨的到来，每每早上五点钟就睡不着了，只好心烦意乱地在床上躺着。营业部的女孩们注意到了他那羞怯的样子，不久，也发现了他背对着街道站的原因。她们取笑他，称他是个"自负的家伙"。

"我想，你是怕你姑妈撞见，取消你的遗产继承权吧。"

总的来说，他跟店里的姑娘们相处得不错。她们觉得他有点古怪，可他的跛足似乎又给了他与别人不同的理由，一段时间以后，她们发现他是个心地善良的人。他乐于助人，彬彬有礼，性情平和。

"能看得出来，他是位绅士。"她们说。

"就是不太爱说话，不是吗？"一位年轻女子在菲利普听了她对戏剧的一番热情洋溢的赞美后仍然无动于衷,这样说道。

这里的大多数女孩子都有了男朋友。那些还没有男友的也宁愿让人们认为,有男孩子对她们产生好感了。有一两个女孩子表现出想要与菲利普调情的迹象,他却持重而又饶有兴趣地注视着她们所玩弄的小花招。他已经尝够了恋爱的苦涩;而且他总是感到疲惫,觉得肚子饿。

106

菲利普避开那些他境况好的时候常去的地方,免得触景生情。比克街酒馆每周二的朋友聚会早已散了;麦卡利斯特让朋友们赔了钱,再也不去那里了;海沃德去了好望角。应该只有劳森还去那里,而菲利普觉得他与这位画家之间已没有了任何共同语言,因而不愿意再见他。可在一个星期六的下午,菲利普吃过午饭后换了衣服,打算沿着里根特大街去圣马丁巷的免费图书馆,想着在那儿消磨掉一个下午,谁知突然和劳森面对面地撞上了。开始他想不打招呼就走过去,可劳森没有给他这样的机会。

"你这么长时间到底去哪里了?"劳森问。

"我?"

"我写信给你,邀请你到我家参加一个小聚会,你连信也没有回。"

"我没有收到你的信。"

"是的,我知道。我去医院找过你,看见信还在信架上。你已经不在医学院了,是吗?"

菲利普踌躇了一会儿。他羞于说出真情,可他的羞怯又令他气恼,他逼迫着自己去讲。他不禁脸红了。

"是的,我买股票赔进去了仅有的钱。我没有钱继续学业了。"

"噢,我真为你难过。你现在做什么呢?"

"我在商店里做导购员。"

这几个词语似乎梗在菲利普的喉咙里,可他决心不去回避真相。

他一直注视着劳森,看到劳森的那副窘相,菲利普大笑起来。

"如果你走进林恩和塞德里百货公司的'成衣服装部',你就会看到我身穿长礼服,潇洒地四处走动着,给那些前来购买衬裙或长筒袜的太太们指路。'一部在右手边,太太,二部在左手边。'"

劳森看出菲利普是在自嘲,只好尴尬地笑了笑,不知道该说些什么才好。菲利普所描绘的图景令他感到吃惊,可他又怕自己流露出同情和怜悯的神色。

"你的境况有了不少改变啊。"劳森说。

可说过后,他似乎又觉得有些不妥,有些后悔。菲利普的脸涨得通红。

"是改变了不少,"菲利普说,"哦,对了,我还欠你五先令呢。"

他把手伸进口袋,掏出了几枚银币。

"噢,没关系的。我早就把这事忘了。"

"不,你拿上吧。"

劳森默默地接过钱。他俩站在便道的中间,熙攘的人群跟他们擦肩而过。菲利普的眼睛里闪烁着嘲讽的光,让画家感觉极不舒服。他看不出在菲利普的心里充满了绝望。劳森非常想为菲利普做点什么,却不知道该怎么做。

"不如到我的画室去,咱们好好聊聊?"

"不了。"菲利普说。

"为什么?"

"没什么可聊的。"

菲利普看到劳森的眼睛里现出痛苦的神情,他虽然觉得遗憾,但也没办法,毕竟,他不得不为自己考虑;一想到与别人讨论自己的处境,他就受不了,唯有坚决地不去想它,他才能勉强忍受现在的困境。他担心一旦敞开心扉,他就会表现出自己的软弱来。再者说,他对自己蒙受过羞辱的地方,有种无法抑制的厌恶感;他记得自己饥肠辘辘地等在劳森的画室,等着人家邀他出去吃上一顿饱饭,还有上次他从劳森那里借五先令时感受到的羞辱。他不愿意见到劳森,因为这让他想起他最为落魄的倒霉日子。

"那么，等你哪天晚上方便了，来跟我一起吃顿饭好吗？"

菲利普被画家的善意感动了。他想，不知为什么各种各样的人都对他挺好。

"你太好了，老朋友，不过，我想我还是不去了。"他伸出了手，"再见。"

被菲利普这莫名其妙的举动弄得有些茫然的劳森，与他握了手，随即菲利普便一瘸一拐地走了。菲利普的心情很沉重，像往常一样，他又开始为自己的行为责备自己：不知道是什么奇怪的高傲心理在作祟，竟让他拒绝了朋友的好意。少顷，他听到身后有人在跑，传来了劳森喊他的声音。他停住脚步，心中顿生一股恨意，他对劳森板起一副冷峻的面孔说："什么事？"

"我想，你听说过海沃德的事了吧？"

"我知道他去了好望角。"

"他到达那里后不久就死了，你知道吗？"

有一会儿，菲利普没有作声。他几乎不敢相信自己的耳朵。

"怎么死的？"他问。

"噢，死于伤寒。运气真不好。我想你可能还不知道。我刚听到时也吃了一惊。"

劳森很快地点点头，离开了。菲利普心中一阵战栗。他以前还从未失去过跟他同龄的朋友；至于克朗肖，他的年龄比菲利普大得多，而且是属于那种得病后的正常死亡。海沃德的死亡消息令他格外震惊。这使他想起他将来也会死去的命运，因为像其他人一样，清楚地晓得人皆有一死的菲利普，以前并不曾有过死亡威胁的切身感受；而海沃德的死——尽管他和海沃德早就没有了那种亲密的友谊——则深深地震撼了他。他的脑海中，突然浮现出了他们过去那些美好的谈话。想到他们之间再也不会有那样的谈话了，他不禁十分痛苦；他记起他们俩的初次会面，还有在海德堡一起度过的快乐时光，回想起那些逝去的岁月，菲利普的心情变得沉重起来。他机械地、漫无目的地向前走着，不久，他便不安地意识到，他没有拐入草市街，而是沿着莎夫茨伯利林荫道闲逛着。他不太愿意再折回去；另外，海沃德的死讯也使他无心再去看书。他只想一个人坐会儿，理理自己的思绪。他决定到大英博物馆去。现在，在一个幽静处独坐上几个小时，几乎成了他生活中唯一的享受。自从进了林恩公司，他就常常来大英博物馆，坐在巴特农神殿的群像前；此时，他并不刻意去想什么，只是让这些众神的石头雕像安慰着他忧虑不安的灵魂。可是，今天下午这些众神却对他无话可说，待了几分钟之后，他就不耐烦地走了出来。博物馆里的人太多了，有一脸蠢相的外乡人，查看着旅游指南的外国人；他们那一张张令人生厌的面孔玷污着这些永恒的杰作，他们的喧嚷侵扰着诸神的永世安宁。他去了另一个陈列室，这里几乎没有人。菲利普疲惫地坐了下来。他的神经由于长期得不到休息而出现了幻觉：他无法把这些人们从他脑子中清除出去（有时在商店里也会出现类似的情况），他不无惊恐地望着这些人从他眼前鱼贯而过：他们都长得奇丑无比，面上鄙陋的神情令人恐怖；他们的五官都被粗鄙的欲望所扭曲，你会觉得他们与任何美的观念都格格不入；他们眼神闪烁，长得尖嘴猴腮；他们的神情里流露出的不是邪恶，而是琐屑和庸俗。他们的幽默是开低级趣味的玩笑。有的时候，在看着他们时，他会想他们都与什么动物相似呢，他从他们身上看到了羊、马、狐狸和山羊的影子——他尽量不做这样的联想，免得上瘾。一想到人类，他心中便充满了厌恶。

不过，这个陈列室里的宁静氛围很快便对他产生了影响。他渐渐变得安静下来。他开始漫不经心地看着这里林立的墓石。它们都是公元前四五世纪雅典石匠们的作品，风格古朴，虽然不是天才之作，但在它们身上却精确地体现出了雅典人的精神。漫长的岁月使得这些大理石的棱角不是那么分明了，呈现出蜜蜂一般的颜色，让人不由得联想到海米塔斯山①上的蜜蜂。有的墓石雕刻成了坐在一条长凳上的裸体人像，有的墓石表现的是弥留之际的人与爱他的人们生死离别的情景，有的表现是生命垂危的人紧紧抓着活人的手不放的场景。在所有这些墓石上，体现出的都是一种"永别"的悲情。这一简朴的主题

---

① 海米塔斯山，希腊中东部一山脉，高约1026米，靠近雅典。

令人分外感动。朋友之间的分离，儿子和母亲分离，阴阳相隔使活着的人的悲痛愈加强烈。这是很久以前的事了，那一悲情已经过去了许多个世纪；逝者和哀悼他们的人都已作古两千年。可是，那一悲痛还在，它充溢在菲利普的胸间，让他顿生一种怜悯之情，他不由喟叹道："可怜的人们，可怜的人们啊。"

菲利普蓦然想到，那些眼里充满诧异的观光者们，那些手里拿着旅游指南、大腹便便的外国客人们，还有那些簇拥在商店里的庸俗的人们，他们都不能永生，他们都得死去。他们也有爱，他们也必须与他们所爱的人分别，儿子和母亲永诀，妻子和丈夫永诀；或许，他们之间的永别会更加悲痛，因为他们的生活更加丑陋和肮脏，他们对于那些赋予世界美的事物全然不知。

陈列馆里有一块很漂亮的墓石，上面的浮雕刻着两个手拉着手的年轻男子，其线条严谨，风格简朴，让人不禁想到这位雕刻家怀着真情实感在创作。这是一个对世界上最珍贵的东西——友谊——的精美纪念碑。菲利普凝视着它的当儿，泪水浸湿了他的眼眶。他想起海沃德，想起刚认识时他对海沃德的崇拜之情，随后，这一赞美之情如何慢慢地消失，他们的朋友关系变得淡漠，到了最后，只是习惯和对以往美好的回忆，把他们维系在一起。生活中令人奇怪的一个现象是，你跟一个人朝夕相处数月，你无法想象没有了他你将如何生活下去；而后，分别的时刻来临，生活又恢复了它从前的样子，曾以为是不可分离的伴侣结果证明是可有可无的。你的生活依然继续着，你甚至都没有想念过他。菲利普想起早年在海德堡的日子，那时海沃德才华横溢，抱负远大，后来，现实渐渐磨钝了他的棱角，他变得自暴自弃。而现在，他死了。他的死像他的活一样，毫无价值可言。他死得默默无闻，死于一场愚蠢的疾病，甚至在生命的最后阶段又经受了一次失败。他一事无成，好像从不曾在这个世界上活过一样。

菲利普不禁绝望地问着自己：人活着到底有什么用呢。这一切似乎都毫无意义。克朗肖的情形也是如此：他曾默默无闻地活在这个世界上，他死了，也就被世人忘掉了；他卖剩的诗歌集在二手书店里被廉价出售，他的一生除了给一个爱出风头的记者提供了一个在周报上

发表文章的机会外,似乎便毫无可取之处了。菲利普的内心狂喊着:
"人活着到底有什么用呢?"

人的努力与他的收获是多么的不相称啊。年轻时的诸多美好希冀都会一个个地化为泡影,致使青春付出沉重的代价。痛苦、疾病和不幸会把天平的一端沉沉地压了下来。这一切都意味着什么呢?他联想到自己的人生,他心怀高远的理想迈进生活的舞台,他的身体条件给自己造成了种种局限,他形单影只,没有朋友,也没有亲人爱他,呵护他。他不明白,他做事总是按照自己认为最正确的方式去做,为什么还是栽了这么大的一个跟头?!一些条件跟他差不多的人成功了,另一些能力比他强的人失败了。看起来这只是个机遇问题。雨点同样地洒落在邪恶的和正直的人们身上,这里没有缘由和道理可讲。

菲利普记起了克朗肖送他的那块波斯地毯,以及送给他时所说的那番话:这块地毯会提供人生意义的答案。突然间,他悟出了这个答案,他咯咯地笑了起来,他想这就像是猜谜一样,在你猜出它之前百思不得其解;一旦亮出谜底,你又会感到纳闷,答案如此简单,为什么你竟会没有想到呢?答案是显而易见的:人生没有任何意义。地球——作为宇宙中一颗不断运行着的卫星——随着宇宙和其自身条件的不断变化,繁衍出了生命体。既然在一定条件的影响下,地球上能形成了生命体,那么,将来受着别的一些条件的影响,生命也会终结。人类并不比别的生命体更高贵,他的出现也不是造物的顶点,而只是对环境做出的物理和化学的反应。菲利普记得那个关于东方国王的故事。这位国王想要了解人类的历史,一位先哲给他送来了五百卷书;由于国务繁忙,国王责成他进行缩减;二十年后,这位先哲又来了,他的历史书被裁掉了五十卷,可此时的国王已经太老,读不了这鸿篇巨制了,叮嘱他再去删减;二十年后,这位也成了老人的白发苍苍的先哲,带来了一卷国王想要看的历史书,可国王此时已经躺在病榻上奄奄一息,没有时间读完这一册书了;于是,先哲把人类历史概括成了一句话:人们诞生到这个世界上来,受苦受难,最终死去。人生没有任何意义,没有任何的宗旨和目标。他来到还是没有来到这个世界,都无关紧要;他活着还是死了,也无关紧要。活着没有意义,死了也如灰飞烟灭。菲利普感到一阵喜悦,就像他儿时从肩上卸下对上帝信仰的重负时所感到的喜悦。在他看来,人生的最后一副重担也从他身上搬掉了,他生平第一次获得了完全的自由。他的无足轻重转化成了力量,他突然觉得自己足以跟迫害着他的残酷命运抗衡了。因为既然人生没有意义,那么,世界也就无所谓残酷了。他做过什么或是没有做过什么,都无关紧要。失败和成功都微不足道。他是暂居地球表面的芸芸众生中最不起眼的一个,又是具有力量的一个,因为他从混沌中探求出了人生无意义的奥秘。思绪接踵而来,出现在菲利普活跃的想象中,在喜悦与满足中间,他长长地舒了一口气。他快乐得又想跳,又想唱。他有几个月都没有这么高兴过了。

"噢,人生,"他在心里喊着,"噢,人生,你的痛苦何在?"

刚才精确地显示人生没有意义这一道理的想象力,又带给了他另一个想法,菲利普猜想,这就是克朗肖送给他地毯的原因吧。正如织工精心地编织图案时并非出于什么目的,而只是为了愉悦其审美感官一样,人的一生也可以这样度过。或者说,即使不得不承认他的行为不能由他自由选择,可还是能这样来看待他的人生,即人生构成一幅图案。他没有必要将其编织出美丽的图案,也没有任何用处。他这么做只是为了愉悦自己。从他人生所发生的各种各样的事件中,从他的行为、感情和思想中,他便可以编织出有规则的,精美复杂的图案;尽管这可能只是一种幻想:他拥有自由选择的权力,尽管这可能只是景物在与月光的交织中所变幻出的奇异景象[①]也无妨,在菲利普看来,人生确乎如此。在他人生毫无意义、一切都无足轻重的思想的这一背景下,他认为一个人可以从他宽广的人生中,通过选择各种各样的经络,编织成图案,从而获得一种个人的满足感。其中就有这样的一种人生图案,一种最清晰、最完好、最美丽的图案:一个人诞生,长大成人,结婚,生子,为生存而奔波,最后死去;然而,还有别的式样的图案,错综复杂,又颇为奇妙,没有幸福和快乐进入其间,也没有成功的喜悦,不过,却能从中发现出一种乱人心意的雅趣。有些

[①] 原文为 legerdemain,意为"戏法、骗术"。此处的翻译有所引申。

人的人生，包括海沃德的在内，还没待他们的图案织成，就被盲目的命运拦腰斩断了；另一些人，比如说克朗肖，他们提供的人生图案难以让人看明白：须得等到人们的观念发生改变，旧的标准被淘汰之后，人们方能理解他们人生的道理所在。

菲利普在抛弃了对幸福的憧憬和希冀后，就把自己的最后一个幻想也丢到一边。他的人生在用幸福的标准去衡量时，是可怕的；可当他意识到人生还可以用别的标准衡量时，他似乎获得了力量和勇气。幸福和痛苦一样，不足挂齿。它们跟人生中的其他细节一样，都被编织进了精美的人生图案中。刹那间，他似乎变得凌驾于种种不幸之上，他觉得这些不幸再也不会像从前那样影响他了。现在，在他身上所发生的一切，都会有助于增进他人生图案的复杂性，在死亡来临时，他将会为这一图案的完成感到由衷的喜悦。这将会是一件艺术品，尽管只有他一个人知道它的存在，也丝毫不会减少它的美好，随着他的离世，这一图案也就不复存在了。

想到这里，菲利普高兴得笑了。

107

进货员桑普森先生对菲利普产生了好感。桑普森先生衣冠楚楚，风度翩翩，服装部的姑娘们说，就是他娶了一个有钱的顾客，她们也不会感到惊讶。他住在城外，在办公室里常常穿晚礼服，给店员们留下了深刻的印象。有时，负责值班打扫的店员看见桑普森先生早晨穿着晚礼服来到公司，然后到办公室换上长礼服，大家都会相互使着眼色。然后他会溜出去，急急忙忙地去吃早餐。在回到楼梯口时，他常常搓着手，向菲利普眨眼睛。

"多美的夜！多美的夜啊！"他说。

他跟菲利普说，他是服装部唯一的绅士，这里只有他和菲利普才懂得什么是生活。不过，在说完这话后，他的态度又大转弯，称菲利普是凯里先生，不再与其称兄道弟了；他又端起了进货员的架子，而菲利普又回到了导购员的卑微身份。

林恩和塞德里公司每周会收到一次从巴黎寄来的服装式样的报纸，他们会根据顾客的需要，把报纸上的服装样式稍加改变。他们的顾客比较特别。有一大部分是从较小的工业城镇来的妇女，她们对衣饰的讲究使她们不愿意购买当地缝制的衣服，可她们对伦敦又不是那么熟悉，很难一下子找到裁剪技术又好、她们的经济条件又能承受的裁缝店。除了这些顾客之外，就是与公司雅号不太相称的杂耍剧场的艺人。公司与这一顾客群的关系是由桑普森先生亲自建立起来的，他为此感到很自豪。一开始他们只是从林恩商行购置他们的舞台服装，是桑普森先生劝说鼓动许多艺人也购买商行其他服饰的。

"质量像帕昆公司的一样好，价格却便宜一半。"桑普森先生说。

他很会劝诱顾客，待他们热情周到，赢得了他们的信赖。他议论说："从林恩公司买的外套和裙子，谁也看不出来它们不是巴黎货，那么，何必花大价钱到外面去买呢？"

桑普森先生与那些在商店购买衣饰的著名女演员们关系处得不错。星期天他跟维多利亚·弗戈小姐在她塔尔斯的漂亮别墅吃了一顿丰盛的午餐，第二天到了服装部，他给店员们把午餐的细节大讲特讲了一通："她穿着我们为她做的那件深蓝色上衣，我敢担保，她没有想到这上衣出自我们的店里。我只好亲自告诉她，如果这件上衣不是我亲手设计的，那么我就得说它一定是帕昆公司制作的了。"菲利普对女人的服装从来不怎么留意，不过，渐渐地，他开始对女装设计产生了兴趣，这一点连他自己都觉得有点奇怪。他对色彩的眼光经过在巴黎几年的熏陶，是服装部其他人所无法企及的，还有线条方面的知识也是如此。桑普森先生意识到自己在这方面的欠缺，他的精明在于每次设计新服装时他总是征求店员们的建议，然后把大家的意见加以综合。他很快看出菲利普的见解很有价值。但他这个人虚荣心特别强，从不承认他采纳过别人的建议。在他根据菲利普的意见对设计做了修改后，他最后总会这么说：

"哦，它最终还是按照我自己的想法做出来了。"

菲利普来到商店已经五个月了。一天,艾丽丝·安东尼娅小姐,一位著名的喜剧演员,到店里来找桑普森先生。她身高体壮,亚麻色的头发,浓妆艳抹,嗓音有些刺耳,性格豪爽活泼,是那种跟当地杂耍剧场楼座里的小伙子们混得很熟的演员。她要演唱一首新歌,希望桑普森先生为她设计服装。

"我想穿那种很抢眼的,"她说,"不要老套的。要与众不同,标新立异的。"态度温和亲切的桑普森先生说,他们一定能做出她所要求的这种服装。他给她看了一些设计图样。

"我知道这里面没有你满意的,但我可以把我想要设计的样式告诉你。"

"噢,不行,这里面的东西一点都不合我的意,"她不耐烦地扫着这些衣服的式样,说,"我想要的是一下子能击中他们的下巴,把他们的牙齿打得嘎嘎响的那一种。"

"哦,我明白,安东尼娅小姐。"进货员和蔼地笑着,可他眼里的神情却变得茫然,有些呆滞了。

"看来,我不得不跑到巴黎去购置了。"

"噢,我想,我们能够让你满意的,安东尼娅小姐,你能在巴黎买到的,都可以在我们这里买到。"

在安东尼娅小姐风风火火地离开了服装部以后,有些担忧的桑普森先生跟霍奇斯太太商量起这件事。

"没错,对她我们要认真对待。"霍奇斯太太说。

"艾丽丝,你去哪里了?"进货员有些焦躁地说。他以为在刚才与艾丽丝小姐的谈话中,他是略胜一筹的。

桑普森先生对杂耍剧场演员服装的设计从未超出过各种各样的短裙,这些短裙上面绲着波浪式的花边,挂着闪闪发光的金属小圆片;可安东尼娅小姐非常明确地表示她不喜欢这种服装。

"噢,天呀!"她说。

这一感叹的语调已清楚地表明,她对这类东西有着根深蒂固的反感,即便她没有再加上一句"那些金属的小圆片令她恶心"的话。桑普森先生想出了一两个点子,可都被霍奇斯太太很坦率地否决了。她想到了让菲利普来试一试：

"你会画吗，菲尔？为什么你不试着画画看呢？"

菲利普买了一盒便宜的水彩颜料。晚上，当那个十六岁的男孩贝尔吹着口哨，整理着他的邮票时，菲利普画了一两张草图。他还记得他在巴黎见过的一些服装，他把其中的一套稍加修改，并且混合了紫色以及其他一些不普通的颜色来增强效果。他觉得这样出来的结果还蛮不错。第二天早晨，他把草图给霍奇斯太太看。她看后很是惊讶，立即拿给了进货员。

"毋庸置疑，"他说，"设计得很特别。"

这幅图样令他不胜诧异，同时他那双训练有素的眼睛也看出来了，照这幅图设计出来的衣服一定错不了。为了争回点颜面，他开始提出一些修改意见，可此时更为理智的霍奇斯太太还是劝他就原样先拿给安东尼娅小姐看。

"让我们碰碰运气吧，说不定她会喜欢呢。"

"远不止是碰运气。"桑普森先生看着袒胸露肩的衣服图样说，"他会画画，不是吗？真没想到，他从来都没有提起过。"

在有人说安东尼娅小姐马上就要到服装部时，进货员有意把这幅图样放在桌上最醒目的地方，让她一进办公室便能看到。果然，她看到后，一下子就把它拿在手里。

"这是什么？"她说，"我为什么不能穿这一种呢？"

"这正是我们为你设计的，"桑普森先生说，"你喜欢吗？"

"非常喜欢！"她说，"给我来半品脱矿泉水，掺上几滴杜松子酒。"

"噢，你瞧，你根本无须去巴黎。你只要说出你想要的，我们就能给你做出来。"

缝制的工作马上开始，在看到做好的衣服后，菲利普感到一阵激动和少有的满足感。进货员和霍奇斯太太把这一功劳算在了他们自己头上，可菲利普并不介意。当他跟着他们俩在蒂沃利看到安东尼娅小姐首次把这件衣服穿在身上时，他的喜悦之情溢于言表。在霍奇斯太太的询问下，菲利普跟她讲了他在巴黎学画的经历——因为担心与他同住一屋的人认为他想要摆架子，他总是非常小心，从不提及他过去干过的职业——霍奇斯太太把这个情况告诉了桑普森先生。进货员没有对菲利普提及此事,不过,开始对他另眼相看了,很快又让他为两个乡下来的顾客设计了几套服装。这些设计都很中顾客的意。而后,桑普森先生开始跟他的顾客们谈起"我们这里有个聪明的年轻人,在巴黎学过绘画的学生"。不久,菲利普便被安排到了屏风后面,穿着衬衣,从早到晚地搞设计了。有的时候,他忙得甚至顾不上吃午饭,只好到了下午三点时跟几个落在后面的人一起吃。他喜欢这样,因为这时吃饭的人少,而且他们都已经累得不想再说话了;所吃的饭菜也比平时好,因为都是进货员的饭桌上剩下来的。菲利普从导购员一下子变成了服装设计员,这在服装部引起很大的反响。他意识到自己成了人们嫉妒的对象。哈里斯——脑袋长得很特别的那个店员,是店里第一个认识菲利普且又与菲利普关系不错的人——也无法掩饰自己对菲利普的妒忌。

"有的人的运气就是好,"他说,"说不定哪一天,你也会做进货员的,那时,我们就得称你是'先生'了。"

哈里斯跟菲利普说,他应该要求提高他的工资,他现在干的是技术活,可工资还和刚开始一样一周六先令。可要求提工资是件很棘手的事。经理在对待这类员工,很有一套挖苦人的办法。

"你认为自己应该比现在挣得多,是吗?那你觉得挣多少钱合适呢?"

紧张得心都提到嗓子眼的店员会建议说,他觉得他一星期应该再多挣两个先令。

"噢,如果你是这么认为的,那好啊,你可以挣到这个数。"此时,经理会停一下,用冷冷的目光看看对方,然后说,"同时,你也会拿到辞退通知书。"

这个时候,你要想收回你的请求,已经不可能了,你必须得走人了。经理是这么认为的:对其工资已经不满意的员工是不会再好好干的,既然他们不配增加工资,那么还不如索性解雇他们的好。这样就成了除非你准备好要离开了,否则,你是绝不会提涨工资的事的。菲利普有些犹豫。宿舍的人说进货员没有他就干不成活儿。他们都是挺不错的小伙子，可他们的幽默感是比较低俗的那一种，如果他们说服菲利普去向经理提涨工资的事，而他为此被解雇了，那对他们来说，似乎会是件有趣的事。菲利普没法忘记他在找工作时所蒙受过的羞辱，他不想再让自己受那样的罪，他知道他在其他地方几乎没有可能再找到一份服装设计员这样的工作了。成千上万的人能够像他画得一样好。可他又真的很需要钱，他的几件衣服都穿破了，店里厚厚的地毯使他不断地出脚汗，把袜子和靴子都侵蚀了。一天早晨，他在地下餐厅吃完早饭，穿过通向经理办公室的走廊时，他几乎就要采取这一冒险的行动了，正在这时，他看到了排着长队应征招工广告的人。大约有百十来号人，不管谁被聘上了，都会得到跟菲利普一样的待遇和每周六先令的工资。他看到他们中间的一些人对他投过来羡慕的目光，因为他是这里的店员。这让他吓出一身冷汗。他不敢去冒这个险了。

108

冬天过去了。有时菲利普为了避免遇上熟人，会天黑后偷偷地溜进医院，看有没有他的信件。复活节那天，他收到伯父的一封信。他很惊讶，因为布莱克斯特伯尔的牧师生平给他写的信加起来也不到半打，而且，都是有事要说才写信。

亲爱的菲利普：
　　如果你假期想要回来看看，见到你我会很高兴的。我的支气管炎在这个冬天变得严重了，威格拉姆大夫都以为我撑不过来了。我的体质不错，感谢上帝，我又奇迹般的活过来了。

你亲爱的
威廉·凯里

这封信让菲利普有些生气。伯父也不想想他现在是怎么过的，他甚至连问都懒得问一句，即便他饿死了，老头子也不会管的。可在回去的路上，他脑中突然闪过一个念头，他在一盏路灯下停下来，又把信读了一遍；伯父的笔体缺少了以往的刚劲有力，字体显得很大，歪歪斜斜的；或许，他的病要比他愿意承认的严重得多，伯父在这封较为正式的短信中，表达出他想见到在这世界上的唯一至亲的愿望。菲利普回信说，他可以在七月份回布莱克斯特伯尔住上半个月。伯父的这封信可以说是帮了他的忙，因为他正不知该如何打发那短暂的假期呢。九月份，阿特尔尼一家要去摘蛇麻草，可那段时间他离不开店里，因为那个月要上秋季的服装。林恩公司的规定是，不管你愿意还是不愿意，你都得使用这半个月的假期。在这段时间，如果你没有地方可去，可以睡在宿舍里，但伙食费需要自付。有些人在伦敦附近没有朋友，对他们来说，这段日子可就难熬了，他们要从微薄的工资里拿出钱来吃饭，而且，整天没事干的无聊也很难排遣。自从那次和米尔德里德去了布莱顿之后，菲利普还没有离开过伦敦。而那也已是两年前的事了，他渴望呼吸海边清新的空气，享受大海的恬静。从五月开始，他每天都热切地盼望着这个日子的到来，以至于等他动身的这一天真的到来时，他反倒觉得无所谓了。

在他临走前的最后一个傍晚，当他把手头的活儿移交给进货员时，桑普森先生突然问他：

"你现在的工资是多少呢？"

"六先令。"

"我想这有些少。等你度假回来，我会设法给你提高到十二先令的。"

"太谢谢你了，"菲利普笑着说，"我急需添置几件新衣服了。"

"只要你好好干，不像有的店员那样到处跟女孩子调情，我会关照你的，凯里。当然，你还有许多要学的东西，不过，你还是有些才干的，我要替你说句公道话，你有一定的才能，在适当的时候，我会给你争取到每周一镑的工资。"

菲利普在想，为此，他得等多久呢。两年吗？

回来见到伯父时,伯父身体上的变化让他吃了一惊。上次见到伯父,他的身板还很硬朗,背挺得很直,胡子刮得干干净净的,圆圆的脸上还红润有光。这还没过多久,他的身体就垮了。他面色发黄,眼袋很重,驼着背,明显苍老了许多。自从上次病了后,他的胡子就没再刮过,走路时步子也迈得非常迟缓。

"我今天的状态并不是很好,"菲利普刚刚到家,两人在餐厅里坐着,伯父说,"这酷热让我有点受不了。"

菲利普看着伯父,一边问着教区里的事,一边在想不知道伯父还能再活多久。一个炎热的夏天就可能结束他的生命。菲利普注意到伯父的手已经瘦得皮包骨,而且还在不停地颤抖着。这和菲利普的关系太大了。如果伯父现在死了,他就可以在冬季学期开始的时候,返回医学院;想到自己无须再回林恩,他的心就一阵狂跳。吃饭时,牧师驼着背坐在他的椅子上,自妻子去世后就一直照顾他的女管家说:

"让菲利普切肉好吗,先生?"

这位老人不愿意承认自己身体虚弱,正打算要切肉,听到管家这么说,似乎很高兴自己不用再费力尝试。

"伯父,你的胃口很好嘛。"菲利普说。

"哦,是的,我的饭量一直不错。不过,我比你上次回来时瘦了些。我喜欢瘦一点。我并不想吃成个胖子。威格拉姆大夫认为,我比从前瘦了,这对我的身体更有好处。"

吃完饭,管家给他拿来了一些药。

"把处方拿给菲利普少爷,"他说,"他也是个医生。我想让他看看这处方开得怎么样。我曾跟威格拉姆大夫讲,你现在也在学医了,他应该少收我一点诊费才对。我所支付的医疗费贵得惊人,有两个月的时间,威格拉姆大夫每天都来,每次的出诊费是五先令。这钱可不少,是吧?现在他一个星期仍然来两次。我打算告诉他,他不必再跑了。如果需要,我会派人去请他的。"

在菲利普看着处方的时候,他焦急地望着菲利普。医生开的药物都是麻醉药剂。一共有两种,牧师解释说其中的一种仅是在他神经炎发作、痛得受不了时才服用的。

"对这种药物的使用我是非常小心的,"他说,"我并不想吗啡上瘾。"

菲利普想,伯父这是出于慎重的考虑,担心自己会跟他要钱,才喋喋不休地讲着各种各样的开销。他已经为看病,尤其在买药上花了很多钱;在他病重期间,卧室里得每天生着火;现在,星期天的早晚,他需要雇马车去教堂。菲利普很生气,想跟他说,让他不必担心,自己并不打算跟他开口借钱,可想了想还是打住了。在他看来,这个老人身上除了两样东西,其他什么也没有了:一个是对吃的嗜好,一个是对金钱的强烈的占有欲。这样的晚年可真够令人厌恶的。

下午,威格拉姆来到家里给伯父看病,之后,菲利普跟着大夫一起出来,到了花园门口。

"他的情况怎么样?"菲利普问。

威格拉姆大夫此时更在意的是把话说得稳妥,而不是如实地说出病情,只要可能,他绝不会贸然做出一个确定无疑的诊断。他在布莱克斯特伯尔行医已有三十五载,向来以谨慎稳重著称。许多病人都认为,作为一个大夫,稳重比聪明要重要。布莱克斯特伯尔还有个大夫,他在这里也待了十年,但人们仍把他看作是个无执照的行医者。据说他人很聪明,可有身份的人家很少找他看病,因为对他大家都不甚了解。

"噢,他的情况可以说是跟期望的一样好。"对菲利普的问话,威格拉姆大夫这样回答。

"他有什么严重的病吗?"

"哦,菲利普,你的伯父已不再年轻了。"医生说着,审慎地笑了笑,意思是布莱克斯特伯尔的牧师也还不是老人呢。

"他似乎觉得他的心脏有问题。"

"我也认为他心脏的情况不太好,"医生贸然说道,"他应该当心,特别当心。"

"他还能活多久呢",话已到了菲利普嘴边,可他担心这样问会令威格拉姆大夫吃惊。在这类事情上,人们都应该把话说得婉转一些,然而,就在他打算换个问题时,脑子里突然闪现出一个念头:或

565

许医生对病人亲属的急不可耐已经司空见惯了,他一定已经看到了掩藏在他们悲切表情下面的东西。想到这里,菲利普不禁对自己的虚伪露出一丝嘲弄的笑,他垂下了眼睛。

"我想,他还没有到病危的程度吧?"菲利普问。

医生不喜欢病人亲属问这类问题。如果你说病人活不到下个月了,家属们便会开始准备后事,如果病人到了一个月没有死,仍旧活着,家属会找到医生去抱怨:在还没有必要时,就让他们受了一通折磨。另一方面,如果你说病人还能活一年,而他一周就死了,家属会说医生不懂医术。如果他们知道亲人的死期这么快就到了,他们会把加倍的爱施予病人。威格拉姆大夫打了个手势,表示他不愿意就这个问题再谈论下去。

"只要他能维持现在的状况,我想还不至于有大的危险。"最后,他终于换了一种口气说,"不过,话说回来,我们当然不能忘记他已不再是年轻人了——哦,人体器官都老化了。如果他能活过这个夏天的酷热,我想他能顺顺利利地活到冬天。如果他能挺过冬天的寒冷,那么再活上几年,也不是没有可能的。"

菲利普回到餐厅。伯父戴着便帽,肩上围着钩针编织的围巾,眼睛直勾勾地盯着门口,看见菲利普进来,目光落在他脸上。菲利普看出伯父的焦急。

"喂,对我的病,大夫怎么说?"

菲利普蓦然明白了,这个老头子怕死。这让菲利普感到一丝羞愧,他的眼睛不自觉地看向了别处。面对人性的软弱时,他总会觉得有些尴尬。

"他说,你的病好多了。"菲利普说。

伯父的眼睛里闪出喜悦的光。

"我天生体质好,"他说,"大夫还说了什么?"他又怀疑地补充了一句。

菲利普笑了。"他说,只要你对自己的身体多加注意,你没有理由活不到一百岁。"

"我不知道我能否活到那么大的岁数,不过,我应该能活到八十岁。我母亲活了八十四岁呢。"

凯里先生座椅旁的桌上，放着一本《圣经》和一部厚厚的多年来他常念给家人听的《英国国教祈祷书》。此时，他伸出颤巍巍的手，拿起了《圣经》。

"这些基督教的创始人们都活了大岁数，不是吗？"说着，他发出奇怪的笑声。菲利普听得出这是对长寿的一种怯懦的祈盼。

这位老人想紧紧抓住生命不撒手。然而，他又毫无保留地相信宗教所教给他的一切。他对灵魂的永生深信不疑，他认为他已尽其所能地履行职责，他极有可能会升入天国。在漫长的职业生涯中，他不知给多少个弥留之际的人做过临终祈祷！或许，他就像个不能从自己所开的处方中获益的医生一样。菲利普对他如此迷恋尘世感到困惑，他想知道老人的潜意识里隐伏着何种难以名状的恐惧。他很想探究一下这位老人的灵魂，毫无遮拦地看一看他对那个未知世界究竟怀有怎样的恐惧和沮丧。

两个星期很快就过去了，菲利普回到了伦敦。在服装部的屏风后面，他整日穿着衬衣伏案工作，就这样度过了炎热的八月。店员们开始轮流去度假。傍晚，菲利普常常到海德公园，听听那里乐队的演奏。在渐渐习惯了现在的工作后，他不再觉得那么累了，他的思想也从长期的呆滞状态中苏醒过来，想去参加一些新的活动了。他的心思现在全放在盼着伯父早日死去上了。他一直做着同样的一个梦：一天早晨，天刚蒙蒙亮，他接到一封电报说牧师突然去世了，他又做了自己的主人。醒来后发现是梦，他变得又沮丧又气愤。既然这件事随时都可能发生，菲利普便开始精心筹划他的未来。对获得医生资格前还需熬过的一年，他竟然很快就掠过去了，一心只扑在对西班牙的造访上。他从免费图书馆借来许多关于西班牙的书，从照片上他已经知道了那里每一座城市的大概。他看到自己徜徉在那座横跨瓜达尔基维尔河的大桥上；看到自己漫步在托莱多弯弯曲曲的街道上，坐在托莱多的教堂里，探索着那位神秘画家埃尔·格列柯从画作里想要告诉给他的奥秘。阿特尔尼体谅他的这一心情，在星期天吃过饭后，他们俩常常精心设计着旅行路线图，以便让菲利普不会错过任何一个值得注意的景点。为了缓减自己急切的心情,菲利普开始自学起了西班牙语。在哈林顿街宿舍冷清的起居间里,他每晚做着西班牙语的练习,并借助手头的一本英译本,读着《堂吉诃德》里雄浑的词句。阿特尔尼每周给菲利普上一次西班牙语课,菲利普学了一些旅游中会用到的句子。阿特尔尼太太常笑话他们两个人。

"你们两个人呀,还有你们的西班牙语!"她说,"你们为什么不学一些有用的东西呢?"

萨利现在长大了,在今年圣诞节时就要束发①了,她经常表情严肃地听父亲与菲利普用一种她听不懂的语言交谈。她认为她的父亲是天底下最了不起的人,她在表达对菲利普的看法时,都是用的父亲对菲利普的评价。

"父亲对你们的菲利普叔叔是非常赞赏的。"她对弟弟妹妹们说。

索普是男孩中最大的,已经快够参加海军的年龄了,阿特尔尼常常给家人们绘声绘色地描述索普当了海军、穿着军服休假归来时的英姿飒爽的气概。等萨利一到十七岁,她就要去缝纫店里当学徒。阿特尔尼用他惯用的华美、类比的辞藻谈到小鸟,现在它们都长大,能飞翔了,它们将要离开父母的老巢,他眼里噙着泪花告诉儿女们,只要他们想回来了,永远有个家在这儿。一张便床,可口的饭菜,够他们享用,他们的烦恼事随时都可以向他这个做父亲的倾诉。

"你就会贫嘴,阿特尔尼,"他的妻子说,"只要他们踏踏实实地做人,能有什么麻烦事呢。我认为,只要你诚实、勤劳、不怕吃苦,就不会丢掉工作。我可以告诉你,就是看到他们中的最后一个也去谋自己的生活了,我也不会难过。"

生儿育女,繁重的家务劳动,生活中不断的忧烦事,已经使阿特尔尼太太的身子骨大不如前。到了傍晚,她有时感到背痛,不得不坐下来休息一会儿。她心目中的幸福生活就是能有个女仆帮她做点粗活,这样她就没有必要每天早晨七点钟以前起来了。阿特尔尼挥了挥他白皙、漂亮的手。

---

① 束发,指少女成人后不再垂发。

"噢,我的贝蒂,我们为国家立下了功劳,你和我。我们养育了九个孩子,男孩子会为他们的国王服务;女孩子们会做饭,缝补衣服,然后她们再去生养下健康的孩子。"他转向萨利,为男女之间的巨大反差,引经据典地安慰她道,"那些站着服侍的人也是在服务国家①。"

阿特尔尼最近在他所狂热信奉的各种相互矛盾的理论中又加进了社会主义理论,此刻他说道:"在一个社会主义国家里,像我们这样的人,贝蒂,将会得到优厚的养老金。"

"噢,不要跟我讲你们社会主义者的事,我对他们没有好感,"她大声地说,"这只是意味着另一帮好吃懒做、游手好闲的人又要从劳动阶级那里捞取好处了。我的座右铭是,别管我,我不想让任何人来干扰我;我将从糟糕的生活中去尽可能争取好的结果。人人应自保,不可顾他人。"

"你称生活是糟糕的?"阿特尔尼说,"不,绝不是的!我们的生活有过欢乐,也有过痛苦和挫折,有过在困顿中的挣扎,而且,我们总是很穷,但这一切都是值得的。看着这些孩子们时,我敢说我们的生活过得太值了。"

"你就爱贫嘴,阿特尔尼。"她看着他说,她并没有生气,只是平静的神情中带着一些嘲讽,"你得到的是有孩子的那份快乐;而我呢,怀他们、生他们时受罪,养他们长大也受罪,要付出辛劳。我并不是说我不喜欢他们——他们现在就都在这里——但是,要让我重新活过的话,我宁愿做个单身女人。哦,如果我单身的话,现在我可能会有一家自己的商店,有四五百英镑存在银行,还有个女仆帮我做粗活。哦,如果能再活一次的话,我一定不要活得一无所有。"

此时,菲利普想到了千百万个这样生活着的人们,对他们来说,人生只是没完没了的劳作,既无所谓美好,也无所谓丑陋,只是像接受四季的轮回一样,他们接受着他们的人生。他不由得感到一阵愤怒,这一切似乎都毫无意义。他不愿意让自己屈就于人生没有意义的

---

① 这是约翰·弥尔顿的一首十四行诗《关于他的眼瞎》中的最后一行。

这样一种信念，可是，他所看到的一切，他所有的思想，都在促使他相信这个信念。不过，如果说他愤怒的话，那也是一种夹杂着快乐的愤怒。既然人生没有意义，那它也就没有原先所想的那么可怕了，在面对人生时，他有了一种奇异的力量感。

109

秋去冬来。菲利普把他现在的地址留给了伯父的女管家福斯特太太，这样有事便可直接联系到他，不过，他仍然一个星期去趟医院，看看会不会有他的信。一天傍晚，他看到有他的一封信，他认出这笔体是他再也不愿见到的那个人的。这让他觉得很奇怪。有一会儿，他没有去拿信，它勾起他太多不愉快的回忆。可最终，他还是忍不住拆开了这封信。

威廉街7号
费茨罗伊广场

亲爱的菲尔：

我能尽快见你一面吗？我遇到了麻烦，不知道该怎么做了。不是钱的事。

你忠实的
米尔德里德

菲利普把信撕得粉碎，到了街上，把碎片撒向黑暗中。

"让她见鬼去吧！"

一想到要见她，他心中便涌起强烈的厌恶感。他并不在乎她有没有麻烦，也不管她倒了什么霉，那都是她罪有应得；想起她，他心中就充满了恨，从前对她有过的爱现在只能激起他的反感。回忆这些往事让他感到恶心。走过泰晤士河的时候,他竭力把思想岔开,不去想她。他躺在床上,却无法入眠;他不知道她出了什么事,怎么也无法消除对她的担心,担心她病了或挨饿了。如果不是到了绝境,她是不会给他写信的。他为自己的心肠软生气,可他知道如果不去见她,他的心又无法安定下来。第二天早晨,他写了张明信片,在上班的路上寄了出去。他尽量写得语气生硬,只是说他很遗憾她遇到了难处,他会在当天晚上七点钟去她告诉他的地点。

那是在一条肮脏街道上的一座破旧公寓。当菲利普询问门房她是否在时,他真希望她已经离开那里了。这里像是一处人们经常搬进搬出的地方。他忘了看一下信封上的邮戳,不知道它在信架上已放了几天。女门房没有回答他的问话,只是顺着走廊默默地走在他前面,敲响了紧里面的一扇门。

"米勒太太,有位先生找你。"她大声说。

门拉开了一点儿,米尔德里德疑惑地探出半个身子。

"噢,是你呀,"她说,"快进来。"

菲利普进来后,她关上了门。这是一间很小的睡房,像她住过的任何一个地方一样,里面乱糟糟的。一双脏兮兮的鞋子东一只西一只地丢在地板上,一顶帽子搁在衣柜上,帽子旁边有几缕带卷的假发,桌子上放着一件宽罩衫。菲利普想找个地方放他的帽子。门后的挂钩上挂着几条裙子,裙子下摆沾着泥点。

"你坐下来好吗?"她说着,有些尴尬地笑了笑,"我想,你看到我的信一定感到很突然,很惊讶吧?"

"你的声音有些沙哑,"他说,"是嗓子疼吗?"

"是的,已经疼了一段时间了。"

他没有再吭声,等着她解释为什么要见他。屋子里的情况已清楚地告诉他,她又重操旧业了。他不知道她的孩子怎么样了,壁炉架上有一张孩子的照片,可丝毫也看不出有孩子曾在这儿待过。米尔德里德手里拿着一块手绢。她把它揉成一团,在两只手里来回倒弄着。他看出她很紧张。她的眼睛望着炉火,他能瞧着她而不必碰到她的目光。她比上次见面时又瘦了很多;又黄又干的皮肤紧紧地绷在颧骨

571

上。她的头发染成了亚麻色,这让她变了样,看上去更加粗鄙了。

"说实话,看到你的回信,我大大地松了一口气,"她终于说道,"我原以为你也许已经离开医院了。"

菲利普没有作答。

"我想,你现在已经取得医生资格了吧?"

"没有。"

"为什么?"

"我早就不在医院了。在十八个月前,我就弃学了。"

"你这个人就是多变。你似乎做任何事情都不能坚持。"

菲利普沉默了一会儿,待他再开口时,语气变得非常冷淡。

"在一次倒霉的股票买卖中,我赔光了我的那点儿钱,我没钱再继续学业。我得尽力谋生,养活自己。"

"那你现在在干什么呢?"

"我在一家商店干活。"

"噢!"

在很快地扫了他一眼后,她马上将目光移向了别处。他觉得她的脸红了。她局促地拿手绢轻触着她的手掌心。

"你还没有把你学的医疗知识都忘记吧?"她突然很奇怪地冒出这样一句话。

"还没有。"

"这正是我要找你的原因。"她的声音变成了沙哑的呢喃,"我不知道自己得什么病了。"

"你为什么不去医院呢?"

"我不愿意去,医院里的学生们都瞪着眼睛看我,我怕他们把我留在医院里。"

"你有什么症状吗?"菲利普操起他在门诊部给人看病时惯用的那种口吻,冷冷地问道。

"哦,我出了一片疹子,好长时间了也散不掉。"

他心里感到一阵剧烈的痛,前额上沁出了汗珠。

"让我看看你的喉咙。"

他叫她来到窗户前，尽自己所能地给她做了检查。突然，他瞥见了她眼睛里的神情。那是充满了对死亡的恐惧的眼神，看了令人心悸。她被吓坏了，希望菲利普能为她解除疑虑；她用祈求的眼神看着他，不敢奢望他会讲出几句安慰的话，却又绷紧了全身的每一根神经，渴望听到这样的话。可他确实没有好听的话可以告诉她。

"你确实病得很严重。"他说。

"你认为这是什么病呢？"

在他告诉了她以后，她的脸色变得煞白，嘴唇甚至都变黄了。她开始绝望地哭了起来，起初是无声的，后来便痛苦地抽泣起来。

"非常抱歉，"菲利普最后说，"可我不得不告诉你。"

"我还不如直接死掉得了，这样就一了百了了。"

他没有理会她的威胁。

"你身上还有钱吗？"他问。

"有五六英镑。"

"你必须放弃你现在的这种生活，知道吗？你就不能试着去找找工作吗？我恐怕帮不了你多大的忙。我一个星期只挣十二先令。"

"现在，哪还有我能做的事呢？"她焦急地喊道。

"不管怎么说，你必须试着找个活儿做。"

他严肃地告诫道，她干这种事，对自己对别人都会造成严重的危害。她默默地听着。他尽力地劝慰她。最后，他终于让她有些不太情愿地做出了承诺，她将按照他的建议去做。他开出一个方子，说他随后会把它拿到附近的一家药店去，他一再叮嘱她要按时吃药。随后，他起身要走，伸出了他的手。

"不必沮丧，你的嗓子很快就会没事的。"

可他正要走时，她的脸一下子变得扭曲，她一把抓住了他的外套。

"噢，不要离开我，"她声音沙哑地喊，"我心里怕极了，请先不要走，菲尔。我没有其他可依靠的人了，你是我在这个世界上唯一的朋友。"

他能感觉到她心里的恐惧，这与伯父担心自己就要死去时眼睛里流露出的恐惧神情很是相似。菲利普低下了眼睛。这个女人两次进入他的生活,两次都害得他那么惨;他早已不再爱这个女人,然而不知为什么,他的内心深处现在却有一种异样的痛;正是这种痛使他在看到她的信后,应她的召唤来见她,否则他的内心就永远不会平静。

"我想,我是永远过不了这个坎了。"他对自己说。

让菲利普左右为难的是,他早就对她的身体有种奇怪的厌恶心理,只要挨得近了,便会觉得不舒服。

"你想让我做什么呢?"他问。

"我们一起出去吃饭吧,我买单。"

菲利普有些犹豫,当他认为她已经永远从他的生活中消失的时候,她却又悄悄地重新进入他的生活。她用无比焦急和期盼的眼神望着他。

"哦,我知道,我曾经那么糟糕地对你,可不要现在离开我好吗?我对你不好,我已得到了报应。如果你现在扔下我一个人,我真不知道该怎么办了。"

"好吧,我并不介意再多留一会儿,"他说,"不过,我们得到个便宜点的饭店,我现在没有钱可以乱花了。"

她坐下来,穿上鞋子,然后换上了一条裙子,戴好帽子。他们一起走着,来到托特纳姆法庭路上的一家饭店。菲利普已经不习惯在这个时间吃饭,而米尔德里德嗓子痛得厉害,很难咽得下去东西。他们俩要了一点冷火腿,菲利普要了一杯啤酒。就像以前在饭店吃饭时一样,他们俩面对面地坐着,要不是菲利普勉强开口说点什么的话,他们俩便会相互无言一直默默地坐着。饭店里灯火通明,还有几面俗气的大镜子折射着灯光,她的面色看上去苍老而憔悴。菲利普很想知道她孩子的情况,却没有勇气问。最后,是她开口了:"你知道吗,孩子去年夏天死了。"

"噢!"他不由得喊道。

"你也许会觉得难过吧。"

"我不难过,"他回答说,"我感到高兴。"

她望了他一眼,她当然明白他话里的意思,眼睛看向了别处。

"那时,你是那么爱这个孩子,不是吗?这每每让我觉得有趣,你怎么会对另一个男人的小孩如此喜欢呢。"

吃完饭,他们到药店拿上按菲利普的方子配好的药,随后又回到那间寒碜的屋子。菲利普让她服了一剂药,在那儿一直坐到他该回哈里顿街宿舍的时间。

菲利普每天去看她。她服用他开的药,并按照他的叮嘱去做。没过多久,便有了明显的效果,她对菲利普的医术信心大增。随着病情好转,她的心情也不再那么沮丧了。

"一旦找到工作,一切都会好起来了,"她说,"我要从中吸取教训了。说真的,我再也不过放荡的生活了。"

每次见到她,菲利普都会问她是否找到工作了。她告诉他不必着急,只要她想找,就能找到事情做的;她有好几手准备呢;在这一两个星期内,她最好还是先不要做任何事情。菲利普认为她说得也对,过了一两个星期,他又开始催她去找工作。她现在的心情好多了,她开他的玩笑,说他是个爱唠叨的管家婆。她添油加醋地跟他讲许多女经理面试她时的情形,她们是怎么询问她的,她又是怎么回答的;她想在一家餐馆里找事做。什么也没有定下来。不过,她保证到下周一她的工作就有着落了,着急是没有用的,万一找的不合适,还麻烦。

"你这么讲是荒唐的,"他不耐烦地说,"你现在必须能找到什么就做什么了。我帮不上你,你的钱也不可能永远花不完。"

"哦,我还有一些钱,还能再碰碰运气。"

他用严厉的目光看着她。自从他第一次来这里见她,三个星期过去了,当时她有不到七英镑。他起了疑心。他仔细想了想她前后说过的话,不禁怀疑起她是否试着去找过工作。或许,她一直都在跟他撒谎。她那点钱用了这么长时间也没有用完,不免令人奇怪。

"你这里的房租是多少钱?"

"噢,这个房东是个好人,和其他房东不一样,她愿意等到我手头宽裕点再支付房租。"

菲利普没有吭声。他怀疑她仍在做着这一可怕的营生,他不敢再往下想了。问她是没有用的,她会矢口否认。他要是想知道真相，只有靠自己发现。他习惯是在晚上八点离开她那里，这天时钟敲了八下后，他站了起来；不过，他并没有像往常那样回哈林顿街，而是待在费茨罗伊广场的一个拐角处，在那里他能看到沿着威廉街走来的人们。他似乎在那里站了很长时间，乃至觉得他的猜测是错误的，正准备离开时，七号公寓的门突然开了，米尔德里德走了出来。他退回到暗处，看着她向他这边走过来。她戴着那顶上面插满羽毛的帽子，穿着一套他见她穿过的衣服，这衣服在街面上显得太过俗艳，也不适合这个季节。他跟在她后面，走到了托特纳姆法庭路。在这里，她停了一下，望了望四周，然后过马路，到了对面的杂耍剧场。他走上前去，拉了一下她的胳膊。他看见她脸上涂了胭脂，抹了口红。

"你这是要去哪里，米尔德里德？"

听到他的声音，她怔了一下，像以往撒谎被人发现了一样，她的脸红了；随后，她的眼睛里出现了他所熟悉的恼怒神情，此时，为了挽回颜面，她总会本能地去大骂一通。可这一回话到嘴边，她却停住了。

"噢，我只是打算去看看演出。我每晚一个人坐在家里，觉得烦透了。"

他并没有装着去相信她说的话。

"噢，天哪，你千万不要再去做那种事了。我不知告诉你多少遍了，做这种事有多危险。你必须立即停止才对。"

"住口！"她粗暴地说，"你也不想想，我不做这个吃什么呢。"

他上前拽住她的胳膊，也没有多想，就试着拉她离开这里。

"看在上帝分上，离开这儿吧。我带你回家。你不知道你这是在做什么。这是犯罪。"

"我才不在乎呢。让他们打彩碰运气吧。男人们对我都不好，我没有必要替他们操心。"

她把他推向一边，走到售票口，买了票进去。菲利普口袋里只剩下三便士。他没办法跟进去，只好转过身，沿着牛津街慢慢地走了。

"我再也帮不了她什么了。"他对自己说。

他们两人之间的关系就这样结束了。此后,他再也没有见过她。

110

这一年的圣诞节恰逢是星期四,商店将放假四天。菲利普写信给伯父,问假日回牧师住宅度假是否方便。他收到福斯特太太写来的一封信,说凯里先生身体不适,不能亲自回信,但牧师很希望能见见侄儿,十分高兴他能回来。

福斯特太太在门口迎候菲利普,与他握手时,她说:

"你会发现,他跟你上次见到他时大不一样了,先生。你装着什么也没有看到好吗,先生?他对自己的病非常敏感。"

菲利普点了点头,福斯特太太带他进了餐厅。

"菲利普先生回来了,先生。"

布莱克斯特伯尔的牧师已是一位将死之人了。在看到他深陷的脸颊和干瘪的身体时,你对这一点就确信无疑了。他蜷缩着坐在一把扶手椅里,头奇怪地向后仰着,肩膀上搭着一条围巾。离开手杖,他已经挪不了步子了,他的手颤抖得厉害,连吃饭都觉得困难了。

"他活不了多久了。"看着他的时候,菲利普想。

"你看我的气色好吗?"牧师问,"你觉得自你上次离开以后,我变化大吗?"

"我觉得,你的身体比去年夏天看上去还要好。"

"去年夏天是酷热作祟。我总是受不了热。"

在过去的这几个月里,凯里先生有几周是在卧室的床上度过的,有几周他稍好了一点,就在楼下待着。他身边放着个手摇铃,在说话中间他摇了摇铃,福斯特太太就待在隔壁房间,随时等候他的吩咐,此时,她走了进来,牧师问她他是什么时候能下床离开房间的。

"是十一月七日,先生。"

凯里先生望着菲利普,看他对这一消息做何种反应。

"不过,我吃饭还是可以的,不是吗,福斯特太太?"

"是的,先生,你有个好胃口。"

"不过,我似乎并没有吃胖。"

现在,他只对自己的健康感兴趣。他不依不饶地只执着于一件事,那就是活着,只要能活着,哪怕他的生活已单调得要死,哪怕持续的疼痛让他只有靠吗啡的麻醉,才能够入睡。

"我看病花掉的钱真是一笔不小的数目。"他又摇了摇铃铛,"福斯特太太,给菲利普少爷看看医药费的单子。"

福斯特太太从壁炉架上取来药单,交到了菲利普手上。

"这只是一个月的单子。我在想,如果你当医生,或许能给我开一些价格便宜的药。我原想直接从医药公司购药,可那样的话,又得支付邮费。"

尽管他很少想到菲利普,甚至都懒得问一下菲利普目前在干什么,可现在有菲利普陪在身边,他似乎还是挺高兴的。他问菲利普能待多久,当菲利普说星期二早晨就得离开时,他表示了希望菲利普能多住几日的愿望。他详细地给菲利普讲他的病症,反复讲大夫对病的诊断。说话中间他又停了下来,摇了摇铃,见福斯特太太进来了,他说:"噢,我不太放心你是不是在隔壁。我摇铃只是想证实一下你是否在那里。"

在她走了以后,他给菲利普解释说,如果他不能确定福斯特太太就在隔壁,他的心就安不下来;因为一旦有事,她确切地知道如何处理。看到福斯特太太身心俱疲,因为缺觉而眼皮滞涩,菲利普跟伯父说,他使唤她太勤,福斯特太太太累了。

"瞎扯,"牧师说,"她壮得跟头牛一样。"在福斯特太太又进来送药时,他对她说:"菲利普少爷说,你要干的活儿太多了,福斯特太太。你愿意照顾我,是吗?"

"哦,我并不介意,先生。我愿竭尽所能。"

药物很快发生了作用,凯里先生睡着了。菲利普进到厨房,问福斯特太太,她是否还能承受这份工作。他看出来这几个月她很少有清闲的时候。

"哦,先生,我又有什么法子呢?"她回答说,"这个可怜的老先生太依赖我了,尽管他有时让人觉得有些烦,可你又不由得会喜欢他,不是吗?我在这里已经待了这么多年,等他走了,我真的不知道自己该怎么办。"

菲利普看出她是真的喜欢这个老人。她给他洗漱,穿衣,做饭,一晚上总要起来五六次;她就睡在隔壁屋,他一醒了就要摇铃,直到见她进来了才能放心。他也许在几天内就会死去,也许会再拖上几个月。她竟能如此无微不至地照顾一个非亲非故的人,这着实令人钦佩;可她在这世界上孤身一人,只能靠照料他来生活,又让人觉得可悲可怜。

在菲利普看来,伯父一生所宣扬的宗教现在对他似乎只有形式上的重要性了:每周日,副牧师前来向他奉献圣餐;他自己也常常读《圣经》;可是很显然,他对死亡充满了恐惧。他虽然相信死亡是通往永生的大门,可他并不想进入到那种生活中去。不断的疼痛,整日将自己蜷缩在椅子里,早已放弃了能再度到户外的希望,像个孩子一样把自己托付在一个自己支付工钱的女人手上,尽管是这样,他仍然依恋着他熟悉的这个世界。

在菲利普的脑子里,有个他不能问出口的问题:他想知道,在生命快要耗尽、行将结束时,他的伯父是否仍然相信永生;或许,在他的灵魂深处,他也相信这世界上没有上帝,在今生过后,就什么也没有了。

在节礼日①的那天傍晚,菲利普与伯父一起坐在餐厅里。明天一早他就得动身,好在九点钟前赶回商店,所以他今晚就得跟伯父道别了。布莱克斯特伯尔的牧师此时正打着盹儿,菲利普斜倚在靠窗户的沙发上,把书本放在膝上,打量着这间屋子。他问自己,这些家具会值多少钱呢。他已转了一遍牧师住宅,查看了那些他从儿时起就熟悉的各种物件。有几件瓷器,可以卖个不错的价钱,菲利普不知道是不是应该把它们拿到伦敦去卖;可家具都是维多利亚时代的样式,都是红木质地的,又笨拙,又难看,要是拍卖的话,根本不值什么钱。

---

① 节礼日,英国法定节日,是圣诞节的次日。

有三四千册藏书，但大家都知道书大多卖不了什么钱，也许连一百英镑都不值。菲利普不知道伯父能留下多少钱，他不止上百次地计算过他修完医学院的各门课程、取得学位，以及留在医院期间供职所需要的费用。他注视着这位睡得并不踏实的老人，那张布满皱纹的脸上几乎已没有了人的特性，像是某种奇怪的动物的脸。菲利普想，要结束掉这个已无用处的生命，简直是太容易了。每天晚上，当福斯特太太为伯父准备夜里要吃的药时，他总是这么想。晚上的药装在两个药瓶里，一个里面放着他定时吃的药，另一个里面就是鸦片剂，痛得受不了时服用。伯父通常会在早晨四五点时，将鸦片剂喝下。只要把鸦片剂的量加倍，伯父就会睡死过去，没有人会产生任何怀疑。因为威格拉姆大夫就是希望他这样死去，这样结束掉生命，不会有任何痛苦。当菲利普想到他现在多么需要这笔钱时，他紧紧地攥住了自己的拳头。再苟延残喘几个月，对这个老人来说，没有任何意义，可这几个月对他却太重要了：对现在的这种生活，他的忍耐已快到了极限，当他想到明早又要回到那个倒霉的工作中去时，心里便充满了沮丧和恐惧。这个萦绕在他脑中的想法令他的心跳加快，尽管他努力不去想它，可它却总要从他的脑中冒出来。这太容易了，真是太容易了。他对这个老人没有感情，也从来没有喜欢过他；伯父这一辈子都是自私自利，对崇拜他的妻子没有一点儿爱心，对寄养在他家的孩子也漠不关心；他不是个残酷粗暴的人，只是有点愚蠢，心肠硬，有点耽于声色。这太容易了，真是太容易了。只是菲利普不敢这么做。他害怕日后受到良心的谴责，如果他为此而悔恨终身，那么拿到这笔钱他也不会好过。尽管他常常跟自己说，后悔是徒劳，毫无用处，但有些事情仍会让他感到心绪不宁。他希望这些事情不会让他的良心感到不安。

突然，伯父睁开了眼睛，菲利普顿时觉得轻松了许多，因为他醒了后看上去就有点人样儿了。菲利普为对自己刚才的想法惊出了一身冷汗，他刚才想做的可是谋杀呀。他想，不知别人是否也会有这样的想法，或许是他自己变态，堕落了。他觉得真到了时候，他是下不了手的，但是，这个念头却反复地在他脑海中出现；如果他没有将其付诸实施，那只是因为他害怕。

这时,伯父开始说话了:"你不是盼着我死吧,菲利普?"

菲利普觉得自己的心一下子跳到了嗓子眼里。

"天啊,那怎么可能呢。"

"这才是好孩子。我可不喜欢你那么想。在我死后,你将得到一些钱。可你不能盼着现在就得到它。如果你这么做,对你不会有什么好处的。"

他说话的声音很低,声调里带出一种异样的焦虑。这让菲利普的心里感到一阵绞痛。他不知道是什么样的洞察力使得这个老人猜出了自己脑子里的这些奇怪的欲望。

"我希望你能再活二十年。"

"哦,我没有这种奢望了,不过,如果我保养得好,或许还能再活个三四年。"

他沉默了一会儿,菲利普似乎一时也想不到说些什么。少顷,这位老人好像又做了一番思考后说:

"只要可能,每个人都有权利活得尽可能长久。"

菲利普想转变话题,分散他的注意力。"噢,我想,你也好久没有听到过威尔金森小姐的消息了吧?"

"啊,我今年收到过她的一封信。你知道吗,她结婚了。"

"真的吗?"

"是的,她嫁给了一个鳏夫。我相信他们过得不错。"

111

第二天,菲利普又投入到工作当中。一晃几个星期过去了,可他所期盼的结果并没有出现。接着,几个星期变成了几个月,冬季也过完了。公园里的树木长出了嫩芽新叶。一种可怕的倦怠感出现在菲利普身上。时间在流逝,尽管其脚步显得迟缓,可他觉得他的青春正在逝去,很快便会没了影儿。他将一事无成。既然他离开商店是早晚的事,他对这份工作也就没那么上心了。他对服装设计的活儿变得熟练起来，尽管他缺乏创新能力，却在使法国衣服式样适应英国市场的需求方面做得得心应手。有时他对自己的设计图样颇为满意，可在衣服制作的过程中，人们总会把它们搞糟。他的想法每每在贯彻实施中出现偏差，这让他感到很恼火，可事后一想，又觉得自己太过认真。他不得不小心翼翼地行事。每当他提出一种新的设计式样时，桑普森先生总是反对，说他们的顾客不想要任何出格的东西，这是一家精品店，那样的设计最终会损坏了商店的声誉。有那么一两次，他对菲利普说话很尖刻，他认为这个年轻人有点翘尾巴了，因为菲利普的想法总是与他的不一致。

"你要当心点儿了，年轻人，否则的话，不知道哪一天你便会发现自己流落街头了。"

菲利普真想给他的鼻子上狠狠地砸一拳，可他克制住了自己。毕竟，他在这里的时间不会太长了，到那时，他就跟这里的人们永远地说再见了。有时候，他像是绝望又像是开玩笑地喊出来：伯父的身体一定是铁铸的。那是什么体质啊！他所经受的这些病要是搁在其他人身上，在一年前就会没命的。当牧师已不行了的消息终于传来时，菲利普反倒觉得有些意外了。那是在七月份。再有两个星期，他就该去度假了。他接到了福斯特太太写来的一封信，说大夫认为凯里先生活不了几天了，如果菲利普还想再见伯父一面的话，就得马上赶回来。菲利普去找了进货员，说他要离开商店了。桑普森先生是个通情达理的人，当他知道了情况后，并没有为难菲利普。菲利普跟服装部的同事们道了别，他离开的原因在同事们中间被言过其实地散播开来，他们都以为他是继承了一大笔财产。霍奇斯太太含着眼泪跟他握手时说："我想，我们以后不能经常见面了。"

"我很高兴能离开林恩商店。"菲利普说。

说来也怪，在与这些他认为自己讨厌的人们告别时，他心里真的感到一阵难受。在他乘车离开哈林顿街上的那栋房子时，心里也没能高兴起来。在这件事情上，他已期待得太久，预支了他的情感，乃至现在他什么也感觉不到了：仿佛他只是去度几天假那样的漫不经心。

"我这个人的心理有问题，"他跟自己说，"我总是太急切地盼望着事情的发生，等到它们真的发生时，我又总是感到失望。"

他在抵达布莱克斯特伯尔时刚过了中午。福斯特太太在门口等他，她脸上的表情告诉他，他的伯父还没有死。

"他今天又稍微好了点儿，"她说，"他的体质确实不同一般。"

她把他带进了伯父仰躺着的卧室。伯父朝菲利普微微地笑了笑，笑容里含着再一次战胜了病魔的狡黠和得意。

"我以为我昨天就完了，"他极为虚弱地说，"他们都以为我不行了，是吧，福斯特太太。"

"你的体质真是不错。这一点谁也不能否认。"

"衰朽的身体里，也会有顽强的生命力。"

福斯特太太说，牧师不能讲话，这会消耗他的精力；她对他像对孩子一样，既关爱又专断。对于自己又一次战胜死神，颠覆了大家的预期，这位老人有一种孩子般的满足感。他想到菲利普是被叫回来的，让菲利普白跑一趟，他又感到一阵得意。只要他的心脏病不再发作，在一两个星期内，他的身体便能得到些恢复；他的心脏病已有过几次发作，每一次他都觉得自己不行了，可每次他都挺过来了。人们都说他的体质好，可没有一个人知道他的体质究竟有多强。

"你打算住一两天吗？"他问菲利普，装着以为他是回来度假的。

"是的，打算住几天。"菲利普高兴地回答。

"海边的空气对你的身体有好处。"

不一会儿，威格拉姆大夫来了，在看过了牧师后，他跟菲利普说起病况。这一次，他的态度比较明朗了。

"恐怕这一回你伯父挺不过去了，菲利普。"他说，"这对我们所有人都是重大损失。我认识他已有三十五年了。"

"他看上去状态还可以。"菲利普说。

"我是在用药物支撑他活着，时间不可能长久。在过去的两天里，有好几次我都以为他没救了。"

随后，大夫沉默了一两分钟，可走到门口时，他突然对菲利普说："福斯特太太跟你说过什么吗？"

"我不太明白你的意思。"

"布莱克斯特伯尔的人们都很迷信,福斯特太太认为,你伯父心里是有什么事情放不下,只有了却这桩心事,他才能瞑目,可他跟任何人又都不愿提起。"

菲利普没有吭声,大夫继续往下说道:"这当然是无稽之谈了。他一生公正清廉,忠实履行自己的职责,是咱们这个教区的好牧师,我们大家都会怀念他的;他不可能做出什么令自己内疚或自责的事情。如果下一任牧师能有他一半好,我们就烧高香了。"

几天过去了,凯里先生的病情并没有出现变化。只是他一辈子的好胃口现在离他而去了,他只能咽下很少的食物。为了减轻神经炎对他病体的折磨,威格拉姆大夫毅然加大了止痛药剂的使用;因为痉挛的肢体在不住地颤抖,凯里先生渐渐地精疲力竭了,不过他的头脑依然清醒。菲利普和福斯特太太轮换着照护他。这些日子,她无微不至地服侍他,尽可能地满足他的一切要求,已经累得够呛了,所以菲利普坚持晚上由他来陪侍病人,这样的话,至少晚上她可以睡个囫囵觉。菲利普整晚坐在一把扶手椅子里,在遮着灯罩的烛光下,读着《一千零一夜》,他生怕自己一下子睡熟了,耽误了照顾病人。自从他长大以后,菲利普还没有再读过它,这一读把他的思绪又带回到他的童年时代。有的时候,他只是静静地坐着,聆听着这静谧的夜晚可能会发出的声响。在麻醉剂的药效退了后,凯里先生又痛得烦躁起来,弄得菲利普忙前忙后的。

终于,一个早晨,天刚拂晓,树上的鸟儿正在叽叽喳喳地叫着,菲利普听到伯父在唤他的名字。他来到病榻前。凯里先生正仰面躺着,眼睛望着天花板;他并没有把目光转向菲利普。菲利普见他额上沁出汗珠,用毛巾帮他擦去了。

"是你吗,菲利普?"老人问。

菲利普怔了一下,因为伯父的声音突然间变了,变得沙哑,低沉。一个人只有在内心充满恐惧时,才会这样说话。

"是的,伯父。"

接着是一阵沉默,那双眼睛依然盯在天花板上。此时,他的脸上抽搐了一下。

"我想，我就要死了。"他说。

"噢，甭瞎说！"菲利普喊道，"你还会活上好些年的。"

两颗泪珠从老人的眼睛里滚落出来，菲利普被深深地触动了。在人的生死之事上，伯父还从未流露出过任何特别的情感；现在，看到伯父的眼泪，他心里也变得酸楚起来，因为这意味着一种难以名状的恐惧。

"去请西蒙兹先生来吧。"他说，"我想拜领圣餐了。"

西蒙兹先生是教区的副牧师。

"现在吗？"菲利普问。

"快去吧，否则就太晚啦。"

菲利普去唤福斯特太太，天色已经不早，福斯特太太已经起来了。他吩咐她派花匠去送信，然后，他又回到伯父的房间里。

"你让人去请西蒙兹先生了吗？"

"是的。"

随后，又是一阵沉默。菲利普坐到床前，不时地把伯父额头上渗出的汗擦掉。

"让我握着你的手，菲利普。"老人终于说道。

菲利普把手伸给了他，他仿佛是抓住生命那样地握着它，以求在极端的苦痛中得到一丝慰藉。或许，在他这一生中，他从来就没有真正爱过任何一个人，可现在的他却本能地想从别人那里得到温情。他的手湿漉漉，凉冰冰的，虚弱却又不顾一切地攥着菲利普的手。这位老人正在与死亡的恐惧搏斗。菲利普想，所有人都得过这一关。噢，这一幕真是荒唐，人们竟然会信奉这样一个上帝，他让他的创造物去忍受如此残酷的折磨！菲利普从来没有喜欢过伯父，有两年的时间，他天天都盼望着他死去；可现在他却因为内心充溢着的同情和怜悯，几乎无法控制自己。人不同于兽类，人们需要忍受多少精神上的痛苦啊！

他们两人一直这样沉默着，直到凯里先生用微弱的声音问："他还没有来吗？"

终于，女管家轻轻地走进来说，西蒙兹先生来了。西蒙兹提着手提包，里面装着他的白色法衣和头巾。福斯特太太端着圣餐盘。西蒙兹先生跟菲利普默默地握了握手，然后，带着肃穆的神情来到病人的床前。菲利普和女管家离开了房间。

菲利普在花园里踱着步，早晨的花园空气清新，草木上都挂着露珠，鸟儿在愉快地歌唱。天空一片湛蓝，夹杂着海水咸味的空气芬芳而又凉爽，玫瑰花竞相绽放，满眼都是碧绿的草地和树木，到处是一派欣欣向荣的景象。菲利普信步走着，一边走，一边想着房间里正进行着的神秘的圣餐式。这给予菲利普一种特别的情感。少顷，福斯特太太出来告诉他，他的伯父想见他。副牧师正在把他的东西装进手提包里。病人稍稍转过头来，冲着刚走进来的菲利普笑了笑。菲利普不禁感到惊讶，因为伯父身上发生了令人难以置信的变化：他的眼神里不再有惊骇和恐惧，他脸上的痛苦表情不见了，他显得快乐而又安详。

"我现在已经准备好了，"他说话时完全是另一种不同的声调，"当上帝觉得是该召唤我去的时候，我愿意将我的灵魂交到他的手上。"

菲利普没有作声。看得出来，伯父是真诚的。这简直是个奇迹。他已经汲取了上帝的血和肉①，是它们赋予了他力量，让他不再害怕进入冥府时那条黑漆漆的通道。他知道他即将要死了，他愿意顺从地走了。临了，他只再说了一句话：

"我这就要去见我亲爱的妻子了。"

这让菲利普吃了一惊。他记得伯父有多自私，对妻子有多么漠不关心，对伯母那几近于谦恭的、无私的爱是多么无动于衷。副牧师怀着感动离开了。福斯特太太哭着把副牧师送到了门口。经过这么一番折腾，凯里先生累得没了劲儿，打起了盹儿，菲利普坐在床前，等待着最后时刻的来临。上午的时间在一点一滴地过去，老人的呼吸声渐渐地变成了鼾声。大夫来了，说他时间不多了。伯父已失去了知觉，在无力地咬着床单；他的身体蠕动着，口里发着叫声。威格拉姆大夫

---

① 指吃过了圣餐。

586

给他皮下注射了一针。

"这针已经对他不起作用了,他随时都可能死去。"

大夫看了一下手表,然后看了看病人。现在已经是一点钟。威格拉姆大夫在想他的午饭了。

"你守在这里也没有用了。"菲利普说。

"我已经无能为力了。"大夫说。

大夫走后,福斯特太太问菲利普,他是否该去木匠兼殡仪员那里,让给派个为死者拾掇、穿衣的女工过来。

"出去走走,你也能透透风,"她说,"这对你有好处。"

伯父家离殡仪员那里有半英里的路。在菲利普说明了来意后,他问:"这位可怜的老人是什么时间去世的?"

听到这话,菲利普犹豫了。他突然想,伯父还没死,便叫一个女工去给他擦洗身体,会不会显得有些鲁莽,他不明白福斯特太太为什么会让他现在就来请人。人们会以为他急不可待地想要置老人于死地。他觉得殡仪员在用奇怪的眼神望着他,并把问题又重复了一遍。这一下惹恼了菲利普。他这不是多管闲事吗?

"哦,教区牧师是几时去世的?"

菲利普本来想回答说是刚刚去世,可如果病人要再多拖延上几个小时的话,事情就很难讲清楚了。想到这里,菲利普脸红了,他不好意思地回答说:"噢,确切地说,他还没有死。"

见殡仪员满脸疑惑地望着他,他赶忙解释说:"家里就福斯特太太孤零零的一个人,她需要个帮手。你懂得这种事情,是吧?也许他现在已经死了。"

殡仪员醒悟般点了点头。

"哦,好的。我马上派个人过去。"

菲利普一回到牧师住宅,便径直去到那间卧室。福斯特太太坐在床前的一把椅子上,见菲利普进来,她站了起来。

"他还跟你刚才离开这儿时的情况一样。"她说。

她下楼去吃点东西,菲利普留下来,好奇地注视着这一死亡的过程。在这一已失去意识的、仍做着微弱挣扎的躯体里,现在已没有了人的属性。微微张开着嘴里，有时还会发出一些含糊不清的声音。太阳从无云的天空炽热地照射下来，花园里的树木却显得格外凉爽怡人。这是一个晴好的天气。一只绿头苍蝇嗡嗡地撞着窗户玻璃。老人突然发出一阵听着怪瘆人的很响的咯咯声，把菲利普吓了一跳，随后，老人的身体抽搐了一下，咽气了。那只绿头苍蝇仍在嗡嗡地撞着窗户玻璃。

112

乔赛亚·格雷夫斯以他那惯有的干练作风，把丧事办得既得体又经济。葬礼结束后，他与菲利普一起回到牧师住宅。遗嘱由格雷夫斯执管，在回来后一起喝早茶时，他便一刻也没耽搁地向菲利普宣读了伯父的遗嘱。遗嘱写在半张纸上，凯里先生将其所有财产都留给了他的侄儿。这里面包括家具，大约八十英镑的银行存款，咖啡馆的二十股股份，还有奥尔索普酒厂、牛津杂耍剧场以及伦敦一家饭馆的一些股份。这些投资都是格雷夫斯先生推荐给牧师的，格雷夫斯不无自得地跟菲利普说：

"你瞧，人们总是要吃，要喝，要娱乐的。你把钱投在众人一定会去消费的地方，永远是安全和可靠的。"

从他的话语里，你可以听出他对俗人粗鄙的口味与上帝选民的高雅情趣之间还是有所甄别的。这些投资总共加起来约有五百英镑，除此之外，还有银行的八十镑存款和家具拍卖后可能得到的钱款。对菲利普来说，这是笔不小的财富，可他并没有觉得高兴，只是感到极大的宽慰。

在商量完即将举办的家具拍卖后，格雷夫斯先生就离开了。菲利普开始坐下来清理死者的信件。威廉·凯里牧师总是为自己从不损毁掉任何东西而感到自豪，因此他保留了一摞摞的来往信函和一沓沓贴有标签的单据。最早的信可以追溯到五十年前，他不仅保留着别人写给他的信，也保留着他自己写过的信。其中有一沓信，纸张已有些发黄，是凯里先生在四十年代写给他父亲的，那时，他还是牛津大学的学生，去德国度了个长假。菲利普漫不经心地读着这些信。那时的威廉·凯里跟菲利普所熟悉的这个威廉·凯里很不一样，不过，对一个敏锐的观察者来说，在那个小伙子身上已经出现了一些成年牧师的影子。这些信都写得有些拘礼，不自然。在信中，他表明自己极想要看到一切有价值的东西，他满怀热情地描绘莱茵河岸边的城堡，沙夫豪森州的莱茵瀑布，"对创造了宇宙间一切事物的万能的上帝充满了敬意和感激之情，上帝创造的这些景物美丽而又神奇，……居住在上帝创造出的这些杰作之中的人们一定很幸福，满怀着期待去过单纯，圣洁的生活。"在一些单据中间，菲利普发现了一张威廉·凯里刚任圣职时的小型画像。画中人是一个略显瘦削的年轻人，留着略带卷曲的长发，一双又黑又大的眼睛里含着恍惚的神情，长着一张苦行僧似的苍白面庞。菲利普记起了伯父过去常常咯咯地笑着讲起几个钦慕他的女士们给他做了几打拖鞋的事情。

下午，以及晚上的时间，菲利普都在翻阅这数也数不清的信函。他浏览一下地址，然后是签名，随后把信撕成两半，扔进身边的洗衣筐里。突然，他看到一封署名是海伦的信。他没有见过这一笔体，虽说字体不大，却有棱有角，是那种老式字体。信的开头是亲爱的威廉；信的落款是你亲爱的弟媳。此时，他蓦然想到这是他母亲写的信！他以前从未见过母亲写的信，因此她笔体让他感到很陌生。信上说的正是有关他的事情。

亲爱的威廉：

斯蒂芬曾给您写信表达我们的感激之情，感谢您对我们生下儿子的祝贺，以及您对我本人的良好祝愿。感谢上帝，我们母子都平安无恙，我万分感激仁慈的上帝给予我的眷顾。现在我身体恢复到能握笔了，我便想告诉您和亲爱的路易莎，你们二人自我结婚到现在一直都待我那么好，心里无限感激。现在，我打算请您帮我个大忙。斯蒂芬和我都想让您做我们儿子的教父，希望您能同意。我知道我现在要求

589

您做的并不是件小事,因为我确信您会非常认真地尽教父之责。我特别期盼您能承担这一职责,因为你既是一位牧师,又是孩子的伯父。我特别期盼这个孩子将来能够幸福,我日夜对上帝祈祷,盼望他将来能成为一个善良、诚实、信奉基督的人。有您对他的引导,我希望他将来成为基督教的一名信徒和战士,一生敬畏上帝,做一个谦恭和虔诚的人。

你亲爱的弟媳
海伦

菲利普把这封信推到了一边,身体微微前倾,把脸埋在了两只手中。这封信深深地触动了他,可又令他颇感意外。他为信中流露出的虔诚的宗教口吻——在他看来,似乎并非是感情用事,也不是伤感多情——不胜惊讶。母亲去世已快二十年了,他只知道母亲很漂亮,这是母亲留给他的唯一印象;现在知道她是如此的单纯和虔诚,倒让他对母亲有了一种陌生感。他从未想到母亲还有这样的一面。他把信中有关母亲提到他的内容,母亲对他抱有的想法和期望又读了一遍,他想,现在的他几乎是与母亲的愿望完全背道而驰了。他暗暗地想,也许她死了更好些,免得让她失望。一阵突如其来的冲动让他撕掉了这封信。信中流露出的柔情和单纯,令他有种奇怪的感觉:仿佛他是在窥视别人的隐私,他这样阅读披露了母亲柔弱心肠的信件,是种不雅的行为。接着菲利普又继续看着牧师那些枯燥的信件。

几天后,菲利普去了伦敦,两年中第一次大白天进入医学院的大门。他去办公楼找学院秘书,学院秘书见到他很是惊讶,好奇地问菲利普,这么长时间他去干什么了。两年来的社会经历让菲利普增加了一些自信,对许多事情的看法也改变了。这样的问题要是从前向他提出来,他会觉得尴尬;现在他却能较为镇静地应对了,为了避免秘书进一步询问,他含糊其词地回答说,因为一些私事使得他不得不中断了学业,现在他回来是想要尽可能快地取得医生资格。他先是报了他要参加的第一门考试,助产学和妇科病理学,然后,报名做妇科病房里的产科助理医生，因为是在假期，争取到这样一个职位并不难。他被安排在八月的最后一周和九月的前两周来做这份工作。跟秘书说定之后，菲利普穿过了多少有些冷清的校园（因为夏季期末的考试都结束了），然后顺着河的堤堰往前走，心中充满了希望。他想，现在他终于能够开始新生活了，他要把自己过去所犯的错误、所做的蠢事和为此所忍受的痛苦，都抛到脑后。这滔滔的河水表明，一切都在流逝，都在一刻不停地逝去，没有任何东西可以永驻，具有无限可能性的未来展现在他面前。

他又回到布莱克斯特伯尔，处置伯父的遗产。家具的拍卖定在八月中旬，因为那时旅游度夏的人们就来了，有可能把价钱卖得高一点。伯父藏书的目录也整理出来，分别寄给了特坎伯雷、梅德斯通和阿什福德等地的旧书商人。

一天下午，菲利普突然心血来潮，去了特坎伯雷，想看看自己的母校。自从他认为可以自己做主了，如释重负般离开那里后，就再也没有回来过。徜徉在熟悉的特坎伯雷的狭窄街道上，菲利普有种异样的感觉。他瞧着那些旧商店，它们依然立在路边，依然卖着同样的货物：书店的一个橱窗里摆着教科书、宗教书籍和最近出版的小说，另一个橱窗里是有关大教堂和这座城市的照片；体育用品商店里陈列着板球拍、钓具、网球拍和足球等；菲利普在校时一直在那里做衣服的裁缝店，还有伯父来了特坎伯雷后总要去光顾的鱼店，都还在做着同样的营生。他沿着肮脏的街道朝前走，来到了一堵高墙前，高墙里面就是那所预备学校；再往前走，便是皇家公学的大门。他站在一个周围都是建筑物的四方院子里，此时正是下午四点钟，学生们正从学校里匆匆地走出来，他看到了穿长袍、戴方帽的教师们，可这中间没有一个他认识的。他离开已经十年了，学校里也发生了许多变化。他看见校长正从学校里出来，一边跟一个高个子男孩说着话，菲利普想那可能是六年级的学生吧。校长的变化不大，还是他记忆中的样子，高高的个子，枯槁的面容，粗犷的言语，咄咄逼人的眼神；只是他的黑胡子变得有些灰白了，有些发黄的面庞上的皱纹更深了。菲利普想过去跟他搭话，可又担心校长早把他忘了，他也不愿意再费一番口舌去做解释。

有些男孩没有走,互相聊着天。少顷,一些匆忙回宿舍换衣服的男孩出来打篮球了;其他一些学生三三两两地溜达着出了校门,菲利普知道他们是去打板球了;还有些到附近去打棒球。站在他们中间,菲利普完全就是个陌生人;有一两个学生不经意间扫了他一眼,可来这儿的游客并不少(他们去看那些建筑的诺曼式楼梯),所以,观光者一般不会引起学生们的注意。菲利普好奇地望着他们。他不禁有些感伤地想到了阻隔在他与他们之间的距离,对于自己曾有那么大的抱负,现在却一事无成,不免感到懊恼。在他看来,这些所有消失得不见踪影的岁月,全都被他虚掷了。这些活泼、充满朝气的孩子们在做着和他那时同样的事情;在这个曾有那么多熟人的地方,他现在却连一个人也不认识了。再过几年,这些学生们也会被其他人取代,他们也会像他这样作为陌生人站在这里;这想法也没能使他得到安慰,只是益发让他觉得人都是这个世界上的匆匆过客,每代人都在重复着上一代人走过的那个乏味的圈儿。他不知道那时跟他一起上学的孩子们都怎么样了,他们现在都是快三十岁了,有些可能已经死了,有些结婚了,有些有了孩子;他们中间一定有当了兵的,做了医生和律师的;他们现在都该是持重踏实的成年人了,青春已经渐渐地离他们而去。在他们中间,有像他这样把生活搞得一团糟的吗?菲利普想起那个他一直都特别喜欢的男孩,有趣的是,却怎么也记不起他的名字了;菲利普确切地记着他的长相,也认为那是自己最要好的朋友,可就是怎么也想不起他的名字。他饶有兴味地忆起他曾嫉妒这个朋友跟别人有来往。可连他的名字都想不起来,也够恼人的。他渴望自己再度回到少年时代,就像这些正在四方院子里溜达着的孩子们一样,那样的话,他便可以重新开始,能避免再犯从前的错误,他也许能获得更大的成绩。他心头蓦然生出一种难以忍受的孤寂感。他几乎抱怨起他这两年所过的贫穷生活来了,正是这种在贫困线上的拼力挣扎使他不再能感觉到生活的痛楚了。"你须汗流满面,才得以糊口[1]。"这

---

[1] 此句出自《圣经·旧约》中《创世纪篇》的第三章第十九节。

并非是对人类的诅咒，而是使人类听命于生活摆布的镇痛剂。

不过，菲利普很快又不满意起自己的想法了。他想起了那个人生是一幅图案的观点：他所遭受的不幸只不过是这幅精美图案中的一个部分，他反复地告诫着自己：他必须高高兴兴地去接受生活中的一切，无论是枯燥乏味的，还是激动人心的，无论是快乐还是痛苦，因为它们都有助于让这幅图案变得富丽多彩。他自觉地寻找着美，他记得在他还是个孩子时，他在不远处望着这座特坎伯雷的哥特式大教堂便心生愉悦之情；现在，他又来到了这里，注视着在多云苍穹下灰色的庞大建筑群，中央的尖塔高耸入云，像是人们对上帝的赞美。孩子们正起劲地玩着板球，他们敏捷、强壮，充满了朝气，他们的呼喊声和笑声不断地传到他这边来。青春的呐喊声是执着的，只有他在用自己的眼睛欣赏着这座美丽的建筑。

113

在八月份最后一周的伊始，菲利普开始到他负责的"片区"任职。这是份很辛苦的工作，他差不多每天都得赶到三个要分娩的孕妇家中。孕妇事先从医院领到一张"卡片"，在要生的时候，就叫人（一般是个小女孩）拿着那张卡片来找医院门房，门房会让这个小女孩去找住在马路对面的菲利普。要是晚上的话，门房有菲利普住宿处的钥匙，会过来把菲利普唤醒。摸黑从床上爬起来，行走在人们都已熟睡的伦敦南区的街道上，让菲利普有种神奇的感觉。深夜时分，一般会是丈夫拿着卡片找来。如果是已经有几个孩子了，丈夫通常会是一副若无其事的样子；可若是刚结婚，丈夫便会显得很紧张，甚至会喝不少酒以减轻他的焦虑。这样的出诊，通常会步行一两英里的路程，在路上，菲利普会跟家人了解孕妇的情况以及他们的生活状况；从这些谈话中，菲利普知道了这些住在南区的人们所从事的各种行当和职业。他让片区的孕妇和她们的家人增强了信心。在闷热的屋子里长时间等候时——即将分娩的孕妇躺在一张占去了屋子一半空间的大床上——孕妇的母亲和接生婆会跟他很自如地聊天。他过去两年中生活的环境让他熟悉了穷人们的情况，发现他对他们的生活竟然这么了解，让他们觉得很有趣；同时也给他们留下了很深的印象，因为他不会被他们的一些托词所蒙骗。他善良，从不发脾气，接生时的动作敏捷而轻柔。他们很高兴他不拒绝跟他们一起喝杯茶，如果天亮了，他们仍在等候，他们会请他吃块涂了烤肉油的面包；现在，他已不再挑食，吃大部分食物时胃口都挺好。他去过的一些人家里都是又脏又乱，杂乱的院子也离着污秽的街道不远，房屋一间挨着一间地挤在一起，见不着阳光，空气也不流通。不过，有一些房子虽说很破败，地板也被虫子蛀了，屋顶漏水，却留有昔日豪华的印迹：屋子里有雕刻精致的橡木栏杆，墙上仍嵌着镶板。这样的房子里一般都住满了人。一个家庭往往只占据房子里的一间屋子，在院子里玩耍的孩子们的吵闹声能响一整天。老旧的墙壁成了臭虫的繁殖地，屋里污浊的空气常常让菲利普觉得恶心，他不得不点上烟斗。住在这儿的人们都是吃了上顿没下顿的主儿。新生儿在这里是不受欢迎的，看到刚出生的婴孩，父亲会生气地蹙起眉头，母亲会感到绝望；这不是又多了一张要吃饭的嘴吗，仅有的粮食还不够已有的孩子们吃的。菲利普发现这些大人们巴不得孩子生下就是死婴，或是刚出生不久就死掉了。他曾给一位生双胞胎的女人接生（这都可作为风雅之士的笑资了），当她听说是双胞胎后，顿时痛苦地号啕大哭起来。她的母亲竟然直截了当地说："真不知道怎么能养得起他们。"

"或许，上帝会在他认为合适的时间把他们召唤了去吧。"接生婆说。

在丈夫看着这两个并排躺在床上的婴孩时，菲利普无意间瞥了一眼他的脸色，他那副凶狠、恼怒的样子不由得让菲利普吃了一惊。他觉得，这些家庭成员中间酝酿着对这两个小东西不该到这个世界上来的深深的怨恨；他在想，要不是他态度强硬的话，也许"事故"早就发生了。这样的事件并不少见，母亲睡着时不小心翻身把孩子压得没气了，或者由于喂食而导致婴儿死亡，恐怕也不总是粗心大意的结果。

"我每天都会来的,"菲利普说,"我提醒你们,一旦两个婴孩发生了什么事,你们是会受到审问的。"

那个做父亲的没有吭声,只是瞪了菲利普一眼。在他心里是存着谋杀的念头的。

"上帝保佑这两个小生命吧,"孩子的祖母说,"他们将来会怎么样呢?"

按照医院的惯例,孕妇生产后至少应该在床上待十天,可就连这一点,这些女人们也很难做到。操持家务本来就够麻烦了,而且不付工钱,就没有人愿意帮着看看孩子。丈夫下班后,又饿又累地回来了,看茶点没有准备好,还要发牢骚。菲利普早就听说过,穷人之间是相互帮忙的,可许多妇女都向他抱怨说,如果不付钱,根本找不到人来帮着收拾屋子或者给孩子做饭,可她们哪里有钱支付呢。通过倾听妇女们之间的交谈,通过她们偶尔说出的只言片语(从这中间,菲利普能推断出许多她们没有说出口的东西),菲利普晓得了在穷人和富人之间几乎很少有共同的地方。他们并不嫉妒比他们优越的人们,因为他们所过的生活太不一样了。穷人们愿意过自如的、无拘无束的生活,相较之下,中产阶级的生活倒显得刻板不自然;而且,他们还有点瞧不起富人们呢,因为后者软绵绵的,手无缚鸡之力。穷人中有傲骨的人只图活得自在,没人打扰;可大多数穷人都想着从富人那里得点好处,他们知道该怎么说话,便能让富人们动了恻隐之心,从而慷慨解囊,他们会理所当然地接受富人给予的接济,因为这中间体现了他们自己的精明和富人的愚蠢。他们虽然有些鄙视、冷淡副牧师,但对其权力可以容忍,可对这个地区的女巡视员他们就义愤填膺了。她进到你的房间里来,甚至连个招呼也不跟你打,就擅自打开你的窗户,也不管"你患着支气管炎,受风会死掉";她嗅着鼻子,到犄角旮儿去闻,即便她不说这个地方脏,你也能看出她就是这么认为的,"他们家里有仆人,当然干净啦,如果她也有四个孩子,又得做饭,又得为他们缝补、洗涮衣服,我倒要看看她还有没有时间打扫屋子。"

菲利普发现,对这些人们来说,生活中最大的悲剧不是生离死别——这是一种自然现象,用眼泪和哭泣就能减轻悲痛——而是失去工作。他见过一个男人,在他妻子刚生了孩子三天后下班回到家里,跟妻子说他被解雇了;他是个建筑工人,那个时候工作很难找。在告诉了妻子后,他坐下来开始用茶点。

"噢,吉姆。"她说。

这位丈夫神情木然地吃着饭,这些食物一直在一个小锅里热着,等着他回来吃。他发呆似的盯着他的盘子,妻子看着他的眼神满是担心和不安,最后默默地哭了起来。这个建筑工人个子不高,长得很粗壮,面庞由于常年风吹日晒变得很粗糙,前额上有一道白色的伤疤,手掌挺大,手指又短又粗。不一会儿,他推开了眼前的盘子,似乎是不想再强迫着自己往下咽食物了,目光看向窗户外面。他们的屋子在这座房子的后部,又是顶层,除了天上铅灰色的云层,什么也看不见。这沉默中似乎充满了绝望。菲利普觉得自己说不出什么能安慰他们的话,只好离开了;在他疲惫地一路走回去的当儿——因为他整个晚上几乎都没有合过眼——他为这个世界如此残酷而心中愤慨。他知道找工作的无望和艰辛,知道被世界遗弃的感觉比饥饿更加难以忍受。他庆幸自己已不再相信上帝,不然的话,眼前的这件事情他就无法承受,因为只有认为人生是毫无意义的,人才能委曲求全、苟且地活着。

在菲利普看来,那些花费时间去帮助穷困阶层的人们似乎是错误的,因为他们没有站在穷人的角度,设身处地为对方考虑,对穷人们习以为常的东西前去帮忙改进,只能是打扰穷人们的生活,是添乱而不是帮助。穷人不需要宽敞、通风的大房子,他们往往容易感到冷,因为他们的食物没有营养,血液循环得比较慢;大房子会给他们冷飕飕的感觉,他们想尽可能地节省取暖用的煤炭;几个人睡一个屋子在他们看来并没有什么不好,他们还愿意这么做呢。从出生到去世,他们一刻也没有单独生活过,孤独会让他们受不了的;他们喜欢这样男女老幼都住在一起,嘈杂的环境对他们没有任何影响。他们认为没有必要经常洗澡,菲利普经常听到他们气愤地说起住进医院就得老洗澡的事,这让他们觉得既不舒服,又很冒犯。他们不想让他们的生活受到打扰。只要男人们有份相对稳定的工作,他们的生活过得也并非不自在,那么不如意;有许多时间可以在一起闲聊,下班回来后悠闲自得地喝上一杯啤酒,顿觉神清气爽,街头巷尾里也有无限的乐趣,如果你想阅读,这里有《雷诺兹报》和《世界新闻》杂志;"啊,可是你怎么也弄不明白,时间过得竟像飞一样快,你做姑娘时很少能有时间读书;现在,你忙这忙那的,更是连读报纸的时间都没有啦。"

通常的做法是,在孕妇生产后,医生还得到她家里去三次。一个星期天,菲利普在吃饭时间去看一个产妇。今天是她第一次下床走动。

"我不能再在床上躺着了,我真的不能。我不是那种能躺得住的人,待在床上一天什么也不做,心里觉得难受得慌。所以,我跟厄尔布说,'我这就起来给你做饭去。'"

厄尔布此时已经手里拿着刀叉,坐在了餐桌旁边。他很年轻,长着一张开朗、和气的面庞,一双湛蓝的眼睛。他挣钱不少,看得出来,小两口的日子过得不错。他们结婚刚几个月,两人都对躺在床边摇篮里的红扑扑的小男孩感到特别满意。屋子里充溢着一股香喷喷的烧牛排的味儿,菲利普的眼睛不由得看向厨房那边。

"我刚才正要把牛排盛到盘子里呢。"这个产妇说。

"哦,那就快去忙你的吧,"菲利普说,"我来只是看看你们的儿子,你们的小继承人,完了我就走人。"

丈夫和妻子都在笑菲利普说的话,厄尔布站起来跟着菲利普一起走到摇篮边。他颇为自豪地看着他的小宝贝。

"他看上去很健康,不是吗?"菲利普说。

菲利普拿起了他的帽子,这时,厄尔布的妻子已经把牛排盛在盘子里,往桌子上端了一盘青豆。

"这会是一顿很可口的晚餐。"菲利普笑着说。

"他只有星期天才回来,我要给他做一点味道特别的饭菜,这样当他在外面工作的时候,才会想家。"

"我想,你不会愿意坐下来,跟我们一起用点晚餐吧?"厄尔布说。

597

"噢，厄尔布。"妻子用不胜惊讶的口吻说。

"哦，如果你请我，我当然愿意啦。"菲利普带着迷人的笑容说。

"噢，够朋友；我就知道你不会见外的。波利，亲爱的，再拿一个盘子来。"

波利一下慌了手脚，她觉得厄尔布真是个鬼精灵，你永远不知道他脑子里下一步会想什么；不过，她还是又拿来一个盘子，用围裙把它擦了擦，接着从五斗橱里取出一副新刀叉。她把她最好的餐具都跟她最好的衣服放在一起。餐桌上有一扎黑啤酒，厄尔布给菲利普倒了一杯。他想要给菲利普一多半牛排，可菲利普坚持要大家平分。这是一间光线很好的屋子，有两扇落地窗户；它从前是这整幢房子的客厅，这栋房子在当时即便算不上时尚，至少也很体面，五十年前这座房子里住着的很可能是一个富商，或是退休后领取半薪的官员。厄尔布在结婚前是个足球运动员，墙上挂着一些他在参加不同球队时拍的集体照，照片中的他姿势摆得很正式，头发梳得整整齐齐，队长手捧奖杯自豪地坐在中间。还有一些照片是厄尔布和他的妻子以及亲属们身穿节日盛装拍摄的，从这些照片中也可看出这是一个小康家庭。壁炉架上有一块小小的岩石，岩石上面精巧地嵌了一些贝壳，石头两边各摆着一个大杯子，上面用哥特体黑体字写着："索斯恩德敬赠"。另外，上面还画有码头和人群。厄尔布是个很有个性的人。他是一个非工会成员，他非常气愤地讲到工会硬要他入会的事。工会对他没有任何用处，他在哪里都不愁找不到工作，只要勤奋，肯用脑，对工作不挑肥拣瘦，就能挣到不菲的工资。波利胆子小。如果是她，她肯定会加入工会。上一回罢工的时候，他每次出去上班，她都替他担着心，觉得就会有救护车把他送回家来。

"他这个人太固执，怎么劝也不听。"

"哦，要我说，这是一个自由的国家，我不愿意受人支配。"

"你说这是个自由的国家，这话有用吗？"波利说，"要是你被他们抓住了，谁能阻止他们敲破你的脑壳呢。"

饭后，菲利普把他的烟袋递给厄尔布，他们都抽起烟来。末了，菲利普站了起来，因为很可能有人找到他的住处，等着他出诊呢。他同他们握手告别。看得出来,他们很高兴他能留下来跟他们一起吃饭,而且他们也知道他这顿饭吃得很香。

"再见,先生。"厄尔布说,"我妻子下次生孩子时,希望我们还能碰到像你这样的好大夫。"

"去你的,厄尔布,"妻子回嘴道,"你怎么知道还会有下一次?"

114

三个星期的助产护理工作已接近尾声。菲利普已经护理了六十二个产妇,觉得累极了。最后那晚,他十点钟左右才回到家,祈祷晚上不会再有出诊的任务了。这十天来,他晚上没有睡过一个囫囵觉。他刚刚去的这一家怪吓人的。来叫菲利普的是一个身材高大魁梧、喝得醉醺醺的男子,菲利普跟着他来到一个臭气熏天的院子,去到一间狭小的顶楼,那里比他去过的任何屋子都脏。一张木床占据了屋子里的大部分空间。床上挂着脏兮兮的红帐幔,屋顶低得菲利普伸手便能摸到;借着一根蜡烛发出的微弱光亮——蜡烛上爬满的虫子被蜡烛烧得发出吱吱声——菲利普走到床前。产妇是个相貌粗俗的中年妇女,她以前已生过几胎死婴。这种事菲利普以前并不是没有听说过。她的丈夫曾在印度服过兵役,道貌岸然的英国当局强加给这个国家的法律,让各种令人头疼的疾病蔓延开来,受害的是无辜的百姓。菲利普打着哈欠,脱掉衣服,洗了个澡,随后把衣服拿到浴盆这边抖了抖,抖落下来的小虫子在水面上蠕动着。他正要去睡觉,突然听到了敲门声,医院门房又给他送来了一张卡片。

"真倒霉,"菲利普说,"你是我今晚最不想见到的人。是谁送来的卡片?"

"我想是产妇的丈夫,先生。用告诉他让他等一等吗?"

菲利普看了一下卡片上的地址,这是他熟悉的一条街道。他跟门房说,他可以找过去。菲利普赶忙穿好衣服,五分钟后,他便提着他的黑皮包来到街上。站在暗处的一位男子走上前来说,他就是那位丈夫。

"我想,我还是等等你吧,"他说,"那儿的人都很粗野,他们又不认识你是谁。"

菲利普笑了起来。

"谢谢你的好意,他们都认识大夫的,我以前去过比魏菲尔街更不安全的地方呢。"

此话的确不假。医生的黑皮包便是去到那些破街小巷和肮脏院落的通行证,单个警察是不敢轻易去那些地方的。曾有那么一两次,一伙人好奇地望着菲利普走过去,他听到他们在咕哝着什么,后来有个人说:"这是医院的大夫。"

在他走过他们身边时,其中的一两个跟他打招呼说:"晚上好,先生。"

"如果您不介意的话,我们得加快步子了,先生,"跟他一起走着的这位丈夫说,"他们跟我说,情况紧急,一刻也不要耽搁。"

"那你为什么不早一点来找我呢?"加快了脚步的菲利普说。

在经过一盏路灯时,菲利普看了一下身边的人。

"你看上去真年轻啊。"他说。

"我刚满十八岁,先生。"

他长得眉清目秀,脸上还没有长出胡子,看上去还是个孩子;他个子不高,但很壮实。

"你这么年轻就结婚了。"菲利普说。

"不得不结了。"

"你挣多少钱呢?"

"十六先令,先生。"

一个星期十六先令是不够养活妻子和一个孩子的。这对年轻夫妻住的屋子便足以表明他们赤贫的生活状态了。屋子的大小本来是适中的,可因为里面几乎什么家具也没有,所以看上去显得很大;地上没有铺地毯,墙上空空的,什么都没有。在大多数人家里,总挂着些镶在廉价镜框里的照片,或是从圣诞节增刊的画报上剪下来的图片。病人就躺在那种价格最便宜的铁床上。看到她竟然那么年轻,菲利普不禁吃了一惊。

"天啊，她连十六岁也不到。"菲利普对旁边帮忙照看的妇女说。

她在卡片上填写的年龄是十八岁，可当她们的年龄不够时，往往会多报上一两岁。她长得很漂亮，这样的长相在这一阶层的人们中间并不多见，因为低劣的食物，污浊的空气，以及危害健康的职业，女性的容颜往往会受到损坏。而她容颜清秀，一双大大的蓝色眼睛，浓密的黑发被精心地梳成了女小贩的发式。她和她的丈夫都很紧张。

"你最好就等在外面，如果有需要就叫你。"菲利普对他说。

现在能清楚地看到他，菲利普对他孩子般的神态举止再次感到诧异。你会觉得，他本应在街头跟其他孩子们一起玩耍，而不是在这里焦急地等待婴儿的出生。几个小时过去了，直到将近深夜两点，孩子才生下来。一切似乎都进展得很顺利，丈夫被叫了进来，看到他亲吻妻子时不好意思的窘态，菲利普心头一阵感动。随后，菲利普整理好了他的器具。临走时，他又一次摸了病人的脉搏。

"哎哟！"他喊了一声。

他迅速地望了她一眼。不好，出事了。在出现紧急情况时，必须把高级助产大夫请来，他有医生资质，这个地区由他负责。菲利普很快写下一张便条，交给病人的丈夫，叮嘱他要跑着将纸条送去医院，一定要快，因为他妻子的情况非常危险。他赶忙去了。菲利普焦急地等待着，他知道产妇在大出血，快要死了；他担心在他的上司到来之前她就会死去；他采取了他所能采取的一切措施。他衷心地希望这位高级助产大夫千万不要被叫到别的地方去。时间过得真慢。终于，这位大夫来了，他一边检查着病人，一边低声问着菲利普一些问题。菲利普从他的脸色看出，他认为情况很严重。这位大夫名叫钱德勒。他个子很高，话不多，鼻子很长，一张清瘦的脸上过早地有了许多皱纹。他摇了摇头。

"出现这种病状，从一开始就没有救了。她的丈夫在哪里？"

"我叫他在楼梯那里等着。"菲利普说。

"快让他进来吧。"

菲利普拉开门喊他。他正坐在楼梯的第一个台阶上。他很快来到了床前。

"怎么样啦?"他问。

"哦,你妻子是体内出血,没有办法可以止住。"说到这里,高级助产大夫迟疑了片刻,因为说出后果是件令人痛心的事,他强迫着自己的声音变得严厉起来。"她要死了。"

这位丈夫没有作声。他只是静静地立在那里,看着他的妻子。她躺在病榻上,面色苍白,已经失去了知觉。这时,接生婆说了话。

"大夫们都尽了力了,哈里,"她说,"我从一开始就知道,事情会这样。"

"住嘴。"钱德勒说。

窗户上没有帘子,夜色似乎在渐渐褪去;黎明虽还没有到来,可已经快了。钱德勒用尽一切办法,想让这个女人多活一会儿,但生命仍从她身上悄悄地溜走;突然之间,她死去了。她的丈夫两只手扶着铁床栏杆,站在床的末端;他没有说话,可脸色和嘴唇都变得煞白,有一两次钱德勒用不安的眼神望着他,担心他就要晕过去了。接生婆失声哭了起来,可他并没有理会她。他的眼睛盯在妻子身上,眸子里全是惶惑的神情,像一只不知为何故便挨了主人一顿鞭挞的小狗。在钱德勒和菲利普收拾着他们的器具时,钱德勒转向了丈夫说:

"你去躺一会儿吧。我想,你就要累垮了。"

"这儿没有我躺的地方,先生。"他回答说,声音里带着一种令人痛苦的谦卑。

"你不认识这栋楼里的人吗?让他们借给你一张便床。"

"不认识,先生。"

"他们是上个星期刚住进来的,"接生婆说,"他们谁都不认识呢。"

钱德勒有些尴尬地踌躇了一会儿,临了,他跟这个男孩说:"我很难过,发生了这样的事。"

他伸出手来,男孩本能地瞧了瞧自己的手看是否干净,而后,他握了大夫的手。

"谢谢您,先生。"

菲利普也跟他握了握手。钱德勒告诉产婆早上到医院去取死亡证明书。然后,他们俩离开了那座房子,一起默默地朝前走了一会儿。

"这种事最初总会让人感到难受的。"

"是的。"菲利普回答。

"如果你觉得累了,我会告诉医院门房今晚别再叫你出诊了。"

"我的护理工作在今早八点就会结束了。"

"你护理了多少产妇?"

"六十三个。"

"很好。你可以得到合格证书了。"

他们到了医院,高级助产大夫去看是否有人找他。菲利普穿过医院,走到了外面。昨天一整天都非常热,甚至到了第二天早晨,空气中仍然弥漫着一股热气。街道上静悄悄的。菲利普还不想去睡。这项工作已经结束,他不必再赶时间了。他信步走着,享受着这份静谧和清新的空气。他想去到桥上,看看破晓时分的河面。街角的一位警察跟他打招呼。他从黑色的手提包,认出了菲利普是个医生。

"晚上出诊,回来迟了呀,先生。"警察说。

菲利普点了点头,继续往前走。最后,他倚在桥边的栏杆上,面朝着东方。这座巨大的城市此时就像是一座死城。天空中没有云彩,随着白昼的临近,星辰变得暗淡了;河面上罩着一层纱幔般的雾气,河北岸的那些高大建筑物犹如一座中了魔咒的岛屿上的宫殿。一组驳船停泊在河中央。一切都沐浴在一种神秘的紫罗兰色调里,既乱人心意,又令人生畏;不过,很快一切就都变成了一种冷冷的灰白色。接着,太阳升了起来,一道黄色的光芒悄然划过天空,天空刹那间变成了五彩缤纷的颜色。可菲利普怎么也拂不去死在他眼前的那个苍白、憔悴的女孩形象,以及站在床边、像挨了打的小狗似的那个男孩。那间又脏又寒碜的屋子更是加剧了菲利普痛苦的感觉。在刚刚踏入人生的这样一个门槛时,一场突如其来的不幸便夺走了她花季一样的生命,这未免有些太残忍了。不过,就在他这样自言自语的当儿,菲利普蓦然想到了她如果还活着将会面临的命运:生儿育女,与贫困做凄

603

苦的抗争，劳作和贫穷消损了她的青春，使她过早地进入邋遢的中年——他仿佛看到她美丽的面庞变得瘦削，苍白，头发变得稀疏，白嫩的手由于长年累月地干粗活，变得像动物的爪子一样——她的丈夫度过了青壮年期之后，工作难找，工资微薄，他们必然会是一个凄苦的、穷愁潦倒的结局。也许，她很勤勉，很节俭，可这也改变不了她的命运；到最后，她不是进了济贫院，就是靠儿女们接济着过日子。生活如此艰难，谁又会因为她的早逝而可怜她呢？

怜悯是无用的。菲利普觉得，怜悯不是这些穷人们所需要的。他们并不可怜他们自己，他们泰然接受他们的命运，这是事物的自然法则。否则，他们就该一窝蜂地冲到高楼巍然耸立的对岸，去掠夺，去纵火和洗劫。此时，灰蒙蒙的天色变得亮堂起来，雾气变得稀薄；一切都被罩在柔和的光晕里；泰晤士河面上呈现出灰色、玫瑰红色和绿色，灰色如珍珠母的光泽，绿色如黄玫瑰的花蕊。萨里·塞得公司的码头和一座座仓库簇拥在一起，呈现出一种无序的美。这景色太迷人了，菲利普的心激动地跳着。他完全被这世界的美所陶醉了。与此相比，其他的一切似乎都显得微不足道了。

115

冬季学期开始前还剩下的几个星期，菲利普是在门诊部里度过的，十月份一开学，他便转入了正常的学习。他离开医学院的时间太长了，发现自己周围几乎全是新面孔；不同年级的学生之间很少有来往，和他同一年级的学生们现在大都毕业了。有的离开这里后，去了乡村医院或是诊所当助手或医生，有的在圣卢克医院里任职。他想，脑子闲下的这两年使他恢复了精神，现在，他能够精力充沛地学习了。

菲利普的命运一下子有了这么大的改变，阿特尔尼一家都为他感到高兴。变卖伯父的遗产时，他从中留下了几件东西作为礼物送给了他们。他把伯母留下的一个金项链送给了萨利。萨利现在已经出落成了大姑娘。她在里金特街上的一家裁缝店做学徒，每天早晨八点动身去上班，在那里要做一整天的活儿。萨利有一双率真的蓝眼睛，宽宽的前额，丰美而富有光泽的头发；她体态丰腴，臀部丰硕，胸脯丰满。她的父亲每每喜爱谈论她的相貌，总是提醒她说，千万不要长成个胖妞。她能吸引人们的眼球，是因为她健康，性感，富于女人味儿。她有许多追求者，但他们都打动不了她的芳心；她似乎把谈情说爱看成是荒唐事，这样一来，不少小伙子都觉得她太难接近了。萨利比她的实际年龄显得成熟，她常常帮着母亲做家务，带弟弟妹妹们，因此，她渐渐养成了一种爱管人的习惯，为此，她的母亲常常说，萨利有点太喜欢自作主张了。随着年岁增长，她似乎有了一种能欣赏事物的幽默感，她那不多的话语表明：在她平静、淡然的外表下面，她能察觉出同伴们言谈举止的可笑之处。菲利普发现，他跟萨利怎么也不能像跟阿特尔尼家其他成员那样亲密无间。有的时候，她的冷淡让他略感气恼。她的内心，有让人猜不透的谜。

菲利普给萨利项链时，阿特尔尼大声嚷嚷着非要她吻菲利普一下，可她却脸红了，缩了回去。

"不，我不想这么做。"她说。

"你这不知感恩的野丫头！"阿特尔尼喊，"你为什么不呢？"

"我不喜欢让男人吻我。"她说。

菲利普看到她不好意思的样子，觉得挺逗，随后，他将阿特尔尼的注意力引到了别的话题上。做到这一点，对菲利普来说并不难。可萨利的母亲事后显然跟她谈过这件事，因为当菲利普下一次再来的时候，她趁只有他们俩在一起的机会，跟菲利普提到这件事。

"上个星期我不肯吻你，你不会认为我这个人不懂理吧？"

"哪里会呢。"他笑着说。

"我心里是感激你的。"她的脸微微地红了，"我会永远珍惜这条项链的，你真好，能把它送给我。"

菲利普发现，跟她说话有点难。她把一切该做的事情都做得很好，只是觉得似乎没有与人交谈的必要；然而，你在她身上又看不出一丁点儿的不友好。一个星期天的下午，阿特尔尼和妻子都出去了，菲利普（他早已被视作这家庭里的一员了）坐在客厅里看书,这时萨利走进来,坐到窗户那里,做起了针线活儿。那个时候,女孩子的衣服都是她们自己在家里做的,萨利在星期天自然也没闲着。菲利普觉得她似乎有话说,于是放下了手中的书。

"继续看你的书吧,"她说,"我只是觉得你独自一人,所以过来跟你坐坐。"

"你是我遇到的最不爱说话的女孩。"菲利普说。

"我们不想让这个家里再出一个话痨。"她说。

她的语调里没有嘲讽,她只是在陈述一个事实。不过,在菲利普听起来,她的父亲在她眼里已不再是她童年时代所认为的英雄,在她的头脑里,她已经将他的酷爱交谈与不知节俭常把家里弄得入不敷出联系在了一起。她把他的夸夸其谈跟母亲的务实精神和通情达理相比较,尽管父亲活泼的性格仍使她觉得有趣,可有时也让她感到了一些不耐烦。在她低头做着针线活儿时,菲利普注视着她。她发育良好,体格健硕。如果让她与店里的那些胸脯扁平、面色苍白的女孩们站在一起,你会觉得她是她们中间的绝色。

此后不久,听人们说有个小伙子向萨利求婚了。她有时跟着裁缝铺里的同事们一起出去,认识了一个年轻人,他在一家不错的公司里当电气工程师,是个再合适不过的人选。有一天,她告诉母亲这个小伙子向她求婚了。

"你是怎么回答人家的?"她的母亲问。

"噢,我告诉他,我现在并不急着嫁人。"像她平时说话时一样,她往往会中间停顿一下,"他总跟我说这件事,于是,我说他可以星期天到家里来用茶点。"

这对阿特尔尼来说,可是个能高兴的好机会。整整一个下午,他都在排演他如何扮成一个严厉的父亲,给这个年轻人一顿教诲,把孩子们逗得咯咯地笑个不停。就在这个年轻人快要到来之时,阿特尔尼翻箱倒柜,找出了一顶土耳其帽,硬是要把它戴在自己头上。

"快别闹了,阿特尔尼。"他的妻子说。眼下,她也穿上了她最好的那件黑天鹅绒衣服,因为她一年比一年胖了,这件衣服穿在身上也显得紧了,"你会把孩子的机会给搅黄的。"

她试图摘下他头上的那顶帽子,可这个小个子男人敏捷地躲开了。

"放手,老婆。什么也不能让我把它摘下来。必须叫这个年轻人马上晓得,他准备进入的可不是一个普通的家庭。"

"让他戴着吧,妈妈。"萨利以她那平静、淡然的语气说,"如果唐纳森先生连这一点也接受不了,那便意味着他可以走人,我也正好就摆脱他了。"

菲利普觉得,这位年轻人所要面临的将是一场严峻的考验。阿特尔尼身着棕色的天鹅绒大衣,系着黑领带,头上一顶红色的土耳其帽,就这身打扮也得叫这位没见过世面的电气工程师惊得目瞪口呆。在他进来时,房子的男主人以高贵的西班牙贵族礼节跟他打招呼,阿特尔尼太太则是用简单、自然的方式招待他。随后,宾主都围着那张熨衣服的旧桌子,坐在了修道士的那种高背椅子上,阿特尔尼太太用一把亮锃锃的茶壶给他倒茶水,这茶壶具有英格兰乡村喜庆的特色。阿特尔尼太太亲手做了一些小饼,桌上还摆着自制的果酱。这是一顿别具乡村风味的茶点。在菲利普看来,在这座英国詹姆士一世时代的建筑里,吃这样的茶点,显得既古雅又迷人。阿特尔尼不知怎么突发奇想,谈起了拜占庭的历史;他最近一直在读《衰亡史》①的后几卷,此时,他有力地挥着他的食指,给这位不胜惊诧的追求者的耳朵里灌输着关于西奥多拉②和艾琳③的丑闻。他对着这位客人一股脑儿滔滔不绝地倾泻着,年轻人被弄得哑口无言,局促不安,可还得不时地点点头,表示他听懂了,也很感兴趣。阿特尔尼太太对索普的谈话没有兴趣,她不时地打断他,给这位年轻人添上茶水,或是请他再吃一些饼和果酱。菲利普注视着萨

---

① 指《罗马帝国衰亡史》,共六卷,其作者是英国历史学家爱德华·吉本(1737—1794)。

② 西奥多拉(508—548),拜占庭女皇,查士丁尼一世的妻子。

③ 艾琳,希腊神话中的和平女神。

607

利,她坐在那里,眼眸低垂,从容恬静,心无旁骛,长长的睫毛在脸上投下很好看的影子。你很难看出她对现在的情形是否感兴趣,也很难看出她是否喜欢这个小伙子。她是个猜不透的谜。不过,有一点是肯定的:这个电气工程师长得好看,帅气,胡子刮得干干净净,有一张和善诚实的面庞;他个子很高,身材匀称。菲利普不由得想,他们两人真是天造地设的一对,想到他们将来可能会有的幸福,他心里生出一阵嫉妒。

不久,这位追求者说,是该告辞的时候了。萨利起身,默默地送他到门口。她刚回到屋里,她父亲便又嚷了起来:

"噢,萨利,我们认为你的这个求婚者真是太棒了。我们随时欢迎他成为家里的一员。我们发一则结婚预告吧,我将为你谱写一首结婚曲。"

萨利开始收拾桌上的茶具。她没有对父亲的话做出反应。突然,她迅捷地瞥了菲利普一眼。

"你觉得他怎么样,菲利普先生?"

她总是拒绝称呼他菲尔叔叔,也不叫他菲利普。

"我觉得你们将会是非常般配的一对。"

她又快速地扫了他一眼,而后继续做着她的活儿时,脸稍稍地红了。

"我认为他是一个善良、说话和气的年轻人,"阿特尔尼太太说,"我想,他是那种能让女孩幸福的男人。"

有一两分钟萨利没有作声,菲利普好奇地望着她。此时,你可以认为她正在考虑母亲刚才说的话,也可以认为她是在想着她心目中的白马王子。

"萨利,别人跟你说话,你为什么不应声呢?"母亲有点恼火地问。

"我觉得他很傻。"

"那你是不愿意了?"

"是的,我不愿意。"

"我真不知道你还有什么可不满意的,"阿特尔尼太太说,很显然,她现在已经有些生气了,"他是个很体面的年轻人,他能给你一个舒适的家。就是没有你,我们家里要养的人也够多了。你有这样的机会而不去把握,简直是作孽。我敢说,你嫁了他,准能雇得起一个女孩帮你做粗活。"

菲利普以前从来没有听阿特尔尼太太这样直截了当地提到过生活中的难处。看得出来,天下做母亲的,都想让自己的孩子有个好归宿。

"你再说也没有用,妈妈,"萨利平静地说,"我是不会嫁给他的。"

"我觉得你是个硬心肠、冷酷、自私的女孩。"

"如果你想让我自己去谋生,妈妈,我可以去当仆人。"

"不要说傻话,你知道你父亲是不会让你这么做的。"

菲利普无意间看到了萨利的眼神,他觉得她的眸子里闪烁着戏谑的光。他不知道是刚才谈话中的什么地方触发了她的幽默感。她真是个奇怪的女孩。

116

在圣卢克医学院的最后一年,菲利普必须刻苦攻读。他对现在的生活十分满意,没有忧虑,有足够的钱满足生活上的各种需要。他曾听有些人颇为轻蔑地谈到钱,他不晓得这些人否体会过没有钱的艰辛。他知道,贫穷会使人变得卑劣、小气和贪婪,会扭曲人的性格,让他从庸俗的角度去看待世界。当你不得不考虑如何节俭地花手中的每个铜板时,金钱就变得异乎寻常地重要起来:此时,你得有非常强的能力,才能对金钱的价值做出恰当的评断。他平日都是独处,除了去阿特尔尼一家,没有造访过任何人,可他并不觉得孤单,他沉浸在对自己未来蓝图的规划中,有时也会想起过去,想起他的那些老朋友来,可也只是想想而已。

他很想知道诺拉·内斯比特怎么样了,她现在应该是冠另外一个丈夫的姓氏了吧，可他怎么也想不起她要嫁的那个男人的名字了。他很高兴能认识她，她是个善良而又有勇气的女孩。

有天晚上，大约十一点半，他看见劳森走在皮卡迪利大街上，他穿着晚礼服，也许是刚看完戏在回家的路上。菲利普受着本能的支配，一下子拐进了旁边的一条小街巷里。他有两年没见过劳森了，他觉得现在很难再继续他们中断了的友谊。他和劳森之间已经再没有什么共同的语言。菲利普现在似乎比以往任何时候都能更好地欣赏美，可艺术显然对他已经不重要了。现在，他是从生活的各种无序状态中间，去编织着他人生的图案；编织这一图案中所运用的材料，使得那一用颜料和语言来进行的创作显得微不足道了。劳森已完成了他的使命。菲利普跟他的友谊曾经是他现在所编织的这幅图案中的一个动力，忽视这位画家已不再对他具有重要意义的这一事实，只是感情用事罢了。

有时，菲利普也会想起米尔德里德。他有意避开那些可能会遇见她的街道，可偶尔出于某种感情，或许是好奇心，又或许是某种更深的他不愿意承认的情感，在她可能出现的时间他会徜徉在她常去的皮卡迪利大街和里金特大街上。他不清楚他到底是希望见到她，还是害怕见到她。有一次，他看到一个背影酷似她的女孩，有片刻的工夫，他觉得这个人就是她；这给予他一种异样的感觉：一种内心的深深的痛，其间还夹杂着惧怕和一种令人作呕的沮丧。在他赶上前去，发现弄错人时，不知道当时他感到的究竟是宽慰，还是失望。

八月初，菲利普通过了最后一门外科学的考试，拿到了毕业证书。自从他进入圣卢克医学院，已经过去了七年。他现在已年近三十了。他拿着证书走下皇家外科学院的楼梯时，内心感到了极大的满足。

"现在，我真的是要开始一种新的生活了。"他想。

第二天，他到学院秘书办公室去登记自己的名字，申请医院的一个任职岗位。秘书个子不高，为人随和，唇上蓄着黑胡子，对人和蔼可亲。他对菲利普的成功表示了祝贺，然后说："我想，你不会喜欢到南部海滨去做一个月的代理医生吧？管吃管住，一个星期还能挣三个几尼。"

"我并不介意去那儿。"菲利普说。

"是在多塞特郡的法恩利，索斯大夫那里。要去就得马上动身，他的助手得了腮腺炎。我想，那是个很怡人的地方。"

秘书讲话的态度有些暧昧，让菲利普产生了些许疑惑。

"这中间是不是还有些事情呢？"他问。

秘书迟疑了片刻，随后笑了，带着一种抚慰的口吻说："哦，事情是这样的，据我了解，这位索斯大夫是个比较固执，古怪的老头。介绍所不再给他派助手了。他讲话很直，人们都不太喜欢这样。"

"你认为他会愿意要一个刚刚取得资格的人吗？毕竟，我一点经验也没有。"

"他得到你，应该很高兴才对。"秘书圆滑地说。

菲利普想了一会儿。接下来的几个星期，他并没有什么事情可做，再说，能有机会挣点钱，也是件值得高兴的事。他可以把挣下的钱存起来，等他到思慕已久的西班牙度假时用——他打算在圣卢克医院或其他医院任职结束后，便要做这趟旅行。

"好吧，我去。"

"需要强调的是，你今天下午就得动身。可以吗？如果行，我马上就去发电报。"

菲利普本想着休息几天，不过，昨天晚上他已经去过阿特尔尼家告诉他们考试通过的消息，现在真的没有什么理由让他不可以马上动身。他几乎没有什么行李需要打包。当晚七点，他已经出了法恩利火车站，乘了一辆出租马车去往索斯大夫的诊所。那是一座宽敞、低矮的拉毛粉饰的房子，墙上覆满了五叶地锦。菲利普被领进门诊室。一位老人正坐在桌前写着什么。女仆带菲利普进来时，他抬起了头。索斯大夫并没有站起来，也没有说话，只是瞧着菲利普。菲利普不由得有些吃惊。

"我想，你正在等着我的到来吧，"菲利普说，"圣卢克医院的秘书今天早晨给你发了电报。"

"我把晚饭推后了半小时。你要洗漱一下吗?"

"好的。"菲利普说。

索斯大夫有些古怪的举止让菲利普觉得挺有趣。索斯大夫站了起来,他中等身材,颇为瘦削,满头白发剪得短短的,嘴唇总是紧紧地抿着,以至于让人觉得他似乎没有长着嘴唇似的;除了脸颊两侧留着的连鬓胡外,脸上刮得干干净净的。这些连鬓胡须让他那有着宽腭骨的脸庞显得越发方正。他穿着棕色的苏格兰呢服,系着一条宽大的白色硬领带。衣服松垮地耷拉在他的身上,像是穿上了某个壮汉的衣服似的。他看上去像是英国十九世纪中叶的一位乡绅。他打开了房门。

"那里是餐厅。"他指着对面的那扇门说,"上了楼梯平台后的第一个门就是你的卧室。洗完就下来。"

吃晚饭的时候,菲利普留意到索斯大夫在观察他。菲利普没有多说话,他觉得对方并不想听助手的叨叨。

"你什么时候取得的资格?"他突然问。

"昨天。"

"上过大学吗?"

"没有。"

"去年,我的助手去度假时,他们给我派来一个大学生。我告诉他们以后再也不要给我派这样的人,绅士派头太足了。"

接着,是一阵沉默。晚餐虽简单,味道却很好。菲利普的外表看似很平静,可他的内心却是激情喷涌。能做一名助理医生,真是太令他激动了,让他觉得自己一下子成熟了不少。他极想毫无理由地纵声大笑,他越想到这份职业所具有的体面和尊严,越是忍不住要咯咯地笑了出来。

可索斯大夫突然打断了他的思绪。

"你多大了?"

"马上就三十了。"

"你怎么才毕业呢?"

"我快到二十三岁时才开始学医,在这期间,又不得不中断了两年。"

"为什么?"

"因为贫困。"

索斯大夫好奇地看了他一眼,没再说话。吃完晚饭,他从桌前站了起来。

"你知道这里行医的对象是谁吗?"

"不知道。"菲利普回答。

"主要是渔民和他们的家人。我负责工会和海员医院。以前这里只有我一家诊所。可自从他们要把这地方搞成海滨旅游胜地,有个人在山崖上又开了一家诊所,有钱人都跑到他那里看病去了。来我这里的都是些没钱请不起医生的人。"

看得出来,那个竞争对手是老人的一块心病。

"你知道,我一点儿行医的经验也没有。"菲利普说。

"你们这些人都是什么也不懂。"

说完,他便走出了餐厅,留下菲利普独自待在那里。女仆进来收拾碗盘时,她告诉菲利普索斯大夫是在早上六点到下午七点看诊,今天晚上的工作已经结束。菲利普从睡房取来一本书,点了一袋烟,便看起书来。最近几个月,他每天读的都是医学书籍,现在拿起一本闲书来读,觉得真是享受。晚上十点钟时,索斯大夫进来看菲利普。菲利普喜欢把脚抬起来放着,他刚才另搬过来一把椅子,把脚搁在了上面。

"你似乎很会让自己舒服。"索斯大夫说,他那副严厉的表情要在平时会令菲利普感到不安,可今天他的心情太好啦。

回答他时,菲利普的眼睛里仍闪烁着愉快的光。

"你对此有意见吗?"

索斯大夫看了他一眼,并没有直接回答他的问题。

"你在读什么书?"

"是斯摩里特[①]写的《佩里格林·辟克尔》。"

"哦,碰巧我也知道斯摩里特写的这本《佩里格林·辟克尔》。"

---

① 斯摩里特(1721—1771),英国小说家。

"搞医的人一般对文学都没有多大的兴趣，你说是吗？"

菲利普刚才已把书放在了桌子上，此时索斯大夫拿起了它。这是布莱克斯特伯尔教区牧师的一部藏书。书不厚，用摩洛哥羊皮做的封面已经有些褪色，里面是用版画做扉页和插图；纸张因为时代久远，上面有了些霉点。当索斯大夫拿起这本书时，菲利普无意识地将身体往前倾了倾，眼里流露出一丝笑意。这一切都没有逃过老医生的眼睛。

"我让你觉得好笑吗？"他冷冷地问。

"我能看出来你喜欢书。看人们拿书的动作或方式，便能知道这一点。"

索斯大夫马上把小说放下了。

"早饭是在八点半。"他说着离开了房间。

"真是个有趣的老头儿！"菲利普想。

他不久便发现，为什么索斯大夫的助手们觉得他难以相处了。首先，他反对最近三十年以来在医学界的所有新发现；其次，他对这样的药物完全没有兴趣，这些药在流行起来时被认为有奇特的疗效，结果几年后便被世人弃之不用了；他有从圣卢克医院带回来的混合药剂配方（他曾是那里的学生），并且一辈子靠着这些配方来行医。他发现这些混合药剂的疗效与后来流行起来的各种新药相差无几。菲利普见索斯大夫对无菌操作有疑问，感到吃惊；索斯大夫只是为了尊重大众的普遍认知，才接受了无菌操作；不过，他会非常小心地根据圣卢克医院规定的那些注意事项去做，而且，他在进行无菌操作时，其态度之不屑和勉强也是显而易见的。

"我见过防腐剂的出现，它将以前这方面的药物一扫而光，接着，没过多久，我又看到无菌操作替代了它。真是荒唐！"

被派送过来的年轻人只知道大医院的行医方式，他们来到这里时，仍然带着在大医院里形成的对普通诊所医生的轻蔑和成见；然而，他们在医院里只是见过病房里出现过的一些疑难杂症；他们知道如何诊治肾上腺体的疑难病症，却对伤风感冒一类的常见病束手无策。他们的知识还停留在理论层面，可他们的自信却是无边无际。索斯大夫抿着嘴唇注视着他们。他幸灾乐祸地向他们指出，在行医方面他们有多么无知，他们的自信或自负又是多么毫无根据。诊所是给贫穷的渔民们看病，利润微薄，所以索斯大夫都是按照药方自己配药。大夫问他的助手，如果他给一个闹肚子疼的渔民所开的混合药剂里，竟放进了五六种名贵药材，那他怎么还能让诊所收支平衡呢。他还抱怨说，这些年轻的医务人员缺乏文化素养：他们的阅读只限于《体育时报》和《英国医务杂志》；不但他们的书写很糟糕，而且单词拼写也多有错误。

有两三天的时间，索斯大夫密切注视着菲利普，准备一逮着机会，便给予他刻薄的嘲讽；对此心知肚明的菲利普平心静气地干着自己的工作，心里却不免觉得好笑。他对自己职业上的改变，感到一种由衷的喜悦。他喜欢这种独立和受人尊重的感觉。各种各样的人来到诊所看病。他为自己能给予病人信心而颇感自豪；而且能观察到病例治愈的全过程，也令人欣慰，在大医院里往往是间隔很长一段时间才能见到这么一例。他经常去到那些屋顶低矮的农舍里巡诊。在那些屋子里，有渔具，风帆，远航带回来的纪念品，日本的漆盒，美拉尼西亚①的鱼叉和船桨，或是从斯坦布尔②的集市上买回来的匕首。在这些闷热的小屋里，却有着浪漫的气息，大海的咸味使屋子的空气里增添了一种苦涩和清新。菲利普喜欢跟那些海员们聊天，而海员们发现菲利普不像其他医生那么高傲时，也给他讲了许多他们年轻时去远海航行的故事。

在诊断中，他出过一两次错，因为他以前从未见过麻疹病例，在遇到一个病人发疹时，他把它当成了一种病因不明的皮肤病；还有那么一两次，他的治疗思路与索斯大夫的不一样。在第一次出现这种情况时，索斯大夫狠狠地嘲讽了菲利普一顿；可菲利普并没有生气，他有些巧辩的才能，只消回敬他一两句，索斯大夫就会中途停下来，诧异地看着菲利普。此时的菲利普一脸的严肃，可眼睛里却闪烁着戏谑

---

① 美拉尼西亚，西南太平洋的岛屿。
② 斯坦布尔，即土耳其城市伊斯坦堡。

615

的光,这不由得让这位老医生觉得菲利普是在拿他开心。他以前习惯了被助手们讨厌或是害怕,这对他是一种新的经历。他有心发一顿脾气,然后打发菲利普坐下一趟火车滚蛋,他以前不是没有那么做过。可是,这一回他有种不安的感觉:要是他那么做了,菲利普一定会当面嘲笑他的;于是,突然之间,他觉得这一切都挺好笑。他的嘴唇违心地挤出了一个笑,随后便走开了。不久,他意识到菲利普是在故意拿他开心。起初他有些吃惊,后来,他倒觉得好笑了。

"他这也有点太放肆了,"他咯咯地笑着对自己说,"有点太放肆了。"

117

菲利普给阿特尔尼写信,告诉他自己正在多塞特郡做代理医生,不久便收到了回信。阿特尔尼的信是用他惯常的那种颇为正式的文体写的,里面堆砌着华美的辞藻,像是波斯王冠上缀满了珍贵的宝石。字体也非常漂亮,颇似黑体铅字,只是难以辨识,他常常为这手漂亮的字体而感到自豪。阿特尔尼建议菲利普来肯特郡的蛇麻子草地,与他和他的家人们汇合,为了说服菲利普,他还将菲利普的心灵与蛇麻草的柔蔓和卷须放在一起,做了优美而又繁复的描绘。菲利普立即回信说,等代理医生的工作一结束,即刻前往。虽然不是出生在那里,菲利普对塞内特岛却有着一种特别的情感,想到很快就能回到大地母亲的怀抱,想到会在像阿卡迪亚[①]橄榄林一样富于田园风光的地方待上两个星期,他的心里便燃起火一样的热情。

菲利普在法恩利四个星期的聘期很快就要结束了。山崖上,一座新城正拔地而起,一幢幢红砖砌的别墅被新建的高尔夫球场环绕着,一座大型的酒店刚刚竣工,开始接待来这里度夏的游客。不过,菲利普很少到那边去。山坡下面,在码头的旁边,是十九世纪建造的小石

[①] 阿卡迪亚,古希腊一山区,素以人民生活淳朴、宁静而著称。

头房，它们错落有致地簇拥在一起，狭窄、陡峭的街道有种古色古香的风貌，唤起人们美好的想象。靠近海边的一排排的房子，前面都有一个小巧玲珑的花园；这里居住着已退休的商船队的船长们，和靠海为生的男人的母亲或是寡妇们，这些房子给人一种古雅恬静之美。驶入这个小港口的，有来自西班牙和地中海诸国的不定期、小吨位的货船，不时地还有一些帆船被浪漫的海风带进港湾里来。这使菲利普想起了布莱克斯特伯尔那又小又脏的码头，以及停泊在那里的运煤船。他想，正是在那儿，使他萌生了那如今已拂之不去的欲望，即周游东方诸国和热带海洋中那些光照充足的岛屿。不过，在法恩利这边，你会觉得自己比在视野受局限的北海岸，更接近浩瀚深邃的大海。在这里，当你眺望浩渺无垠的海面时，你不禁会深深地吸上一口气，这西风，这轻柔的带着咸味的英格兰海风，能提起你的精神，同时又能陶冶、抚慰你的心灵。

一天晚上——这是菲利普待在这里的最后一个星期——在老大夫和菲利普正配药的当儿，有个孩子来到外科手术室的门前。这是一个衣衫褴褛的小女孩，脸上脏兮兮的，光着脚板。菲利普为她开了门。

"哦，先生，请马上去艾维巷弗莱彻太太家好吗？"

"弗莱彻太太怎么啦？"索斯大夫在里屋急切地大声问。

那女孩没有理会他，仍旧对着菲利普说："先生，是她家的小宝宝伤着了，你能马上过去吗？"

"告诉弗莱彻太太，我很快就到。"索斯大夫喊。

小女孩踌躇了一会儿，把很脏的手指放进嘴里，静静地站在那儿，看着菲利普。

"到底是怎么啦，孩子？"菲利普笑着问。

"先生，弗莱彻太太说请那个新来的大夫过来。"

从药房那边传出一声响动，索斯大夫走到过厅里。

"难道弗莱彻太太对我不满意了？"他大声嚷着，"从她一生下来，我就开始给她看病了。难道她还怀疑我看不了她的那个臭娃？"

小女孩看上去似乎马上就要哭出来了，可后来她改变了主意；她故意朝索斯大夫吐着舌头，在他还没有从惊诧中缓过劲儿时，她已一溜烟跑了。看得出来,这位老先生有些生气了。

"你看上去很累了,况且,去艾维巷还有一大截子路呢。"菲利普这么说,意在给老大夫找个他可以不必去的理由。

索斯大夫低声叫嚷着:"这段距离,对一个有两条腿的人来说,总比对一个只有一条半腿的人要近得多吧。"

菲利普的脸唰地红了,他默不作声地站了一会儿。

"你是希望我去,还是你自己要去?"末了,菲利普不动声色地问。

"我去有什么用?她们要的是你。"

菲利普拿起他的帽子,去看病人了。晚上快八点钟的时候,他才回来。索斯大夫正等在餐厅里,背对着壁炉站着。

"你这一去,可走了不短的时间啊。"他说。

"抱歉。那你为什么不先吃饭呢?"

"因为我愿意等。你这么长时间一直是在弗莱彻太太那里吗?"

"不是。在回来的路上,我停下来看日落了,看着看着,便忘记了时间。"

索斯大夫没有吭声,女仆端上来了烤小鲳。菲利普津津有味地吃着。索斯大夫突然问他道:"你为什么要看日落?"

菲利普嘴里正咀嚼着满口的食物。

"因为心里高兴。"

索斯大夫奇怪地望了他一眼,苍老疲倦的脸上闪过一丝笑意。随后,两人默默地吃着饭,谁也没再吭声;后来,在女仆给他们拿来葡萄酒、出了餐室之后,老人靠在椅背上,锐利的目光盯着菲利普说:

"年轻人,我刚才提到你的残疾时,刺痛你了,是吗?"

"人们在生我的气时,总会直接或间接地这么说我的。"

"我想,他们知道这是你的弱点所在。"

菲利普面朝着他,眼睛直愣愣地盯着他说:"对这一发现,你是不是很高兴?"

大夫没有回答,只是压着嗓门咯咯地笑了。他们就这样相互对视着坐了一会儿。临了,索斯大夫突然说出一句令菲利普惊讶不已的话。

"你为什么不索性就留在这里呢？我好把那个患腮腺炎的傻瓜辞掉。"

"你对我真好。只是我希望秋天的时候在圣卢克医院谋个职位，这将有助于我以后找到别的工作。"

"我会让你成为我的合伙人。"大夫粗声粗气地说。

"为什么？"菲利普惊诧地问。

"这儿的人们似乎都很喜欢你。"

"我想，这样的一个事实是不会完全合你的意的。"菲利普淡淡地说。

"难道你以为在行医四十年之后我还会在乎人们是喜欢我还是喜欢我的助手吗？不，我的朋友，我和病人之间没有感情可言，我并不想得到他们的感激，他们只要付给我钱就行了。哦，你愿意留下来吗？"

菲利普没有回答。这倒不是因为他在考虑这个建议，而是因为他太惊讶了。给一个刚有行医资格的人股份，这显然太不合情理了，他不无惊奇地发现——当然，他跟谁也不会这么说的——索斯大夫是喜欢上他了。他想，要是把这件事告诉圣卢克医学院的秘书，秘书不定会觉得这事有多好笑呢。

"一年看病的收入大约是七百英镑。我们可以算算你占多少股份，你可以之后逐步偿还给我。在我死后，你就是这个诊所的老板和大夫。我觉得，这要比你在医院混上两三年，然后去做助手，直到你能够自己开业强吧。"

菲利普知道，这是大多数从事他这个职业的人都会抢着去抓住的机会。现在的医疗行业人满为患，他认识的一半的人都会为能得到这样一份收入稳定的工作而心存感激的。

"非常抱歉，但是，我不能。"他说，"这意味着我得放弃这些年来我所追求的一切。我经受过不少挫折和磨难，可在我面前总有个希望，取得做医生的资格后就去旅游；当我早晨醒来时，浑身的骨头都在发痒，在想着离去，我并不在乎前往什么地方，只要能旅游，到我从未去过的地方。"

619

现在，这个目标似乎离他越来越近了。到明年的六七月份，他在圣卢克医院的任期将会结束，那时他就能去西班牙了。他可以在西班牙待上几个月，在他心目中的浪漫国度尽兴地观览。在这之后，他会搭乘一艘货轮去往东方。他还年轻，有足够的时间。他将到那些人迹罕至的地方，到那些陌生人中间，体察他们奇异的生活方式，如果他愿意，就可以在那里待上几年。他不知道他这么做的目的何在，也不知道这些旅行会把他带向何方。不过，他觉得这会有助于他对人生有新的了解，或许，会为他解开一道道人生之谜提供一些线索。即便他什么都没能发现，也足以舒缓那折磨他的躁动不安的心理。可索斯大夫向他表达了好意，如果没有恰当的理由来拒绝人家，像是会显得他不知感恩，不通情理，因此，他腼腆地试着向索斯大夫解释，为什么实现多年的夙愿对他来说是那么重要。

索斯大夫静静地听着，他那双精明的苍老眸子里渐渐融入一股柔情。老人没有勉强菲利普接受他的提议，在菲利普看来，这也是老人心地善良的一种表现。因为在给予别人好处时，给予者往往会显得很武断。索斯大夫觉得菲利普的解释似乎有他的道理，于是便撂开了这个话题，开始讲起了自己年轻时候的事。他曾经在皇家海军长期服役，正是这一与大海的亲密关系，他在退役后选择到法恩利安家。他把在太平洋上航行的往事，以及在中国的那些冒险经历讲给菲利普听。他曾参加远征去讨伐杀人成性的婆罗洲①野蛮人，去过当时还是一个独立国家的萨摩亚群岛，他曾登上珊瑚岛。菲利普出神地听着。后来，他又一点一滴地谈到了他个人的情况。索斯大夫是个鳏夫，妻子三十年前就去世了，他的女儿嫁给了罗德西亚的一个农夫；她的丈夫跟他吵了架，她便十年都没有再回过英格兰。他过着非常孤独的生活，就好像他从来也没有过妻子和女儿似的，他的粗暴其实是掩藏起他彻底的幻灭感的一种保护。在菲利普看来，他就这样活着等待老死，实在是有些可悲。他并非是不耐烦，而是憎恨死亡的到来，他不愿意变老，不甘心让自己屈就于年老带来的种种局限，可又觉得唯有

---

① 婆罗洲，加里曼丹的旧称

死亡才能让他脱离生活的苦海，他的这一矛盾心理着实可怜。此时，菲利普闯入了他的生活，因与女儿长期分离而被扼杀了的亲情——她在争吵中站在她丈夫一边，孙子辈们也从未来看过他——现在便转移到了菲利普的身上。起初，他为自己这么做而生气，他跟自己说这是年迈的一种表现。然而，菲利普身上又的确有什么东西在吸引着他，有的时候，他也不知道为什么就会冲着菲利普笑起来。菲利普并不令他讨厌。有一两次，他将手放在了菲利普的肩头：这种爱抚动作，自从他女儿多年前离开英格兰后，就再也没有了施用的对象。当菲利普离别的日子到来时，索斯大夫到火车站去送他，老人发现自己有说不出来的沮丧。

"我在这儿度过了一段特别愉快的时光，"菲利普说，"你对我真是太好了。"

"我想，你是高兴地离开的？"

"我在这里过得很快活。"

"可是，你想要到外面的世界去闯荡？啊，你还年轻。"说到这里，他迟疑了片刻，"我希望你记着，如果你改变了主意，这里的大门永远对你敞开。"

"你真是太好了。"

菲利普把手伸出车厢的窗户，跟他握手告别。火车徐徐地开出了车站。菲利普想到了即将在蛇麻草场度过两个星期，想到很快便能见到他的朋友们了，觉得很开心；天气格外晴好，也让他高兴。可索斯大夫却缓缓地走回他空荡荡的屋子里。他感到自己格外老了，也格外的孤寂。

118

菲利普到达弗尼时已是晚上了。弗尼村是阿特尔尼太太的老家，她打小就在蛇麻子田里采摘了，至今他们一家仍然年年过来采摘蛇麻子。跟许多肯特郡的乡亲们一样，他们全家每年都是这个季节来这边，并很高兴能借此挣点钱；更主要的是，他们把每年的这趟外出当作是最好的度假方式，早在几个月前便开始期盼。这个活儿干起来并不累，是大家一齐在露天做的。对于孩子们来说，这是一个长时间的愉快野营；在这里，小伙子们与姑娘们相会，每晚干完活儿后，他们会在小巷子徜徉，谈情说爱。随着采集蛇麻子季节的结束，便会迎来婚娶的喜庆日子。大家都是用马车把铺盖、锅碗瓢盆、桌椅拉到田间地头来住；在采摘的这段时间，整个弗尼村都显得空荡荡的。这些村民们很排外，他们不愿意让外地人闯入。对他们来说，伦敦人就是外地人，他们看不起伦敦人，同时也害怕他们，认为他们粗鲁，这些体面的乡下人不屑于跟他们混在一起。在以前，来这里采摘的人都是睡在谷仓里；十年前，在草地边上搭起了一排茅草屋。跟其他村民们一样，阿特尔尼一家也有了自己的一间茅草屋。

阿特尔尼从小酒店借了一辆马车到车站接菲利普，他还在这家小酒店为菲利普订了一个房间。酒店离蛇麻子田只有四分之一英里。他们俩把菲利普的行李留在小酒店，然后去往草地边的茅草屋。那是一条长长的低矮的棚屋，被隔成了许多个小屋，每个大概十二平方尺。每个屋子前面都有一堆用树枝燃起的篝火，各家都围着火堆坐成一圈，等着享用快要煮好的可口晚餐。海边的空气和太阳已经把阿特尔尼家的孩子们的脸蛋变成了棕红色。戴着太阳帽的阿特尔尼太太好像完全换了一个人：你会觉得常年的城市生活并没有能真正改变她；她还是一个土生土长的乡村女人，她在乡下生活得更自如，更习惯。她正在用油煎腊肉，同时还得盯着几个年纪小一些的孩子。她看到菲利普后，高兴地笑着，并跟他热情地握手。阿特尔尼则兴致勃勃地讲起了这一乡下生活的种种乐趣。

"在我们生活的城市里，得不到充足的光照，那不是生活，那是漫长的囚禁。贝蒂，我们卖掉我们的财产，到乡下来种田吧。"

"我能想象到你真住到乡下来后的样子，"阿特尔尼太太讪笑着说，"只要冬天的雨季一到，你就该喊着要回伦敦啦。"她转而对菲利普说："每次到乡下，阿特尔尼总会说，'乡村啊，我喜欢你！'可他连芜菁和甜菜还分不清呢。"

"爸爸今天偷懒了，"珍妮以她一向的坦率说，"他连一袋子都没有摘满呢。"

"我正在变得熟练起来，孩子们，明天我会摘得比你们几个人加起来的还要多。"

"来吃晚饭吧，孩子们，"阿特尔尼太太说，"萨利去哪儿啦？"

"我在呢，妈妈。"

萨利从他们家的小茅屋里走了出来，树枝燃烧着的火苗跃动着，把明亮的光投在了萨利脸上。自她到缝纫店当学徒的这几个月，菲利普看见她的时候都穿着工装，现在，她穿着一件宽松休闲的印花布衣服，看上去格外迷人；她衣服的袖子卷着，露出圆润结实的胳膊。她也戴着一顶太阳帽。

"你真像是童话故事里的挤奶姑娘。"跟她握手的时候，菲利普说。

"她可是蛇麻子草场里的美人儿，"阿特尔尼说，"说真的，如果那个乡绅的儿子看见了你，他会马上向你求婚的。"

"爸爸，那个乡绅没有儿子。"萨利说。

萨利想找个地儿坐下来，菲利普腾了腾地方，让她坐在他身边。在夜晚篝火的映照下，她显得格外的美，像是一个乡村女神。她使你联想到老赫里克①优美的诗歌里所赞美的那种清纯、健美的女孩。晚餐很简单，就是面包、奶油和烘脆的腊肉。孩子们喝茶，阿特尔尼夫妇和菲利普喝啤酒。阿特尔尼津津有味地吃着，对吃到口里的每样东西都赞不绝口。他对卢加拉斯②大声地嘲笑，又把布雷拉特·萨维林③大骂了一顿。

"阿特尔尼，我可以说有一点你是受之无愧的，"他的妻子说，"那就是你吃饭倍儿香，这样说你准不会错！"

"那得吃你亲手做的才行，我的贝蒂。"说着，他伸出了他富于

---

① 赫里克（1591—1674），英国诗人，牧师。著有诗集《西方乐土》等。
② 卢加拉斯（前110—前57），古罗马的执政官和将军，以豪奢著称。
③ 布雷拉特·萨维林（1755—1826），法国政治家和美食家。

623

表现力的食指。

坐在这样的人们中间,菲利普感到十分惬意。他高兴地望着这连成长长一串的篝火,望着围篝火而坐的人们,火苗的光照亮了周边的景物。草地尽头是一排高大的榆树,榆树上方是缀满了星星的夜空。孩子们说着,笑着,阿特尔尼像个大孩子似的在他们中间,给他们讲着一些奇异、开心的故事,逗得孩子们不住地哈哈大笑。

"这儿的人都很喜欢阿特尔尼。"他的妻子说,"哦,布里奇太太跟我说,如果这儿没有阿特尔尼先生,现在就不会这么热闹了。他总能想出些新奇的点子来,他更像是个学生,而不是家长。"

萨利默默地坐在那儿,体贴周到地招呼着菲利普吃饭。有她在旁边,让菲利普有种惬意感,他的目光不时地落在她那健康、有些晒黑的面庞上。有一次,他们俩的目光相遇,她冲着他静静地笑了。晚饭后,珍妮和她的一个弟弟到草地那边的小溪去提桶水洗脸。

"孩子们,领你们的叔叔看看我们睡觉的地方,然后,你们就必须得去睡觉了。"

几双小手一起上来拉菲利普,他被带进了茅草屋里。进来后,菲利普划着一根火柴。里面没有家具,除了一个放衣服的铁皮柜,便只有床铺了,一共有三个铺,各靠着一堵墙,阿特尔尼跟着菲利普也进来了,不无自豪地夸着它们。

"这就是我们睡觉的床,"他大声地说,"不是你们睡的弹簧床,也没有天鹅绒被褥。我睡在哪儿,都没有这里睡得舒服。你一会儿就得到旅店去睡床单了,我亲爱的朋友,我从心底里同情你。"

这里的床下面都铺着厚厚的蛇麻子草藤蔓,藤蔓上面是一层稻草,最上面铺着一条毯子。经过一整天的户外劳作,在处处飘荡着蛇麻子草芳香的环境里,采摘者们睡得分外香甜。一到晚上九点,草地上就变得静悄悄的,大家就都入睡了,只有一两个滞留在酒馆里的人会在酒馆十点关了门后,再回到这边。菲利普要回小酒店时,阿特尔尼太太对他说:

"我们吃早饭大约是在早晨五点四十五分,我想你可能不会起那么早。你知道,我们六点钟就要开始干活了。"

"他当然得那么早起来了，"阿特尔尼说，"他必须像我们一样干活。他得挣回他的饭钱。不干活，就没饭吃，年轻人。"

"孩子们早饭前都要到海边游泳，让他们回来时叫醒你吧。他们会路过'快乐水手酒店'。"

"如果他们要唤醒我，那就在去海边时叫我好了，我跟他们一起去游泳。"菲利普说。

珍妮、哈罗德和爱德华听到菲利普这么说，高兴得喊了起来。第二天早晨，孩子们吵嚷着冲进他屋里，把菲利普从睡梦中弄醒。男孩子们都跳到了床上折腾，他不得不用他的拖鞋把他们赶下床去。天刚破晓，空气中还带着寒意；可天空很晴朗，太阳已显出淡淡的光。萨利拉着康尼的手，正站在路中央，胳膊上搭着一条毛巾和一件游泳衣。菲利普现在看清楚了，她的太阳帽是淡紫色的，有它映衬着，她的脸红得更像是个熟透了的苹果。见他过来，她朝他甜甜地笑了笑，菲利普突然留意到她的牙齿白白的，又小又整齐。他纳闷为什么以前他不曾注意到呢。

"我本想让你多睡一会儿的，"她说，"可他们都要上去弄醒你。我跟他们说，你其实并不是真的想来。"

"哦，不，我是真的想来。"

他们顺着路往前走，然后穿过了一片沼泽。酒店到海边不足一英里。海水看上去很冷，是灰色的，菲利普不由得打了个寒噤，可孩子们早已脱下衣服，喊叫着跑下水去了。萨利做什么事都有点慢，在其他孩子都已围着菲利普泼水玩的时候，她才走到海里。游泳是菲利普唯一的特长，在水中他是如鱼得水，很是自如，他一会儿像海豚那么游，一会儿扮作快要溺水的人，一会儿又扮作一个怕弄湿自己头发的胖女人，孩子们看见了，都纷纷模仿起来，喧闹声响成一片。最后，萨利不得不板起面孔，厉声喊着，才把他们弄到岸上来。

"你跟他们一样调皮。"她操着母亲般的严肃口吻说，那副样子既好笑又动人，"你不在这里时，他们可没有这么捣蛋。"

他们往回走去，萨利手里拿着太阳帽，亮闪闪的头发披在肩上。待他们回到茅屋时，阿特尔尼太太已经去蛇麻子草场了。阿特尔尼穿着一条再破旧不过的裤子,上衣的扣子一直扣到了脖子上,看来他里面没有穿衬衫,头上戴着一顶宽边软帽,正站在火旁边炸着鲱鱼。他一副自得其乐、美滋滋的模样,真像是个快乐的海盗。一看到他们回来了,便扯着嗓子唱起了莎士比亚悲剧《麦克佩恩》剧中巫婆的合唱诗,煎鲱鱼的香味和他的歌声一起在空气中飘荡。

"赶快吃早饭,再磨蹭,你们的妈妈该生气了。"他们走上前来时,他说。

几分钟后,哈罗德和珍妮拿着几片奶油面包,溜达着穿过草地去蛇麻子田了。他们是最后离开茅屋的。蛇麻子草场是菲利普儿时起就十分熟悉的景物,蛇麻子烘干房在他看来就是最具有肯特郡典型特征的一道风景线。在这里,他没有一点陌生感,就像是在自己家里一样。菲利普跟着萨利走过一畦畦的蛇麻子田。阳光现在变得明亮起来,在地上投下轮廓鲜明的影子。菲利普欣赏着这满眼郁郁葱葱的绿色。蛇麻子草在渐渐变黄,它们看上去似乎具有西西里诗人在紫红色的葡萄里所发现的那种美和激情。在他们一路走着的当儿,菲利普觉得自己完全陶醉在这馥郁葱茏的美景当中,肯特郡肥沃的土壤中散发出泥土的香味,九月天的阵阵微风里又充溢着蛇麻子草浓烈的芳香。阿特尔斯坦忍不住内心的激奋,高声唱了起来,这是十五岁男孩还带着沙哑的那种嗓门,难怪萨利扭过头来说:

"安静点儿,阿特尔斯坦,不然,老天该打雷下雨了。"

少顷,他们听到人们传来的话语声,再往前走了一会儿,声音听得更清楚了。采摘者们一边说笑,一边起劲地干着活儿。他们有的是坐着椅子,有的坐着凳子,还有的坐着盒子上,他们身边都放着篮子,有的索性提着袋子,把摘下的直接放进袋子里。这儿有许多孩子,还有不少婴儿,有些婴儿躺在简易摇篮里,有些裹在一条毯子里,就放在松软的干土上。孩子们都是干的时候少,玩的时候多。女人们都在忙碌地干活,她们从小就开始采摘了,采摘的速度比伦敦来的人要快两倍。她们夸耀着自己一天可以采下多少蒲式耳[①]的蛇麻

[①] 蒲式耳,计算谷物等的容量单位,在英国一蒲式耳相当于36.368升。

子。不过，她们也抱怨说，现在做这个不像以前那么挣钱了；那个时候，她们采五蒲式耳就能挣到一先令，现在八到九蒲式耳才能挣到一先令。过去，一个好的采摘者干完一个季节的活儿所挣到的收入就够他一年用了，可现在挣下的那点钱干什么都不够，就等于你没有花钱，来这儿度了个假，仅此而已。希尔太太说，她拿采摘蛇麻子得来的钱买了一架钢琴，但她平时节俭得很，人们可都不愿意像她那么节省，大多数人认为那只是她的一面之词；如果真相被揭晓的话，或许她是从银行取了平时积攒下的钱买的。

　　采摘者按十个人一组，分成了若干个小组，其中不包括小孩。阿特尔尼常常吹牛说，等他的孩子再大一点，他们自己家的成员便完全可以组成一个小组。每个小组有个头儿，负责给小组成员把成串的蛇麻子草送到他们的袋子旁边，这种袋子是用木框撑起来的，大约有七英尺高，一排排的袋子就放在一垄垄的蛇麻草之间。阿特尔尼想要这样的一个头儿。阿特尔尼做活儿时，主要是鼓动别人干，而不是他自己出力。现在，他转悠到了阿特尔尼太太这边——阿特尔尼太太已经忙着摘了半个小时，已往袋子里倒了一篮子蛇麻子——嘴里叼着一根烟，在她旁边干了起来。他打包票说，除了他们的妈妈，他会采摘得比任何人都多；当然啦，没有谁能超得过她。这又让他联想到了阿芙罗狄蒂①对好奇的赛克②的考验，于是，他给孩子们讲起了美女赛克爱上她从未见过的新郎的故事。阿特尔尼讲得娓娓动听。

　　菲利普微笑地听着，觉得这个古老的传说与眼前的情景十分吻合。现在的天空变得湛蓝湛蓝的，他想就是希腊的天空也不会比这儿的更可爱了。脸蛋红润、头发秀美的孩子们，强壮、健康，充满了朝气；形态优美的蛇麻子草，碧玉般的绿叶，被树荫整个儿遮掩起来的街巷，还有那些戴着太阳帽的采摘人们——或许，在这一切中间，有着比你能在教科书或博物馆中所找到的更多的罗马精神。菲利普为英

---

① 阿芙罗狄蒂，希腊神话中爱与美的女神。
② 赛克，希腊神话中爱神厄洛斯所爱的美女，被视为灵魂的化身。

格兰所具有的美而甚感欣喜。他又想到了那一条条蜿蜒曲折的白色小路，那一道道的树篱，有高大的榆树点缀其间的绿色草原，叠嶂起伏的山峦以及覆盖着它们的灌木丛，平坦的湿地，北海岸的凄凉之美。他很庆幸自己能感觉到英格兰的可爱和美好。可不久，阿特尔尼就干得有点不耐烦起来，说他要去看望一下罗伯特·肯普的母亲。他认识这蛇麻子草场的每个人，并且都是称呼他们的教名；他了解他们每个家庭的历史以及家庭成员们的身世。他虽然爱慕虚荣，可心地善良，在他们中间他充当着一位高雅之士的角色，在对待他们的友好态度中，有一点纡尊降贵的成分。菲利普不愿意跟他一起去。

"我留下来要挣我的午饭。"菲利普说。

"那就对了，年轻人，"临离开时，阿特尔尼挥了挥手说，"不干活，就没饭吃。"

119

菲利普没有篮子，于是他坐到了萨利旁边。珍妮觉得有点不公平，他竟会去帮助她的姐姐而不是自己，因此，菲利普只好答应等萨利这一篮摘满了，就去帮她。萨利的采摘速度几乎和她母亲一样快。

"这不会影响到你的手缝制衣服吧？"

"哦，不会，干这活儿也需要手灵巧。这就是为什么女人比男人摘得快的原因。如果你的手比较笨，或者干粗活手指变得有些僵硬了，就不可能摘得快。"

菲利普喜欢观赏萨利做活时的灵巧和敏捷，萨利时不时地也会如母亲般望望他，那副神情让人觉得既有趣又迷人。菲利普一开始干得笨手笨脚，萨利取笑他。在她俯下身子给他做示范时，他们俩的手触碰到了一起，他惊讶地发现她的脸红了。他无法让自己相信她已经长成大姑娘了，因为他刚认识她时，她还是个小女孩呢，他一直不自觉地把她当成孩子看待。然而，爱慕她的人很多这一事实便可表明她已不再是个小女孩。尽管他们来到这里才几天，萨利的一个表哥已经迷上她，开始向她大献殷勤了，以至于萨利不得不忍受别人跟她开的玩笑话。她的这位表哥叫彼得·甘恩，是阿特尔尼太太妹妹的孩子，她妹妹嫁给了弗尼村子附近的一个农民。每个人都知道甘恩为什么每天非要到蛇麻子田这边来一趟。

八点吹响了吃早饭的号角。尽管阿特尔尼太太跟他们说，他们都不配吃早餐，可这一家子的人却一个比一个吃得香。吃完饭，继续干活，一直干到十二点，到那个时候，吃午饭的号角便会再次吹响。在这歇工的间隙，计量员由记账员陪同着，会一个袋子一个袋子地查看，记账员会先在自己的账本上记下，然后再在采摘者的账本上记下已采集的蒲式耳数量。在袋子装满后，会用一个测量蒲式耳数的篮子将袋子里的蛇麻子量入一个被称作"囊"的大包里，然后，计量员和挑夫再把这些大包抬到马车上。阿特尔尼不时地回来告知一下，希思太太和琼斯太太那边已经采摘了多少了，他敦促家人们要超过她们。他总是想创造出采摘蛇麻子的新纪录，有时他的积极性上来，也能够不停地摘上个把小时。不过，他干这活儿的兴趣主要不在这里，他是想要炫耀他那双优美的手。他为他有这样一双好看的手而感到自豪，用很多的时间去修理他的指甲。他告诉菲利普——这时，他会伸出那有着修长手指的手——西班牙的大公们常常是戴着浸过油的手套睡觉，以保持他们手的白皙细嫩。他带着戏谑性的口吻说，那双扼住欧洲咽喉的手①，其优美和柔嫩绝不亚于一双女人的手。他一边采摘，一边欣赏着自己的手，不时发出满意的叹息声。当觉得干得有点腻味时，他便为自己卷上一支烟，跟菲利普讨论起艺术和文学。下午的时候，天气热了起来，人们干得也就慢了，谈话声也少了。早晨不间断的话语声现在只剩下零星的只言片语。萨利的上唇沁出了汗珠，干活时，她的嘴唇微微张开着一点儿，真像是一朵含苞待放的玫瑰花。

下午收工的时间要视蛇麻子烘干房那边的情况而定。有时，能当日烘干的蛇麻子数量在早一点的时间（比如说下午三四点钟）就饱和了，这样的话，人们在下午三四点便不再干活了。不过，当天的最后

---

① 西班牙曾一度做过欧洲的霸主，因此作者这里指的应该是西班牙大公。

一次计量一般都是在下午五点才进行。在每一组把他们袋子里的蛇麻子都计量过以后,他们便收拾起东西,一边聊着天,一边慢悠悠地走出蛇麻子草场。女人们都回到茅屋去收拾,准备做晚饭,男人们就顺着公路溜达着去了小酒店那边。在干完一天的活儿后,喝杯啤酒是很爽的。

阿特尔尼一家的袋子是最后被计量的。见计量员走过来,阿特尔尼太太会舒上一口气,站起来,伸展一下她的胳膊。同一个姿势坐了这么久,身子都有些僵直了。

"好了,咱们到'快乐水手'去吧。"阿特尔尼说,"这一天里的所有仪式,我们都要好好地履行,再也没有比这更神圣的事情了。"

"带上一个酒壶,阿特尔尼,"他的妻子说,"给晚饭捎回一品脱半的酒来。"

她一个铜板一个铜板地把钱数给他。酒店的酒吧间里已经满满当当了。酒吧间里是沙地,周围摆满了长凳,墙上贴着发了黄的维多利亚时代职业拳击手的画像。这儿的老板能叫出所有顾客的名字。此刻,他正俯身在柜台上,和蔼地笑着,看两个年轻人向不远处地上插着的一根棍子投掷圆圈;他们数投不中引起大家的一阵嘘声和讪笑。人们相互挤了挤,给刚来的人腾出点儿地方,菲利普发现他坐在了一个年老的雇农和一个十七岁的光眉俊眼的男孩子中间,那位老者穿着灯芯绒裤子,膝下扎着细绳,那个年轻人红润的前额上覆着一溜整齐的卷发。阿特尔尼执意要试试自己的手气。他下了半品脱酒的赌注,他赢了。在他喝着输家为他买的酒时,他说:"孩子,我赢了你这回,比我赌赢了一场赛马还要带劲。"

这位输家戴着一顶宽边帽,留着尖翘的胡子,看上去不像是本地人,大家都觉得这人看上去有点怪,可他的情绪很高涨,热情又那么富于感染力,因此人们都很喜欢他。大家彼此间聊得很高兴,他们用塞内特岛那种粗犷、徐缓的口音说着当地的俏皮话,相互开着玩笑,不时引起一阵哄堂大笑。这是多么快乐的聚会啊!如果对自己乡亲们的这样欢乐的心境也能无动于衷的话,那么,他一定是个铁石心肠的人。菲利普眼睛望向窗外,外面依然阳光明媚。窗户上的白窗帘现在还卷在窗户上,用红丝带系着。窗台上摆着一盆盆的天竺葵。时间一到,人们陆续地起身,慢悠悠地走回到女人们正做着晚饭的草场上。

"我想,你该准备回酒店睡觉了。"阿特尔尼太太对菲利普说,"你不太习惯早晨五点钟就起床,然后在外面待上一整天。"

"你明天还跟我们一起去游泳吗,菲利普叔叔?"孩子们问。

"当然啦。"

菲利普虽然有些累,可觉得很快活。晚饭后,他靠着茅舍的墙坐在一张没有靠背的椅子上,嘴里抽着一支烟,望着外面的夜色。萨利正在忙着,不停地进进出出,菲利普悠闲地看着她有条不紊地做着家务活。她的步态引起了他的兴趣,虽说不上特别优美,却也显得从容自信;她是从臀部那里来带动双腿的,踏向地面的双脚步伐坚定。阿特尔尼去找邻居聊天去了,少顷,菲利普又听到阿特尔尼太太跟屋子里的人说:"家里没有茶叶了,我本想着让阿特尔尼到布莱克太太那里去买一点。"停顿了一下后,她抬高了嗓门说,"萨利,去布莱克太太那里跑一趟好吗?给我买上半磅的茶叶。我的茶叶都用完啦。"

"好的,妈妈。"

布莱克太太的农舍在半英里外的马路旁边,她那所房子既是女邮局局长的办公室,也兼作杂货铺。萨利走出屋子,放下了挽起的袖子。

"我和你一起去吧,萨利。"菲利普问。

"不用啦。我自己去不害怕的。"

"我知道你不害怕,只是差不多快到我睡觉的时间了,我想我也该回去了。"

萨利没有再说什么,两人便一起上了路。白色的路面上静悄悄的。夏天的夜晚没有一丝声响。他们俩都没有多说话。

"晚上了,天气还挺热,是吧?"菲利普说。

"我想,在一年的这个季节,这算是很好的天气了。"

随后,他们两人沉默了,不过这似乎并没有让他们觉得尴尬。他们俩并肩走在一起，内心都有一种惬意感，无须话语再做点缀。突然，树篱栅门的台阶那边传来一阵低低的声音，他们看到暗处里有两个人影，他们紧紧地依偎着坐在一起，在菲利普和萨利走过时也没有动。

"我不知道他们是谁。"萨利说。

"他们看起来很幸福，不是吗？"

"我想，他们以为我们俩也是恋人呢。"

他们看到了前面杂货店的灯光，不一会儿便进到里面。乍一进去，感觉小店里的灯光格外晃眼。

"你们这么晚了才来买东西呀，"布莱克太太说，"我正准备关门呢。"她看了看时钟，"都快九点钟了。"

萨利买了半磅茶叶后，他们俩动身回去。他们耳边，时不时传来一两声夜间野兽发出的短促而尖利的叫声，不过，这声音似乎更凸显出夜晚的宁静。

"我相信，如果你静静地站着不动，就可以听到大海的声音。"萨利说。

他俩竖起了耳朵，凭借着他们的想象力，似乎听到了细碎的海浪拍击着岸边沙石的声音。在他们走到栅门那里的台阶时，那对情侣还在那儿，可现在他们已不再说话，而是搂在一起了，小伙子的嘴唇紧紧地压在姑娘的唇上。

"他们似乎挺忙的。"萨利说。

他们拐过了一个弯，一阵暖风扑面而来。泥土散发出清新的气息。在这迷人的夜晚，似乎有什么奇异的、不可名状、不可理喻的东西等在前面，夜里的寂静瞬间充满了意蕴。菲利普心中涌起一股奇怪的感情，它似乎充溢得很满，它似乎又在融化，他感到愉快，并充满了期待。他突然记起了杰西卡和洛伦佐①竞相倾诉他们爱情的那些缠绵悱恻、优美动人的诗行；在令他们感到愉悦的那些奇妙言辞下面，

---

① 杰西卡和洛伦佐是莎士比亚《威尼斯商人》中的一对情侣，杰西卡是夏洛克的女儿。

是他们圣洁的爱情。菲利普不知道是空气中的什么使他的各种感官变得如此敏锐，他觉得好像是他纯洁的灵魂在尽情享受着这大地间的芬芳，各种美妙的声响和各种风味。他从未曾感到过自己对于美有如此微妙的感受力。他担心，萨利一说话会打破了这一魔咒。不过，她一句话也没说。然而，他又想听到她说话的声音。她那低沉、圆润的嗓音便是乡村夜晚本身的音响。

他们走到了草场前，萨利穿过这片草场就到了他们住的茅屋。菲利普上前为她打开了树篱的栅门。

"我想，我要在这儿跟你说再见了。"

"谢谢你一路送我回来。"

萨利把手伸给了他，菲利普握着她的手说："你要是乖的话，就该像家里的其他人一样，在道晚安时吻我一下。"

"我并不介意。"她说。

菲利普本是说着玩的。他想要吻她，只是因为他觉得快乐，他喜欢她，而且，夜晚又如此的美好。

"那么，晚安。"他笑着说，随之将她拉过来一些。

她把她的芳唇贴在了他的唇上，丰满、温存，而又柔软；他吻了她一会儿，她的嘴唇真像是一朵快要绽放的花蕾。后来，不知怎么，他竟然紧紧地把她抱在怀里。她静静地温顺地依偎在他的怀中。她的身体丰满而健硕，他感觉到她的心紧贴着他的心一起跳动。而后，他昏了头。他本能的欲望像是泛滥的洪水一样淹没了他，他把她拽到了树篱那边的幽暗处。

120

菲利普睡得正香，突然一下子被惊醒了，发现哈罗德正用一根羽毛在他脸上搔痒。见他睁开了眼睛，孩子们高兴地喊了起来。他睡得太沉了。

"快起来吧，懒骨头。"珍妮说，"萨利说你要是不快点儿，她就不等你了。"

这时他蓦然记起了昨夜发生的事。他的心一下子凉了,本来已经在穿衣服的他停了下来,他不知道他该如何去面对萨利;一股自责之情充塞着他的心间,对自己所做的事情感到深深的悔恨和愧疚。一会儿见了他,她会说什么呢?他害怕见到她,他怎么能做下如此的蠢事呢。可孩子们却不给他考虑的时间,爱德华已拿上了他的游泳裤和毛巾,阿特尔斯坦把他的被子掀到了一边,三分钟后,他们所有人都噔噔地跑下楼,到了马路上。萨利朝菲利普笑了笑。她的笑像以往一样甜蜜,一样单纯。

"你穿衣服可真磨蹭,"她说,"我还以为你永远也来不了了呢。"

从她的举止上看不出一丝改变。他原本预料会有些变化,无论是细微的,还是明显的;他曾想,再见到他时她或许会害羞,或是会生气,或是会显得更亲热;可是,她什么变化也没有。她完全跟过去一样。他们一起说笑着向海边走去。萨利温和矜持,沉默不语,可她向来都是很少说话的,他还从来没有见过她不是这个样子的呢。她既不主动找他说话,也不有意回避,这让菲利普惊诧不已。他本以为昨晚发生的事情会让她产生大的改变,可她看起来却好像什么也没有发生过似的,就像是做了一场梦。菲利普一只手拉着萨利的一个小弟弟,另一只手拉着她的一个小妹妹,极力装出一副若无其事的样子,一边走一边说着什么,心里却在胡思乱想。他不知道萨利这么做是否意味着想把这件事忘掉。或许是像他一样,她当时也昏了头,把这当成了在不寻常的情况下发生的偶然之事,也许她已下定决心要把这件事抛在脑后。这么做需要一种思想的力量和成熟的智慧,而这两者无论是与她的年龄还是性格,都不太相称。不过,他也意识到他对她其实一点也不了解。在她身上,总有一些像谜一样的东西。

他们在水中玩跳蛙的游戏,像昨天一样热闹。萨利留心看护着他们每一个人,看到他们游远了,就喊他们往回游。他们都尽兴地玩耍时,她就在离他们不远的地方自如地来回游着,有时累了便仰浮在水面上。不久,她回到岸上,开始用毛巾擦着身上的水滴。然后,她多少带着些命令的口吻,把他们一个个都唤上岸来。最后,只剩下菲利普还在水里。他抓住这个没人搅扰的机会,游了个痛快。他比昨天稍微习惯了些这较凉的海水,他为能在这带些咸味的清冽海水中自如地舒展肢体而感到兴奋,他的手臂坚定有力地划过水面,一次划动便能游出好远。可萨利披着一条浴巾,来到了水边。

"你马上到岸上来,菲利普。"她喊着,好像他也是她所看管的一个孩子似的。

菲利普饶有兴趣地看着她那副管教人的神气,在他笑着朝她这边游过来时,她责备他道:"你真顽皮,在水里待了太长时间。看你的嘴唇冻得发青,牙齿也在打战了。"

"好了,我上来。"

她以前从来没有用这种口吻跟他说过话,好像是昨晚发生的事给予她一种关爱他的权利,她把他当成了一个需要她看护的孩子。几分钟后,他们都穿好了衣服,动身往回走。萨利注意到了他的手。

"你看看,它们都冻得发青了。"

"噢,没事的。只是血液循环得慢了,很快就会恢复正常的。"

"把手给我。"

她把他的手攥在手里,揉搓着它们,先是这一只,然后是那一只,一直到它们恢复了血色。菲利普既感动又疑惑地望着她。因为有孩子们在场,他不便跟她说什么,他也没去看她的眼睛。不过,他确信她的眼睛是不会有意回避他的,他们的目光只是碰巧没有相遇而已。在接下来的一整天里,从她的行为举止中根本看不出他们俩之间发生过任何事情。或许,她说话比往常多了点儿。在大家都又坐到蛇麻子田里干活时,她告诉了母亲菲利普在水里长时间地不上岸来、冻得脸色发青的那顽皮劲儿。这有些让人不敢相信,然而,若说昨晚那件事产生了什么结果的话,那就是在她心中激起了一种对他加以爱护的情感:就像对她的弟弟妹妹们一样,她有了一种对他加以保护的本能的欲望。

直到晚上,他才有了单独跟她待上一会儿的时间。萨利正在做晚饭,菲利普坐在篝火前,阿特尔尼到村子里去买东西了,孩子们都各自散开去玩了。菲利普踌躇着。他太紧张了。萨利平静从容地做着她

635

的活儿,对眼前令他如此尴尬的沉默,她却表现得平和坦然。他不知道该如何开口。萨利很少说话,除非是别人问她什么,或是有什么特别的事情要说。最后,菲利普终于忍不住了。

"你没有生我的气吧,萨利?"他突然脱口而出。

她默默地抬起自己的眼睛,不动感情望着他。

"我?没有呀。我为什么要生你的气呢?"

听到这话,菲利普吃了一惊,没有吭声。萨利揭开锅盖,搅动了一下里面的东西,随后又盖上了盖子。一股香味从锅里飘了出来。她又一次看着他,带着恬静的笑容,连嘴唇几乎都没有分开,毋宁说是她的眼睛里含着笑意。

"我一直都很喜欢你。"她说。

他的心一下子剧烈地跳动起来,顿觉自己的脸涨得通红。他勉强让自己笑了一下。

"我一点儿也不知道。"

"那是因为你傻。"

"我不明白你为什么会喜欢我。"

"我也不知道。"她往火里又添了一些木头,"我知道,你在外边流浪了好多日子后——有时甚至没有东西吃——再来到我们家的那一天,我开始喜欢你的,你还记得吗?我和母亲把索普的床铺给你腾了出来。"

他的脸又一次红了,因为他不知道她也知道这件事。他自己一想起这件事来就羞愧得无地自容。

"这就是我为什么不愿意跟其他人有什么瓜葛的原因。你还记得母亲想让我找的那个年轻人吗?我之所以让他来家里喝茶,就是因为他老缠着我,我想让他一下子死了心,我知道我会拒绝他。"

菲利普惊讶地发现,他竟然一时无言以对。他心里有种奇怪的感觉,倘若它不是幸福的话,那他真不知道它是什么了。萨利又搅动了一下锅里的饭菜。

"孩子们该回来了呀,也不知道他们去哪里玩了。晚饭已经好了。"

"我去看看能不能找到他们吧?"菲利普说。

说到这些实际的事情时,菲利普松了一口气。

"哦,我得说,你这主意不错……母亲回来啦。"

在菲利普起身要去找孩子们时,她毫无羞色地看着他说:"今晚把孩子们打发睡觉以后,我想跟你出去散散步好吗?"

"好的。"

"哦,你就在树篱栅门的台阶那里等我,我收拾停当了就过去。"

星空下,菲利普坐在栅门的台阶上等着,两边树篱上已经成熟的黑莓高高地挂在枝条上。泥土散发出馥郁芬芳的气息,空气温馨而又静谧。他的心在狂跳着。他怎么也弄不明白眼前发生在他身上的事情。他总是把爱情与哭泣和眼泪,与热情和激情联系在一起,在萨利身上,这些东西一点儿都没有;然而,除了爱情,他不知道还有什么东西能让她献身于他。可萨利爱他吗?如果她爱上的是她表哥彼得·甘恩——他的身材修长挺拔,面庞黧黑清秀,步伐轻快矫健——菲利普是不会觉得奇怪的。他不知道她究竟看上了他什么。他不知道她对他的爱,是不是他所认为的那种爱,或者是别的什么?他对她的纯洁无邪确信不疑。他隐隐约约觉得是许多因素一起在起作用:空气,夜晚和蛇麻子草的令人迷醉的芳香,一个身心健康的女人的自然的本能,她四溢的柔情和她那融合了母性的或姐姐的爱的情感!因为她的心中充满了爱和仁慈,她献出了她能献出的一切。

他听到了路上的脚步声,渐渐地黑暗中显现出一个人影。

"萨利。"他小声地喊道。

她停下了脚步,来到台阶这里。随着她的到来,一股乡村特有的清新、芬芳的气息也扑面而来。她身上似乎带有割下的干草、成熟的蛇麻子草的香味,还有小草的清香。她柔软、丰满的双唇贴在了他的唇上,她的丰腴、健硕的身体依偎到他的怀里。

"牛奶和蜂蜜,"他说,"你就是牛奶和蜂蜜。"

他让她闭上眼睛,亲吻着她的眼睑。她穿着短袖衣服,强健的手臂裸到了胳膊肘那里,菲利普用手抚摸着它,不禁惊叹于它的美;在黑暗中，它映出熠熠的光；她的皮肤具有鲁本斯①画笔下的那种美，惊人的白皙和透明；胳膊的一侧长着金色的茸毛。这是撒克逊女神才有的手臂，然而，女神的手臂也不会有她的那种质朴和天生丽质。菲利普想到了那些盛开在农舍花园里的奇花异草：蜀葵花，被称为"约克与兰开斯特"②的红白相间的玫瑰，黑种草，美洲石竹，忍冬花，飞燕花和虎耳草。

"你怎么会喜欢上我呢？"他说，"我，一个无足轻重的人，瘸子，平凡无奇，长得也难看。"

她用手捧着他的脸，吻着他的嘴唇。

"你是个大傻瓜，大傻瓜就是你。"她说。

121

采摘结束后，菲利普衣袋里装着在圣卢克医院任助理住院医生的通知书，随阿特尔尼一家一起回到伦敦。他在威斯敏斯特租了一套很普通的房子，于十月初到医院上班。医院的工作挺有趣，一点儿也不单调。他每天都能学到新东西，他觉得自己不再像从前那样微不足道了。他经常跟萨利见面。他发现生活格外愉快。除了在门诊看病的那几天，菲利普都是下午六点钟下班，下班后他常常到萨利工作的那家裁缝店去等她。有几个年轻男子也在店门对面或前面的第一个拐角处游逛。裁缝店的姑娘们三三两两地走了出来，在认出那几个年轻人后，便相互推搡着吃吃地笑着。穿着一身朴素的黑衣服的萨利，同

---

① 鲁本斯（1577—1640），福兰德斯画家。
② "约克与兰开斯特"，是大马士革玫瑰的一个双色品种。株高1.5至2.1米；枝干上有棘刺；叶片为暗绿色；春夏相交之际开重瓣花，花朵将约克玫瑰的白色与兰开斯特玫瑰的红色融合在一起，花色富于多变，可以开出白色、粉色、混合色、斑纹状多种形式的花朵，花香浓郁。它还曾出现在莎士比亚的十四行诗和《亨利六世》中。

和他坐在一起采蛇麻子的乡村少女,已判若两人。萨利快步走出裁缝店,在看到菲利普时便放缓了脚步,静静地冲他笑笑。他们俩徜徉在繁华的街道上。他跟她讲医院里的事情,她告诉他在店里做的活儿。他知道了和她一起工作的那些女孩们的名字。他发现她对可笑的事物有一种含蓄而敏锐的幽默感,她用令人意想不到却颇好笑的话评论店里的姑娘们和她们的情人,让菲利普听得很开心。她讲事情的方式很特别,表情一脸严肃,好像根本没有什么可笑的地方,然而,她那敏锐感觉所捕捉到的滑稽之处,会令他忍俊不禁。这时,她会看上菲利普一眼,从那充满笑意的眼神里可以看出,她并非不知道自己话中的幽默。他们只在见面时握下手,分别时也很拘礼。有一次,菲利普邀请她到家里坐坐,喝杯茶,可她拒绝了。

"不,我不去。那样不好。"

他们彼此之间从来没有说过你情我爱的话,能这样一起散散步她似乎就很满足了。不过,菲利普能断定她是愿意跟他在一起的。她对他来说,仍然像一开始那样是个谜。他对她的行为依然不甚理解。不过,他跟她相处越久,便越是喜欢她;她能干,自控力很强,还具有感人的诚实品质:你会觉得在任何情况下,都可以信赖她。

"你真是个好姑娘。"有一次,他禁不住这样说道。

"我想,我和其他人一样。"她说。

菲利普知道他并不爱她。他对她怀有深厚的感情,他喜欢有她陪伴着自己,不知怎的,有她在身旁,他感觉心里就有着落。他对她的感情,如果是放在任何别的十九岁女店员身上,似乎都有些可笑。他赞赏她健康丰腴的体态,她天生丽质,没有任何缺陷;那种十全十美的身体总会令他充满敬畏,她让他有些自惭形秽。

有一天,大约是在他们回到伦敦后的三个星期吧,在他们俩一起散步时,菲利普注意到萨利比平时更沉默。她那副安详的表情不见了,眉宇间出现了细微的褶皱,这是皱眉的前兆。

"你怎么啦,萨利?"他问。

她没有看他,只是直视着前面,她的脸色也变得暗淡了。

"我也不知道。"

639

菲利普马上明白了她话的意思。他的心猛地跳得快了起来，脸也变白了。

"你什么意思？你是担心……"

他停下了，没能再说下去。他脑子里从来没想过会有那种事发生的可能。接着，他看到她的嘴唇在战栗，她极力抑制着自己的眼泪。

"我还不能肯定。也许，什么事也没有。"

他们俩默默地朝前走，直到拐进钱塞里巷的街口，他总是在这里跟她道别。

她伸出了手，笑着说："不要担心。我们往好的方面想吧。"

在往回走的一路上，菲利普脑子里乱糟糟的。他多傻呀！他首先想到的，就是他真是个又可怜又可悲的大傻瓜，他在生着自己的气，自言自语地一连说了十几遍。他蔑视自己。他怎么能让自己陷入这样的麻烦呢？可与此同时，他又在问自己：他究竟该怎么办才好——他的思绪一个接着一个，可都是在原地打转，搅成了一团，宛如是梦魇中见到的拼图玩具中的拼版。本来，一切都已清晰地展现在他面前，他多年来一直努力追求的东西，眼看着就快实现了，可现在，由于他难以想象的愚蠢，却增加了新的障碍。菲利普想追求一种井然有序的生活，可他怎么也无法克服掉这个缺点，就是他总是沉湎于对未来生活的憧憬中；他刚刚开始在医院的工作，便已经在为来年的旅行做准备了。过去，他总试着不去对未来的计划做过于详尽的考虑，因为到头来总会令他感到失望。可现在不一样了，他的目标已经离他如此之近，他觉得可以好好地详细考虑一下他那难以抗拒的夙愿了。他首先计划要去的地方是西班牙。这是他的心灵最为向往的地方，那个国家的精神、浪漫氛围、特色、历史以及它的辉煌，已在他心里留下深深的印记。他觉得西班牙能给予他特别的启迪，这是其他国家都无法做到的。西班牙的那些优美而又古老的城市，科尔多瓦、塞维利亚、托莱多、莱昂、塔拉戈纳、布尔戈斯等，他都早已熟稔于心，仿佛从孩提时就在那些城市蜿蜒的街道上行走了。西班牙那些伟大的画家才是他心之所系，当他想象着自己面对面站在他们的画作前会感受到的那种喜悦之情时，他的心跳就会加快。他们的作品比其他任何国家画家的作品都更能抚慰他受折磨的心灵。他读过西班牙那些伟大诗人的作品，他们比其他国家的诗人更具有自己的民族特色，因为他们似乎不是从世界文学的潮流中，而是直接从他们国家炎热、芬芳的平原和荒凉的山峦中间获得灵感。从现在起再过短短的几个月，萦绕在他周围的便都是西班牙语了，这是一种最适合表达激情和灵魂的崇高而伟大的语言。他敏锐的鉴赏力使他隐约觉得，安达卢西亚这个地方气候太温和，只能愉悦感官，甚至有些庸俗，无法满足他奔放的热情，他的想象力更愿意在偏远、飞沙走石的卡斯蒂利亚，及山峰叠嶂、道路崎岖的阿拉贡和莱昂驰骋。他尚不清楚这些未知的经历会给予他什么，可他觉得他会从它们中间汲取力量和意蕴，这会有助于他以后更好地面对和理解那些遥远而陌生的国度的种种奇特景观。

西班牙之行只是他世界之旅的开始。他已经联系过那些船上配有医生的轮船公司，已经了解清楚各家轮船公司所走的航线，并从在这些船上工作过的人们口中得知各条航线的利弊。他把东方轮船公司和太平洋海外航运公司剔除了出去，因为这两家公司的船上不好找到工作；另外，在它们的客轮上，医生没有多少自由活动的时间。其他航运公司会不定期派大型货轮去往东方，途经的各种港口都会停靠，停靠时间从一两天到十几天不等，这样，便有充裕的时间上岸观览，甚至可以到内陆去旅行一趟。这种轮船公司薪酬低，伙食也很一般，所以应聘的人不多，一个有伦敦医学学位的人只要申请，肯定能有一个位置。这些货轮都是在偏远的港口之间航行，只有零星的散客，所以船上的生活清闲怡人。菲利普记住了它们所停靠的每个地方，每一处都唤起他对热带明媚的阳光、斑斓的色彩，以及神秘而又富有意义的生活的憧憬。啊，生活！那才是他所向往的生活。他终于接近了生活的源头。或许，从东京或上海，他可以转乘别的航线，去到南太平洋上的岛屿。无论什么地方都是需要医生的。或许，还有机会到缅甸，他不是也想去苏门答腊或婆罗洲的原始丛林看看吗？他还年轻，而且，他也没有任何牵挂。他在英格兰没有亲人和朋友。他可以到世界各地去周游多年，去体验世界上的美和奇迹，体验生活的丰富多彩。

可现在事情来了。对萨利也许会弄错的可能性，他全然没有考虑过，不知怎么，他认定萨利的担心是有道理的。毕竟，这种事是非常有可能的，谁都能看出，造物主把萨利塑造成那种世界上最典型的贤妻良母型。他知道他应该怎么做。他应该完全抛开这件事情，不能让自己偏离开既定的道路。他想起了格里菲斯，他很容易就能想象到那位年轻人在听到这样一个消息时，会是怎样无动于衷的态度，他会认为这是件麻烦事，他会让这个女孩自行处置这件棘手的事情，然后一走了之。菲利普跟自己说，这种男女之事的发生不可避免，是很自然的。他不应该受到比萨利更多的责备，她已经是个大姑娘了，她懂得这些事情，她是睁着眼睛去冒这种风险的。让这样一件事搅扰了他整个人生的安排，是不明智的。他是世上少数几个敏锐地意识到生命短暂的人，知道只争朝夕地做事是多么重要。对萨利，他可以给予她适当的补偿，提供给她一笔钱。一个意志坚定的人绝不允许让任何情况改变自己的目标。

菲利普这样想着，但他知道他不可能那么去做。他不能，他了解他自己。

"我这个人太软弱了。"他绝望地咕哝着。

萨利信任他，一直都对他那么好。他简直不能——尽管他有千万条的理由——做这种他认为是损人的事情。他知道，如果他心里一直想着她将落得的可怜境地，在旅行中他的内心也是不会安宁的。再说，这里还有她的父母，他们对他总是那么关心照顾；他不可能用不仁不义去回报人家。他现在唯一能做的，就是尽快地娶萨利。他会给索斯大夫写信，告知自己马上要结婚的消息，如果索斯大夫还愿意给他那个助理医生职位的话，他愿意接受下来。在穷苦的人们中间行医，应该说是他最为明智的选择，在那里他的残疾根本不算什么，他妻子淳朴的言谈举止也不会遭到人们的揶揄嘲笑。他竟把她想成了自己的妻子，这给予他一种既陌生又温馨的感觉；当他想到她肚子怀的是他的孩子时，他的心里涌起情感的波澜。他毫不怀疑索斯大夫会很高兴地答应他，他在脑海中想象着他跟萨利将要在那个渔村里所过的生活。他们会在离海边很近的地方修建一座房子，他将在那里眺望那些巨轮驶向他所未知的国度。或许，这是一种最聪明的做法。克朗肖曾对他说，生活的事实对于一个凭借着自己的想象力永远占据着时间和空间两大领域的人来说，根本无足轻重。他的话一点儿也不假。"你将永远去爱，她将永远美丽！"①

他给予妻子的结婚礼物将是他所有的那些美好的憧憬，还有他的自我牺牲精神！菲利普受着自己这样一种崇高行为的鼓舞，整整一个晚上都在想这件事。他的心情太激动了，甚至连书也读不下去了。他不由得出了屋子，在伯尔德凯奇大街的便道上来回地走动，内心充满了喜悦。他似乎都有点急不可耐了，他想看到在告诉她他要娶她时，她会流露出的幸福表情。要不是今天已经太晚，菲利普都想直接去她那里了。他想象着自己和萨利在漫长的夜晚坐在舒适的起居室里，窗帘没有拉下来，能望到外面的大海。他看着书，萨利做着活计，罩子遮掩下的灯光使她可爱的面庞变得越发漂亮。他们会谈论他们的孩子，当她的目光落在他身上时，她眸子里闪烁着爱情的光芒。在给那些渔民和他们的妻子们看病时，他们将渐渐地对他俩产生深厚的感情，反过来他俩也分享着他们淳朴生活中的喜乐和悲伤。他的思绪又回到了他们即将出生的孩子身上，他觉得他已经对这个未出世的婴孩有了一种割舍不下的爱。他想象着用手抚摸着儿子幼小可爱的身体，知道他会出落成一个很棒的小伙子，他会接替自己过那种丰富多彩的生活。回想他所走过的曲折漫长的人生旅程，他愉快地接受了生活所给予他的一切。他接受了曾使他的生活变得如此艰难的残疾，他知道它扭曲了他的性格，不过同时他也发现了，正是因为这一点，他获得了一种曾给予他不少快乐的内省的力量。没有它，他永远不会具有对美的敏锐的鉴赏力，不会有对艺术和文学的热爱以及对各种不同的生活方式的兴趣。过去他常常受到人们的揶揄和蔑视，这使他的性格变得内向，却也使他的内心开放出永不凋谢的花朵。而后，他知道了完美的人在这个世界上几乎是没有的。每个人都会有一些缺陷，身体上的，或是心理上的。整个世界就像是个大病房，这中间似乎也很难讲出道理和原因。他想起了他所认识的那些人，眼前出现了长长的一列

---

① 英国诗人济慈《古瓮颂》中的诗句。

身体有残疾或心灵扭曲的人,有的是身体有病,心脏或肺部衰竭,有的是精神上的问题,意志消沉或嗜酒成性。在这一刻,他对所有人都能怀有一种圣洁的同情了。无助的他们都是盲目命运的牺牲品,他能原谅格里菲斯对朋友的背叛,原谅米尔德里德给他造成的痛苦了。他们也是出于无奈。唯一合理的做法就是接受人们的优点,宽容他们的缺点。圣主耶稣临终时的话回响在了他的耳边:

"宽恕他们吧,因为他们所做的事,他们自己也不晓得。"

122

菲利普和萨利说好星期六在伦敦美术馆见面。她一下班就会过来,并答应一起吃午饭。他们有两天没有见面了,他那兴奋的心情一刻也不曾离开过他。正是因为沉浸在喜悦中间,他才没有急着去找她。他事先已把要跟她说的话好好地准备了一番,甚至用什么样的口气和表情都想好了。现在,他急不可待地想见她了。他已给索斯大夫写了信,他口袋里便装着今早索斯大夫给他拍来的电报:"辞掉那个有腮腺炎的笨蛋,你几时到达?"菲利普顺着国会大街往前走。今日的天气格外好,明亮清爽的太阳在路面上照出亮晶晶的光点,路上人群熙攘,远处笼罩着一层薄薄的晨霭,高大建筑物的轮廓因此也变得柔和而缥缈。他穿过了特拉法尔加广场。突然,他的心头抽搐了一下,他觉得在他前面走着的那个女人是米尔德里德。她有着跟米尔德里德同样的身材,拖着脚走路的方式也是米尔德里德的步态特征。没有多想,他疾步赶了上去,心扑通扑通地跳着,待那女子转过身来时,他发现他并不认识她。这是一张更苍老一些的脸,肤色发黄,脸上有皱纹。他放缓了脚步,顿时觉得无比轻松,不过,与此同时,失望也随之而来。他不禁感到有些害怕,难道他永远也摆脱不了那种情欲吗?不管怎么说,他觉得在他的内心深处,总是隐伏着对那个邪恶女人的奇怪而又热烈的渴求。这一爱欲曾给他带来极大的痛苦,他知道他永远都摆脱不了,只有死亡方能最终纾解他的欲望。

他努力把这痛苦从他的心中除去。他想起萨利,想起她那双善良温和的蓝眼睛,他的嘴角不由得浮现出一丝笑意。他走上国家美术馆的台阶,坐在第一间陈列室里,好让她一进来便能看到她。置身于画作中,总能给予他一种慰藉感。他并没有特意去看某一幅画,只是让它们那绚丽的色彩和优美的线条,陶冶着他的心灵。他的思绪都在萨利身上。把她从伦敦带走,是件愉快美好的事情;她在伦敦像是个另类,犹如在花店里的兰花和杜鹃花中摆进一朵矢车菊一样。他在肯特郡蛇麻子田里时便知道,她不属于大城市,他确信,在多塞特小城明媚柔和的蓝天下,她这朵矢车菊将绽放得更加美丽动人。她进来了,他起身迎了上去。她穿着一身黑衣服,袖口上绲着白边,脖子上围着一个软洋纱领子。他们握了握手。

"让你久等了吧?"

"没有。只有十分钟。你饿吗?"

"不是很饿。"

"那我们在这里坐一会儿好吗?"

"都可以。"

他们并排默默地坐着。菲利普很喜欢有她陪在身边,她健美的身心能给予他温暖,四溢的青春活力仿佛给她的周边也罩上了一道光轮。

"哦,你最近好吗?"他终于笑着问道。

"噢,我很好。原来是一场虚惊。"

"是吗?"

"难道你不高兴?"

他的心里生出一种异样的感觉。他确信萨利那样认为一定是有根据的,从没有一刻怀疑过会有弄错的可能。他刚做好的安排瞬间全都泡汤了,他这两天在脑中描绘出的生活成了一场永远实现不了的梦。他再一次自由了。自由了!他无须放弃他原来的任何计划,他的生活依然掌握在他手中,他还可以去做他喜欢做的事情。可他压根儿没有感到喜悦和激动,有的只是沮丧。他的心情很沉重,展现在他前面的未来显得空虚而凄凉:仿佛是多年在渺无人迹的大洋上,历经了艰难险阻,好不容易最终到达一个美好的港湾,可他正要上岸时,突然刮起一阵相反方向的风,让他又再次回到了大海中。因为他的脑子里一直想着陆地上柔软的草地和葱郁的林木,所以大洋的浩瀚和荒凉令他倍感凄楚。他再也不愿经受大海上的孤寂和暴风雨。萨利那双清澈的眼睛正注视着他。

"难道你不高兴吗?"她再一次问,"我本以为,你会高兴得跳起来。"

他垂头丧气地望着她。

"我不知道。"他嘟囔着说。

"你真有趣。大部分男人都会高兴得不得了。"

菲利普意识到是他自己欺骗了自己,不是他的自我牺牲精神,而是想要有个妻子,想要有爱、有个家的愿望,使他想到了结婚。现在,既然这一切似乎都从他的手指间溜走了,他感到了深深的绝望。比起这世界上任何其他东西,他更想有爱,有个家。管他什么西班牙和它的那些城市,科尔多瓦、托莱多和莱昂等;缅甸的佛塔和太平洋南海群岛的环礁湖又算得了什么?他所处的地方就是新发现的美洲。在他看来,他以前的生活一直是在遵循着别人——无论是口头还是书面的——灌输给他的理想,从未听从过自己内心的欲望。他的人生旅程总是被他觉得他应该去做什么所左右,而不是去追寻他真心想要做的事情。现在,他把这一切都急不可耐地抛掉了。他总是让自己生活在对未来的憧憬当中,而让活生生的现在从指缝间溜走。他的那些理想呢?他想起自己想要从杂乱无序的生活中编织出华美复杂图案的愿望,可他不是也看到那幅最简单的人生图案了吗?一个人出生,工作,结婚,生儿育女,最终死去,这不也是最完美的人生图案吗?屈从于幸福或许是接受了失败,不过,这样的失败却远胜过其他胜利。

他迅速地看了萨利一眼,他不知道她此时在想什么,临了,他把目光转向别处。

"我刚才本来打算请求你嫁给我?"他说。

"我也想到过你可能会向我求婚,可我不想碍了你的事。"

"你不会的。"

"那你旅行的计划怎么办呢,西班牙还有其他地方?"

"你怎么知道我打算去旅游？"

"我自然知道。我听到过你和父亲谈论这件事，谈论得那样热烈。"

"我对这些已经一点也不在乎了。"他停了一下，然后用沙哑、低沉的声音咕哝着说，"我不想离开你！我离不开你。"

她没有回答。他看不出她在想什么。

"我不知道你是否愿意嫁给我，萨利。"

萨利一动也没动，从她脸上看不出任何表情的变化，在她最终回答他时，眼睛并没有看着他。

"如果你愿意的话。"

"你不想吗？"

"噢，我当然想有个自己的家了，也是我该成家的时候了。"

他笑了。现在他已经比较了解她了，这样的回答并不令他感到诧异。"但是，你想嫁给我吗？"

"再也没有其他任何一个人是我想要嫁的。"

"那么，咱们的事就定了。"

"爸爸和妈妈会感到惊讶的，是吧？"

"我太幸福啦。"

"我想吃午饭了。"她说。

"好，吃饭，亲爱的！"

他笑了，抓住了她的手，紧紧地握着它。他们站起来，走出美术馆。在栏杆处他们停了一下，望着特拉法尔加广场那边。街道上车水马龙，熙熙攘攘的行人急匆匆地奔向四面八方，太阳在天空照耀着。

毛姆如是说

对一个作家来说,最感棘手的,莫过于评论自己的作品。关于这一点,法国著名小说家罗杰·马丁·杜·加尔①讲述过一段耐人寻味的故事:普鲁斯特②要求法国某家杂志发表一篇评论自己的大部头小说的重要文章。他想,评论作品,别人很难写得比作者本人出色。于是,他便决定亲自动笔,然后请一位年轻的文人朋友署名后再寄给编辑。青年人照此办理了。几天后,编辑对他说:"我必须谢绝您的文章,若是我发表了一篇对马塞尔·普鲁斯特的作品如此粗糙而又冷漠的评论,他将永远不会饶恕我。"作家对自己的作品是敏感的,对不当评论也易于被激怒,但还不至于自我陶醉。他们很清楚,即便花费大量的时间精力,写出的作品也往往与自己最开始的意图相差甚远。往往经过深思熟虑后,他们那种因不能完整地表达原意而引起的烦

---

① 罗杰·马丁·杜·加尔(1881—1958),法国小说家。1937年以《蒂博一家》中"所描绘的人的冲突及当代生活中某些基本方面的艺术力量和真实性"获诺贝尔文学奖。
② 马塞尔·普鲁斯特(1871—1922),法国小说家,意识流文学的先驱与大师,也是20世纪世界文学史上伟大的小说家之一。

恼，就远远超过对某些颇为得意的章节带来的喜悦。作家总期望呈现出作品的娴熟，可大多事与愿违。

关于这部书的内容本身，我不再多谈。我更愿意告诉我的读者们：一部不朽的小说，究竟是如何写成的。若是诸位对此不感兴趣，我只好恳请原谅了。二十三岁那年，我完成了这部书的初稿（彼时书名为《斯蒂芬·凯里的艺术气质》），那时我已在圣托马斯医学院度过五年。取得医学学位后，我去了塞维利亚，决心靠写作谋生。自打校正后，我一直未曾翻过那部手稿。毫无疑问，这是部尚不成熟的作品。我把它寄给费希尔·昂温，他出版过我的处女作（还是个医科学生时，我写过一部名为《兰贝思的莉莎》的小说，出版后颇为成功）。因为我索取一百磅的稿酬，他拒绝了，我只好转投其他出版社。可结果呢，哪怕我的要价一再降低，也没有哪家出版社愿意接受。为此，我一度很消沉；现在看来，当时若是哪家出版社首肯，那我将因年轻幼稚而失去一个未充分利用的题材；尽管我的写作技巧不算稚嫩，但仍缺少后来用以充实此书的种种经历。那时我甚至不明白，写自己熟悉的内容远较那些生疏内容来得容易。譬如，我写主人公到鲁昂学习法文，而不是到海德堡去学德文（我只是偶然知道鲁昂这个地方，却亲身去过海德堡）。

由于遭到拒绝，我把手稿搁在一边，改写其他小说——它们出版了。然后，我又开始写剧本，竟成了颇有成就的剧作家。于是，我决心将余生贡献给戏剧事业，相信没有任何力量能让我的决心动摇。我很幸运，剧本写作很顺利，同时也很忙碌，脑海里满是那些想写的剧本素材。令我颇为不解的是，到底是成功没有带来我所期望的一切呢，抑或只是成功后的落寞。总之，在我成了最受欢迎的剧作家时，我又开始被那些回忆萦绕——它们如此频繁地出现在我的睡梦里，在我散步时、排剧时，乃至参加宴会时都经常浮现，以致成了很大的精神负担。我认为摆脱它们的办法，就是将它们统统写进小说里。于是，在写了几年剧本后，我又把热望投入小说这一广阔而自由的领域。我知道这部心目中的小说篇幅很长。为了不受干扰，我谢绝了出版代理人们频繁抛来的约稿，并暂时退出戏剧界。此时，我已经三十七岁。

在成为职业作家后的漫长岁月里，我曾下功夫学习写作，接受无聊的训练，力求文章风格多变，直到剧本问世，我才中断这些努力。再次动笔，心境自然大不相同。我已不再追求华丽的辞藻和优美的结构，而是追求简单明了，因为在有限的篇幅里要表现出如此多的内容，只能以表达清晰为要，尽量避免浪费笔墨。而且，剧本创作的经验使我懂得了简明扼要的可贵，以及旁敲侧击、拐弯抹角这类表达方式的危险。就这样，我坚持不懈地工作了两年，终于完成了小说。以何为名呢？我四下寻找灵感，偶然发现以赛亚的一句引语——"美出自灰烬"，觉得颇为贴切，可惜该标题近来已被人采用，我只好另觅良方。而后，借用斯宾诺莎①的伦理学著作书名，称之为《人性的枷锁》，对比之前曾用书名，顿感颇为幸运。

本书是一部自传体小说，而非自传。其中不乏事实与虚构成分紧密交织的部分，感情是自己的，发生的事件却非皆与我相关。其中不单只有我的生活经历，而是综合了周围人的生活，然后聚焦在主人公身上。这部书达到了我的预期目的，当它问世时（世界正陷入战争的苦难，人们太关注自己的遭遇及面临战争的恐惧，以至于顾不上关心书中人物的经历），我发现自己已经永远摆脱了那曾一度折磨我的痛苦回忆。这部书受到了诸多好评，西奥多·德莱塞②还给《新共和》③写了一篇评论，他之前从不曾写过这般充满智慧和同情的评论。

但它会不会昙花一现，几个月后便被人永远遗忘，像许多其他小

---

① 巴鲁赫·德·斯宾诺莎（1632—1677），荷兰人，近代西方哲学的三大理性主义者之一，与笛卡尔和莱布尼茨齐名。
② 西奥多·德莱塞（1871—1945），美国现代小说的先驱，自然主义者，他的作品贴近广大人民的生活，诚实、大胆、充满了生活的激情。代表作《嘉莉妹妹》《美国悲剧》。
③ 《新共和》，美国杂志，1914年创刊，自由色彩颇强，是全美话语权力极高的"意见杂志"。

说经历过的那样呢？数年后，机缘巧合，这部小说竟引起了许多美国著名作家的关注。他们经常在报纸上提到它，渐渐地重又引起公众的注意。多亏这些作家，让这部书得以新生，我必须为它近来获得的成功而对他们表示感谢。

威廉·萨默塞特·毛姆